LES FEMMES DE LAZARE

Marina Stepnova

LES FEMMES DE LAZARE

Traduit du russe
par Bernard Kreise

LES ESCALES

Cet ouvrage a été publié avec l'accord de l'agence littéraire Banke, Goumen & Smirnova, et avec le concours de l'Institut de la Traduction (Russie).

Titre original : *Zhenshiny Lazarya* (ЖЕНЩИНЫ ЛАЗАРЯ)

Édition française publiée par :

12, avenue d'Italie
75013 Paris – France
Courriel : contact@lesescales.fr
Internet : www.lesescales.fr

ISBN : 978-2-36569-067-6
Dépôt légal : août 2014
Imprimé en France

Couverture : Hokus Pokus créations

1

Pralinette

En 1985, Lidotchka fêta ses cinq ans, et sa vie partit à vau-l'eau. Lidotchka et sa vie ne se croisèrent plus jamais de la même façon, et l'une et l'autre durent conserver, pressés contre l'oreille pour en percevoir la rumeur lointaine, les éclats des souvenirs lisses, salés et mouillés de leur dernier été de bonheur.

La mer Noire (noire parce qu'on ne peut jamais s'y laver les mains, n'est-ce pas ?), un hôtel-club qui évoque des boîtes d'allumettes dispersées çà et là, une plage émaillée de gobelets en carton ramolli qui ont contenu des glaces aux fruits et aux baies (papa disait : « Les fruits, c'est bon pour la santé. »), de corps immenses, embrasés. Le parcours matinal pour rejoindre l'espace minuscule sur lequel on a jeté son dévolu, le cheminement précautionneux afin que son pied ou sa serviette n'accroche pas des chairs étrangères, exubérantes et au repos. Lidotchka perdait tout de suite patience, et à peine sa maman se détournait-elle un seul instant, vers une voisine de table du restaurant ou vers le marchand ambulant de barbe à papa prohibée, que Lidotchka s'arrachait de la sévère laisse visuelle qui la retenait, et foulait sans discernement le sable de ses pieds potelés pour se jeter dans la mer en glapissant d'une voix perçante.

Inquiets comme des phoques, les estivants se soulevaient, ils secouaient de leurs bourrelets humides et de leurs replis synthétiques les grains de sable du matin aussi gros que de l'orge perlé, ils souriaient en réponse aux lamentations d'excuses des parents.

— C'est rien, qu'elle s'amuse, cette gosse ! Ah, comme elle gambade, cette petite délurée !

— Vous comprenez, c'est la première fois qu'elle vient avec nous à la mer...

— Et vous, vous êtes d'où ?

— De N-sk.

— Eh bien dites donc, c'est que vous en avez fait du chemin ! Nous, on est de Krivoï Rog, on a obtenu des bons de vacances de l'usine, hein, Mania ?

Celle-ci acquiesçait en remuant d'un air guilleret les lèvres de sa bouche affable, généreusement farcie d'or fin, et rassemblait en un tas toutes ses frusques pour que papa puisse étaler plus commodément sa serviette.

— Vous séjournez à la Maison du Soleil ?

— Oui, oui.

Maman s'extrayait à la hâte de sa robe sans manches dont elle faisait crépiter comme des étincelles la soie artificielle et craquer les coutures.

— Nous, on est au Drapeau Rouge. Ravis de vous connaître !

Une amitié aurait pu s'enflammer pour de nombreuses années, accompagnée de cartes postales les jours de fête légale et de visites réciproques en traversant tout le pays, s'il n'y avait eu la canicule et Lidotchka, dorée, tonitruante, lisse et pétillante au milieu du léger ressac de cette multitude. Maman était absolument incapable de la quitter du regard, ni pour une tranche de pastèque fraîche et embuée qui craque suavement sous le canif vorace d'un pacifique prolétaire de Krivoï Rog, ni pour se tourner vers l'éternel « idiot » de la plage (« Permettez, on a quoi en main ? Des atouts ? Non, la dernière fois on avait des cœurs ! »), ni pour tendre l'oreille aux filandreux monologues sans fin venus d'une existence inconnue et alléchante.

— Bon, moi je vais te dire, Petrovitch, mon vieux, tu prends tout le monde, Lariska et ton gosse, et tu te radines chez nous, il y a de la place, parce que c'est pourtant bien vrai que c'est seulement grâce à la direction qu'il a obtenu une piaule, de douze mètres carrés, et là il a toute la place pour faire la noce et même se balader en mobylette !

Le pointillé romantique du destin d'un Petrovitch inconnu menaçait de se transformer en une ligne continue d'on ne sait quel bonheur, mais maman se contentait de sourire d'un air absent.

Une autre fois, elle se serait offert le plaisir d'expérimenter le destin improbable de quelqu'un d'autre, à seule fin de s'assurer à quel point le sien était taillé harmonieusement et sur mesure. Mais il suffisait à l'histoire de s'engager dans un énième virage thématique, rempli de la misère de la vie dans un appartement communautaire et de bébés conçus dans le péché (bizarrement, l'indigence du mode de vie soviétique provoquait toujours des passions inouïes, résolument byroniennes), pour que Lidotchka, rigolarde, fasse un bond afin d'éviter une vague taquineuse, et que le fil de l'histoire se dérobât irrémédiablement. L'horizon, qui poudroyait et frémissait à cause de la chaleur de plus en plus étouffante, l'aveuglait, et maman plissait les yeux d'un air paniqué, ne parvenant pas à distinguer le petit chapeau de sa fille, bien reconnaissable au milieu des épaules pelées, des arrière-trains titanesques et des clameurs enjouées.

— Dieu soit loué, la voilà !

Lidotchka lui répondait en agitant la main et, sans ôter la bouée rouge et bleu autour de son corps, elle s'accroupissait pour mouler un château de sable aussi délectable qu'un gros gâteau, avec de petites tours en forme de termitières, tassées avec sa menotte toute chaude.

Le chapeau en toile blanche jetait une ombre vivante et poinçonnée sur les joues bronzées de Lidotchka, et l'ombre de ses cils était encore plus diaphane et plus longue.

— Ah, comme elle est gracieuse votre gamine, mais je me tais, sinon je vais attirer sur elle le mauvais sort !

Maman acceptait ces compliments à deux mains, comme si elle recevait une miche de pain, et au fond d'elle-même se logeait non la sensation, plutôt la certitude jubilatoire et bouillonnante de savoir que Lidotchka n'était certes pas gracieuse, mais unique. Incomparable. Le plus bel enfant qui soit sur Terre, qui aurait le destin le plus beau, le plus excellemment heureux qui se puisse imaginer. Avec un doux sourire étonné, maman contemplait sa fille, puis son propre ventre, juvénile et à la peau bien tendue, aucunement déformé par un accouchement précoce, et elle-même ne parvenait pas à se persuader que sa fille, avec ses yeux ronds de chiot, ses omoplates brûlantes et soyeuses, ses boucles impondérables de cheveux d'adulte sur son cou potelé et bronzé, avait été tout entière là, à l'intérieur d'elle-même, et que, plus tôt encore, elle n'existait pas du tout. C'est alors que les rêveries de maman, qui avaient atteint les limites du concevable, commençaient à déraper dangereusement, tel un camion suspendu au-dessus d'un précipice – un moteur à l'agonie qui pousse des hurlements déchirants, deux roues qui brassent en vain l'air devenu plus dense autour des pneus lisses, tandis que les deux autres qui propulsent des poignées de gravier semblent exploser à cause de la tension. Plus qu'une seconde avant la chute, une seule seconde, et le diablotin en plastique transparent saute devant ses yeux, un gadget que Vovka a tressé comme un scoubidou, il me doit trois roubles, ce casse-pieds, et maintenant je suis sûre qu'il ne me les rendra pas : c'est donc comme ça qu'on meurt, et c'est de ça que je ne pourrai jamais parler à quiconque... Mais enfin, pourquoi le néant qui précède la naissance m'effraie-t-il plus que le vide qui suit la mort ? Pourquoi n'est-il pas si angoissant que ça de mourir ? Pardonne-moi, mon Dieu.

— Pourquoi tu es pâle comme ça, ma petite Ninotchka ? lui avait demandé papa d'un air inquiet, avant de déposer un baiser sur son épaule. Sous les lèvres et la langue, sa peau était chaude et sèche, comme légèrement amidonnée. Tu n'as pas attrapé une insolation ?

Maman avait souri d'un air coupable. La stupeur l'abandonnait, et son âme, qui se signait en catimini, ruisselant d'effroi, sauvée, à bout de forces, mais effleurée par une minuscule pointe de mélancolie de n'avoir toujours pas appris ce qu'il y a de l'autre côté passée l'ultime seconde après laquelle il ne reste plus que la chute en culbutes accompagnée de débris de métal silencieux, du craquement des muscles qui se rompent, empruntait à nouveau la route principale, et... et... et... Maman essayait éperdument de se représenter ce qu'il est impossible de se représenter, elle se frottait le front contre la main salvatrice de son mari, puissante, parsemée de grosses taches de son et de ce duvet roussâtre qui lui était si familier.

— Oui, je ne sais pas, mais il fait très chaud, mon chéri. J'ai eu la tête qui tournait.

Lidotchka, brûlante et leste, qui à cinq ans était encore une vraie petite sauvageonne, avait flairé un souffle néfaste venu de l'au-delà, et elle se précipita aussitôt vers sa mère, vêtue de son impayable petite culotte d'importation du jour. À chaque jour sa couleur, à chaque jour son nouveau motif comique : rose avec de petites fraises le lundi ; bleue avec un lapin bougon le mardi ; jaune avec un tournesol dépenaillé le mercredi.

— M'man, qu'est-ce qui t'arrive ?

Maman effleura de ses lèvres câlines les paupières de sa fille, un œil, puis l'autre.

— Tout va bien, ma Praline, ne va pas me prendre un coup de soleil, hein !

Mais non, et Lidotchka, rassérénée, s'échappait des mains caressantes pour s'élancer à nouveau vers la mer, accueillie par ses nouvelles copines de la plage, bouche bée. Lida, Lidotchka, ma Praline, ma Pralinette – tous ces petits noms intimes, ce parler roucoulant de la passion parentale, plus jamais, plus personne ne les prononcerait avec une telle force. Plus personne et plus jamais.

— Ne t'enfuie pas, la franc-tireuse ! s'écria papa en soulevant Lidotchka dans ses bras, et il la renversa prestement, la tête en bas, si bien que sa fille hurla de rire : le ciel et la mer changeaient de place en souplesse, dans un instant les petits bateaux à l'horizon allaient débouler dans les nuages, les poissons carnassiers, les skis nautiques, tout voguait, tout se brouillait, les mouettes assourdissantes restaient suspendues à des fils invisibles, et Lidotchka elle-même planait entre ciel et mer.

C'était ça le bonheur : des parents, des mains chaudes qui ne te lâcheront jamais, qui ne te laisseront pas tomber, même si le monde entier est sens dessus dessous. Elle le comprit par la suite. Très fortement, par la suite.

— Reste un moment ici avec tata Mania et tonton Kolia, lui enjoignit papa en la reposant sur le sable, et la mer fut à nouveau en dessous et le ciel au-dessus. Comme d'habitude. C'est d'accord ? Maman et moi, on va aller nager, parce que maman a pris un gros coup de chaleur, tu sais.

— Soyez tranquilles, bougonna de sa voix suave tata Mania, j'ai élevé mes deux garçons, et ma troisième petite-fille est annoncée. Je garderai l'œil sur votre trésor. Baignez-vous et prenez votre temps.

— Nous ne serons pas longs, promit maman d'un air coupable, et elle appuya contre Lidotchka sa joue tendre et embrasée. Obéis à tata Mania. Je t'aime beaucoup-beaucoup.

Lidotchka hocha la tête distraitement, et tata Mania prit des airs de conspiratrice pour procéder à des fouilles énergiques dans son sac : il était clair qu'elle allait en extraire quelque chose de vraiment très intéressant. Tonton Kolia parut intrigué, lui aussi : manifestement, la vie avec son épouse avait été jusqu'à présent pleine de surprises, aussi émouvantes que du temps de leur jeunesse.

— Et hop ! s'exclama tata Mania sur le ton d'un prestidigitateur, et elle offrit à Lidotchka une pêche gigantesque, à la peau douce et veloutée, chaude, d'un rose tigré dû à la lumière dont elle était gorgée.

Une vague poussa comme une patte froide le ventre de maman, et elle eut aussitôt la chair de poule sur le dos et les épaules. Lidotchka, qui plissait les yeux, sentit la pêche lui chatouiller le bout du nez.

— Le premier arrivé à la bouée, d'accord Ninotchka ?

Maman secoua la tête et sourit, sûre d'elle-même.

— Mange, ma fille, dit d'une voix câline tata Mania, histoire de l'encourager.

Tonton Kolia tapa sur son genou un œuf dur sorti du fameux sac, et sur une page de journal apparurent successivement de monstrueuses tomates – des cœurs de bœuf –, des tranches de pain expropriées de la salle à manger, du saucisson, du raisin à la transparence dorée acheté au marché.

— Je l'ai eu pour quatre-vingts kopeks en marchandant, se vanta tata Mania, qui caressa, avec la même tendresse machinale, d'abord la tête réchauffée par le soleil de Lidotchka, puis la nuque rasée et déliquescente de son prolétaire de mari.

— Oh ma petite Mania, c'est toi ma patronne en or, j'ai une chance inouïe de t'avoir, je te ju...

Lidotchka finit presque de manger une moitié de sa pêche en reprenant son souffle et avec de petits gémissements de plaisir, le jus poisseux maculant son menton et son petit ventre replet et bronzé.

— Si tu te barbouilles, ma fille, je te ferai prendre un bain après et tu seras propre comme un sou neuf, et ta maman, où est-ce qu'elle travaille ? Ah, ben oui, et ton papa, il fait aussi des dessins ? Et vous avez combien de pièces ? T'entends, Kolia, je te l'avais bien dit : dans le Nord, on attribue tout de suite un trois pièces aux ingénieurs. Guenka n'a rien à fiche dans son école de techniciens, autant aller tout de suite bosser en usine ! Sinon, sa famille et lui, ils vont craquer à la cité U. Et ton papa et ta maman, ils ont de gros salaires ? T'es pas au courant ? Allez, mange, ma mignonne, et que Dieu te donne la santé, et à ta maman et à ton papa aussi...

Un cri retentit soudain, épouvantable, sur une seule note – un « AAAAAH ! » –, Lidotchka avala de travers et laissa tomber la pêche qui fut aussitôt grêlée de gros grains de sable, juste sur sa chair si délicieuse – impossible de les enlever, il ne reste plus qu'à la jeter, c'est dommage tout de même –, et le cri ne cessa de se rapprocher jusqu'à ce qu'il se stabilise à des hauteurs si inouïes que le panorama de la plage, comme s'il avait été dessiné sur un verre épais et translucide, se troubla aussitôt et se recouvrit entièrement de la toile d'araignée des craquelures de la terreur. Les estivants se soulevèrent lentement de leurs serviettes et de leurs chaises longues, tels des somnambules, quelqu'un courait déjà vers la mer en se frayant un passage au milieu de la multitude.

— AAAAAAAH ! À L'AIDE ! À L'AIDE !

Tante Mania, apeurée, se signa.

— Seigneur Jésus, Kolia, va voir ce qui se passe, mais pleure pas, ma fille, c'est apparemment quelqu'un qui a pris un coup de soleil sur la tête, tiens, on va voir ce qui se passe, nous aussi.

Lidotchka ne cessait de tourner son regard vers la pêche qui était tombée et avait été irrémédiablement gâchée. Loin d'elle l'idée de pleurer. Au contraire, c'était terriblement intéressant.

Papa se tenait à genoux juste au bord de l'eau tandis qu'un homme le tirait par la main, comme un gamin, un grand gaillard mouillé, l'un des membres de cette section d'atlantes aux formes mamelonnées, chargés des sauvetages, et qui d'ordinaire étaient perchés des jours entiers sur leur tour de guet en bois, se goinfrant de glaces et plaisantant avec les vacancières, mais, par-dessus tout, s'abrutissant d'ennui, bien entendu.

— Tout va bien, camarade ? demanda à papa le type en faisant saillir avec compassion son derrière enveloppé dans un maillot de bain flamboyant.

— Comment ça tout va bien ? Tu vois pas ? Il a failli se noyer, le bonhomme, lui répondit d'une petite voix de basse empreinte de reproches un quidam qui se trouvait au milieu de la foule des curieux.

— Il s'est pas noyé, c'est sa nana qui s'est noyée, dirent certains en rectifiant les propos du vacancier à la voix de basse, et papa, qui avait fini par se dégager des mains du gaillard, poussa un cri à la fois cotonneux et assourdi avant de tomber face contre terre, comme un jouet qu'on aurait poussé par mégarde avec le coude de l'endroit où il est installé.

Le secouriste se redressa, regardant autour de lui d'un air égaré ; la doctoresse, poussant des cris, aussi blanche et agile qu'un canot à moteur, se frayait déjà un passage à travers le cercle des vacanciers, tandis qu'un canot à moteur, aussi blanc et agile, mais véritable, lui, tournait autour des bouées, découpant des cercles mouvants ; d'autres sauveteurs plongeaient du bateau dans les vagues lisses, produisant un clapotis silencieux et s'interpellant les uns les autres avec des voix juvéniles qui carillonnaient au loin.

— Eh bien, sa femme s'est noyée, et lui est sain et sauf, constata au milieu du brouhaha de cette foule de gens presque nus et en sueur la voix d'un homme invisible, indiscernable, dont on ne savait trop si elle résonnait comme un reproche ou comme de l'envie, et papa, qui semblait avoir perçu ces paroles, se mit aussitôt debout, le corps recouvert d'une épaisse couche de sable marron, comme la pêche de Lidotchka.

Il leva soudain la tête en direction du ciel et menaça quelqu'un là-haut, en un geste d'une force si archaïque et effrayante qu'il n'était même plus humain. Une vaguelette espiègle osa se faufiler jusqu'à lui, atteignit ses pieds roses qui avaient on ne sait quoi d'enfantin, mais fut tout à coup effarouchée et recula précipitamment vers la mer, vers les siens. Papa promena son regard humide et nu sur les estivants.

— Non, s'écria-t-il soudain d'une voix parfaitement calme. Tout ça, ce n'est pas vrai. Il est temps qu'on aille déjeuner. On y va tout de suite. Où est ma fille ?

Lidotchka détacha sa main poisseuse à cause du jus de pêche des doigts serrés de tata Mania et elle s'éloigna précipitamment, s'empêtrant dans le sable meuble et brûlant, meuble et brûlant. Quelque chose s'était distinctement rompu dans sa tête, telles des déflagrations, petites et consécutives, comme si, ne supportant pas la surtension, de minuscules fusibles avaient sauté simultanément, comme s'ils avaient fondu l'un après l'autre, l'un après l'autre. Jusqu'à ce que tout ce qui devait l'être soit effacé.

Ce n'est que treize ans plus tard, alors qu'elle regardait un documentaire nonchalant sur la BBC à propos d'une famille d'orangs-outangs, que Lidotchka éprouva un choc intérieur quand le mâle, à peine était-il parvenu à reprendre son petit à un alligator, avait bondi sur la berge et s'était mis à hurler d'une voix éraillée, comme un être humain, et avait soudain soulevé son enfant estropié et mort vers le ciel, peut-être pour le châtier, peut-être pour le réprouver, ou bien pour tenter de comprendre. Elle grimaça, sa tête fut tout à coup enveloppée d'une espèce de vase grasse, comme si elle regardait le monde à travers des verres de lunettes qui auraient été manipulées par des doigts maculés de graisse, des lunettes qui n'étaient pas les siennes, d'une dioptrie qui ne correspondait pas, qui auraient été attrapées à la va-vite sur la table de quelqu'un d'autre. Elle essayait en vain de se souvenir. En vain.

Puis le mâle avait déposé avec précaution son rejeton par terre, et tous les orangs-outangs, l'un après l'autre, avaient flairé le petit cadavre estropié et inanimé, pour lui faire leurs adieux en quelque sorte, avant de repartir à la queue leu leu, le dos voûté par l'évolution, absurdes, ayant tout oublié à l'instant même avec bonheur, car oublier, pour eux, cela signifie vivre justement.

— C'est malheureux, tu ne crois pas ? l'avait interpellée Loujbine, qui ne cessait de cligner des yeux, comme tous ceux qui sont consciemment cruels, mais il versait volontiers des larmes pour des vétilles.

Lidotchka avait acquiescé. On lui avait désappris à pleurer de pitié dès qu'elle avait été pensionnaire dans son école, à neuf ans.

— Tu veux une pêche ? avait proposé Loujbine qui, troublé, avait tendu la main vers une assiette où étaient posés des fruits. Ah, putain, je me laisse aller à pleurnicher comme une bonne femme.

— Non, avait-elle répondu. Excuse-moi. Je suis allergique aux pêches.

Les enfants ont une constitution solide, très solide. Quels que soient les efforts qu'accomplissait Lidotchka, à l'époque où elle avait mûri, pour se souvenir de l'été 1985, pas avant, mais après le 24 juillet, rien ne lui revenait en mémoire hormis des éclairs morbides et fulgurants. Le couvre-lit dans la chambre – bleu pâle, avec des fleurs ; papa qui restait des jours entiers étendu sur le lit à côté du sien, le visage tourné vers le mur ; sa nuque rose à travers le duvet roussâtre, à la peau vulnérable ; dans l'avion – c'était la première fois de sa vie qu'elle le prenait ! –, une dame toute vêtue de bleu et très belle qui distribuait des bonbons acidulés Décollage, posés sur un plateau, minuscules, deux fois plus petits que les bonbons ordinaires, surprenants ; Lidotchka en avait pris un et, comme le lui avait enseigné maman, elle avait dit merci à voix basse.

— Prends-en un autre, ma fille, l'avait autorisée l'hôtesse, et à travers la bouche ouverte en un sourire professionnel de bienvenue, à travers le fond de teint Ballet déposé en une couche épaisse comme sur un sandwich, avaient transparu de petites rides de sympathie tout à fait humaines.

— Merci, avait de nouveau chuchoté Lidotchka en prenant un deuxième bonbon.

C'était intéressant de se trouver dans un avion, mais on y étouffait et l'air embaumait le désodorisant aux senteurs de conifère mêlées à un très lointain relent de vomi. Durant les six heures qu'avait duré le vol jusqu'à N-sk, papa n'avait pas arrêté de pleurer. Sans cesse. Pendant six heures.

Qui avait pris en charge toutes les démarches possibles et imaginables, qui avait réuni les documents, trouvé un cercueil, aidé à le transporter à travers le pays, qui ? Elle n'en savait rien. On ne l'emmena pas à l'enterrement et, sous la surveillance d'une voisine silencieuse, outillée d'aiguilles à tricoter, elle était restée à la maison et avait joué gravement avec ses poupées. Les unes préparaient de la soupe, les autres étaient invitées, et la Lélia venant de RDA avec ses cheveux dorés et crissants s'était même mariée au lapin. Elle était à peine moins grande que Lidotchka, cette Lélia, si bien que maman lui avait taillé une robe dans l'une de celles de sa fille, une robe blanche, pour les fêtes, avec une affreuse brûlure sur le devant à cause d'un fer à repasser malencontreux. Maman l'avait dissimulée sous un grand ruban, et Lélia, désormais vêtue de soie blanche, était vouée à d'éternelles aspirations matrimoniales. Qu'est-ce que tu fais dans la vie, Lélia ? Moi ? Je suis une fiancée !

Quand on sonna à la porte, elle était justement en train de réfléchir à l'enfant qu'elle devait attribuer à Lélia et au lapin : le chiot aux yeux globuleux ou le Hurvinek en plastique avec ses bras mobiles. La voisine avait tenté de s'extraire de son fauteuil en s'y prenant en quatre phases (ôter ses lunettes, poser ses lunettes, lâcher la pelote et se frotter les reins), mais Lidotchka avait déjà filé dans l'entrée en sautillant de bonheur :

— C'est maman, maman est arrivée, j'en suis sûre !

La voisine, qui était parvenue à s'extraire de sa captivité meublière, se signa à la dérobée. Dans l'embrasure de la porte se tenait une femme – Lidotchka ne l'avait jamais vue – vêtue d'une robe de couleur incroyable, inquiétante et nocturne. Elle était vraiment très belle, vraiment, rien à voir avec l'hôtesse de l'air. Presque aussi belle que maman. Ses lèvres étaient peut-être excessivement rouges. Sans la regarder, cette femme écarta la fillette, telle une petite chose sans grande valeur, et elle pénétra dans l'appartement.

— Mais où est maman ? demanda Lidotchka qui distendit par avance sa bouche afin de hurler en pleurant plus commodément.

— Elle est morte, répondit très calmement l'inconnue, et la voisine se signa encore une fois.

— Et papa ?

Ce que signifiait « morte », elle l'ignorait, mais, à toutes fins utiles, elle annula ses pleurs.

Les lèvres de la femme tremblèrent légèrement, comme si elle s'apprêtait à donner un baiser en l'air, puis elle se ravisa.

— Ton papa va bientôt revenir, dit-elle, et elle regarda enfin Lidotchka.

Ses yeux étaient bleu-gris, transparents et glacés, avec une nuance subtile dans les bleuâtres tout au fond. Sa petite maman, elle, avait les yeux roux. Roux et joyeux, comme ceux d'un chien rouquin et joyeux. Et par la suite – au-delà, durant toute sa vie –, ce que Lidotchka craignait le plus d'oublier, c'était cela.

— Et vous-même, si je puis me permettre, qui êtes-vous ? finit par lui demander la voisine, qui était sortie de son hébétude.

Elle avait été jusque-là fascinée, n'en croyant pas ses yeux, par le double rang de perles autour du cou de l'inconnue qui venait d'entrer : chacune d'elles était très grosse, et toutes se tenaient serrées les unes contre les autres, avec la modestie ostentatoire de quelque chose de très cher et de très simple. Elles sont fausses, tu parles, s'était-elle dit, histoire de se rassurer ; c'était une experte en marchandises et une envieuse pathétique vivant de sa retraite bien méritée. Vain espoir : les perles étaient véritables, argent avec des traits roses, des perles de mer patiemment élevées dans les ténèbres tendres et vivantes d'une huître. Chez Galina Petrovna Lindt, tout d'une manière générale était authentique, tout était ce qu'il y avait de mieux et de plus cher. À l'exception de sa propre vie, mais de cela, grâce à Dieu, personne n'était au courant.

— Qui suis-je ? fit Madame Galina Petrovna en soulevant ses sourcils d'un air miséricordieux, comme si la voisine était une cinglée qui n'avait pas reconnu sa souveraine dont le portrait, trémulant derrière les fumées d'encens de l'amour du peuple et la vapeur d'un samovar bouillonnant sans fin, était accroché dans chaque maison, dans le coin réservé aux icônes. Qui suis-je ? Vous parlez sérieusement ?

À cet instant, la voisine ne demanda pas son reste et recula, vers sa vie pitoyable, vers sa chambrette, son réduit aux murs blanchis, peinturlurés de grossiers motifs villageois exécutés au pochoir.

— Allons-y, dit Galina Petrovna en poussant Lidotchka vers la porte, que personne n'avait songé à refermer, d'ailleurs.

Obéissante, elle franchit le seuil de sa propre vie. Et elle saisit, mais pas tout de suite, que sa grand-mère l'avait adoptée.

Grand-mère s'appelait Galina Petrovna, avec un « vous ». Lidotchka tenta la variante « mémé Galia », mais cela lui fut refusé : premièrement, parce que cela a des remugles paysans ; deuxièmement, parce qu'on va croire que tu as cent grands-mères et que tu ne sais pas à laquelle tu dois t'adresser.

Il est vrai qu'elle n'avait ni cent grands-mères ni cent grands-pères. Plus exactement, elle connaissait un seul grand-père et une seule grand-mère qui avaient vécu dans la chambre de papa et maman. Maman les ôtait parfois du mur et passait tendrement un doigt sur un homme en noir et blanc, vêtu d'une tunique, et sur une femme aux cheveux bouclés, qui posait sur l'épaulette de son capitaine de mari une main légère, dodue, même joyeuse apparemment. La femme avait de longs pendentifs et des fossettes sur les joues, l'homme des moustaches froncées comme une brosse.

— Tu vois, Pralinette, disait maman, c'est mon papa et ma maman, et donc ton grand-père et ta grand-mère.

— Où est-ce qu'ils sont ? demandait Lidotchka, connaissant déjà la réponse, comme dans les contes, et se réjouissant d'avance, comme n'importe quel enfant se réjouit une fois pour toutes du cours des événements.

— Loin, très loin d'ici, dans une région merveilleuse et fabuleuse, répondait maman d'une voix triste, sous-entendant peut-être le paradis, peut-être un district militaire en Extrême-Orient, le pont recouvert de neige d'où avait chu un camion conduit par un troufion aux longues oreilles et pas très futé qui s'était assoupi au volant et avait emporté dans son dernier rêve bizarre une section de soldats transis dans sa benne, le capitaine qui avait fait stopper le camion à la sortie de la ville de Bikine, ainsi que son épouse qui était assise dans la cabine et qui, même morte, serrait contre sa poitrine la lampe de table qu'elle venait d'acheter au magasin du régiment, munie d'un abat-jour chaud et ensoleillé.

— Mais pourquoi vous n'invitez pas grand-père et grand-mère à la maison ?

Lidotchka tirait avec impatience maman par la main, comme si elle sentait qu'il n'était pas possible de penser trop longtemps à la glace qui se brise sous les roues, à l'eau, noire et silencieuse à cause du froid, qui se précipite à leur rencontre.

— Pourquoi, dis-moi, pourquoi ?

— Parce que c'est très loin, ma Pralinette.

— Mais on pourra aller chez eux ?

— Absolument, lui promettait maman d'une voix grave. D'abord, j'irai avec papa, et ce sera ensuite ton tour. Seulement, ce n'est pas du tout, du tout pour bientôt.

— Dans mille millions d'années ? avait-elle dit, le souffle coupé – un nombre aussi colossal !

— Et même dans plus longtemps encore ! renchérit maman qui se leva du petit pouf aux allures de fraise en peluche posée sur de gros pieds. Viens, si tu veux, on va faire des beignets, toi et moi !

Lidotchka glapit triomphalement, car elle pressentait le chambardement qui allait s'ensuivre avec la farine et le nouveau pot de confiture qu'on allait ouvrir, et grand-mère et grand-père retournaient sur le mur. À dire vrai, ils ne ressemblaient guère à un grand-père et à une grand-mère.

Mais Galina Petrovna – Madame Galina Petrovna – ne ressemblait à personne, en vérité !

Premièrement, elle vivait absolument seule dans un immense appartement qui évoquait les illustrations d'un château dans le grand livre des contes de Charles Perrault qui craquait quand on l'ouvrait.

Deuxièmement, elle n'avait pas le droit de courir, de sauter et de crier dans l'appartement. Disons que c'était interdit en général, mais particulièrement dans l'appartement.

Troisièmement, il y avait une certaine Marvanna qui venait tous les matins et était chargée d'une mission spéciale : elle se changeait, se drapait dans un tablier et faisait le ménage dans toutes les pièces avec le savoir-faire impassible et taciturne d'une véritable machine. Maman, quand elle s'occupait du ménage, était toujours en colère ou chantait. Marvanna préparait aussi les repas, chaque jour des plats différents et frais, puis elle transvasait les restes du déjeuner et du dîner de la veille dans des casseroles spéciales qui s'appelaient des gamelles. Marvanna les emportait quand elle s'en allait. Elle ne disait pas un mot à Lidotchka, comme si celle-ci n'existait pas.

— Mais qu'est-ce que Marvanna fait de la nourriture ? ne put-elle s'empêcher de demander à Galina Petrovna, bien qu'elle connût parfaitement l'histoire de Varvara la petite curieuse et de son nez arraché.

Maman et papa ne l'autorisaient pas à importuner de questions les adultes qu'elle ne connaissait pas, en dehors d'eux-mêmes. Mais s'il n'y en avait plus de ces adultes qui n'étaient pas des étrangers, elle pouvait donc certainement poser des questions.

— Quelle nourriture ? demanda Galina Petrovna, surprise, d'un air distrait, en quittant des yeux l'écran de son téléviseur. Ah-ah... Celle-là. Je l'ignore, elle l'apporte sans doute à ses petits-enfants.

Elle se tut afin de réfléchir à tout cela.

— Marvanna, c'est donc notre grand-mère à toutes les deux ?

Galina Petrovna émergea définitivement du film *Bracelet 2*. Tu parles d'un cheval stupide. On ne sait plus faire de films de nos jours.

— D'où sors-tu que Maria Ivanovna est notre grand-mère ? Ne gratte pas le fauteuil comme ça ! Tu vas l'abîmer.

Lidotchka lui obéit et cessa de caresser le velours. Marvanna venait tous les jours : elle faisait la cuisine, le ménage, les lits, la lessive. Elle prenait soin d'elle et de Galina Petrovna comme se doit de le faire une grand-mère. En outre, comme il venait de lui être précisé, elle avait des petits-enfants auxquels elle apportait ce que Lidotchka et Galina Petrovna n'avaient pas fini de manger. Par conséquent, Galina Petrovna et elle étaient également des petits-enfants de Marvanna, et ses préférés en plus. Elle ne voyait pas la moindre faille dans le déroulement logique de ses réflexions. Tout cela était irrécusable. Et pourquoi pas ?

Galina Petrovna haussa les épaules, exaspérée.

— De quelles absurdités ta tête est-elle farcie ! Marvanna, Maria Ivanovna, est ma bonne. Va plutôt lire ou dessiner quelque chose. Tu sais lire au moins ?

Elle descendit de son fauteuil, vexée. Elle savait lire. Depuis très longtemps en plus. Et à voix basse même !

Il y avait une autre bizarrerie : autrefois, Lidotchka n'avait pas, en fait, la moindre notion de l'existence de Galina Petrovna. C'était une chose qu'elle ne comprenait pas. Car soit on a une grand-mère, même si elle se contente de rester accrochée au mur, soit on n'en a pas. Bien entendu, elle aurait pu réclamer des explications à papa, mais, curieusement, il ne revenait toujours pas – bien que Galina Petrovna lui eût promis qu'il serait bientôt là. Elle se souvenait vaguement que, lors de la première nuit qu'elle avait passée chez Galina Petrovna (on l'avait installée sur un canapé en cuir qui semblait vivant et ressemblait à un éléphant au toucher), papa était resté sur place. Il s'était agenouillé près du canapé et avait pleurniché comme un chiot, d'une voix ténue, en se balançant, et Lidotchka, même à travers les couches épaisses du sommeil, avait senti son odeur familière et chaleureuse, un merveilleux mélange de tabac et d'eau de Cologne à propos duquel maman disait qu'il embaumait comme une feuille de laurier-sauce, et parfois elle appelait même papa « mon petit laurier ».

— Mon petit laurier, avait-elle balbutié en se retournant – elle n'avait pas l'habitude de cet oreiller. Il était trop mou. Maman disait qu'utiliser un oreiller trop mou, ce n'était pas bien. Papa se tut, comme épouvanté.

— Dors, ma puce, dors, mon lapin, avait-il chuchoté tandis que ses mains aveugles fouillaient dans les contreforts du canapé pour dénicher sa fille. Tu vois, personne n'a dénoué tes nattes pour la nuit, grand-mère n'y a pas songé, mais ne sois pas fâchée contre elle, elle apprendra à le faire, tu verras...

Lidotchka essaya de décoller ses paupières lourdes, mais elle n'y parvint pas.

— Où est maman ? demanda-t-elle d'une voix bougonne, embroussaillée par le sommeil, appelle maman...

Papa se tut, comme s'il accumulait des forces, puis soudain il blottit son visage immense et embrasé contre elle, au point que, même à travers le tissu fin de son pyjama, elle sentit ses dents qui claquaient et tressautaient.

— Arrête cette crise de nerfs, Boris, lui ordonna, venue de nulle part, la voix de Galina Petrovna qui était apparue dans l'embrasure de la porte. Elle portait une chemise de nuit blanche et transparente, recouverte par les dragons de soie courroucés de son peignoir. Tu te conduis comme une bonne femme.

Papa releva la tête, le pyjama sur le flanc de Lidotchka était imprégné de ses larmes.

— Tu l'as toujours détestée, dit papa à voix basse. Toujours.

Galina Petrovna haussa les épaules et disparut, puis ce fut papa qui disparut, il se fondit dans l'air alangui de la nuit quand Lidotchka se retourna, n'ayant plus la force de lutter contre la pression caressante du sommeil qui augmentait de toutes parts...

Le lendemain matin, papa n'était plus là, et elle erra longuement dans cet appartement inconnu, traînant ses pieds nus par terre jusqu'à ce qu'elle tombe sur Galina Petrovna qui se tenait devant une fenêtre, nimbée d'une chaude fumée de tabac – maman ne fumait jamais. Papa fumait, mais pas maman.

— Mais où est papa ? demanda-t-elle d'une voix morose.

Galina Petrovna se retourna : la cigarette qu'elle tenait dans ses doigts était étonnante. Très longue.

— Il est parti, dit-elle.

— Et maman ?

— Maman est morte.

Lidotchka se tut, expérimentant sur elle-même ce destin impossible.

— Je veux rentrer à la maison, dit-elle.

— Ta maison est ici désormais.

Ce n'était pas vrai, et toutes les deux, aussi bien Galina Petrovna qu'elle-même, le comprenaient fort bien. Mais elles n'avaient pas le choix. Lidotchka et Galina Petrovna commencèrent leur vie commune.

En tout premier lieu, Galina Petrovna l'emmena chez le médecin. Dans une longue voiture blanche qui portait le nom fluide de Volga. Ce fut en outre Galina Petrovna elle-même qui prit le volant, ce qui était surprenant parce que, dans sa vie précédente, seuls de gentils messieurs aux mains gigantesques dont la peau était rêche conduisaient des voitures – les chauffeurs de taxi. En plus, maman arrondissait toujours ses sourcils d'indignation en voyant leurs ongles afin de démontrer à sa fille ce qui se passe quand on ne se lave pas les mains avant de passer à table. Leurs ongles étaient sales et fendillés, bordés d'un noir grossier. Quant aux autobus, ils roulaient tout seuls, en fait. En revanche, dans les autobus, on pouvait enfoncer en catimini son nez dans la fourrure étouffante du pan d'un manteau en peau de mouton ou bien toucher du doigt le devant coloré et crissant de la robe élégante d'une inconnue. Elle aimait les autobus.

Galina Petrovna installa Lidotchka, fraîche et pimpante comme une poupée, sur le siège avant, et elle attacha sa ceinture de sécurité, comme si elle ornait d'un ruban un bouquet destiné à une fête.

— Ne t'agite pas comme ça, lui ordonna-t-elle sévèrement, et la rue se précipita sur Lidotchka avec l'allégresse d'un chiot, légère et lisse, toute en ombres allongées et en carrés verts ensoleillés et aveuglants.

À cause de ces roulades, presque comme celles d'un clavier, qui faisaient se succéder précipitamment des poteaux et des troncs, des troncs que venaient remplacer des fenêtres miroitantes inondées de soleil, elle eut presque aussitôt mal au cœur. En outre, il régnait dans la Volga une forte et suave odeur d'essence mêlée au parfum de Galina Petrovna, capiteux et lourd comme un pot de confiture de cassis qui aurait explosé à la chaleur et dont le contenu s'échapperait insolemment. C'était Poison de Dior, une senteur qui allait devenir légendaire et qui était encore une nouveauté, extraordinaire même pour Paris, sorti en 1985, précisément l'année où, à l'instant présent, avançait dans les rues de N-sk la Volga, tandis que Lidotchka, plaquée sur son siège, agitait ses petites pattes pour essayer de sentir sous ses sandales le sol qui grondait. En vain. Un poteau, un tronc, une fenêtre, un virage. Un tronc, une fenêtre, un virage, un poteau.

Galina Petrovna avait payé trois cents roubles pour Poison – trois cents ! –, plus, bien plus que le salaire mensuel de nombreux citoyens de l'immense pays soviétique. Mais plus on dépense, plus l'argent se multiplie, c'est une règle fort simple et tout à fait compréhensible. Et puis, qui aurait pu décider du prix d'une goutte de bonheur, en quelle unité monétaire peut-on mesurer le doux bruit que produit l'enveloppe de cellophane transparente comme du verre quand on la rompt et qui se détache d'une petite boîte verte comme taillée dans de la malachite ? Et ce flacon bleu lilas, lisse et arrondi comme le sein d'une jeune femme ! Et le prisme transparent du bouchon à l'émeri, solidement fixé ! Galina Petrovna passa le goulot frais et humide du flacon sur sa gorge chaude et palpitante. Le miel d'un oranger, la framboise, l'ambre, l'opoponax et la coriandre. Pour obtenir de la résine d'opoponax, il faut causer une blessure mortelle au *ferula opoponax*. Les larmes et le sang de cette herbe ont la senteur d'un poison épicé et très pur.

— Je crois que personne d'autre en Soviétie ne possède un tel parfum, avait ronronné la fidèle Norotchka, la mystérieuse fournisseuse de l'élite de N-sk, la petite souris des grandes avenues du trafic diplomatique.

Elle avait fourré les trois cents roubles qu'elle avait reçus de Galina Petrovna dans la gueule rose de son élégant sac à main entrouvert, comme si elle les glissait dans son soutien-gorge, avec le geste rapide et leste d'une petite voleuse, qui ne s'accordait ni à ses tenues importées, alambiquées jusque dans leurs pinces et leur coquetterie, ni à ses manières flegmatiques et nonchalantes vis-à-vis de tout ce qui constitue l'univers d'une dame riche.

La voiture tressauta sur une bouche d'égout béant traîtreusement, et Lidotchka eut du mal à ravaler l'énorme boule laineuse d'un haut-le-cœur qui remontait.

— Ça sent mauvais, gémit-elle en regardant droit devant elle.

Elle s'était plainte comme ça, sans attendre quoi que ce soit. Galina Petrovna se pencha, tendit sa main imposante (la puanteur de Poison et d'essence mêlés devint palpable, comme si on avait plongé entièrement Lidotchka dans des morves sucrées d'un noir d'encre) et l'air vif de la rue, comme un matou, fourra lestement par l'ouverture au-dessus de sa vitre une patte tendue et fraîche qui heurta sans faire mal ses lèvres et son front arrondi où perlaient des gouttes de sueur. Il lui fut immédiatement un peu plus facile de respirer. En revanche, le décompte monotone et dangereux – un poteau, un tronc, une fenêtre, un virage – s'emplit aussitôt d'un grondement menaçant et tonitruant. Tous les bruits qui étaient emportés au-dessus de la ville en se télescopant les uns les autres tentèrent de se faufiler simultanément par l'entrebâillement de la vitre, mais ils se coincèrent, bien entendu, et se mirent alors à hurler sur un mode tout à fait enragé et insupportable.

Afin de s'abstraire, ne serait-ce qu'un minuscule instant, de tout ce charivari, elle posa son regard sur Galina Petrovna, mais celle-ci, comble de malchance, était entièrement absorbée par des gestes incessants, presque mécaniques. Sous sa jupe, qui avait la couleur beige tendre du lait concentré, ses puissants genoux pointaient en des mouvements rapides, et on avait l'impression que ses pieds invisibles pétrissaient on ne sait quoi de têtu, lui résistant avec hargne. Sa main droite (dont un doigt portait un gros cabochon de rubis sang de pigeon) se posait à chaque instant sur une poignée qui émergeait directement du sol et se cabrait en produisant un craquement carnassier, comme si un os invisible mais essentiel se cassait quelque part, et la voiture réagissait en rugissant plaintivement, tandis que la main de Galina Petrovna retournait sur le volant en un geste gracieux. C'était une sorte de danse mécanique étrange, insupportable aussi bien pour les spectateurs que pour le danseur. Le mouvement de la tête qu'effectuait Galina Petrovna lorsqu'elle regardait successivement dans trois miroirs – en haut, à gauche, puis à droite – était particulièrement douloureux, et, chaque fois, une mèche sculpturale, marron cuivré, tremblotait sur son front, s'écartant une fraction de seconde du rythme général qui avait été impulsé.

Arriva un moment où ce rythme complexe et fantasque entra en résonance avec les bruits qui foisonnaient de manière ininterrompue derrière la vitre, l'odeur dans la voiture devint plus puissante, elle se fit presque solennelle, chorale et d'une intensité étourdissante. Lidotchka, qui avait déjà compris que c'était trop tard, essaya malgré tout de dégager ses bras de la ceinture ou, en tout cas, de fermer les paupières.

— Ne t'agite pas, je te dis, lui ordonna sévèrement Galina Petrovna après avoir fait crisser ses pneus en freinant et – hop-là ! – Lidotchka vomit.

Sa robe (bleue, toute neuve, avec une ceinture en satin et un volant orné d'un petit plissé sur le bas) n'avait presque pas souffert, mais, sous le regard inquisitorial de Galina Petrovna, elle dut laver, secouée de sanglots, ses petites socquettes blanches avec des pompons dans les toilettes du dispensaire.

— Mon Dieu, qu'est-ce que c'est que cette enfant ! Rince-les mieux que ça ! Maintenant, essore-les comme il faut. Ne tiens pas tes mains comme ça ! Pas comme ça !

Galina Petrovna arracha des mains de Lidotchka les socquettes souillées et, habilement, ni une ni deux, elle les tordit au-dessus du lavabo. Le cabochon à son doigt intercepta le ruisselet torsadé qui s'écoulait du robinet et flamboya en toute liberté dans les toilettes en diffusant une lueur pourpre et mouillée. Les murs recouverts de faïence furent parcourus de taches de lumière furtives, roses et nettes, puis elles disparurent.

— Rince-toi la bouche, lui ordonna Galina Petrovna.

Obéissante, elle fit rouler dans sa bouche une petite boule d'eau fraîche qui sentait le chlore. Elle la remit en liberté. Elle essuya sur son menton une coulure de salive amère et poisseuse. Elle n'avait plus mal au cœur et ne ressentait que quelques petits gargouillis dans le ventre. Dus principalement à la honte qu'elle éprouvait. Galina Petrovna roula les socquettes lavées en un petit peloton humide qu'elle lança habilement dans son sac.

— Allons-y, lui ordonna-t-elle. Et elles sortirent des toilettes.

La doctoresse ressemblait à une meringue – rondouillarde et blanche, comme constituée de deux moitiés légères, sucrées et croustillantes.

— Mais qui est cette petite poupée qui vient me voir ? chantonna-t-elle de sa voix suave et également meringuée de pédiatre aguerrie, en se mettant à quatre pattes devant la fillette.

Par précaution, celle-ci recula, s'attendant à quelque chose d'épouvantable du genre abaisse-langue ou piqûre – il était évident qu'on ne pouvait rien espérer de bon de la part d'un être possédant une voix pareille. Mais la doctoresse palpa Lidotchka habilement avec ses doigts lisses, sans lui faire mal.

— Et maintenant dit « a-a-a » : voilà qui est bien, petite finaude ; lève les bras, c'est bien ; laisse-moi t'écouter, maintenant.

La plaque du stéthoscope était si glaciale qu'elle en paraissait brûlante, et le picotement industrieux des fourmis alarmées la chatouillait. Elle rapprocha ses omoplates qui étaient devenues granuleuses et eut un rire étouffé.

— Ne respire pas ! lui demanda d'un ton sérieux la doctoresse. Maintenant, respire.

Elle fut de nouveau prise d'un petit rire, et Galina Petrovna, excédée, la menaça du doigt.

— C'est une fillette en parfaite santé, finit par décréter la femme médecin en sucre qui l'aida à remettre sa robe.

Et quelle beauté, c'est votre portrait tout craché, Galina Petrovna. Est-ce qu'il y a quelque chose de concret qui vous inquiète ? Peut-être mange-t-elle mal ? Ou ne dort-elle pas bien ? C'est parfaitement compréhensible après un tel stress. Et vous-même, comment allez-vous ? demanda la doctoresse qui, par délicatesse, avait baissé la voix, comme si elle invitait Galina Petrovna à un tour de valse de mots enivrant.

Comme beaucoup de médecins travaillant dans ce genre d'institution, elle restait la plupart du temps hébétée par l'enthousiasme insupportable et grassement payé qu'elle éprouvait en présence de ses patients haut placés, et ce n'est que grâce aux ragots qu'elle ne perdait pas la tête.

Galina Petrovna haussa les épaules en signe d'énervement. Elle n'avait pas l'intention de cancaner, et *a fortiori* à son propos.

— Tout va parfaitement bien, l'interrompit-elle, rassurez-vous. Mais examinez l'enfant comme il faut. Elle a peut-être des vers !

— Enfin, voyons, qu'est-ce que vous dites, Galina Petrovna !

La doctoresse parut même quelque peu vexée pour Lidotchka qui était assise juste à côté, sur une chaise, et qui balançait ses pieds chaussés de sandalettes. Sur le volant de sa robe bleu clair il y avait une tache traîtresse due au vomi qui avait été nettoyé. Le talon gauche la picotait légèrement.

— Dieu soit loué, cette fillette est en parfaite santé. Bien entendu, si vous le souhaitez, on peut procéder à des analyses, mais...

Comme si elle avait été ramenée à la vie avec le mot « analyses », une infirmière, à l'air impénétrable et qui n'était plus de première jeunesse, sortit de derrière un paravent.

— Olga Valerievna, notez une ordonnance. Examen des selles pour recherche d'escherichia coli. Lidia Borissovna Lindt. Ton papa s'appelle bien Boris, n'est-ce pas, Lidotchka ?

Celle-ci n'eut pas le temps de hocher la tête que Galina Petrovna se leva, lui attrapa la main et, sans prendre congé, sortit du cabinet de consultation.

— Tu parles d'une saleté, lança avec une hargne inattendue l'infirmière en direction de la porte fermée. Des vers… Comme si elle avait ramené chez elle un chaton de la décharge.

La Volga polluée de vomi, que Galina Petrovna avait garée près de la guérite du garde, les attendait : l'intérieur, qui, au soleil, avait été transformé en étuve, était soigneusement nettoyé. C'était le gardien, un gros type jovial, qui avait fait du zèle pour s'en occuper. On l'avait placé là pour protéger ce dispensaire, réservé à l'élite, des citoyens de base avec leurs abcès et leurs sinusites dont personne n'avait rien à fiche.

— Eh bien, ma pauvre petite, tu as eu le mal de mer, ma puce, dit d'un air compatissant le bonhomme en lui glissant dans sa main mollassonne une praline qui, à force de rester dans la poche de son uniforme, avait pratiquement perdu sa forme initiale.

Lidotchka, l'air ahuri, stupéfaite de se retrouver devant la Volga et d'avoir entendu cet énigmatique mot « vers », marmonna docilement un « merci », arraché des réserves pédagogiques dont maman l'avait bourrée pour l'éternité.

— C'est la petite-fille de monsieur Lazariossitch ? demanda avec entrain le garde curieux en essayant de lui caresser sa tête brûlante, mais Galina Petrovna parvint habilement à la soustraire à cette main et, à la place, elle lui fourra le billet de trois roubles qu'il avait gagné afin qu'il se taise et cesse ces familiarités.

Une portière claqua, puis une autre ; Lidotchka se retrouva dans le giron insupportable de la voiture, au milieu de cette pestilence qu'elle connaissait maintenant et qui transparaissait nettement au milieu de l'odeur de plastique surchauffé, d'eau de javel et de vomi récent.

— Mais qui est-ce, monsieur Lazariossitch ? demanda-t-elle en s'efforçant de respirer par la bouche pour ne pas contrarier la boule vomitive qui s'était de nouveau formée à l'intérieur d'elle-même.

Galina Petrovna souleva à peine ses sourcils et jeta un coup d'œil à Lidotchka d'un air étonnamment respectueux, comme si elle voyait un individu très adulte et très téméraire.

— Lazare Iossifovitch Lindt, l'académicien, répondit-elle d'une voix lente, énigmatique, presque chantante, et il ne s'agissait pas d'une explication donnée à une enfant de cinq ans, bien entendu, pas même d'une explication d'ailleurs, c'étaient des mots sortis comme ça, peut-être une formule magique pour anéantir la mémoire, peut-être une prière pour conjurer les démons.

Lidotchka entrouvrit la bouche en une mine dubitative.

— Ton grand-père.

2

Maroussia

Il était apparu à Moscou de nulle part, comme si Dieu l'avait incarné juste sur le seuil de la seconde université de Moscou, par un matin de novembre 1918 croustillant de gel. Une imagination obligeante a certainement étalé devant vous un éventaire de sombres clichés que le temps a bistrés : le froid, la famine, le grand chambardement, le cannibalisme effréné, la terreur, le fratricide, le typhus.

Cependant, tout n'allait pas si mal à Moscou, en fait. En mars 1918, la ville avait été de nouveau proclamée capitale, d'on ne sait trop quel État il est vrai, mais le transfert précipité du gouvernement depuis Petrograd garantissait l'absence dans les rues de bandes de corbeaux festoyant sur des cadavres. Ce n'était pas du tout un public enflé d'inanition qui affluait au théâtre Komissarjevskaïa pour la *Lysistrata* d'Aristophane, l'équipe de football du Club de sport du Zamoskvoretchié avait gagné la première place en ville, et Vsevolod Verbitski, un comédien du Théâtre d'art, un beau garçon adorable qui avait remporté durant cette année 1918 la première place au premier championnat de la Moscou révolutionnaire, régnait sur les courts de tennis de la Petrovka. Suivant l'exemple de Sverdlov, les blousons de cuir unisexes qui grinçaient agréablement étaient à la mode, on pouvait se procurer de la main à la main tout ce qu'on voulait, et les petites brunes aux pommettes saillantes continuaient de faire des œillades et du genou comme naguère lorsque l'époque était pacifique et sans doute plutôt ennuyeuse. Les ruptures dans les livraisons de produits alimentaires, la proximité des Allemands et d'une soldatesque plus ou moins éméchée ne semblaient pas devoir constituer des signes avant-coureurs d'une apocalypse inéluctable. Il s'agissait plutôt des rebuts fatidiques d'un grand bouleversement – de phénomènes liés de façon aussi regrettable et intime qu'une soirée à la campagne et des moustiques, que l'état amoureux et le mariage, qu'un Mardi gras et une brûlure d'estomac bien consistante, confortablement logée sous le sternum.

D'ailleurs, une pléthore de destins en lambeaux et de frustes résidus de l'humanité s'était amassée à Moscou : on y trouvait non seulement des corporations entières, mais des peuples arrachés de chez eux par la révolution qui venait d'éclater. Les juifs étaient légion : c'est à eux, pour commencer, que le pouvoir soviétique avait absolument tout accordé à brûle-pourpoint. L'air ahuri, incongrus, vadrouillant sans être astreints à leur résidence habituelle, la capitale les avait attirés, soit pour errer à la recherche de leur impossible bonheur judaïque, soit pour s'assurer personnellement que c'en était fini, que leurs souffrances étaient terminées, et que désormais la chose était certaine. Les plus retors et les plus débrouillards s'adaptaient déjà, comme ils en avaient l'habitude, ils s'accommodaient, se confrontaient à la nouvelle situation – que ce soit pour se lancer dans le petit commerce, pour essayer de se faire de l'argent dont la valeur se dépréciait à vue d'œil ou occuper des postes inimaginables autrefois, en douce, peu à peu, à petits pas, comme avait coutume de le dire un homme qui avait cumulé les fonctions d'antisémite primaire et de grand écrivain russe.

Certains ne tiraient aucun profit de leur volonté de s'adapter d'ailleurs, dans la mesure où les meilleurs des fils du peuple juif participaient à la révolte russe et l'inspiraient : reconnaissons-le, ils y participèrent de façon insensée et en devinrent des inspirateurs impitoyables. C'est d'ailleurs eux justement qui furent les premières victimes des démons qui avaient été libérés quand, après quelques années d'intermittence lumineuse, le gigantesque cochon impérial sortit en grognant de sa bauge séculaire et commença à dévorer ses propres cochonnets, sans trop distinguer parmi eux lesquels étaient cashers et lesquels ne l'étaient pas vraiment. Mais durant les premières années de l'Union soviétique, ils formèrent une cohorte de combattants, pétris de sainteté et de frénésie, ces jeunes commissaires, ces fils antiques d'Abraham ! Intègres, fanatiques, implacables et superbes dans leur héroïsme stupide, ce sont eux qui conférèrent à la révolution ce net arrière-goût juif sur lequel des dizaines d'années plus tard les juifs eux-mêmes vomirent, les uns du poison, les autres du sang tout ce qu'il y a de plus véritable. Cela dépendait, comme le disait l'académicien Lindt, de quel côté on envisageait les choses.

En fait, Lindt lui-même n'appartenait ni à la corporation des boutiquiers ni à celle des commissaires du peuple ; remarquons d'ailleurs que, d'une manière générale, il ne trouvait guère de sens ni d'intérêt à sa judéité. Il considérait les juifs comme un petit peuple craintif et pacifique ayant eu le destin historique le plus malchanceux qui soit.

— Mais enfin, songez-y vous-même, se consacrer durant des siècles au commerce et s'humilier aussi petitement, vivre avec son balluchon prêt pour partir, trembler la nuit et se recroqueviller en sachant que, quoi que l'on entreprenne, à la première embrouille, de toute façon on te fichera dehors avec tout ton saint-frusquin. Et on te flanquera une dérouillée, en plus. Simplement comme ça, pour que tu ne te mettes pas en travers de notre chemin et que tu n'empestes pas avec ton ail.

— Tu sais, Lazare, un juif antisémite, c'est encore plus répugnant qu'une moniale qui joue les traînées ! remarqua avec une grimace Sergueï Alexandrovitch Tchaldonov, l'un des pères fondateurs de l'hydro et de l'aérodynamique moderne, académicien, sommité resplendissante de la science soviétique, qui avait une telle allure de Russe de souche qu'aucun papier d'identité n'était nécessaire pour s'en convaincre. Il suffisait de regarder son nez empâté, ses sourcils décolorés et la facture générale de sa physionomie bonasse et taillée à la serpe, pour voir immédiatement, comme dans un film en accéléré, toute l'histoire jobarde des cambroussards de Russie, avec ses hululements et ses coups de sifflet, son travail et ses réjouissances de bagnard, comme s'il était impossible d'y échapper.

— Mais enfin, Serguéï Alexandrovitch, comment pouvez-vous me qualifier d'antisémite ? s'exclama Lindt en dévoilant une denture robuste et bien proportionnée. Je veux simplement rétablir la justesse des faits. Comment peut-on qualifier de grand et d'élu de Dieu un peuple qui a tout foiré en gaspillant son talent, y compris son propre Temple, et qui ensuite, durant des siècles, s'est nourri exclusivement de ses souvenirs larmoyants ? Ils n'ont même pas réussi à créer un héritage culturel cohérent !

— Lazare, juste Ciel, et la Bible ? rétorqua Tchaldonov saisi d'effroi, car il avait beau être né en 1869, les dons d'éducateur et les coups de poings robustes du diacre, qui avait fait ainsi entrer dans le crâne de ses ouailles de la campagne la théologie et l'amour de Dieu, n'avaient pas perdu chez lui leur force de conviction pédagogique, même en 1934. Et la Bible, tout de même ?

— C'est quoi la Bible dont vous parlez, Serguéï Alexandrovitch, je vous en prie ! rétorquait Lindt en riant ouvertement cette fois. On ne compte plus ceux qui ont écrit ce genre de texte, voyez-vous ! Qu'il s'agisse des upanishads ou de la Tora ! Moi, je vous parle d'un héritage culturel, pas des délires de la religion. Où elle est la grande littérature chez vos juifs ? Et la peinture ? Et l'architecture, hein ?

Tchaldonov se signa mentalement et récita tout aussi mentalement le Notre Père, dont les paroles familières et rassérénantes étaient presque dénuées de sens pour lui, mais qui, tel un baume, avaient nourri ses chagrins et ses blessures de l'âme les plus revêches. Et de façon invisible et inaudible, des générations d'ancêtres de Lindt, de doux pèlerins, des juifs errants ayant perdu tout espoir, avaient adressé, à l'unisson avec Tchaldonov, des prières, dans une autre langue certes, mais toujours au même Dieu ; ils n'avaient en effet créé ni palais alambiqués, ni toiles épiques, ni sculptures aux rotondités somptueuses, rien qu'on eût regretté d'abandonner en partant pour un énième exil. Mais c'était justement cette aspiration de la prière, incessante et amère, qui avait tellement nourri la culture universelle dans son ensemble, que l'on apercevait dans le moindre de ses recoins tantôt un regard juif mélancolique, tantôt un nez juif qui ne l'était pas moins.

— Ce sont eux, enfin je veux dire – pardonne-moi mon Dieu ! –, vous, oui, vous bien sûr, qui êtes la cause première et divine, la source spirituelle première de tout ce qui est rationnel et civilisé. Tu as dîné, Lazare ?

Lindt haussa les épaules : de sa vie, il n'avait jamais avalé ces saletés, religieuses en plus.

Tchaldonov avait parfois l'impression que le Créateur s'était simplement hâté de fourrer la nature géniale de Lindt dans le premier corps terrestre qu'il avait dégoté, comme si Dieu lui-même n'avait pas eu la force de retenir ce génie entre ses mains. Enfin, disons comme une patate chaude, brûlante et charbonneuse, sortie des braises, légèrement sucrée sur les bords, que l'on commence par lancer consciencieusement d'une paume à l'autre pour essayer de la faire refroidir, et puis qu'on laisse tomber dans l'herbe invisible de la nuit – peu importe, qu'elle aille au diable cette patate, elle est tellement brûlante qu'on n'a plus la force de continuer, qu'elle serve à régaler les vaches au moins, et on s'en tient là.

Son corps recroquevillé, malingre et noueux, paraissait d'une petitesse humiliante, si bien que le soldat jeunot aux longues oreilles, chargé de monter la garde à l'entrée de la seconde université de Moscou en novembre 1918 et qui avait sursauté, prit d'abord Lindt pour un gamin des rues, dans la mesure où les nippes dont il était affublé étaient on ne peut plus voyantes, comme si elles sortaient du théâtre impérial Maly. Il vient faire la manche, pigea le garde rouge.

— Fiche le camp d'ici, mon petit youpinet, c'est pas là que tu vas pouvoir jouer les cons. Y a que des messieurs qui étudient ici. Et même eux, ils ont rien à bouffer, lui enjoignit-il d'une voix presque affectueuse.

— Je viens voir Tchaldonov, Serguéï Alexandrovitch, lui expliqua le petit juif, poliment, comme un adulte.

Et il finit par adopter un ton ferme et péremptoire.

— Veuillez m'annoncer, je vous prie.

Le secrétaire de la faculté de physique et de mathématiques (qui comprenait des sections de sciences naturelles et de chimie pharmaceutique) conduisit Lindt chez Tchaldonov. En réalité, la faculté comme son secrétaire n'existaient pas si l'on peut dire, car elle était encore entièrement – avec toutes ses sections – dans le futur, bien que son secrétaire, au contraire, afin de ne pas dérailler, séjournât chroniquement dans son passé confortable de maître de conférence, avec un traitement assuré et des recherches spirituelles et morales conformes à son appartenance à l'intelligentsia. Toutefois, Lindt, qui n'était pas au courant de ces circonstances, ne perçut rien d'insensé ou de hoffmannien dans cette situation. D'ailleurs, les vaines réflexions sur l'inanité de tout ce qui existe et les extravagances hystérico-ésotériques lui étaient étrangères. En ce sens, il n'était pas russe et, bien entendu, il n'était pas un intellectuel à la russe. Il était simplement un génie, les pieds solidement posés par terre ; en outre, un génie au sens le plus spécifiquement biologique du terme. Une pathologie classique du cerveau. Vraiment. Sans la présence d'on ne sait quelle mutation rarissime. Si les choses sont ainsi, ce n'est pas ma faute.

Ayant entendu derrière sa porte les grattements et les bruits tout à fait semblables à ceux d'un chien errant grâce auxquels le secrétaire de la chaire faisait habituellement précéder son apparition morose, Serguéï Alexandrovitch Tchaldonov geignit de mécontentement.

Serguéï Alexandrovitch n'avait pas le temps.

D'une manière générale, voilà près de treize ans qu'il n'avait pas le temps, depuis les environs de 1905, quand, brillant mathématicien, entre autres, il avait accepté à ses risques et périls de devenir le directeur des Cours supérieurs féminins. Et tout s'ensuivit : le bois de chauffage, les administrateurs, la carrière, les conférences, les étudiantes saisies par les tempêtes hormonales – marie-toi, idiote, dépêche-toi de te trouver un mari ! Mais vue de maintenant, l'agitation de cette époque semblait à Tchaldonov une aimable sieste postprandiale. Parce que le directeur des Cours supérieurs féminins sous le règne de notre petit père le tsar, c'était une chose ; faire en sorte, cher monsieur, que ces Cours féminins deviennent en un mois une autre université de Moscou, sous le nouveau gouvernement révolutionnaire de surcroît, qui, par inexpérience, ne savait pas lui-même ce qu'il voulait mais présentait quand même des exigences, c'en était une autre, et alors bonne chance ! À condition de garder un flingue dans la poche.

Après avoir gratté délicatement la porte avec sa patte, le secrétaire inséra sa tête chauve dans le bureau. Tchaldonov mit de côté avec regret le procès-verbal n° 77/113 de la réunion du cabinet du commissaire du peuple à la culture. Il préconisait de « réorganiser les Cours supérieurs féminins en une seconde université d'État de Moscou et de les transformer en un établissement d'études pluridisciplinaires, mais sans le considérer comme un établissement d'études supérieures nouvellement créé ».

Tout était absolument répugnant dans ce document : sa couleur jaunâtre, sa rugosité, son charabia administratif et plébéien insupportable pour un paysan de souche (« Assigner au budget des cours une avance égale à une fois et demie le montant du devis provisionnel présenté. »). Mais ce qu'il y avait de plus épouvantable était la liste des personnages présents à cette réunion, qui étaient totalement inconnus de Tchaldonov. D. N. Artémiev, V. I. Kalinine, M. N. Pokrovski, V. M. Pozner et D. B. Kalinine, passe encore. Mais le nom de Lengnik, qui donnait immédiatement mal aux dents et rappelait les imprononçables Houyhnhnms swiftiens, provoquait chez Tchaldonov une douleur carrément physique. Par bonheur, son ange gardien, pétri de sollicitude, libéra

Tchaldonov, insomniaque chronique, de détails devenus tout à fait insupportables, comme ce nom de Lengnik (Friedrich Wilhelmovitch) et ses surnoms de Parti (Kurtz et Kol). Sinon, on aurait probablement retrouvé le futur académicien et lauréat du prix Lénine gisant sur le parquet de son bureau directorial, qui n'était pas chauffé, la caboche transpercée d'une balle par ses propres soins.

— Mais qu'attendez-vous, Pavel Nikolaïevitch ? Entrez ! Qu'y a-t-il ? Une énième injonction venue d'en haut ?

— Non, Serguéï Alexandrovitch. Il ne s'agit pas d'une injonction. Quelqu'un désire vous voir, l'informa le secrétaire qui continuait de rester entre le couloir (son arrière-train) et le bureau de Tchaldonov (sa tête). En un certain sens, c'était aussi une position qui lui était coutumière, entre le passé et le futur.

— Mais qui est-ce, bon sang ? ne put se retenir de s'exclamer Tchaldonov qui, en tant qu'homme, plaignait beaucoup, certes, son secrétaire suspendu entre deux mondes, mais le travail c'est le travail, s'pa ! Oui, monsieur ! Il faut travailler ! Quelles que soient les circonstances !

Le secrétaire lanterna, ne pouvant se résoudre à trouver le bon qualificatif permettant de caractériser l'adolescent va-nu-pieds qui, en dépit de sa puanteur flagrante et de son oubli de l'usage du savon, se tenait avec le calme remarquable et joyeux de l'homme né riche et libre.

— Transmettez à Serguéï Alexandrovitch que j'ai des questions à lui poser concernant la dynamique des systèmes non holonomes, lui souffla à voix basse Lindt.

Ses savates se pavanaient de telle façon qu'il était préférable de ne pas imaginer l'état de ses pieds.

— Ah ah ah... réagit le secrétaire, ce qui devait décider de façon radicale du destin de la science soviétique parce que Lindt, qui se morfondait, écarta le derrière du chargé de cours qui lui barrait le chemin menant à un avenir radieux, et pénétra sans être annoncé dans le bureau immense de Tchaldonov.

Cela ressembla d'abord et avant tout à une conspiration. Ou à un jeu d'enfant dont les règles changent et sont inventées au fur et à mesure que l'on joue, si bien que seule reste en mémoire la sensation d'un bonheur versatile auquel on n'a en général accès que dans sa petite enfance, à un âge où l'on n'a pas encore conscience de soi.

Tchaldonov et Lindt étaient assis à la table des délibérations et se lançaient l'un à l'autre, avec la dextérité de joueurs de cartes, un cahier, graisseux au point d'être comestible, que Lindt avait extirpé d'on ne sait quels tréfonds de ses accumulations de hardes. Tchaldonov écrivait à toute allure sur des feuilles blanches des lettres, des chiffres et des mots abscons pour un individu ordinaire. Lindt, qui réceptionnait la passe, écrivait d'autres lettres et d'autres chiffres au-dessus, les siens, et il arrivait même aux deux joueurs de glousser à cause d'un plaisir quasi charnel, comme s'ils s'adonnaient véritablement à une partie de volley-ball, poussant des gémissements, bandant leurs muscles de rêve, tonitruants et robustes, et se renvoyant la balle en une trajectoire parfaite, tout aussi tonitruante et robuste.

Et puis Lindt finit par buter quelques minutes contre une formule invraisemblable qui ressemblait plus à un insecte bizarre, hérissé d'une dizaine de pédipalpes et de crochets à venin. Tchaldonov tapota des doigts sur la table en effectuant des battements brefs et impatients.

— Et alors ?

— Je ne sais pas, avoua Lindt, qui dissimula la formule sous sa main, comme si elle lui faisait peur, comme si elle allait se faufiler à travers ses doigts enflés par le froid et disparaître dans l'air de l'au-delà d'un monde qui plongeait dans les ténèbres en produisant un claquement sec.

— C'est bien ça, collègue ! l'interrompit avec satisfaction Tchaldonov.

Lindt et lui éclatèrent soudain d'un rire enjoué, comme si ce n'était pas une journée glaciale de novembre 1918, avec de la boue gelée qui se craquelait sous les pieds, mais le mois de juin de la pacifique et ensoleillée année 1903, et que devant eux ce n'était pas un cahier qui était posé sur la table, mais un bébé sorti de ses langes, aux fesses roses, content, faisant frétiller ses petites jambes grassouillettes, et qu'ils auraient – tous les deux – tout juste sauvé d'un danger imminent. Peut-être même de la mort.

— M'acceptez-vous comme étudiant, Serguéï Alexandrovitch ? demanda Lindt à voix basse, et il fut tout de suite évident que les stries et les sillons qui barraient son visage miné de gamin ne venaient ni de la saleté, ni de la faim, ni même de la fatigue due aux mille kilomètres du voyage accompli, parce que, vous savez, pour l'essentiel, il a bien fallu l'effectuer à pied... C'étaient les ténèbres du destin, le reflet obscur d'un don, d'un don gigantesque, venu de très loin, à l'ombre duquel Lindt avait dû vivre les dix-huit premières années de son existence, immense et triomphale, dont il devait connaître encore au moins soixante-trois années.

— Comme étudiant ? répéta Tchaldonov d'une voix redoutable. Queue de chie ! Monsieur voudrait qu'on lui serve des cours ! Tu parles d'un jobard ! Avec moi, vous allez travailler, oui travailler ! Et comment !

Tchaldonov s'extirpa non sans mal de sa chaise, il alla ouvrir en grand la porte de son bureau et cria à tue-tête en direction des profondeurs, du lointain, de l'avenir d'un individu pas vraiment déterminé.

— Pavel Nikolaïevitch, Pavel Nikolaïevitch, enregistrez séance tenante ce nouveau collaborateur ! Comment vous appelez-vous, collègue ? se ravisa Tchaldonov en se retournant vers cet invraisemblable enfant abandonné.

— Lazare. Lazare Iossifovitch Lindt.

Tchaldonov hocha la tête, soit pour retenir son nom, soit pour le saluer poliment, et, n'ayant pas la patience d'attendre la réponse, il partit lui-même à la recherche du secrétaire. Quand il revint au bout d'une heure, bardé de toute sortes de fiches, de formulaires et de questionnaires, Lazare Iossifovitch Lindt dormait à poings fermés, sa tête pouilleuse et ébouriffée s'était écroulée juste sur le cahier ouvert, et sur son visage – enfin ! –, ce n'étaient pas les ombres d'ailes démoniaques que l'on distinguait, mais les tressaillements nerveux provoqués par ses rêves fugitifs et tout à fait enfantins, semblait-il.

En fin d'après-midi, Tchaldonov emmena Lindt chez lui, rue Ostojenka, dans son immense appartement professoral, sombre, aux parquets grinçants, imprégné de l'odeur appétissante des livres dans de belles reliures et de repas familiaux guindés, avec quatre services et cinq invités. Devant la porte, Tchaldonov fut pris d'une seconde d'hésitation qu'il garda pour lui, et Lindt le secoua gentiment par la manche.

— Vous êtes sûr que ce n'est pas gênant, Sergueï Alexandrovitch ? Vous savez, en fait, je connais un endroit où je peux dormir.

— Qu'est-ce que c'est encore que ces façons de faire des manières idiotes, collègue ! bougonna Tchaldonov, pris au dépourvu alors qu'il tirait la clochette de la porte.

Qu'est-ce que ça veut dire, bon sang, il lit mes pensées ou quoi ? Mais enfin, avec des capacités pareilles, et si l'on pose l'hypothèse de la nature électromagnétique du rayonnement... À tous les coups, Maroussia va m'engueuler, Seigneur aie pitié de moi... Elle va m'engueuler, ma main à couper !

La porte d'entrée s'ouvrit (sans questions pour savoir qui était là, sans claquements de serrures, parfaitement excusables dans une ville où venait de se produire la grande révolution socialiste d'Octobre) et, sur le seuil, apparut une femme nimbée de lumière : elle était si vive et si dense que Lazare Lindt plissa les yeux un moment. Cette lumière était trop intense pour qu'il soit possible de l'attribuer à la banale lampe à pétrole que Maria Nikititchna Tchaldonova (Maroussia, dans l'intimité) tenait à la main, si bien que par la suite, durant de longues années, Lindt associa l'épouse de Tchaldonov et toute sa famille à cette lumière-là précisément.

Maria Nikititchna avait un visage gracieux, extraordinairement animé, d'un type un peu rustre, avec quelque chose de populaire tombé en désuétude dès les années 1910 et qu'on ne voit plus de nos jours que sur les photographies d'avant la révolution. Dans sa jeunesse, elle avait sans aucun doute été jolie, de cette beauté féminine aujourd'hui oubliée, qui rimait avec un charme un peu éteint, et au nom de laquelle une jeune fille de bonne famille se devait nécessairement de verser des larmes abondantes pour un oui ou pour un non, d'avoir une peau d'ingénue aux nuances de lait frais, et de traînasser des journées entières dans son lit quand elle avait ses règles, après avoir revêtu une jupe spécialement destinée à ces moments-là. En la personne de la femme de Tchaldonov, toutes ces tendres obligations et ces conventions étaient reléguées au second plan, domptées par la lumière qui semblait émaner d'elle, comme en dépit de sa volonté, en fait. Par la suite, Lindt chercha toute sa vie cet éclat sur le visage de nombre de femmes, d'une grande quantité de femmes. Mais il demeura sans pouvoir comprendre qu'une femme en soi n'existe pas, en réalité. Elle est un corps et une lumière reflétée. Mais toi, tu as absorbé ma lumière et tu es partie. Et toute la lumière m'a quitté. Citation. De 1938. Nabokov aurait confirmé qu'un lecteur attentif saurait lui-même où placer les guillemets.

— Eh bien voilà, Maroussia, regarde qui j'ai trouvé, lui lança Tchaldonov plein d'entrain, mais légèrement apeuré, comme un gamin, alors que Lindt, tremblant et couvert de puces, était déjà comme un chiot, aimé de façon inouïe, tandis que seule maman, qui n'avait sans doute pas oublié le zéro de conduite de la veille, avait le pouvoir de décider s'ils allaient rester vivre à la maison ou bien retourner tous les deux à la décharge.

Maria Nikititchna jeta un regard interrogateur à son mari.

— Voici Lazare Iossifovitch Lindt, dit ce dernier en tentant de présenter son invité, mon nouveau collègue.

Sa lubie de vouloir ramener chez lui ce gosse abandonné lui semblait à chaque instant qui passait de moins en moins judicieuse. Maroussia, comme tous les gens qui ont une bonne éducation, possédait un tempérament excellemment bridé, ce qui expliquait pourquoi elle avait la capacité d'exploser avec une fulgurance remarquable. Tchaldonov le savait parfaitement bien. On ne saurait trouver mieux, vraiment. Lindt se risqua à la saluer poliment, et aussitôt l'escalier, la porte, la lampe se mirent à tournoyer mollement et à vive allure autour d'un axe vertigineux. Il avait tout bonnement une incroyable envie de manger. Maroussia se tut encore une longue seconde.

— Vous avez des poux ? lui demanda-t-elle d'un ton pragmatique, comme si elle l'évaluait sur un marché.

Lindt hocha la tête d'un air navré. En dehors de son cahier et de ses poux, il ne possédait strictement rien.

— Alors, vous allez devoir patienter pour que je vous mette en bon ordre. Et nous dînerons seulement après. D'accord ?

Une bonne heure plus tard, ils étaient tous les trois dans la salle à manger, assis à une table dressée selon des codes qui se transformaient rapidement, littéralement à vue d'œil, en vestiges de l'ancien régime. Les serviettes craquetaient, l'argent cliquetait pesamment, du col trop large d'une chemise de Tchaldonov, comme une éclaircie entre les glaces, surgissait la tête entièrement rasée de Lindt (Tchaldonov avait sacrifié un excellent rasoir de l'entreprise industrielle et commerciale Aron Biber, de Varsovie, un luxe prérévolutionnaire, pile-poil pour votre tignasse impénétrable, collègue), dans les tasses en porcelaine de Kouznetsov luisait un véritable thé de carotte avec de la véritable saccharine, et Maria Nikititchna déposait dans l'assiette de son hôte une troisième pomme de terre (avec du beurre fondu !).

— Mangez, Liessik, sinon vous ferez peur à regarder, comme une tête sur des jambes, avec rien d'autre, insistait-elle affectueusement.

— D'accord, Maroussia, mais quelle tête ! se targua Tchaldonov, ravi, en levant son couteau et sa fourchette au ciel. Ce jeune homme est un génie, tu peux me croire. Et je ne lance pas ce genre de mots à tout bout de champ, tu le sais bien !

— Un génie peut-être, mais très sous-alimenté, remarqua Maroussia en riant.

Lindt grimaçait, l'air troublé et repu, faisant tout son possible pour ne pas somnoler. Un génie ! Ce mot, il l'avait déjà entendu, et maintes fois. Mais personne d'autre ne l'appela Liessik, ni avant ni après. Jamais.

Il eut le courage de refuser la quatrième pomme de terre.

— Je vais recevoir des cartes d'alimentation, Maria Nikititchna, et je vous les rendrai tout de suite.

Les Tchaldonov agitèrent de concert les bras en signe de protestation. Il avait tiré le billet gagnant, bien sûr. C'était immérité et imprévu. Il marchait dans la rue, il avait ramassé une petite clef en or, et il avait donné libre cours à son destin emmuré. Lindt savait que ce genre de chose n'arrive jamais. Tu parles ! Ses paupières étaient lourdes, tout tremblotait et se confondait dans la lueur humide d'un simple bonheur humain. Maria Nikititchna se leva pour débarrasser la table ; Tchaldonov, qui était on ne peut plus fatigué, se leva aussitôt pour l'aider, bien entendu, mais Maroussia lui dit :

— Dieu t'en garde, reste assis, je m'en occupe, je m'occupe de tout.

Et d'après la façon dont il regardait avec une adoration dévorante sa femme, d'après la manière de lui arranger en passant une disgracieuse boucle de cheveux chenus sur son front, il était clair que trente années de vie conjugale peuvent être nécessaires à Dieu, pour on ne sait quelle raison, en particulier si l'on croit qu'il existe véritablement. Lindt avala une boule amère venue de nulle part. Pour moi aussi ce sera comme ça, se jura-t-il en son for intérieur. Comme ça, oui, et pas autrement. Exactement le même amour, exactement la même Maroussia, exactement la même famille.

Maria Nikititchna Tchaldonova était la plus grande chance que Tchaldonov ait eu dans son existence, et le fait que tous les deux en soient parfaitement conscients conférait à leur mode de vie familial cette pointe nécessaire d'aventure merveilleuse sans laquelle un mariage se transforme rapidement en un brouet d'un ennui mortel, presque aussi indigeste qu'une pomme de terre frite réchauffée trois fois de suite. Maroussia était plus intelligente, plus forte et moralement supérieure à Tchaldonov, mais surtout elle était d'une trempe tout à fait différente et de meilleure qualité. Toute sa famille était merveilleuse : elle était ancienne, elle comptait des prêtres, ses racines plongeaient jusqu'à l'époque du christianisme primitif, au temps des premiers apôtres, en sorte que l'on comprenait immédiatement pourquoi on se sentait si bien chez eux, adultes comme enfants, le chat comme le canari dans sa cage, et toute cette cohorte d'individus errants, de miséreux, de fols en Christ, de vagabonds qui la fréquentaient et sans lesquels on ne saurait imaginer ni la vie en Russie ni le service rendu au Dieu russe.

D'ailleurs, la famille de Maroussia avait un type de relation bien particulier avec Dieu. Et son nom, merveilleux et délicieux, qui fleurait bon le séminaire, était tout à fait divin : les Pitovranov, ceux que nourrissent les corbeaux. Même maintenant, Tchaldonov, à quarante-neuf ans, se souvenait de l'air grave qu'avait adopté la jeune Maroussia pour expliquer à son jeune cornichon de vingt ans que les Pitovranov s'appelaient ainsi en l'honneur du prophète Élie que les corbeaux nourrissaient. Vous comprenez ? Tchaldonov avait agité ses longues boucles blondasses, mais les seules choses qu'il comprenait, c'étaient la fossette sur la joue de Maroussia et les petits boutons gris de sa robe en indienne ajustée dans laquelle elle paraissait à l'aise et au sujet de laquelle il était insupportablement honteux ne serait-ce que de penser, bien qu'il fût difficile de s'en abstenir.

— « Et le Seigneur a dit, poursuivit gravement Maroussia, cache-toi près du torrent de Kerith qui est en face du Jourdain, tu boiras de l'eau du torrent, et j'ai ordonné aux corbeaux de te nourrir là. » Vraiment, vous ne vous en souvenez pas ?

— Je m'en souviens même fort bien, admit Tchaldonov qui percevait avec une grande acuité, avec une acuité encore plus affûtée que la normale, à quel point il n'était qu'un péquenot de gourdiflot.

Le fait qu'il devait terminer un an plus tard ses études de mathématiques appliquées à la faculté de mathématiques et de physique de l'université de Moscou ne faisait que renforcer ces affres lancinantes de sentir sa chemise trempée sous ses aisselles et cette gaucherie de tout son corps qu'il éprouvait à la seule présence de cette jeune fille dont le sommet du crâne atteignait à peine la boutonnière du revers de sa veste.

— Si vous vous en souvenez, eh bien poursuivez ! exigea Maroussia.

Mais en guise de réponse, Tchaldonov se contenta d'écarter les bras muettement, avec un regard implorant, car il avait compris qu'il venait d'être recalé à l'examen le plus important de sa vie : c'était honteux, c'était pitoyable, il n'y aurait pas de cession de rattrapage, jamais.

— Pourtant, papa a dit que vous êtes un homme d'esprit exceptionnel, gazouilla Maroussia d'une voix désappointée, et sans le moindre tonitruement ecclésiastique, mais avec simplicité, comme si elle récitait de la poésie, elle acheva la citation : « Il partit et fit selon la parole de l'Éternel, et il alla s'établir près du torrent, et les corbeaux, soir et matin, lui apportaient de la nourriture, car Dieu peut, même de façon merveilleuse, préserver ceux qui le servent et qui espèrent en lui. »

Une fois de plus Tchaldonov hocha la tête et suivit docilement Maroussia dans la pièce voisine, où la grande famille des Pitovranov s'installait déjà à table pour déjeuner dans le fracas des chaises et en jouant à se chercher querelle.

— Aliocha se faufile encore le plus près possible des gâteaux, papa, dis-le lui à ce Mammon insatiable !

Pitovranov senior, professeur de théologie à l'Académie ecclésiastique de Moscou, se contenta en guise de réponse de faire moqueusement gonfler sa barbe pimpante, tout à fait urbaine et parfumée. Amoureux de ses enfants et de sa femme, bon vivant, bel esprit et tête bien faite, en dépit de toutes les idées qu'on se fait du caractère rétrograde de la formation dans les établissements religieux, il connaissait neuf langues (dont cinq étaient désespérément mortes), il avait soutenu une thèse brillante sur les cultes païens (à l'occasion de laquelle il avait entretenu des controverses acharnées avec son éternel ennemi et néanmoins collègue Vvedenski) et, malgré cela, il avait trouvé le moyen de rester un homme croyant sincèrement et de tout son cœur. Comment aurait-il pu ne pas croire d'ailleurs, dans la mesure où chaque jour, à chaque heure, dans le cliquetis des couverts de la salle à manger, les pleurs des enfants, les grincements des lames du parquet, dans chaque note de la polyphonie domestique des Pitovranov, c'est Dieu lui-même qui respirait et vivait, le Seigneur simplet et douillet, le seul qui soit envisageable, désespérément anthropomorphe, avec ses pieds robustes de paysan et sa barbe moutonnante comme moutonne le nuage qui lui sert parfaitement aussi bien de canapé, de fauteuil que de fondement du monde.

La famille était immense, tumultueuse, conviviale, et même pour un invité occasionnel, il était clair que cette cordialité était fondée non sur les liens du sang fortuits et sans contenu, mais sur une affinité des uns pour les autres, humaine, parfaitement consciente et intelligente, si bien que chaque enfant faisant son apparition chez les Pitovranov, n'importe quel chat errant ou tout hôte invité à déjeuner devait se donner de la peine pour conquérir l'amour et l'affection de tous les autres ; en revanche, une fois qu'il s'était fondu dans la symphonie pacifique et polyphonique de cet immense bonheur humain, chacun recevait une part de cette chaleur et de ce bien-être merveilleux et charnel qui était amplement suffisante pour une existence terrestre, et même pour la vie d'outre-tombe.

C'est Pitovranov senior qui avait introduit Tchaldonov dans la maison. Pêcheur et collectionneur insatiable et exigeant des âmes humaines, il avait décelé avec sagacité chez cet étudiant, cet escogriffe à l'allure, avouons-le, tout à fait balourde et plébéienne, certes pas le futur académicien ni la sommité de la science fondamentale qu'il allait devenir, mais un homme de cette trempe élevée et manifestant cette rare qualité morale que le comte Tolstoï avait recherchée si longtemps et avec un tel acharnement chez ses semblables, alors que lui, Pitovranov, avait été purement et simplement privé, par la volonté de Dieu, de ce subtil organe sans nom, de cet appareil vestibulaire particulier de l'âme qui permet, même à un petit enfant ou à un chien, de discerner de façon infaillible le bon du mauvais, le bien du mal, et le péché d'une pensée ou d'un acte empreints de probité. Pour la première fois, Pitovranov senior voyait de ses yeux une démonstration aussi convaincante et originale de l'axiome de Tertullien selon lequel toute âme est par essence chrétienne, bien que dans la voie religieuse que suivait Tchaldonov il ne soit guère probable qu'il fût allé au-delà du Symbole de la Foi et du Notre Père. Toutefois, ce finaud de Pitovranov, à la différence de nombreux autres théologiens, était parfaitement capable d'établir une distinction entre l'Église et Dieu, et c'est pourquoi, après deux longues discussions avec cet étudiant dégourdi, il l'avait invité à déjeuner dans sa maison du 46 de la rue Piatnitskaïa.

— Vous serez le bienvenu, mon cher Serguéï Alexandrovitch, et je n'accepterai pas la moindre objection. Vous ferez la connaissance de mes enfants et de toute la maisonnée, ainsi que de notre cuisine familiale. Ma table est toujours excellente, c'est la règle chez moi, on l'observe sans défaillir et j'ai bien l'impression que vous dépérissez à force de prendre vos repas dans des gargotes.

Tchaldonov, qui éprouvait, d'une manière générale, un cruel embarras vis-à-vis de tout hormis ses mathématiques, non seulement accepta l'invitation en toute simplicité et de façon surprenante, mais il se présenta chez les Pitovranov, endimanché, pommadé, la gorge nouée d'émotion, avec une boîte de cerises confites de chez Einem, la boutique à la mode, et cette boîte, élégante, garnie d'un ruban de soie, fut vidée le soir même et se retrouva dans la chambre des filles où elle devint le réceptacle des boutons, des rubans de soie, des brimborions et autres colifichets, disparates et inutiles, mais infiniment précieux au cœur de toutes les filles.

La famille Pitovranov était composée de six enfants, mais Tchaldonov n'avait jamais pu se rappeler leur nom, car à peine s'était-il retrouvé dans l'entrée minuscule qu'il vit Maroussia tenant par l'opulente fourrure de sa nuque un chat angora, énorme et nébuleux.

— N'ôtez pas vos galoches, lui ordonna-t-elle sèchement, Sarah Bernhardt, la vilaine, recommence à faire des saletés !

Maroussia secoua la chatte fautive qui plissa ses yeux bleus et effrontés en s'efforçant de jouer au mieux les pécheresses repenties. Le résultat, à dire vrai, n'était guère convaincant, et Maroussia, pour lui faire peur, secoua encore une fois la minette qui avait flanché.

— Mais, permettez, marmonna d'un air éperdu Tchaldonov qui devenait cramoisi et ne savait où caser ses confiseries. Comment puis-je entrer dans la maison en galoches ? Est-ce vraiment possible ?

— Vous avez raison, reconnut Maroussia, maman sera probablement fâchée. Enlevez-les ! Je vais plutôt flanquer Sarah dehors. Elle n'a qu'à prendre l'air. Vous êtes Tchaldonov, n'est-ce pas ? Serguéï Alexandrovitch ?

Elle tendit sa main à laquelle était suspendue la chatte. En réponse, Tchaldonov lui tendit maladroitement la boîte de fruits confits.

— À vos ordres... marmonna-t-il en se maudissant d'avoir laissé échapper d'on ne sait où ces mots saugrenus et absurdes. À vos ordres ! Comme un domestique, comme un employé ! Mon Dieu, quelle honte ! Je suis fichu, définitivement fichu !

— Moi, c'est Maroussia, enfin je veux dire Maria Nikititchna, bien entendu. Et les lèvres de Maroussia, au-dessus desquelles était déjà installé un petit grain de beauté marron, formèrent un sourire gracieux et enjoué.

La chatte profita de la confusion générale pour s'échapper et s'étaler lourdement par terre, comme une boule de pâte, et, circonspecte, elle ficha le camp.

— Ah, là là ! Je l'ai encore laissée s'échapper ! s'écria Maroussia, désolée. Maintenant elle va se remettre à lacérer les rideaux. Faites comme chez vous, je vous en prie, tout le monde vous attend. Papa n'arrête pas de parler de vous, et nous pensons tous qu'il est décidément tombé amoureux de vous.

C'était le mot préféré de Maroussia – *décidément*. Elle tendit à nouveau sa petite main toute chaude, et libre cette fois, à Tchaldonov, qui la tint avec précaution dans sa main moite.

C'était le 28 novembre 1888, et le 9 avril 1889, pour Pâques, Sergueï Alexandrovitch, pâle, au bord de la syncope, articulant difficilement ses mots, présentait déjà sa demande en mariage à Maroussia. Les jacinthes de fête, humides rien qu'à les voir, encore compactes, exhalaient un parfum entêtant dans toute la pièce.

— Vous acceptez, Maria Nikititchna ? lui demanda Tchaldonov qui, en cas de refus, avait pris la ferme décision de se tirer une balle dans la tête, à la rigueur de tout abandonner, de se retirer à la campagne, dans un monastère, ou de prendre une cuite mémorable.

Maroussia s'approcha tout près de lui, elle le fixa dans les yeux, son regard tourné vers le haut, et son parfum, très simple, familial, aux relents de pomme, détrôna aussitôt celui des jacinthes et emplit le monde entier.

— Mais voyons, bien sûr que je suis d'accord ! répondit-elle d'une voix enjouée. D'autant plus qu'à cause de vous je viens de perdre tout un rouble en pariant avec papa ! Il a dit qu'à coup sûr vous feriez votre demande lors de la semaine sainte. Moi, j'ai dit qu'en aucun cas vous ne prendriez le temps de la faire avant la Trinité. Vous avez un rouble ?

Tchaldonov vacilla et agrippa le rebord de la table avec ses doigts blancs : ce choc de bonheur s'avéra d'une telle force que tout se mit à tanguer, à flotter devant ses yeux, le mouvement s'accélérait peu à peu, brouillant les lignes de fuite.

— Mais pourquoi êtes-vous aussi pâle ? Vous avez faim ?

Tchaldonov agitait la tête comme une haridelle. Il était toujours incapable de parler. Toujours incapable d'y croire.

— Est-ce que vous ne seriez pas tout à fait content ? continuait d'insister Maroussia. Et vous ne voulez même pas me donner un baiser ? Maintenant, c'est sans aucun doute permis.

Elle se souleva sur la pointe des pieds et tendit ses lèvres lisses, en toute simplicité, comme si elle l'avait déjà fait mille fois. Tchaldonov ferma ses yeux inutiles et, à cet instant, Gricha, le frère cadet de Maroussia, s'engouffra dans la pièce après avoir labouré les lames du parquet.

— Vous ne voulez vraiment pas célébrer la Résurrection ? les interrogea-t-il avec une curiosité narquoise. Vous savez, il y a là-bas une nuée de sauterelles, s'exclama-t-il en indiquant de la tête la porte d'où leur parvenait le vacarme de la famille Pitovranov au complet, affamée après le grand carême, qui se faufilait dans la salle à manger, et si vous n'êtes pas là, dans un instant, elles vont faire disparaître le cochon de lait !

— Fiche le camp d'ici ! le houspilla Maroussia dans un éclat de rire, elle prit alors Tchaldonov par le bras et ils rejoignirent la table avec grâce, de concert et magnifiques, comme ils allaient avancer encore et sans cesse toute leur vie durant.

Gricha, agité par une puberté précoce, courait devant eux en hurlant : « Ils se sont embrassés, je les ai vus, ils se sont embrassés ! », alors que dans la salle à manger on prenait déjà place autour de la table qui avait été dressée de façon mûrement réfléchie pour la fête. En effet, au milieu, un cochon de lait trônait sur un plat, petit et très enfantin, dont la frayeur lui avait fait serrer bien fort ses paupières boursouflées comme celles d'un nouveau-né, et Maroussia fut transpercée par un mauvais pressentiment qui ne dura guère qu'un instant. Car c'était une grande année, bénie pour la planète entière, celle de la découverte du linceul miraculeux de Turin qui avait suscité d'abondantes discussions enflammées chez les Pitovranov, et, bien entendu, rien de mauvais ne saurait advenir lors d'une telle année. Et rien de tel n'advint. Car, à la fin du printemps, Tchaldonov finit avec mention ses études à l'université de Moscou et, sur proposition de son professeur, l'illustre Joukovski, il fut nommé à la chaire pour se préparer aux fonctions de professeur.

Maroussia et lui se marièrent au début de l'été.

Juste après leur mariage, les jeunes gens partirent en voyage de noces sur la Volga : Maroussia avait eu cette idée qui s'avéra par la suite, comme tous les projets qui étaient les siens, la seule variante possible et réussie, on n'aurait pu trouver mieux. L'agitation de la noce et le voyage jusqu'à Nijni Novgorod en chemin de fer reportèrent de quelques jours la chose essentielle dont Tchaldonov avait si peur, mais à laquelle il aspirait de façon si naïve et ardente. Il ne ressentit le poids de son bonheur immérité et impossible que dans la cabine grinçante du bateau, dès le premier soir, quand Maroussia et lui se retrouvèrent en tête à tête. Il y régnait la senteur humide et émolliente du fleuve, des ombres longues et légères flottaient sur le plafond et les berçaient, puis le monde environnant vint s'adjoindre à ce doux rythme de berceuse : la lumière de l'ampoule qui se balançait, le léger clapotis caressant de la Volga, les mouvements de Maroussia qui entraient en harmonie avec lui et à cause desquels le cœur amoureux de Tchaldonov tantôt se décrochait, tantôt se contractait à nouveau de façon impérieuse...

Ce fut la plus suave de toutes les lunes de miel imaginables, longue et nonchalante comme leur bateau, le *Tsarévitch Nicolas*, restauré par la société Caucase et Mercure spécialement pour la saison de 1890. Transformé en un navire à deux ponts pourvu du tout nouveau moteur américain Compound, le *Tsarévitch* n'avait pas perdu pour autant son indolence provinciale. On s'était installé dans la routine des petits déjeuners où l'on musardait sur le pont à l'abri d'une tente, agrémentés de caviar grisâtre, que l'on était censé étaler avec une petite cuillère spéciale en ivoire sur la pâte spongieuse d'un *kalatch* encore chaud, et de verres de thé, que l'on buvait sans fin grâce à un petit samovar pansu au sujet duquel Maroussia déclara dès le premier matin qu'il ressemblait à un évêque – aussi imposant et poussif. Les yeux humides de larmes involontaires, Tchaldonov contemplait les flots rapides et ensoleillés depuis la poupe, les mouettes qui hurlaient et auxquelles de respectables voyageurs jetaient de généreux morceaux de petits pains blancs encore chauds, les lèvres sensiblement gonflées de Maroussia et le suçon tendre, presque imperceptible sur son cou juvénile à peine doré par le soleil.

— Tu as dit quelque chose, ma chérie ? Pardonne-moi, je n'ai pas bien entendu.

— J'ai dit, Sérioja, que tu ressembles à un saint-bernard des Alpes. Aussi poilu et sentimental. Je ne savais vraiment pas que je me mariais à un pleurnichard.

Maroussia se levait de table, arrangeait délicatement sa première vraie robe d'adulte, de dame (d'une tournure malcommode à laquelle elle ne parvenait absolument pas à s'habituer) et, finissant par tirer furtivement la langue à Tchaldonov, elle partait se promener sur le pont. À travers l'arc en ciel qui se déployait comme auparavant sur ses cils, Tchaldonov la regardait marcher sur les planches lessivées à blanc, vive et souriante, entièrement composée de lignes souples et d'ombres soyeuses, et il ne craignait qu'une seule chose : mourir de bonheur sans avoir pu vivre jusqu'au prochain soir.

Au cours des longues relâches, des paysannes braillardes et pimpantes vendaient des branches de lilas ébouriffées et les premières fraises ; Maroussia observait depuis le pont la cohue sur le débarcadère en bois et les robes alambiquées des dames de province, expliquant joyeusement à Tchaldonov pourquoi les peintres de l'école des ambulants ne font pas de l'art mais se contentent d'exécuter de pitoyables imitations de ce qu'ils trouvent à copier, et c'est un péché.

— Tu comprends, un péché, vraiment ! Tiens, là-bas, regarde cette femme qui vend des *pirojki*, c'est tout simplement charmant, n'est-ce pas ? Tu as vu ce front ! Elle pète de santé ! Et ces yeux gigantesques, tu vois ces yeux ! C'est une merveille ! Est-ce qu'on peut transmettre une scène pareille avec de la peinture, ou même avec des mots ? (Maroussia fut un instant perdue dans ses pensées.) Ou alors la jouer ! Comme une fugue ! Pour moi, cette paysanne est plus grandiose qu'une fugue !

Et Maroussia, qui était musicienne comme tous les Pitovranov, entonna à voix basse une mélodie profonde et titanesque qui ressemblait en effet à la marchande sur le ponton, laquelle, avec aisance, tenait à bout de bras un panier immense rempli de *pirojki* cuivrés, tout juste sortis du four et enveloppés dans des linges. Ils étaient joufflus, ces *pirojki*, roboratifs, fourrés de fressure, d'oignon et de kacha.

— C'est affreux ! s'exclama Maroussia en riant, et elle se mit à quatre pattes pour partager ces gâteries populaires et toutes simples avec une chienne aux mamelles pendantes qui se démenait à ses pieds en exécutant des pirouettes de séduction. Tiens, ma petite maman, régale-toi ! Dis-moi, tu as beaucoup de chiots ? Avoue !

La chienne happait avidement la pâte parfumée, sans oublier de signaler avec l'ensemble de sa partie postérieure la vive sympathie qu'elle éprouvait pour Mme Tchaldonova, fraîche émoulue de ses noces. La chienne avait eu sept chiots, et deux ou trois heures plus tôt le boutiquier, son maître, un brave homme qui n'était pas avare au demeurant, mais, comme se doit de l'être un bon samaritain, simplement sensé et raisonnable, les avait noyés dans la fosse d'aisance. Il aurait fort bien pu nourrir la chienne et les fruits de ses entrailles, mais bon, il n'avait pas besoin de huit chiens, et la chienne allait encore le savoir par la suite. Toutefois pour l'instant – pour l'instant tout était parfait : le soleil, la farce à l'oignon cuite juste à point, la main caressante, gantée de blanc, qui la grattait tantôt derrière l'oreille, tantôt sur la nuque, et chacune de ses respirations glorifiait le Seigneur et l'on pouvait même avoir l'impression que cela n'était pas indifférent à celui-ci.

Maroussia tapota une dernière fois l'échine de cette corniaude, qui fondait à moitié de bonheur, avant d'emmener son mari se promener dans le théâtre de marionnettes qu'était Plioss, un charmant petit bourg ressemblant à une perle qui aurait été perdue dans l'herbe après s'être échappée d'une épingle, une perle à peine empoussiérée, un peu baroque, mais tout de même véritable. Dans la rue marchande, on hurlait, on jouait de l'accordéon, sous le nez des badauds on agitait des craquelins, des étoffes embaumées et le fameux fil de fabrication locale. Tous les deux, Tchaldonov et Maroussia, comprirent qu'ils ne s'étaient pas trompés, qu'il ne s'agissait que du début d'un long et merveilleux voyage et que, semblait-il, tout serait effectivement comme on le leur avait promis, qu'une vie longue et sereine, un amour mutuel dans une union paisible, leur seraient accordés d'en haut, que de la rosée céleste et de la glèbe terrestre les attendaient, et que seraient récoltés dans leur maison les grains, le vin et l'encens, et toutes sortes de dons, si bien qu'ils pourraient partager le superflu avec ceux qui sont dans le besoin. Et dès l'instant qu'il en était ainsi, il ne serait pas effrayant plus tard de devoir mourir le même jour. Et tout ce qui fut promis se réalisa littéralement, point par point. Sauf une seule chose.

Au bout d'une année de vie conjugale heureuse, Maroussia s'en tirait par des plaisanteries quand ses parents, désireux à tout prix de pouvoir bercer sur leurs genoux des petits-enfants, l'interrogeaient. Un an plus tard, c'est elle qui fut inquiète. Plusieurs années, sans doute les pires que connurent les Tchaldonov, furent celles d'une lutte désespérée dont personne ne fut le témoin. Il était particulièrement pénible pour Maroussia, qui était d'une extrême sensibilité, et donc particulièrement pudique, de supporter les visites aux médecins. Allez derrière le paravent et déshabillez-vous, s'il vous plaît, et c'étaient des mains d'homme expertes, des instruments de torture, un mouchoir imprégné de sueur et roulé en boule dans la main pour ne pas laisser s'échapper la moindre plainte, l'humiliation, la terreur, l'espoir bafoué, une fois après l'autre, une fois après l'autre, toujours la même chose. Tous les cercles de l'enfer sans exception furent traversés – les cures aux eaux et les bains de boue, les mandarins de l'université, les médecins privés qui se faisaient payer des fortunes, les obscurs guérisseurs qui « avec Anna Nikéïevna – vous la connaissez ? – ont tout simplement accompli des miracles », tout en sachant pertinemment que l'Anna Nikéïevna en question est une amie d'amis d'on ne sait quels amis, qu'elle est totalement privée de visage, aussi anonyme que du papier-monnaie, mais, à la différence de celui-ci, avec elle on ne peut même pas acheter une once de bonheur. Furent même impliqués des homéopathes qui devenaient soudain à la mode, et ce n'est que l'aversion morale profonde que Maroussia éprouvait à leur encontre qui lui évita d'errer chez les matrones, les charlatans et les sorciers. En outre, ce n'était même pas une question de péché, mais le problème était que ces flagorneurs métaphysiques cauteleux (beaucoup d'entre eux, d'ailleurs, prenaient pour une visite autant que ce que l'esculape le plus cupide aurait eu honte de réclamer) promettaient avec leurs bredouillements incantatoires, leurs serviettes brodées en croix et leurs cierges cassés d'aller à l'encontre de la volonté de Dieu lui-même, et Maroussia, comme nulle autre, du plus profond de sa nature, sentait qu'il s'agissait justement de la volonté de Dieu de ne pas leur donner d'enfants, à elle et à Sérioja. S'opposer à cette volonté était un acte insensé, on ne pouvait que présenter une requête, comme on demande à ses parents de vous offrir pour votre fête une poupée de chez Simon & Halbig, mais au lieu d'une beauté en cire moulée vêtue d'une toilette en soie à la mode, on risque toujours de recevoir un banal bouquin à quatre sous à propos d'on ne sait quel ours, avec en prime une gifle paternelle. Mais Maroussia ne craignait pas les gifles, et la seule et unique chose qu'elle voulait savoir, c'était pourquoi et au nom de quoi on lui refusait cela. Pourquoi et au nom de quoi, à elle précisément ?

Les visites aux médecins, à propos desquelles Tchaldonov insistait, représentaient pour elle les chaînes d'un fol en Christ, autrement dit une épreuve de plus qui devait encore tourmenter furieusement ses chairs, mais en retour enfiévrer tout aussi furieusement son esprit. L'essentiel se situait ailleurs : c'étaient l'icône de la Mère de Dieu dite la Visitation des Morts, l'icône des parents de la Sainte Vierge – saint Joachim et sainte Anne –, l'icône de sainte Élisabeth, la mère de Jean le Précurseur, les reliques du saint bébé martyr Johann à la laure de Kiev-Petchersk, l'icône miraculeuse du monastère de Tolgsk, avec, à côté d'elle, sur le balustre, l'icône de la Représentation de la Mère de Dieu sous laquelle il convient de ramper trois fois et prier aux larmes la très Sainte Vierge. Maroussia avait tellement rampé et pleuré qu'il avait fallu la conduire hors de l'église en la soutenant.

Mais il y avait aussi le monastère de Zatchatiev et l'icône miraculeuse dite la Bienveillante, ainsi que les reliques de la bienheureuse Sofia de Souzdal. Le directeur spirituel de

Maroussia, le père Vladimir, un petit vieux sec, à la barbe malicieuse et aux cheveux gris, qui avait baptisé et catéchisé, semble-t-il, toute la descendance des Pitovranov, lui conseilla d'écrire au monastère de Hilandar au mont Athos, et après trois mois d'une attente que personne ne soupçonnait, Maroussia reçut des moines un colis contenant un morceau du cep de la vigne de Simon le Myroblite qui portait des fruits depuis mille ans. En plus de ce bout de bois rêche se trouvaient également une icône de saint Simon et trois raisins secs. Les époux stériles devaient les manger – deux pour la femme, un pour l'homme – après avoir au préalable suivi un jeûne rigoureux, sans consommer ni vin, ni confitures, ni friandises. Dans la pratique, cela revenait à ne manger que du pain, de l'eau et des légumes crus. Le père Vladimir affirma qu'il n'existait pas de moyen plus sûr que le sarment de la vigne de Simon. Tchaldonov ne supporta pas le jeûne et, au bout d'une semaine, il renonça puis suivit, tel un chien affamé, le parfum du chou : il ne reprit vie que dans une gargote, au milieu des cochers qui empestaient et de tous les commensaux. À peine le plat qui avait été posé devant Tchaldonov fut-il parfaitement saucé que le garçon, une main habilement passée derrière le dos, apportait déjà un plateau avec un ragoût de bœuf, du raifort lacrymogène et des cornichons salés. Brûlant de honte, il décida de s'en fiche et, afin de s'enfoncer encore plus profondément dans l'horreur de la chute, il commanda de la vodka pour accompagner la viande.

Maroussia, elle, ne capitula pas, elle ne recula pas, mais elle était si affaiblie qu'elle cessa de sortir, et Pitovranov senior, qui s'ennuyait de sa fille, alla rendre lui-même une petite visite au jeune couple : les Tchaldonov louaient alors la moitié d'une maison rue Povarskaïa – Serguéï Alexandrovitch était bien vu, et si l'on tient compte des cours particuliers qu'il donnait, il gagnait sa vie pas mal du tout. Pitovranov examina sans rien dire le visage de sa fille, rongé par les tourments et la faim, il attrapa Tchaldonov par la manche et l'emmena derrière la porte.

— Je ne vous ai pas confié ma fille, Serguéï Alexandrovitch, pour qu'elle perde la raison, proféra-t-il d'une voix douce mais si effrayante que Tchaldonov, tel un gamin pris en défaut, cacha derrière son dos ses mains qui étaient aussitôt devenues moites. Il aimait son beau-père et, après son mariage, il s'était encore plus lié d'amitié avec lui, sans se préoccuper des conventions ou des obligations. D'ailleurs, ni l'un ni l'autre ne savaient entretenir autrement des liens amicaux.

— J'ai essayé de l'en dissuader, Nikita Spiridonovitch, mais le père Vladimir a béni ce jeûne, il a prétendu que seuls comptaient l'abstinence et l'exploit spirituel.

Pitovranov senior tritura sa barbe broussailleuse, puis il la tira comme s'il voulait l'arracher.

— Le père Vladimir, ce vieil imbécile, je vais lui casser la gueule, promit-il. Mais toi, Sérioja, tu es un mathématicien, tu es un savant, comment as-tu pu laisser se développer chez toi des superstitions barbares aussi primitives ?

Tchaldonov, éperdu, resta silencieux : il y avait quelque chose d'incroyable pour lui, d'effarant même, à entendre de tels propos dans la bouche d'un professeur de théologie, mais il était encore plus effrayé par Maroussia dont l'humeur était apparemment la même que naguère, joyeuse et égale ; repliée sur elle-même, elle ne laissait rien paraître de sa mutilation intérieure.

Le soir même, le père Vladimir, affolé, vint chez eux raisonner l'une de ses ouailles qui avait erré trop loin, et Tchaldonov, régalant le vieux prêtre avec du thé et de la confiture, chercha inconsciemment sur son visage, ridé à force de s'être attendri toute sa vie durant, des traces de coups. Les poings de Pitovranov senior, malgré sa prodigieuse érudition, étaient si puissants que n'importe quel marchand les aurait enviés. Cependant, Maroussia n'écouta personne, elle continua d'observer son jeûne solitaire et inutile, tandis que Tchaldonov suppliait sa femme à genoux, les larmes aux yeux, de ne pas se nuire, de ne pas leur faire du tort à tous les deux, et il comprenait que ses demandes étaient vaines, inutiles, que ni ses larmes ni ses adjurations ne changeraient quoi que ce soit. Maroussia était obstinée par atavisme, mais à sa façon, et il n'y avait rien de routinier, de primitif ou de morbide dans cette obstination. Simplement, elle voulait savoir. Elle voulait savoir la raison et le pourquoi de tout cela.

Quarante jours plus tard, ils mangèrent les raisins secs envoyés du mont Athos, avec des prières et des tremblements, avec une incroyable espérance qui se lisait sur leur visage. Mais en vain. La porte ne fut pas décoincée. Le concierge ne sortit même pas pour faire savoir qu'il n'y aurait pas de réponse. Maroussia attendit encore un peu et revint à elle doucement.

Tchaldonov éprouva la joie timorée de constater que tout était de nouveau comme naguère, apparemment, les pasteurs et les docteurs avaient disparu, ainsi que les veilles sans fin devant les icônes au point d'avoir les rotules coincées. Les Tchaldonov profitaient de leur repas dominical, l'été et ses petits matins étaient de retour, le vent gonflait les rideaux blancs de la salle à manger qui retombaient ensuite, comme se gonflait et retombait la robe verte et dorée de Maroussia, dont la batiste était fraîche à l'extérieur, embrasée et lisse à l'intérieur.

— Agacha va entrer dans la pièce, et j'aurai honte, dit Maroussia en adressant des reproches à Tchaldonov, et elle lui donna une tape affectueuse sur la tête avec sa petite cuillère, également brûlante et lisse.

— Elle ne va pas rentrer de sitôt, bredouilla Tchaldonov en luttant contre de minuscules boutons glissants et un lacet de soie, je l'ai envoyée s'occuper du samovar et, par conséquent, elle ne sera pas de retour avant une heure ou deux.

Maroussia continuait d'écarter tendrement les mains de son mari, mais il écoutait, il sentait sa respiration s'affoler, et il savait que tout serait différent dans un instant – le goût, la chaleur, la senteur, car elle était étonnamment, incroyablement sensible, on ne pouvait que rêver d'une amoureuse pareille, si tant est que Tchaldonov osât, bien entendu, rêver à quoi que ce soit de tel...

— Attends un instant, Sérioja, dit Maroussia, dont la lèvre supérieure se gonflait toujours immédiatement sous les baisers, et cela faisait partie de son charme à elle, Maroussia, si bien que les mains de Tchaldonov tremblaient encore plus et qu'il avait la tête qui tournait. Je dois me rendre à Kostroma pour voir Notre-Dame de saint Théodore.

Tchaldonov s'écarta, saisi de stupeur, ne comprenant pas comment elle, qui était si intuitive, pouvait soudain tout gâcher – cette matinée-là, les taches de soleil derrière la fenêtre, les coulures de miel sur le couteau de table, et le goût de ses propres lèvres.

— Ce sera la dernière fois, Sérioja, lui assura Maroussia en caressant d'une main légère la joue de son mari. Je te donne ma parole d'honneur. La dernière fois. Je te le promets.

Ils se rendirent ensemble à Kostroma, et l'un et l'autre avaient beau s'efforcer du mieux qu'ils pouvaient de se conduire de façon habituelle, l'ombre mélancolique de leur merveilleux voyage de noces planait au-dessus d'eux. L'icône miraculeuse de Notre-Dame de saint Théodore, peinte par l'évangéliste Luc en personne, était exposée au monastère de la Sainte-Trinité Ipatiev, d'une richesse insolente ; construit en pierres blanches, il ressemblait à un gâteau à la crème rassis. Tchaldonov n'entra pas dans l'église, il resta dehors, par délicatesse, éprouvant une peur paysanne de gêner, de gâcher quelque chose par sa présence balourde. Maroussia, qui avait encore les traits extrêmement tirés et qui s'était noué autour de la tête un simple fichu grisâtre recouvrant son front à la façon d'un capuchon, se retourna vers son mari depuis le seuil, comme si elle avait peur ou ne se décidait pas à accomplir ce pas, ce pas qui serait vraiment le dernier. Ses lèvres remuaient sans cesse, silencieusement, et Tchaldonov savait que Maroussia priait Anne, la mère de la sainte Vierge : « Nous t'invoquons pour que tu me donnes un fruit de mes entrailles et que tu rompes les ténèbres de leur stérilité, fais en sorte que les femmes sans enfants en aient de nombreux, et elles te magnifieront et chanteront la gloire du Dieu fait

Homme, Ton Petit-Fils, le Créateur et le Seigneur. » Comme il est étonnant ce monde où même Dieu a une grand-mère, et où l'on peut se plaindre à celle-ci non seulement quand on s'est cassé les genoux, mais également quand on a le cœur brisé !

Tchaldonov soupira et s'assit sur un petit banc retiré, dissimulé juste au cœur de buissons touffus ; le monastère était bien entretenu, verdoyant, illustre, il était le gardien des fondements de la dynastie des Romanov. Et bien que tout le monde ici fût depuis longtemps accoutumé aux visites régulières de la famille régnante, on n'y faisait pas moins de l'esbroufe en permanence. On ne pouvait qu'envier les jardins du monastère et sa propreté digne d'une caserne. Tchaldonov se mit à l'aise, il tapota ses poches selon son habitude, car il avait envie de fumer au point d'en saliver amèrement, mais il ne put se résoudre à sortir ses cigarettes. L'air était imprégné de l'odeur des feuillages ensoleillés et charnus des plantes qui venaient d'être arrosées, de la senteur de la terre noire et grasse rassasiée, et un oiseau glapissait un chant assourdissant dans les enchevêtrements de branches pour tancer Tchaldonov qui avait inquiété sa couvée.

Les pèlerins circulaient à travers le monastère, des moines noirs et efflanqués les rassemblaient avec maestria, telles des brebis, dans les endroits appropriés ; des laïcs endimanchés allaient prier, bouffis de componction, mais pour la plupart il s'agissait de gens laids, cassés, brisés par la vie et humiliés, attirés en ces lieux pour y trouver un ultime refuge, une espérance qui ne demeurait même plus au fond d'eux-mêmes. Tchaldonov grimaça : ces bêtes blessées par la vie que de toute éternité l'Église orthodoxe russe rassemblait autour d'elle, il les méprisait secrètement, et ça lui faisait mal de penser que parmi ces désespérés, ces esseulés et ces indigents qui s'étaient traînés jusqu'à l'entrée de ce royaume des cieux qui leur était promis se trouvait sa Maroussia, vivante, merveilleuse, foncièrement authentique. Il respectait la foi en général, celle de Maroussia en particulier, mais, de grâce, l'institution de l'Église n'avait rien à voir ici, ce monstre gigantesque, digne d'un État, capable de mouliner le meilleur matériau humain qui soit pour le transformer en poussière.

Comme pour répondre aux réflexions de Tchaldonov, un moine apparut sur le parvis de l'église de la Trinité : il ne s'agissait pas d'un novice mignard du genre de celui du tableau de Nesterov, mais d'un véritable soldat de Dieu, un chien de garde du Seigneur, avec toutefois la dégaine d'un orthodoxe. Grand, large d'épaules, d'une beauté incroyable, au point d'en être presque effrayant, d'une beauté surnaturelle, inhumaine, et pas du tout divine, bien entendu. Il marchait, en gonflant par des mouvements amples les pans de sa soutane noire, et son regard glissait avec mépris au-dessus de toutes les têtes humaines, comme s'il craignait de se souiller. La foule s'écartait devant lui en s'inclinant à son passage et en se signant, stupéfiée par l'apparition de cette créature venue d'ailleurs, d'une nature inconnue.

— Oh, là là ! Quelle grâce ! s'exclama dans son exaltation une petite bonne femme qui elle-même était laide comme un pou.

Le visage du moine se crispa aussitôt de haine, comme si une flamme vive et noire avait jailli de son être, et l'instant d'après il se claquemura de nouveau dans une grimace de dégoût.

Tchaldonov éprouva un malaise, comme s'il avait trébuché au sommet d'une colline et n'avait pu se rattraper à une main courante douteuse qu'au dernier moment. Dieu n'avait pas le moindre souci des hommes, c'était clair. Il remplissait sans discernement, à tort et à travers, les vaisseaux qui lui étaient offerts, sans remarquer les larmes ni écouter les prières. Dans quel but avait-il accordé à ce Lucifer local de Kostroma tant de beauté charnelle et de puissance ? Pourquoi Maroussia était-elle encore à genoux fasse à une énième icône, dans l'obscurité, transie de peur et de désespoir, sans rien voir d'autre que les taches de lumière ocre des lampes à huile sur une immense planche de bois ancienne ? Pour quelle raison le Seigneur n'avait-il pas daigné leur accorder de voir des enfants de ses enfants, était-ce juste ?

L'oiseau, qui avait renoncé à effrayer Tchaldonov avec son babil, décida de changer de tactique : il quitta ses branches et se mit à aller clopin-clopant sur l'herbe en laissant traîner une aile et en se perchant tantôt sur une patte, tantôt sur l'autre, feignant d'être blessé et vulnérable. Il cherchait à sauver ses petits.

— Ne crains rien, espèce d'andouille, marmonna Tchaldonov en frottant ses yeux humides – c'est vrai, Maroussia, que je suis un vrai pleurnichard, un chialeur –, je ne vais pas les toucher tes gamins !

L'oiseau s'arrêta, il le regarda de son œil rond et impénétrable. Tchaldonov aimait les merles : ils sont intelligents et gais, ce ne sont pas des paresseux, il y en avait plein dans son village.

— Je m'en vais, tu entends ? Voilà, je m'en vais. Est-ce que ça peut durer encore longtemps comme ça ? Aussi longtemps ! Combien de temps allons-nous devoir errer de la sorte ? Est-ce que ces souffrances vont durer longtemps encore ? Jusqu'à la mort, ma petite mère ! Jusqu'à l'heure de la mort…

Il attendait tellement que Maroussia finisse par sortir qu'il la manqua, bien entendu, quand l'immense porte de l'église s'ouvrit. Simplement, à un certain moment, l'air alentour devint différent et il s'aperçut que Maroussia traversait déjà le parvis, la tête très basse, à pas lents, très lents, comme si dans l'église, au lieu d'une main consolatrice, une autre croix s'était posée sur son épaule. Tout à fait insoutenable, cette fois. C'est fini, comprit Tchaldonov, c'est fini, rien n'y a fait. Même cette dernière fois. Ils l'ont brisée. Ils l'ont estropiée. Ils lui ont donné le coup de grâce. À ma Maroussia. Il eut envie de crier, de hurler même : comme si sous ses yeux on torturait un enfant ou un chat, et qu'il était strictement impossible d'empêcher ce long tourment absurde d'un être en rien coupable et qui ne comprenait pas ce qui lui arrivait. Maroussia continuait de marcher, comme dans un rêve, écartant une eau qui était lourde et, à chacun de ses pas, Tchaldonov haïssait Dieu de plus en plus violemment. Cette haine enflait en lui, dans sa cage thoracique vide et sombre, elle devenait de plus en plus grande, si bien qu'au début il ne parvint plus à respirer, puis à croire, et enfin à vivre.

Maroussia s'approcha de lui, elle posa sa main légère et chaude sur la manche de son mari.

— Qu'est-ce qui t'arrive, ma chérie ? Comment vas-tu ? lui demanda Tchaldonov en déposant des baisers frénétiques sur sa tempe, il rajusta sa veste, arrangea ses cheveux, comme s'il essayait par toute cette petite agitation maladroite de détourner Dieu de son propre nid.

Il n'y avait plus de haine, il ne restait que la peur qu'une colonne de feu ne s'abatte d'un instant à l'autre sur la tête de Maroussia. Il avait de nouveau tout gâché, il avait porté préjudice à tout le monde. Quel empoté ! Quel ballot ! Quel âne bâté ! Il voulait regarder sa femme dans les yeux et il avait une frousse terrible. Elle était très forte, Maroussia, mais même elle, il était possible de l'écraser. Il est d'ailleurs possible d'écraser n'importe qui, particulièrement si l'on est Dieu.

— Allons-y, Sérioja, prononça Maroussia à voix basse. Retournons enfin à la maison.

— Mais bien sûr... répondit Tchaldonov qui était empêtré, ne sachant que dire d'autre. Qu'en était-il de sa foi ? Des enfants ? Qu'allait-il se passer désormais ? Quel était le prochain arrêt ? La maison de fous ? Le divorce religieux ? Le nœud coulant accroché à la va-vite à la branche d'un lustre ?

— Allons à la maison, Sérioja, répéta Maroussia d'une voix tendre. Je me suis mise d'accord sur tout.

Tchaldonov osa enfin la dévisager. Les yeux de Maroussia étaient exactement du même ton que son foulard – clairs, mouchetés et très sereins. Il n'y avait en eux ni douleur, ni colère, ni espoir. Rien, en fait. Le calme plat.

Elle s'était véritablement mise en accord avec elle-même.

Ni elle ni Dieu n'avaient dit à Tchaldonov quels étaient les termes de cet accord, mais l'un et l'autre avaient fermement tenu parole. Tchaldonov était heureux en mariage comme ne peut que l'être un homme mortel à côté d'une femme mortelle. Jamais plus ne fut abordée la question des enfants, tout comme il n'y eut jamais d'enfants. On avait, d'ailleurs, l'impression que cela ne troublait absolument plus Maroussia.

Elle s'occupa volontiers, avec joie même, semblait-il, des affaires de son mari, de sa carrière qui progressait rapidement, de ses travaux scientifiques et de ses chamailleries à l'université. Tchaldonov avançait d'un pas assuré et mesuré vers les sommets, et cet alliage d'obstination paysanne et de don exceptionnel pour les mathématiques lui permit de combiner des types d'activités qui d'ordinaire ne s'accordent guère. Il n'en reste pas moins que Tchaldonov s'avéra en même temps un brillant savant et un administrateur avisé. On l'apprécia, on lui fit gravir les échelons, on l'invita, bref, tout suivait son cours, comme il convenait et de façon propice ; le soir, agenouillée sur une chaise qui grinçait à cause des efforts qu'elle effectuait, Maroussia recopiait au propre la thèse que son mari était en train d'écrire, et son application lui faisait tirer la langue, car elle ne comprenait pas un mot de ce qu'elle transcrivait. « ... En conséquence, la solution du problème correspondant concernant la circulation des gaz peut être notée à l'aide de la même série dont tous les termes se verront affectés de certains coefficients de correction exprimés par l'intermédiaire des séries hypergéométriques de Gauss... », traçait-elle de son écriture précise, affectée d'une forte et inhabituelle inclinaison vers la gauche, ce qui, d'après les analyses des graphologues, indique le contrôle total de la raison sur les sentiments. Tchaldonov s'approchait d'elle par-derrière et lui soufflait tout doucement dans le cou, juste sur ses bouclettes duveteuses qui la chatouillaient.

— Ne m'envoie pas de l'air comme ça, se fâchait Maroussia, tu ne vois pas que je travaille ! C'est bien toi qui m'as dit que c'était urgent !

Obéissant, Tchaldonov s'écartait d'elle et Maroussia, sans se retourner, distribuait ses ordres d'un ton sévère.

— Et ne va pas piller le buffet, le dîner va être servi dans un instant !

— Voyons, que dis-tu, répondait Tchaldonov en essayant de ne pas faire couiner la porte traîtresse.

— Les séries hypergéométriques de Gauss... répétait Maroussia d'une voix chantante. C'est très joli ! En vérité, je n'y comprends rien. Ça signifie quelque chose, au moins ?

Tchaldonov grommelait de bonne grâce, en essayant d'avaler le morceau de viande qu'il venait de dérober.

— Honte à toi ! s'écriait Maroussia, scandalisée. On doit se mettre à table dans une heure, et toi... Tu t'attaques au veau ! Et froid, en plus. Et tu as tout dévoré ! Tu ne m'as pas laissé le moindre petit morceau !

La cuisinière aux flancs rondelets, qui était arrivée pour mettre la table, trouva les époux en train de manger de la confiture directement dans le pot, tandis que Tchaldonov exposait avec passion à Maroussia les bases de la dynamique des gaz, sans remarquer que sa jeune épouse armée d'une petite cuillère ne respectait pas son tour de manière effrontée. Il soutint brillamment sa thèse de doctorat sur les « flux gazeux » à la faculté de physique et de mathématiques de l'université de Moscou, en février 1894, et la même année les Tchaldonov fêtèrent leur cinquième anniversaire de mariage.

En dépit de la logique des mariages heureux, Maroussia ne se transforma pas en l'ombre enthousiaste de son mari. Peut-être cela était-il dû au fait que Tchaldonov comprenait parfaitement que s'occuper de la maison – parfois aussi têtue et capricieuse qu'un être vivant – représentait également un travail pour sa femme, une œuvre qui n'était pas moins nécessaire au monde que ses recherches scientifiques ou, mettons, le ronronnement d'une chatte léchant ses chatons endormis et repus. En outre, Tchaldonov était sincèrement convaincu que la vie quotidienne de Maroussia était bien plus chargée de sens que la sienne – dans le patron d'une nouvelle robe étalé sur la grande table, dans l'organisation du bonheur personnel de la bonne (pour on ne sait quelle raison, la domestique des Tchaldonov était particulièrement sujette aux passions romantiques, et Maroussia ne cessait de vouloir la marier chaque fois qu'elle fondait en sanglots), et même quand Maroussia concevait le déjeuner du lendemain et inventait, en grattant la peau tendre de son cou avec un crayon, une viande braisée, de la soupe au chou et de la farce pour des *pirojki* à la pâte feuilletée à partir du même morceau de bœuf : tout cela était empreint de la logique étonnante et émouvante, immédiatement perceptible, de ces petits événements à partir desquels seulement peut se réaliser un grand bonheur. La nuit, les Tchaldonov partageaient le même lit, enlacés, et l'un et l'autre se retournaient ensemble sans se réveiller, il suffisait à l'un d'eux de changer de position, le bras engourdi par des fourmis piquantes et brûlantes.

Les Pitovranov, qui étaient devenus à cette époque encore plus tapageurs et conviviaux, rendaient souvent visite aux Tchaldonov. Les neveux et les nièces qui chaque année venaient au monde en une quantité effroyable, selon une progression quasi géométrique, adoraient tante Maroussia, qui possédait ce don féminin inné de bercer, de langer, de nourrir les enfants avec de la bouillie, de les gourmander quand une assiette était cassée (mais de cacher habilement les morceaux aux parents), de leur faire peur avec des histoires effrayantes et de leur expliquer la géographie. Et tout cela en sorte que même le gamin le plus capricieux ne sentait pas un seul instant qu'on l'obligeait à accomplir une tâche qu'il ne désirait pas ou ne pouvait effectuer lui-même. Tchaldonov en arrivait à jalouser sa femme vis-à-vis de cette marmaille accrochée en permanence à ses basques. En outre, jamais elle ne bêtifiait et elle pouvait laisser, le cas échéant, une trace brûlante et bien nette sur le derrière de celui qui avait fauté.

Ses parents avaient un jour discuté avec elle de la possibilité d'adopter un orphelin dans une institution, mais Maroussia s'était contentée de relever les sourcils d'un air étonné.

— Pour quoi faire ? demanda-t-elle simplement. Je vais avoir un enfant. Je le sais. À coup sûr, j'en aurai un. J'y crois, vous le comprenez ?

Sa mère craqua, elle éclata en larmes : elle avait accouché quatorze fois, élevé six enfants, les huit autres avaient été emportés par le Tout-Puissant afin qu'il dispose d'une ribambelle de gosses pour folâtrer au pied de son trône de lumière.

— Qu'est-ce que tu dis, Maroussia ? Dès l'instant que le Seigneur n'y a pas consenti, peut-on contrecarrer sa volonté ?

— Mais je ne la contrecarre pas, maman, répéta avec entêtement Maroussia. Je le sais, un point c'est tout.

On était en 1899, c'était le début d'un nouveau siècle, d'une nouvelle ère ; chaque soir la Russie plongeait dans des crépuscules qui rougeoyaient de façon assez oppressante, au sujet desquels écrivaient tous ceux qui pouvaient prendre la plume et qui rongeaient d'inquiétude même ceux qui n'avaient aucune raison d'être angoissés. Maroussia eut trente ans, et cela se sentait déjà : sa poitrine était devenue un peu plus flasque, ses pommettes un peu plus saillantes, le matin elle ne répondait pas avec autant de joie à son mari, alors qu'elle savait que c'étaient les moments qu'il chérissait le plus, quand elle était à moitié endormie, encore dans la chaleur du lit, comme légèrement ralentie par un long néant bienheureux qui n'avait rien d'effrayant. La vie passait à travers Maroussia et à côté d'elle, mais elle savait de toute façon que Dieu exaucerait la promesse donnée, comme elle-même avait tenu la parole qu'elle lui avait donnée. Et Dieu fit preuve d'équité.

Maroussia eut un enfant à quarante-neuf ans.

Peu lui importait qu'il se fût agi d'un petit juif malingre aux yeux embrasés et enjoués, en dépit des commandements de son peuple. Peu lui importait qu'il eût dix-huit ans et qu'en dehors des poux il ait apporté chez elle de furieux relents d'ail. C'était son enfant, l'enfant de Maroussia. Son fils unique. Son trésor. Son Liessik.

Elle l'avait compris aussitôt, à peine avait-elle ouvert la porte.

3

Lazare

Lazare Lindt avait une date de naissance commode – 1900 –, évitant d'avance au badaud qui musarderait par hasard dans le cimetière où se trouve sa tombe de se livrer à des calculs vains et compliqués. D'autres défunts s'étaient semble-t-il donné, à eux-mêmes et à leurs témoins, une certaine opportunité : comme si les nombres compliqués sur leur pierre tombale auguraient une vie intéressante, particulièrement longue et imprévisible, voire l'immortalité qui ne dure d'ailleurs pas plus qu'il n'est nécessaire au promeneur pour soustraire mentalement un nombre à quatre chiffres d'un autre. Mais là, aucune concentration mentale n'était nécessaire, aucun remuement des lèvres ; tout le destin se calait de façon nette et impeccable en une opération arithmétique élémentaire : il suffit de retirer la première centaine.

— Allez, viens, qu'est-ce que tu as à traîner devant cette balustrade ?

— Oui, oui, ma chérie, j'arrive tout de suite.

Lindt lui-même n'avait rien à fiche de ces idioties, comme de sa propre mort : c'était un athée péremptoire, un adepte convaincu du scepticisme à la Bazarov et de la bardane qui pousse dans les cimetières. Et bien que cela soit étrange, c'est précisément cette sensation de la certitude de son caractère mortel, de la finitude de l'existence terrestre qui lui avait conféré l'impavidité sans faille et joyeuse qui avait enflammé les premiers martyrs chrétiens, dévorés dans les arènes par des lions qui évoquent quelque peu ceux des dessins animés.

D'ailleurs, à la fin de ses jours, l'athéisme de Lindt commença à s'éventer et à sentir le rance, comme si s'étaient desséchés les joints en caoutchouc du bouchon d'un flacon d'iode puissant, qui n'était plus hermétique ; non pas que Lindt se fût mis à croire, mais il était simplement las de douter. Il avait connu une vie incroyablement longue et pleine de réussites sur tous les plans : les fiascos, les arrestations, les exécutions, les ennemis idéologiques et les envieux de tous les jours, tout le monde avait subi ces avanies, sauf lui. Ses amis l'adoraient, ses adversaires le respectaient et le craignaient, les femmes le vénéraient. Toutes les femmes, sauf une seule. Ce n'était pas une erreur, mais moins encore. Une simple faute vénielle, dans les millièmes après la virgule.

— Lazare, tu donnes l'impression de ne pas vivre à notre époque, et que pas plus le diable que le pouvoir soviétique n'ont envie de t'emporter, grognait Tchaldonov en poussant sous sa langue desséchée un cachet glacé de Validol.

— Parce qu'ils n'existent pas, c'est tout, Serguëï Alexandrovitch. Et donc ils ne m'emportent pas.

— Qui n'existe pas, Lazare ? Qu'est-ce que tu racontes ?

— Mais eux tous – pas plus le diable que le pouvoir soviétique. Les hommes sont toujours égaux à eux-mêmes. Depuis qu'Adam a été créé. Tout simplement, je sais comment vivre en bonne intelligence avec eux.

Lindt s'agita pour mieux caler son arrière-train décharné dans le fauteuil afin de jouer les enquiquineurs, et il regarda autour de lui avec délectation. Il adorait le bureau de Tchaldonov dans son appartement, avec ses bibliothèques, sa table immense, ses strates appétissantes de vieux papiers à jeter recouverts de formules subtiles, la pénombre. Il aurait pu passer sa vie entière ici, sans jamais en sortir, parole d'honneur.

Tchaldonov hocha la tête. Il avait beau essayer en permanence de vivre en bonne intelligence avec tout le monde, l'époque était devenue on ne peut plus cannibale. On était en 1937. À la fac de physique de l'université de Moscou, on écrasait avec frénésie les trotskistes, et bien que les esprits savants n'eussent pas à subir de grandes catastrophes, ils y laissèrent quand même pas mal de plumes. Les règlements de comptes se déroulaient d'ailleurs exclusivement à l'intérieur de l'université : la patrie – rendons-lui son dû – ne cherchait pas spécialement, en général, à étriller les physiciens, car elle comprenait, n'est-ce pas, quelles en seraient les conséquences, où cela pouvait mener et qui les bonnes femmes allaient encore devoir mettre au monde, qui il valait mieux ne pas toucher parce que cela reviendrait au même, et il faudrait en payer le prix. Il ne nous restera plus qu'à piquer chez les voisins des petits trucs relevant d'une technologie obsolète en attendant cent cinquante ans la bonne combinaison de gènes. Mais Tchaldonov, homme d'une honnêteté et d'une probité cliniques, envisageait chaque échauffourée verbale lors des sessions du conseil scientifique comme une véritable bataille, tout à fait dostoïevskienne, en plus – le diable qui lutte avec Dieu, le champ de bataille étant le cœur des hommes.

Lors de ces ramdams, Lindt s'asseyait avec ostentation le plus près possible de l'orateur et se mettait aussitôt à griffonner dans un cahier. Tenait-il le procès-verbal de la réunion ? Travaillait-il ? Quasiment personne ne parvenait à déchiffrer son écriture monstrueuse, alambiquée, fine et complètement enchevêtrée. D'ailleurs, presque personne non plus ne comprenait le contenu de ses notes, et il n'y avait guère qu'une vingtaine de savants à travers la planète qui, à la simple évocation du nom de Lazare Lindt, roulaient des yeux de vénération. Le sujet finissait par devenir banal, mais n'en perdait pas pour autant de son importance. Lindt travaillait à la jonction de la physique, de la chimie et, semble-t-il, des mathématiques, à cette hauteur incroyable où disparaissent les doutes ultimes de l'homme et qu'à travers le tissu arachnéen de la grande science commence à transparaître la chair réelle du Dieu unique. Lindt était une figure absolument ordinaire du génie, et cela, même ceux qui d'habitude ne comprennent rien le comprenaient. Particulièrement dans le domaine scientifique.

Malgré son caractère génial, qui était évident pour tout le monde, malgré ses trente-sept ans, Lindt passait toujours pour un enfant prodige, une dénomination stupide et aussi étriquée qu'un pantalon trop court sur un grand dadais d'un certain âge. Mais comment aurait-on pu l'appeler autrement dans un monde où l'on considérait que l'âge moyen de la reconnaissance était le soixante-dixième anniversaire ? Il était le plus jeune professeur d'université, le plus jeune auteur de la monographie la plus commentée, le chercheur le plus fécond ayant réuni autour de lui la meute la plus inséparable des jouvenceaux les plus arrogants qui soient. Il ne fait aucun doute qu'il exaspérait beaucoup de monde. Vraiment beaucoup. Sur le plan de la logique, Lindt aurait dû diriger depuis longtemps un département entier de l'université, mais, sur le plan de l'esprit, au moins son propre institut de recherches, car toutes les idées qu'il générait – souvent en passant, entre autres choses –, lui-même n'était pas en mesure de les incarner ni de s'en souvenir clairement. À l'instar de n'importe quel arriviste, parvenu là où il est par les voies du hasard, en rien illuminé par une grande idée, Lazare préférait se consacrer uniquement à ce qui l'intéressait personnellement, étant entendu que cet « intérêt » englobait non seulement la science, mais aussi, par exemple, le beau sexe dont Lindt – charmeur, comme tous les énergumènes de son genre – était très gourmand et très amateur. Il était également amateur de bons livres, étant entendu que l'épithète « bon » dépendait en l'occurrence non seulement de l'auteur et du contenu, mais de l'année de publication. Par principe, Lindt ne s'intéressait pas à la production éditoriale d'après 1917, et les bouquinistes de Moscou l'adoraient pour son merveilleux snobisme, son sens de l'humour, sa générosité, son intuition étonnante, mais avant tout pour la tendresse avec laquelle il tenait dans ses mains un énième volume défraîchi. C'était comme si sa main avait atteint le genou d'une belle femme à moitié ouverte et tremblant d'impatience. C'était un merveilleux amant, c'est-à-dire un lecteur, bien entendu, généreux, avisé, reconnaissant et audacieux. Pas une seule femme ne partait de chez Lindt en lui gardant rancune, car il lui était agréable et avantageux d'entretenir des relations amicales avec les femmes comme avec les livres. Il n'était acrimonieux et caustique qu'avec les hommes. Il préférait ne pas avoir affaire à eux, d'une manière générale. Malheureusement, cela n'était presque jamais le cas.

Il va de soi que la patrie concilia très vite Lindt avec la guerre, comme elle conciliait avec elle tout ce qu'elle estimait pouvoir lui être un tant soit peu utile. Lindt n'émettait pas d'objections : quelle différence cela faisait-il pour lui de savoir, en fin de compte, quelles étaient les applications de ses recherches – un renforcement de la défense du pays ou un accroissement de la production quotidienne de lait de vache. Il ne s'agissait pas de sa part d'un manque de discernement ou d'une surdité de l'âme, mais d'un calcul effectué sans faille et en toute connaissance de cause. D'abord, Lindt était purement et simplement privé d'états d'âme illogiques, comme peut en éprouver n'importe quel individu ; ensuite, le processus qui lui permettait d'aboutir à la solution d'un problème scientifique l'intéressait bien plus que la solution en soi ; enfin, c'était un homme adulte et très intelligent, à la différence de beaucoup de ses disciples qui avaient commencé par inventer avec frénésie la bombe à hydrogène, puis s'en étaient repentis avec la même frénésie. La physique était pour lui le travail le moins adapté qui soit aux pétochards. Ou bien on est physicien et on va jusqu'au bout, ou bien on se contente d'être un pseudo demi-savant trouillard. Lindt ne supportait pas les pharisiens.

Il est difficile de dire pourquoi on ne l'avait pas mis au poteau ou pourquoi, à tout le moins, on ne l'avait pas jeté en prison. Peut-être parce que, de façon incroyable, presque anecdotique, il était radicalement dénué de sens pratique et d'ambition, et dans les affaires du stalinisme en général – il suffit d'aller y mettre son nez – on découvre de banales et médiocres passions humaines – l'argent, les honneurs, la gloire, autant de gâteries qui ne sont jamais en nombre suffisant pour ceux qui les convoitent. Peut-être s'agissait-il d'un sens de l'humour : tout de même, se battre contre un homme qui rit en permanence est non seulement absurde, mais humiliant pour celui qui l'attaque. Peut-être son secret résidait-il dans son fameux génie. En apparence, il avait une allure absolument banale, mais d'après certains indices à peine perceptibles, d'après le puissant imbroglio qui affectait toutes les coutures habituelles d'un individu, il se distinguait non seulement de son type biologique, mais sans doute aussi des formes protéiques de la présence de la vie en général : la rapidité avec laquelle il pensait ; son petit rire saccadé, avec quelque chose d'un peu mécanique ; son superbe mépris de toutes les normes d'une morale humaine modérée ; cette façon qu'il avait de gratter, comme un singe, ses parties génitales saillantes ; le chaos qu'il provoquait – un chaos épouvantable, primitif, matériel. Lindt était à l'évidence autre, issu d'un levain venu d'ailleurs, peut-être même au niveau des cellules, sur le plan biochimique. C'était parfaitement clair, et très effrayant à la fois. Véritablement effrayant. Pour ceux, évidemment, qui avaient la capacité de comprendre.

Certes, la protection que lui accordait Tchaldonov jouait un rôle considérable : avec une opiniâtreté de fer, il tirait Lindt comme une locomotive, le protégeant de ses flancs haletants et brûlants du moindre souffle acerbe venu de l'extérieur. Lindt aurait sans aucun doute fait son chemin tout seul. Peut-être une dizaine d'années plus tard, peut-être en payant un autre prix, mais il y serait parvenu. Cependant, les Tchaldonov...

En 1918, Lindt vécut environ trois mois chez eux, deux de plus que nécessaire, parce que les cartes d'alimentation, les rations, les titres pour obtenir un logement, sa chambre, tout fut presque immédiatement mis à sa disposition (grâce aux interventions de Tchaldonov, évidemment), presque aussitôt disparurent les poux, presque aussitôt les débats s'enflammèrent. Tchaldonov et lui se criaient dessus, les veines de leur cou se gonflaient, ils se querellaient, avec une particulière ardeur en plus, à cause de la théorie de la dynamique des corps avec des liens non intégrés.

— Tu n'es qu'un gamin, vociférait Serguéï Alexandrovitch, un ignare, un morveux, j'ai obtenu la médaille d'or de l'Académie des sciences pour les résultats de mes recherches.

— De l'Académie du tsar, rétorquait Lindt avec un sourire sardonique. Et reconnaissez que, dans la situation actuelle, cela modifie radicalement le point de vue. Si à l'Académie ils s'étaient véritablement intéressés à la science, ils auraient nécessairement attiré votre attention sur cette délicieuse faute de logique...

Et Lindt se mettait à écrire carrément sur le verso de quelque décret ou d'on ne sait quel commandement : avec une grande constance, les autorités pourvoyaient Serguéï Alexandrovitch d'encycliques et de circulaires innombrables, et n'eût été cette générosité bureaucratico-polygraphique, il aurait probablement dû arrêter de fumer, faute de papier à rouler.

— Du thé, les garçons ? demandait Maroussia en jetant un œil curieux par-dessus l'épaule de Lindt. Au-dessus de son autre épaule bouillonnait Tchaldonov, penché vers lui et grommelant des obscénités de façon nébuleuse, mais évidente. Aussitôt, Lindt bondissait de sa chaise sans avoir fini d'écrire ce qu'il voulait.

— Bien entendu, Maria Nikititchna. Je vais vous donner un coup de main.

— Et voilà, tu n'as pas fini ! Voilà ! C'est parce qu'il n'y a rien à écrire, il n'y a là aucune incohérence ! braillait Tchaldonov, absolument ravi en son for intérieur de ces débats acharnés (identiques à ceux qu'il menait jadis avec Joukovski), de l'impudence joyeuse de Lindt et même de cette senteur qu'il avait apportée dans sa maison, assez sauvage et âcre, tout à fait semblable à celle de la fourrure d'un animal. Comme si sa femme et lui avaient apprivoisé une jeune belette qui ne se laissait jamais prendre dans les bras.

— Arrête de faire du grabuge, Sérioja ! lui reprochait Maroussia. Liessik, ne l'écoutez pas, ce n'est pas à lui qu'on a décerné cette médaille d'or, mais à moi, pour mon écriture exceptionnelle. Combien de fois ai-je recopié ta théorie de la dynamique de ces corps dont personne n'a rien à fiche ? Je vais vous le dire : six fois ! D'ailleurs, Liessik, vous ne me croirez pas : aujourd'hui, j'ai échangé une dizaine d'œufs contre six petites cuillères en argent ! Songez un peu qu'en 1914 ces petites cuillères coûtaient dix roubles, et une dizaine d'œufs vingt-cinq kopeks !

— De toute façon, tu ne pouvais pas les supporter, Maroussia, la consola Tchaldonov.

— Les petites cuillères ? demanda en riant Maria Nikititchna. Ou bien les œufs ? Allons plutôt fêter le fruit de cette transaction grandiose : en dehors des œufs, j'ai réussi à dégoter un peu de farine, et j'ai préparé des petits gâteaux tout à fait prérévolutionnaires, sans sucre et sans matière grasse, certes, mais ils ont décidément l'air savoureux. Au fait, pour un poud de farine de blé noir, on demande trois livres de tabac à rouler, vous imaginez ! Un poud entier, plus de seize kilos !

Lindt et Tchaldonov manifestèrent de concert leur indignation : comment Maroussia pouvait-elle ne serait-ce qu'envisager de porter sur son dos un poud de farine depuis la Khitrovka ? Alors qu'elle disposait chez elle de deux solides gaillards !

— Les plus solides et les plus endurants, admit joyeusement Maroussia en dressant la table et en dissimulant avec son bras le plat contenant les petits gâteaux pour les protéger des velléités de son mari. Mais en plus, c'est d'une incroyable stupidité. Songez-y vous-mêmes : où pourrais-je trouver trois livres de tabac à rouler alors que certains ont en permanence une cigarette collée à leurs lèvres ! Ne fumez jamais, Liessik. C'est une habitude répugnante ! Vous n'allez pas vous mettre à fumer, n'est-ce pas ? Promettez-le-moi !

Lindt acquiesça d'un air grave que personne ne remarqua ni n'apprécia. Le soir même, il cessa de fumer : dans la cour glaciale de cette demeure moscovite, il retourna ses poches pour en sortir même pas du tabac, mais de la poussière de tabac qu'il avait dégotée, Dieu sait à quel prix, Dieu sait où, et qui puait tellement que Lindt, qui bombardait comme un malade depuis l'âge de dix ans, n'avait jamais osé se rouler une cigarette chez les Tchaldonov. De toute sa vie, il ne tira plus jamais une seule bouffée et, de toute façon,

Maroussia avait un tel ascendant sur lui qu'il était exclu qu'il n'obtempère pas. Mais ce n'est pas ce qu'elle voulait. Elle ne désirait pas tourmenter son garçon. Elle avait beau être très sensible, elle n'avait rien vu, rien remarqué. Lindt inspira en gémissant l'air dense et intensément glacial, puis il retourna chez les Tchaldonov. Dans la chaleur. Il n'avait rien à faire de son gris. On peut renoncer à tout ce qu'on veut, si on sait vraiment où il faut aller.

Même après avoir emménagé dans une chambre, puis dans son propre appartement (la réussite de Lindt était directement proportionnelle à la bénévolence des autorités et inversement proportionnelle à ses propres besoins), il ne cessait de rendre visite aux Tchaldonov. Au début, ce fut presque tous les jours, puis chaque semaine – lors d'une période douloureuse où il s'était inutilement retrouvé en délicatesse avec eux, et à laquelle Maroussia mit rapidement et résolument un terme après avoir saisi le fond de l'affaire –, puis de nouveau quotidiennement, si bien qu'il y eut rapidement chez les Tchaldonov la tasse de Liessik, sa place préférée à table, le canapé sur lequel il passait la nuit quand il s'attardait, un privilège dont il ne profitait véritablement qu'à de rares occasions. En 1923, par exemple, quand Maroussia faillit mourir du typhus. « Je préfère ne pas m'en souvenir, disait-il. Il n'en est pas question. Ce fut trop horrible. » Ou en 1929, quand les Tchaldonov fêtèrent leur quarantième anniversaire de mariage et que Serguéï Alexandrovitch faillit mourir après avoir passablement abusé de la « rykovka » à l'occasion de ces réjouissances, la nouvelle vodka qui titrait trente degrés et était répugnante, mais qui avait en revanche rapidement comblé les caisses du jeune État soviétique.

Il faut reconnaître que parmi toutes les initiatives prises par le Conseil des commissaires du peuple, celle qui fut la plus couronnée de succès et considérée comme la plus importante fut précisément le décret relatif à l'autorisation de vente de vodka, adopté à la fin de 1924. Les revenus générés par la vente de boissons augmentèrent bigrement, passant de 15,6 millions de roubles dans les années 1922-1923 aux ébouriffants 130 millions dans les années 1924-1925. Ce qui n'est pas mal, compte tenu du fait qu'une bouteille coûtait un rouble soixante-quinze. Le peuple ingrat, toutefois, chercha à qualifier cette bouteille de « demi-rykovka » et affirmait, vert de jalousie, que la véritable « rykovka » titrait soixante degrés et était celle que se tapait le camarade Rykov en personne, le président du Conseil des commissaires du peuple. « En Suisse, probablement. Qu'il crève, cette crapule ! »

Il avait d'ailleurs suffi à Serguéï Alexandrovitch, qui ne buvait guère et était tout attendri par cet anniversaire d'amoureux, de consommer au-delà de toute mesure et de toute décence cette « demi-rykovka » pour que Maroussia, qui pestait tout en riant, supplie Lindt de rester sur place.

— Toute seule je ne m'en sortirai pas, Liessik, et puis il n'arrête pas d'avoir des haut-le-cœur. Non, non, ne nettoyez rien ! Surtout, ne faites pas le ménage ! Il faut que, lorsqu'il se réveillera demain matin, il voie les horreurs qu'il a commises !

Tchaldonov, que Maroussia et Lindt étaient parvenus à calmer et à mettre au lit en s'y prenant à deux, reposait tranquillement ; sa chevelure étalée sur son oreiller formait un nimbe grisonnant, empreint de noblesse et d'un peu de vomi. Parfaitement familier chez les Tchaldonov, Lindt se rendit soudain compte qu'il se trouvait pour la première fois dans la chambre des maîtres de céans, une petite pièce piquetée d'ombres de la nuit, qui ressemblait à un coffret impudique fermé brusquement de l'intérieur. L'atmosphère étouffante y était presque insupportable à cause des relents de vomi et des rideaux pourpres, de la couverture cramoisie boudinée qui n'avait pas été convenablement tirée, sans doute en raison du temps estival, à cause de la rougeur veineuse qui divaguait sur les joues de Tchaldonov. Même les duvets impondérables de peuplier de ce mois de juin, qui s'agitaient de façon à peine perceptible dans les recoins plongés dans la pénombre, semblaient étouffants et effrayants, comme dans un cauchemar. Seule Maroussia était fraîche, dans sa robe tout aussi fraîche, et les petits boutons de nacre lisse dans son dos étaient frais eux aussi, dénudés comme des vertèbres.

Onze années de rencontres quasi quotidiennes. Pas la moindre parole inconsidérée. Trente et un ans de différence. L'année où Lindt était né, Maroussia avait remarqué pour la première fois d'assez disgracieuses pattes d'oie à l'angle de ses yeux, qu'elle ne parvenait pas à faire disparaître, quelle que soit l'orientation qu'elle donnait à la lampe pour essayer d'abuser ce reflet narquois. Elle en fut profondément et étonnamment chagrinée pour une femme qui se considérait comme raisonnable et qui, lorsqu'elle se choisissait des bottines, préférait toujours des modèles sainement pratiques à ceux qui étaient absurdement à la mode. Trouvant sa femme en larmes qui se plaignait en tenant des propos confus, Tchaldonov fila à la pharmacie et en rapporta dans son bec énamouré un petit paquet dont le contenu devait, selon ses croyances naïves, transformer de façon magique Maroussia en une princesse de conte de fées, ce qu'elle était sans aucun doute.

— Ne pleure pas, ma petite Maroussia, pourquoi pleures-tu ? Regarde plutôt ce que je t'ai apporté !

Ayant découvert sur sa table de toilette du savon contre les pellicules du pharmacien A. M. Ostrooumov (à trente kopeks le pain, en vente partout, le double pain pour cinquante kopeks – le parcimonieux Tchaldonov avait, bien entendu, acheté le double qui était relativement moins cher et constituait une réserve destinée à durer longtemps) et de la poudre dépilatoire du docteur Thomson (le moyen le meilleur et le moins nocif pour supprimer les poils là où ils sont indésirables, prix de la boîte : un rouble cinquante), Maroussia cessa aussitôt de pleurer et administra à Tchaldonov une engueulade absolument somptueuse et revigorante, digne de leur jeunesse, après laquelle elle voulut d'abord demander le divorce, avant d'être prise d'un fou rire irrépressible au point d'en être épuisée lorsqu'elle écouta les explications absurdes de son mari terrassé qui lui racontait qu'il avait cru faire au mieux, qu'à la pharmacie ils avaient juré leurs grands dieux qu'il s'agissait de remèdes brevetés, les meilleurs qui existent et, en outre, absolument inoffensifs pour la peau.

La poudre dépilatoire et le savon contre les pellicules absolument inoffensifs furent, à l'occasion de la première fête qui se présenta, solennellement offerts au concierge, un sale petit gommeux et bourreau des cœurs qui, à en juger par son air satisfait, utilisa ces moyens patentés, et sans aucun doute les meilleurs, à son profit personnel, bien que son entourage n'en vît point les effets. Maroussia, qui avait pris passionnément le pari que le concierge ne garderait pas ses merveilleuses moustaches, perdit contre Tchaldonov qui gagna une promenade au jardin Neskoutchny et quatre baisers, après quoi elle cessa une fois pour toutes de s'inquiéter de choses aussi simples et limpides que la vie, le déclin et la mort.

Certes, Lindt n'était pas au courant de tout cela, et il ne pouvait l'être. La majeure partie de la vie de Maroussia se déroula non seulement parallèlement à la sienne, mais avant sa propre vie. Il ne gardait à l'esprit que sa façon joyeuse et légère de vieillir, avec abnégation et sans éprouver de tourments. Son âge comme son vieux mari éternellement amoureux lui seyaient parfaitement, comme lui seyaient les ombres étouffantes aux relents de vomi, de lait et de miel. La lampe, recouverte avec soin d'un châle, diffusait une lumière tamisée, comme celle d'un oiseau de feu qui s'éteindrait, et la lueur qui en émanait – tendre et cuivrée, avec des glands de soie – jouait sur le visage animé de Maroussia en camouflant ses cheveux gris, en lissant avec tendresse ses rides. *Animula vagula blandula*… Ma joie inespérée.

Vas-y, homme de rien, prépare-toi. C'est maintenant ou jamais.

— Je vous aime, Maria Nikititchna, proféra Lindt à voix basse, le regard tourné de côté, vers un coin qui soupirait silencieusement, vers un autre monde, un monde réel.

— Moi aussi, je vous aime beaucoup, Liessik, répondit Maroussia, sur un ton léger et distrait alors qu'elle arrangeait l'oreiller de son mari pour qu'il puisse s'étendre plus commodément. Sergueï Alexandrovitch vous aime aussi. Vous savez, le Seigneur ne nous a pas donné d'enfants, mais…

Lindt toussa soudain d'une voix éraillée, comme s'il avait aboyé, et il sortit précipitamment, presque en courant, de la chambre.

— Liessik, vous avez avalé de travers ? lui demanda Maroussia, effrayée, en se précipitant derrière lui. Il faut de l'eau, buvez tout de suite de l'eau.

Mais à cet instant, Tchaldonov se mit à ronfler puissamment, avec des grondements intermittents, exactement à la manière d'un grand seigneur, et il s'agita sur son lit. Après avoir hésité un instant, Maroussia choisit son mari. Oui, elle choisit son mari.

— Ch-chut, mon chéri, je suis là. Étends-toi confortablement. Comme ça.

Quand, littéralement au bout d'une minute, elle entra précipitamment dans la cuisine, tout allait parfaitement bien. Lindt, qui avait complètement repris son souffle, lavait un verre sous un ruisselet d'eau torsadée. Pas celui dans lequel il avait bu, mais un autre, taché sur le bord d'un rouge à lèvres gras et vif. Il restait des empilements de vaisselle des invités.

— Ça va bien, Liessik ? lui demanda Maroussia d'un ton inquiet.

— Absolument, Maria Nikititchna, précisa poliment Lindt. J'ai avalé de travers. Excusez-moi. (Ses yeux étaient rouges et humides, mais ils avaient retrouvé leur calme.) Allez rejoindre Serguéï Alexandrovitch, je m'occupe ici de la vaisselle en attendant.

— Je vous remercie, mon ami ! lui sut gré de tout cœur Maroussia, et Lindt libéra sa nuque des doigts caressants de celle-ci en un geste habile et imperceptible.

Il avait vainement espéré, vainement rêvé de chiper ce qui ne lui appartenait pas et ne pouvait lui appartenir. Il lui suffisait amplement de savoir qu'elle était là, tout simplement. Qu'elle existait tout simplement, alors que les autres ne possédaient même pas cela. Les sages, Lazare, se contentent de peu, et visiblement il est temps de le devenir. Lindt prit une én'ème assiette sale, il secoua une boîte en carton pour saupoudrer un peu de soude, et sous ses doigts l'assiette grinça, gémit et réagit.

Oui, il a vingt-neuf ans et il est amoureux d'une femme qui en a soixante. Non, il n'est pas amoureux : il aime une femme qui a soixante ans, et il l'a aimée quand elle en avait quarante-neuf. Et aussi cinquante-cinq. Et il continuera de l'aimer quand elle aura atteint ses quatre-vingts ans, et il est parfaitement clair qu'il en sera de même quand lui aussi aura cet âge. Que le premier qui considère ce sentiment comme anormal lui jette la pierre : en échange, Lindt se fera un plaisir de lui rentrer dans le mou, à ce scélérat. Parce qu'il n'y a rien de plus normal au monde, de plus limpide et de plus simple que son amour, et cet amour est une lumière, une fidélité, un désir de protéger et de se soucier d'un autre être. De se trouver simplement à ses côtés. De s'émerveiller. D'écouter. De suivre avec un regard admiratif. De se fâcher. De se quereller. D'adorer. De s'endormir en le serrant de toutes ses forces contre soi. De se réveiller ensemble. De ne le céder jamais ni à personne. Pourquoi cela avait-il été possible pour Tchaldonov et serait impossible pour Lindt ? Que venait faire l'âge ici ? Quelle importance avaient ces méprisables trente années ?

Oui, Lazare Lindt avait eu quantité de concubines et de femmes, et le roi Salomon pouvait aller se rhabiller ; les femmes l'émouvaient, il émouvait les femmes, mais la seule qu'il aimait était Maroussia. Les autres étaient simplement des vases vides, sombres et sonores, dans lesquels il essayait de se cacher parce qu'il aimait Maroussia et qu'elle ne l'aimait pas. Il rencontrait ses maîtresses et se séparait d'elles avec une grande facilité, les distinguant à peine les unes des autres, ne se souvenant pas de leur parfum, ne cherchant pas à comprendre leurs paroles, n'accordant pas d'attention à leurs gestes. Dans son cas, l'abstinence n'avait pas le moindre sens : le célibat ne changeait rien à l'affaire, et il ne valait donc pas la peine de tourmenter inutilement la chair, car, la pauvre, elle n'y était vraiment pour rien. Il obtenait un grand plaisir, vivant, animal, bouillonnant de la part des femmes, et il leur en procurait un plus grand encore, mais Maroussia ! Maroussia... « Maria Nikititchna, je vous aime. » Quel idiot ! Quelle pitoyable nullité ! Dès l'instant que pour tout le monde ces trente années sont si irrémédiables, fais en sorte, Seigneur, que je naisse un demi-siècle plus tôt, que je sois un crétin, un attardé mental, un misérable va-nu-pieds qui ne sache ni écrire ni compter. J'aurais découvert le moyen de la trouver. Elle m'aurait aimé de toute façon. Fais-le, Seigneur, pour me prouver que tu existes...

Encore une fois une assiette gémit pitoyablement sous ses doigts et se brisa en des morceaux coupants de dimensions diverses. Un signe excellent, mon Dieu ! Je ne doutais pas que tu n'en avais rien à faire de ne pas exister. Et inutile de me parler de Freud, tu peux te les garder, ces théories sexuelles ridicules de ce mauvais coucheur de juif, de ce fumeur invétéré, de cet homme qui loge bourgeoisement dans cet appartement du centre-ville de la respectable et nonchalante Vienne. Rassure-toi, en l'occurrence ma mère n'y est décidément pour rien, elle n'a été en tout et pour tout qu'une idiote féconde, une espèce d'automate dépourvu de parole, estampillant de petits juifs dont personne n'a besoin, et il est fort possible qu'elle ait été une sainte en plus, mais mon papa, c'est sûr, n'a pas réussi à devenir charpentier. Bien que j'aie eu de la chance sur ce plan. Le calme régnait dans la chambre des Tchaldonov : apparemment, Maroussia avait décidé de faire un petit somme en compagnie de son illustre mari. S'il n'était pas mon maître et son mari, je le tuerais. Non, ce n'est pas vrai. Je le tuerais dans tous les cas, si toutefois cela pouvait changer quoi que ce soit.

Lindt parcourut des yeux la pile de vaisselle propre. Un remugle chaud de restes qui fermentaient s'élevait du seau à ordures. L'oie qu'avait cuisinée Maroussia était au-delà de toutes les louanges possibles et imaginables. À Moscou, l'année 1929 avait été repue, paresseuse, et ce n'est qu'à l'aube qui inondait lentement les fenêtres d'une gelée pâlotte qu'on voyait poindre une sensation d'angoisse encore vague. C'était le commencement d'une nouvelle époque, une de plus, et de nouveau effrayante. Lindt alla dans l'entrée, il ôta sa veste du portemanteau et referma tout doucement la porte derrière lui. Au bout de la rue déserte se levait un soleil immense et indifférent. Il y avait devant lui une longue vie. Une très longue vie.

Et Lazare Lindt prit consciencieusement la direction qui le mènerait à la dernière page.

Il était natif d'une bourgade endormie et insignifiante, au sud du gouvernement de Kherson, ou peut-être ailleurs, car personne au début ne se donna la peine de s'enquérir précisément de l'endroit où elle se situait, ni auprès de Lindt ni sur une carte, et quand vint l'époque des enquêtes tatillonnes et implacables, on avait alors besoin de lui – plus que besoin ! –, si bien qu'il avait fallu se contenter du toponyme imprononçable de Malaïa Seïdemenoukha et d'une vérification absolument sommaire. Vous dites que toute votre famille a péri lors de la guerre civile, Lazare Iossifovitch ? Que les vôtres ont été fusillés par les gardes blancs ? Un télégramme des camarades de Malaïa Seïdemenoukha vint confirmer en termes laconiques que la famille Lindt avait été effectivement fusillée en telle année. Il est vrai que la même année, les Rouges avaient eux aussi dévasté cette bourgade, comme les Blancs, ou les Verts de la cinquième colonne, et Dieu sait encore quels autres chefaillons bestiaux, sans qu'ils soient classés selon telle ou telle ligne de parti ou politique, mais n'en sachant pas moins parfaitement brûler, pendre, violer et tuer. On ne chercha pas à savoir qui au juste avait rayé de la surface du globe la famille de Lindt, pour éviter de découvrir quelque scandale sérieux qui n'aurait servi personne. Jamais Lindt lui-même n'avait parlé à qui que ce soit de son enfance ou de son adolescence. Non pas qu'il les cachât, mais il s'en sortait toujours par une plaisanterie, et il s'éloignait après avoir frétillé de la queue vers des abysses tout à fait insondables pour son interlocuteur, comme si là-bas, dans le passé, était resté un abcès qui n'avait toujours pas crevé, si effrayant et si enflé qu'il était impossible de l'effleurer ne serait-ce qu'en pensée.

Par curiosité, Tchaldonov fouilla un jour dans des données statistiques d'avant la révolution, vraiment peu glorieuses pour Lindt, et il découvrit qu'en 1897, trois ans avant la naissance de son élève, la bourgade de Malaïa Seïdemenoukha comptait cinq cent vingt habitants, dont quatre-vingt-seize et demi pour cent étaient des juifs. La plupart d'entre eux vivotaient dans l'agriculture, chaque famille possédant en moyenne un peu plus de onze déciatines de terres, une vache et demie et trente-huit poules. Afin de ne pas mourir en usant leurs dernières forces, beaucoup s'adonnaient à un petit boulot, et parmi eux le nombre de vitriers était particulièrement substantiel. On ne sait trop pourquoi, cette profession jouissait chez les juifs d'une réputation spéciale. En dehors des splendeurs énumérées, on pouvait voir dans cette bourgade un heder (ce n'est qu'au début du XXe siècle que les Seïdemenoukhiens finirent par obtenir leur propre synagogue) et l'école élémentaire privée Abram-Treitel Leibovitch Chaïkine, ainsi nommée d'après ce toqué de saint fou qui, avec beaucoup de zèle, avait semé à Malaïa Seïdemenoukha tout ce qui est sensé, bon et éternel, et on ne sait quoi d'autre encore, car, pour ce qui est de l'éternel, il y a toujours de quoi faire chez les juifs.

Chaïkine, qui était issu d'une famille de crève-la-faim, avait non seulement appris à lire et à écrire dans les années 1830, mais il s'était débrouillé pour arracher au ministère de l'instruction de Russie (aussi bête et routinier que n'importe quel autre ministère) une équivalence du diplôme d'instituteur de campagne, ce qui, à soi seul, relevait de l'exploit. Mais cette sainteté ne suffisait pas à Chaïkine qui aspirait résolument au martyre. Ma couronne d'épines ! Au lieu de se contenter tranquillement de sa situation d'instituteur, Abram Leibovitch ouvrit une école dans la maison de son propre père – attention, une école privée et laïque ! – et c'est là que chaque année étudiaient, répartis en trois groupes successifs, quarante-cinq enfants de paysans, morveux et aux yeux écarquillés, de merveilleux petits juifs. Et c'est Chaïkine (lui-même papa de sept gamins, des rejetons affamés en permanence) qui leur enseignait l'arithmétique et la géographie entre autres sapiences absolument nécessaires dans ce trou du cul rêche et rocailleux du monde. Il va de soi que toute la bourgade de Malaïa Seïdemenoukha, comme un seul homme, considérait Chaïkine comme un fieffé idiot, il va de soi aussi que malgré tous ses efforts titanesques, il y avait au village plus de soixante-dix pour cent d'illettrés ou de gens sachant à peine lire et écrire. Il n'est pas si facile de transgresser l'harmonie du monde, même si non seulement tu es juif, mais que tu es un saint homme. Particulièrement si tu es juif et saint en plus.

— Liessik, vous aussi, vous avez été en classe avec Chaïkine ?

— En fait, je ne suis pas allé à l'école, Maria Nikititchna, lui répondit Lindt le plus sérieusement du monde. Je n'avais pas le temps.

— Mais vous aviez des parents ? Pourquoi ne parlez-vous jamais de votre maman ni de votre père ? essaya de savoir la curieuse Maroussia, qui ne prêtait aucune attention aux grimaces implorantes de Tchaldonov dont la délicatesse se tordait de douleur dès qu'il s'agissait de la moindre intrusion dans la vie privée, particulièrement précieuse par conséquent, de quelqu'un.

— Oui, j'en avais, certes. J'aurais toutefois préféré qu'on me trouve dans un chou, que vous auriez préparé vous-même si possible.

Lindt souriait et approchait de lui son assiette sur laquelle se trouvaient des *pirojki* dodus et dorés, si bien qu'il devenait tout à fait clair que cette conversation devait en rester là. Dans la farce au chou, Maroussia ajoutait systématiquement un œuf dur, du poivre noir moulu et des champignons.

— C'est du chou blanc, Maria Nikititchna ? Il a un goût remarquable.

Pendant plusieurs mois après cet aveu mémorable exprimé au petit jour, Lindt ne s'adressa à Maroussia qu'avec une circonspection prudente et dilatoire, digne d'un comploteur ou d'un funambule, comme si quelque chose dépendait réellement du moindre mot et du moindre geste, comme si Maroussia l'avait véritablement entendu ou compris. Puis il se lassa aussi de ce petit jeu, de cette énième et pitoyable tromperie de soi-même, comme s'il devait marcher sur des semelles vivantes et mortifiées le long d'une corde imaginaire – histoire de se moquer de lui-même – tendue sur une place de marché pleine de badauds qui n'ont strictement rien à faire qu'il soit là ou non, car eux-mêmes n'existent pas, en réalité. En tant que casse-tête destiné à exercer son cerveau, ce n'était pas mal, mais cette attitude n'était guère adaptée à la vraie vie. Et Lindt assuma pour longtemps cet état de fait comme on accepte tôt ou tard la gravitation qui ne permet pas de voler bien qu'il soit difficile d'imaginer rien de plus naturel pour un corps humain que de planer dans les airs.

Tout reprit son cours, comme naguère, sinon mieux que naguère. En définitive, Lindt avait également un travail qu'il estimait. Pas un emploi, qui extorque quotidiennement de sa vie un morceau de 9 heures à 19 heures, si bien que pour avoir la joie d'une existence libre, il ne reste que quelques heures consacrées pour la plupart à dormir et à se sustenter, mais précisément un travail, excellemment organisé en plus, de tous les points de vue. Et il est juste de dire que Lindt était redevable de ce travail, comme d'ailleurs pratiquement de tout le reste, à Tchaldonov.

Ce dernier, il est vrai, ne fut pas longtemps martyrisé en essayant d'organiser au mieux l'université de Moscou, car dès la fin de 1918, en ayant par-dessus la tête de la jeune bureaucratie bolchevique, il alla faire des courbettes devant Joukovski, oui, absolument, Joukovski en personne, son ancien professeur à l'université, son protecteur et pratiquement son père.

Joukovski, qui avait autrefois distingué parmi ses étudiants ce petit gars déluré de la campagne, ne lui avait pas simplement permis d'entrer sur la voie de la Science avec une majuscule, mais il avait agi avec la plus grande diligence pour que cette science fût bienveillante à l'égard de son élève. Il avait hautement approuvé le mariage de son poulain avec Maroussia, et à l'église il avait assumé de façon irréprochable toutes les obligations épuisantes qui incombent à un garçon d'honneur, y compris celle de tenir la couronne (hissé sur la pointe des pieds) au-dessus de l'immense Tchaldonov, puis de se coltiner les toasts interminables et assommants que déclamaient à tour de rôle tous les savants collègues du fiancé au comble du bonheur. Joukovski avait totalement séduit Maroussia, car sa distraction terrible et farfelue lui avait fait prendre un vieil ami des Pitovranov, le hiéromoine Sérafime, pour une dame, sans être aucunement troublé par la somptueuse barbe rousse de celui-ci. D'ailleurs, la tenue de fête blanc et bleu comme le gros derrière du père Sérafime auraient pu induire en erreur n'importe qui, si bien que Maroussia, en étouffant ses rires, parvint non sans mal à sauver cet ecclésiastique des bras de Joukovski qui voulait à tout prix l'inviter à un paso-doble, sans vraiment comprendre, en vérité, de quoi il s'agissait ni comment il convenait de le danser.

Mais en 1910, après de longues années d'une amitié remarquable, Joukovski et Tchaldonov se querellèrent soudain rudement pour des vétilles qui n'avaient, par ailleurs, assurément rien à voir avec la science. Le plus vexant fut que ces causes s'évanouirent à l'instant de la mémoire de l'un et de l'autre, comme disparaît la poudre après s'être embrasée et avoir donné la possibilité à une balle de s'élancer pour porter un coup fatal. Malgré cela, toutes les tentatives de Maroussia et de la fille de Joukovski pour réconcilier ces deux têtes de mule furent vaines. Joukovski et Tchaldonov cessèrent non seulement de se fréquenter, mais même de se parler, et cela dura… Attendez, attendez… Seigneur, mon Dieu ! Plus de huit ans !

Et donc, Tchaldonov, qui avait non seulement les oreilles, mais, pour on ne sait quelle raison, le nez flamboyants, se tenait à nouveau devant son vieux maître, vieux maintenant au sens propre, mathusalemien du terme. Il va de soi que l'un comme l'autre versèrent des larmes prérévolutionnaires et se donnèrent de puissantes accolades également prérévolutionnaires. Tchaldonov extirpa de sous sa veste de l'alcool que Maroussia avait pris soin de dégoter – un petit filou trouble et microscopique qui fit fondre définitivement le cœur professoral de toute façon déjà ramolli.

Après s'en être donné à cœur joie en dénigrant le nouveau pouvoir et leurs vieilles connaissances, après avoir daubé sur les prix scandaleux et l'ignorance tout aussi scandaleuse de leurs adversaires communs dans le domaine scientifique, Tchaldonov et Joukovski reconquirent leur équilibre spirituel et se retrouvèrent comme jadis. Tous les deux furent incapables de se souvenir du motif de leur fâcherie, et ils y virent un comique authentiquement gogolien qui, s'ils ne s'étaient réconciliés à l'instant présent, risquait de se muer en une tristesse hofmannienne.

— Songez-y un peu, Sérioja, je suis un vieillard, n'est-ce pas, et j'aurais pu mourir sans vous avoir dit à quel point vous m'êtes cher !

Tout cela aurait pu s'avérer d'une banalité insupportable n'eussent été la tête trémulante de Joukovski et les plaies béantes dans les rayons de sa bibliothèque. Il ne possédait pas de quoi se chauffer ni de quoi faire du troc, et lui qui était veuf depuis de nombreuses années n'avait pas une ingénieuse Maroussia sachant brocanter des boucles d'oreille en or magnifiques contre une paire de bûches tout aussi magnifiques, sans jamais regretter ces boucles par la suite.

— Ma fille est toute à mon image, Sérioja, une idiote incapable de s'adapter à quoi que ce soit... Et par-dessus le marché, elle ne connaît pas les mathématiques. Je ne parviens pas à me faire une idée de la façon dont je peux vivre. Et puis, après tout, est-ce nécessaire ? C'est peut-être vrai que nous n'avons plus aucune raison d'être !

Tchaldonov agita les bras, scandalisé.

— Qu'est-ce que vous racontez, Nikolaï Egorovitch, que dites-vous ? Vous feriez mieux d'écouter ce que j'ai concocté et dans quel but je me permets de vous rendre visite. Vous vous souvenez que nous avions discuté de la résistance ondulatoire des obus d'artillerie ?

Joukovski, qui continuait d'agiter la tête, arbora un sourire. Il s'en souvenait, et comment !

— Eh bien voilà, s'empressa de reprendre Tchaldonov. Imaginez-vous que l'on peut non pas discuter cette question, mais tout poser sur une base strictement scientifique et même industrielle, obtenir, en quelque sorte, une direction à part, la nôtre, avec un financement à part, mais là n'est pas l'essentiel. L'essentiel, c'est de nous atteler à nouveau à la tâche, et non de nous occuper de cette...

Tchaldonov se crispa en se rappelant les tourments fastidieux qu'il endurait à l'université de Moscou.

— Mais pourquoi ne vous y attaquez-vous pas vous-même, Sérioja ? lui demanda Joukovski, intrigué.

— On ne me le proposera pas, Nikolaï Egorovitch, répondit Tchaldonov en toute simplicité. Je n'ai pas assez d'autorité. Je peux encore chouchouter les analphabètes, en fonction de leur entendement, mais ils ne sauraient m'admettre dès l'instant qu'il s'agit de questions militaires. Il faut que ce soit vous qui y alliez, on aura une confiance absolue en vous, vous êtes le seul des spécialistes qui...

Tchaldonov se troubla et Joukovski finit la phrase à sa place.

— Qui ne soit pas encore mort et qui n'ait pas filé à l'étranger.

Tous les deux se turent d'un air morose, testant mentalement en leur for intérieur toutes les variantes envisageables. C'était un hiver compliqué, et le choix à faire l'était également. Dans l'air glacial, la respiration de Joukovski ressemblait à d'incertains hiéroglyphes grisonnants qui se dispersaient plus vite que la possibilité de les déchiffrer. Il était vieux, vraiment vieux, et il faisait douloureusement pitié. Mais Tchaldonov avait sur les bras Maroussia et Lindt. Et il n'avait pas l'intention de capituler.

Le lendemain matin, Tchaldonov en personne accompagna Joukovski au Kremlin. Le vieillard y parvint non sans mal, minuscule, desséché, complètement perdu dans son immense manteau recouvert de givre ; il n'arrêtait pas de glisser et Tchaldonov parvenait à peine à soutenir sa carcasse légère qui appartenait déjà presque entièrement à un autre monde. L'audience dura longtemps, et Serguéï Alexandrovitch fut presque transi jusqu'aux os en faisant les cent pas non loin de la porte Borovitski. Il s'agissait de sommités auprès desquelles

Tchaldonov n'était pas encore admis, nonobstant son acceptation inconditionnelle de la révolution. Heureusement, les autorités ignoraient que, à la base de cette acceptation inconditionnelle, il n'y avait que l'obstination de Maroussia qui ne souhaitait pas abandonner les tombes de ses parents ni les cornichons salés, les cornichons au tonneau avec de bonnes grosses papules et des petits culs bien blancs et craquants.

— Où avais-tu l'intention d'aller ? En Angleterre ? Et d'après toi, où est-ce que je vais trouver du raifort en Angleterre ? Et les feuilles de cassis ? Et l'écorce de chêne, sans parler des tonnelets en chêne eux-mêmes ! Non, non et encore une fois non ! s'était récriée Maroussia en feuilletant le *Cadeau aux jeunes maîtresses de maison, ou Comment diminuer les dépenses du ménage* (vingt-deuxième édition, revue et complétée, Saint-Pétersbourg, 1901, N. N. Kloboukov imprimeur, 3 rue Priajka), et elle exhiba sous les yeux de son mari la page qu'elle cherchait. Tu vois, ici, la cinquième façon de préparer les cornichons salés : l'écorce de chêne est indispensable.

Tchaldonov tenta de répliquer que s'il existe dans la nature au minimum quatre autres manières de préparer les cornichons salés, il ne vaut sans doute pas la peine de s'enferrer ainsi dans la cinquième manière, qu'en Angleterre il y a certainement autant de raifort que l'on veut, et très probablement du cassis également, et Eléna Molokhovetz, l'auteur de ce fameux livre de cuisine, est à n'en pas douter une mauvaise conseillère dans les questions relatives à la vie et à la mort.

— Que vient faire ici Molokhovetz ! protesta Maroussia, scandalisée. Pour moi, les cornichons salés, c'est une question de vie et de mort !

Et ils ne partirent nulle part, bien entendu.

Deux heures plus tard, Tchaldonov s'était résigné au fait que Joukovski avait dû très probablement être arrêté, voire fusillé sur place, au Kremlin : des rumeurs épouvantables circulaient à propos de ces exécutions, tout à fait dans la manière terrifiante des fables d'Afanassiev. Toutefois, ceux qui les écoutaient n'étaient pas des gamins de cinq ans et aucune tentative de fermer les yeux ou de se réveiller ne changeait rien à cette affaire. Mais un quart d'heure plus tard, accompagné par un petit soldat, un affable jeunot, Joukovski réapparut soudain, vivant, sain et sauf, terriblement content, et même sa barbe scindée en deux brillait d'un éclat argenté, comme s'il s'agissait de son col de castor véritable qui était élimé depuis belle lurette et qu'il avait troqué contre de l'huile qui, d'ailleurs, s'était révélée rance.

Quelques mois plus tard, au début de 1919, on créa, spécialement pour Joukovski, un petit institut portant en guise de nom l'acronyme grinçant de TSAGI, l'Institut central d'aéro et d'hydrodynamique, un établissement minuscule, mais disposant de pleins pouvoirs exceptionnels. La compagnie qui s'était réunie en ces lieux sous la férule de Joukovski passa entièrement, au bout de quelques années, dans les encyclopédies et les annuaires non seulement soviétiques, mais du monde entier, et c'est là que se rassemblèrent des esprits de dimension planétaire, si l'on peut dire, n'est-ce pas, messieurs, ce qui signifiait que les résultats devaient eux aussi être à la hauteur. Tchaldonov siégeait à la droite de son maître, jouissant de plein droit du titre d'adjoint et d'auteur du projet. Il avait par précaution gardé sous le coude sa chaire à l'université de Moscou, mais consacrait naturellement l'essentiel de ses forces à Joukovski qui, malgré son apparente sénilité, avait conservé une réserve d'énergie tout bonnement inouïe, tenant presque du prodige. Sous sa direction, ce petit institut haletait comme une bouilloire en ébullition, il s'organisait fougueusement, débordait d'idées brillantes, exécutait les commandes du gouvernement, découvrait des sommets resplendissants, supplantait et déboulonnait frénétiquement ses rivaux.

En févier 1920, Joukovski attrapa une pneumonie, amplement suffisante pour l'envoyer dans la tombe, mais il se rebiffa et, alors qu'il fondait dans une fièvre déliquescente, sa fille se consumait de phtisie.

— Surtout gardez votre sympathie pour vous ! interrompait-il ses chercheurs, et personne n'osait répliquer, et, à dire vrai, aucune expression de sympathie ne l'aurait aidé en quoi que ce soit.

En juin, Joukovski eut une attaque, mais il se débrouilla pour s'en remettre, comme si, véritablement, lors de cette mémorable audience au Kremlin, il avait vendu son âme au diable prolétarien, car il était impossible d'expliquer autrement comment un vieillard en partie paralysé pouvait dicter un cours de mécanique théorique à une escouade de sténographes délurées qui n'y comprenaient goutte. Il composa son autobiographie, sèche, modeste et brève comme lui-même : il légua les vestiges de sa bibliothèque, jadis somptueuse, à la jeune république soviétique, après quoi il attrapa immédiatement le typhus et subit une seconde attaque qui ne le tua pas plus que la première, bien qu'elle l'empêchât de fêter haut et fort les cinquante ans de sa carrière d'enseignant et de chercheur. Mener à bien une telle entreprise n'était même plus dans la capacité du diable lui-même. Le ressort ne se cassa que lors du pluvieux mois de mars 1921 : Joukovski fut enterré au monastère Donskoï et Tchaldonov hérita du TSAGI. Bien entendu, dès le premier jour où cet institut avait été créé, Lazare Lindt y travailla.

D'ailleurs, Lindt n'avait pas du tout plu à Joukovski.

— Je comprends bien, Sérioja, qu'il s'agit d'un talent inné, d'un autodidacte, et c'est toujours diablement séduisant...

— Un génie, Nikolaï Egorovitch, rectifia tranquillement Tchaldonov, pas un autodidacte, un génie.

Joukovski, qui ne supportait pas qu'on l'interrompe, comme n'importe quel pédagogue, même quand il est question du travail, tapota furieusement des doigts sur la table du déjeuner. Le bureau qu'on lui avait attribué au TSAGI était encore plus immense et plus froid que la pièce monumentale qu'occupait Tchaldonov à l'université, et c'est pourquoi Joukovski préférait travailler chez lui. Les murs l'aidaient, en quelque sorte.

— D'accord, admettons qu'il s'agisse d'un génie, bien que la question soit fort discutable. Mais, de grâce, il est absolument sans cœur. Il a une allure complètement déglinguée, acrimonieuse, sens dessus dessous, et il n'est pas mis à l'envers, mais entièrement tourné à l'intérieur de lui-même. Sans le moindre respect pour quoi que ce soit, pour quelque autorité que ce soit, et ça atteint carrément la goujaterie.

— Nikolaï Egorovitch, se permit à nouveau de l'interrompre Tchaldonov, ce garçon vient à peine d'avoir dix-neuf ans. Il est arrivé ici Dieu sait d'où à pied, de je ne sais quel patelin épouvantable ; toute sa famille a été fusillée et lui ne s'en est sorti que par miracle. Vous avez entendu parler de ces juifs qui étaient envoyés coloniser la Sibérie au XIXe siècle ? Autrefois, en ces temps débonnaires, c'étaient chez eux le règne de la famine et l'époque des cavernes. Et vous imaginez ce qui se passe là-bas à l'heure actuelle ? Lazare, selon toutes les lois de la Providence et de la statistique, devrait être illettré et, voyez-vous, il parvient à me mettre, et pas seulement moi d'ailleurs, mais vous aussi, dans une impasse. Quant au respect dans le domaine de la science, vous le savez bien, il ne mène qu'au marasme et à la flagornerie de bas étage...

— Je ne sais pas, Sérioja, je ne sais pas. Je me souviens de vous quand vous aviez dix-neuf ans, vous n'étiez pas non plus né avec une petite cuillère en argent dans la bouche, mais vous produisiez une tout autre impression, si bien qu'il ne vaut pas la peine d'alléguer l'âge et la condition sociale. Oui, ça n'en vaut pas la peine, n'est-ce pas !

— Je n'ai jamais été un génie, Nikolaï Egorovitch, avoua Tchaldonov à voix basse, et il se tut pour offrir à Joukovski la possibilité de vérifier cette assertion sur lui-même également. Ce n'était en aucun cas une pique, tout n'était que la vérité pure et triste. C'est pourquoi je vous le demande humblement, très humblement, de la façon la plus respectueuse...

— Laissez tomber ces formules stupides, Sérioja ! finit par se fâcher Joukovski, ce qui était toujours chez lui le signe d'une capitulation définitive. Si vous voulez jouer les nounous avec votre petit juif errant, faites, je vous en prie. Qu'attendez-vous de moi ? Que je le fasse entrer à l'académie ?

— Une seule et unique signature, s'empressa de répondre Tchaldonov, ravi, et vous verrez que Lazare entrera tout seul à l'académie, mais pour commencer il faut tout de même qu'il obtienne un diplôme quelconque. Il n'a rien d'autre avec lui qu'un acte de naissance, et en plus, j'ai l'impression que c'est un faux. Même si on lui confie un département dans notre institut, selon les normes officielles, il n'est rien. En revanche, avec votre signature, on peut se débrouiller pour lui faire obtenir un diplôme universitaire !

— D'accord, grogna Joukovski. Amenez-moi votre enfant prodige la semaine prochaine. Mais je vous préviens tout de suite : pas question de népotisme.

En effet, il n'y eut pas de népotisme. Lazare Lindt, qui avait enfilé l'un des vieux costumes de Tchaldonov que Maroussia avait habilement ajusté à sa taille (« Regardez ce merveilleux camelot, Liessik, c'est de l'angora et de la soie : j'ai toujours su qu'il était inusable ! »), parut ressentir l'hostilité de Joukovski et il se comporta avec une remarquable modestie qui lui seyait fort bien. Après les soins sanitaires initiaux, ses cheveux avaient déjà repoussé, mais il ne laissa plus à l'abandon ses boucles sauvages et il se pavanait avec sa grosse tête recouverte de minuscules bouclettes lissées sur son crâne comme de l'astrakan. D'une manière générale, il n'avait plus l'allure d'un petit va-nu-pieds abandonné. Disons-le tout de go, aux questions complexes de ses vénérables examinateurs, il répondit de façon rapide, correcte et extraordinairement terne, si bien que Tchaldonov sentit deux ou trois fois sur lui le regard narquois de Joukovski. Il est beau votre génie, rien à dire. Il a potassé trois manuels et il fait de l'esbroufe.

Tchaldonov, troublé, se sentit dans la peau d'un imprésario qui a rempli de spectateurs un chapiteau pour un numéro de chien savant capable de résoudre les quatre opérations arithmétiques et qui prend soudain conscience qu'au milieu de l'arène se trouve un cabot à l'air bien brave, mais complètement stupide.

— Voulez-vous bien nous parler, Lazare Iossifovitch, des équations de Maxwell à propos de l'électromagnétisme ? demanda-t-il en essayant de sauver ce qui pouvait l'être. Nous avons discuté de façon intéressante, vous et moi, de ce sujet il n'y a pas longtemps.

— Non, répliqua Lazare, d'une voix polie mais ferme, je m'y refuse.

— Vous ne vous êtes pas fait votre propre opinion à ce sujet, cher collègue ? l'interrogea Joukovski d'une voix fielleuse, ravi que la représentation soit interrompue.

— Si, je me la suis faite, Nikolaï Egorovitch, protesta Lindt. Mais mon opinion vous paraîtra certainement déconcertante.

— Et pourquoi donc ? voulut savoir Joukovski qui n'avait pas flairé la chausse-trappe.

— Parce qu'il est impossible de résoudre aucun des problèmes du champ électromagnétique, et encore moins les questions de vitesse de la lumière, en se fondant sur les équations de Maxwell que vous venez de mentionner, ainsi que sur la mécanique classique, martela Lindt. Par ailleurs, vous affirmez le contraire. Pourquoi devrais-je débattre avec un adversaire incompétent ?

Tchaldonov poussa un « ah ! » et se renfrogna, comme si sous ses yeux un tramway avait coupé en deux un provincial bien en chair et nonchalant, tandis que Joukovski restait bouche bée et silencieux, ce qui lui conféra soudain une ressemblance avec le père Noël des livres pour enfants, fort dépité toutefois d'avoir été percé à jour. Lindt s'inclina légèrement dans la direction des deux hommes, ce qui pouvait être apprécié autant comme une excuse que comme une impertinence.

— Mais perm... permettez, mon cher ami, bredouilla Joukovski en recouvrant ses esprits. Vous voulez donc dire que... Certes, aucun homme pensant de manière sensée ne discutera le fait qu'avec l'augmentation de la vitesse et son rapprochement de celle de la lumière, la valeur ß s'approche du zéro, et, par conséquent, la masse du corps croît à l'infini. Tout cela est fort curieux pour la radiologie, mais enfin pourquoi verser dans la métaphysique einsteinienne dès l'instant que l'on peut parfaitement utiliser la mécanique classique ? Max Abraham a longtemps élaboré des équations du mouvement des électrons à l'aide des équations de Maxwell...

— Votre Max Abraham est tout simplement un ignare ! le coupa Lindt.

Là, Tchaldonov finit par craquer et éclata de rire, en pouffant et en se tordant comme un rustre. Joukovski le regarda d'abord d'un air stupéfait, puis lui aussi explosa soudain d'un merveilleux petit rire crépitant de vieillard, chaleureux et cassant comme un gâteau sec qu'on émiette.

— Tu parles d'un enquiquineur, piaula-t-il avec ravissement en pointant vers Lindt une patte jaunâtre, fort semblable à dire vrai à celle d'un poulet. Quel fabuleux enquiquineur ! Sur quel tas d'ordures, Sérioja, l'avez-vous déniché ? Il arrive à peine à la hauteur de la table et le voilà aussitôt qui montre les dents !

Tous les trois discutèrent avec volupté pendant encore une heure jusqu'à ce qu'ils finissent par s'épuiser définitivement les uns les autres. Joukovski fit glisser devant lui la malencontreuse requête et agita sa plume pointue qui chatoyait de toutes les couleurs de la patine.

— Mais permettez, mâchonna-t-il soudain d'un air mécontent. En dehors de la physique et des mathématiques, il faut d'autres matières pour obtenir une équivalence du bac. La géographie, par exemple. Ou bien... comment dit-on déjà... les belles-lettres.

— Tout ça, c'est Maroussia, Nikolaï Egorovitch, lui lança comme un coup de feu Tchaldonov qui, de toute évidence, s'attendait à cette question.

— Quoi, Maroussia ? C'est elle qui va passer l'examen à la place de votre génie ?

— Non, voyons, à Dieu ne plaise ! Maroussia a personnellement fait travailler ce garçon, et vous pouvez être sûr que...

— Je ne doute pas qu'elle l'ait fait travailler, bougonna Joukovski. Elle lui a sans doute lu des contes à haute voix, à cet ahuri. Dans le genre du *Voyage au-delà des trois mers* d'Afanassi Nikitine[1]. Ils ont sans doute été tous les deux fous de joie !

---

1. Afanassi Nikitine (mort en 1472) fut le premier Russe à se rendre par voie terrestre en Inde et il en rapporta un récit intitulé *Voyage au-delà des trois mers. (N.d.T.)*

Il se hâta d'apposer à l'endroit prévu à cet effet sa signature fleurie de vieux pédagogue, trompeusement simple et apparemment toute en rondeur, mais pourvue d'une petite queue tournoyant avec une telle roublardise que toute possibilité de l'imiter était théoriquement exclue.

— Et il n'y a pas de quoi être fier, espèce d'enquiquineur ! déclara-t-il d'un ton édifiant à Lindt. Cette signature est une façon de rendre hommage à Sergueï Alexandrovitch et de vous octroyer un crédit important. Vos études ne sont comparables qu'aux lacunes de votre éducation. Vous allez devoir beaucoup étudier. Vraiment beaucoup. Les langues étrangères, par exemple. Je suis sûr que vous ne connaissez ni l'anglais ni l'allemand. Mais on ne peut rien faire si on ne connaît pas l'allemand ! C'est la langue de la grande science !

Lindt acquiesça. L'allemand était réellement un outil utile. Ne serait-ce que parce que non loin de Malaïa Seïdemenoukha des colons allemands tiraient le diable par la queue : leur vie était aussi difficultueuse que celle des juifs, mais à la différence de ces derniers, ils entretenaient des liens amicaux non seulement avec la tête mais avec les bras. Quand il s'agit de soumettre en commun la rude terre de Kherson, le yiddish et l'allemand deviennent particulièrement semblables. Le sang et la sueur des différents peuples ne se distinguent pas au goût. Ni les larmes. Sans doute. Les larmes aussi. C'est pourquoi Lindt n'avait pas l'intention de contester l'intérêt de la langue allemande et c'est pourquoi dans les premiers jours du mois d'août 1941, alors qu'il faisait une queue interminable devant le bureau de recrutement, il se répétait dans sa tête en des roulements tonitruants ses vers préférés de *Faust* :

Ja, was man so erkennen heißt !
Wer darf das Kind beim Namen nennen ?
Die wenigen, die was davon erkannt,
Die töricht g'nug ihr volles Herz nicht wahrten,

Dem Pöbel ihr Gefühl, ihr Schauen offenbarten,
Hat man von je gekreuzigt und verbrannt.[1]

Les dire à voix haute était, bien entendu, impossible et on risquait d'en prendre plein la tronche à cause de l'allemand, mais au bureau de recrutement on apprécierait certainement son accent. Ce ne sont tout de même pas des imbéciles qui y siègent finalement. Et quand bien même ce serait le cas, la connaissance de la langue de l'ennemi était considérée comme un avantage en temps de guerre, quelle que soit l'époque. Ils devaient le prendre. Ils y étaient tout bonnement tenus. En définitive, il n'avait guère que quarante et un ans !

Lindt regarda autour de lui : il n'y avait manifestement pas tant de gamins que ça. Ce type, là-bas, avec sa chemise à carreaux et son visage émacié, rongé par on ne sait quelle adversité, il n'a certainement pas moins de quarante-cinq ans. Ayant senti qu'on l'observait, l'homme se retourna, il dévisagea Lindt avec un regard mélancolique qui se perdait dans l'obscurité. À quel destin échappes-tu en allant au front, mon pauvre gars ? Qu'est-ce qui t'a fait décider que cette fois tu aurais de la chance ? Un type mafflu et baraqué bouscula l'homme, son sac à dos bourré lui passa sur le nez et, sans même le remarquer, il le repoussa.

La file inquiète s'agitait, serpentait, tantôt se tendant comme une corde, tantôt envahissant de façon chaotique une partie de la rue. Çà et là, un accordéon glapissait de temps à autre, tandis qu'un homme se lançait dans une danse effrénée, comme pour ficher sa peur dans les pavés de la chaussée. Répondant à l'accordéon, une bonne femme flancha et se mit à brailler à tue-tête pour pleurer son Vovka

1. « Oui, ce qu'on appelle connaître. Qui osera nommer l'enfant de son nom véritable ? Le peu d'hommes qui ont su quelque chose, et qui ont été assez fous pour ne point garder leur secret dans leur propre cœur, ceux qui ont découvert au peuple leurs sentiments et leurs vues, ont été de tout temps crucifiés et brûlés. » Traduction de Gérard de Nerval, *Œuvres complètes*, 1868.

ou son Kolka, enfin les pleurer tous, tous ceux qui étaient encore sains et saufs, encore forts, qui avaient encore cette odeur familière de la sueur et qui piétinaient sur place en vociférant. Pleurer des parents chéris. On cloua aussitôt le bec à la bonne femme qui, après avoir poussé un sanglot, se rencogna contre l'épaule de son mari, ou de son fils, essayant dans son désespoir de s'imprégner pour toute la durée de la guerre de leur odeur familière.

— Je ne le laisserai partir nulle part, nulle part, je vous dis, pour qui tu me quittes mon chéri-i-i ?!

— Arrête, idiote ! Ne me fais pas honte devant tous ces gars, je te dis !

Lindt était seul, comme il se doit, comme toujours. Personne ne pouvait supposer qu'il était dans cette queue, cela lui faisait éprouver une gaieté et une joie curieuses, comme s'il se trouvait devant... Lindt fut gêné. Il ne se souvenait plus quand, pour la dernière fois et pour quelle raison, il s'était senti joyeux. Peut-être que si, durant son enfance, on avait fêté quelque chose en famille, si on avait décoré un sapin, si on avait entendu le bruissement des paquets contenant des cadeaux derrière la porte... Il ricana. Considérons qu'il était gai et joyeux comme on se doit de l'être avant une guerre.

Lindt aspira plus profondément l'air chaud imprégné de ce relent de cannelle, presque épicé, des chaussées de Moscou. À l'arrivée de l'automne, cette ville se souvient de ses origines rustiques et se met à embaumer la pomme, le pain chaud, les tissus de coton imprimé tout neufs et froufroutants, les feuillages vigoureux qui se refroidissent lentement. Rien n'est plus beau que Moscou en septembre, et il n'y avait pas le moindre espoir que la guerre se termine en novembre, bien qu'il ne fût question que de cela dans la file d'attente. Lindt comprenait que c'était en novembre justement que tout allait commencer, et pour faire cette analyse il suffisait d'avoir un cerveau trois fois moins grand que le sien, mais il ne se mêlait pas aux palabres générales dont l'effervescence virait à l'hystérie. Qu'ils racontent ce qu'ils veulent. Ils ne sont rien de plus que des hommes. De pauvres hommes. Un exemple de tautologie. L'essentiel était qu'au bureau de recrutement on ne le renvoie pas.

Une fringante automobile aux yeux de grenouille déboucha du coin de la rue pour se garer le long du trottoir, aveuglant les futurs petits soldats avec le miroitement de sa peinture laquée. « Bonne mère, mais c'est une Horch 853 de 1935 ! » s'exclama dans un quasi-gémissement un petit gars qui attendait derrière Lindt, comme si, après avoir grimpé sur une dizaine de caisses empilées et parvenant à se maintenir dans un équilibre instable, il avait fini par atteindre une ouverture secrète dans un mur et avait aperçu une fille nue. Une véritable fille nue. D'une tendresse veloutée, dans une clarté trouble et lunaire, à peine discernable dans la pénombre nébuleuse d'un bain de vapeur.

Un incroyable freluquet, un échalas au visage rond et souriant, vêtu d'un petit costume en tweed qui n'était pas de fabrication locale, sortit de la voiture dont il claqua élégamment la portière blanc et noir. La foule stupéfaite, n'en croyant pas ses yeux, observait la petite valise pimpante en cuir naturel, son pantalon court qui enveloppait gracieusement ses mollets rebondis, serré – mais non, un truc pareil, ça peut pas exister ! – et ramassé au-dessus des chevilles.

— Putain, ça c'est un bourge ! jura plein d'enthousiasme un type derrière Lindt. Et il se pose là ! Un bourgeois tout ce qu'il y a de vrai !

— Tu vois bien que c'est pas un bourgeois, le corrigea-t-on d'une voix dépitée, mais un étranger. Un correspondant étranger. Il va écrire un article sur nous.

Entre-temps, le correspondant étranger avait délaissé son incroyable véhicule pour rejoindre d'une dégaine désinvolte le cœur de la foule, tout en affichant ce sourire triomphal et godiche d'un très jeune homme resplendissant de santé qui chaque matin mange du pain blanc avec du beurre et du jambon rose et bien frais. Plus du lait chaud, bien entendu. Dans un verre fin, oblong et bleuâtre.

— Ça, c'est un mec gavé, un beau petit cochon ! s'exclama quelqu'un dans la queue, avec beaucoup de jalousie et de franchise.

Le godelureau tergiversa un instant, puis, ayant repéré avec une infaillibilité stupéfiante celui qu'il cherchait, il s'approcha de Lindt.

— Bonjour, dit-il d'un ton affable, dans un russe parfait, le plus merveilleux et le plus savoureux qui soit. Je vous prie de bien vouloir me pardonner de m'adresser à vous. Je désirerais m'inscrire pour aller au front, mais je ne sais par où commencer...

Lindt voulait répondre, mais il n'en eut pas le temps, car ce type extravagant fut aussitôt emporté par une vague d'amour populaire. Il passa littéralement de main en main, on tapotait ses épaules rondes recouvertes de tweed, on le saluait avec force gros mots, on le pinçait comme un chiot attendrissant, on braillait en chœur pour essayer de comprendre d'où sortait une merveille aussi saugrenue.

— Mais enfin, putain, t'es donc des nôtres ?

— D'où est-ce que tu déboules comme ça ?

— Tu peux pas être autre chose qu'un fils de général !

— Moi, je vous le dis, les gars, on va gagner, c'est sûr. Regardez-moi cette trogne ! Est-ce qu'un tank peut la laisser passer sans s'arrêter !

— Ouais, c'est sûr, faut le prendre comme tankiste ! Ou encore mieux : comme aviateur. Et le jour où il va leur envoyer des pruneaux, y aura plus un seul fritz. Ils vont tous chier de trouille dans leur froc.

— Mais gueulez pas comme ça ! Comment tu t'appelles, fiston ? Et où est-ce que t'as perdu ton pantalon ?

— Il l'a pas perdu, il a grandi trop vite ! Et sa maman, elle a pas les moyens de lui en acheter un long !

Ça ressemblait à une déflagration, à une explosion de soulagement général. Depuis des heures, la foule avait l'allure d'un furoncle bleuâtre et rouge foncé, une foule nécrosée par l'angoisse, hébétée à cause de la tension morbide qui y régnait. L'apparition de ce loustic cocasse, de ce vilain petit canard qui faisait le paon par ailleurs, semblait avoir permis à la pression qui s'accumulait douloureusement chez tout le monde de trouver un exutoire : le pus, la peur, la sanie poisseuse, tout explosa, accompagné d'une joie hystérique. Même en 1918 on n'avait pas ressenti une frayeur pareille. Lindt s'en souvenait très précisément. En 1918, l'époque était joyeuse à sa façon.

Le freluquet, qui avait acquis un nom (« Je m'appelle Sacha, Sacha Berenson ! »), resplendissant comme un cul bien rose dénudé par un jour de gel, répondait en même temps à toutes les questions en essayant d'ouvrir sa mallette snobinarde. Elle contenait un nécessaire de rasage d'importation de la marque Solingen et deux paquets de bonbons Grillage aux noix.

— Prenez-en, ce sont mes bonbons préférés ! Même à Berlin on n'en trouve pas de pareils ! C'est pour ça que je m'en bourre ! J'ai vécu cinq ans à Berlin.

Ainsi, le mystère de la Horch et du pantalon de golf était-il percé.

Sacha, autrement dit Alexandre Davidovitch Berenson, n'était ni plus ni moins que le fils d'un diplomate, un jeune et brave corniaud pétri d'élans patriotiques dans la forme la plus naïve qui soit. Pendant que son papa, rappelé au Kremlin à cause de la guerre, brassait les affaires de l'État dans on ne sait quel bureau, le petit Sacha avait décidé de se porter volontaire pour aller au front, décision mise à exécution sans tarder. Tous les péquenots qui se trouvaient là écoutaient bouche bée ses récits sur les rues et les cafés de Berlin, tandis que Sacha, eu égard à son jeune âge, insistait particulièrement sur les crèmes glacées quand le public bon enfant lui réclamait des histoires de bonnes femmes.

— C'est vrai qu'elles ne portent pas de petite culotte et qu'on voit tout à travers leur robe ?

— Pour ce qui est des petites culottes, je ne suis pas au courant, avoua Sacha, tout honteux. Une clameur de déception monta de la foule. En revanche ! En revanche ! En revanche, j'ai vu Hitler ! leur lança-t-il à brûle-pourpoint en essayant de sauver sa position chancelante.

Tout le monde se tut. Hitler, c'était du sérieux.

— Alors, comment il est ? demanda gravement un type trapu aux allures d'artisan atavique qui avait dans les trente-cinq ans.

— Rien de spécial ! répondit Sacha. C'est un gringalet, avec une petite moustache sous le nez ! Je le flanquerais par terre avec seulement un coup de mon gauche !

— Tu dis que c'est un gringalet ? l'interpella un des types. Seulement avec ton gauche, tu dis ? Cependant, le gringalet en question, il nous repousse de nos frontières comme des petits toutous...

— C'est un provocateur ! glapit aussitôt une bonne femme sortie de nulle part. Camarades, il y a un provocateur parmi nous ! Ne laissons pas l'ennemi saper notre moral de combattant !

La foule, qui avait oublié Sacha, se resserra autour de l'artisan, on hurlait pour se prouver les uns aux autres, mais avant tout à soi-même, qu'on allait battre les nazis simplement avec son gauche, en deux temps trois mouvements !

Il régna de nouveau une atmosphère d'un effroi pénétrant.

Sacha, l'air éperdu, continuait de tendre son paquet où il restait quelques bonbons Grillage, mais personne ne lui accordait plus d'attention.

— Qu'est-ce que vous en pensez ? demanda-t-il timidement à Lindt. Ils vont me recruter ? N'allez pas croire, je suis très fort ! Tous les matins je fais de la gymnastique

Lindt haussa vaguement les épaules : si cela dépendait de lui, il n'aurait pas laissé ce morveux magnifique s'approcher ne serait-ce que d'un fusil en bois pour enfants.

Deux heures plus tard, l'un et l'autre sortaient sur le seuil du bureau de recrutement. Pâle d'humiliation, Lindt ne savait où porter son regard. Le chef du bureau, un homme hargneux et borné, ressemblant à un bistouri frotté à l'alcool, l'avait abreuvé d'injures assommantes proférées à voix basse, par conséquent déplaisantes.

— Vous avez décidé de vous consacrer à des fadaises, camarade savant ? On a une petite envie de souffrir ? On veut se battre pour la patrie ? Mais tu sais pourtant bien le genre de protection blindée dont tu bénéficies, professeur ? Aussi blindée qu'un char Vorochilov ! C'est pas au front qu'on doit t'envoyer ! Mais sous bonne garde ! T'as décidé de me jouer un sale tour, hein, foutu héros ! Toi-même, ça te dit pas trop de vivre, et t'as décidé d'entraîner quelqu'un d'autre avec toi ? Mais moi, je vais te dire quelque chose et écoute bien l'ordre que je vais te donner : demi-tour, marche, et tu fous le camp d'ici, putain ! Et que ça saute !

Sacha, lui, avait obtenu un titre de mission pour aller suivre une formation de sous-officier : il jubilait et caquetait d'une voix qui crépitait comme des pétards de fête foraine. Lindt lui serra chaleureusement la main, après s'être senti vieux et inutile pour la première fois de sa vie. Ni Maroussia ni la patrie n'avaient besoin de son sacrifice librement consenti. Personne. Il y avait du vacarme autour de lui, des volontaires se pressaient, braillaient, agitaient les bras et gueulaient. Une fois au front, quatre-vingt-dix pour cent d'entre eux allaient périr durant les premiers mois de la guerre. Sacha, lui, autrement dit Alexandre Davidovitch Berenson, en sortirait sain et sauf.

(Devenu professeur d'université, docteur en droit, directeur de la chaire de droit pénal de l'Institut de droit international, galant homme, gourmand et jouisseur, il n'est mort que l'an dernier. Et même en 1988, il ressemblait encore à un fils à papa gâté, de grande taille, aux joues rebondies. Si vous ne le croyez pas, allez voir sur Yandex.)

Accablé, les traits tirés, Lindt se rendit directement du bureau de recrutement chez les Tchaldonov ; ses pieds le menèrent d'instinct chez Maroussia, exactement comme ses mains posèrent d'instinct des billets sur le comptoir de l'épicerie de luxe Elisseev.

— Je veux des choux à la crème, s'il vous plaît, des meringues, des tartelettes, tout en double. Non, donnez-les-moi plutôt par cinq.

La vendeuse, mignonne et rougeaude, qui avait elle-même des allures de baba chaud et juteux, imbibé de rhum, son petit doigt boudiné écarté, disposa avec dextérité les gâteaux dans une grosse boîte.

— Désirez-vous des biscuits ? Nous avons des sablés et des biscuits au chocolat, proposa-t-elle d'une voix chantante et suave, sur le ton d'une comploteuse, comme si elle offrait Dieu sait quels services épicés et prohibés.

Le client était intéressant, pâle, petit et nerveux. Un petit juif, bien entendu, mais on voit tout de suite qu'il a une grosse situation et de l'argent. Il est superbement habillé. Peu importe qu'il ne soit plus de première jeunesse, il est encore comestible ! Avec un plaisir machinal, Lindt apprécia aussi bien les émouvantes petites fossettes aux coudes de la vendeuse que la force tendre et puissante qui transparaissait sous son tablier blanc boursouflé, parfaitement empesé. C'était sans doute une godiche, mais elle était si lascive et passionnée qu'elle pourrait satisfaire une dizaine de mecs. Pas tout de suite, ma chérie, désolé. Non, non, je ne veux pas de cornets à la crème, merci. Maroussia déteste les cornets.

L'appartement des Tchaldonov – pour la première fois, si la mémoire de Lindt ne lui jouait pas des tours – s'était transformé en un capharnaüm cataclysmique. Lorsqu'elle vit la boîte de chez Elisseev, Maroussia, qui était en train de remplir trois valises à la fois, poussa un cri en levant les bras au ciel et laissa tomber le tricot de Tchaldonov qu'elle essayait en vain d'imbriquer entre ses propres souliers et les archives de son mari.

— Vous êtes fou, Liessik ! Des gâteaux ! À une époque pareille !

Lindt ramassa le chandail et le roula en un cylindre bien compact. Comme ça, il va pouvoir s'insérer, se dit-il.

— Mais de quelle époque parlez-vous, Maria Nikititchna ? La faim sera là cet hiver seulement, alors pourquoi se priver maintenant ? Vous avez le projet de déménager ? Ou vous êtes simplement nerveuse ?

Incrédule, Maroussia regarda Lindt droit dans les yeux : il était passé maître dans l'art de faire des tours, de jouer les idiots et de persifler. C'était une forme d'esprit paradoxale, un sens de l'humour également paradoxal et une totale absence de peur. À la limite de l'idiotie. Aussi bien au TSAGI qu'à l'université de Moscou couraient des légendes sur les plaisanteries qu'il sortait sans tenir compte de la hiérarchie ni des grades. Alors qu'il n'était qu'un gamin de vingt-cinq ans, Lidia Borissovna Ilienko, la secrétaire du conseil scientifique, une dame fameuse pour sa monumentalité sur tous les plans, y compris celui de la bêtise, avait failli faire une attaque à cause de lui. On prétendait qu'elle était la grande prêtresse des thèses, des pontes scientifiques et même des comètes. Que le tremblement de son double menton représentait un signe des plus révélateurs. Qu'elle couchait avec un homme des hautes sphères du Parti, si hautes que cela supposait *ipso facto*, si l'on peut dire, une certaine asexualité dans le domaine professionnel. Peu de gens, au demeurant, croyaient que l'amateur friand des charmes défraîchis d'Ilienko pouvait se trouver dans les hautes sphères, même si l'on savait que les communistes authentiques étaient capables, n'est-ce pas, de réaliser tous les exploits possibles et imaginables.

Toutefois, il y a légende et légende, et Ilienko secouait véritablement les académiciens comme des pruniers, si bien que les plus respectables de ces pontifes chenus de la science courbaient l'échine devant elle comme des chiots qui auraient fait des saletés. Tous, sauf Lindt, préféraient ne pas remarquer l'existence de Lidia Borissovna. D'ailleurs, un jour, elle l'arrêta à l'entrée d'un amphithéâtre où se déroulait un énième chambard scientifique.

— Mais, n'est-ce pas, où allez-vous donc, jeune homme ? lui demanda-t-elle d'une voix chantante qui n'augurait rien de bon. Il me semble, n'est-ce pas, que vous n'êtes pas membre du conseil scientifique.

— C'est tout à fait exact, Lidia Borissovna, reconnut aimablement Lindt. Je ne suis pas un membre du conseil scientifique. Je suis son cerveau.

Et que croyez-vous qu'il se passa ? Rien, strictement rien de terrible, compte non tenu, bien sûr, du fait qu'Ilienko, ivre de valériane et totalement démoralisée, se souvint une fois pour toutes du nom de Lindt et de son patronyme. Une fois pour toutes !

Cependant, aujourd'hui, Lindt ne plaisantait pas, et c'était bien lui pourtant qui se trouvait là, Maroussia ne pouvait se tromper.

— Vous n'êtes vraiment pas au courant qu'on nous évacue ? Ils ont affiché le décret à l'institut ce matin. Serguéï Alexandrovitch a téléphoné et m'a ordonné de faire nos valises de toute urgence. Et vous, on ne vous a pas convoqué à l'institut ? Pourquoi vous taisez-vous, Liessik ? Où avez-vous traîné toute la journée ?

Lindt haussa évasivement les épaules en disposant les délicates meringues légèrement croustillantes sur un plat. Dès l'instant que Maroussia n'avait pas à l'aider à se préparer pour aller au front, qu'elle prenne tout le temps nécessaire pour ranger tranquillement les affaires de son mari.

— Liessik, avouez-le, vous avez une nouvelle aventure ? essaya de deviner Maroussia qui interprétait à sa façon le silence de Lindt. Dites-moi, cette fois, est-ce enfin du sérieux ?

Lindt restait silencieux, et Maroussia, ayant à l'instant oublié la question de l'évacuation, et même la guerre, se hâta le long d'une route enchantée où le soleil avait rendez-vous avec la lune. Comme toutes les femmes sans enfants, elle adorait jouer les marieuses, donner sa bénédiction, organiser des rencontres, accompagner à l'autel et accueillir dans ses bras des nouveau-nés geignards et bien lourds, bref plaquer ses propres rêves inassouvis sur les conventions exécrables de la vie réelle. C'était l'un des rares procédés qu'elle employait, lui permettant de transformer en brocart de fête l'imprimé le plus quelconque, et Maroussia s'y connaissait en matière de belles étoffes.

— Et vous ne l'avez même pas invitée à boire un thé ! Vous n'avez pas honte ! Il me semble que Serguéï Alexandrovitch et moi-même avons des droits sur ce plan ! reprocha-t-elle à Lindt tout en lui prenant des mains la boîte vide et en ôtant de la table des miettes invisibles indignes de voisiner avec des tasses de porcelaine soviétique de la qualité la plus médiocre qu'elle manipulait comme s'il s'agissait de porcelaine chinoise précieuse ou de statuettes d'ivoire...

Maroussia bougeait avec délicatesse, avec grâce, soyeuse dans ses plis, charmante, oui, c'est ça, charmante, et le temps n'eut jamais aucun pouvoir contre ce charme, contre ces lèvres tendres, contre ces cheveux gris qui étaient tellement en accord avec les manchettes de dentelle de sa robe et les perles bleuâtres aux lobes de ses oreilles. C'est lui qui lui avait offert ces boucles, dès qu'il avait perçu ses premiers honoraires sérieux pour sa première monographie sérieuse. N'était-ce pas comme chez Goethe ?

Ihn treibt die Gärung in die Ferne,
Er ist sich seiner Tollheit halb bewußt ;
Vom Himmel fordert er die schönsten Sterne
Und von der Erde jede höchste Lust,
Und alle Näh und alle Ferne
Befriedigt nicht die tiefbewegte Brust.[1]

— Mais vous ne m'écoutez pas, Liessik ! s'indigna Maroussia. Et moi qui rêve pendant ce temps de petits-fils ! Quand est-ce que vous allez enfin consentir à vous marier ? Je ne veux pas mourir avant d'avoir vu vos enfants.

— Vous ne mourrez pas, Maria Nikititchna, répliqua Lindt d'une voix tranquille. Certainement pas vous. Je vous le promets.

Il prit avec légèreté sa petite main chaude et la serra contre ses lèvres, frappé pour la énième fois par son parfum – une mi-journée remplie de paille ensoleillée et de pommes mûres, un grenier endormi, torride et étouffant, et des baisers mûrs arrachés furtivement. Tout s'arrangera. Tout s'arrangera dans cette vie-là justement, parce qu'il n'y en a pas d'autre.

1. « Toujours son esprit chevauche dans les espaces, et lui-même se rend compte à moitié de sa folie. Il demande au ciel ses plus belles étoiles et à la terre ses joies les plus sublimes ; mais rien, de loin ni de près, ne suffit à calmer la tempête de ses désirs. » *Ibid.*

Tchaldonov, qui arriva deux heures plus tard, fulminant à cause des engueulades que lui administraient sans cesse les autorités, trouva sa femme et Lindt tranquillement assis en train de boire du thé. Dans un coin s'élevait un amoncellement de caisses et de valises parfaitement empilées, et Maroussia essayait de convaincre Lindt que les choux à la crème qu'il faisait lui-même n'avaient rien à envier à ceux d'Elisseev et étaient même supérieurs sur beaucoup de plans. Lindt protestait, pendant que dans l'assiette laissée par précaution tout au bout de la table se desséchaient les gâteaux consciencieusement laissés pour Tchaldonov. Il n'y avait plus de choux à la crème parmi eux, parce que Maroussia, qui cherchait des arguments pour convaincre Lindt, les avait tous mangés.

À la fin du mois d'août 1941, les effectifs pratiquement complets du TSAGI furent évacués vers la ville de N-sk. Et même Lindt, secoué dans le compartiment et somnolant, qui comptait machinalement les verstes russes se succédant à l'infini, le front appuyé contre la vitre de la fenêtre qui battait en rythme, ne pouvait deviner qu'il empruntait cette route à tout jamais.

Ils mirent presque un mois pour atteindre leur destination – une vitesse inouïe pour cette époque où des dizaines de convois se retrouvaient à chaque gare de bifurcation et où il fallait stationner sur place durant des heures, voire des jours entiers. Des centaines de wagons de marchandises chauffés, aménagés pour les voyageurs, enchevêtrés dans des racines et du linge qui séchait, somnolaient dans des culs-de-sac. Les gens évacués erraient sur les quais, des bébés hurlaient, des femmes ensauvagées par les conditions de vie insoutenables se querellaient, des bandes de garçons qui n'étaient plus tout jeunes jouaient frénétiquement à la guéguerre, ils fumaient et lançaient des crachats amers sur le ballast, des moujiks restaient là, épuisés à force d'attendre. Des cheminots couraient à tout bout de champ en pestant, couverts de sueur, l'air furibond ; ils avaient depuis longtemps oublié ce qu'étaient le repos, le sommeil, la famille et les gâteaux. Il était inutile de les importuner avec des questions et des plaintes : ils étaient les rejetons de Lazare Kaganovitch et connaissaient parfaitement bien les mœurs brutales du commissaire du peuple aux voies de communication. Le narkom de fer n'aimait pas plaisanter et avait l'habitude de dire que chaque catastrophe avait un nom et un prénom. C'était ainsi avant la guerre, et il n'était pas du tout question désormais de compter sur sa grandeur d'âme. Tous comprenaient qu'on ne mettrait plus en prison pour une négligence et qu'on fusillerait tout de suite, au pied d'un remblai, dans un fossé en friche. Juste après un convoi qui n'aura pas été envoyé à temps au front.

Pour le train dans lequel les membres du TSAGI étaient évacués, on faisait d'ailleurs toutes les exceptions possibles et imaginables : afin de fournir à l'armée ce dont elle avait besoin, on avait conçu le projet dans la ville anonyme de N-sk, ne figurant sur aucune carte, d'un immense complexe militaro-industriel, et à cette époque le pouvoir soviétique incarnait implacablement dans la vie ce qui avait été planifié. À la gare de province exiguë (N-sk n'était devenue un centre régional qu'en 1937 – mais oui, on a beau dire, il y eut aussi des événements heureux cette année-là !), le train, rempli des cerveaux d'élite de la capitale, fut accueilli par une grande délégation très empressée. La cohorte de savants balourds fut rapidement répartie dans des camions et disséminée dans ses nouveaux lieux de résidence ; quant à Tchaldonov et aux autres dirigeants, ils furent transportés au conseil municipal en vue d'une concertation. Au dernier moment, Tchaldonov emmena Lindt avec lui après avoir chuchoté à l'oreille du responsable du Parti le plus haut placé venu les accueillir des paroles qui firent que le pauvre gros fut aussitôt en nage et se fendit même d'une courbette provoquée par la déférence dont il avait été soudain saisi. Lindt renâclait comme un gosse qu'on veut faire aller au lit juste au moment où tous les invités se sont réunis autour de la table, mais en vain : on le poussa aimablement dans une GAZ M1, et par la lunette arrière ovale il aperçut furtivement Maroussia, restée sur le quai parmi les épouses désemparées, les enfants qui hurlaient et les ballots entassés à la va-comme-je-te-pousse. Une fois encore, on ne pouvait pas faire autrement que de s'occuper des familles en dernier lieu.

— Ne t'agite pas comme ça, au nom du ciel, Lazare, l'exhorta Tchaldonov qui était las et claquait des dents, impitoyablement secoué dans la voiture, car les routes à N-sk avaient toujours été on ne peut plus abominables. Premièrement, je suis certain qu'on n'est pas ici pour longtemps. Deuxièmement, tu peux être sûr que Maroussia saura très bien se débrouiller toute seule.

— Et n'en doutez pas ! s'en mêla le gros du Parti qui s'était penché par-dessus le siège avant. Tout le monde sera cantonné et installé dans les vingt-quatre heures. En parfaite conformité. Conformément à toutes les normes. C'est un ordre du narkom !

Et c'était exact. Avant que les épouses des chercheurs du TSAGI n'aient eu le temps de s'inquiéter pour de bon, elles furent prises en charge par un détachement volant de joyeux militaires qui rêvaient ardemment au front, mais étaient obligés – « Putain de ta mère ! » – de trimer à l'arrière, le diable sait pourquoi. Ils se répartirent rondement en groupes de deux et se mirent à fourguer ces nanas de la capitale (parmi lesquelles certaines étaient fort mignonnes) dans des voitures. Maroussia fut confiée à un petit officier au visage rondouillard et rougeaud, sanglé comme un bouquet de fête dans des courroies dont le cuir craquait. Tandis qu'un troufion disposait le barda des Tchaldonov dans un camion qui leur avait été réservé (« Partout on respecte les académiciens chez nous ! ») et que l'on conduisait l'illustre hôtesse jusqu'à sa nouvelle résidence, le lieutenant bavard eut le loisir de lui raconter deux fois toute sa vie insipide, mais héroïque. Malgré l'unité de temps, d'auditrice et de lieu, les deux versions se distinguaient notablement l'une de l'autre, mais dans l'une comme dans l'autre le héros principal surmontait de façon résolue tous les obstacles et obtenait la moitié d'un royaume (« Une chambre individuelle de huit mètres carrés. ») et une reine de toute beauté (« Elle s'appelle Natalia, ah si vous la voyiez, elle est extra ! Et elle est super baraquée ! ») et il reçut encore Dieu sait quels autres dividendes fabuleux.

Le résultat fut que Maroussia, sous le charme de ce récit, omit complètement de découvrir la ville de N-sk qui défilait derrière les vitres et ne retrouva ses esprits que lorsque le camion s'arrêta devant une maison maussade de deux étages. Récompensé par un sac de bonbons fourrés (« Je vais les apporter à Natalia, elle sera ravie, c'est qu'elle est gourmande ! »), le petit officier l'aida galamment à mettre un pied à terre.

— Ben voilà, c'est ici que vous allez habiter. Likhonine, emporte tout au premier étage ! Et ne traîne rien par terre, espèce de monstre, faut pas abîmer les bagages !

Maroussia gravit un escalier en marbre qui avait de toute évidence resplendi autrefois du faste d'un riche marchand, et elle pénétra, piquée par la curiosité, dans l'appartement.

Un long couloir plongé dans la pénombre. Une pièce à gauche, deux à droite, au fond la cuisine, sans doute. Exact : la cuisine !

— On vous a attribué une demeure princière, Maria Nikititchna ! lui signifia l'officier en ouvrant l'une après l'autre toutes les portes, manifestement fier de l'hospitalité dont faisait preuve la ville de N-sk. Toutes les commodités sont dans le cagibi, au bout du couloir, il y a même un débarras au cas où vous voudriez engager quelqu'un pour le ménage... Prenez bien garde, ne trébuchez pas, il reste une luge d'enfant. On a d'abord pensé tout emporter, puis on s'est dit : on ne sait jamais, le camarade Tchaldonov a peut-être des petits-enfants et, dans le fond, ce sont des objets de qualité, on n'a pas besoin de les enlever dans la mesure où vous pourriez arriver de Moscou pratiquement les mains vides. En sorte qu'il ne sera pas nécessaire de perdre du temps pour ces questions de vie quotidienne et il vaut mieux que tout soit prêt immédiatement afin de pouvoir consacrer ses forces à la bonne cause. Pour le front et pour la victoire ! Vous ne croyez pas ?

Maroussia, devenue étrangement silencieuse, hocha la tête en parcourant du regard cet appartement qui avait été occupé longtemps par d'autres gens, qui avait été manifestement aimé par une famille, mais abandonné à la va-vite dans des circonstances terribles au sujet desquelles – c'était évident – il était non seulement impossible, mais aussi inutile de poser des questions, car il faudrait alors reconnaître soi-même que ce brave garçon aux yeux clairs qui portait des épaulettes de lieutenant était lui aussi coupable du fait que ces rideaux, cousus par des mains habiles et attentionnées, étaient orphelins, que ces armoires, remplies d'une vaisselle geignant de solitude, avaient été épouvantées pour toujours, que ces... À quoi bon tout énumérer ? Elle aussi, Maroussia, était coupable. Elle était coupable, bien entendu. Et qui d'autre encore l'était dans tout cela ?

Maroussia s'approcha d'une table recouverte d'une nappe brodée, elle y promena ses doigts comme une aveugle. De petites roses en relief alternaient avec des marguerites au grand cœur : c'était une broderie au plumetis, du point de chaînette et de la broderie à jours sur les bords, tout un hiver durant lequel une femme avait passé ses soirées à effectuer ce travail intime et minutieux. Elle le savait car elle était une couturière hors pair, et le doux craquement de la toile transpercée, le papillotement criard des fils, le durillon sur l'index courbatu, le dé à coudre, tout cela concernait les paresseuses qui manquaient de technique, ce qui, de toute évidence, n'était pas le cas de cette maîtresse de maison. Quel âge avait-elle ? Où était-elle maintenant ? Où étaient ses enfants ? Pourraient-ils survivre ? Ou au moins pardonner ?

— Vous ne vous sentez pas bien, Maria Nikititchna ? Voulez-vous que j'aille chercher un médecin ? Ça ne me prendra qu'un instant ! lui demanda le petit officier apitoyé.

Maroussia, dont le visage était livide et qui avait brusquement senti le néant au fond d'elle-même, secoua la tête négativement.

— Allez-y, Kolia. Tout va bien. Merci. Allez-y, vous avez plein de choses à faire. Je me débrouillerai toute seule maintenant. D'accord ? Ne manquez pas de transmettre mes salutations à Natalia.

Le lieutenant Kolia obtempéra et lui fit un salut militaire.

— Je n'y manquerai pas. Mais vous êtes sûre que tout va bien ?

Maroussia appliqua ses dernières forces à lui sourire.

— Dans ce cas, c'est d'accord, s'empressa de lui répondre l'officier d'un air soulagé. Installez-vous confortablement, et si quelque chose ne va pas, nous vous prions de bien vouloir nous excuser. Likhonine, on y va !

Likhonine, qui était resté sans dire un mot, cessa son agitation de fourmi avec les valises, et il emboîta le pas à son chef pour se diriger vers la sortie. La porte claqua. Puis une autre, en bas, celle de l'entrée de la maison, claqua à son tour. Maroussia parcourut encore une fois du regard la pièce : oui, c'était sûr, l'étagère était encore là, dans le coin aux icônes, un haut-parleur était installé dessus aujourd'hui, mais ça ne faisait pas de doute. Ce haut-parleur pouvait peut-être tromper n'importe qui, mais pas Maroussia. Elle avait tout de suite reconnu la *bojnitsa*, cette planche sur laquelle le Seigneur pouvait s'installer après avoir fait le tour de la maison, afin de reprendre son souffle et contempler les lieux. Elle était certainement là depuis l'époque des premiers propriétaires, des marchands qui avaient dû être expulsés d'ici en toute hâte, eux aussi, dans l'obscurité d'un petit matin, à travers les larmes, les jurons orduriers et les malédictions, tandis que la maîtresse de maison ne cessait de se retourner en hurlant et regrettait d'abandonner sur place un objet parfaitement dérisoire, comme une têtière inachevée ou des porte-verres en argent que l'on réservait aux invités, mais que l'on n'utilisait pas et qui restaient ainsi toute leur vie derrière une vitrine, attendant en vain leur heure de gloire... Maroussia se la représentait clairement, cette femme, comme si c'était elle, ébouriffée, épouvantée, nocturne, à qui l'on arrache son mari, elle la vit même s'efforcer de lui adresser un sourire en guise d'adieu, lui dont le menton mal rasé et grisonnant de vieillard tremblotait.

Quand tout cela va-t-il se terminer, mon Dieu ? Quand ce cortège effroyable s'interrompra-t-il ?

Dieu se taisait, comme caché derrière le haut-parleur poussiéreux (il n'aurait même pas trouvé de place à l'intérieur, tant la voix de Levitan, le speaker de la radio, était énorme, et les communiqués du bureau d'information soviétique étaient trop effrayants). Alors, après s'être non sans mal agenouillée, Maroussia se mit à prier vers le haut-parleur silencieux, de façon impétueuse et ardente, comme jamais de sa vie elle n'avait prié.

Quand la ville nébuleuse de N-sk qu'elle apercevait derrière la fenêtre commença à bleuir (la nuit tombait tôt, pas comme à Moscou, il faisait froid, pas comme à Moscou non plus, et l'on n'était pourtant qu'à la fin du mois de septembre), Maroussia sentit ses genoux geindre et une douleur aiguë se concentrer dans ses reins brisés à force de prosternations. Il était temps de se relever, de préparer un frichti pour le dîner, de retrouver dans les balluchons ou les valises le gruau qu'elle avait réussi à dénicher dans une gare, car, de toute sa vie, pas une fois elle n'avait laissé son mari sur sa faim, même pendant la guerre civile, maintenant non plus elle ne le laisserait pas l'estomac vide, et « pardonne-moi, Seigneur, de m'être interrompue, de toute façon tu as du monde à écouter et, de toute façon, il y a longtemps, bien longtemps, que tu ne me remarques pas ».

« Bon, pardonne-moi, mon chéri, d'avoir grogné de cette façon.

Pardonne-moi. Tu m'entends ?

Pardonne-moi. »

Maroussia se releva et se traîna jusqu'à la cuisine, toute recroquevillée, faisant claquer au passage les interrupteurs : on n'avait pas à camoufler les lumières à N-sk, tandis que lorsqu'ils avaient quitté Moscou, la ville était entièrement plongée dans l'obscurité et, jusqu'à ce que la voiture tourne à l'angle de la rue, Maroussia n'avait cessé de se retourner pour chercher du regard les fenêtres de sa maison qu'elle avait de ses propres mains recouvertes de croix en papier. Elle lui avait fait ses adieux.

La cuisine était vide, silencieuse et effrayante. De même que Maroussia avait peur de tous ces ustensiles qui n'étaient pas les siens, eux aussi avaient peur de ces mains inconnues, ils se terraient, ils tentaient, comme les vivants, de se carapater dans le coin le plus éloigné, tapis dans une ombre providentielle. Il fallait négocier avec chaque tasse, caresser ses flancs tremblants, comme un chiot abandonné qui a beaucoup souffert, l'apprivoiser, et tout en grommelant Maroussia remuait les objets, elle les déplaçait, les prenait avec une serviette et les recouvrait avec précaution d'un couvercle. Il n'était plus question d'on ne sait quelle prière, mais purement et simplement de sorcellerie que chaque femme connaît et qui plonge ses racines dans une antiquité improbable, quand Dieu lui-même n'existait pas, quand le Verbe n'existait pas, et qu'il n'y avait qu'un amour pur que rien ne troublait. De toutes ses forces Maroussia se livrait à la sorcellerie, tendant l'oreille pour entendre le claquement de la porte d'entrée, et elle avait l'impression que seul le retour de son mari redonnerait sens et ordre à tout cela, chasserait les peurs, dompterait les ténèbres compactes qui envahissaient presque entièrement le cube de la pièce. L'appartement avait besoin d'un maître des lieux, quand bien même serait-il aussi balourd que son Sérioja, mais il ne venait toujours pas, et en définitive, Maroussia dut renoncer, éteindre le gaz et rester assise toute la nuit devant la fenêtre impénétrable, dans cette pose éternelle de l'épouse qui attend, toujours la même, quelle que soit la succession des siècles.

L'appartement s'était terré, lui aussi, et parfois seulement il soupirait doucement comme s'il s'accoutumait à Maroussia. De temps à autre quelque chose à l'extérieur se posait sur le rebord d'une fenêtre et grattait nettement avec ses griffes le fer-blanc dans la nuit, et Maroussia avait beau vouloir se persuader qu'il s'agissait de pigeons, de banals pigeons, ce ne pouvait être le cas, c'était évident, et quand telle une ombre silencieuse un grand chat qui n'existait pas se faufila dans l'entrée, Maroussia s'effondra et éclata en larmes.

Parce qu'elle n'avait plus de forces.

Ni Tchaldonov, qui ne revint qu'à l'aube, pas rasé, presque ivre de fatigue, ni même Lindt ne se rendirent compte de rien. Maroussia avait parfois l'impression qu'ils n'avaient même pas remarqué la guerre, tant ils étaient absorbés par leurs joujoux scientifiques, si bien que ces quatre années de peur, de communiqués et d'attente sans fin devant les magasins reposèrent exclusivement sur ses épaules. On attribua à Lindt un studio superbe, non loin de leur maison. Malgré les exhortations de Maroussia pour qu'il s'installe chez eux, il n'accepta pas, il s'obstina, et Maroussia se dit que voilà, Liessik était tout à fait grand désormais et qu'elle ne lui était plus d'aucune utilité, alors que c'eût été si facile avec lui ; pas facile, d'accord, mais bien plus facile, car il aurait apaisé tous les spectres possibles et imaginables, il n'en avait rien à fiche des spectres, il ne croyait à rien, son Liessik, et cette incroyance rieuse et intrépide, qui d'ordinaire chagrinait tellement Maroussia, aurait été à cet instant fort bienvenue.

D'ailleurs, Lindt passait tout de même la nuit chez eux parfois, et alors tout redevenait comme naguère, les soirées joyeuses succédaient aux tablées joyeuses, et Maroussia n'apercevait aucun chat, cette demeure lui semblait chaleureuse, pacifique, inondée de lumière, exactement telle que tout le monde la voyait, sauf elle. Oui, sauf Maroussia. Mais le lendemain matin, Lindt s'en allait, après avoir rapidement déposé un baiser sur la main de Maroussia, il partait en poursuivant une discussion avec Tchaldonov ; sur leur conscience pesaient cent vingt millions d'obus et de mines, quinze mille sept cent quatre-vingt-dix-sept avions, une quantité innombrable de morts, alors que rien ne pesait sur la conscience de Maroussia, mais ils dévalaient l'escalier en rigolant l'un et l'autre comme des gamins, et elle se tenait sur le seuil pour les voir s'éloigner. Dans son dos, une immense et effrayante journée de solitude qu'il était impossible de combler par quelque occupation domestique que ce soit, se taisait, aux aguets.

Entre-temps, N-sk se dilatait de façon menaçante, recevant vague après vague les populations évacuées qui arrivaient par convois entiers, par usines, par branches entières de l'industrie. De juillet à novembre 1941 seulement, cinquante entreprises importantes y furent transférées, et dans l'ensemble du pays neuf millions de personnes furent évacuées. Songez à ce nombre : environ neuf millions de personnes ! En ville, on se sentait à l'étroit à cause des dizaines de milliers de nouveaux venus, effrayés, arrachés à leurs maisons, ivres de fatigue et de cette liberté du désespoir, une liberté sauvage et dont personne n'avait besoin, que la guerre leur avait apportée. Il y avait une pénurie catastrophique de logements, on entassait tout le monde, et là où naguère habitaient quatre personnes, on trouvait la place pour une dizaine d'autres.

Maroussia s'empressa de se rendre à la mairie : quatre pièces pour deux personnes, camarade premier secrétaire, il ne vous semble pas que ce n'est pas tout à fait juste ? Le secrétaire ne la laissa même pas achever, il agita la seule main qui lui restait en signe de dénégation, l'autre pourrissait depuis la guerre civile dans les environs de Verkhniéoudinsk, du reste elle ne pourrissait pas, il ne restait plus que ses os blanchis.

— Allez vous faire voir, ma petite chérie, avec vos lubies : le pays est en guerre, et vous ne savez pas vous-même ce que vous voulez. Madame a trop de pièces, voyez-vous ! Pour vous, c'est beaucoup, mais pour un académicien, c'est la bonne mesure. D'ailleurs, je ne dérangerai pas l'académicien Tchaldonov et je ne vous conseille pas de le faire, et puis j'en ai rien à foutre que vous soyez sa femme : en d'autres temps, des épouses de ce genre, on les...

La fin de la phrase se planta d'ailleurs dans la porte qui avait déjà été refermée. « Mais comment se fait-il, marmonna Maroussia en sortant sur le perron de la mairie, nantie en guise de colonnes de deux sentinelles recouvertes de givre, comment se fait-il que dans ma vie je n'aie jamais demandé de conseils ni d'autorisations à personne, et que là, v'lan, je me précipite, ah, monsieur mon maître, permettez-moi d'accomplir une bonne action et de vous embrasser sur votre jolie petite épaule ! Est-ce vrai que j'ai vieilli ? Des nèfles, tu parles ! »

Exactement comme autrefois, Maroussia s'enveloppa d'un geste leste et gracieux dans son châle, d'un tel gris tendre qu'on ne distinguait pas la limite qui séparait la laine duveteuse du ciel, et à la hâte, d'un pas vif et léger, elle partit dans la rue en imprimant sur le trottoir les traces étoilées de ses talons solidement renforcés. Vous allez voir, je vais vous... pensait-elle fébrilement, mais elle ne comprenait pas elle-même qui était ce « vous » et ce qu'elle pouvait faire. Mon Dieu, quoi ?

Maroussia tourna dans une autre rue, puis elle en emprunta une troisième et comprit tout à coup qu'elle n'avait aucune notion de l'endroit où elle se trouvait. C'était un quartier de N-sk qu'elle ne s'était pas encore approprié et auquel elle n'était pas habituée. La rue était longue, totalement déserte, engourdie ; un soleil sanglant, qui paraissait épais, voguait lentement sur toute sa longueur. Il n'y avait pas une seule fumée, pas un claquement de chaussures, pas un frémissement... L'espace d'un instant, Maroussia eut l'impression que tout le monde était déjà mort, qu'il ne restait plus qu'elle, et qu'elle devrait désormais errer éternellement dans cette ville muette et exsangue sans le moindre espoir de trouver ni aide ni salut.

Le froid et le silence la transperçaient, il n'y avait que la neige immaculée, que personne n'avait foulée, qui glapissait sous ses pieds, si bien que Maroussia n'eut pas tout de suite conscience que la neige ne poussait pas ses petits cris parfaitement en rythme avec ses pieds, comme un enfant qui continuerait de pleurer, même après qu'on l'a laissé tranquille, même quand il n'a plus mal... Elle s'arrêta, la neige se tut aussitôt, mais la petite voix de l'enfant se fit au contraire plus distincte. Je déraille, se dit-elle avec un soulagement joyeux et, après avoir enlevé une moufle, elle pinça de toutes ses forces cet endroit sensible au poignet où vivait la petite boule tendre et souple de son pouls.

Les pleurs n'avaient fichu le camp nulle part, ils continuaient de s'entremêler autour de ses pieds, à peine audibles, tenaces, lancinants, comme un petit d'animal fourbu égaré, qu'on ne peut abandonner, mais qui est trop répugnant pour qu'on le prenne dans ses bras. Il n'y avait plus aucun doute : c'était un enfant qui pleurait, un enfant vivant, après avoir fait on ne sait quoi dans cette rue de N-sk engourdie par le gel de ce mois de février 1942. Maroussia regarda encore une fois autour d'elle et s'empressa de suivre la direction de ce léger piaulement, étrangement penchée, comme si elle flairait quelque chose, sans remarquer qu'elle avait laissé tomber une moufle sur la neige, une petite moufle rouge qui ressemblait à une fleur à moitié épanouie ou à un écureuil mort.

On dit que les soldats et les amoureux ne sont jamais malades, et il ne fait aucun doute que c'est un mensonge. Parce que Lazare Lindt passa au moins la moitié du mois de février 1942 avec un rhume pénible et humiliant que n'atténuèrent aucunement ni l'amour ni la guerre. Si au moins il était resté avec les femmes et les adolescents à travailler à une machine-outil ! On ne commença à chauffer les ateliers qui venaient d'être construits qu'en 1943, et il fallait travailler des heures durant dans un froid gigantesque, claironnant et surhumain, non, surréel même, si bien qu'à la fin de sa journée on avait l'impression que rien n'existait d'une manière générale – ni la vie, ni la fatigue, ni l'air lui-même. Il n'y avait plus que l'espace absolument vide et glacial qui précédait le premier jour de la Création, le Big Bang qui précédait Dieu lui-même, peut-être. Et en plus, on avait faim. Très faim. Il fallait nourrir l'ensemble du front, en sorte que la faim engendrait de mauvaises pensées, même à propos de la victoire.

Mais Lindt, lui, n'était pas transi de froid, sauf peut-être dans l'espace qui séparait l'entrée de son immeuble de sa voiture ; il ne mangeait pas de bons petits plats, certes, mais il était repu : ses collègues et lui recevaient des rations superbes, rien à voir avec celles du front, pas un instant on ne faisait des économies sur eux, et on savait qui plumer pour nourrir convenablement l'élite des savants. En fait, le pays se comportait avec une logique implacable, mais étonnamment rationnelle, comme un immense organisme qui périt : en se soumettant aux lois biologiques, il mettait hors circuit, l'un après l'autre, des systèmes dont il était capable de se passer, afin de durer encore un peu, pour au moins conserver l'essentiel – le cœur et le cerveau. Le cerveau était d'ailleurs l'avant-dernière limite. Même lui devait être sacrifié pour sauver le cœur. C'était étonnant, bien entendu. C'était étonnant, effrayant et ça se déroulait de façon très harmonique. Particulièrement si l'on prend en considération que de très nombreux individus prétendaient être le cœur.

Dommage que le rhume ne se soit pas calmé, même après de telles réflexions philosophiques : il se sentait à l'aise dans le vaste nez de Lindt, rempli de recoins secrets et de vides retentissants, si bien que Lindt, geignant d'humiliation, commença par épuiser tous les mouchoirs dont il disposait et, après avoir estimé l'échelle de la catastrophe, il tira parti d'un drap entier, le déchirant peu à peu en lambeaux dans des craquements impavides. Et apparemment il allait bientôt devoir en utiliser un second. Il avait un mal de tête indécent, mais le thé ne lui était d'aucun secours, pas plus que l'aspirine, au point que la doctoresse, qui avait pour mission de le guérir et qui éprouvait une peur panique à l'idée de la pneumonie, fut sur le point de se démener pour dégoter un bactériophage terriblement déficitaire afin de ne pas laisser s'éteindre ce glorieux flambeau de la raison. Non sans mal, Lindt tempéra la doctoresse et lui interdit même de passer le voir plus d'une fois par jour, « parce que je comprends, Nina Serguéïevna, que vous ayez envie de vous lamenter au pied du lit d'un mourant, mais, pardonnez-moi, j'ai l'intention de vivre encore un petit peu ».

La doctoresse, après avoir jacassé quelques instants, se résigna, mais elle se débrouilla pour venir jeter un œil à son malade le matin et le soir. Elle était d'ailleurs fort mignonne, maigrichonne, avec un petit nez malin et des poches légèrement gonflées sous les yeux. Une Pétersbourgeoise. Elle plaisait à Lindt, mais il aimait particulièrement ses mains étonnamment grandes, presque masculines, qui, contrairement à la doctoresse elle-même, ne se troublaient jamais. Laissez-moi vous examiner encore une fois, Lazare Iossifovitch. Docile, celui-ci remontait son maillot de corps pour dévoiler son ventre creusé, barré d'un ruisselet noir et frisé qui filait vers le bas-ventre, et sous les doigts intelligents qui le palpaient, il se sentait particulièrement chaud et vivant. Dommage que cette satanée grippe l'ait radicalement privé de l'odorat, car la doctoresse devait certainement embaumer. Particulièrement en venant de l'air glacial de la rue. Sans doute un parfum frais, rose et candide. Comme les lèvres de Maroussia.

Voilà pourquoi il ne guérissait pas. Parce que Maroussia n'était pas là. Pas une seule fois elle ne passa le voir. Durant ces deux semaines de maladie. Pas une seule fois.

C'était si étrange que chercher des explications n'avait aucun sens, en tout cas logique, puisque celles qui ne l'étaient pas n'existaient pas pour lui, tout simplement. Naguère, la moindre indisposition de Lindt – et, pour être franc, il n'était pas le seul concerné – provoquait chez Maroussia de véritables spasmes de tendresse et de compassion. Non, elle ne s'était pas démenée, elle n'avait pas exprimé sa sympathie, elle ne s'était pas mise en quatre, elle n'était même pas restée assise des heures durant au chevet de son lit qui se liquéfiait de chaleur. Elle s'était contentée de passer en coup de vent dans sa chambre, de se soulever sur la pointe des pieds pour ouvrir en le faisant craquer le vasistas.

— Mais enfin, Liessik, qu'est-ce que c'est que ces nouveautés ? Ça ne sert à rien de traîner, asseyez-vous, on va se boire un bouillon épicé aux cancans, parce que vous ne pouvez vous imaginer ce qui se passe : Kournakov s'est lancé dans une nouvelle passion, et si vous voyiez laquelle ! Une blonde féerique, avec une poitrine... Il y a du monde aux avant-postes !

— C'est une thésarde ? demanda Lindt, piqué par la curiosité et qui manifestement reprenait vie.

— Allez plus haut : une serveuse ! s'exclama Maroussia, ravie, saupoudrant généreusement le bouillon qu'elle avait apporté de poivre noir, comme s'il s'agissait de sucre, et faisant bruyamment cliqueter sa cuillère. Landau est prêt à bouffer sa cravate tellement il en crève de jalousie.

— Landau ne porte pas de cravate, Maria Nikititchna.

— Alors ses sandales ! admit-elle complaisamment. Ses sinistres sandales défoncées. Mais comment peut-il se permettre une chose pareille, Liessik ? Vous êtes aussi un génie, mais vos chaussures n'en sont pas moins très belles et impeccables. Et ne me regardez pas avec ces yeux de petit renne percé mortellement par une balle. Et mangez votre soupe, sinon elle va refroidir !

Lindt souriait, avalant le bouillon brûlant à cause du poivre, gras, comme glycériné, et il sentait physiquement le mercure du thermomètre revenir à la normale en souplesse, par paliers. Aux côtés de Maroussia, il aurait pu supporter l'inimaginable – une amputation, la torture ou la mort. Mais cette fois, alors que par extraordinaire il avait souffert vraiment, elle ne lui avait pas rendu visite. Une seule fois en deux semaines – oui, en deux semaines ! – elle lui avait téléphoné, alors qu'elle savait pertinemment qu'il avait pris froid. Elle s'était récriée, lui avait demandé s'il avait besoin de quelque chose, mais comme en passant, d'une voix joyeuse et précipitée, si bien qu'on aurait pu avoir l'impression que Lindt était un admirateur dont il fallait se débarrasser au plus vite afin de courir chez des amis pour retrouver la musique, un brouhaha animé et le parfum de mandarine d'un sapin de Noël.

Lindt téléphona à Tchaldonov, à son travail, mais celui-ci se contenta de bêler on ne sait quoi d'indistinct à travers la friture et les chuintements des communications incertaines en temps de guerre.

Comment pouvait-il guérir dans de telles conditions ?

C'était impossible !

Mais dans les premiers jours du mois de mars – ce fut à N-sk le summum des gelées les plus féroces –, Lindt se prit tout de même en main et se rétablit. Plus précisément, il était fatigué de jouer les capricieux, de faire des simagrées et d'effrayer la mignonne doctoresse avec des symptômes qu'il pêchait au hasard dans un livre qu'il avait acheté en passant chez un bouquiniste de la ville, le *Manuel de pathologie et de thérapie des maladies du nez, de la bouche, de la gorge, du larynx et de la trachée* du Dr Maximilian Bresgen (Saint-Pétersbourg, édition de la revue *Médecine pratique*, 44 rue Kazanskaïa, 1897, avec nombreuses illustrations in-texte). Sa passion des livres anciens, malgré la guerre, n'avait pas disparu, pas plus que n'avait disparu son amour pour Maroussia.

En fait, Lindt avait compris depuis longtemps et avec tristesse qu'il était monogame.

Toutefois, traîner sur son canapé et se gaver de thé, ce n'était plus possible : en définitive, Lindt était doté d'une santé excellente, ayant survécu dans sa petite enfance au creuset de la sélection naturelle la plus concrète qui soit : à Malaïa Seïdemenoukha, on respectait les statistiques et c'est pourquoi, dans le meilleur des cas, un nouveau-né sur deux ne survivait pas. Et il avait plein de travail à accomplir. Par un effort volontaire, Lindt mit donc fin à sa grippe. Tout bien considéré, Maroussia ne le remarqua pas.

Par principe, il attendit encore une semaine, et ce fut pénible. Très pénible. Puis il se rendit chez les Tchaldonov.

Personne ne répondit ni à la sonnette ni à ses coups sur la porte et, après avoir décidé qu'il y avait un quiproquo avec Maroussia, Lindt regretta de façon fugace et très adolescente que tout soit inutile, aussi bien sa coupe de cheveux toute fraîche que son pantalon repassé avec un pli effilé comme une lame de rasoir ou la surprise qu'il cachait sous son manteau – des fleurs en février, en 1942. Même en temps de paix, trouver un bouquet en hiver à N-sk était un exploit impossible, mais sur le rebord d'une fenêtre de la salle des laborantines prospérait un admirable géranium dont il avait détaché un charmant bouquet microscopique, pour ainsi dire une boutonnière, mais ce n'en était pas moins des fleurs. De véritables fleurs fraîches. Maintenant elles allaient mourir obscurément.

Il frappa à la porte une fois encore, confiant dans la théorie des probabilités, et soudain la porte s'ouvrit docilement. Le visiteur fut submergé par une telle vague de tintamarre et de puanteur, digne d'un appartement communautaire, si inimaginable dans la maison de Maroussia que Lindt fut persuadé qu'il s'était trompé soit d'appartement, soit d'étage.

Sur le seuil se tenait un garçonnet fluet et répugnant qui devait avoir dans les neuf ans, la tête tondue à ras, apparemment pour des raisons d'hygiène qui s'avéraient parfaitement vaines, car ce gamin était de toute façon sale, plus exactement d'une crasse indélébile, et même le tricot de femme dont il était affublé était graisseux aux coudes et sur son bedon au point de luire comme un miroir, mais c'était pourtant bien le tricot de Maroussia, bleu pâle, dans un jersey fin et souple, Lindt l'avait tout de suite reconnu, car, à la différence de millions d'hommes, il était parfaitement averti en matière de tenues féminines, en particulier celles de Maroussia, cela ne faisait pas de doute. Il aurait facilement pu énumérer toutes celles qu'elle avait portées depuis le jour où ils s'étaient rencontrés, en novembre 1918. C'était le tricot de Maroussia et il n'avait rien à faire sur le dos de ce vilain garnement aux longues oreilles qui examinait le nouveau venu d'un regard insolent et limpide de fieffé voyou. Dans le Sud, les gamins de son acabit, on les qualifiait de bâtards et on les fouettait tous les samedis, simplement à titre prophylactique, bien qu'il eût fallu le faire le lundi également.

— Qu'est-ce tu veux ? demanda le garnement avec une grimace indolente et pleine de mépris, copie si exacte d'un adulte dangereux et méchant que, dans un moment d'aberration, Lindt imagina tout et n'importe quoi : une arrestation, une déportation, Maroussia, chaussée de bottes de bagnard, errant sur une route détrempée, le claquement des verrous que l'on tire, les bonds des chiens de garde fumant d'une rage joyeuse ou des aborigènes d'une insolence plébéienne qui s'engouffraient dans la merveilleuse maison où Maroussia avait fait son nid.

De rage, Lindt sentit d'abord ses bourses remonter, puis la peau de ses joues et de ses tempes, mais aussitôt il se secoua les plumes. Qu'est-ce que c'est que cette absurdité ? Des délires de bonne femme. À coup sûr je l'aurais su, on m'aurait informé à la seconde même, mais qui aurait osé ? S'en prendre à Maroussia. S'en prendre personnellement à LUI ! C'était absolument impossible. Bien entendu, là-bas, en haut, c'est plein d'andouilles, exactement autant qu'en bas, et Lindt, pour être honnête, ne rencontrait presque jamais de gens intelligents, et quand il s'agissait de trouver quelqu'un avec qui échanger simplement deux ou trois mots sans faire de courbettes, sans plier l'échine, d'égal à égal, ces gens-là on les comptait sur les doigts d'une main. Mais jamais on ne lui avait mis de bâtons dans les roues : c'était un axiome parfaitement clair pour Lindt comme pour n'importe quel idiot pathologique, aussi clair que la différence entre Lindt lui-même et un idiot pathologique.

Cela, tout le monde le comprenait.

Lindt était seul.

Il y avait autant de gens de talent qu'on le voulait, capables, dégourdis, des grosses têtes. Qui promettaient, dont on savait qu'ils s'épanouiraient. Mais ce n'était pas des génies. Non.

Il n'y avait plus de génies.

D'une manière générale.

Lindt, qui vivait avec ça depuis sa petite enfance, ressentit soudain l'ombre immense et ténébreuse de son propre don, comme s'il s'agissait d'une chose distincte de lui, monstrueusement lourde, sans vie. Il se trouve qu'il ne s'y était pas habitué, non. Il n'avait tout simplement pas le choix.

— Où est Maria Nikititchna Tchaldonova ? demanda-t-il brutalement à ce petit voyou, comme s'il s'adressait à un adulte. Aussitôt celui-ci se tassa, recula, la bouche béante comme celle d'un poisson rouge, puis il cria soudain pour tout l'appartement.

— Mémé Moussia ! Mémé Moussia ! Il y a un monsieur qui vous demande ! hurla-t-il avec un savoureux accent ukrainien.

Alors, venue d'on ne sait quel fin fond de l'appartement, retentit une voix jeune et joyeuse. Celle de Maroussia.

— Liessik, c'est vous ? Je sais que c'est vous. Au nom du ciel, Pavloucha, accompagne Lazare Iossifovitch à la cuisine et referme la porte, il y a des courants d'air !

Aussitôt Lindt relâcha sa victime qui se démenait silencieusement et, comme ensorcelé, il se rendit à l'appel de Maroussia en trébuchant sur on ne sait quels baluchons et sur des bûchettes. Le diable sait ce qui se passe ici !

Frisée à cause de la vapeur bleue qui flottait presque comme un nuage comestible, Maroussia se tenait debout dans la cuisine, rose, ébouriffée, trempée : elle lavait dans un immense baquet en zinc un bébé silencieux d'un sexe que ne pouvait distinguer Lindt. Un autre gamin, un peu plus âgé apparemment, était assis dans un coin, sur une casserole émaillée dont il tenait fermement les poignées, le regard dirigé droit devant lui avec un air opiniâtre et si concentré qu'il était tout à fait clair, même pour Lindt, qu'un processus complexe, exigeant un contrôle de tous les instants, était en train de se dérouler.

— Bonjour, Liessik ! lança Maroussia d'une voix enjouée. Comme je suis contente que vous soyez enfin rétabli ! Non, non, ne vous approchez pas, vous venez du froid et Katioucha a des poumons fragiles.

Lindt, qui pour rien au monde n'aurait accepté de s'approcher de cette larve vivante et nue, humaine en plus, s'immobilisa dans l'embrasure de la porte. Après avoir examiné ce chaos qui relevait à la fois d'un sauna et d'une laverie, il interrogea Maroussia :

— Vous avez dévalisé le jardin d'enfants, Maria Nikititchna ?

C'est alors que le mioche qui trônait sur la casserole s'assombrit d'un air menaçant, il se contracta et hurla soudain d'une voix triomphale. Maroussia fourra une éponge entre les mains de la fillette impavide, qui ressemblait à une petite divinité bouddhique nue, et, poussant un gloussement jusque-là inconnu de Lindt, elle se précipita à la rescousse du petit chiard. Après avoir légèrement soulevé son gros derrière, elle s'assura avec une espèce de joie rayonnante, qu'ignorait également Lindt d'ailleurs, que tout s'était bien passé (Lindt, après avoir reniflé une petite bouffée de vapeur pestilentielle, fronça le nez de dégoût) et elle entreprit une action hygiénique avec des journaux et des encouragements.

— Allons, pourquoi tu pleures, Koliouchka, regarde un peu comme tu es brave, on va essuyer tout ça maintenant, on va finir de baigner Katioucha et ensuite on lavera ton petit derrière. Et on aura des petites fesses toutes roses, propres et parfumées, et elles seront ravies...

Koliouchka, visiblement enchanté à l'idée des métamorphoses à venir de ses fesses, la boucla, obéissant ; en revanche, ce fut Katioucha, la délaissée, qui se mit à beugler, et elle ne se contenta pas de hurler, mais elle jeta l'éponge mouillée et commença à panteler dans son auge, comme si elle faisait une crise, éclaboussant tout autour d'elle de gouttelettes savonneuses et blanchâtres à l'odeur âcre.

Maroussia se redressa, elle frappa dans ses mains, chagrinée de ne pouvoir se partager en deux tout en désirant désespérément pouvoir le faire.

— Liessik, vous ne prendriez pas Katioucha ? Il y a une serviette là-bas, sur la chaise !

— Dispensez-m'en, répondit fermement Lindt. Je ne la prendrai pas et je ne vous conseille pas de le faire. Elle est manifestement cinglée et sans doute contagieuse. En fait, je ne comprends pas ce qui se passe ici. Qui sont les idiots qui vous ont imposé ces mômes ? Comment Serguéï Alexandrovitch a-t-il pu permettre une chose pareille ? Je vais tout de suite téléphoner au...

— Personne ne nous a imposé quoi que ce soit ! le coupa Maroussia. C'est moi qui me suis imposé cela. Il y a des gens qui vivent dans des gourbis, qui mettent des enfants au monde quasiment dans la rue, et nous... Et vous, ici... Elle toisa Lindt d'un air furibond. Je ne m'attendais pas à cela de votre part ! Et ensuite, Katioucha n'est pas contagieuse, alors que vous, vous l'êtes certainement. Si bien que je vous demande de sortir d'ici, débarrassez-moi le plancher ! Vous reviendrez quand vous aurez appris à vous conduire correctement.

Lindt ricana, vaguement, de la commissure de ses lèvres grimaçantes.

— Je crains que vous ayez très longtemps à attendre, Maria Nikititchna. Mais comme bon vous semble. J'espère que vous êtes enfin heureuse. Il est dommage toutefois que la sainteté soit la seule chose qui ne vous siée absolument pas.

Il sortit de la maison, tremblant de fureur et d'humiliation, après avoir donné un coup de pied à un chat aux longs poils, silencieux et vif. Quelle saloperie, ils se sont débrouillés pour adopter un chat en plus ! Quant à Maroussia, jeune et débraillée, les joues couvertes de taches rouges, elle entreprit de savonner énergiquement Katioucha, qui était tout à fait propre et avait des visées très nettes sur la *kacha* en train de gonfler juste à côté sur la cuisinière, enveloppée dans des journaux et une couverture fine en laine.

— Quel sale type, marmonnait Maroussia en avalant tantôt des gouttes de savon, tantôt celles de ses larmes, tu as vu ça, ce sale type, Katioucha ! Il faut le faire, quand même, nous traiter toi et moi de contagieuses... Il aurait mieux fait de se regarder !

Maroussia ne trouva que deux heures plus tard, dans le couloir, le petit bouquet de fleurs de géranium qui survivaient à peine et elle mit un certain temps à les réanimer jusqu'à ce qu'elles recouvrent leur sens et soient logées dans un verre, sur une étagère. Très haut, pour que les enfants ne puissent pas les atteindre. Et le surlendemain, vaincu et repentant, Lindt vint faire amende honorable.

En fait, ce fut leur première et absolument unique brouille.

L'emprise exercée par les enfants – d'âges divers et de divers degrés de pouillerie – fut élucidée bien avant que Lindt et Maroussia ne se réconcilient. Tchaldonov, qui avait été pris en otage et était lui-même notablement secoué par sa nouvelle situation familiale, avoua tout de go à Lindt que Maroussia avait littéralement amené de la rue une femme évacuée avec ses deux enfants, puis une autre (« Vous aurez du mal à me croire, elle était aussi pourvue de deux rejetons. »), et avait fini par organiser une espèce de jardin d'enfants à domicile : désormais, elle rassemblait tous les jours un tas de gamins des rues pour s'occuper d'eux pendant que leurs mamans travaillaient pour fournir tout ce dont le front avait besoin. Dans la mesure où les usines trimaient sans relâche en trois-huit, le cheptel des enfants dans l'appartement des Tchaldonov ne s'amenuisait jamais.

— C'est tout simplement devenu une maison de fous, Lazare. C'est un capharnaüm, Sodome et Gomorrhe ! Les couches, les cris, la merde – et ça, vingt-quatre heures sur vingt-quatre. Mais vous savez qu'on ne peut pas faire changer d'avis Maroussia !

Lindt acquiesça, ressentant pour la première fois de sa vie une espèce de compassion pour Tchaldonov : l'un et l'autre se trouvaient enfin embarqués dans la même galère, l'un et l'autre étaient enfin abandonnés et jaloux de concert, ce qui procurait à Lindt un étrange sentiment de chaleur familiale qu'il n'avait jamais connu jusque-là. Il y avait dans cette sensation on ne sait quoi de laineux et d'étouffant, avec un vague relent à peine perceptible de bouc, mais c'était malgré tout une sorte de chaleur. En passant, Lindt lissa même la veste d'avant-guerre, légèrement élimée, de Tchaldonov, et il regretta aussitôt son geste. L'académicien, privé soudainement et de façon imméritée de son épouse, de sa tranquillité et de ses chemises impeccables, fut secoué par un sanglot, et Lindt dut écouter une seconde fois ses plaintes trémulantes et tout à fait séniles.

— Garde-toi de faire du bien à qui que ce soit, Lazare, sinon tu vas te retrouver dans la même situation.

Mais Maroussia était réellement heureuse. Certes, toujours, toute sa vie, même dans les moments de grand désespoir, elle avait été heureuse, parce qu'elle avait eu la chance de naître ainsi. Être heureuse avait toujours signifié pour elle aimer, mais ce n'était que maintenant, à soixante-treize ans, alors qu'elle avait été évacuée et qu'on était en guerre, qu'elle avait enfin compris qu'aimer ne signifiait pas faire son propre bonheur. On peut aimer aussi les autres, c'est-à-dire qu'il faut n'aimer que les autres, ceux qui vous sont étrangers, car ce n'est qu'ainsi qu'ils deviennent des proches.

Tout avait commencé dans cette rue enneigée et inconnue de N-sk, et par la suite, en riant, Maroussia avait l'habitude de dire que pour trouver ce qu'on a cherché toute sa vie, il est parfaitement suffisant de s'égarer tout simplement. Elle ne parvenait pas à se souvenir de ce qu'elle avait pensé à ce moment-là, quand elle pressait le pas le long des maisons cadavéreuses, penchée et essayant de suivre opiniâtrement le fil des larmes déchirantes d'un enfant. Qui comptait-elle découvrir ? Un enfant abandonné ? Un chiot humain en train de mourir ? Un énième enfant qui n'était pas né – Liessik avait grandi depuis longtemps, en effet, Seigneur, et si vite ! Comme tout avait filé de façon effrénée, toute la vie, on ne pouvait plus en discerner les détails et faire revenir ceux qui avaient été les plus intéressants.

Maroussia avait trouvé le sens ultime de sa vie dans une ruelle, la cinquième qu'elle avait empruntée, s'il faut les compter. Il est vrai qu'il y eut tout de suite trois enfants à l'abandon, dont deux restaient silencieux toutefois : apparemment, ils ne voulaient ou ne pouvaient plus se plaindre ni demander quoi que ce soit. Il n'y avait plus qu'un amas de chiffons qui se battait pour la vie, une poupée invisible, mais qui refusait catégoriquement de mourir, posée sur les genoux d'une femme très droite et minérale, assise sur le seuil d'une resserre dont la porte était condamnée par des planches. À côté de cette femme, était debout, aussi droit et implacable, un enfant enveloppé dans un châle déchiré, et Maroussia comprit tout de suite que c'était un garçon, d'après son regard, d'après la façon dont il tenait fermement la main de sa mère, rouge et enflée à cause du froid, pas pour se protéger, non. Pour la protéger.

— Qu'est-ce que vous faites ici ? demanda Maroussia, elle-même surprise par la stupidité de sa question, car dans cette guerre tout le monde survivait ou périssait, personne ne faisait rien d'autre, et ces deux êtres s'apprêtaient manifestement à mourir, malgré toutes les objections du troisième. Le troisième en question, enveloppé jusqu'à la tête dans des guenilles, était sans aucun doute le plus intelligent des trois, parce qu'il voulait vivre. Il avait senti la présence de Maroussia et il se tut aussitôt, comme s'il exécutait une mission salvatrice, comme s'il était parvenu à ses fins.

Maroussia ne se souvenait pas comment elle avait réussi à les traîner tous les trois jusqu'à chez elle, elle se rappelait seulement que, durant tout le chemin, elle avait hurlé en pleurant de façon terrible, à pleine voix, comme cela ne lui était jamais arrivé de toute sa vie, même quand elle avait enterré ses parents, même quand elle avait compris qu'elle ne pourrait jamais avoir d'enfants, même quand dans son enfance elle avait perdu un calot en verre, lisse et enflammé, si brillant qu'on avait l'impression qu'il était un peu liquide à l'intérieur, et tout le monde, tous les enfants avaient de grosses billes en verre, mais elle, elle n'en avait pas parce que maman avait dit :

— Tu ne sais pas les garder, c'est bien fait.

Anele se souvenait certainement de tous les détails de ce chemin, mais elle parlait à peine le russe et avait un caractère taciturne allant jusqu'à l'inexpressivité. Bien que ce ne fût peut-être pas dû à sa nature, mais à son destin, car même Maroussia ne pouvait comprendre si son Dieu de l'Ancien Testament mettait à l'épreuve l'humble Anele ou s'il se jouait de cette petite juive de Bessarabie, comme des enfants s'amusent par ennui à tourmenter un chat vivant et souffrant, au sang chaud.

Mille fois, Anele n'avait pas eu de chance. Peut-être même plus. Elle était née dans une bourgade juive de Moldavie portant le drôle de nom de Falechty, dans cette Bessarabie que par la suite les premiers venus considéraient comme leur appartenant, et les premiers venus étaient légion. Il est vrai que les parents d'Anele étaient des gens débonnaires, aisés et pas trop religieux, si bien que la gamine dégourdie fut envoyée au lycée de la ville : elle s'exprimait parfaitement en roumain, passant sans problème au yiddish à la maison, et cette époque où elle parlait normalement, où même elle bavardait et riait, ne dura guère. Dieu s'aperçut que ce n'était pas une bonne chose, et les parents d'Anele moururent l'un après l'autre : d'abord son père, qui fut assassiné par des Moldaves pour on ne sait quels péchés, puis sa mère mourut, soit à cause d'une maladie, soit parce qu'elle avait tellement aimé son mari qu'elle ne voyait pas, en vérité, de sens à être séparée de lui seulement par une frontière.

L'oncle d'Anele la prit dans sa famille : les juifs en général n'abandonnent pas les leurs, ni dans la joie ni dans le malheur, c'est pour ça qu'on ne les aime pas, bien qu'à vrai dire, on ne les aime pas pour beaucoup d'autres raisons, et la liste est si longue que le débit ne sera jamais compensé par le crédit, car les comptes sont apurés avec une telle rapidité que payer n'a sans doute plus aucun sens. De toute façon, on les chassera, on les brûlera ou on les fusillera. L'oncle était tavernier, il tenait une auberge et un cabaret, il enivrait, ce sale juif, la population locale, si bien qu'il avait du travail par-dessus la tête, et Anele dut abandonner le lycée car le génocide des clients par l'alcool réclamait de la main-d'œuvre : il fallait balayer, faire la vaisselle, nourrir les poules et les dindons qui glougloutaient, mais c'était de toute façon de braves gens, ils étaient de la famille, en sorte qu'Anele ne se couchait jamais le ventre vide, Dieu merci, chaque enfant dans cette maison était repu et habillé, et l'aisance était telle que les vieux vêtements n'étaient pas élimés jusqu'aux trous, mais on les apportait à un chiffonnier histoire de grappiller quatre sous en plus et de les sacrifier pour la synagogue.

Difficile de dire comment ils étaient parvenus à s'accorder, l'orphelin chiffonnier Yankel et Anele, la nièce de l'aubergiste, l'ancienne lycéenne, mais ils s'étaient bien accordés, ils s'étaient entendus, oui, sans avoir échangé guère plus d'une dizaine de mots, ils avaient compris qu'ils s'aimaient, qu'il était temps d'envoyer en reconnaissance les marieurs, car c'est ce qu'ordonnait la Tora, et il est dit :

« Ô Seigneur, Dieu de mon maître Abraham, accorde-moi de faire une heureuse rencontre aujourd'hui. Manifeste ainsi ta bonté pour mon maître, Abraham. Me voici près du puits, et les filles des habitants de la ville vont venir y puiser de l'eau. Je demanderai à l'une d'elles de pencher sa cruche pour que je puisse boire. Si elle me répond : "Bois, et je vais faire boire aussi tes chameaux", je saurai que c'est elle que tu destines à ton serviteur Isaac. De cette manière je reconnaîtrai que tu as agi avec bonté pour mon maître. »

Mais le Dieu d'Abraham eut de nouveau ses raisons : en définitive, on peut bien le comprendre, c'était du pur théâtre, des Roméo et Juliette de village, toutefois sans l'hostilité des familles, parce qu'il n'y avait pas de sens pour la famille du restaurateur le plus respecté de Falechty de mener un combat contre un chiffonnier qui n'avait plus aucune famille, ils appartenaient à des univers qui ne convergeaient pas, à des castes différentes, oui, oui, les juifs ont aussi leurs castes, leurs intouchables, chez eux les choses sont comme pour tout le monde, parce que les juifs, vous n'allez pas le croire, sont aussi des hommes comme tout le monde.

On interdit à Anele et à Yankel de se voir : de toute façon, ils ne se rencontraient jamais, il n'y avait guère que leurs regards qui se croisaient, comme il convient aux jeunes juifs, parce que des jeunes gens qui n'auraient pas été juifs se seraient aperçus depuis belle lurette qu'ils vivaient dans un XXe siècle qui était tout ce qu'il y a de plus réel pour se contrefiche de ces préjugés stupides et de cette parentèle vermoulue, et ils se seraient enfuis le plus loin possible. Ne serait-ce que dans la très joyeuse Odessa ou, au pire, dans la douillette Kichiniov, blanche comme du sucre. Mais Anele et Yankel restèrent sur place. Chaque jour, à midi, elle sortait dans la cour pour rincer les bols qui pesaient si lourd et, au même moment, il s'approchait du portail et la regardait, il la regardait simplement de ses grands yeux, stupides et impuissants, mais magnifiques. Il en fut ainsi dix années durant, chaque jour que Dieu faisait, sans jours de fêtes ni fériés, car, n'est-ce pas, il y a toutes sortes de révoltes, si bien qu'au bout de dix années, Dieu et l'aubergiste en eurent par-dessus la tête de ce cinéma muet parce qu'Anele avait vingt-cinq ans et que personne ne voulait prendre pour épouse cette idiote maigrichonne et têtue, personne sauf Yankel.

Et on les autorisa à se marier.

Ils étaient tout à fait misérables – c'était affreux de voir à quel point ils l'étaient, mais ils étaient si heureux, et Yankel n'était pas seulement un chiffonnier, mais aussi un empoté : Anele tomba tout de suite enceinte et, au terme prévu, elle mit au monde son premier-né, Isaac, « mon *bubele*, mon *kapele*, de ma vie entière je ne te retirerai pas de mon sein ». Elle se mit de nouveau à rire, Anele, et à bavarder, et c'était un désordre caractérisé, bien entendu.

Le 28 juin 1940, suite à la solution pacifique du conflit soviéto-roumain, la Bessarabie fut rendue à l'URSS, et dès le 2 août, la septième session du Soviet suprême adopta la loi relative à la formation de la république socialiste soviétique de Moldavie. Ce n'était pas mal du tout, mais ce n'était vraiment pas le bon moment, voyez vous-même les dates, l'arithmétique est une science exacte, elle ignore les sentiments, et c'est pourquoi Anele n'eut même pas le temps de savourer comme il se doit le fait que tous les va-nu-pieds étaient désormais des gens respectables, précisément parce qu'ils étaient des va-nu-pieds (le monde d'Anele était plein de paradoxes), quand arriva le 22 juin 1941. Deux jours ne s'étaient pas écoulés que l'on commença à bombarder la Bessarabie et Yankel fut envoyé au front, tandis qu'Anele, le visage couvert de larmes, s'accrochait à son cou en essayant de blottir le plus près possible son ventre énorme contre son mari, car elle portait sous son cœur son cadet et voulait que son petit qui n'était pas encore né puisse lui aussi enlacer son père pour lui faire ses adieux – « embrasse papa toi aussi, Isaac, embrasse-le bien fort ».

Trois jours plus tard, serrant d'un bras son fils et enlaçant de l'autre son ventre qui était si lourd, Anele grimpa dans un wagon de marchandises aménagé pour les voyageurs, en compagnie d'autres gens qu'on évacuait. Le pouvoir soviétique faisait tout rapidement, il châtiait rapidement et graciait rapidement. Sa parentèle sans fin – et dans cette bourgade ils étaient tous plus ou moins parents – agitait la main pour tous ceux qui s'éloignaient du quai :

— *Oï*, quelle idiote cette Anele, un vrai *sheilem mazal*, elle porte la poisse, et son mari est comme elle, mais lui, au moins, on l'a envoyé de force faire la guerre, pendant qu'elle se laisse emmener en Sibérie de son plein gré !

Anele agita mollement la main pour leur répondre, le wagon tanguait et brimbalait à la jointure des rails, si bien que le bébé dans son ventre tanguait et brimbalait, et elle ne pleurait même pas tant elle était terrorisée. Le 26 juillet de cette année 1941, les armées roumaines, auxquelles personne de mémoire d'homme n'avait songé à s'opposer, au contraire, occupaient la Bessarabie, et tout le monde fut ravi précisément parce que les Roumains, de façon systématique, village après village, épurèrent cette terre qui avait été souillée par les Soviets. Tous les juifs qui étaient restés à Falechty furent chassés à Beltsy et on les épura, eux aussi. On les fusilla dans un ravin, comme ça, sans faire preuve de méchanceté, à la va-vite. Aussi bien l'oncle aubergiste d'Anele que les parents de Yankel, et Rivka la borgne avec ses enfants, comme ce gros bêta de Chmoulik. Trois cent onze individus. Tous, sans exception. En sorte qu'il ne resta plus personne.

Entre-temps, sur la route, quelque part aux environs de Tcheliabinsk, Anele mit au monde une minuscule fillette à l'air courroucé, et elle cessa à nouveau de parler, si bien qu'Isaac, qui avait sept ans, le seul homme adulte de la famille, appela lui-même sa petite sœur Klara et ce fut lui qui se soucia d'elle et de sa mère, parce que l'une et l'autre étaient tout à fait vulnérables et risquaient d'oublier qu'il fallait manger, plus exactement, c'est maman qui était susceptible de l'oublier parce que Klara, quand elle avait faim, le faisait savoir avec moult cris. Et très fort. Pour rien au monde il n'aurait disparu à N-sk, Isaac, seulement voilà : maman commença par oublier où ils devaient se rendre, puis elle fut complètement perdue.

— Heureusement, mémé Moussia, que vous nous avez trouvés.

C'est comme ça qu'il appelait Maroussia : « mémé Moussia ». Et elle l'appelait Issotchka ou Issa. C'était un garçon malin, il saisissait tout à la volée, mais il avait cependant un côté très grave. Anele, elle, ne parlait pas. De quoi, franchement, aurait-elle pu parler ?

Valia fit son apparition chez les Tchaldonov quelques jours plus tard, après Anele. C'est Isaac qui la ramena à la maison où, à peine accoutumé aux lieux, il assumait de bonne grâce une masse d'obligations. Peut-être était-ce une question de survie, peut-être ressentait-il vraiment la nécessité de faire quelque chose, d'être utile, sinon auraient disparu non seulement le stimulus qui le poussait à vivre, mais encore la raison même d'exister. La petite Klara devait manger, mais Anele, silencieuse et affamée, n'arrivait pas à lui donner un lait convenable, il était aqueux, bleuâtre, et rien qu'à le voir il semblait amer : Klara, scandalisée, hurlait. Maroussia, affligée, envoya alors Isaac au marché, mais au préalable, elle découpa les manches du manteau de fourrure de Tchaldonov et confectionna pour son nouveau fils des bottines admirables. C'est du solide et c'est chaud, se félicita-t-elle, et elle cacha l'argent tout au fond de sa moufle. Les moufles étaient les siennes, comme l'argent, bien entendu, Isaac le comprenait, et il s'y connaissait en matière d'argent bien plus que n'importe quel adulte, et bien plus que Maroussia elle-même : les pauvres gens sont en général les meilleurs financiers de la terre parce qu'ils doivent compter en permanence, et très souvent dans les valeurs négatives.

Isaac revint une heure plus tard, il posa sur la table deux disques de glace, car à N-sk le lait se vendait congelé, en ronds, il ôta ses moufles en reniflant, le nez morveux, et il tendit à Maroussia des billets roulés en boule : c'était la monnaie, alors que la somme que lui avait confiée Maroussia correspondait exactement au prix à payer. Pour un litre de lait, précisément.

— Je ne l'ai pas volé, j'ai marchandé, précisa-t-il d'une voix douce et ferme, bien qu'il ne fût pas venu à l'idée de

Maroussia de le soupçonner, voire de l'interroger, elle-même aurait pu voler, mon Dieu, en cas de nécessité, elle aurait même pu tuer, sans doute, sans y réfléchir, si on s'en était pris à elle, à sa vie, comme ça. Mais on s'en prenait à sa vie de façon tout à fait différente.

C'est pourquoi elle reprit l'argent d'Isaac en toute simplicité et le déposa dans un coffret qui se trouvait jusque-là sur l'étagère la plus haute.

— Il va être ici maintenant, tu vois, parce que sinon tu ne pourras pas l'atteindre, si bien que lorsque tu iras au marché la prochaine fois, prends juste ce qu'il faut. Mais ne transporte rien de lourd, d'accord ?

— Pourquoi ? demanda Isaac qui ne comprenait pas.

— Ton nombril va se dénouer, et je ne sais pas comment le renouer, lui expliqua alors Maroussia d'un ton sérieux.

Tous les deux éclatèrent de rire. Dès lors et une fois pour toutes, la recherche du ravitaillement reposa sur les épaules d'Isaac, et personne ne fut déçu : il connaissait parfaitement bien non seulement la conjoncture, mais toutes les marchandes par leur nom, et il barguignait avec une telle frénésie et si passionnément que même les paysannes les plus butées rendaient les armes, elles cédaient, éberluées, parce que, « voyez vous-même, tante Olia : le lait est à deux cent soixante-dix le litre et moi j'ai besoin d'un litre et demi, par conséquent il faut diviser deux cent soixante-dix par deux et ajouter encore deux cent soixante-dix, mais vous voyez que je vous prends aussi des pommes de terre, alors que me dites-vous, d'où viennent ces cent soixante le kilo dès l'instant que Agacha, là-bas, les vend à cent cinquante, bon poids en plus, mais son lait n'est pas bon, et le vôtre, c'est le meilleur, non, non, j'ai bien dit que j'ai besoin d'un litre et demi de lait. Ce qui fait par conséquent deux ronds et demi. Vous m'en mettrez donc trois. »

Il s'exprimait en un russe parfait, d'ailleurs, sans le moindre accent exotique, car ils avaient voyagé longtemps à travers la Russie, et les enfants sont en général très doués pour les langues.

— Liessik, vous ne voulez pas faire travailler ce garçon ? Il a un talent évident, je compte moins vite avec un papier et un crayon que lui en faisant du calcul mental, et je suis sûre que c'est pareil par comparaison avec vous.

Mais Lindt, non, il n'en avait aucune envie, et il ne voulait pas non plus parler en yiddish avec Anele.

— D'où sortez-vous que je connais cette langue barbare, Maria Nikititchna ? Qu'est-ce que vous sous-entendez quand vous évoquez la façon dont je parlais dans mon enfance ? D'une manière générale, je ne parlais pas quand j'étais petit, si vous voulez le savoir, parce que je n'avais rien à dire, et je n'avais personne avec qui parler. Et ça ne sert à rien de me mettre dans les pattes votre Isaac, votre Issotchka comme vous dites, je vous en prie, bon sang, il n'a aucune capacité et je ne vois pas comment il pourrait en avoir : quand il sera grand, il sera un boutiquier, comme il est écrit pour lui de toute éternité, un point c'est tout.

(Mais Lindt se trompait. Issotchka grandit et devint major de l'armée soviétique, un excellent officier des renseignements, parce que de par ses origines il avait été écrit tant de fois qu'il devait mourir que Dieu lui-même s'était empêtré et n'avait pas su quoi faire, laissant finalement sa vie aller au petit bonheur la chance, et c'est pour cela qu'elle se déroula de façon particulièrement bonne et infaillible.)

Donc, au quatrième jour de sa vie chez les Tchaldonov, Isaac ramena du marché Valia. Plus précisément, Valia vint d'elle-même, pour rechercher sa fille que tenait fermement par la main Isaac, très sérieux, très responsable et très adulte.

— Mémé Moussia, dit-il après que Maroussia eut ouvert la porte, c'est Elvira Touliaeva. Elle ne me croit pas quand je lui dis que vous avez un piano. Elle prétend que des choses pareilles, ça n'existe pas et que je mens. Mais je ne mens pas. Je peux lui montrer ?

Maroussia jaugea du regard une fillette de six ans vêtue d'un manteau admirablement taillé avec de grands boutons, comme pour une adulte. Son visage était celui d'une poupée

– charmant et rond, avec un air très capricieux. Cela ne présageait rien de bon pour Isaac.

Derrière les enfants se tenait une femme à l'allure tourmentée, impossible de dire son âge – elles avaient toutes des allures de vieilles de quarante ans avec cette guerre.

— Excusez-moi, dit-elle à Maroussia. Au nom du ciel, excusez-moi, mais que le garçon lui montre ce qu'elle veut, sinon – la femme hocha la tête en direction de la fillette – pour rien au monde elle ne va se calmer. Elle est têtue, et il n'y a pas pire qu'elle. Je lui aurais bien donné une raclée, mais je sais que ça ne sert à rien.

— Mais enfin, pourquoi une raclée ? s'étonna Maroussia. Le plus simple c'est de le lui montrer pour de bon. Entrez, dit-elle en se rangeant de côté pour les laisser passer, et je ne veux pas entendre des « juste un instant » et des « j'attendrai dans l'escalier ». Il fait froid dans l'escalier et il y a du thé à la cuisine. Et on ne peut pas consacrer seulement un instant à un piano. C'est toujours une longue histoire. Par conséquent, je vous en prie.

La femme arbora un sourire de reconnaissance et se révéla très jeune, elle avait tout au plus dans les vingt-trois ans. Elle avait un nez en bec de canard et les dents écartées de façon drôle et fort charmante.

— Je m'appelle Valia, précisa-t-elle, gênée. Valentina Touliaeva. Et elle, c'est ma fille, Elvira. Nous sommes de Voronèje, on nous a évacuées. On est logées pas loin d'ici, de l'autre côté de la rivière.

Maroussia hocha la tête en observant Isaac faire des génuflexions pour aider la petite invitée à ôter ses chaussures. Ce nom inhabituel et cristallin d'Elvira lui allait à merveille : c'était celui qu'il lui fallait, il rimait à la fois avec sa bouche aux lèvres rebondies et rouge vif, avec ses minuscules sourcils blond paille et particulièrement avec cette impassibilité enjouée qui lui permettait de laisser Isaac la courtiser. Mais qui lui a donc appris à se comporter comme une personne aussi bien éduquée, délicate et adulte ? Personne. Tchaldonov ne sait pas aider une dame à remettre son manteau, et pour ce gamin de la campagne, ce n'est pas un problème, il a déjà donné un coup de main à cette poupée de six ans pour qu'elle se défasse de ses vêtements chauds, comme s'il avait déballé un bouquet de fleurs, avec des manières habiles, attentives et délicates, sans abîmer le moindre pétale. D'où tient-il cela ? C'est incompréhensible...

Valia croisa le regard de Maroussia et rajusta la petite robe de sa fille qui semblait, comme son manteau, étonnamment adulte, avec des poches, une petite ceinture, avec même, semblait-il, une certaine coquetterie.

— C'est moi qui les lui ai confectionnés, expliqua-t-elle. J'ai fait une école des eaux et forêts avant la guerre, et je couds pour mon plaisir, pour moi et mes enfants. J'ai également un fils, Slavik. Il m'arrive aussi de vendre des habits, bien entendu, vous savez à quel point la situation est difficile pour trouver de quoi manger. Vous n'avez pas besoin qu'on vous fasse de la couture, par hasard ? Je ne prends pas cher.

— Issotchka aurait peut-être besoin de quelque chose, répondit Maroussia, songeuse. Je vais y réfléchir, d'accord ?

Isaac prit de nouveau Elvira par la main et l'emmena voir le piano qui attendait silencieusement ses anciens propriétaires dans l'une des pièces, mais Maroussia ne savait pas encore si elle pouvait ou non aborder ce sujet avec cette nouvelle connaissance. La vie allait le lui montrer.

Et elle le lui montra, littéralement au bout de quelques jours, quand il fut clair que la petite Elvira ne quittait l'appartement des Tchaldonov que la nuit, et que, pour venir chercher sa fille, Valia devait effectuer un sacré détour dans les rues sinistres de la fin d'après-midi, mais surtout quand elle voyait les yeux d'Isaac au moment où l'on emmenait la petite Elvira...

Tchaldonov découvrit, de retour de son travail, que la vie, en fait, ne lui avait pas encore offert la preuve de tous ses tours de passe-passe et que, Dieu soit loué, il n'avait plus de bureau maintenant : cela étant, en dehors d'Anele, d'Isaac et de Klara, il y avait trois autres gamins des rues – Valia, Elvira et le petit Slavik qui avait un an, sans compter les cinq ou six autres mioches qui venaient en même temps dans la journée, et plusieurs d'entre eux, quand leur mère travaillait dans la deuxième ou la troisième équipe, passaient la nuit chez lui...

Si bien qu'on pouvait dire que sa vie avait été réussie. Eh oui ! Parfaitement réussie.

Cela pouvait paraître étrange, mais après quelques jours seulement, tous ceux qui logeaient dans l'appartement des Tchaldonov avaient l'impression de vivre là depuis une éternité : cette maudite guerre – elle représentait leur malheur commun, quand allait-elle enfin se terminer ? – avait en quelque sorte cimenté leurs destins, elle les avait réunis pour les malaxer en un béton à prise rapide super solide. Elvira et Isaac semblaient avoir toujours joué à entasser des bûches dans le long couloir encombré d'un invraisemblable bric-à-brac où ils effleuraient leurs têtes, comme du feutre pour l'un et de la toile imprimée pour l'autre, brune pour l'un et blonde pour l'autre, lisse et luisante pour l'un, ondulée comme une toison pour l'autre.

— Mais pourquoi tu essayes de la fourrer ici, tu ne vois pas que ça va s'écrouler ? lui reprochait Elvira, scandalisée.

Elle était dégourdie, futée et n'était absolument pas une chipie capricieuse comme Maroussia en avait eu l'impression de prime abord, simplement elle agissait comme bon lui semblait. Avec un sacré caractère. Et la montagne de bûches, obéissant à l'instinct d'ingénieur d'Elvira, s'effondrait ; alors, Isaac soupirait et s'attaquait à la réédification de cette installation babylonienne avec des mains rendues maladroites par la présence d'Elvira, il avait suffisamment de patience pour mille ans, pourvu seulement que durant toutes ces années soit assise par terre cette fillette aux sourcils fins, flavescents et sévères, avec sa petite natte de pauvresse dans laquelle était entremêlée un bout de tissu coloré en bleu au lieu d'un ruban. (Elle aurait aussi suffi pour mille ans, cette patience, parce que la petite Elvira et Isaac, ma maman et mon papa, sont toujours ensemble, et jusqu'à ce jour il la tient par la main quand ils rentrent chez eux, et jusqu'à présent elle n'est pas contente de la façon dont il s'occupe du ménage...)

On avait l'impression que Valia la râleuse n'en finissait pas de se chamailler avec Anele, plus exactement, celle-ci restait en permanence couchée dans son coin, derrière un mur, desséchée et décharnée, plongée dans un monologue assourdissant et muet adressé à Dieu seul et dont lui seul avait connaissance, tandis que Valia faisait du boucan dans la cuisine en s'occupant du bois de chauffage et en marmonnant, n'est-ce pas, que si elle avait su pondre ses deux chiards, c'était à elle de leur torcher le cul, qu'elle en avait autant à faire et pourquoi ce serait elle, putain, qui devrait essuyer la merde des autres ?

— Elvira, amène-moi le gosse, Klara n'en peut plus de brailler, elle veut bouffer, et c'est le tour de Slavik.

Isaac et Elvira apparaissaient dans l'embrasure de la porte : lui avec le frère d'Elvira dans les bras, elle avec la sœur d'Isaac, ils ne se répartissaient pas leurs charges pour savoir ce qui était à elle et ce qui était à lui, pas plus que Valia d'ailleurs, pour être honnête ; simplement, c'était la guerre, Valia y résistait à haute voix, Anele préférait se lamenter en silence.

Maroussia observait attentivement la façon dont Valia partageait le lait chaud, on pouvait être certain que son propre fils ne recevait pas une goutte de plus que cette gamine braillarde qui n'était pas à elle, elle divisait en deux chaque pomme de terre pour Elvira et Isaac, et chacun recevait exactement la même quantité que l'autre : la justice était le Dieu de Valia, la grande justice, et les archanges qui servaient ce Dieu étaient la fureur, la force et la colère.

— Vous savez, Maria Nikititchna, votre Anele, elle est pas malade, moi je vous le dis, elle veut pas travailler, un point c'est tout ! Et alors ? Si elle veut rester couchée, grand bien lui fasse. Mon mari dit qu'il y aura toujours des imbéciles pour aller bosser...

L'espace d'un instant, Valia se rembrunissait, cherchant mentalement parmi la piétaille pouilleuse celui qui était le sien, son chéri, mais aussitôt elle se ressaisissait : de sa vie Maroussia n'avait jamais rencontré un être qui, à ce point, refusât les compromis et fût dénué de la moindre notion de foi, mais il n'en reste pas moins que si le bien avait été pourvu de poings, ç'aurait été ceux de Valia, rougeauds et égratignés, car ses mains étaient habiles et savaient tout mieux faire au monde que les autres – aussi bien coudre une robe de fête avec des chaussettes de soldat, préparer de gros beignets bien dodus avec des glands, que flanquer une torgnole à un gosse qui baye aux corneilles. Le malheur était que Valia était intransigeante avec tous les autres et exigeait d'eux la même dextérité et la même probité, mais les autres, qui étaient de pauvres mortels empotés et avaient, sans aucun doute, perdu leurs repères, ne parvenaient pas à la suivre, ils laissaient tout tomber, renonçaient à voir les tenants et les aboutissants, et, pour être franc, ne remarquaient pas la moitié de ce que du point de vue de Valia ils auraient absolument dû remarquer. Remarquer et tirer les conclusions qui s'imposent.

Cela étant, tout lui réussissait, à Valia, dans tout et pour tous : elle travaillait à l'usine, préparait le frichti, cousait, composait de charmants motifs de dentelle fine que des minettes faméliques et privées de mari s'obstinaient à porter sous leurs haillons difformes qui vieillissaient en même temps qu'elles. Maroussia était consternée de constater que Valia payait ponctuellement sa chambre – « Pour le gîte », disait-elle –, mais comme celle-ci avait compris que tout ce qu'elle versait était dépensé à son profit et à celui de ses enfants, elle s'était mise à faire la couture et la lessive pour tous les Tchaldonov, y compris pour les nouveaux membres de la famille, si bien que sur ses vieux jours Maroussia était presque devenue une véritable oisive, car Isaac s'occupait du ravitaillement, Elvira surveillait les petits, Tchaldonov inventait des bombes et rapportait à la maison des cartes d'alimentation et des rations, et la douce Anele priait en silence pour tout le monde, mais peut-être souffrait-elle en silence pour la maisonnée entière.

Le soir, pas moins de sept personnes prenaient place autour de la table, sans compter Klara, la nouveau-née, qui reniflait juste à côté dans son panier, tandis que tout le monde faisait le compte rendu de sa journée et que Valia gardait un œil vigilant sur les enfants afin que chacun reçoive une part égale ; Maroussia observait, l'œil humide, le petit Isaac fourrer en secret à Elvira les morceaux les plus délicieux de son assiette, pendant qu'une vapeur cajoleuse s'élevait de la bouilloire et que Tchaldonov lisait le journal en caressant machinalement la tête de Slavik qui avait le ventre plein et somnolait dans la chaleur de l'appartement... C'était un bonheur dont personne ne veut rêver, car personne ne croit qu'il peut être un bonheur canaille aussi simple.

Liessik leur rendait parfois visite, le bonheur devenait alors parfait, presque aussi parfait qu'une sphère, et tous n'écoutaient que lui, même la petite Klara ne beuglait pas en sa présence : il avait un tel chic son aîné, on se sentait si bien que tout le monde alors se réunissait, et il était dommage qu'il vienne si rarement, dommage qu'il ne regarde qu'elle, toujours et seulement elle.

Tchaldonov se levait de table, il transmettait le petit Slavik, alangui, déjà bien lourd, à Maroussia, et il invitait cérémonieusement Lindt à passer au « fumoir », autrement dit l'escalier, parce que « fumer dans un appartement où il y a une telle ribambelle de gosses... » Maroussia n'avait pas à finir sa phrase et, à la vue de ses sourcils, il était évident que celui qui tenterait d'objecter contre ce postulat serait flanqué dehors, comme un chat qui a commis une bêtise, c'est pourquoi Tchaldonov n'essayait pas de répliquer, au contraire même, il s'efforçait de manière émouvante de trouver dans sa nouvelle situation toutes sortes d'avantages.

— Vous savez, Lazare, je vois maintenant que les harems avaient beaucoup de sens, jugez vous-même : il y a maintenant chez moi un tas de femmes charmantes, si bien qu'on n'a plus à se soucier ni de la vaisselle ni du bois de chauffage, les filles font tout elles-mêmes, et c'est pratique !

En réalité, il s'ennuyait désespérément, le pauvre vieux, tout particulièrement en se remémorant les bûches qu'il fallait apporter pour que Maroussia ne s'abîme pas les mains, la vaisselle qu'il avait tant de plaisir à essuyer avec un torchon aux côtés de sa femme, c'était si formidable que même les assiettes propres gémissaient de plaisir entre ses mains. Était-il possible que Maroussia et lui ne passent plus une soirée en tête à tête, tranquillement, à converser douillettement, à évoquer ces souvenirs qui n'appartenaient qu'à eux et qu'ils étaient les seuls à pouvoir comprendre ? « Nous nous assiérons à une heure et nous lèverons passées deux heures, moi avec un livre, toi avec une broderie, et à l'aube nous n'aurons pas remarqué que nous aurons cessé de nous embrasser », songea Lindt de concert avec Tchaldonov, et aussitôt il laissa échapper des paroles qui n'étaient pas les siennes, car le mot « automne » ne serait écrit qu'en 1949, car ce ne serait qu'en 1949 que surviendrait ce à quoi il avait essayé de ne pas penser depuis l'âge de dix-huit ans, depuis 1918, et ce à quoi il n'avait cessé de penser chaque jour en fermant les yeux et en sombrant dans le sommeil, non, non, jamais cela n'arrivera, jamais, cela précisément, jamais... Maroussia ne mourra pas, tout restera comme autrefois, aujourd'hui et dans les siècles des siècles, à jamais.

Mais d'abord arriva le mois de juillet 1944. L'été à N-sk s'avéra incroyablement chaud, excessivement mûr, regorgeant de baies. Presque chaque jour des centaines de gens qui avaient été évacués ici retournaient chez eux, grâce à Dieu, oui, chez eux, et ceux qui restaient se promenaient le soir dans les rues animées qui s'étaient faites belles, comme s'ils étaient ivres – de cette chaleur inhabituelle, de l'odeur de poussière et de la victoire imminente –, ivres de pain, devenu meilleur et pour lequel la situation était désormais tout à fait correcte. De chaque fenêtre grande ouverte s'écoulait la voix de baryton veloutée et légendaire de Levitan qui annonçait que le 3 juillet, suite à l'offensive victorieuse des armées du troisième et du premier front de Biélorussie, la ville de Minsk avait été totalement libérée, et celle de Vilnius le 13 juillet. Ces éclats de voix gouvernementaux étaient couverts par : « Rita-Rio, Rio-Rita, le fox-trot retentit à nouveau, comme je le veux, pourvu que cette soirée dure une année ! » Un orchestre sous la direction de Marek Weber jouait un célèbre paso-doble faisant semblant d'être un fox-trot et, si l'on plissait les yeux, on voyait des couples languissant, des petits chéris avec leur petite chérie, on pouvait bien entendu facilement s'imaginer que l'on dansait non pas avec une copine, mais avec le seul et l'unique, celui qui était si cher et tant aimé, celui que l'on attendait depuis si longtemps. Et ils tournoyaient, tournoyaient – vieillis, tourmentés, heureux, sans ouvrir les yeux.

Au lieu des avis de décès arrivait de plus en plus fréquemment une lettre ou un télégramme annonçant des retrouvailles le 4 : « Je t'aime, je t'embrasse, point » ; plus exactement, on ne recevait pas moins d'avis de décès, simplement jusque-là ne parvenait aucune bonne nouvelle, alors que maintenant il y en avait, et on se précipitait en masse pour voir les bienheureuses, les toucher, comme des icônes miraculeuses suintant de joie. Mais l'essentiel était Anele. Anele à qui l'on avait aussi apporté ce bout de papier où Yankel promettait de venir la chercher ainsi que les enfants à la fin du mois de juillet ; il était gravement blessé, définitivement démobilisé, mais sain et sauf, mon Dieu. Avec ses bras et ses jambes. Vivant.

Maroussia, Valia et Anele, qui s'était réveillée et avait émergé d'un néant mutique, commencèrent par brailler longuement, penchées sur cette missive depuis si longtemps espérée, et ensuite, dans un même ensemble amical, elles se précipitèrent afin de se préparer pour le grand jour avec une ardeur que n'avait jamais mérité le moindre triomphe impérial. Tout à la maison, y compris les enfants, fut récuré et astiqué ; Maroussia inventa à partir de cinq pains et de deux petits poissons un repas inouï ; Valia, qui avait dégoté dans les tréfonds secrets de ses hardes un coupon de velours de soie bleu clair d'avant-guerre, confectionna de toute urgence une nouvelle robe pour Anele, serrée à la taille, montée sur un empiècement.

— Mais ne remue pas comme ça, je te dis, lui lançait-elle d'une voix courroucée et inintelligible, car sa bouche était pleine d'épingles. Je dois encore te faire un plissé sur la poitrine.

Il faut bien tout de même que je te fabrique un devant, sinon ton mari va dire qu'on t'a laissée crever de faim ici.

Valia poussa un sanglot étouffé, et Anele, dont on découvrit tout à coup les yeux immenses, bleu-gris, tout à fait soyeux et veloutés, lui caressa l'épaule d'une main légère, ce qui eut pour conséquence que les deux femmes s'enlacèrent et se remirent à pleurer, pardonnant en leur for intérieur l'une à l'autre tout ce dont l'une et l'autre n'étaient pas coupables.

Ce furent de bonnes larmes, les dernières bonnes larmes pour les nombreux jours à venir.

Le petit Slavik mourut le 20 juillet. On attendait Yankel le 27, et Maroussia se lança dans la préparation d'une confiture dont la conséquence logique fut un gâteau. On envoya Elvira et Isaac dans la forêt à l'orée de laquelle poussaient des broussailles impénétrables de framboisiers qui perdaient rapidement leurs feuilles. Au tout dernier moment, on leur refila le petit Slavik, qui avait trois ans, pour qu'il ne traîne pas dans les jambes des adultes, avec l'injonction de ne pas le perdre de vue un instant, ce que firent de façon irréprochable Elvira et Isaac, car Slavik ne réussit à arracher d'un buisson et à se fourrer dans la bouche qu'une seule et unique baie. Une seule. Mais c'était suffisant.

Le lendemain matin, il eut de la fièvre, et Valia, après avoir engueulé vertement son fils qui faisait des caprices et gémissait parce que, « espèce de cornichon, tout arrive chez toi mal à propos, au mauvais moment », ne se pardonna pas ces gros mots jusqu'à sa mort. Le soir, Slavik fut au plus mal et, cinq jours plus tard, Maroussia était à genoux au pied du lit d'hôpital dont elle bordait avec un geste mécanique et sinistre la couverture sous laquelle se figeait un petit corps qui semblait en pâte à modeler. Valia était assise dans un coin, se balançant comme un derviche, et à chaque expiration elle émettait un cri perçant, un peu comme celui d'une mouette, pas féminin et en tout cas pas humain, mais elle pleurait, mon Dieu, comme elle pleurait ! C'était plus facile comme ça pour elle.

Une infirmière arriva d'on ne sait où, elle n'était plus de première jeunesse et en avait vu d'autres, elle était blindée.

— Oh, là là ! ça ne suffit pas que les types s'entretuent, il faut en plus enterrer des enfants.

L'infirmière prit Maroussia par les épaules.

— Allons voir le docteur, ma chérie, il faut signer des papiers, et c'est pas la peine de te démener comme ça, il ne va plus prendre froid maintenant, le biquet, il a fini de souffrir, tu sais, il a été rongé comme s'il avait la dysenterie, il s'est tout desséché, le pauvre.

L'infirmière avait prononcé le mot « dysenterie » avec la nonchalance cabotine d'une personne peu éduquée qui a passé tellement d'années parmi les gens intelligents et cultivés qu'elle a faites siennes toutes leurs minauderies extérieures et superfétatoires.

— Viens, je te dis. Laisse sa maman lui dire adieu.

Maroussia se releva docilement sans se rendre compte qu'elle continuait de serrer et de desserrer les doigts afin d'essayer de recouvrir Slavik, pour tenter de lui conserver un peu de sa chaleur, ne serait-ce que quelques instants. Il était si minuscule, mon Dieu, si drôle, avec ses petites fossettes sur les joues, si vivant. À travers la pestilence de sa diarrhée et de son vomi ensanglantés et spumeux, il sentait le pain frais, le lait concentré rose et même un parfum presque imperceptible de fleurs qu'elle connaissait bien, toutes petites, vaguement violettes, que l'on trouve au bord des routes, mais Maroussia ne parvenait aucunement à se souvenir de leur nom, elle était vraiment incapable de s'en souvenir.

— *Baruch ata, Adonai Eloheimu, Melech ha-olam, dayan ha-emet*[1], proféra quelqu'un dans la salle d'une belle voix grave, avec une aspiration venue d'ailleurs qui faisait souffler en ce lieu l'esprit des royaumes anciens et du sable chaud.

Maroussia se retourna : Anele, qui durant les cinq jours de l'agonie de Slavik était restée assise dans un coin de la salle,

1. Sois béni, Seigneur notre Dieu, Roi de l'univers, Juge véritable.

le regard obstinément fixé devant elle, se redressa soudainement, se leva et déchira sa nouvelle robe en velours de soie, la faisant craquer sur sa poitrine, la robe dans laquelle elle paradait avec insouciance devant un miroir quand elle avait appris la terrible nouvelle. *Baruch ata, Adonai Eloheimu, Melech ha-olam, dayan ha-emet*, répéta-t-elle d'une voix si ferme que Valia aussi bien que Maroussia et même l'infirmière comprirent qu'Anele parlait à Dieu.

« Et le roi David se leva.
Il déchira ses vêtements.
Et cela ne servit à personne. »

Après être revenu en toute discrétion, Yankel emmena sa famille dans les premiers jours du mois d'août. Anele, qui portait toujours sa robe tout à coup vieillie, déchirée sur la poitrine, et qu'il ne serait possible de recoudre, de façon volontairement incongrue et affreuse, que trente jours après l'enterrement, embrassa vigoureusement Maroussia et Valia, et effleura des lèvres le front d'Elvira, qui était en larmes. Hébété de chagrin, Isaac serrait contre sa poitrine la boîte à compas que lui avait offerte Lindt, un cadeau royal dont il ne pourrait mesurer le luxe qu'à l'école militaire, des années, bien des années plus tard.

— Mais surtout écris-moi, Anele, et toi aussi, Issotchka, au nom du Ciel, écrivez-moi, demanda Maroussia en refoulant ses larmes sèches et douloureuses, et jusqu'à sa mort en 1975, Anele écrivit de longues lettres, détaillées et bourrées de fautes d'orthographe incroyables, que le facteur apportait régulièrement, une fois par mois, chez les Tchaldonov jusqu'en 1949, puis chez Lindt, qui, toujours avec la même régularité, les emportait au cimetière et, sans les décacheter, les déposait sur la tombe de Maroussia au pied de la croix en pierre grise à l'ombre ailée de laquelle était perchés un buste de Tchaldonov absurde et guère ressemblant ainsi que la pierre tombale du petit Slavik.

Personne ne touchait aux lettres, pas même les vagabonds qui fréquentaient le cimetière et récoltaient sans y voir de mal les offrandes de pains d'épices et les bonbons laissés sur les tombes de gens qu'ils ne connaissaient pas – une friandise remarquable, d'ailleurs, et puis ce n'était pas un péché mais cela servait au repos d'une âme –, c'est pourquoi les missives d'Anele commençaient par jaunir peu à peu, ensuite, imbibées par l'eau des pluies et de la neige, elles se boursouflaient, se désagrégeaient pour finir par se transformer en terre, en de la poussière qui retournait à la poussière, puis à travers cette poussière poussait de l'herbe sur laquelle étaient déposées de nouvelles lettres, et la conversation était sans fin, c'était une discussion douce et inaudible de deux femmes dont l'une s'était presque tue toute sa vie durant, et l'autre était morte depuis bien longtemps.

Une semaine après que Yankel eut emmené sa famille, Valia reçut un avis de décès, pas même un avis, mais une simple annonce, n'est-ce pas, que votre Mikhaïl Touliaev a été porté disparu lors de la libération héroïque de telle ou telle place : les mots défilèrent sous ses yeux, mais elle ne les retint pas, elle ne les comprit pas, elle passa le papier à Maroussia. Celle-ci poussa un « ah ! » et se ferma la bouche avec la main.

— Mais qu'est-ce que c'est, Valia ? Qu'est-ce que ça veut dire ? Attends un peu avant de te lamenter, ils ont peut-être confondu ? Et ensuite, « disparu », ça laisse quelque espoir, non ?

— Pourquoi voulez-vous que je me lamente, Maria Nikititchna ? répondit sans façon Valia.

Ces derniers jours, elle s'était une fois pour toutes intérieurement endurcie au point qu'elle ne mollit plus jamais, rien n'y fit, ni ses petits-enfants, ni son deuxième fils qui naquit d'un second mari, ni son mari lui-même (et pourtant il l'aimait à un point qu'il est terrible de décrire, mais il buvait de façon tout aussi terrible, mais ça, à qui ça n'arrive pas ?). Le destin.

— À quoi bon se mortifier si on est déjà mort ? Il faut se préparer et partir : Voronèje est libérée depuis près d'un an, on écrit dans les journaux que l'économie se rétablit. Et ensuite, les vieux de mon mari sont là-bas, ils n'ont pas été évacués. Je pense qu'ils sont peut-être en vie. Avec moi, ce sera plus facile pour eux, et je les aiderai, au moins un tout petit peu.

Maroussia comprit immédiatement, elle ne répliqua pas, elle ne l'invita pas à rester, et lui dit simplement alors qu'elles étaient déjà sur le quai de la gare :

— Vas-y et ne crains rien, je veillerai sur Slavik.

C'était comme s'il jouait là, petit et chaud, réel, entièrement dans la poussière spectrale de la gare. Et elle ne lui avait pas menti : presque chaque jour – ce qui plongeait Tchaldonov dans l'horreur –, elle se rendait au cimetière, sans être brisée, sans les larmes et sans les jouets qui sont si saugrenus sur les tombes des enfants. Simplement, elle restait à côté de lui le plus souvent possible, afin que Slavik n'ait pas peur.

Connaissant le caractère de sa femme, Tchaldonov supportait cela avec commisération, se maudissant de toutes ses forces à cause de la joie sans vergogne qu'il ressentait, mais qu'il gardait secrète : la guerre filait à vive allure vers son accomplissement, le jardin d'enfants dans leur appartement s'égaillait de lui-même, et Maroussia et lui étaient à nouveau ensemble, à nouveau inséparables et à nouveau seuls. Mais quand on commença à faire revenir à Moscou cette compagnie de sommités, Maroussia refusa de faire ses malles.

— Je n'irai nulle part ailleurs, et n'espère pas me faire changer d'avis, lui déclara-t-elle avec cette fougue juvénile qui lui avait fait refuser de partir pour l'Angleterre en 1917. Si tu le veux, tu peux partir. Moi, je reste.

Tchaldonov décida de rester, lui aussi, bien entendu, il alla faire des courbettes à l'académicien Skotchinski qui était à la manœuvre à la filiale de Sibérie occidentale de l'Académie des sciences de l'URSS et, après cette audience, il obtint tout ce qui était dû à un vénérable savant de son rang qui, sur son grand âge, a perdu la boussole et a volontairement décidé de finir ses jours dans le trou du cul du monde, à l'extrême limite de la géographie.

— Ne râle pas, le mit en garde Maroussia. Qu'est-ce que tu es encore allé inventer ! Nous allons nous installer ici à merveille, tu vas voir.

Ils achetèrent à la périphérie de N-sk, qui avait des allures presque campagnardes, une vieille maison, grande et absurde, avec des poêles qui fumaient en permanence, mais où en revanche il n'y avait pas de fantômes ni de souvenirs amers, les leurs et ceux des autres. Maroussia, pour la énième fois, s'affaira à bâtir un nid, et le soir, Lindt, qui était lui aussi resté à N-sk, évidemment, leur rendait visite : à Moscou, on se contenta de fulminer, mais on ne leur fit pas d'objections, on ne s'y risqua pas, car ces deux-là s'occupaient d'une question assurément trop sérieuse. Plus exactement, c'est Lindt qui s'en occupait, bien entendu, mais la grande science a ses règles : on ne prend sa retraite dans ce domaine que les pieds devant, et le nom du maître, en dépit de la logique, de l'alphabet et de la conscience humaine ordinaire, côtoie toujours celui du disciple, même si Lindt n'en avait bien sûr absolument rien à fiche. Il connaissait sa valeur, comme celle de Tchaldonov, comme celle de la grande science. Savoir qui au final avait le plus de valeur était quelque chose de parfaitement clair.

Un jour, la guerre se termina sans que l'on y prenne garde : Maroussia ne prépara même pas un dîner spécial à cette occasion, elle se contenta de changer la nappe et exhiba sur la table une petite carafe de vodka. Trois petits verres trinquèrent en résonnant de façon discrète et tristounette au-dessus des assiettes, Maroussia essuya furtivement ses yeux, les hommes, après avoir poussé un cri, dirigèrent leurs mains vers un bout de pain, et tout fut terminé – songez un peu, quatre années de malheur, quatre années ! Exactement le même nombre d'années les attendait.

Après la guerre, tout suivit un cours tranquille et confortable. Maroussia préparait des petits plats, Tchaldonov finissait d'écrire un gros livre dont personne n'avait besoin, comprenant avec tristesse qu'il remâchait ses propres idées qui avaient perdu depuis longtemps leur mordant, et Lindt se passionna soudain pour l'incarnation matérielle de ses représentations théoriques du monde. Il tomba amoureux des expériences sur des polygones de tirs, des longues missions, des papiers officiels émaillés de cachets, de l'accès aux documents confidentiels, des plantons silencieux. Il se trouva soudain que ses impeccables conclusions sur le papier se paraient d'une matérialité joyeuse, bariolée et carrément festive : il y avait la steppe d'un marron grisonnant, les petits troufions planqués prenant des airs affairés, les postes de contrôle où on est à l'étroit, imprégnés d'une odeur de caserne particulière, mélange savoureux de chypre aux relents alcoolisés, de sueur chaude et de cuir usé de bandoulière, laquelle sentait elle-même tous les attributs de la vie militaire – le tabac, la poudre et cette bravacherie idiote et particulière dont sont pétris tous ceux qui sont prêts à offrir leur vie unique et concrète à une notion aussi abstraite et floue que la patrie.

Lors des essais, tout plaisait à Lindt : la *kacha* avec de la viande en conserve, pimentée au point de perdre complètement le goût et par conséquent incroyablement nourrissante, la gnôle bue dans des chopes d'un demi-litre (après laquelle l'usage chez les officiers était de grignoter du citron fraîchement épluché et des tranches d'oignon sucrées), mais aussi ces officiers minables, petits chevaux gris de la guerre, endurants, débonnaires et pétillants de vie, tous autant qu'ils étaient avec un tempérament sanguin et un cou rubicond, semblables à des conscrits dans un bureau de recrutement. Qu'il s'agisse de tuer ou de picoler, rien n'était plus facile, on faisait tout ça volontiers et avec le sourire en plus. Ils aimaient Lindt, et sur les polygones d'essais on appréciait d'ailleurs tous les « pros », les chefs de projet qui venaient contrôler personnellement comment allait pétarader leur progéniture chérie, parce qu'on leur attribuait une ration supplémentaire d'alcool qu'asséchaient avec un enthousiasme sincère tous ceux qui participaient aux essais, et ce n'est qu'ensuite qu'on s'attaquait à la pétarade proprement dite.

Des gamins – le seul mot qu'on puisse trouver. Des gamins et des imbéciles.

D'ailleurs, il y avait toutes sortes de « pros » : certains fanfaronnaient, d'autres esquivaient les latrines construites en planches dehors, les troisièmes vomissaient comme des collégiennes, après avoir absorbé seulement dix centilitres de vodka, sinon ils invoquaient un ulcère de l'estomac et se débrouillaient pour se soustraire à toutes les festivités. Lindt, lui, ne fanfaronnait pas, il ne se donnait pas des airs de docteur ès sciences, il rigolait volontiers à la table commune et jamais il n'oubliait de sortir pour tout le monde les quelques bouteilles qu'il avait apportées – un cognac arménien rare et cher ou un schnaps incroyable pris à l'ennemi.

La connivence générale qui régnait, fortement réchauffée par l'alcool au demeurant, était si forte qu'un sous-bite, qui un jour avait reconnu en Lindt, tout à fait justement et sans le moindre désir d'offenser personne, un « youpin », reçut une dérouillée. « Pour qu'il apprenne à comprendre qui est qui, ce couillon. » Lazare Lindt ne fut pas mis au courant de ce qui s'était passé, et c'était dommage, car il aimait les situations amusantes, il aimait pouvoir se convaincre une fois de plus que le système de reconnaissance de qui fait partie « des nôtres » ou « des autres » était un truc qui n'avait rien à voir avec l'ethnie pas plus qu'avec la confession de chacun. Plus d'une fois il avait été convaincu que le sens de l'humour, le profil moral d'un individu, sa façon de boire ou même son odeur *sui generis* avaient sur le plan théorique une importance infiniment plus grande que les notions de citoyenneté ou que la carte génétique. C'était logique et pertinent. Juste. Et, conformément à cette logique et à cette pertinence, il n'y avait pas dans ce monde, et il ne pouvait y avoir, d'êtres solitaires. Il n'y avait que des individus qui n'avaient pas reconnu les leurs et étaient par voie de conséquence forcés d'errer en compagnie de gens qui leur étaient étrangers.

On ne sait pourquoi, c'est ce qui réchauffait le cœur de Lindt.

La guerre lui plaisait de plus en plus : c'était étrange, particulièrement si l'on prend en considération le fait qu'elle venait de se terminer, mais ça ne fait jamais de mal de se préparer convenablement à la suivante, n'est-ce pas ? De plus, il y avait quelque chose d'exceptionnellement juste dans le fait qu'il puisse enfin se consacrer à une tâche qui était véritablement dans le réel et évoluer parmi des gens qui se trouvaient eux aussi véritablement dans le réel. Lindt rentrait chez lui de plus en plus rarement et à contrecœur, le matin il cessa de choisir avec le plaisir avisé d'autrefois (gardant en arrière-pensée l'opinion de Maroussia) ses chemises et il ne cirait plus ses chaussures. Il prit même l'habitude d'employer gaillardement le langage ordurier qui épiçait n'importe quel ordre ou toute phrase sur les bases de tir, un peu comme une mère attentionnée voulant adoucir une potion amère pour convaincre son enfant pleurnichard et fiévreux d'en boire, le petit chéri, une cuillère. Juste une petite cuillère. Une seule, et c'est tout.

— Tu fleures bon maintenant le maréchal des logis-chef, Lazare, s'étonna Lara, l'une de ses nombreuses maîtresses de passage.

— Qu'est-ce que tu veux dire ? l'interrogea avec une curiosité nonchalante Lindt, maigre, les hanches bibliquement recouvertes d'un drap froissé, particulièrement blanc par contraste avec sa peau mate, presque olivâtre, qui virait même parfois au bronze solennel.

— C'est clair, non ? Ça sent le ceinturon et la bite.

Lara se leva du lit, et sa main rose et rondelette fouilla dans sa chemise également rose qu'elle avait jetée par terre dans l'empressement de leurs jeux sexuels.

Lindt éclata de rire. Dieu seul sait à quel point il était solitaire. Pourquoi ceux que lui-même estimait être les siens ne le reconnaissaient-ils pas comme tel ?

Lindt passa la seconde moitié de juillet et tout le mois d'août 1949 dans une mission des plus passionnantes à Semipalatinsk : il avait du travail par-dessus la tête avec la création de la première bombe atomique soviétique. Tchaldonov, à cause de son âge et pour d'autres raisons tout à fait compréhensibles, était resté à N-sk, il était nerveux et si désespérément jaloux qu'il n'essayait même pas de le dissimuler.

— À quoi bon te tourmenter comme ça, lui reprochait gentiment Maroussia, on ne t'aurait pas pris de toute façon. Sauf pour répandre du sucre devant la bombe. Parce que tu sucres les fraises désormais. Et ça ne sert à rien de bouder, aucun « ah, si on était vingt ans plus tôt » n'y changera quoi que ce soit. Il y a vingt ans, tu as eu une crise d'hémorroïdes carabinée qui t'aurait empêché de faire quoi que ce soit dans des tranchées. Et laisse tout de suite tomber cette cigarette : tu fumais il y a un instant ! Tu crois sans doute que les bolcheviks ne vont pas se débrouiller sans toi ! Aide-moi plutôt à attacher les aconits.

Obéissant, Tchaldonov écrasa une savoureuse cigarette dans un cendrier et fila au jardin, emboîtant le pas à sa femme.

— Parce que c'est ça, que diable, qu'on appelle des aconits ? Je pensais que cette plante – comment s'appelle-t-elle déjà ? – c'étaient des lis !

Maroussia éclata de rire.

— Des lis à N-sk, Sérioja ! As-tu remarqué que nous sommes en Sibérie ? Et nous sommes, je te le dis à toutes fins utiles, sur la planète Terre. Au cas où tu aurais nourri jusqu'à présent je ne sais quelles illusions.

Tchaldonov hochait la tête, incrédule : pour ce qui est de la Terre, il en était pratiquement sûr, mais en ce qui concernait les aconits…

— Vraiment, ce ne sont pas des lis ?

Maroussia riait plus fort encore, bien qu'elle eût certainement pu en faire pousser, des lis, car tout lui réussissait : son jardin était d'une telle luxuriance, les masses végétales succulentes et effrénées qui débordaient du jardin obligeaient les passants à tourner la tête, et les voisins envieux sollicitaient de sa part une petite bouture : « Mais, Maria Nikititchna, s'il vous plaît, plantez-la vous-même, parce que vous avez vraiment la main verte. » Et Maroussia plantait, tuteurait, gratouillait avec ses doigts la terre médiocre de N-sk, prononçant à voix basse on ne sait quelles incantations comme si elle conférait aux jeunes plants étiolés des forces supplémentaires.

Tout le monde l'aimait, absolument tout le monde, même les fleurs.

Le 26 août, elle se réveilla tôt, comme si elle avait été secouée par une chiquenaude soudaine et douloureuse : Tchaldonov dormait à ses côtés, silencieusement, comme un enfant, son visage avait un air si offensé et familier que le cœur de Maroussia se serra de tendresse et d'amour avant de se mettre à battre la chamade. Elle voyait par la fenêtre un ciel humide et laiteux d'avant l'aube, et il régnait un calme incroyable, comme on ne peut en connaître que le matin et seulement hors d'une ville, si bien que Maroussia entendit sans le moindre effort des petits pieds nus qui battaient de façon sonore sur le perron. Voilà cinq ans que Slavik n'était plus là, se souvint-elle. Cinq ans. Il irait déjà à l'école. Ce piaffement enfantin et rapide cessa, comme si quelqu'un, là, dehors, était devant la porte et ne se décidait pas à frapper dessus.

Vas-y, mon chéri, j'arrive tout de suite, lui promit-elle mentalement, et les petits pieds lui obéirent, ils s'éloignèrent, et aussitôt les oiseaux qui s'étaient réveillés se mirent à brailler tous ensemble avec véhémence, Tchaldonov remua dans l'engourdissement de sa couche, et comme les tours de cadran qui allaient de plus en plus vite, comme le vacarme qui s'intensifiait, la journée repartit selon l'excellent itinéraire fixé une fois pour toutes – le petit déjeuner, le lait, le tintouin qu'elle se donnait avec la pâte à gâteau souple et gémissante, le cimetière, le jardin, une tasse de thé fort qui semblait être apparue d'elle-même près du coude de son mari penché au-dessus de son manuscrit.

— Merci, ma chérie, j'aurais parfaitement pu le faire moi-même.

Maroussia plaquait ses lèvres tendres contre son vieux crâne tout à fait dégarni. J'ai honte de voir tant de malheur autour de moi, alors que toute ma vie j'ai été heureuse, toute ma vie. Merci, mon Dieu. Pour cette tasse, pour mon mari, pour ne m'avoir pas abandonnée, pour m'avoir soutenue durant toutes ces années, comme une couveuse, sous ton aile qui n'en peut plus.

Ils dînèrent en tête à tête sur la petite terrasse faite de planches que tout l'été Tchaldonov avait eu l'intention de faire protéger du froid, mais il n'était jamais parvenu à mettre la main sur un artisan qui ne soit pas un ivrogne.

— Tu n'as qu'à leur parler toi-même, Maroussia, ils t'écouteront, parce qu'on approche de l'automne, le temps commence à devenir frais, et il n'est pas question que tu t'enrhumes, il ne manquerait plus que ça.

Il apporta à sa femme un châle d'angora, déjà bien âgé, qui avait vécu tant de choses avec eux deux qu'il avait presque une âme ; Maroussia s'en enveloppa, reconnaissante, la joue posée sur l'épaule de son mari, et ils restèrent assis longtemps encore, très longtemps, à bavarder de tout et de n'importe quoi : leur regret que Liessik n'ait pas été là de tout l'été, le gâteau qui était aujourd'hui infiniment meilleur que la dernière fois, et tout ça parce qu'il ne faut pas chercher à inventer, dès l'instant qu'il est écrit qu'il faut mettre deux œufs, il faut en mettre deux et non quatre, et en septembre on pourra commencer à saler des choux, parce que, « tu te rends compte, à Moscou en septembre on est encore en sandales, alors qu'ici, regarde un peu, on se croirait en hiver ».

— Tu ne t'ennuies pas de Moscou ?

— Non, avec toi je n'ai jamais la nostalgie de rien.

Des papillons veloutés et silencieux voletaient sur la terrasse, attirés par la lumière rose et affriolante de l'abat-jour, ils tombaient sur la nappe en produisant un doux bruit de pétales, brûlés, heureux, ayant perdu la raison de douleur et d'amour, et la conversation suivait son cours, ininterrompue, aussi douillette que le ronronnement d'un chat, jusqu'à ce qu'il n'y ait plus d'eau bouillante dans le petit samovar et que le crépuscule violet des étés à N-sk s'épaississe en une obscurité impénétrable, fraîche et résonnant des bruits de la campagne.

À tâtons, pour ne pas rompre en se préoccupant d'allumer la lumière le charme précieux de cette soirée, ils rejoignirent leur chambre et se couchèrent, enlacés, comme ils s'étaient couchés durant les soixante années de leur vie commune, et pas un seul jour, pas même une minute, Maroussia n'avait regretté d'avoir cet homme-là à ses côtés.

— Je t'aime, marmonna Tchaldonov qui glissait lentement dans le sommeil, en ouvrant des portes coincées, en se trouvant dans un équilibre instable au seuil d'un demi-sommeil, parce qu'il ne pouvait s'endormir sans avoir entendu la seconde partie de l'incantation, sans avoir reçu la réponse au mot de passe qu'il venait de prononcer.

— Je t'aime, lui répondit Maroussia docilement.

Voilà ce qu'ils avaient entendu l'un et l'autre chaque soir et chaque matin durant soixante ans, depuis la première nuit de leur lune de miel sur le *Tsarévitch Nikolas*, et chaque nuit l'eau clapotait aussi tendrement, et sur le plafond voguaient des ombres vivantes, aériennes et dentelées...

Tchaldonov se réveilla au milieu de la nuit comme Maroussia le matin précédent, comme s'il avait ressenti une secousse, et il comprit aussitôt ce qui se passait. Il faisait nuit noire, le réveil invisible sur la table, surmonté d'un chapeau de métal avec de grandes oreilles, faisait un tic-tac sonore ; la main de Tchaldonov reposait toujours sur la poitrine de Maroussia, il sentait toujours contre sa joue le parfum velouté de sa chemise de nuit, mais Maroussia n'était plus là.

Plus du tout.

Tchaldonov ne poussa pas le moindre cri, il en fut incapable ; simplement, jusqu'au matin, jusqu'à ce que le jour se lève, il resta couché, craignant de bouger afin de ne pas inquiéter son épouse, petite, toute recroquevillée en boule, encore chaude, elle devait le rester longtemps encore, parce que, pour la première fois de sa vie, c'est lui qui la nourrissait de sa chaleur. Lui, et pas elle. Ce n'est qu'à l'aube, quand son bras engourdi à cause de la tension commença à lui faire mal de façon tout bonnement insupportable, que Tchaldonov se permit de remuer.

— Je t'aime, dit-il à voix basse. Je t'aime, tu entends ?

Maroussia se tut, et Tchaldonov, le front blotti dans son dos immobile, se mit enfin à pleurer.

4

Galotchka

Jusqu'à l'âge de dix-sept ans, Galina Petrovna vécut un bonheur somptueux, inqualifiable, enivrant. Des fées rougeaudes aux foulards écarlates noués autour de leur cou parsemé d'égratignures juvéniles déposèrent près de son berceau tous les attributs d'une enfance soviétique dorée et clinquante, avec une touche de mauvais goût en celluloïd, comme les jouets que les parents attentionnés laissent flotter dans une drôle de petite baignoire pour leur bébé afin de lui alléger les tourments larmoyants des progrès de son hygiène.

Le papa de Galotchka (Piotr Alexéïevitch Batalov) – petit homme bedonnant et amusant, avec un duvet émouvant sur sa nuque grasse et douillette, et une longue mèche impeccable qui comme un trait divisait en deux, d'une oreille bien ourlée à l'autre, sa calvitie miroitante – suivait une carrière de démon subalterne du Parti au comité de district. Il était trop bête et débonnaire pour accomplir le moindre exploit administratif, même le plus rudimentaire, et se frayer un chemin qui lui aurait permis d'acquérir la stature flamboyante des véritables archistratèges communistes. Par conséquent, il macérait patiemment toute la journée dans un bureau exigu, amassant sur un coin de table des tas de papiers absurdes, et à 18 h 15 pétantes il était déjà assis chez lui pour dîner – abruti, rose, frais et innocent –, après s'être changé et avoir revêtu une veste de pyjama impeccablement repassée.

Au-dessus de son assiette de borchtch virevoltait une vapeur rouge de betterave et, tenant en l'air sa fourchette couronnée d'un gros morceau de pilchard juteux, Piotr Alexéïevitch approchait de sa bouche mollassonne un petit verre de cristal qui brillait pesamment. On voyait la vodka figée par le froid glouglouter dans sa pomme d'Adam, ce qui mettait Galotchka en joie. Prise d'un rire mélodieux, elle insistait :

— Encore, papa, encore !

Après avoir délicatement humé la chair épicée du poisson, Piotr Alexéïevitch ingurgitait pareillement, de façon continue et époustouflante, un second verre, il adressait un clin d'œil à sa fille ravie, puis il plongeait sa cuillère dans le tréfonds brûlant de son assiette de soupe. La maman de Galotchka (Elizavieta Vassilievna Batalova) hochait sa tête aux cheveux lissés en signe de reproche feint et ôtait de la table la petite carafe ronde – Piotr Alexéïevitch ne s'adonnait jamais à un troisième. D'une manière générale, leur vie était magnifique.

Le parasitage imperceptible qui rongeait le corps bouffi du grand (et unique) Parti n'avait apporté à Piotr Alexéïevitch ni distinctions, ni inscriptions au tableau d'honneur, ni gloire – parfaitement inutiles au demeurant dans la vie de son foyer. Il avait en revanche fini par mériter de solides protections, un ordinaire plantureux et un appartement, petit mais convenable, dans un immeuble en brique, suffisamment vaste toutefois pour que Galotchka puisse s'épanouir et prospérer dans sa propre chambre, avec un aloès buissonnant sur le rebord de sa fenêtre, une frêle étagère et un ours marron en peluche qui dans la journée restait patiemment assis sur le lit, ses bras mous prêts à jouer et à enlacer ; la nuit, calé contre la joue brûlante de Galotchka, il soufflait doucement sur ses boucles embroussaillées et humides, chassant ainsi les monstres silencieux et désincarnés aux lèvres sanguinolentes qui surgissent dans les airs après minuit et font striduler leurs ailes noires et invisibles avant de s'asseoir au chevet des enfants pour se régaler de leurs rêves limpides, joyeux, un peu visqueux, comme ces sucettes à quatre sous que vendent près des boulangeries des Tziganes hargneuses, recouvertes de plusieurs couches de vêtements bariolés.

Galotchka s'épanouissait et devenait une grande fille dégourdie qui ne faisait pas de bêtises pendant les récréations et rapportait de l'école des bulletins bourrés de mentions « très bien » resplendissantes. Tout cela pris en considération (plus maman qui travaillait au lycée voisin comme conseillère d'éducation) lui assurait le statut bien établi de beauté numéro un de la classe, fonction qui, jusqu'à un certain âge, n'était en rien liée à la longueur des jambes ou à la qualité de l'épiderme. Mais vers sa seizième année, son physique se modifia pour se déployer en un drôle d'empâtement de chiot, puis se rectifia pour devenir une silhouette légère et galbée, comme si elle avait été façonnée à partir d'un alliage inconnu, dense et mordoré. Sa natte rouquine aux scintillements cuivrés (dont elle mâchouillait en permanence avec ses incisives impeccables, qui n'avaient rien de soviétiques, l'extrémité torse et léonine), ses yeux transparents, d'un bleu gris et orageux, son petit nez retroussé irréprochable, et ses fossettes sur ses joues hâlées, légèrement rêches à cause du soleil et de sa jeunesse… Devant l'entrée de son immeuble se rassemblaient des essaims de garçons désemparés aux grandes oreilles qui ne rêvaient pas seulement à la façon la plus subtile d'obtenir d'elle qu'elle leur file les cours de maths.

En outre, Galotchka, qui gazouillait depuis sa petite enfance dans des groupes de chant amateurs au lycée, s'était concocté, en même temps que des seins d'une rondeur juvénile, une voix nouvelle – grave, émouvante et passionnée, modulant les notes les plus basses avec une chaleur rubiconde, précieuse et ravageuse. On la distingua sur-le-champ pour la promouvoir comme soliste. Quand elle entrait sur scène lors des auditions à l'occasion des fêtes, serrée dans sa petite jupe étroite en toile qui enveloppait avec candeur ses hanches de rêve, et qu'avec une ardeur enfantine elle étirait son cou pour se lancer avec sa voix tourmentée et rocailleuse de contralto dans l'interprétation de chansonnettes stupides du genre *Locomotive volante* et *En avant, camarades*, dans la salle la plus filtrée politiquement se déclenchait une jubilation tout à fait inconvenante, carrément digne d'une boîte de nuit.

Mais le vrai couronnement de Galotchka était la *Varsovienne.* À peine le public avait-il entendu les premières notes de cette mélopée révolutionnaire, du fond de laquelle étaient projetés les roulements embrasés du « r-r-r » intrépide de Galotchka quand elle prononçait le mot « marche », que les responsables qui siégeaient à la tribune d'honneur voyaient aussitôt leur braguette se pétrifier, et ils ne parvenaient à émerger de ce brouillard sensuel qui obscurcissait leur entendement qu'à la fin de la représentation, après avoir laissé passer à côté de leur cœur aveuglé et surexcité aussi bien le montage de poèmes, la danse des marins que les exercices de gymnastique des pionniers gringalets qui avaient transformé en ressorts leurs futurs muscles indestructibles au nom de la lutte pour la cause léniniste.

Les rumeurs à propos de cette gamine pleine d'avenir furent chuchotés jusqu'au comité régional du Komsomol d'où un jeune bêta complaisant, qui désirait, afin de satisfaire ses propres ambitions, offrir une friandise à ses chefs épuisés, téléphona sans tarder directement chez elle, ce sombre crétin, afin de lui faire une proposition qu'il serait insensé de refuser. Par chance, ce fut le papa qui décrocha le téléphone, profitant fort opportunément d'un congé de maladie en compagnie d'anciens numéros dépenaillés de la revue *Ogoniok* et de thé bien noir accompagné de confiture de framboises. Ayant écouté avec attention ce chefaillon novice des jeunesses communistes, Piotr Alexéïevitch échangea avec lui deux ou trois phrases parfaitement creuses et innocentes pour un néophyte, mais qui constituent une sorte de mot de passe, de signe linguistique camouflé d'après lequel un agent secret qui a une couverture en reconnaît un autre, encore plus embusqué.

Le jeune homme, ayant saisi qu'il était tombé par mégarde sur un des leurs (un membre du comité régional du Parti en plus, et un type plus haut placé que lui dans la hiérarchie), se hâta de bêler des paroles incompréhensibles et raccrocha grossièrement le combiné en sueur du téléphone d'où lui parvint soudain en pleine poire un effluve de haine effroyable, vivante, animale, comme si avaient disparu de la surface du globe le Parti, le Pays des Soviets et la vodka à vingt-cinq roubles vingt-cinq la bouteille. Il n'y avait plus que le ciel infernal du cinquième jour de la Création, la Pangée parsemée de prêle coriace et un smilodon mâle qui dévoile ses dents redoutables au-dessus d'une tanière où se trouve un nouveau-né nu et poisseux.

Piotr Alexéïevitch reposa soigneusement le combiné du téléphone placé sur un guéridon bancal et ses yeux vides de rage fixèrent durant plusieurs minutes *L'Inconnue* de Kramskoï qui était épinglée sur un mur jusqu'à ce qu'il ait fini de passer mentalement en revue l'arsenal complet des tortures abominables réservées à un profanateur impudent. Quand ce scélérat – châtré, estropié, les membres brisés et sa bouche braillarde déchirée de part en part – poussa son ultime soupir en se tordant de douleur, Piotr Alexéïevitch se rendit à la cuisine, il finit sa tasse de thé refroidi dont la surface était recouverte d'une pellicule grasse et il resta assis là, voûté, tambourinant légèrement de ses doigts fébriles la nappe de coton imprimé proprette jusqu'à ce que les ténèbres transies de N-sk pénètrent par la fenêtre entrouverte et que la clef de sa femme qui revenait de son travail grince dans l'entrée.

Galotchka, qui arriva au galop de sa chorale en fin d'après-midi – le claquement de ses souliers jetés par terre l'un après l'autre, son manteau rondouillard en peau de mouton, une bouffée d'air rose et élégant venant du gel qui pénètre en contrebande dans l'appartement, « M'man, p'pa c'est moi ! » –, trouva ses parents toujours installés dans la cuisine. Tous les deux étaient assis à table l'un à côté de l'autre, silencieux, la mine contrite, comme s'ils assistaient à un repas de deuil quand on est encore en état de se rappeler la raison pour laquelle on s'est réuni et que pour la première fois on verse dans la vodka de la veuve bouffie de chagrin de la valériane trouble qui tourbillonne dans le verre. Mais ce qui effraya le plus Galotchka, ce ne fut pas tant le silence ni le visage de ses parents chiffonné par un chagrin dont elle ignorait la cause que l'atmosphère de la cuisine dans laquelle, malgré l'heure du dîner, ne papillonnaient pas comme d'habitude les fées chaleureuses du foyer de la maison, enveloppées de la nébulosité amidonnée des pommes de terre et du parfum du bœuf braisé mijotant dans la cocotte. Il y avait là quelque chose de stérile et de vide, comme l'air d'une salle d'opération, brûlé par une lampe bactéricide qui crépite. Seule une assiette silencieuse contenant des pommes était posée sur la table, luxe inouï à N-sk, même en été, d'un rouge vif, anormalement luisantes, qui avaient poussé dans un monde d'importation lointain où il n'y avait ni chenilles, ni pourriture noire, ni froids féroces qui déchirent les troncs des arbres tourmentés en train de gémir.

— Qu'est-ce qui se passe ? demanda dans le vague Galotchka qui sentit une patte molle et inconnue lui serrer le cœur, et cette main velue le tirer vers bas, vers le plexus solaire, là où dans des ténèbres rougeâtres l'âme se cache, minuscule, ébouriffée, indistincte comme la buée d'une expiration sur une vitre froide, mais tout de même vivante.

— Galina, commença Elizavieta Vassilievna, en faisant claquer ses cordes vocales sur le mode professoral qui lui était coutumier. Tu es maintenant une grande fille, une komsomole...

Galotchka, qui ne comprenait pas ce qui se passait, battit de ses cils, qui étaient lourds, et Piotr Alexéïevitch grimaça de mécontentement.

— Attends, la mère, c'est pas comme ça qu'il faut lui causer. Écoute-moi, ma fille...

Il prit une pomme sur l'assiette et, après y avoir planté vigoureusement ses dents, il en détacha une coquette moitié, éclaboussant sa femme et sa fille d'un jus parfumé qui avait tout de suite jailli. Puis il posa la pomme sur la nappe – ses tréfonds d'un verdâtre doré, mutilés, ensalivés, mis à nus, torturés – et il posa à côté d'elle une seconde pomme – intacte, vernissée, vermeille, qui jetait volontiers un éclat rose sur la table.

— Tu choisis laquelle, ma fille ?

Galotchka, qui tentait de deviner ce qu'il entendait par là, fronça les sourcils, un sillon tendre apparut sur son front satiné (prémices d'une future ride d'adulte, allusion à une vie mortelle et sans joie à venir), elle pointa machinalement du doigt vers la pomme intacte et soudain elle comprit, elle poussa un « ah ! », et après avoir laidement versé des larmes, elle se précipita dans sa chambre pour y retrouver son ours qui avait vieilli et avait perdu l'une de ses oreilles molles dans ses combats contre les démons, mais il n'en restait pas moins grave, toujours prêt à tout au nom de Galotchka.

Une vingtaine de minutes plus tard, s'insinua prudemment dans ce qui avait été une chambre d'enfant l'odeur suave des raviolis en train de cuire, minuscules, préparés à la maison, qui avaient été transis dans le congélateur jusqu'à ce qu'ils acquièrent une fermeté de verre, et qui se transformaient maintenant, peu à peu, dans des tourments ébouillantés, en une texture pâteuse et diaphane enveloppant une farce. Après le parfum des raviolis, ce fut Elizavieta Vassilievna qui pénétra dans la pièce d'un bleu hivernal, pratiquement nocturne, elle s'assit à côté de Galotchka, étalée face contre son lit, et caressa le dos juvénile et chaud de sa fille que continuaient à secouer des sanglots tectoniques venus des tréfonds de son corps.

— Viens dîner, ma petite fille.

Galotchka, qui avait enfoncé son visage dans le ventre salvateur de son ours, hocha la tête négativement une fois, puis une seconde fois pour être sûre, et elle renifla.

— Allons-y, ma petite Galotchka, papa a déjà trop attendu, répéta sa mère d'une voix caressante.

Et Galotchka, comme si elle avait été magnétisée par cette caresse, glissa du ventre humide de son ours aux genoux de sa mère pour éclater de nouveau en pleurs, mais cette fois ce furent des larmes éthérées et cristallines, des larmes de petite fille qui ne font pas rougir le nez ni gonfler les paupières, mais grâce auxquelles, au contraire, le visage se transfigure comme par magie, éclairé de l'intérieur d'une lumière assez triste et pâlotte, étonnamment féminine, au nom de laquelle, en fait, dans le monde entier les hommes vivent et sont pris d'une folie d'esclave, dilapidant des fortunes et déchaînant des guerres séculaires.

Elizavieta Vassilievna déposa un baiser sur le sommet du crâne de sa fille, rond et confiant, dont le parfum naturel n'était gâché ni par le savon familial ni par l'infime relent sauvage du fichu en duvet d'Orenbourg qu'elle portait en hiver au lieu d'une chapka, et toutes les deux – la mère et la fille – se rendirent à la cuisine après avoir conclu une paix définitive avec le monde, et l'une avec l'autre. Et longtemps, très longtemps, presque jusqu'à minuit, la lampe brûla dans la cuisine, la bouilloire, dont l'eau gargouillait pour la énième fois, bougonnait, et les coupelles remplies à ras bord de confiture de framboises sucrées tintinnabulaient doucement. Les Batalov ne cessèrent de discuter, de tout considérer, s'interrompant les uns les autres et se réjouissant de l'avenir qui, en grosses volutes aériennes et translucides, était suspendu là, juste au-dessus de la table, feignant naïvement d'être la vapeur du thé noir de la maison.

Il n'y avait que l'ours, avec ses grosses pattes écartées, qui était resté dans la chambre d'enfant plongée dans l'obscurité, absolument seul, tendant l'oreille au brouhaha indistinct venant de la cuisine, et qui sentait comment, larme après larme, à petits pas, l'enfance de Galotchka la quittait. Les pleurs sur son ventre mou s'asséchaient doucement, laissant sur la vieille peluche luisante des ramages salés bien visibles, et quand tout près de minuit, Galotchka, heureuse, troublée (mais les dents soigneusement brossées pour la nuit – « l'ordre et l'hygiène avant tout ! »), entra dans sa chambre et se déshabilla en fredonnant, l'ours était encore en vie.

Il tint le coup jusqu'au lendemain matin, ne cessant d'attendre et de rassembler ses dernières forces au cas où les démons apparaîtraient. Il se préparait à livrer son ultime combat. Mais ils ne vinrent pas, et l'ours resta longtemps, très longtemps étendu sur le dos, prenant garde de ne pas remuer afin de ne pas inquiéter la main de Galotchka, d'une lourdeur insupportable, embrasée, la paume un peu humide. Familière. Puis deux plafonds rectangulaires commencèrent à se refléter lentement dans ses yeux de verre, et quand Galotchka, en se retournant, le fit tomber par terre avec son coude inquiet, il put encore émettre un son étrange et bref, presque sanglotant, tout à fait humain.

À 7 heures, lorsque le réveille-matin hurla à tue-tête sur la table de nuit, tout était terminé.

— Ma petite Galotchka, tu t'es levée ? demanda Elizavieta Vassilievna derrière la porte.

Elle sortit ses jambes lisses et juvéniles de son lit, et ses pieds tombèrent sur un petit corps immobile, bourré de sciure.

— Oui, oui ! répondit-elle d'une voix de velours à peine éveillée, joyeuse, et elle passa par-dessus le cadavre de Michka et se rendit en sautillant dans la salle de bains.

Après le grand conseil de la pomme accompagné de chant choral (et autres turbulences socio-scolaires), il fut mis fin à tout cela d'un commun accord, et la paix régna à nouveau dans la sainte famille. D'autant qu'on avait suffisamment de soucis, sans compter les spectacles de fin d'année et autres *Varsoviennes* : au printemps, Galotchka devait passer son bac et, après s'être débarrassée de sa carapace de protection, abandonner ses dehors de poupée pour se transfigurer en une merveilleuse candidate aux concours d'entrée aux établissements d'enseignement supérieur. Tous ceux de la ville de N-sk furent soupesés les uns après les autres sur une balance invisible. Sur l'un des plateaux était posé un avenir radieux avec une carrière solide, dont les échelons étaient impeccablement récurés, avec une avance sur le salaire le 5 de chaque mois, le reste payé le 20 et – ô couronne de la création ! – avec la garantie d'un voyage offert par le syndicat durant les vacances d'été (eh oui, en été, comme les privilégiés !) à la station balnéaire de Gagry. Sur l'autre, Galotchka elle-même était assise, balançant ses jambes légères que même ses bas ordinaires en coton rayé ne parvenaient pas à galvauder. L'aiguille de la balance en position d'équilibre pénétrait carrément dans le cœur de ses parents. Ah, quelles étaient les souffrances d'un Taras Boulba en comparaison des tourments sanguinaires des Batalov qui menaient leur unique rejeton à la rencontre de son futur bonheur ?

Galotchka fit vaguement allusion à l'Institut de formation des maîtres, établissement pour vieilles filles, mais, indignée, Elizavieta Vassilievna se contenta d'un frémissement de ses ailes un rien avachies à cause des querelles d'enseignants, même si elles demeuraient encore dignes de celles d'un cygne. S'user les nerfs au nom de débiles qu'on ne connaît pas ? Il n'en est pas question ! Piotr Alexéïevitch se concerta avec ses vieux camarades – afin d'évoquer l'avenir radieux de sa fille – et on décida de la destiner à l'institut polytechnique local, non pas dans les spécialités liées à la défense nationale (« Elle devra passer sa vie entière dans une "boîte postale" et elle ne pourra même pas faire du tourisme en Bulgarie ! ») mais à la pacifique faculté d'adduction d'eau et des égouts.

— Parce que, vois-tu, ma fille, il y a pas à dire, mais dans ce pays il y a une telle quantité de merde que tu n'auras pas assez de deux vies pour t'en occuper. Et fais pas la grimace, c'est en réalité un travail très propre, tu resteras en blouse blanche dans un institut pour y concevoir des projets, et puis San Sanytch que tu connais t'emmènera voir le réseau d'adduction d'eau. Il me l'a promis. Il ne te reste plus, ma chérie, qu'à réussir le concours, et ensuite ça ira tout seul, comme sur des roulettes.

Galotchka abaissait rêveusement ses paupières soyeuses et, à travers les extrémités alourdies de ses cils entortillés, elle distinguait sa chambre chimérique qui brasillait, dont la fenêtre gigantesque était emplie jusqu'à l'horizon d'une étendue d'eau étale et scintillante, sur laquelle – tel un point microscopique brillant – se dissolvait une voile solitaire d'une séduction extraordinaire, feignant d'être une blouse blanche. Des gens étonnants, honnêtes et courageux, aux fronts lisses et inspirés comme sur une affiche de propagande, se penchaient au-dessus de planches à dessin qui, pour être franc, ressemblaient plus dans les fantaisies de son imagination à des chevalets de peintre, mais ça n'avait guère d'importance, car soudain, dans la pièce – ah ! – s'engouffrait le personnage le plus considérable, celui qui avait le front le plus haut et le plus inspiré. Un plissement d'enfer des sourcils du jeune premier Oleg Strijenov, la démarche sautillante du révolutionnaire enflammé Arthur Rivares, dans le best-seller de Voynich... Là, les aspirations vagues de Galotchka passaient définitivement dans le domaine de la pure cinématographie : Krioutchkov, Merkouriev, Kadotchnikov – elle ne manquait aucune sortie de film, et l'affectueuse sympathie avec laquelle elle adorait chaque ombre grise sur l'écran menaçait de se transformer dans un futur très proche en un amour vivant et humain.

Bien entendu, pour l'instant, elle concevait cet amour en des symboles abstraits, presque carrés, d'une jeune vierge qui était également une komsomole soviétique : c'étaient des chuchotements, des soupirs timides, des regards fougueux, un travail créatif accompli en commun et la fusion, qui n'avait rien de sexuel et était par conséquent particulièrement exaltante, de deux personnalités hautement morales, de constructeurs du communisme. Mais avec son être inférieur, animal et féminin, elle était déjà tout à fait prête à se lancer dans des batailles humides sur les ressorts grinçants d'une couche, dans des querelles effrénées à propos de la paye, dans les effrois heureux des accouchements à répétition, bref, dans tout ce qui fait que les femmes, quels que soient l'époque et le système social, sont véritablement éternelles.

Cependant, sur la voie qui mène à la fondation d'une cellule de la société et à un avenir resplendissant de bonheur, se tenaient – côte à côte et la mine bourrue – les mathématiques, la physique et la littérature russe, renfrognées, moroses comme de la racaille sous un porche venteux, prête par désœuvrement à enfoncer un poignard finlandais dans le ventre d'un respectable père de famille coiffé d'un bonnet en astrakan ou de celui de son copain plus ou moins SDF qui s'est radiné par hasard chez eux depuis un quartier ennemi et pas sous contrôle. Et si dans le domaine du russe et des mathématiques, il y avait des chances dérisoires de trouver un accord à l'amiable, d'inspirer de la pitié, de se débrouiller, au pire de se carapater et de filer par une ruelle adjacente après avoir ramassé en passant sur son dos tremblant une toile d'araignée et du plâtre des murs des maisons les plus proches, la physique, elle, demeurait muette et implacable, incompréhensible et par conséquent particulièrement épouvantable.

Dès que les Batalov conçurent le niveau catastrophique de la candeur de leur fille dans le domaine de la force de gravité et de la rotation des corps, un professeur fut aussitôt recruté pour lui dispenser des cours particuliers : c'était un doctorant de l'université de N-sk, un établissement réputé et d'élite qui avait l'outrecuidance de concurrencer avec succès les meilleurs établissements supérieurs de la capitale. Il va de soi que les Batalov ne rêvaient même pas à l'université, se satisfaisant du dicton de tous les gens prudents et à courte vue au sujet de la poule qui grain à grain remplit son gosier, d'autant que Galotchka était devenue encore plus charmante en raison de ses soucis de fin d'année scolaire et des concours d'entrée qu'il fallait réussir pour accéder à l'enseignement supérieur, et elle rappelait pour de bon une poule à cause de son agitation tendre et absurde, et du mouvement particulièrement vif avec lequel elle penchait au-dessus de ses manuels scolaires sa jolie frimousse (qui avait une nuance roussâtre et soyeuse).

Le doctorant, un escogriffe aux yeux tragiques de quelque démon judaïque tourmenté par la faim, venait chez les Batalov deux fois par semaine, le lundi et le jeudi, et (sous la surveillance indétectable d'Elizavieta Vassilievna qui trônait dans la cuisine) il faisait bachoter la future femme ingénieur sur les exploits qu'elle serait appelée à réaliser dans le domaine de l'évacuation des eaux usées. Elizavieta Vassilievna, qui craignait que ne s'enflamme entre l'élève et son professeur une passion imprévisible et malencontreuse, jetait à tout bout de champ des coups d'œil dans la chambre de sa fille sous les prétextes les plus divers et les plus absurdes. Elle avait au demeurant tort de s'inquiéter, car le doctorant méprisait tellement cette pauvre fille que la situation n'aurait pu être sauvée ni par les dix anciens roubles d'avant la réforme qu'il fallait lui régler pour chaque heure de leurs tourments éducatifs communs ni par la poitrine toute en rondeur que l'élève suspendait docilement au-dessus du rebord de son bureau, essayant au moins par cet effort – physique – de contraindre l'indocile loi de Hooke à se mettre en mouvement à partir d'un point mort.

En outre, la présence d'un homme jeune, qu'elle connaissait à peine, plongeait Galotchka dans un tel état de perdition qu'elle en oubliait ce qu'elle avait potassé consciencieusement et à haute voix au lycée. Le doctorant, débordant de hargne, arpentait de long en large cette chambre d'enfant devenue depuis longtemps trop exiguë pour Galotchka qui était montée délicieusement en sève dans les tréfonds de son corps et dans sa poitrine.

— Mais enfin, comment pouvez-vous ne pas comprendre ? C'est tout à fait élémentaire ! La valeur d'une déformation absolue est proportionnelle à la valeur de la force déformante affectée d'un coefficient de proportionnalité égal à la rigidité du modèle déformé !

Galotchka s'empressait de noter ces mots qui lui semblaient d'une absurdité menaçante, tout en examinant en secret, du coin de l'œil, les bras robustes de son pédagogue forcené qui sortaient de son chandail rustique tricoté à la main. Le tricot en question avait sans aucun doute un urgent besoin d'être lavé, mais les veines gonflées de ses avant-bras puissants et virils empêchaient pour on ne sait quelle raison Galotchka non pas de se concentrer, mais de respirer convenablement. D'un geste inquiet, elle tiraillait au niveau de la gorge son corsage de flanelle étouffant et dirigeait à tout moment ses cils implorants vers le doctorant, immenses et humides à cause de son ardeur au travail. Désespéré, son répétiteur se prenait la tête – qu'il n'aurait pas non plus été superflu de laver convenablement – dans les mains, il tirait sur ses cigarettes russes Biélomor jusqu'à ce qu'elles crépitent, fumant avec acharnement, tel un condamné, et il ne décollait sa cigarette de ses lèvres mordillées que lorsque le tube de carton était entièrement imprégné de salive amère. Ses doigts étaient recouverts de taches jaunâtres, ce qui produisait également une forte impression sur Galotchka.

Le miracle prit fin en un instant. Elizavieta Vassilievna, après avoir gratifié le jeune professeur d'un énième billet de dix roubles et d'un sourire aigre-doux, referma derrière lui la porte et demanda à Galotchka d'aérer l'appartement.

— On vit en Union soviétique, il me semble, et il a beau avoir reçu une formation universitaire, le diable sait pourquoi il pue comme un bouc !

Galotchka fut prise d'un spasme de dégoût, elle fit craquer le vasistas coincé et sauta en bas du tabouret complètement guérie. Le doctorant avait tout simplement cessé d'exister pour elle, d'abord en tant que représentant angoissant du sexe opposé, ensuite comme individu à part entière.

Convaincu que Galotchka connaissait à fond et par cœur, tel un séminariste, le manuel de physique, le doctorant soulagé retourna à son université et, pendant une quarantaine d'années, il ravit ses collègues en leur parlant de cette idiote féerique incapable de distinguer le poids d'un corps de sa masse. Quant à Galotchka... Eh bien, Galotchka oublia en vingt-quatre heures aussi bien le mv au carré que le nom compliqué de son répétiteur (Guerman Kirillovitch) ou les sentiments complexes et troubles qu'il avait provoqués en elle.

Elle était véritablement prête, sinon au concours d'entrée, du moins, et c'était sûr, à l'amour.

Il est difficile de dire comment les époux Batalov suscitèrent la colère du Créateur, mais Galotchka ne réussit pas à entrer à sa faculté des W.-C. Rien n'y fit, absolument rien. Tout se révéla vain : aussi bien les coups de fil jésuitiques et obséquieux de Batalov senior pour remuer le ban et l'arrière-ban de ses relations conséquentes que les efforts moraux d'Elizavieta Vassilievna qui, abasourdie d'émotion, mêlait le mystique au pédagogique et tantôt réveillait sa fille endormie à l'aube pour la faire aller une fois de plus passer des épreuves, tantôt restait à genoux dans les sanitaires à minuit en adressant des prières tourmentées et muettes à la grille poussiéreuse de la ventilation. Même le fait que Galotchka soit correctement préparée ne sauva pas la situation : le doctorant qui l'avait fait bachoter plusieurs mois d'affilée avait obtenu des résultats presque inouïs, mais parfaitement vaudevillesques. Galotchka, qui de toute façon ne comprenait strictement rien à la physique, n'en était pas moins capable de résoudre habilement et sans y réfléchir n'importe quel petit problème faisant partie du programme du lycée, comme le lièvre du théâtre d'animaux qui avec un zèle mécanique identique crée le battement prévu que ce soit sur un tambour d'enfant, sur un seau renversé ou sur le dernier tome de *La Guerre et la Paix.*

Tout avait été envisagé, apparemment, absolument tout. Galotchka allait passer les concours d'entrée vêtue de ses robes soviétiques les plus modestes, cachant sous une cotonnade bigarrée et ordinaire une minuscule allusion à son existence charnelle, l'incarnation même d'une innocence ardente et énergique. Sa natte lisse était pelotonnée sur sa nuque (on ne se lave pas les cheveux la veille d'un examen !). Même ses bouclettes légères avaient été plaquées impitoyablement sur ses tempes et près du front avec de grossières épingles à cheveux noires ; elle gardait les cils baissés, ses mains étaient moites de peur, et une pièce en cuivre de cinq kopeks également moite avait été glissée sous son pied gauche afin de lui porter chance. Mais ces cinq kopeks pour conjurer le mauvais sort ne suffirent pas à obtenir le bonheur invoqué.

Bien qu'elle n'eût pas raté une seule matière, Galotchka, qui avait passé toutes les épreuves avec son allure anodine mais irréprochable, n'atteignait pourtant pas la moyenne requise : il ne lui avait manqué qu'un seul et unique point, songez un peu ! N'ayant pas découvert son nom dans la liste des admis (« Ils ont peut-être fait une coquille ? Mais ne poussez pas comme ça, je vous dis ! »), pour la première fois de sa vie, elle éprouva ce sentiment complexe et humiliant de sa propre infériorité que ne connaissent sans doute que les sportifs professionnels à qui, pour atteindre un record, manque un minable centimètre, transformant en poussière leurs entraînements douloureux et sans fin. Ce qui est le plus atroce et le plus vexant, c'est qu'il s'agit non pas d'un zèle insuffisant, mais du fait que les membres de l'adversaire sont banalement plus long de ce malencontreux centimètre qui lui a été donné en plus pour rien, simplement comme ça, tout à fait gratuitement. Un cadeau de Dieu. Un don divin. La chose la plus cruelle et la plus injuste qui soit au monde.

Les Batalov étaient plongés dans un désespoir totalement hors de proportion avec la cause qui l'avait provoqué : en définitive, Galotchka n'était pas tombée malade, elle n'était pas morte, elle ne s'était pas fait faire un lardon sous le tablier. Elle n'avait même pas besoin d'accomplir le service militaire, si bien que cette année perdue ne pouvait être considérée comme telle, même en théorie. Il n'en reste pas moins que Piotr Alexéïevitch subit une véritable attaque d'angine de poitrine, accompagnée d'arythmie, de sueurs froides et d'une terreur mortelle qui, pour on ne sait quelle raison, était sans aucun doute liée à cette très légère douleur cardiaque, comme si l'âme résidait véritablement dans la région de l'aorte. Elizavieta Vassilievna, éplorée, bouffie de larmes, conduisit les urgentistes jusqu'à la porte, tandis que Galotchka restait assise en sanglotant au bord du lit de son père à qui l'on venait de faire une piqûre et elle lui tenait la main, comme si elle avait à nouveau cinq ans, toutefois il était maintenant encore plus effrayant de relâcher cette main.

— Ce n'est rien, ma petite fille, tout s'arrangera, chuchotait son père, lui-même sur le point de pleurer à cause de la pitié voluptueuse et lénifiante qu'il éprouvait pour lui-même, ton petit papa va inventer quelque chose, tu vas voir.

Galotchka hochait la tête, son père ne l'avait jamais trompée, et ce furent les derniers mois durant lesquels ils restèrent ensemble, où ils furent une famille, durant lesquels ils existèrent tout simplement.

Quinze ans plus tard, rongé par un cancer du rectum, le retraité Batalov agonisait dans un immense et sinistre institut de cancérologie, complètement seul : Elizavieta Vassilievna était décédée un an auparavant. Peut-être ne formaient-ils pas un couple idéal, mais l'un sans l'autre ils n'avaient pu se débrouiller ni dans cette vie ni, en fait, dans l'autre. En vain

Piotr Alexéïevitch s'accrochait-il aux manches du personnel médical soviétique, jamais pressé et aussi indifférent que des dieux païens, pour les adjurer.

— Téléphonez à ma gamine, les infirmières, je vous en supplie, à ma Galotchka, je voudrais seulement lui dire adieu.

Les petites infirmières récoltaient dans leurs poches les pitoyables roubles de Batalov, elles hochaient la tête et se contentaient de changer une fois supplémentaire la literie de ce vieux rasoir de la chambre numéro trois. Personne n'avait envie de téléphoner à sa fille : elle avait déversé un tombereau d'injures tellement arrogantes sur le chef de service, un respectable proctologue bien en chair, qu'on avait dû, dans la salle des internes, abreuver, le pauvre, d'alcool et de thé à parts égales.

— Mets-toi ça dans le crâne : je n'ai pas de père et je n'en ai jamais eu. Et si tu me téléphones encore une fois, je te pourrirai la vie, vieux schnock. J'espère que tu me comprends, hein ?

Il la comprenait, certes, comme tout monde, et Batalov mourut donc dans sa chambre d'hôpital, endurant des souffrances muettes et épouvantables, dans une solitude muette et épouvantable. Il va de soi que personne ne réclama le corps, si bien que la dépouille de l'ancien instructeur du comité régional du Parti fut découpée en morceaux et utilisée dans des préparations, pour la plus grande joie des petits étudiants, jeunots et fougueux, des embryons de médecins qui rêvaient de vaincre le cancer et l'infarctus, et d'offrir à l'humanité une immortalité saine, fringante et communiste.

Dieu sait d'ailleurs où s'en est allée l'âme de Piotr Alexéïevitch : peut-être s'est-elle perchée en pleurnichant dans un petit recoin de l'immense appartement de sa fille afin, de temps à autre, au plus profond de la nuit, de s'approcher furtivement de son lit et de contempler son visage tant aimé et impavide ? Elle avait toujours été mignonne, la petite Galotchka, et à trente-deux ans elle était devenue une vraie beauté, un peu endormie, imposante et merveilleuse. Ils l'avaient eue sur le tard, Galotchka, leur fille unique, et Piotr

Alexéïevitch avait également trente-deux ans quand il avait ramené de la maternité sa femme qui tenait contre sa poitrine un paquet précieux, bien serré dans ses langes. Elizavieta Vassilievna avait également trente-deux ans, donc un certain âge pour une primo-parturiente, elle avait enfanté dans une telle douleur qu'il est effrayant de l'évoquer. Grâce à Dieu, il n'était rien arrivé à Galotchka.

— Dors, ma petite fille, dors, ma chérie. Papa va inventer quelque chose, tu vas voir.

— Le sel s'est de nouveau répandu tout seul dans la cuisine, s'était plainte la femme de ménage un matin en maniant son balai brosse silencieux. Moi, je vous le dis, c'est comme si un génie de la maison s'était installé ici. Il faudrait apporter de l'eau bénite et en asperger l'appartement.

— Mais de quel génie de la maison tu parles, espèce d'idiote écervelée ! lui répondit nonchalamment Galina Petrovna qui trempait prudemment, comme un enfant, ses lèvres dans le café pour s'assurer qu'il n'était pas trop chaud. Et c'est aussi le génie de la maison qui a cassé l'autre semaine une assiette de Kouznetsov, sans doute ?

La femme de ménage se taisait, vexée. Quelle pute, cette Galina Petrovna, pensait-elle, et c'est rien de le dire, une pute et une chienne, mais elle paie bien. Tout le monde raconte que ses parents sont morts et qu'elle n'a pas versé une larme, elle n'est même pas allée à leur enterrement. Elle a une pierre à la place du cœur. Galina Petrovna repoussait la tasse, elle grimaçait et se retirait dans sa chambre, elle caressait son beau visage de ses doigts chauds et en imprégnait la peau de crème avec légèreté. Elle ignorait la notion de culpabilité et ne voulait rien savoir à ce sujet. Personne n'aurait pardonné à ses parents à sa place. Personne et jamais.

Par bonheur, les Batalov réglèrent assez vite la question du fiasco ignominieux de leur fille. À la fin de son congé de maladie, Piotr Alexéïevitch se remit à téléphoner tous azimuts à ceux qui pouvaient être utiles et, après avoir entendu et déversé une tonne de bavardage inutile – tu imagines, mon cher, il ne lui a manqué en tout et pour tout qu'un seul point ! –, il obtint que Galotchka soit quand même prise dans un établissement scientifique. Pas comme étudiante, certes, mais comme laborantine à la chaire de chimie, et en plus à la faculté si ardemment désirée de l'adduction d'eau et des égouts.

— Si tu travailles bien, ma petite Galotchka, tu vas te familiariser avec ce milieu, tout le monde te connaîtra, et je suis sûr que tu réussiras ton concours d'entrée l'an prochain. Seulement, tu dois savoir à qui il faut complaire et ne pas perdre de temps pour rien...

Elizavieta Vassilievna rajusta le petit col blanc de sa fille, qui lui redonnait des allures de la lycéenne qu'elle avait été. Toutes les deux étaient nerveuses, c'était son premier jour de travail, et ce n'était pas une mince affaire. Galotchka fut même incapable de prendre un petit déjeuner correct, si bien que les blinis dorés aux bords dentelés restèrent sur la table en un amoncellement tiédasse : c'est en vain que sa mère s'était levée une heure plus tôt et avait trimé devant les plaques de cuisson en manipulant deux poêles en fonte à la fois.

— Bois au moins un peu de thé, ma puce.

— Je ne peux pas, m'man, je vais être en retard.

Elle déposa à la va-vite un gros poutou sur la joue d'Elizavieta Vassilievna et, après avoir fait bouffer sa jupe plissée, elle partit en courant.

C'était un mois d'août exceptionnellement chaud pour N-sk et, dès le mois d'octobre, Galotchka se sentait tellement à l'aise qu'elle se permettait de houspiller vertement les étudiants de dernière année qui avaient rapidement apprécié toutes les qualités tranchantes de la nouvelle laborantine.

— Arrête ton cinéma, Svetlov : après votre TP, il manquait encore une fois trois matras, et ne fais pas cette tronche, comme si je ne savais pas que dans votre cité U vous distillez de la gnôle. Prends garde, je vais me plaindre à Nikolaï Ivanovitch !

Svetlov, humilié par un refus immérité (et un soupçon mérité), s'en allait avec la réputation ignominieuse d'un bourreau des cœurs aguerri. Galotchka le suivait vaguement du regard, et ses lèvres – chaudes, lisses, aussi écarlates que des pralines rouges – conservaient encore les contours d'un nom merveilleux sous toutes ses formes – Nikolaï Ivanovitch, Nikolenka, Koliouchka, Kocha. Un trop-plein de bonheur faisait soupirer Galotchka, et une brise de tendresse parfumée à la pomme souffla à travers les couloirs sinistres de l'institut polytechnique.

Elle était amoureuse, enfin.

Enfin heureuse.

Et à ce grand bonheur furent assignés quatre mois et trois jours.

Nikolaï Ivanovitch Machkov, un grand escogriffe timide qui n'était guère plus qu'un assistant à la chaire de chimie, ce qui, à dire vrai, le situait dans la hiérarchie peu au-dessus de Galotchka Batalova à laquelle on ne confiait que la mise en place du matériel pour les expériences et le nettoyage de la vaisselle de laboratoire après les travaux pratiques des étudiants. Mais pour elle, il était l'image d'un dieu, infiniment adulte (avec ses vingt-cinq ans face aux dix-sept de Galotchka) et infiniment intelligent : il était chargé des travaux pratiques, mais il lui arrivait aussi de faire cours à la place de son directeur de thèse, le professeur Lechtchinski, un homme adipeux qui souffrait d'asthme, et les étudiants, ces braillards contestataires, suivaient ses interventions avec beaucoup d'attention et d'intérêt. Galotchka était parfaitement au courant, car elle suivait jalousement ce qui se passait par le trou de la serrure. Et il n'y avait là rien de honteux, et c'était même tout à fait permis dès l'instant qu'il s'agissait d'une affaire sérieuse, mais oui !

En outre, Machkov était d'une beauté extraordinaire, c'en était même incroyable : des yeux lumineux, des cheveux dorés, il était souriant, et pour Galotchka il représentait une espèce de divinité de l'amour festif, l'incarnation simultanée de tous les contes russes à la lecture desquels elle s'endormait quand elle était petite, entourée par une farandole de sylvains, de dragons, de Vassilissa la très belle et de princes charmants. Oui, des princes charmants, pas moins.

Dans la réalité, aucun prince charmant n'était dissimulé en lui, et ce que les yeux énamourés de Galotchka prenaient pour de l'or et de l'azur était en réalité un banal caractère foncièrement russe qui adoptait parfois les nuances du gris souris. Machkov était issu d'une très ennuyeuse famille d'ouvriers, il avait en permanence les mêmes costumes froissés, ses joues creuses portaient des traces de comédons adolescents, son crâne promettait de devenir chauve d'ici à cinq ans et il était certain de finir par devenir maître de conférence dans une dizaine d'années. Mais pour Galotchka, même son nez luisant lui apparaissait comme un signe de Dieu, un symbole de l'autorité suprême et mystérieuse que Machkov avait si rapidement et si merveilleusement acquise sur son cœur inexpérimenté et désarmé. Troublée, elle souriait, elle enroulait le bout de sa natte autour d'un de ses doigts fuselés, et en réponse Machkov lui souriait : il savait sourire à merveille, vraiment, c'était tout simplement merveilleux – un sourire large, joyeux, un peu canaille –, on aurait cru un gamin de dix ans, ses dents étaient blanches, très blanches, l'une de celles de devant était plantée légèrement de travers ; Galotchka avait une dilection particulière pour cette petite dent, à la fois drôle et un peu enfantine.

Ils n'avaient pas échangé plus d'une vingtaine de phrases en dehors du travail, mais, bien entendu, Machkov l'aimait, lui aussi. Non seulement Galotchka le savait, mais elle le ressentait comme on sent, les yeux fermés sur la plage, la pression caressante et soyeuse du soleil qu'on ne voit pas. Le soleil, c'est peu dire, car lorsqu'elle rangeait dans une armoire son assortiment de produits chimiques, elle sentait sans se retourner que Machkov était entré dans le département de chimie : l'air alentour devenait soudain différent – comme cassant, tremblant à cause d'une tendresse cristalline et scintillante.

Ils commencèrent donc par s'adresser des sourires – prudemment, de loin, se frôlant à peine. Puis un jour, il l'aida à rassembler des livres éparpillés (elle avait pas moins d'une heure répété chez elle le geste le plus infime, le mouvement de hanches à peine visible capable de flanquer par terre une pile entière de volumes du Talmud parfaitement stables en apparence), il avait ensuite traîné une demi-heure sur place après avoir fini son travail au labo, durant tout le temps que Galotchka consacrait à remettre en ordre les tables et les cornues. Et il était en quelque sorte naturel de supposer que lui, si adulte et si fort, lui proposerait à elle, si jeune et si vulnérable, de l'accompagner jusqu'à l'arrêt du bus, peu importe lequel.

Ce fut la rencontre la plus extraordinaire qui soit – et comment ! Deux anges gardiens perdirent alors en même temps leurs ailes en se débrouillant pour que tout, absolument tout, s'organise de belle et bonne façon. Comme par magie, les autobus disparurent des rues vides et ensommeillées de N-sk, une infime gelée faisait croustiller cette soirée d'automne, comme une feuille de papier vélin indigo et lisse pliée en quatre, Galotchka souriait à Machkov à travers ses cils, à travers les branchages dénudés, à travers les réverbères fluorescents. « Ah, vraiment, permettez, je vais porter votre serviette, mais si voyons, ce n'est pas juste que des jeunes filles portent des charges pareilles. » Machkov avait des doigts rougeauds, bruns et rêches. Il avait suffi d'une seule seconde, d'un seul effleurement, et la serviette conquise – comme un jouet dans ses mains – vogua de nouveau au-dessus de l'asphalte, et même les crachats gelés sur le trottoir semblaient des pierres semi-précieuses, comme de l'opale lunaire, de l'onyx verdâtre, de l'hématite d'un brun tuberculeux. Durant tout le chemin, Machkov papillonna avec une telle excitation qu'il faillit s'embrouiller dans le monologue filandreux qu'il puisa dans sa vie de scientifique dont Galina ne comprit pas la moitié, mais... Mais avec quelle bienveillance demeurait-elle silencieuse, avec quel à-propos rectifiait-elle une boucle qui s'échappait de son couvre-chef, de quelle tendre luminescence roussâtre était-elle saturée !

— J'habite ici, Nikolaï Ivanovitch. Merci de m'avoir raccompagnée.

Machkov resta interdit, s'efforçant de garder en mémoire les trois entrées et les quatre étages qui désormais allaient devenir le centre de l'univers.

— Déjà ! Je veux dire que c'était si agréable, marmonna-t-il.

Galotchka sourit à nouveau et reprit sa serviette des mains de Machkov. Dans l'entrée, elle se hâta de sortir de sa poche un petit miroir et vérifia que le froid glacial était si charitable qu'il n'avait pincé que ses joues, épargnant son nez qui n'était pas rouge. Ses lèvres étaient tendres, aucunement desséchées, et son bouton sur le front était fort opportunément dissimulé par son béret. Galotchka rangea son miroir, ça suffit se dit-elle avec un petit rire, et elle gravit quatre à quatre l'escalier pour aller en haut, en haut, en haut.

Le lendemain, Machkov la raccompagna à nouveau, ainsi que le surlendemain, et il en fut de même la semaine suivante. Chaque fois, sans se concerter, ils trouvaient un nouvel itinéraire, de plus en plus emberlificoté et compliqué, vagabondant de plus en plus loin par rapport à leur destination, comme s'ils plaquaient sur le plan de N-sk les nœuds d'une dentelle invisible. Les quinze minutes d'une marche nonchalante se transformèrent au début en une demi-heure, puis en une heure : les rares réverbères de la ville s'allumaient les uns après les autres, soulignant comme par un pointillé tremblant cette béate promenade, chaque fin d'après-midi. Machkov maigrit à force d'accomplir ces exercices pédestres dont il n'avait pas l'habitude, et lorsqu'il faisait cours il ne cessait de commettre des lapsus de gamin débordant de bonheur. Quant à Galotchka... Galotchka resplendissait d'une telle lumière naïve de midi qu'on se sentait presque gêné de la regarder, comme s'il s'agissait d'une jeune mariée.

Les bonnes femmes de la chaire de chimie qui fourraient leur nez partout auraient bien cancané au sujet de ce roman scandaleux et de ces relations inadmissibles, mais elles-mêmes mordirent au dard de la jalousie. Il n'y avait rien de scandaleux et d'inadmissible dans le fait que ces deux êtres se regardent, et il était parfaitement clair qu'il s'agissait d'une affaire qui irait jusqu'aux noces, légales, si l'on peut dire, jusqu'à un mariage socialiste, et mettre des bâtons dans les roues de jeunes gens, de cornichons fous d'amour, revenait à vouloir raconter à un petit nigaud que le père Noël n'existe pas et que c'est le voisin, tonton Micha, plombier de second ordre et célibataire invétéré, bien pété et donc particulièrement titubant, qui a apporté les cadeaux qui se trouvent dans le sac. Les bonnes femmes râlèrent encore pour la forme, elles se remémorèrent leur propre jeunesse qui avait filé frénétiquement sans qu'elles s'en aperçoivent, et toutes autant qu'elles étaient se transformèrent en divorcées syndicalistes délurées essayant pour la énième fois de subjuguer quelqu'un de la famille. Machkov et Galotchka, qui n'avaient même pas remarqué qu'autour d'eux commençaient à se condenser des tempêtes sociales, restèrent encore les yeux dans les yeux. En dépit des cancans unanimes et des craintes, tout entre eux était si convenable et authentique qu'ils n'avaient pas une seule fois trouvé le moyen de s'embrasser.

C'était un sentiment charmant, absurde et émouvant comme un chiot pataud de deux semaines avec son bedon nu et rose. Ni Galotchka ni Machkov ne savaient ce qu'ils devaient faire désormais – Galotchka parce qu'elle ne le savait vraiment pas, Machkov simplement parce qu'il ne se pressait pas. C'était un adulte, d'une honnêteté indéfectible, avec, comme on dit, des intentions sérieuses, c'est pourquoi il voulait, sans se précipiter, avancer posément sur le chemin qui menait ce couple énamouré au bureau des mariages, et ne rien, absolument rien laisser passer, pas le moindre revirement, le moindre regard, le moindre recoin dissimulé. Il espérait vivre avec Galotchka une vie longue et heureuse, ce naïf de Machkov, c'est pourquoi, d'avance, comme un bon maître de maison, il faisait réserve de souvenirs et d'événements qui l'aideraient par la suite à surmonter l'inévitable train-train du quotidien d'une vie commune et fourniraient des prétextes sans fin à des récits sans fin pour les enfants, voire les petits-enfants : « C'est à ce moment-là que grand-mère et moi nous nous sommes embrassés pour la première fois, et c'est de cette maternité qu'on t'a emmenée, oh là là, tu braillais tellement la première semaine que, tu sais, ta mère et moi, on ne savait plus que faire de toi ! Elle n'arrêtait pas de hurler, la pauvre petite... Ensuite, les choses ont été plus faciles, et quand Machounia est née, sa mère s'occupait d'elle comme si elle était une poupée, pour son pur plaisir. Bon, les choses sont claires, avec le troisième tu sauras comment t'y prendre... »

Machkov voulait tout, absolument tout, comme les autres et même mieux : aussi bien une noce, un voile de mariée pour Galotchka, une tablée bruyante, des baisers sous les injonctions de la foule qui les réclame, des baisers honteux aux relents de bonheur, de salade russe et de viande en gelée. Il voulait des enfants, beaucoup d'enfants, le plus possible, pour se lever la nuit et aller les voir, les porter sur son dos et leur chanter des chansons sur les locomotives. Il voulait se coucher avec Galotchka sous la même couette, et le matin prendre son petit déjeuner en sa compagnie, recevoir des amis ensemble, préparer avec elle le borchtch – Machkov était prêt au sacrifice et à prendre sur lui d'éplucher les oignons et les pommes de terre, et jamais de sa vie Galotchka ne sortirait les ordures, et la vaisselle, c'est lui aussi qui s'en chargerait sans façon, d'autant qu'après l'armée ça lui était égal de savoir combien d'assiettes il devait laver, cinq ou cinq cents. Il aimait si fort Galotchka que, sans avoir rien dit à quiconque, sans s'être déclaré, sans avoir fait la connaissance de ses parents, il avait entrepris un siège tranquille et acharné du comité local pour le logement. Par la même occasion, il s'était mis à rassembler des lettres de recommandation pour entrer dans les rangs du Parti communiste soviétique. C'était un brave Soviétique, ce Machkov, et il croyait sincèrement que la patrie et le Parti feraient en sorte qu'ils obtiennent leur propre appartement. Pas tout de suite, certes, peut-être dans une dizaine d'années, mais un appartement bien à eux. Pour l'instant, on se débrouillera. On peut louer un petit coin à soi, en fin de compte. Ou alors vivre quelque temps chez les parents. L'essentiel, c'est d'être ensemble.

Bien entendu, il la désirait de façon inouïe, et comment aurait-on pu ne pas la désirer, elle qui était délurée, toute en rondeur, dorée, resplendissant d'une vie délectable et ensoleillée ? Mais c'est précisément la raison pour laquelle il ne se pressait pas et se permettait de s'octroyer un avant-goût : il restait poliment assis à la table dressée pour la fête, comme le font les gens cultivés et bien éduqués. En outre, la morale soviétique qu'on inoculait aux garçons depuis l'enfance leur inculquait une façon parfaitement normalisée de se conduire avec leur bien-aimée – rigoureuse et magnifique dans son ascèse quasiment chevaleresque. Avant la noce, on devait se contenter de respecter sa future épouse, c'était un test, une étape essentielle de l'initiation, et seul celui qui avait victorieusement surmonté toutes les tentations recevait en récompense un cheval, la moitié d'un royaume et le droit sacré de dégrafer le soutien-gorge ingénu, légèrement effrayant, en coton ordinaire et par conséquent anormal, presque morbidement sexuel, de la fille du tsar.

Galotchka, qui n'avait pas la moindre notion de toutes ces souffrances sexuelles d'un jeune Werther soviétique, n'en ressentait pas moins avec ses tripes que Machkov trépignait sur le seuil de quelque chose de très important, elle avait même partagé ses doutes avec des copines qui avaient plus d'expérience, et qui, en réalité, étaient des idiotes aussi remarquablement naïves qu'elle-même. D'après elles, il était avéré que tous les garçons sans exception rêvaient à la façon de peloter une fille dans un coin obscur, et qu'ils n'avaient en général qu'une seule idée en tête, ces chiens. Galotchka haussa les épaules : c'était encore un argument de plus prouvant que son Nikolenka était le meilleur.

Le soir même, avant de s'endormir, Elizavieta Vassilievna alla jeter un œil dans la chambre de Galotchka. Seulement vêtue de sa chemise de nuit, elle était debout devant son miroir et essayait de transformer la taie d'oreiller ourlée de dentelles en une espèce de voile de mariée. La taie faisait des caprices et ne voulait pas se laisser plier convenablement ; Galotchka, les joues cramoisies, l'appliquait tantôt comme ceci, tantôt comme cela. Elizavieta Vassilievna poussa un soupir de mère et s'approcha de sa fille pour l'aider à mettre en ordre les cheveux de sa lourde natte défaite. On va les attacher avec cette épingle et ce sera tout de suite comme il faut, lui murmura-t-elle. Galotchka hocha la tête d'un air confus, et sa mère et elle restèrent quelques instants ainsi devant les trois miroirs qui renvoyaient leur reflet, sextuplées, multipliées, soit par une illusion d'optique, soit pas l'évolution, ou bien par le destin. Quelle importance ? La dentelle blanche et ordinaire du dessus d'oreiller conférait à la beauté de Galotchka une note hispanique à peine perceptible, un rien tragique, venue vraiment d'ailleurs, et Elizavieta Vassilievna fut une nouvelle fois doucement étonnée : De qui ma fille tient-elle une telle grâce ? pensa-t-elle. Elle ressemble bien à ses parents, on voit les sourcils de son père, le nez est exactement celui de sa grand-mère – qu'elle repose en paix ! –, mais il n'en reste pas moins que tout cela n'est que du détritus génétique, des balivernes, de la production à la chaîne. Alors que Galotchka, la petite Galotchka est véritablement un produit unique, du fait main qu'il faut préserver dans une boîte isotherme et ne sortir qu'à l'occasion des grandes fêtes. Ne pas toucher si l'on n'a pas les mains parfaitement propres ! À admirer en retenant son souffle ! À adorer avec enthousiasme !

— Est-ce que c'est quelqu'un de bien, au moins, Galotchka ? lui demanda-t-elle à voix basse, et Galotchka, après s'être mordu la lèvre, acquiesça avec une conviction si enragée que le voile de mariée improvisé chuta de sa tête et atterrit sans un bruit, comme un ange, par terre. Eh bien, que Dieu te vienne en aide, marmonna la mère.

Elle retourna à la cuisine retrouver son mari qui sirotait son thé du soir, sans sucre, mais avec sa dernière édition de la *Pravda*.

— Dis-moi, Pétia, lui demanda-t-elle d'un air triste. On a combien à la caisse d'épargne ? Il y en a assez pour des noces ?

— Qu'est-ce que tu racontes ? Quelles noces ? s'écria Piotr Alexéïevitch, ahuri, en faisant une vaine tentative pour sortir de ses gonds.

— Pour une noce ordinaire, précisa Elizavieta Vassilievna qui le mit en garde avec un geste de la main. Avec un accordéon et des témoins. Tout comme il faut. Elle a grandi notre fille, tu sais. Et on ne s'en est même pas rendu compte.

On décida de faire la connaissance du futur gendre une semaine plus tard, et ce furent sept jours qui ébranlèrent le monde. En tout cas le monde des Batalov, c'est sûr. Pour l'heure H, Elizavieta Vassilievna s'était débrouillée pour réaménager l'appartement et blanchir tous les plafonds, préparer à manger pour un peloton entier de voltigeurs motocyclistes affamés et même se faire concocter au salon de coiffure une absurde « permanente » comme il était notifié dans le tarif (pour la réaliser, elle avait dû rester à n'en plus finir sous un engin immense, arrivant à peine à supporter sur ses épaules sa tête lourdement équipée de bigoudis, chacun de ceux-ci ayant son branchement électrique individuel !). Une nouvelle robe fut commandée chez la couturière pour Galotchka, pas un rafistolage, mais une robe à pois en crêpe de Chine bleu foncé, serrée à la taille, avec une jupe soleil et des manches à gigot. La couturière jura ses grands dieux, les yeux dans les yeux, qu'elle serait prête pour le samedi, et, par précaution, elle tint sa promesse.

Piotr Alexéïevitch tenta durant un certain temps de résister à l'hystérie générale, mais il craqua le mercredi, et pour la première fois de sa vie il rentra à la maison pas seulement avec trois heures de retard, mais sérieusement bourré.

— Vas-y, prends ta cuite, comme ça tu feras honte à ta fille unique ! fulmina Elizavieta Vassilievna tandis que Batalov, qui n'avait pas l'habitude de boire, vomissait tripes et boyaux dans la cuvette des W.-C.

— C'est pour notre affaire, tentait-il de se justifier en flanchant, j'ai vu Grigoritch, tu peux le comprendre. J'ai pris des renseignements.

Grigoritch était une vieille connaissance de Batalov, un honorable tchékiste, ivrogne invétéré les jours impairs et par ailleurs vieux garçon morose. Elizavieta Vassilievna capta aussitôt le message brouillé et traîna son mari titubant jusqu'à la cuisine pour le confesser. Du reste, elle s'inquiétait inutilement : d'après les renseignements avérés du KGB (l'ancien MGB, précédemment NKVD, Oguépéou, Tchéka, avec toutes les réminiscences de l'opritchnina d'Ivan le Terrible), l'élu de Galotchka, Nikolaï Ivanovitch Machkov, était un échantillon absolument parfait de l'homo sovieticus. Ne serait-ce que pour la tribu, pour sa semence, pour le PCUS. Elizavieta Vassilievna éclata en larmes, soulagée, et sortit une petite carafe de vodka du buffet. Piotr Alexéïevitch, qui hoqueta convulsivement, se précipita à nouveau dans les toilettes pour achever sa procédure d'assainissement, tandis qu'Elizavieta Vassilievna, les mains tremblantes, se versait, comme s'il s'agissait de valériane, cette liqueur revigorante dans un verre, et elle aspira l'odeur du torchon après l'avoir ingurgitée.

Le résultat de toute cette agitation fut que ce samedi, qui plongeait absolument tout le monde dans une immense inquiétude, se déroula à merveille. Le lundi, Galotchka se rendit à son travail, investie du titre de fiancée officielle. Hourra, camarades ! Et ce fut véritablement un hourra. Certes, les Batalov n'avaient pas l'intention de pousser leur fille mineure à se marier, et aucun motif infamant ne les y incitait, Dieu soit loué ! C'est la raison pour laquelle on décida de célébrer les noces à l'automne, après avoir au préalable fêté les dix-huit ans de Galotchka (en mars), et au début de l'été… Piotr Alexéïevitch leva un index paternel pour les mettre en garde, et Machkov hocha la tête avec conviction. Il va de soi qu'au préalable Galotchka doit réussir son concours d'entrée à l'institut. Il va de soi que faire des études supérieures est indispensable. En définitive, lui-même, personnellement, se charge de parler aux personnes nécessaires et, bien entendu, de faire travailler Galotchka, même s'il n'a pas le moindre doute quant à sa réussite, pas le moindre, c'est évident. En entendant le mot « travailler », Elizavieta Vassilievna pinça les lèvres, et Galotchka devint cramoisie. Le spectre tremblotant du doctorant aux allures de démon judaïque apparut un instant dans un coin pour s'évanouir aussitôt dans les abîmes infernaux de la physique. Personne, au demeurant, ne le remarqua, tel était le destin de tous les précurseurs, de tous les laboureurs, dont le lot consiste à préparer le champ pour des récoltes futures, mais ce sera sans aucun doute quelqu'un d'autre qui se repaîtra de ses fruits délicieux.

Durant tout le mois de décembre, il régna un froid surprenant, qui n'avait rien à voir avec les gelées cruelles que connaissait N-sk d'habitude. Les amoureux, qui avaient obtenu la bénédiction des parents, faisaient le soir le tour des rues bleues et crissantes, et, mon Dieu, qui aurait pu savoir que Machkov adorait les petites moufles de Galotchka à ce point, surtout celle de gauche, avec un trou qui laissait passer son petit doigt, aussi rose qu'un nouveau-né, et qu'il était finalement possible de s'embrasser autant qu'on en avait envie. Mais, ce têtu de Machkov n'alla pas au-delà, comme si le statut de fiancée officielle avait rendu Galotchka encore plus pure et plus inaccessible.

Tout était vain, aussi bien les cils relevés, la respiration légère que les trilles du rossignol. Galotchka avait même chipé à sa mère quelques gouttes de son parfum, espérant naïvement que le Bouquet préféré de l'impératrice de Brocard, qui se faisait habilement passer pour un honnête produit soviétique sous le nom de Moscou Rouge, égarerait à coup sûr son fiancé du chemin qu'il traçait de constructeur d'une future cellule familiale communiste. Mais, hélas, à cause du parfum capiteux et aussi poudré qu'une tenture, Machkov éternua trois fois et trois fois il s'excusa d'un air coupable ; en revanche, Piotr Alexéïevitch, ayant décelé chez Galotchka des notes insupportables d'œillet, d'iris et d'ylang-ylang, conçut pour sa fille criminelle mineure une réprimande bien sentie.

— Qu'est-ce que tu t'imagines, petite morveuse ! Aller fouiller dans le sac de sa propre mère ! Il est pas à toi, et c'est pas la peine de rester bouche bée comme ça ! Quand tu seras mariée, ton mari gagnera sa croûte pour t'en offrir, du Moscou Rouge, et tu pourras alors t'en asperger des seaux entiers.

Galotchka fut secouée de sanglots nerveux, elle claqua la porte, mais une heure plus tard, elle s'était complètement réconciliée avec son père.

En fait, elle était incroyablement heureuse. Et tout le monde l'était ces jours-là.

La nouvelle année 1959 mûrissait à toute vitesse. À ses cours, Machkov oubliait constamment le début de ses phrases, il s'embrouillait dans les explications les plus élémentaires, les étudiants échangeaient des regards envieux et attendris. Tout le monde était au courant que la belle et chaste Galotchka était fiancée. Les Batalov, tête contre tête, passaient des soirées entières à évoquer avec ivresse la dot : les torchons, les draps (en lin, à ourler et à marquer), les coupons (de laine), ainsi que la confection d'un nouveau manteau de demi-saison pour Galotchka. C'est à ce propos que s'enflammèrent des discussions passionnées, car Galotchka insistait pour qu'il soit avec une capuche et à carreaux, Piotr Alexéïevitch estimait que c'était de l'antisoviétisme, et Elizavieta Vassilievna faisait mentalement le compte des verres, petits et grands, supputant qui de la famille ils jugeraient dignes d'être invités pour la noce, et avec qui on ne pouvait que s'attendre à un scandale.

Bref, tout le monde était plongé dans la marmelade épaisse et chaude de l'esprit petit-bourgeois le plus choquant et le plus antisoviétique, dans des exigences qui n'avaient pas le moindre rapport avec le travail. On s'attendait à des fêtes interminables, à des invités, des sapins, des sauteries au palais de la Culture et à une vie sans fin, pleine de joies sans fin et bien humaines. Le fait que le 25 décembre un très célèbre académicien devait faire à l'institut une conférence ouverte à tous réjouissait également Galotchka (elle n'arrivait pas à se rappeler son nom), et son Nikolenka assurait qu'ils devaient absolument y assister tous les deux, car il s'agissait d'un grand esprit, d'un authentique génie, et il était époustouflant de se dire qu'il était notre contemporain.

— Est-ce que tu n'aurais pas envie d'assister à une conférence d'Einstein ?

— Pourquoi, il n'est pas encore mort ? demanda, effrayée, Galotchka. Je crois qu'on nous a dit au lycée que... Ou bien ce n'est pas Einstein ?

— Tu es ma joie, dit Machkov, attendri, en plongeant ses lèvres dans les cheveux de Galotchka. Si tu savais à quel point tu es ma joie !

— Chut ! s'écria-t-elle gaiement, comme si elle était effarouchée. Tu es fou ! On va nous voir ! D'accord, on va y aller à la conférence de ton Einstein. On ne la manquera pas, c'est sûr. Seulement, à une condition : tu t'assiéras à côté de moi et tu me traduiras en russe tout ce que raconte ton académicien. Sinon, je vais m'endormir. Et tu auras honte de moi.

— Mais non ! répondit sincèrement Machkov.

— Et si je me mets à ronfler ?

— Peu importe, je n'aurai pas honte.

— Alors file, lui ordonna-t-elle sévèrement. Autrement, tu vas être en retard et tes étudiants vont repartir.

— Dieu soit loué ! répliqua Machkov. Qu'ils s'en aillent ! Comme ça, toi et moi, on s'en ira aussi. Et on filera au cinéma. Tu veux voir un film ?

— Oui, répondit-elle. Je veux aller partout avec toi. Même à une conférence d'Einstein.

Machkov acquiesça, portant avec difficulté sur ses épaules un monde dansant, heureux et vertigineux, et il s'empressa d'aller faire son cours, tandis que Galotchka resta dans son cagibi pour ranger les ustensiles fragiles de chimie qui ne cessaient de vouloir s'échapper de ses mains rêveuses et s'éparpiller en des débris irisés et croustillants produisant un bruit délicieux. Galotchka soupirait et, avec une balayette, ramassait lestement dans une pelle le énième spectre en cristal d'une cornue qui avait été assassinée. Que de verrerie avait été brisée ces derniers jours, et tout cela apportait du bonheur ! Rien que du bonheur !

Mais le 25 décembre 1958, tout partit à vau-l'eau dès le matin. Premièrement, Galotchka oublia de se réveiller et arriva à son travail avec un retard absolument éhonté. Deuxièmement, la conférence de cet académicien, qui était tellement attendue et était prévue à 13 heures, fut reportée à 14 h 30, si bien que Galotchka se trouvait dans l'incapacité d'y assister, car elle devait préparer la salle de travaux pratiques pour les cours du soir – mais qui donc fixe les horaires de ces cours juste avant le nouvel an ? Et maintenant, au lieu de rester dans l'amphithéâtre avec son fiancé en sentant contre elle son épaule, son genou, son coude – et elle aimerait bien savoir si durant la conférence on éteint la lumière, comme dans une salle de cinéma –, donc, au lieu de rester à côté de lui – parce que Nikolenka, c'est un type malin, il a même fait la queue plus de deux heures pour obtenir des billets pour la première de *L'homme qui m'est cher* –, et il a eu des places au parterre, au tout dernier rang, si bien que si cette fois il ne se décide pas, c'est elle qui prendra l'initiative, elle en est sûre, elle le fera, à tous les coups, et dès qu'il lui prendra la main, ce sera possible de se tourner, comme par hasard, disons, et de l'interroger sur le cinéma, par exemple, et qu'est-ce que ça peut faire si la salle est plongée dans l'obscurité, le principal, c'est de se retourner...

— Mais qu'est-ce qui se passe ! Encore ! lança Galotchka dans un cri de désolation, et elle s'accroupit au-dessus du verre qui n'était en rien coupable.

On frappa discrètement à la porte et, sans relever la tête, elle dit :

— Je fais un essai.

— « Expérience, fille des erreurs difficiles »... comme dit Pouchkine, s'exclama en riant Machkov, et il se baissa à la hauteur de Galotchka. Prends garde, tu vas te blesser un doigt, fais attention !

Galotchka hocha la tête et une longue mèche qui ne voulait jamais rester en place chatouilla sa joue duveteuse et hâlée.

Tous les deux étant accroupis, ils se retrouvèrent à la même hauteur, Galotchka vit alors pour la première fois de très près les lèvres de Machkov. Pour on ne sait quelle raison, le son fut tout de suite coupé, si bien qu'elle rata le cours sur les techniques de sécurité pour ramasser les débris de verre. En outre, tous ses plans de combats téméraires s'envolèrent aussitôt de sa tête. Et en plus, il se mit à faire très chaud.

— Tu ne t'es pas blessée, c'est vrai ? demanda-t-il, inquiet, et il essaya de prendre la main de Galotchka, mais, ayant perdu l'équilibre, il n'y parvint pas et lui cogna maladroitement la poitrine avec sa main.

Tous les deux se redressèrent, sans se concerter, rouges de confusion, alors leurs épaules se heurtèrent brusquement, si bien que Galotchka poussa un cri après que l'émotion lui eut fait mordre sa lèvre lisse et gonflée qui avait véritablement l'apparence d'un bonbon et, au bout d'une seconde, il sut qu'elle en avait aussi le goût. Aussitôt, tout autour d'eux se mit à tanguer en mouvements heurtés, rapides et ardents, comme si quelqu'un déchirait le monde, joyeusement et n'importe comment, en sorte que Galotchka vit en même temps le plafonnier poussiéreux au-dessus de sa tête, le mur avec un Lavoisier encadré qui, elle s'en souvenait parfaitement bien, s'ennuyait derrière elle l'instant d'avant, et quelques poils de barbe sur la pommette de Machkov, qui avaient miraculeusement échappé au rasoir, et ce n'est qu'à cet instant qu'elle se souvint que lorsqu'on s'embrasse il convient de fermer les yeux, car on ne s'embrasse avec les yeux ouverts que lorsqu'on ne s'aime pas. Elle fronça son visage, effrayée, mais le monde continuait de se déchirer en lambeaux, de tressauter, de pulser en rythme avec son cœur qui, bizarrement, résonnait au fond de son ventre, non, pas tout à fait en rythme, un peu plus vite, encore plus vite, si fort et si ardemment que Galotchka eut l'impression qu'elle allait perdre connaissance d'un moment à l'autre. Elle sentit soudain sous elle quelque chose de dur, et, après avoir brutalement repoussé Machkov, elle rouvrit les yeux. Le cagibi avait docilement arrêté sa rotation contraire à la loi ; l'objet n'était que le rebord de la table sur laquelle elle était assise (comment ? quand ? pourquoi ?), et Machkov, rougissant, presque méconnaissable, les mains tremblantes, reboutonnait la blouse de Galotchka. Sur une de ses poches, on voyait une tache flamboyante de phénolphtaléine qui ressemblait à une baie écrasée : impossible de la faire disparaître, il n'y avait aucun doute là-dessus. Maman va me gronder.

— Galia, dit Machkov d'une voix coupable en regardant simultanément dans toutes les directions comme s'il avait été attrapé après avoir commis un acte épouvantable, véritablement répréhensible, pardonne-moi. Je n'aurais pas dû, mais... (Galotchka eut l'impression qu'il était sur le point d'éclater en larmes.) J'étais juste passé une minute pour que tu ne t'en ailles pas et que tu m'attendes après la conférence...

Il tendit les mains pour reboutonner la blouse de Galotchka au niveau de sa poitrine, mais aussitôt ses mains reculèrent et il rougit encore plus.

Elle sauta de la table. Elle remit rapidement en ordre sa blouse. Elle se retourna, jeta un coup d'œil à Lavoisier qui pour la première fois, si sa mémoire ne lui faisait pas défaut, semblait un peu vivant.

— Il arrive bientôt, ton académicien ? lui demanda-t-elle sèchement.

— Dans une quinzaine de minutes, répondit-il. Tu es fâchée, hein ? Je t'assure, je ne voulais pas, je veux dire... Je t'aime, tu n'imagines pas à quel point ! Je t'aime vraiment. Je sais bien qu'on ne doit pas se presser...

— Mais enfin voyons, répliqua-t-elle avec la même sécheresse, il faut même se presser pour de bon. Tu as dit qu'il ne reste que quinze minutes...

Elle ne put se retenir, elle pouffa de rire, pliée en deux, et Machkov, qui ne comprenait pas ce qui se passait, éclata de rire, lui aussi, d'abord en hésitant, puis plus fort, comme s'il s'était branché sur Galotchka avec une prise invisible, et quand l'un et l'autre eurent ri tout leur soûl, les choses furent claires et limpides, c'était bien, et avant la sonnerie il restait plein de temps, on pouvait donc s'embrasser. Avec précaution cette fois, avec tous les petits gestes attentionnés, compliqués et tendres que l'on doit respecter quand on s'embrasse pour la première fois.

Et ils s'embrassèrent. Durant les quinze minutes qui restaient. Un peu plus même.

Machkov finit par sortir – à la troisième tentative, mais qui aurait pu s'arracher tout de suite à cette situation ? – en arguant qu'il ne serait pas longtemps absent.

— Je t'en supplie, attends-moi, qu'elle aille au diable cette conférence, mais je ne peux pas y échapper, j'ai moi-même proposé d'accueillir Lazare Iossifovitch en bas. Si j'avais su, pour rien au monde je n'aurais...

— Vas-y... lui enjoignit Galotchka en riant. Vas-y. Je ne disparaîtrai nulle part, je te le jure.

La porte se referma derrière Machkov. Galotchka remit rapidement en ordre sa natte défaite, et elle était sur le point de reprendre le balai afin de ramasser le matras qui avait été brisé. Ou peut-être une cornue. Quelle différence ça fait, maintenant. Le balai lui échappa des mains, comme s'il était vivant, mais Galotchka, qui concentrait son attention sur la façon dont disparaissaient lentement sur ses lèvres et sur son cou les traces des baisers, ne le remarqua même pas et elle n'entendit, comme à travers du coton, qu'un claquement lointain sur du bois, mat. Puis un autre. Encore un autre. Elle ne se rendit pas compte tout de suite que le balai reposait depuis longtemps par terre, immobile, et qu'on frappait à la porte.

— Tu parles d'un farceur, marmonna-t-elle. Il est déjà revenu. Quel bêta !

Et Galotchka, de sa voix dense et précieuse, cria joyeusement :

— C'est ouvert, mon chéri !

5

Galina Petrovna

Toute la grossesse de madame Galina Petrovna (qui désormais ne serait plus jamais la petite Galotchka, plus une gamine, plus la Galiounia de son enfance) se déroula dans l'indolence, gonflée par des larmes toujours prêtes à jaillir qui l'envahissaient jusque dans ses délicates fossettes entre ses clavicules. Mais pour on ne sait quelle raison, ses larmes ne montaient pas au-delà, comme si elles se calaient contre une membrane solide et invisible, et Galina Petrovna essayait en permanence tantôt de s'éclaircir la gorge, tantôt d'éclater en sanglots, affolant les médecins de la Direction principale numéro quatre du ministère de la Santé affectés à la surveillance et à la protection de la maturation de la précieuse semence du génial Lindt.

Les frayeurs des médecins se révélèrent vaines : à dix-neuf ans, Galina Petrovna avait une scandaleuse santé de fer, et il était hors de question qu'elle gâte les docteurs avec les nausées douloureuses d'une toxicose précoce, ni avec de l'hypertension, ni avec un désir indomptable de se régaler de plâtre humide ou du contenu du seau à ordures qui puait le moisi. Ses poumons étaient d'une propreté virginale, et son larynx ogival comme une cathédrale et d'un rose irréprochable aurait pu être exhibé comme modèle aux étudiants. C'est pourquoi, après avoir été alarmés, ils décidèrent de ne pas accorder d'importance à cette toux étrange, tout en prescrivant à Galina Petrovna, à toutes fins utiles, du jus de radis noir sucré (une tasse à café trois fois par jour).

Et personne, absolument personne ne devina qu'elle était tout simplement dans l'incapacité d'éclater en larmes.

Galina Petrovna elle-même, qui supportait avec un effroi soumis son ventre enflé, épouvantable, soyeux et mordoré, était dans l'incapacité de le deviner. Il était vivant, son gros ventre. Quand elle s'habillait, elle avait peur de le toucher avec ses mains – s'il s'était seulement agi de le toucher ! – et elle plissait bien fort les paupières afin de ne pas effleurer du regard ce ventre qui dissimulait – elle n'en doutait pas – une entité poilue et multipède, encore plus monstrueuse que Lindt lui-même.

Trois semaines environ avant l'accouchement, elle rêva qu'un ruban de papier infini (Lindt l'aurait qualifié de ruban de Möbius) sortait de son ventre, entièrement recouvert des pattes de mouches tarabiscotées, impossibles à déchiffrer, de Lindt, et quand ces pattes de mouches qui stridulaient tout doucement se mirent à ramper depuis le papier jusqu'à ses jambes nues, épouvantablement et largement écartées, elle se réveilla en poussant un tel cri qu'elle alarma presque tout le respectable immeuble réservé à la nomenklatura. Lindt, qui même dans un demi-sommeil comprenait les choses mieux que les autres mortels à l'esprit lent, vérifia promptement les draps sous sa femme qui hoquetait et était secouée par un fou rire, puis il palpa son gros ventre avec un geste rapide, précautionneux et prudent, comme s'il ne s'agissait en aucun cas d'un ventre, mais d'un petit d'animal effrayé et acculé au désespoir, par conséquent capable de mordre cruellement.

Il n'y avait ni douleur ni trace d'humidité, et d'une manière générale Galina Petrovna, qui était assise sur son lit dans un amas de coussins, de couvertures froissées et sens dessus dessous, même en hoquetant, même à moitié endormie, même avec cette grossesse qui durait depuis huit bons mois, avait l'air scandaleusement bien portante et séduisante avec ses seins arrondis dans l'échancrure arrondie de sa chemise de nuit froissée, avec ses genoux juvéniles et laiteux qui poudroyaient à la lumière de la veilleuse et sa bouche gonflée qui était légèrement empourprée à cause de sa fièvre et de sa frayeur. Même sa bedaine immense et proéminente s'inscrivait harmonieusement dans cette célébration de la fertilité qui avait la senteur généreuse de la sueur fraîche, des pommes et du lait à venir. Cependant, la doctoresse, qui était au courant par Galina Petrovna des appétits amoureux de Lindt, avait strictement interdit deux mois plus tôt les polissonneries sexuelles de toutes sortes, c'est pourquoi Lindt s'était contenté de glousser et, après avoir mis un frein à ses mains qui n'exploraient plus mais caressaient, il se traîna jusqu'au téléphone pour informer la doctoresse en question que « oui, n'est-ce pas, il est tard, Olga Ivanovna, pardonnez-moi, mais non ça n'a pas commencé, simplement je... que dites-vous ? Bon, c'est comme vous voulez, certes, oui, je dis que c'est comme vous voulez, vous et votre paroisse faites comme vous l'entendez ».

Olga Ivanovna enfourcha le véhicule d'urgence le plus proche, arriva au galop une demi-heure plus tard et, après être passée comme une tornade à travers tout l'appartement de l'académicien (« Mais pourquoi on est si triste ? Et où est-ce qu'on a mis le sac pour la maternité ? Alors est-ce qu'on a un peu de tension ? Mais non, on a la tension d'un pilote d'essai ! »), emmena aussitôt Galina Petrovna, qui ne cessait de hoqueter et de rire, dans les tréfonds d'une maternité réservée aux divinités du Parti et autres parturientes utiles à la patrie.

Lindt – petit, sec, semblable soit à un épouvantail représentant un lionceau d'un certain âge dressé sur ses ergots, soit à un petit dieu égyptien jouant les jeunots – resta à languir devant la fenêtre glaciale et nocturne en suivant sa femme d'un air triste : elle n'a pas regardé, encore une fois non, elle n'a pas regardé, pensa-t-il. L'ambulance fit se mouvoir son gros derrière aux yeux rouges puis sortit de la cour, et Lindt, après avoir machinalement calculé l'algorithme qui présidait à l'alternance des cimes des sapins enneigés et des piques en fonte qui couronnaient les montants de la grille, retourna dans sa chambre, le seul endroit habité de son appartement immense, en dehors de son bureau. Il était clair qu'il n'y avait pas de raison d'être inquiet, en fait, bien qu'une certaine angoisse demeurât au fond de son cœur, soit parce que cette dernière année il avait pris l'habitude de s'endormir avec les seins de sa jeune femme emplissant entièrement ses mains, soit parce qu'au petit matin Galina Petrovna se débrouillait pour se dépêtrer de ces enlacements contraints et se glisser loin, très loin, tout au bord du lit, si bien que Lindt se réveillait seul de toute façon, après avoir étendu en vain un bras abandonné, tel un mendiant dans la rue, un petit vieux frapadingue qui essaye de se raccrocher à la vie en attrapant des jupes qui lui échappent irrémédiablement.

C'était douloureux – chaque matin et durant toute une minute. Mais Lindt, homme à l'esprit adulte et honnête, comprenait que cette douleur était normale, qu'elle était, elle aussi, adulte et honnête, car sinon comment aurait-il pu régler son dû pour le bonheur pénétrant de chaque soir, lorsque lui et sa femme tant désirée s'endormaient, mélangés comme des plats rangés impeccablement et commodément l'un dans l'autre ? Et cette douleur matinale était tellement compensée par les joies nocturnes, les rendant encore plus piquantes, que l'harmonie générale du monde demeurait immuable – c'était de la mathématique biblique, les règles d'un châtiment et d'une justice d'une clarté divine, un compte limpide et équitable, et ce ne sont que les centièmes après la virgule conclusive qui plongeaient parfois Lindt dans un certain doute. Après la mort de Maroussia, il n'avait jamais prononcé le mot « amour », même en son for intérieur. Jamais. C'était un vocable qui ne venait pas des tables de la loi, une définition inexacte, comme Lindt ne les aimait pas.

Il enfouit son visage dans le lit dévasté. L'oreiller était imprégné d'une odeur subtile et puissante, tendre et dorée, humide, de cette roseur mordorée de la chair de Galina Petrovna et de son être profond, ce qui était devenu en guère plus d'une dizaine de mois un parfum qui lui appartenait, à lui aussi, comme la continuation de son être. Oui, de son être à lui, car l'homme laissera son père et sa mère et s'attachera à sa femme, et ils formeront une seule chair. À cette senteur juvénile et familière se mêlait bizarrement un relent marécageux inquiétant, putride, nauséabond et gras – la trace du cauchemar qu'elle avait fait cette nuit-là, une odeur d'adrénaline, et c'est pour cette odeur et pour l'élaboration des bêtabloquants des récepteurs adrénergiques et histaminiques que James Whyte Black recevra le prix Nobel, alors l'humanité sera soulagée de comprendre sa terreur atavique des marais, simplement parce qu'ils émettent l'odeur concentrée de notre peur. Mais ce n'était pas pour maintenant, ce serait en 1988. Lindt fit le tour dans son esprit de ce qu'il n'avait pas achevé ce jour-là – bribes de formules, questions, brèves remarques en marge – alors qu'il essayait de s'endormir, afin de chasser, au moins de cette façon, cette angoisse animale épouvantable liée à sa femme.

Les mammifères dorment en tas, c'est une habitude naturelle et biologique, s'expliqua-t-il à lui-même dans un demi-sommeil, lui qui était à moitié agnostique à moitié athée, du genre combatif et brillamment armé, et il laissa son âme immortelle et inquiète, que lui-même reniait, s'échapper en toute liberté. Molle et lisse, elle s'empressa de rejoindre, invisible mais scintillant clairement dans l'obscurité, la source de sa tension maladive. Après avoir tournoyé dans les couloirs de l'hôpital, elle dénicha sans faillir la chambre où l'on avait installé Galina Petrovna, enivrée d'une anodine décoction d'agripaume et de valériane, mais tellement effrayée qu'elle ne pouvait même plus hoqueter et se contentait de rester étendue sur le dos, ses grands yeux secs fixés au plafond, chassant de toutes les forces qui lui restaient les lettres stridulantes hors d'elle-même.

L'âme de Lindt se cala aussitôt tout près du cœur de Galina Petrovna, telle une chatte roulée en boule, elle ronronna de façon silencieuse et rassérénante, et les tracas et les peurs s'éloignèrent promptement, les lettres se dispersèrent dans les recoins, bougonnant d'impuissance, tandis que les minuscules caractères pointus se hérissaient. Le lit d'hôpital – ultramoderne, garni de leviers et de poignées qui en un instant pouvaient transformer une couche de souffrance en un confortable fauteuil ou en une table d'opération – commença à la bercer mollement, le plafond, qui était jusque-là d'une blancheur et d'une sécheresse malveillantes, devint humide, tournoyant et proche, elle plongea en lui sans se hâter, couche après couche, pas après pas, se rapprochant de plus en plus d'une lumière apaisante qui n'apportait rien d'autre que la paix et l'amour, rien d'autre que la paix et l'amour...

Une main chaude et inconnue lui effleura le front, elle caressa ses cheveux humides en un geste maternel d'une compassion insondable, et dès que Galina Petrovna, qui était dévastée, finit par s'endormir doucement, sans faire de rêves ni éprouver de terreurs, à l'extrémité opposée de N-sk, Lazare Lindt pleura dans son sommeil. Il pleura jusqu'à l'aube, jusqu'à ce que les larmes que Galina Petrovna n'avait pas versées soient enfin asséchées.

Le lendemain, un réveille-matin fantasque fit revenir tout le monde à sa place – Galina Petrovna, Lindt, son âme imprégnée des odeurs de l'hôpital et un peu liquéfiée par l'épuisement des veilles nocturnes. Tout repris son cours habituel et passablement ennuyeux, sauf que le bras de Lindt tendu en travers du lit lui sembla vain pour la première fois, et la taie de son oreiller était si humide que Lindt, troublé, en rasant devant son miroir ses joues ridées et bleuies, réfléchit à cela avec une certaine amertume, se demandant si, le grand âge venant, il ne se mettait pas à baver dans son sommeil comme un vieillard.

Le matin, au lieu de se rendre directement à son institut de recherches, il passa évidemment à l'hôpital après avoir raflé en chemin la moitié de ce qui se vendait au marché central : des pommes, des gâteaux maison, des citrons poreux et couverts de pustules, du miel s'écoulant avec une lenteur solennelle et transformant un banal pot poisseux d'un litre en une lampe de château scintillant de l'intérieur, et – surtout ! – des concombres frais, tout juste sortis d'une serre, une denrée inouïe pour un mois de décembre.

— Eh bien, Lazare Iossifovitch, vous êtes vexant ! Comme si nous affamions nos patientes ! lui lança, avec un cri venu du cœur, la chef du service de pathologie, scandalisée, qui s'empressait auprès de lui, toute sémillante, tantôt d'un côté, tantôt de l'autre. C'est ici, à droite, je vous en prie.

Mais il se contenta de la repousser, comme si lui-même connaissait le chemin pour se rendre dans la chambre – un couloir qui tourne, puis un autre, le cœur qui bat la chamade, et tout de suite à gauche, la porte promise.

Galina Petrovna était assise sur son lit, l'air bien reposé, rayonnante, débordant d'une lumière rose et paisible.

— Voici notre beauté ! fit de sa voix chantante et attendrie la chef de service, comme si elle avait modelé elle-même pour Lindt une jeune épouse dans du beurre tendre et très frais, de première qualité. Il se débarrassa de ses paquets sur la table de nuit et lui enfonça un doigt dans la fossette molle entre le cou et l'épaule : il l'aurait bien embrassée sur la bouche, mais « c'est comme tu veux, et comment vas-tu ma splendide femme, les esculapes jurent en chœur que tout va absolument et décidément bien ». Galina Petrovna ne hocha même pas la tête pour lui répondre, fixant dans le vide face à elle ses yeux qui s'étaient immédiatement figés. Dès que Lindt était entré dans la chambre, c'est comme si elle s'était claquemurée, et il eut même l'impression d'avoir entendu le claquement doux, mais distinct, avec lequel était tombé un couvercle invisible, si bien qu'une fois de plus il n'avait pas réussi à examiner quoi que ce soit à l'intérieur, hormis quelques lambeaux vifs et suffocants, ainsi que de la verroterie dépareillée et éparse, disséminée et tremblotante.

Un soleil de décembre à bout de forces se faufila par le vasistas, frêle et poussiéreux, à peine vivant. Il effleura d'une patte indolente les cheveux de Galina Petrovna, il roula sur les concombres qui s'étaient échappés d'un sac posé sur la table de chevet : ils étaient d'une longueur artificielle, comme en pâte à modeler, et il émanait d'eux l'odeur prégnante et subtile d'un printemps factice. Lindt se retourna, à la recherche d'une aide, d'un soutien médical, mais la chef de service avait délicatement fichu le camp, laissant l'éminent visiteur en tête à tête avec son épouse de dix-neuf ans, enceinte, et avec les problèmes irrésolus de l'existence.

— Vraiment, tout va bien ? redemanda Lindt, à l'oreiller de l'hôpital, au soleil, à la vie, à lui-même.

Dans la polyphonie des réponses il ne manquait que la voix de Galina Petrovna. Il essaya maladroitement de lui caresser les cheveux : dans sa jeunesse on appelait une petite boucle de cheveux qui s'était échappée près de l'oreille une « rebelle ». Il y avait sa jeunesse à lui ; il y avait sa jeunesse à elle. Un fossé de presque un demi-siècle les séparait. Comment avait-il pu se décider ? Qu'espérait-il ? Qui avait-il tenté de leurrer ?

Elle secoua la tête comme pour chasser une mouche à merde importune.

Sans espoir. Une fois encore : sans-es-poir.

— Ne vous en faites pas comme ça, camarade Lindt, je vous assure, compatit son chauffeur, un jeune gars adorable qui venait tout juste d'entamer cette carrière délicate et qui, par conséquent, n'avait pas encore perdu l'habitude du langage humain. Les bonnes femmes, quand elles portent un gosse, elles sont privées de l'esprit le plus élémentaire, et dès que votre épouse vous aura mis au monde un fiston, tout s'arrangera, vous verrez.

Lindt hocha la tête, incrédule.

— Vous pensez que ce sera un fils ?

— Qui ça peut être d'autre ? s'étonna avec une telle naïveté le jeune gars que Lindt, une demi-heure plus tard, en entrant à l'institut, continuait d'être secoué par un rire tectonique et marmonnait en essuyant ses yeux humides.

— Tu parles d'une fripouille, celui-là, vraiment. Ah, Mikhaïl Nikititch, cher ami, bonjour, attendez un peu pour les signatures, je vais vous raconter une petite histoire toute fraîche…

Et ce rire, l'agitation habituelle qui régnait à l'institut, l'odeur d'ozone des appareils et celle des papiers, étaient imprégnés d'une sorte de joie inopinée, comme si véritablement la naissance d'un fils (« Qui ça peut être d'autre ? »)

pouvait, comme par magie, tout modifier, tout corriger, permettre de saisir le ton juste que pour la première fois de sa vie il n'avait pas réussi à trouver – et Lindt le comprenait parfaitement. Les femmes l'avaient toujours adoré, elles l'avaient gâté, même Maroussia – peut-être n'était-ce pas ce qu'il aurait voulu, mais elle l'aimait, elle l'aimait beaucoup, et il ne s'était jamais donné la moindre peine pour cela, alors qu'il s'en était donné pour Galina Petrovna, mais en vain. Peut-être fallait-il cesser de lui courir après, de ramper, de faire des courbettes ? Peut-être s'agissait-il vraiment des caprices d'une femme enceinte, hormonaux et organiques, et par conséquent particulièrement absurdes ? Peut-être, quand elle aura accouché, le verra-t-elle d'un regard nouveau, avec des yeux gais et joyeux, ceux de Maroussia ?

Mais il ne resta pas longtemps à vouloir se leurrer lui-même – tout au plus le temps de boire un verre de thé, jusqu'à cet instant où il ne reste plus au fond du verre qu'un liquide sucré et épais, plus bon à rien (ah, cette habitude stupide d'y verser cinq cuillères de sucre et de ne pas le mélanger), et Lindt comprenait déjà que tout était inutile, qu'il était amoureux pour la seconde fois de sa vie, et cette seconde fois, comme s'il s'agissait de se moquer de lui, était malheureuse. Certes, la lumière était la même, Lindt ne se trompait pas en l'occurrence, c'était purement et simplement la même lumière que celle de Maroussia, mais sans elle, parce que Galina Petrovna, là non plus il n'y avait pas la moindre incertitude, s'était avérée un être vide et nul. Et cela aussi, malheureusement, ne changeait rien à l'affaire.

Galina Petrovna passa à l'hôpital les trois semaines précédant l'accouchement. On l'autorisa à rester au service de pathologie, bien qu'il n'y en eût aucune, à vrai dire. Le matin, avant de se rendre à son travail, Lindt passait la voir, encombré de *delicatessen*, de friandises et de bibelots charmants mais parfaitement oiseux, qui n'étaient même pas des bibelots, mais une espèce de pitoyable mugissement de tendresse humaine, sourde et muette. Ce fut le moment le plus difficile. Mais elle savait qu'il fallait supporter ces cinq ou dix minutes de tourments, pour eux deux, et qu'ensuite la journée se déroulerait sans problème, lui permettant d'accumuler des forces et de bondir sur les moments qui avaient une signification particulière : la tournée des médecins, le déjeuner, la natation dans une piscine bleue toute fumante de vapeur d'eau et de chlore, la gymnastique médicale durant laquelle les femmes enceintes, ridicules et engoncées dans leur maillot comme des ballons gonflables, levaient lentement les bras au plafond et s'inclinaient prudemment, jusqu'à ce que l'infirmière qui les prenait en charge, une personne vive et au nez pointu, qui ressemblait à un chien de berger chargé de rassembler un troupeau de moutons dispersé, les autorise enfin à retourner dans leur chambre. Certaines femmes n'en sortaient pas, d'ailleurs, elles restaient couchées dans une dangereuse immobilité afin de ne pas troubler – qu'à Dieu ne plaise ! – le fruit capricieux et sensible de leurs entrailles.

Du fait de sa jeunesse, Galina Petrovna commença par être timide et effarouchée par tout ce qui l'entourait. Et dans la maternité, on se comportait vis-à-vis d'elle avec la même circonspection curieuse et gênée, pour de nombreuses raisons qu'elle ne comprenait pas vraiment. Premièrement, elle était la plus jeune et la plus mignonne des primo-parturientes et son mari était le plus âgé de tous. Deuxièmement, ce mari résidait à des hauteurs hiérarchiques si inconcevables et il exerçait une influence si foudroyante qu'on ne l'enviait même pas, non, on s'étonnait seulement avec méchanceté que certains soient obligés de trimer toute leur vie durant et ne rien recevoir, tandis que d'autres n'en fichaient pas une rame, ne pigeaient rien de rien et sans bouger le petit doigt obtenaient un tapis magique, une guitare qui joue toute seule et le diable sait quoi encore, recouvert d'une couche de chocolat telle que même si l'on passe une commande dans un magasin réservé à l'élite on ne vous en proposera jamais de pareille. Et en ce qui concernait les commandes spéciales, toutes étaient des expertes aguerries dans cette maternité réservée aux privilégiées du système.

Bien entendu, cet endroit était bourré de richards et de célébrités faisant partie du gratin : des filles, des épouses, des belles-sœurs de membres de la nomenklatura communiste, des huiles de l'économie, de vénérables gros bonnets du gouvernement – autrement dit de la crème soviétique qui pouvait être toute fraîche, jaune de graisse, fleurant bon l'étable, ou si épaisse qu'une cuillère tenait dedans, mais ces résidents des cieux, tous autant qu'ils étaient, n'avaient pas, loin de là, les relations, l'entregent et l'influence de Lazare Lindt. Parce qu'on pouvait s'ingénier à évincer et à destituer n'importe quel chef du Parti, n'importe quel directeur rouge – il suffisait de l'accuser de détournement de fonds et de le mettre en prison ; finalement, on pouvait tous les flanquer en retraite, et même si elle était dorée, c'était malgré tout une situation qui signifiait une baisse notable de tous les biens dont on avait pris l'habitude de disposer. En ce qui concerne Lindt, rien de tel n'était possible : il était seul et unique en son genre, avec sa façon de trottiner à petits pas, ses ricanements désagréables, ses boucles judaïques grisonnantes et malpropres, son titre d'académicien et ses trois prix d'État – et personne ne tenait le compte de ses récompenses de moindre importance, des tirages de ses livres, de ses titres et de ses indemnités, à commencer par l'intéressé.

— Tu sais, murmuraient dans les couloirs les bonnes femmes bedonnantes, abruties d'ennui et de nourriture, il a quarante et un ans de plus qu'elle, ce vieux cabot, on dit qu'il l'a prise alors qu'elle était au lycée, il l'a presque épiée quand elle était en sixième et il a eu du mal à patienter jusqu'à ce qu'elle soit nubile. Eh oui !

— Mais qu'est-ce que vous racontez ! C'est sa faute à elle, un point c'est tout : elle s'est présentée chez lui, elle a déchiré sa jupe, et lui, qu'est-ce que vous voulez, c'est un homme qui n'est plus de première jeunesse, il est seul et il n'a pas pu résister. Après ça, elle a vite rempli les papiers nécessaires et elle a même envoyé une déclaration à la police, tu parles d'une petite traînée, et le Lazare en question il a bien dû reconnaître son péché et se marier, cela étant, moi je vous le dis, celle-là – pardonne-moi mon Dieu ! –, elle est venue le trouver alors qu'elle s'était déjà fait engrosser, on ne sait pas par qui en plus, et c'est pas la peine, parce que moi, contrairement à vous, je sais tout de première main, mon mari, vous savez, il travaille avec ce Lazare, et il m'a dit qu'il a sangloté pour de bon sur son épaule quand tout ça est arrivé. Pour de bon, je vous dis !

Galina Petrovna sortait de sa chambre, légèrement effarouchée, les joues roses d'émotion et de jeunesse, et les femmes enceintes se dispersaient aussitôt dans tous les coins en jasant que, n'est-ce pas, « il a beau être académicien, il s'est même pas débrouillé pour filer à sa femme des vêtements d'intérieur, et on la voit traîner ici vêtue du pyjama de l'hôpital. Quelle conne ! » Galina Petrovna les suivait d'un regard triste, et elle resserrait sur sa poitrine douloureusement enflée la chemise de l'hôpital, blanchâtre à force d'être désinfectée. Les paquets que Lindt apportait, amoureusement emballés de batiste et de soie, s'entassaient près de sa table de chevet, personne ne les ouvrait, personne n'en avait besoin, et les friandises quotidiennes – remercions avec ferveur notre Dieu et notre Académie des sciences ! – étaient emportées chez elles par les infirmières retorses et affamées en permanence, quoi qu'on leur donne. Galina Petrovna aurait bien gâté ses voisines de chambre, mais on lui avait attribué une chambre à part, des tourments à part et un destin à part.

D'ailleurs, au bout d'une semaine, on s'était habitué à elle, et elle-même s'était parfaitement familiarisée avec cette maternité : elle s'était mise à effectuer des incursions, prudentes et captivantes, au-delà des limites du service où elle se trouvait. Le plus intéressant, c'était le fumoir – une volée de marches dans une cage d'escalier, équipée de deux crachoirs près desquels s'amassaient en permanence des essaims de filles délurées et joyeuses venues du service d'avortement : à partir de 1955, cinq à six fois par an, elles soutenaient avec entrain, grâce à l'endroit que l'on devine, l'abrogation du décret du Comité central et du Conseil des commissaires du peuple de l'URSS (du 27 juin 1936) interdisant l'avortement.

Les avortées, férues d'expressions fortes et de cigarettes de luxe tout aussi fortes, associèrent aussitôt Galina Petrovna à leurs petites joies simplettes, et quelques jours plus tard elle avait cessé de rougir violemment à cause des jurons fleuris et insensés proférés par ces gamines, puis, après avoir surmonté la toux et son dégoût, elle avait saisi la différence entre la fumée des Moskva, celle des Troïka et – miracle d'entre les miracles ! – celle des Duchesse, des cigarettes spéciales pour dames avec un filtre de coton.

— Tu ferais mieux de ne pas bombarder avec un bide pareil, ma fille, lui conseilla en passant l'une des bonnes femmes, et aussitôt elle fit part à la compagnie de l'histoire glaçante d'une fille qui, comme elle, fumait quand elle était enceinte, et s'en était suivie une accumulation de détails, plus absurdes et plus barbares les uns que les autres, dont Galina Petrovna retint seulement qu'un enfant peut carrément s'étouffer à l'intérieur de sa mère à cause de la fumée et qu'il faut ensuite l'extraire avec des crochets.

Dès lors, Galina Petrovna se mit à fumer en pleine connaissance de cause, avec méthode, à chaque heure, comme si elle prenait le seul médicament capable de lui préserver sa vie dont personne n'avait que faire, en réalité, mais qui lui était encore précieuse. Les crochets ne l'effrayaient pas – soit. Pourvu que son enfant meure. Qu'il s'étouffe, peu importe, mais qu'il ne voie pas le jour ! Surtout pas l'enfant de Lindt. C'était trop injuste.

Taxer en permanence les cigarettes des autres avait quelque chose de dégradant, et Galina Petrovna s'était débrouillée pour en faire acheter des paquets par les infirmières qui auraient volontiers fourni à leurs patientes haut placées du cyanure de potassium, voire une corde soigneusement savonnée, pour une centaine d'anciens roubles. D'ailleurs, les Pamir, qui arrachaient la gueule et qu'on surnommait à juste titre les « mendiants des montagnes », ne le cédaient guère au cyanure de potassium sur le plan de leur puissance destructrice, et Galina Petrovna aimait particulièrement les fumer la nuit, debout dans le fumoir vide et sonore, empli de courants d'air glacé et de fantômes de malades gémissants. Pour être sûre de son coup, elle laissait son peignoir dans sa chambre, abandonnait immédiatement ses chaussons dans le fumoir, se pelotonnait pour rester longuement devant les ouvertures de la fenêtre qui laissaient passer l'air de toutes ses forces, et elle aspirait le plus profondément possible la fumée puante, ressentant le froid impitoyable de N-sk monter lentement et impérieusement en elle depuis la plante de ses pieds nus, toujours plus haut, jusqu'à son enfant, et le même froid mort se logeait, immobile, dans son cœur. À travers le châssis entrouvert hurlait à voix basse le vent errant qui tantôt projetait sur Galina Petrovna des poignées de flocons de neige piquants, tantôt essayait pitoyablement de caresser la chaleur d'un être humain, mais elle ne remarquait rien. Elle était comme le chien estropié de Pavlov sur qui l'on avait procédé à l'ablation du lobe occipital du cerveau, perdu dans l'espace, privé de la vue et de l'ouïe au nom de la curiosité sadique d'un individu et qui rampait obstinément le long d'un cercle invisible, retournant à tous les coups au même point final sur lequel s'était achevée sa vie heureuse, normale et humaine.

Nikolenka et elle avaient eu l'intention de se marier.

Eh bien, non.

C'était interdit de parler de Nikolenka.

Simplement impossible.

En général, il y avait beaucoup trop de sujets dont il était interdit de parler – le dernier, le tout dernier réveillon du nouvel an, l'odeur qui régnait dans l'institut polytechnique bondé malgré la proximité des vacances, l'encaustique, la poussière et les bottes de feutre qui sèchent lentement. Tout le monde alors vociférait comme des malades, on se ruait à la conférence publique donnée par un académicien dont Galina Petrovna avait distraitement oublié le nom et, afin de consolider sa mémoire, on avait maintenant inscrit à jamais ce nom dans sa carte d'identité, ce qui, n'est-ce pas, constituait une bonne leçon pour cette mignonne petite idiote écervelée, on ne saurait en inventer une plus mignonne, n'est-ce pas ? Elle n'était pas allée assister à la conférence, car elle avait dû faire le ménage dans la salle de laboratoire, elle avait cassé un matras, semble-t-il. Ou bien une cornue. À cette époque, elle brisait sans cesse la verrerie du labo, elle-même était persuadée que cela portait chance, toutefois elle ignorait simplement qu'un bonheur se préparait, mais pas du tout le sien.

Ensuite, Nikolenka était venu et pour la première fois ils s'étaient embr...

Non, surtout pas Nikolenka, allons, je t'en prie, je t'en supplie !

Des parents aussi, il était interdit de parler, comme du coupon de crêpe de Chine blanc mis secrètement de côté pour son mariage, serré, soyeux, pas plus gros qu'un morceau de savon – mais il suffisait de dérouler ces deux mètres de tissu impondérables et de les appliquer contre sa poitrine pour qu'au milieu de la pièce apparaisse immédiatement le fantôme enchanté d'une future robe de mariée. Le coupon était resté intact et reposait sans doute dans l'armoire des parents, mourant lentement et douloureusement, et afin de ne pas y penser ainsi qu'à mille autres détails semblables qui provoquaient en elle une douleur morbide et la démangeaient comme de l'urticaire, Galina Petrovna, après avoir secoué vigoureusement la tête, allumait une énième Pamir. Un paquet lui faisait la nuit. Elle en aurait bien fumé deux, mais elle se mettait à avoir des régurgitations de glaires pleines de bile et amères ; quant à son enfant, il n'avait aucune intention d'étouffer, apparemment, il s'agitait joyeusement en elle pour s'installer plus confortablement, avec ses petites mains sous ses joues et les yeux fermés. Il n'avait pas froid, semblait-il, bien que Galina Petrovna ne quittât le fumoir qu'au petit matin, marchant sur ses pieds gelés et bleuâtres, devenus insensibles.

Et que croyez-vous qu'il arriva ? Le monstre à l'intérieur d'elle-même était on ne peut plus satisfait, et elle n'attrapa même pas un rhume.

Après être passée en douce devant l'infirmière de garde qui ronflait sans vergogne et avoir grimpé sur son lit non sans mal, Galina Petrovna n'arrêtait pas son flux mental continuel, se heurtant encore et sans cesse à un obstacle invisible, reprenant son souffle et geignant alors qu'elle tentait de ramper plus loin. En réalité, tout ce qui lui restait, c'étaient ces quelques derniers instants de sa vie précédente gravés dans sa mémoire avec une telle force qu'il s'était agi en quelque sorte d'une vraie mort – heureuse, ébouriffée, les lèvres gonflées sous les premiers baisers, à quatre pattes au-dessus des débris irisés de verres de laboratoire. On avait alors frappé à la porte de son cagibi, et elle avait crié : « C'est ouvert, mon chéri ! » C'est elle qui avait crié. Oui, c'est elle qui, après s'être relevée avec légèreté, avait ouvert la porte, persuadée que Nikolenka revenait précipitamment de cette fastidieuse conférence afin de ne jamais plus se quitter, jamais. Pour qu'ils restent ensemble, elle et lui, jusqu'à la mort. Non, plus longtemps même, pour l'éternité.

Lindt, qui mentalement restait lui aussi de longues heures devant cette porte, mais de l'autre côté, se disait avec une douce tristesse que la matière est sans aucun doute rationnelle, mais également très injuste, car il n'avait perçu aucun signe ce jour-là, pas la moindre allusion, pas la plus légère secousse d'une laisse divine censée le brider, pour lui dire, n'est-ce pas, prépare-toi, espèce d'empoté, mets-toi comme il faut, l'événement essentiel de ta vie entière, peut-être, va advenir dans un instant. Et peut-être pas seulement de la tienne. Mais non, l'univers se taisait. Pis encore, jusqu'au dernier moment Lindt essaya de bazarder cette conférence qui le rasait en invoquant un prétendu malaise ou n'importe quel prétexte fallacieux. Il avait toujours exécré les interventions en public, bien qu'il s'exprimât parfaitement et retînt l'attention de n'importe quel auditoire sans le moindre effort : c'était cette variante de la génialité qui est capable de donner des explications à un gamin de cinq ans. Toutefois, pourquoi diable devrais-je perdre mon temps avec des enfants de cinq ans ? Ils n'y comprendront que dalle, même si je leur joue cette conférence sur un air d'accordéon. Et que je danse en même temps.

— S'il vous plaît, Lazare Iossifovitch, nous vous implorons, ça ne durera que quarante-cinq minutes et ce sera pour nos étudiants un souvenir qu'ils chériront toute leur vie.

— Vos enquiquineurs ont une jolie petite vie en perspective si une séance où ils vont se raser et où ils n'y pigeront que couic représente l'événement le plus bouleversant de leur existence ! Bon, je suis d'accord, je-suis-d'ac-cord, mais fichez-moi la paix. Et ne me sortez plus des stupidités du genre « et après on fêtera cela collégialement et on boira un petit coup ». J'ai du travail jusque-là, si bien que vous n'avez pas besoin de dépouiller inutilement le porte-monnaie de votre institut. Et pas la peine d'envoyer quelqu'un pour m'accueillir à l'entrée, je vous en supplie. Je ne suis pas encore gâteux et je ferai en sorte de ne pas m'égarer.

Et que croyez-vous qu'il fit ? Il s'égara.

En fait, malgré toutes les échappatoires qu'avait essayé d'imaginer l'académicien, un émissaire fut dépêché pour accueillir son altesse Lindt : il avait pour mission de guetter l'arrivée du grand homme et l'accompagner avec tous les honneurs qui lui étaient dus jusqu'à l'amphithéâtre où il devait prendre la parole. Mais Machkov, qui était enfin parvenu à se jeter aux lèvres de Galotchka, avait perdu, cela va de soi, aussi bien le sens du temps que la raison, et c'est pourquoi Lindt, mal à l'aise après avoir piétiné sur le perron de l'institut polytechnique, haussa les épaules et entra dans le hall sonore en marbre qui avait des allures de mausolée. Il tourna résolument à droite, puis encore à droite et se retrouva dans une forêt ténébreuse : des couloirs sans fin, des portes sans fin, une absence sans fin de logique dans la numération – à côté de l'amphi numéro quinze se trouvait un local sans nom où un panneau énigmatique avec la mention « 442-M » était fixé sur la porte.

— Tu parles de connards, grommela-t-il, furieux. Incapables d'organiser quoi que ce soit, même un couloir.

Et comme pour lui répondre, il entendit un fracas derrière la porte sans nom, comme si le destin avait posé un point ferme et assourdissant à la fin d'une phrase. Lindt, qui avait repris vie à l'idée de la possibilité de parler à quelqu'un et de savoir comment se repérer dans ce labyrinthe polytechnique, tambourina poliment sur le panneau écaillé.

— C'est ouvert, mon chéri ! répondit une voix de femme veloutée, qui faisait rouler avec éclat des r précieux, et la porte s'ouvrit aussitôt comme jadis en 1918. Et comme jadis, en 1918, Lindt faillit défaillir de fatigue, de bonheur et de lumière, de cette lumière contenue dans un cube compact dans lequel se tenait, en riant et en arrangeant sa coiffure, la jeune, l'immortelle Maroussia resplendissant de joie.

N'ayant pas trouvé d'ammoniaque dans son attirail de produits chimiques, la compatissante Galotchka se contenta d'installer le vieillard, dont la pâleur lui conférait un teint livide, sur une chaise, puis elle ouvrit en grand la fenêtre. Le froid glacial de N-sk gratifia le visage de Lindt d'une claque bien sentie, comme un goujat qui se retrouve dans un duel, mais qui ne rêve en fait que de meurtre. Des flocons étincelants aux multiples branches dansèrent en l'air, ils refroidirent les joues brûlantes de Galotchka comme ils avaient recouvert les cheveux de Machkov d'un grisonnement étrange et inquiétant tandis qu'il s'agitait de façon insensée devant l'institut à la recherche de l'académicien perdu. L'allée verglacée perfidement dissimulée sous une couche de neige s'était précipitée sous ses pieds, elle l'avait renversé en sorte que son derrière avait heurté bruyamment une surface gelée et dure. Machkov, l'air idiot, comme tous ceux qui tombent par terre, avait fait une tentative pour se relever et soudain, comme venu du fin fond de son bonheur qui était presque physiquement insupportable, il avait aperçu à la fois le ciel goudronné et immobile qu'éclairait une lune minuscule et recourbée, l'institut polytechnique aux allures de château enchanté entièrement ceint des longues meurtrières enflammées qu'étaient ses fenêtres illuminées, le vieux réverbère duveteux de givre dans le rayon nocturne et laiteux duquel voletaient des flocons tendres et fondants comme les lèvres de Galotchka. Tout cela avait composé un tableau fugace d'une précision et d'une beauté inouïes qui augurait la découverte de mystères grandioses et donc particulièrement inutiles, et soudainement s'était brouillé, avait tremblé, une humidité salée et brûlante s'était répandue, et Machkov s'était rendu compte à sa grande honte qu'il était carrément assis sur l'asphalte recouvert de glace et pleurait comme un môme, un imbécile qui renifle à cause de son nez qui coule et qui étale sur son visage un sourire immense, stupide et tout à fait enfantin.

— Il faudrait peut-être appeler les urgences ? demanda Galotchka, anxieuse.

Ce petit vieux était passablement répugnant, certes, maigre, ridé, le visage hérissé d'une barbe gris-bleu mal rasée, mais une jeune fille soviétique se devait de respecter des vieux qui étaient bien pires. Les vieux sont partout honorés chez nous.

— Je vous remercie, ce n'est pas la peine, répondit Lindt poliment en arrangeant son veston en sorte que ses plaques de décorations soient visibles, tout en se méprisant rageusement, au point de ressentir des picotements dans ses fossettes, d'avoir effectué un geste pareil. Dites-moi plutôt, s'il vous plaît, où se trouve l'amphithéâtre deux cent quatre ?

— Ah, vous allez aussi à la conférence ! s'exclama Galotchka avec un sourire.

Lindt détourna son regard, de crainte d'être aveuglé ou d'éclater en sanglots – ces joues tendres, ces lèvres ourlées de façon enfantine et nette, comme une trace de lait. Tes lèvres distillent le miel, ma fiancée ; il y a sous ta langue du miel et du lait ! Boire toute une éternité, gémir de plaisir, ne pas croire en son bonheur jusqu'à la mort. Ne pas penser au poème suivant, au jardin fermé – ma sœur, ma fiancée, au puits prisonnier, à la source scellée. Ce qui a été fermé par l'un sera toujours ouvert par l'autre. Mais comme elle lui ressemble, mon Dieu ! Non, elle ne lui ressemble pas. Elle est plus belle.

— Ils sont tous carrément toqués à cause de cet académicien, poursuivit Galotchka qui n'avait rien remarqué et était au moins ravie de cette présence pour rendre plus distrayante la préparation fastidieuse du laboratoire. Ils ont même failli faire la queue. Comme si c'était le Théâtre d'art de Moscou qui venait en tournée !

Il acquiesça de la tête : le remue-ménage autour de son nom était généralement organisé par des gens notoirement ignorants et par conséquent particulièrement déplaisants.

— On doit sans doute étouffer dans cette salle, n'y allez pas, lui conseilla Galotchka qui continuait de se soucier avec diligence du vieillard et se reprochait mentalement le dégoût qu'elle éprouvait pour lui et qui venait d'on ne sait où, alors qu'elle était une komsomole, tout de même, et est-ce qu'il est coupable, ce bonhomme, d'être vieux et laid ?

— Je crains qu'on ne puisse commencer sans moi, si bien que je vais devoir y aller malgré tout, lui dit-il à regret alors qu'il se levait, et Galotchka, élégante et légère comme un papillon, décida qu'elle s'était trompée.

Il était fort possible que ce vieillard soit venu non pour accompagner son petit-fils (première version) et non pour compléter son maigre bagage intellectuel (seconde version fondée sur la ferme conviction d'une jeune fille soviétique que tous les gens nés avant la révolution étaient des ignorants et des idiots décérébrés auxquels le pouvoir soviétique avait offert de la pacotille, une lampe de chevet Lénine et un abécédaire).

— Vous êtes sans doute l'assistant de l'académicien, n'est-ce pas ? devina-t-elle joyeusement. Vous l'aidez à réaliser ses expériences ?

Dans son imagination, elle vit l'arène d'un cirque, un magicien virtuose et agité, vêtu d'une vaste cape constellée d'étoiles, et Lindt, décharné, qui trottinait et allait verser un élixir infernal dans un appareil mystérieux à l'intérieur duquel, entre deux boules de cristal, crépitait un arc électrique menaçant, dangereusement recourbé. Lindt se représenta à peu près la même chose et durant une bonne seconde – pour la première et la dernière fois de leur existence – tous les deux pensèrent à l'unisson. Puis Lindt éclata de rire en dévoilant une robuste denture, comme si quelqu'un avait actionné une roue dentée grinçante en ivoire, et Galotchka éprouva de nouveau un malaise pénétrant. Comme si elle se trouvait dans la même pièce qu'un insecte géant et répugnant.

— Je vais vous accompagner, dit-elle sèchement, et devant les yeux de Lindt flottèrent gracieusement une jeune blouse ajustée, un drôle de bouton rond sur la martingale, des petites mains enfoncées dans les poches, une toile écrue bien lessivée, un pli bleu clair et profond qui se formait tantôt à droite, tantôt à gauche, là où en raison de la taille fine et puissante filait vers les hanches une ligne d'une pureté incroyable, d'une pureté ensorcelante, c'était le mouvement de la vie elle-même, et il ne distinguait plus rien en dehors de cette vie, ni les lampes blafardes du couloir, ni l'amphithéâtre bondé et surexcité, ni les petite joues tremblantes et cramoisies du directeur de l'institut qui lui faisait des courbettes et ne cessait de le tirer par la manche du côté du banquet qui avait été tout de même organisé, comme un gamin essayant de persuader un adulte de regarder ses jouets stupides dont personne n'a que faire. Cette image ne le quitta jamais plus, et même vingt-trois ans plus tard, alors qu'il était en train de mourir, à quatre-vingt un ans, Lindt vit devant ses yeux non pas sa mère, ni Dieu, ni sa vie immense qui se rembobinait, ni même Maroussia, mais cette blouse blanche parfaite qui disparaissait dans le couloir, une natte cuivrée qui tombait négligemment sur sa nuque, et le geste rapide avec lequel Galotchka avait arrangé le devant de sa blouse, comme si elle ôtait une saleté déplaisante collée dessus – le regard amoureux et ensorcelé de Lindt, sa vie, lui-même.

Pas une fois elle ne se retourna.

Jamais il ne la rattrapa, jamais.

Le soir, comme toujours, Nikolaïtch jeta un coup d'œil, et comme toujours, soi-disant pour une question qu'il avait par délicatesse remise à plus tard, mais, Dieu nous en garde, pas urgente, afin, donc, de ne pas troubler le grand esprit, de ne pas chambouler sa tranquillité, il lui dit :

— Une maison d'édition vient de vous faire parvenir un petit contrat pour une réimpression, ils veulent une nouvelle signature, j'ai déjà tout vérifié, vous n'avez qu'à signer, pas besoin de le lire.

Et il s'arrêta net, il interrompit son bredouillis familier : Lindt, les genoux remontés jusqu'au menton, était assis à l'extrémité du canapé, telle une minuscule momie ridée, son regard acrimonieux et immobile fixé droit devant lui. C'était la première fois que Nikolaïtch voyait son patron ailleurs qu'à sa table de travail et pas sémillant – doux Jésus, il n'avait jamais remarqué auparavant ce satané canapé, en fait !

— Qu'est-ce qui se passe, Lazariossitch ?

Nikolaïtch fut lui-même surpris de constater que tout de suite sa voix s'était dérobée, mais le travail est sous contrôle, tout est parfaitement en ordre, donc, il n'a pas pris garde à sa santé, ah quel couillon il fait, il aurait dû l'emmener à coups de pied se faire hospitaliser, ne pas écouter ses dénégations, mais va essayer de ne pas obéir à un entêté de son genre qui jusqu'à présent arrive à sauter sur son bureau sans élan et rigole quand il a les pieds posés dessus. Il n'y a que deux personnes, n'est-ce pas, qui sont capables de faire un truc pareil en Russie – lui et Pouchkine, ce fils de chienne. « Pas cap d'essayer, Nikolaïtch ! » Bien sûr que je suis pas cap, faudrait que je bouffe moins de patates au beurre fondu, mais enfin, grâce à Dieu, on ne m'a pas mis auprès de lui pour que je saute sur les tables comme un macaque ! Certainement pas pour ça ! Il peut bien s'amuser tout seul aux sommets où il se trouve, parce que nous, on doit passer sur terre sans faire de faux pas.

Lindt ne répondit pas, comme s'il ne l'entendait pas ou n'avait pas compris la question, peut-être n'avait-il même pas remarqué que Nikolaïtch était là, pourtant il le recevait toujours sans délai, comme un membre de la famille, il l'installait à sa table, il ne disait pas le moindre mot de travers : il se lève pour le raccompagner, il lui fait toujours des cadeaux pour les fêtes, et combien de verres de vodka se sont-ils tapés ensemble, dans combien de discussions se sont-ils lancés, et jamais le moindre dédain, c'est pas pour rien qu'il est académicien.

— Lazariossitch, mon ami, qu'est-ce qui se passe ? C'est le cœur ?

Ce « Lazariossitch », c'était son invention à lui, personnelle, il aurait fort bien pu utiliser son nom et son patronyme, Lazare Iossifovitch, comme il convient, mais ce n'était pas son idée, pas plus qu'il ne voulait le tutoyer, bien que Lindt le lui ait cent fois proposé, non, il lui fallait autre chose, du genre du « *mein Herr* » de Menchikov avec Pierre le Grand, un truc qui serait réservé à eux deux, afin que tout le monde saisisse immédiatement leur connivence – leur degré de proximité, la chaleur de leurs relations, le respect, dont la pesanteur outrepassait les forces de Nikolaïtch et qui parfois lui faisait craindre de s'étrangler. Il avait inventé ce Lazariossitch, il l'avait non pas dit la première fois, mais marmonné, prêt à recevoir un blâme, à être fouetté, mais Lindt s'était contenté de rire, et comme Nikolaïtch aimait quand il riait, il était alors prêt à se mettre en quatre pour lui, à ramper, à se lancer dans une danse à la russe, mais son bon mot, voyez-vous, il avait fait carrière, il avait sauté sur les autres comme une puce, aussi agile et vif qu'elle, et c'est alors qu'on s'était mis à appeler l'académicien Lazariossitch à l'institut, à l'académie, au bureau, mais seulement derrière son dos, bien entendu. Face à lui, il n'y avait que Nikolaïtch qui se le permettait, profitant de ce privilège avec cette rage jalouse et magnifique propre au meilleur ami ou au larbin atavique.

Nikolaïtch voulut passer la main sur le front de Lindt, comme s'il avait affaire à un enfant, mais au dernier moment il ne put s'y résoudre, il serra les épaules de l'académicien entre ses mains rêches de tendresse, il les serra tout doucement, comme pour vérifier qu'il était bien entier, et Lindt émergea de son étrange torpeur, il sourit d'un air presque coupable.

— Ah, Nikolaïtch, bonjour, mon coco.

Ce mot aussi leur appartenait. À eux seulement. Beaucoup de choses leur appartenaient, à eux seulement.

— Je ne suis pas à l'agonie, ne te mets pas martel en tête. Tout va bien. Cela étant, pour ce qui est du cœur, j'ai l'impression que tu as presque deviné.

— Il vous élance ? Il vous oppresse ? voulut savoir précisément Nikolaïtch en essayant d'agir promptement alors qu'il sentait la peur sur le point de le quitter se remettre à lui tenailler les entrailles pour former une boule humiliante et glaciale.

— Il m'élance, il m'oppresse, il gémit, vois-tu, mon coco. Et il ne me laisse pas en paix. J'ai comme l'impression d'être amoureux, Nikolaïtch. Tu imagines ? À mon âge !

Nikolaïtch partit en silence à la cuisine, une pièce sans vie d'un appartement de maître, immense, que personne n'avait utilisée et où personne n'avait jamais préparé quoi que ce soit, hormis Nikolaïtch lui-même, et après deux minutes, sans avoir fait aucun bruit, il revint en tenant dans ses mains un plateau russe traditionnel de Jostovo qu'avait offert à Lindt on ne sait qui, monstrueux comme tout objet artisanal fabriqué à la chaîne. Sur les grosses fleurs joufflues se pavanaient une petite carafe de vodka, des petits verres essuyés par des mains d'homme maladroit et une boîte grossièrement ouverte de sprats foncés, mise de côté par Nikolaïtch en personne à toutes fins utiles, au cas où il se lèverait la nuit avec une petite faim, et de toute façon on ne sait jamais ! Nikolaïtch posa le plateau sur le canapé, s'assit à côté, versa lestement la vodka et inséra presque de force un verre entre les doigts indifférents de Lindt.

— Maintenant, tu me dis tout, lui demanda-t-il, presque comme un ordre, tutoyant son patron pour la première fois de sa vie. Maintenant c'était possible. Précisément maintenant.

Le lendemain, vers la fin de sa journée de travail, alors que Galotchka se dépêchait de ranger dans une armoire son matériel de chimie – Nikolenka l'attendait déjà certainement sur le perron, cachant dans les poches de son petit pardessus miteux ses grosses pattes rougeaudes, il oubliait en permanence ses moufles (« Peu importe, on y mettra bon ordre, et il faudra absolument lui dénicher un nouveau manteau, et des moufles. ») –, un petit bonhomme trapu, aux flancs grassouillets de paysan exilé en ville, au regard acéré, intelligent et furibond d'un cabot errant auquel on a flanqué pour rien des coups de pied dans les côtes avec une botte en faux cuir quand il était petit, s'approcha d'elle sans un bruit. Et elle ne devait pas l'oublier.

— Galina Petrovna Batalova ? s'enquit à voix basse le bonhomme qui serra son bras recouvert de sa blouse empesée.

Galotchka hocha la tête en sentant ses jambes flageoler sans raison et, sous ses boucles chaudes, de grosses gouttes de sueur perlèrent sur son front comme de la rosée, et son corps transpira de façon aussi manifeste.

— Veuillez me suivre, je vous prie.

Et la vie de la petite Galotchka Batalova prit fin.

Malgré le froid glacial, on étouffait dans la Volga noire, comme dans un cercueil, il y régnait le même silence assourdissant, mais Galina Petrovna, qui était tellement stupéfiée qu'elle était incapable de pleurer, cessa soudain de fondre à cause de sa transpiration humiliante, et elle se mit à claquer des dents comme un petit rongeur, sans parvenir à se maîtriser. Elle était littéralement brisée par la terreur, cette terreur biologique mortelle que connaît n'importe quel être vivant qui atteint la limite de son propre trépas – une conscience embrouillée, la fièvre, des soubresauts, de la sueur, un relâchement involontaire de tous les sphincters. Dans une situation pareille, même les ours robustes et les grands mâles humains font aussitôt intensément dans leur froc, non pas parce qu'ils ont la trouille, mais parce que l'organisme s'efforce de se libérer de tout ce qui pourrait le gêner en se battant pour sa survie ou en fuyant la mort à toutes jambes dans la panique. Galina Petrovna ne pissa même pas, mais ce n'était que parce que dans une parcelle de sa conscience qui voulait la sauver, elle s'imaginait que tout cela n'était qu'un rêve, une absurdité, la page d'un livre pour enfants où l'ogre affreux entraîne dans son repaire un mignon Petit Poucet aux cheveux bouclés. Quand elle était petite, elle avait une telle frousse de ces images qu'elle refusait d'examiner leurs détails monstrueux – et elle se réfugiait sur les genoux salvateurs de son père en piaulant. Mais ce n'était pas possible ! Papa avait pourtant dit que le passé était à jamais révolu : il s'agissait donc d'une erreur, d'un malentendu ! Galina Petrovna était une jeune idiote née en 1941, de ce passé elle ne connaissait que des bribes venues de conversations entendues subrepticement et, après la guerre, la situation n'était plus aussi terrible, même si son père râlait parfois en regrettant qu'on ait donné tant de libertés à ce bon peuple et que, oh là là, c'était inutile ; et puis Staline était mort pour de bon, et tout le monde avait affreusement pleuré. Même papa. Galina Petrovna essaya de se souvenir de tout cela, d'expliquer, de comprendre où on la transportait, mais il ne sortait de sa bouche qu'un vague charabia. Le petit homme assis à côté d'elle sur le siège arrière lui jeta un regard furtif et impénétrable – tu peux encore mariner dans ton jus. Le chauffeur muet, qui ne changeait pas l'expression de sa nuque rouge et ravinée, fit claquer quelque chose et une nouvelle vague de chaleur artificielle s'engouffra dans la voiture.

Ils s'arrêtèrent devant un bâtiment immense qui avait la couleur du plomb, orné de tourelles et de volutes prétentieuses, et Galina Petrovna, qui était alors prête à tout, découvrit avec stupéfaction qu'il s'agissait d'un immeuble d'habitation : derrière les pointes dentelées de la grille en fer forgé, des femmes promenaient de drôles de gamins tout ronds qui fabriquaient avec ardeur un bonhomme de neige ventru, des voix enfantines tintaient avec fragilité dans l'air glacial, les réverbères, d'une élégance inhabituelle pour N-sk, fabriqués, comme tout le reste dans cette cour, solidement, avec amour, pas avec le clinquant soviétique habituel, s'emplissaient lentement d'une lumière trouble et apaisante. Le petit homme aida en geignant Galina Petrovna à sortir de la voiture et, accompagnés par le chauffeur qui était pourvu d'une multitude de sacs à provisions, ils traversèrent la cour ; le petit homme échangeait avec tout le monde des saluts si convenables et si gracieux que Galina Petrovna, qui avait décidé d'appeler au secours dès que l'occasion se présenterait et de prendre ses jambes à son cou, fut soudain parfaitement rassérénée et se calma de façon fort inopportune. Apparemment, il s'agissait d'un véritable malentendu. Ils m'emmènent peut-être pour tourner dans un film, pourquoi pas ? On disait que Serguéï Guerassimov s'apprêtait à venir à N-sk pour parler de son *Don paisible* ; il m'a sans doute remarquée dans la rue ou à l'institut polytechnique. Ou lors de je ne sais quel spectacle. Galina Petrovna s'imagina chanter devant le grand réalisateur sa fameuse *Varsovienne*, se retrouver tout de suite après sur une affiche collée à une colonne, avec une bouche fatale barbouillée d'un rouge carnassier, et elle sourit même en songeant à la façon dont tout cela s'était résolu simplement et sans qu'il se passe quoi que ce soit d'effrayant. Le bonhomme la regarda une fois encore et poussa un « hum » de perplexité, s'étant fait une fois pour toute une opinion sur les capacités intellectuelles de la jeune komsomole Batalova. Celle-ci eut du mal à se retenir de lui tirer la langue, et elle eut raison de s'en abstenir car un ascenseur confortable les fit monter en grinçant au troisième étage, et ce fut alors le début de quelque chose de réellement effroyable.

Le bonhomme sortit une clef pour ouvrir la porte d'un appartement, d'un signe de tête il congédia le chauffeur qui s'était déchargé de ses paquets et il conduisit Galina Petrovna dans une pièce immense, absolument vide, destinée apparemment à servir de salle à manger, mais au premier coup d'œil il était clair que, à cette vaste table prévue pour une douzaine de personnes, on n'avait jamais pris le moindre repas, et il n'était guère probable que cette pièce ait été habitée, sinon pour y déposer dans un coin un tas de dossiers et de livres en mauvais état. Même les hautes fenêtres étroites étaient nues, comme dans un local abandonné, sans rideaux, et le soir de N-sk qui s'épaississait et s'assombrissait à toute vitesse pénétrait prudemment à l'intérieur à travers elles. Résignée, elle s'assit sur une chaise qui, à vrai dire, eut du mal à bouger et fit crisser ses pieds sur le parquet sombre, et ce grincement bref et mécanique, sans vie, demeura encore longuement dans ses oreilles, comme s'il émanait d'elle.

Entre-temps, le bonhomme avait extrait d'on ne sait où une nappe grisâtre excessivement empesée et il se mit à dresser la table pour deux, avec beaucoup de savoir-faire, sans agitation superflue, plongeant sans cesse tantôt dans les filets à provisions, tantôt dans un buffet ténébreux, et tout en s'affairant à plier les serviettes et à déposer sur les assiettes des délicatesses dont Galina Petrovna n'avait pas la moindre idée, il parlait à jet continu et sans la moindre inflexion, patiemment, tout doucement, comme s'il expliquait un problème compliqué à un enfant balourd, et à chacun de ses mots, Galina Petrovna, qui avait peur ne serait-ce que de remuer, blêmissait de plus en plus, jusqu'à ce son teint devienne enfin égal, très beau, presque avec une nuance d'airain. Au moment où la table fut parfaitement dressée, le champagne mis dans un seau embué, les fruits déposés dans une coupe, elle saisit parfaitement ce qui allait précisément lui arriver, ainsi qu'à ses parents, et – c'était l'essentiel – à un certain Nikolenka, le citoyen Nikolaï Ivanovitch Machkov, c'était sûr, et si elle se permettait de rouscailler, de causer, de faire preuve ne serait-ce que d'une ombre d'irrespect :

— Essaye un peu de faire la moindre allusion à notre conversation, personne ne t'aidera de toute façon, et ne va pas espérer quoi que ce soit, ni auprès de Dieu, ni auprès du diable, ni auprès du président du praesidium du comité central du Parti communiste, parce que, je vais te dire, personnellement – tu m'entends ? –, personnellement, tous les ans, il lui souhaite un bon anniversaire, à Lazare Iossifovitch Lindt, il ne s'en tire pas avec un télégramme, oh non, il lui téléphone, et c'est lui, c'est sa main royale qui fait tourner le disque du cadran téléphonique, afin d'exprimer, si je puis dire, ce qu'il a à lui souhaiter. Tu as compris, espèce de traînée pouilleuse ? l'interpella pour en finir le bonhomme et, après un instant de réflexion, il abreuva Galina Petrovna d'un tel tombereau de grossièretés ordurières, effroyables et dégueulasses qu'elle n'en comprit pas la moitié, et même si elle les avait comprises, cela l'aurait laissée indifférente.

La seule chose qu'elle ne parvenait pas à concevoir concernait ce Lazare Iossifovitch Lindt : qui était-il ? Mais poser une telle question était impossible, Galina se sentait comme un animal, dans le tréfonds de son corps à nouveau secoué de tremblements, car il ne restait plus rien en elle qui ne soit pas animal, qui soit humain. Absolument rien.

— Ben voilà qui est parfait ! conclut avec une joie inopinée le bonhomme qui prit une grosse orange dans la coupe et l'enfonça promptement dans sa poche. Bouffe des vitamines et conduis-toi convenablement, lui conseilla-t-il d'un ton presque affectueux avant de disparaître aussitôt avec une rapidité silencieuse qui aurait pu laisser penser qu'on avait affaire à un petit esprit malin, dangereux et presque criminel, laissant Galina Petrovna seule dans la salle à manger immense, assise à la table élégamment dressée, et elle resta ainsi près de deux heures, craignant non pas de bouger, mais même seulement de se caler contre le dossier de sa chaise à cause d'une contraction de son dos devenu aussi raide que du bois, et durant ces deux heures, à travers la peur et une nausée qui montait, elle rêva désespérément de picorer dans l'immense grappe de raisin ne serait-ce qu'un seul grain d'un rose transparent, arrondi comme le téton d'une fille. Mais elle n'osa même pas. Bien que de sa vie elle n'eût jamais goûté à du raisin. Pas une seule fois. Jamais.

Quand elle entendit la porte d'entrée claquer bruyamment, peu lui importait, ou presque, de savoir qui elle allait découvrir et ce qui allait se passer. Les seules forces qui restaient en elle lui permirent seulement de se redresser un peu, et c'est ainsi que Lindt la vit pour la deuxième fois – effarouchée, blême, assise inconfortablement sur une chaise inconfortable ; des bottines en feutre dont les bouts était légèrement tournés l'un vers l'autre, un châle en duvet, assez vieux, comme celui de Maroussia, qui tombait sur sa nuque, le petit bonhomme ne lui avait pas proposé de l'ôter. Galina Petrovna, qui ne l'avait pas remarqué, était restée assise durant tout ce temps avec son manteau de fourrure qu'elle avait seulement déboutonné, et Lindt, médusé, qui ne s'attendait absolument pas à voir l'incarnation de ses aspirations nocturnes et pas vraiment convenables, durant de longs instants, ne remarqua rien d'autre que ce manteau entrouvert et les petits poings que Galina tenait serrés contre sa poitrine. Mon Dieu ! Et ensuite elle resplendit d'une joie tellement tendre et vivante qu'il eut l'impression qu'elle attendait cette rencontre, à l'instar de lui-même, comme si Maroussia était effectivement revenue, comme si tout s'était enfin réalisé.

Lindt fit un pas dans sa direction, les bras ouverts, et Galina Petrovna se jeta de bonne grâce dans ces bras impatients et incrédules, elle se blottit contre lui, enfonça son nez dans son épaule, tremblant de rire et de larmes, si bien que Lindt, qui était sur le point de défaillir à cause de ce fardeau capiteux et chaud, vacilla. Elle marmonna on ne sait quoi, il ne comprit pas ce qu'elle disait, ce n'est qu'en relevant dans ses mains son visage recouvert de larmes pour embrasser enfin ses lèvres incroyables, légèrement transparentes et voluptueuses, qu'il comprit soudain qu'elle lui demandait précipitamment, en s'étranglant, en avalant non seulement des syllabes mais des mots entiers, de la faire sortir d'ici, de la sauver :

— Je vous en supplie, s'il vous plaît, je vous supplie de m'aider, mon Dieu, quelle chance que vous soyez venu !

Galina Petrovna ne fut ramenée chez elle qu'au bout d'une heure, très calme, impeccable, les cheveux lissés avec le peigne de Lindt qu'il avait, honteux et empressé, nettoyé dans la salle de bains – quel vieux bouc je fais, il est recouvert de pellicules, je suis devenu répugnant, ce n'est pas grave, tout va s'arranger, mais tu parles d'un bonhomme ce Nikolaïtch, je n'arrive pas à comprendre comment il a pu la convaincre de venir ici, il mérite une médaille, le coco, c'est sûr, ne serait-ce qu'histoire de rigoler, il faut que je m'en occupe.

Galina Petrovna refusa catégoriquement de manger, de boire aussi, en sorte que la table, gracieusement dressée et à laquelle personne n'avait touché, resta intacte au milieu de la pièce, gênée de toute évidence par l'incongruité de sa munificence. Après s'être répandu en excuses et en compliments, Lindt tenta de tout lui expliquer ; Galina Petrovna, qui ne relevait pas les longues pointes de ses cils encore humides et collés, s'excusa, elle aussi. Non, personne ne l'avait entraînée ici, on ne l'avait pas forcée, au contraire, elle-même était ravie que... Galina Petrovna se tut, mais l'agitation se poursuivait à l'intérieur de sa boîte crânienne et ses mains aveugles fouillaient fébrilement des murs glacés, pétrifiés, en partie recouverts de ses larmes : non, non, l'issue n'est pas là, il est absolument impossible de passer par ici, c'est L'AUTRE qui a dit qu'ils arrêteraient Nikolenka, qu'ils le tortureraient, le tourmenteraient, et il parlait tout en posant sur son assiette, couche après couche, du saumon luisant de graisse ambrée et racontait avec gourmandise comment ils allaient procéder.

Galina Petrovna ravala ses larmes et leva vers Lindt des yeux d'un bleu-gris incroyable.

— J'ai simplement attendu longtemps et je me suis mise à somnoler par hasard, et quand vous êtes soudain arrivé, comme j'étais à moitié endormie, vous savez... On croit voir tout et n'importe quoi. Excusez-moi de ne pas vous avoir reconnu hier... J'ai vraiment honte, je vous assure. C'est pour ça que je suis venue, afin de m'excuser. Vous avez probablement pensé que j'étais une idiote, n'est-ce pas ?

Lindt, tel un moulin qui s'est emballé, replia toutes ses ailes en même temps et se répandit en des paroles incroyablement frustes dans lesquelles il s'emberlificotait : « Mais voyons, Galina Petrovna, comment avez-vous pu imaginer une chose pareille ? », et patati et patata. Et c'est à ce moment-là qu'elle devint madame Galina Petrovna. Nikolenka l'appelait comme maman – Galiounia, et ses lèvres se rassemblaient comme s'il s'apprêtait à siffler tout doucement et tendrement ou à l'embrasser avec la même douceur et la même tendresse. Maman ! Galina Petrovna se raccrocha soudain à cette pensée providentielle, mais bien sûr, maman ! Elle va me prodiguer ses conseils, trouver une solution, maman va me sauver ! Vain espoir : d'ailleurs, avez-vous vu beaucoup d'espoirs qui ne soient pas vains ?

Quand, dans la salle à manger, au lieu du monstre qu'elle s'attendait à voir, était entré le petit vieux de la veille à l'institut polytechnique, l'assistant du magicien, Galina Petrovna, qui s'était déjà parfaitement accoutumée au cauchemar dans lequel elle était tombée, se réjouit tellement qu'elle fut sur le point de défaillir : voilà un homme qu'elle connaissait, avec lequel elle avait été en relation, guère plus de deux minutes certes, mais il était tenu de l'aider, de la sortir de là, comme un Soviétique se doit d'agir vis-à-vis d'un autre Soviétique, car dans le monde précédent de Galina Petrovna, le mal avait toujours été une entité désincarnée, et les gens qui ne s'étaient adressés la parole qu'une seule fois dans leur vie se transformaient automatiquement en camarades qui le demeureraient à la vie à la mort. Et puis ce petit vieux était un ADULTE, un aîné, il ne pouvait lui vouloir du mal, n'est-ce pas, ce n'était prévu dans aucune loi, qu'elle soit soviétique, humaine ou biologique – il était tenu de l'emmener hors de ce château ensorcelé, de téléphoner à la police, d'agiter l'opinion publique, de sonner le tocsin ! Mais au lieu de tout cela, il commença soudain à l'embrasser avec sa bouche énorme, brûlante et baveuse, et quand elle se mit, en criant, à vouloir s'arracher à son étreinte, il bafouilla on ne sait quoi à propos d'un malentendu et, après l'avoir relâchée, il prononça le terrible mot de passe qu'avait déjà formulé le petit bonhomme : « Lazare Iossifovitch Lindt. » Il le répéta deux fois avant que Galina Petrovna finisse par comprendre qu'il se présentait, tout simplement.

Elle recouvra ses esprits, évalua la situation et trouva la seule solution possible exactement au bout de quelques secondes – une célérité qui aurait fait honneur à Lindt lui-même, car au lieu d'avoir devant lui une gamine terrorisée en train de sangloter, il découvrit soudain dans son appartement une beauté un brin inhibée, mais extraordinairement avenante, un peu troublée, certes, mais manifestement intéressée à l'idée de poursuivre cette relation. C'était un vrai miracle. La peur qu'elle avait éprouvée pour Nikolenka avait immédiatement enclenché son cerveau à la vitesse supérieure, si bien qu'elle avait dû effectuer de prudentes pirouettes durant de nombreux mois, se livrer à des ruses d'oiseau – on a déjà vu un oiseau de ce genre qui a quitté son nid –, toutefois, à la différence de la merlette rusée, Galina Petrovna avait été véritablement blessée et était véritablement prête à tout pour que Nikolenka, son Nikolenka, n'en pâtisse pas. Mon Dieu, pourvu qu'il ne lui arrive rien, pas à lui. En ce qui la concernait, elle n'en avait strictement rien à fiche.

Personne ne devina rien, absolument personne, pas même Lindt, pas même maman. En fait, ses parents la rejetèrent tout de suite, ils l'abandonnèrent, vulnérable, brisée, à l'agonie : en revenant de chez Lindt, elle le comprit au premier coup d'œil – d'après leurs regards vides et fourbes, d'après cette façon dont personne ne lui demanda pourquoi elle rentrait si tard ni où elle était allée. Pourtant, alors qu'elle sortait de la Volga noire, Galina Petrovna avait parfaitement vu maman tirer précipitamment le rideau de la cuisine, rouge avec des carrés blancs, très guilleret, mais légèrement de travers car c'était précisément avec la confection de ce rideau que sa mère, quelques années plus tôt, lui avait appris à coudre à la machine, une Singer rarissime, une prise de guerre, et Galotchka ne pouvait toujours pas saisir ni ordonner dans sa petite tête charmante l'ensemble complexe des mouvements grâce auxquels les pieds actionnent en souplesse la pédale tandis que les mains déplacent dans une tout autre direction, en un geste qui n'a rien à voir avec celui des pieds, le tissu que l'aiguille éblouissante et sémillante troue dans une stridulation redoutable. Puis tout s'était mis en ordre, avait pris sa place, y compris la canette ronde et brillante, et maman lui avait déclaré avec satisfaction :

— C'est bien ma fille, quand tu te marieras tu pourras coudre pour toute ta famille, et tu vas voir, je vais aussi t'apprendre à manier le crochet et tu pourras faire à la maison des serviettes de table, peut-être même une nappe si tu as suffisamment de patience.

Galotchka était persuadée que ce serait le cas, parce que maman ne lui mentait jamais. Les adultes ne mentent pas d'une manière générale. Particulièrement à leurs propres enfants. Et ils ne les trahissent jamais. Malheureusement, comme la nappe faite au crochet, ce ne fut pas vrai.

Galina Petrovna monta l'escalier quatre à quatre, elle ouvrit la porte avec sa clef et sentit tout de suite qu'elle avait eu tort d'espérer et de se dépêcher. Le petit bonhomme était déjà passé, c'était évident d'après la façon dont ses parents la regardaient à la dérobée, d'après la nette odeur de valériane qui persistait dans un coin de la cuisine, comme effrayée, où quelqu'un, son père sans doute, avait compté les gouttes en les versant dans un petit verre :

— Trente et un, trente-deux, trente-trois, tiens, la mère, bois ça et ne pleure pas. Il ne s'est rien passé de mal. Qu'on le veuille ou non, c'est quelqu'un de respectable, qui a du mérite, et pour ce qui est de l'âge, on va pas en faire tout un plat...

Galina Petrovna ôta son manteau et, sans dire un mot, elle se retira dans sa chambre. Et elle n'adressa plus la parole à ses parents, plus jamais.

Le lendemain, elle ne se rendit pas à son travail, plus jamais, d'ailleurs, elle ne travailla, et il y eut Dieu sait combien de « plus jamais » dans sa nouvelle vie. Le soir, Lindt se présenta chez eux, sec, élégant, parfumé, avec un bouquet de roses thés – dont les tiges étaient presque aussi grandes que lui – pour sa future belle-mère, et tout un assortiment de boissons alcoolisées pour son futur beau-père. Piotr Alexéïevitch Batalov, confus, découvrit pour la première fois un bouchon doseur, la saveur sans vie et stérile de la vodka d'importation qui ne donne absolument pas mal au crâne le lendemain matin, bien qu'elle ait été amplement goûtée, même s'il est honteux de l'avouer, ainsi qu'un vieux whisky écossais exceptionnel dont le nez et le goût ne se distinguaient guère de la pisse de cheval, et puis une liqueur dans une incroyable bouteille ronde, qui ressemblait à du lait condensé soviétique dilué dans de l'alcool, « mais ne te gêne pas, la mère, remets ça », et, à toute vitesse, secouant la main devant sa bouche affreusement cuisante, elle filait à la cuisine pour surveiller le gâteau préparé à la va-vite qui cuisait dans le four.

Galina Petrovna était assise à table, les yeux baissés, et parfois seulement, elle esquissait un vague sourire, à peine perceptible, personne ne soupçonnait que c'était le résultat d'une contraction musculaire tout à fait mécanique, presque involontaire, comme une grenouille épinglée sur une table de laboratoire qui reçoit une succession de décharges électriques. Lindt lui avait apporté un coffret recouvert de velours, dans les tréfonds mystérieux duquel elle avait découvert une charmante bague en or, toute simple, très petite, montée avec un seul et unique saphir, pas gros, mais d'une taille ancienne et d'une eau si pure qu'on se rendait tout de suite compte que ce bijou coûtait une fortune. Galina Petrovna l'essaya sur son majeur : elle le serrait un petit peu, et sa mère lui souffla – sur l'annulaire. Galina Petrovna poussa un sanglot et quitta brusquement la table. Lindt la suivit de son regard avide et pitoyable, et après s'être raclé la gorge, il dit tout ce qu'il est convenu de dire aux parents de sa future épouse – sur sa main, sur son cœur, sur le bonheur de votre fille.

Prenant en considération l'âge et la situation du fiancé, on décida d'éviter tout battage, c'est pourquoi, exactement une semaine plus tard, avec l'approbation silencieuse de tout le monde, Galina Petrovna alla simplement s'installer chez Lindt. Nikolaïtch, qui était aussitôt devenu dans la maison des parents aussi irremplaçable et familier que dans celle de Lindt, la suivit en portant sa petite valise en bois contenant son drôle de barda de gamine.

Le lendemain matin, après être sortie de sa chambre, ébouriffée, le regard fixe, Galina Petrovna découvrit sur une table sa carte d'identité, nouvelle, rouge et encore rigide, avec un cachet un peu flou indiquant l'enregistrement légal du mariage et son nouveau nom de famille. Galina Petrovna Lindt, c'est le nom qu'elle lut sur le premier volet, et tout à coup elle éclata de rire. Ils lui avaient tout pris : son nom, son mariage, son voile de mariée, sa salade russe de fête, le premier petit pas du premier-né, le dernier soupir de son bien-aimé coïncidant avec son propre dernier soupir. Tout. Toute sa vie. Galina Petrovna ne possédait plus rien.

Elle passa les premières semaines de son mariage imprévu et forcé dans une hébétude étrange et morbide, et bien que toute la vie qui allait s'ensuivre avec Lindt ne se distinguât guère de ces jours-là – aussi bien par le nombre des caresses conjugales, par la tendresse de son côté à lui, par le dégoût de son côté à elle –, leur lune de miel fut absolument insupportable. Les cheveux en bataille, vêtue de sa chemise de nuit froissée, elle errait durant des heures à travers l'appartement sonore et pratiquement vide (Lindt n'avait pas eu le loisir de rendre vivables ses cinq pièces inutiles, et elle, d'autant moins), se heurtant de temps à autre soit à une fenêtre, soit à une pile de livres, soit à une table, comme un jouet mécanique dont le ressort est complètement détendu. Elle sursautait au moindre bruissement, comme une vraie psychopathe. Elle attendait.

Lindt, qui se vautrait de plus en plus dans les bras de sa jeune épouse, négligeait ouvertement tant son travail que ses recherches scientifiques, il tâchait de partir pour son institut un peu plus tard, de filer chez lui au moins lors de la pause du déjeuner, et de rentrer le plus tôt possible ; l'occupation essentielle de Galina Petrovna consistait par conséquent à tendre l'oreille vers la porte d'entrée pour savoir si le pêne de la serrure de sûreté claquait – mais non, Dieu soit loué, je me suis trompée. Cette fois, j'y ai échappé. Mais de toute façon, Lindt venait et, en dépit de ce qu'elle espérait, il était affreux, joyeux et vivant, il était partout à la fois, il étalait sur la table des gourmandises en froissant le papier des paquets, en gémissant, il flanquait par terre dans l'entrée ses bottines riquiqui, affreuses, on aurait dit celles d'un gnome, et, toujours en gémissant, il glissait immédiatement ses deux mains sous son corsage, il la tripotait, d'abord lentement, d'un air concentré, puis avec une rage de plus en plus frénétique. L'aversion qu'elle éprouvait la faisait immédiatement transpirer de tout son corps, et le parfum pénétrant de cette sueur lui tourneboulait toujours plus les sens. Il était rare que Lindt patiente jusqu'à la chambre, si bien que l'appartement était parsemé de taches visqueuses et répugnantes, et même lorsqu'elle avait l'occasion de rester un petit moment seule, Galina Petrovna avait du mal à se trouver une place parmi ces traces invisibles – il y en avait ici, là également, et là aussi il m'a... Également dans la chambre, bien entendu. Le lit était immense. Tous les jours. Matin et soir. Parfois même la nuit, et c'était le pire parce qu'elle n'avait pas le temps de s'y préparer, de reprendre ses esprits, comme si elle était tombée dans une succession de cauchemars, et le problème n'était pas qu'elle ne pouvait se réveiller, elle ne pouvait même pas crier. Le moindre effleurement de Lindt la figeait comme une chenille, et ensuite, toujours comme une chenille, elle s'amollissait, mais au lieu de mourir, elle devenait particulièrement malléable, soyeuse et alanguie, et Lindt, qui prenait naïvement cette attitude pour un consentement honteux, se mettait à besogner encore plus vigoureusement. Il ne s'était appliqué de cette façon avec aucune autre femme. Ni dans sa vie ni au lit. Pour personne d'autre, jamais. Il pensait que c'était parfaitement suffisant pour qu'ils soient heureux, l'un et l'autre. Galina Petrovna ne prononça jamais une parole, en effet, pas une seule fois elle ne tenta de le repousser. C'était une pitoyable justification, bien entendu. Quand Lindt le comprit, on ne pouvait plus rien y changer. Ou presque rien.

Hélas, son génie ne concernait pas les lois simples, qu'on ne remarque guère, de la vie humaine de tous les jours. Il avait trop longtemps vécu seul et avait trop longtemps observé le côté mondain du très heureux couple que formaient les

Tchaldonov pour pouvoir réitérer ce miracle chez lui. En outre, Galina Petrovna n'avait pas simplement peur de son mari et ce n'était pas simplement de la haine qu'elle éprouvait à son encontre. Elle ne le supportait pas, comme certains ne supportent pas les serpents, les cafards, voire des choses parfaitement innocentes, comme des oisillons nus et à demi transparents qui sortent du nid avec leurs becs grands ouverts qui claquent. C'était de la lindtophobie pur jus, accompagnée de maux de tête persistants, de pertes d'appétit, de nausées, de bouffées de transpiration, de convulsions indésirables que Lindt en pleine jubilation prenait pour des spasmes d'une tout autre nature. La peur. Non, plutôt ceci : la PEUR.

Lindt ne remarquait rien. « Ma *feigele* », marmonnait-il en s'endormant, lui-même surpris de ce mot yiddish surgi d'on ne sait où : apparemment, tout de même, une réserve de la tendresse la plus frénétique se niche en nous dans la petite enfance et cette langue de la tendresse est toujours celle de la mère. *Feigele* – mon petit oiseau. Galina Petrovna quittait le lit sans un bruit, elle se traînait dans la salle de bains et elle se lavait, se lavait, se lavait jusqu'à ce que la peau de ses mains devienne blanchâtre, chiffonnée comme celle d'une noyée, l'eau chaude tournoyait, ses mèches cuivrées bouclées coulaient sur son corps, recouvrant la pointe de ses seins tourmentés, torturés, sa honte douloureusement enflée à cause de l'abjection de l'académicien. C'était ça : de l'abjection. Impossible de trouver un mot plus juste.

Quand l'hiver à N-sk commença à peine à vaciller, à s'affaiblir, à briller çà et là avec gourmandise comme des prémices du printemps, Lindt emmena sa jeune épouse sur la tombe de Maroussia. À la périphérie de la ville, le froid était pénétrant, un vent à couper le souffle sifflait comme de la racaille à travers ses incisives malpropres, il cinglait le visage de Galina Petrovna, et elle se recroquevillait dans son vieux manteau de fourrure de jeune fille (tout ce qui était nouveau et venait de son mari, elle refusait de le porter, ne jetant même pas un œil aux paquets qu'il apportait) ; elle observait Lindt s'affairer devant le tertre invisible sous les congères, piétinant la neige et ne remarquant pas qu'il marchait sur deux autres tombes, celle d'un grand-père bourru et celle d'un petit enfant dont il ne restait même pas la photographie, mais seulement une stèle grise recouverte de givre sur laquelle Galina Petrovna ne put que lire le prénom – Slavik – et deux dates qui avaient cruellement découpé de part et d'autre une vie minuscule. Ils sont de la même famille, songea avec indifférence Galina Petrovna, et ses yeux étaient également gris et recouverts de givre. Lindt réchauffa de ses mains le visage en porcelaine de Maroussia, il marmonna quelque chose, l'air gêné, essayant de faire en sorte que personne ne l'entende :

— Eh bien voilà, ma chérie, je t'ai enfin amené ma femme. Tu en as toujours rêvé, tu t'en souviens ?

Seuls les yeux de Maroussia riaient, ses sourcils étaient légers, comme ses cheveux coiffés simplement et en hauteur, elle portait de minuscules boucles d'oreilles. Celles que lui avait offertes Lindt. Tchaldonov avait dit qu'on devait l'enterrer avec elles.

Lindt passa encore ses mains sur l'ovale du visage d'où le givre avait fondu. Galina Petrovna renifla et se retourna vers la Volga qui ronchonnait au loin et dans laquelle roupillait le chauffeur, accablé de chaleur, lui qui était, comme tous les chauffeurs de maître aguerris, capable de s'endormir instantanément, même dans l'épicentre d'une explosion atomique, dès l'instant que son patron avait quitté son véhicule.

— Allons-y, s'empressa Lindt, tu es complètement frigorifiée.

Il tenta d'effleurer ses joues, mais elle se raidit instinctivement et se détourna tout de suite.

— Peu importe, marmonna-t-il en suivant sa femme le long de l'allée du cimetière et en s'efforçant de ne pas marcher sur les petites traces arrondies qu'elle y imprimait et qui étaient d'un charme à pleurer. Peu importe, les choses vont encore s'arranger, qui vivra verra. C'est toujours ce que disait Maroussia.

Mais il ne voyait rien venir. Et les joues de Galina Petrovna sous les doigts de son mari étaient plus froides que la photographie de porcelaine de la défunte Maroussia.

Quelques mois plus tard, les ténèbres s'étaient légèrement dissipées et Galina commença peu à peu à s'adapter, comme les êtres humains sont capables de s'adapter à un camp de concentration et à des baraquements, à des tortures quotidiennes – de 8 heures à 23 heures –, à se lever au coup de sirène, à des promesses misérables, à la vieillesse, au fait que toutes les choses (tout en général) se terminent comme elles doivent se terminer – par la mort. Bien entendu, ce n'était pas une vie, mais un milieu environnant. Cela étant, même en prison les hommes vivent. Et au moins, Galina Petrovna était bien nourrie, chaussée et vêtue. La plupart du temps, elle continuait à être sauvage, taciturne et ne sortait pas de l'appartement. Elle ne parlait pas à ses parents, même au téléphone, elle s'écartait en silence, fourrait le combiné dans les mains de Lindt, qui était éberlué et remplissait tous les devoirs élémentaires d'un gendre jusqu'à ce que Galina Petrovna finisse par recouvrer la plénitude de ses forces et mette fin à ce courant vivifiant et ténu qui la reliait à sa famille. Mais ce fut bien plus tard, vraiment plus tard. Pour l'instant, elle réapprenait lentement, doucement, comme après le typhus, les choses autrefois simples et même habituelles – se coiffer, se brosser les dents tous les jours, manger en temps et en heure, brancher parfois la radio pour écouter une émission rassérénante à propos des rendements des vaches laitières et des récoltes de céréales. Elle réussit même à repasser plus ou moins un corsage après s'être rendu compte avec étonnement qu'elle parvenait difficilement à attacher les boutons en os sur sa poitrine.

Derrière la fenêtre sautillaient des gouttes de pluie bleues enfin tout à fait printanières, et des moineaux complètement amaigris durant l'hiver provoquaient un vacarme assourdissant. Le ciel d'avril se logeait à peine dans le vasistas ouvert, dans la cour une nounou empotée courait après un mioche de la nomenklatura qui avait eu l'intention de mesurer avec ses propres pieds une flaque d'eau flambant neuve. Et *boum* ! La nounou s'étala de toute sa longueur, qui n'était pas négligeable, et le mioche, qui ricanait méchamment, pénétra aussitôt dans sa mare en courant et souleva des vagues glacées, tel un petit chaland étriqué chargé de kilogrammes de joie, de rôtis et de lait chaud. On frappa à la porte et, pour la première fois, Galina Petrovna ne sursauta pas, elle ne se recroquevilla pas, mais elle se retourna en continuant de sentir fondre sur ses lèvres qui en avaient perdu l'habitude un sourire au goût de crème. Mais ce n'était pas Lindt. Pis encore. Sur le seuil, serrant contre sa poitrine un dossier, se tenait Nikolaïtch qui, en courtisan rompu à tout, depuis cette rencontre lointaine à jamais gravée dans sa mémoire, ne s'était jamais permis de rester en tête à tête avec elle. L'un et l'autre n'avaient pas échangé une seule parole sur ce dont ils auraient pu, mais ne voulaient parler.

Galina Petrovna effaça son sourire et s'empressa de quitter la pièce. Nikolaïtch la suivit d'un regard morose. En tant que vieux célibataire, il lui suffisait d'une seconde pour comprendre ce dont Galina Petrovna prit conscience après de longues semaines, et dont Lindt ne fut au courant qu'en tout dernier, comme il se doit. Cette lumière, qui était tendre jusque-là et qui s'était maintenant épaissie jusqu'à atteindre une densité visible, presque de miel ; ces ombres voluptueuses et ravissantes sous les yeux et à la commissure de ses lèvres légèrement retroussées ; le corsage simplet qui s'ajustait mal sur sa poitrine et que gonflait une force invisible venue de l'intérieur, mais manifeste et semblable à celle qui lézarde en été l'asphalte épais de plusieurs centimètres pour laisser s'échapper en liberté le chapeau rond, souple et soyeux d'un champignon.

Galina Petrovna était enceinte.

Lindt avait passé tout l'été 1949 dans la région de Semipalatinsk, dans un cocon poussiéreux, au paroxysme de la nervosité, du secret et de la chaleur torride. Quantité de gens s'étaient rassemblés ici, Lavrenti Beria était attendu, ainsi que le Guide en personne, autrement dit la fin du monde, les plaies d'Égypte, les exécutions sommaires. Personne, y compris Kourtchatov, ne croyait que cette satanée RDS-1, la première bombe atomique soviétique, exploserait – les Américains avaient dû trimer un maximum sur la leur, c'est pourquoi, à toutes fins utiles, on se préparait au pire, bien que, du point de vue de Lindt, le pire soit justement l'explosion atomique en soi. Lui était justement certain à cent pour cent qu'elle exploserait, c'était de la mathématique pure, chers collègues, vous pouvez même n'avoir aucun doute là-dessus. C'est dans la physique qu'on a plein de surprises, dans les mathématiques tout est exact, c'est la seule chose à laquelle on puisse se fier pleinement.

Depuis le 27 août, personne ne dormait, ils en étaient simplement incapables. Le Guide ne vint pas, en revanche Beria arriva tout de même, bien en chair, mais avec des manières étonnamment légères, presque élégantes, propres à certains obèses qui sont particulièrement chanceux. Il plut à Lindt, tout à fait, on pouvait d'ailleurs s'y attendre : Beria avait une écoute excellente, il était attentif à ce qui se passait, intelligent et non sans charme, comme il se doit pour un bon exécutant. Il se conduisait en effet comme un exécutant : il ne la ramenait pas, il essayait la plupart du temps de résoudre les problèmes plutôt que d'en créer, et il feignait avec zèle d'être là en passant, de rester dans son coin, à l'ombre, et que les personnages principaux ici présents étaient les camarades savants.

— Les personnages principaux ici sont les camarades ingénieurs, rectifia Lindt, sur le papier tout est parfait, si bien que s'ils n'ont pas foiré tout se passera au mieux.

— C'est votre opinion, Lazare Iossifovitch ? demanda poliment Beria, qui pour la centième fois s'épongeait le front et le cou avec son mouchoir, car il souffrait incroyablement de la canicule qui régnait au Kazakhstan.

— Ce n'est pas une opinion, je le sais, et la différence est essentielle, grogna Lindt. Allons plutôt faire un petit tour, si vous voulez bien, camarade ministre. Demain, tout cela n'existera plus, et c'est dommage.

Lindt hocha la tête en direction du polygone d'essai, immense, d'environ trois cents kilomètres carrés, qui avait été soigneusement pourvu de ponts de chemin de fer, de maisons et de routes, d'une ville créée à seule fin d'être anéantie. Comme n'importe quelle autre ville, d'ailleurs. Il faisait nuit, des chameaux condamnés blatéraient, d'autres animaux malheureux criaient et sentaient, sans le moindre secours des mathématiques, que cette nuit allait être leur dernière. Des hommes échangeaient des cris au loin, des soldats jeunots défilaient en chantant avec entrain, depuis les cuisines de campagne leur parvenait une savoureuse odeur de viande.

— Pourquoi avez-vous refusé de prendre la direction scientifique des essais ? demanda soudain Beria.

— Oh, dispensez-m'en, Lavrenti Pavlovitch ! Courir ici et là, signer des papiers, dénicher du fil de cuivre dans les entrepôts. Quelle rase ! Même un imbécile comme Kapitza a refusé. Il vaut mieux que ce soit Kourtchatov, c'est le plus jeune d'entre nous, et il est ambitieux.

— Vous n'avez guère que deux ans de plus que lui, Lazare Iossifovitch, remarqua avec raison Beria. En essayant de suivre le léger Lindt, il haletait affreusement. Oh là, ne courez pas comme ça, mon cœur va se décrocher !

— Il ne se décrochera pas, lui promit Lindt en ralentissant le pas et en réglant son allure sur celle de cet amusant gros homme si attendrissant. Est-il vrai que tout le monde tremble devant lui ? Quoi que vous disiez, deux ans, c'est une grande différence. Il était encore un blanc-bec quand je suais sur le manuel de Kraïevitch. Maintenant, il n'a qu'à achever le boulot.

Ils éclatèrent de rire, de façon un peu plus joyeuse qu'il ne convenait dans une telle situation, une telle compagnie et un tel endroit.

Le lendemain matin, le 29 août 1949, à 7 heures du matin, le premier essai d'une bombe atomique soviétique fut couronné de succès. Maroussia était décédée depuis trois jours, on n'en avait pas informé Lindt. On n'avait pas voulu prendre le risque de le distraire de sa mission. C'est pourquoi il sautillait avec les autres dans le bunker, il les embrassait, il se réjouissait de ce que ça avait pété aussi fort. Il semble même qu'il vociférait. Et il n'avait rien ressenti, absolument rien. Pas la moindre pensée, pas le moindre pressentiment. Un arithmomètre. Une bête de calcul stupide.

Lindt ne revint à N-sk qu'à la fin du mois de septembre : les fleurs sur la tombe de Maroussia s'étaient presque transformées en une pourriture dégoulinante, une masse putride ; il tombait une petite pluie glacée se transformant de temps à autre en grésil qui cinglait sèchement les joues. Tchaldonov, qui avait tout de suite vieilli de mille ans, voûté, la tête tremblante, essayait sans cesse de remettre en état le rebord en glaise de la tombe qui se désagrégeait, et ses mains étaient prises de petits tremblements, c'était pitoyable.

— Laissez, Serguéï Alexandrovitch, ne put se retenir de lui dire Lindt. Je m'en occupe.

La glaise grasse et glissante avait à jamais bourré la bouche charmante de Maroussia.

— Je veux être mis ici, à côté d'elle, Lazare, lui déclara Tchaldonov non sans mal ; il craqua et se remit à sangloter en distendant ses joues hérissées d'une barbe grisonnante de vieillard.

Il ne mourut que trois ans plus tard, en 1952, et Lindt, qui n'avait pas abandonné ce vieil homme glissant lentement dans la sénilité, ne reconnut jamais, même face à lui-même, que c'était la raison pour laquelle il l'avait méprisé et haï. Tchaldonov aurait dû mourir juste après elle, en même temps qu'elle, à sa place. Tous les deux se le devaient.

Lindt eut d'ailleurs une opportunité, merveilleuse, presque garantie à cent pour cent, et, Dieu lui est témoin, il n'avait pas l'intention de la refuser. La conversation qu'il avait eue avec Beria, la veille du big bang, et qui lui avait paru si dérisoire, n'était pas en fait un banal bavardage mondain d'un haut dignitaire fébrile avec un savant excentrique. Cela apparut clairement après un coup de fil reçu de Moscou, en novembre, quelques mois après la mort de Maroussia. C'était un professeur, membre de l'Académie des sciences, un soi-disant ami de Lindt, mais faisant partie de l'arrière-ban, au point que ce dernier fut incapable de relier cette voix bêlante à une quelconque esquisse de physionomie. L'appel était destiné à le contrôler et à le prévenir : on avait ordonné à cette andouille complaisante d'informer le savant qu'on était mécontent de lui. Il n'était pas un idiot et le savait parfaitement auparavant. Non qu'on fût mécontent de lui, de sa personne, bien entendu – qui aurait osé ? Mais le fait qu'il s'obstinât à ne pas vouloir revenir à Moscou, bien que d'ailleurs… Lindt raccrocha le téléphone grossièrement.

Le second à lui téléphoner fut Abram Ioffé. Lindt, qui dans le tréfonds de son âme était resté un enfant des rues maigrichon et qui, par conséquent, ne respectait pas grand monde dans l'univers scientifique comme dans la vie, faisait une exception pour Ioffé. Ce dernier était un Maître, non pas au sens divin, mais au sens le plus simple et pédagogique du terme, et c'était le seul prétexte pour écrire ce mot avec une majuscule. Ioffé ne rechignait pas à travailler avec des petits et des faibles, des abandonnés et des miséreux, et il y avait là quelque chose de très juif. Et très proche de Maroussia. En outre, Ioffé était un théoricien hors pair, et Lindt se souvenait de quelques minutes de grand bonheur qu'il avait passées en 1922 sur l'un de ses travaux concernant la dureté réelle des cristaux. C'est pourquoi il n'envoya pas valdinguer le téléphone, mais au contraire, il parla volontiers et longuement avec le vieil homme au-dessus duquel s'amassaient déjà les sombres nuages de la lutte qui se préparait contre le cosmopolitisme, autrement dit les juifs, et qui allaient très bientôt se transformer en une pluie de feu et de soufre parfaitement réelle. Ioffé fut destitué du poste de directeur de l'Institut de physique et de technologie de l'Académie des sciences de l'URSS qu'il avait créé de ses propres mains en 1921 à partir d'un petit département de l'université. Encore une fois, on ne toucha pas à Lindt ; en fait, on ne le toucha jamais.

— Apparemment, pour cela il faudrait que je baisse deux fois mon pantalon lors d'un conseil scientifique, afin qu'on sache qui je suis, se gaussa-t-il amèrement, un peu vexé par cette énième inattention arbitraire des autorités à son égard.

Mais à cette époque, au début de l'hiver 1949, Ioffé ne téléphonait pas pour se plaindre, au contraire même.

— Lazare Iossifovitch, je vous en prie, je vous prie instamment de revenir à Moscou, et pas simplement en passant !

Lindt écouta attentivement la lecture circonstanciée (sans aucun intérêt) des fonctions et des traitements, ainsi que l'énumération fort alléchante des tâches scientifiques planifiées pour un proche avenir.

— Tout cela est très séduisant et je suis flatté, Abram Fiodorovitch, que vous vous donniez la peine de mentir en prétendant que vous ne pouvez vous débrouiller sans moi. Mais, parole d'honneur, pourquoi, au nom de tout cela, devrais-je me traîner à Moscou ? Je vais superbement bien travailler ici également, la poste, grâce à Dieu, fonctionne encore chez nous. Ce n'est pas comme sous le tsar, certes, mais on se débrouille. Et en cas d'urgence extraordinaire, on peut déléguer un courrier d'État.

Ioffé gémit, mais, n'ayant pas confiance dans les câbles téléphoniques, il ne se risqua pas à le prévenir du danger. Il se contenta de lui demander, en le saluant, de prendre soin de lui-même : Lindt capta le message, et toute la soirée il prépara son vieux sac à dos en grosse toile – une paire de sous-vêtements, un bol, une cuillère, des chaussettes de laine, des carnets, la photographie de Maroussia. C'était son paquetage habituel et c'est avec ce bric-à-brac, entassé dans ce sac, qu'il effectuait habituellement ses séjours sur les polygones d'essais. Lindt prit dans son armoire un pantalon un peu plus chaud, il le soupesa et éclata soudain de rire. « Allez vous faire foutre ! Vous allez voir ! » Il mit son plus beau costume, avec le revers cousu de décorations, spécialement destiné aux réunions solennelles, se réjouissant de sa chemise blanche impeccable qui lui moulait parfaitement et de façon juvénile les épaules. Comme le nœud de sa cravate élégante était parfaitement en place ! Il glissa la photographie de Maroussia dans une poche intérieure de sa veste, il y mit aussi ses papiers et d'un coup de pied flanqua le sac à dos inutile sous son lit.

À 3 heures du matin, quand on sonna à son appartement, il ouvrit la porte, déjà habillé, ayant revêtu un superbe manteau taillé sur mesure avec un col d'astrakan grisâtre dont les boucles poivre et sel se distinguaient à peine de ses cheveux lisses. La senteur sévère de son eau de Cologne – une prise de guerre, Kolnisch Juchten (un flacon géométrique vert, un bouchon rouge et une étiquette blanche) – emplissait l'entrée avec Lindt, comme s'il s'agissait de l'aide de camp de Son Excellence, et les parfums mêlés de peau de chamois humide, de viande fumée, de talc doux et d'on ne sait quoi d'autre d'insaisissable, avec un côté officier distingué, rimaient avec les hommes qui venaient d'arriver, leurs étuis à revolver grinçants, les joues impeccablement rasées de Lindt, son linge propre, avec la situation elle-même. Ce n'est pas pour rien que les pilotes de la Luftwaffe adoraient le Kolnisch Juchten, ce n'est pas pour rien que Lindt conservait ce flacon qui lui était parvenu par Dieu sait quels chemins ensanglantés.

Découvrant un monsieur aussi solennel, le major bourru, qui ressemblait à des chiottes en plein air, lui fit un salut militaire, alors qu'il s'apprêtait à sonner une seconde fois, puis à défoncer la porte avec ses poings habitués au marteau et à la faucille. Derrière lui se profilaient des petits soldats ensommeillés.

— Une perquisition ? leur demanda Lindt en les invitant poliment à entrer après s'être légèrement incliné.

— Pas du tout, bougonna le major, mécontent comme un enfant auquel on a soudain commencé à écorcher une fable connue par cœur et donc particulièrement chère. J'ai ordre de vous emmener.

— Eh bien, emmenez-moi, lui notifia Lindt qui enfila des gants de cuir fin que lui avait envoyés de Londres avant la guerre sir James Chadwick, lauréat du prix Nobel de physique en 1935. Il fut le premier à descendre l'escalier d'un pas léger et sautillant, et il arriva en bas rapidement.

Durant tout le chemin parcouru en pleine nuit, Lindt ne prononça pas un mot, à quoi bon ? Quand le fourgon, après avoir tournoyé dans les rues, sortit des limites de la ville, l'interrogatoire fut annulé de lui-même, et quand clignotèrent devant eux les lumières de la tour de contrôle de l'aéroport militaire, il ne fut plus question d'une exécution sommaire sans enquête, que Lindt n'aurait pas pu apprécier pour l'unique raison qu'au début du mois de décembre il était impossible de trouver dans la campagne autour de N-sk un ravin nabokovien noyé dans les merisiers, sans lequel pour un Russe, quand bien même serait-il trois fois juif, une exécution par un peloton ne saurait être une exécution digne de ce nom. Dans l'avion glacial, rugissant et soubresautant, il n'avait rien non plus à dire à qui que ce soit. Dès l'instant qu'on volait, cela voulait dire qu'on se rendait à Moscou. De la simple logique. La raison rend l'homme intrépide. En revanche, les sentiments sont parfaitement capables de tuer.

Il se souvint de Maroussia, de ce geste par lequel elle dégageait de façon vague et joyeuse ses cheveux légers de son cou, lui reprochant à travers ses dents serrées sur des épingles son retard ou son énième cadeau.

— Voyons, Liessik, vous êtes encore encombré de paquets : on a l'impression de voir un maraudeur, je vous assure ! Je n'ai pourtant pas entendu dire qu'on délivrait du saumon fumé avec des cartes d'alimentation. Dehors, on est pourtant bien en 1922 ! Le saumon a été officiellement banni depuis longtemps en tant que survivance du régime tsariste. Où l'avez-vous pris ?

— Je l'ai volé, Maria Nikititchna.

— Ne vous calomniez pas, Liessik, vous êtes un bon garçon, c'est écrit sur votre front.

Troublé, Lindt restait pantois.

— Non, je vous assure, je l'ai vraiment volé.

En réalité, il avait troqué ce saumon à un imbécile de nouveau riche de la NEP, un gros boutiquier, nerveux, contre un plan de moteur éternel dessiné à la va-vite sur un bout de papier.

— Vous pouvez le monter à partir de n'importe quel réchaud. Un enfant saurait comment s'y prendre. Et il fournira de l'électricité sans carburant.

— Et il ne s'arrêtera pas ? avait demandé le boutiquier dubitatif, se doutant vaguement qu'on était en train de le berner cruellement, mais sans comprendre comment au juste.

— Il ne s'arrêtera pas avant le Jugement Dernier, et là, c'est le Seigneur qui y pourvoira, lui promit Lindt en emballant le poisson gras.

Tout en continuant d'être perplexe, le boutiquier accompagna le saumon d'un regard nostalgique.

— Si ça casse, je vous ai laissé là mon adresse : vous venez me voir et je le réparerai, lui assura Lindt en lui disant au revoir.

Il est vrai qu'il lui avait laissé l'adresse d'un domicile, mais pas du sien, celui de Tikhone Ivanovitch Ioudine, professeur de psychiatrie à l'Institut des enfants déficients de Moscou. C'était d'ailleurs un homme fort charmant, un vieil ami des Tchaldonov, un homme intelligent et intellectuel. On n'en fait plus de comme ça, et c'est dommage.

Maroussia maîtrisa une dernière mèche avec une épingle à cheveux et éclata de rire. « Venez, Liessik, que je vous embrasse ! », dit-elle tendrement, et le Lindt de quarante-neuf ans, comme celui de vingt-deux ans, sentit son cœur énorme, qui ne parvenait à se loger nulle part, battre la chamade dans sa gorge. « Elle est morte ! », dit soudain Tchaldonov d'une voix forte et empreinte de reproche, et Lindt, qui s'était endormi, se réveilla après avoir tressauté. L'avion qui vrombissait commençait à atterrir, dans la nuit noire apparaissaient des feux à l'horizon, de plus en plus nombreux et gros. Lindt essuya ses larmes de sa main sèche et sans vie. C'était Moscou.

Sur le tarmac les attendait une Mercedes prise à l'ennemi, un nouveau joujou des chauffeurs du GON, le garage des hautes personnalités. Une ordonnance transmit Lindt à un autre golem tout aussi silencieux, les portières claquèrent, des rues désertes plongées dans l'obscurité apparurent, il était à peine 4 heures du matin bien qu'ils aient décollé de N-sk à 4 heures également et qu'ils aient passé au minimum cinq heures dans les airs – une élégante plaisanterie de la physique, le résultat d'une différence de temps multiplié à la modeste vitesse des appareils volants de cette époque. Lindt frotta vigoureusement ses joues hérissées de barbe. Tout est fermé, impossible de se raser, c'était inutile d'organiser ce carnaval avec ces habits de cérémonie. Il n'était pas retourné à Moscou depuis 1941 et il comprit soudain qu'il ne le regrettait absolument pas. Sans Maroussia plus rien n'avait de sens.

La Mercedes s'arrêta rue Vspolny devant un élégant hôtel particulier, manifestement l'œuvre d'un assez bon architecte. Lindt fouilla dans sa mémoire et en émergea, venu d'on ne sait où, le nom d'Erichson, mais en vain. Un jeune homme engoncé dans un superbe costume civil, avec un maintien parfait, presque de uhlan, l'accompagna dans un bureau – une lampe, une table, des bibliothèques, un canapé, de lourds rideaux. Lindt s'affala dans un fauteuil et ce n'est qu'à cet instant qu'il comprit à quel point il était fatigué.

Une porte s'ouvrit silencieusement, quelqu'un entra.

— Bonjour, Lavrenti Pavlovitch, dit Lindt sans ouvrir les yeux. Si on fait le calcul du carburant que vous avez dépensé pour moi, et de tous ces... (Lindt fit tournoyer sa main en l'air en cherchant le bon mot), et de tous ces tire-au-cul armés et silencieux, on ne s'en sortira pas pour moins de mille roubles pris sur le budget de l'État. Toutefois, le brevet pour l'invention du téléphone a été déposé par Alexander Bell en 1876, et l'idée même de transmission de la voix humaine à distance...

— Beaucoup m'ont dit, Lazare Iossifovitch, que vous êtes fou, l'interrompit Beria. Mais même les fous ressentent de la peur parfois. Croyez-moi, je sais ce que je dis.

Lindt ouvrit un œil, puis le second, et il bâilla.

— J'ai terriblement sommeil, se plaignit-il.

Beria, qui était frais, comme si ce n'était pas une aube de décembre que l'on voyait poindre derrière la fenêtre mais la mi-journée d'un mois de juin, vêtu d'une chemise blanche impeccable passée par-dessus son pantalon, lui jeta un regard expectatif. Lindt songea avec chagrin que sa chemise était malheureusement loin d'avoir une perfection aussi aveuglante. Et puis, en fait, ce serait bien de pouvoir prendre une douche.

— Bien entendu, moi aussi j'ai peur, Lavrenti Pavlovitch, avoua-t-il. Et, bien entendu, je ne suis pas fou.

— Alors pourquoi refusez-vous de revenir à Moscou ? C'est stupide, en définitive. Nous sommes prêts à vous offrir toutes les conditions que vous souhaitez, c'est tout de même la capitale ici, la région d'avant-garde de la science, si je puis dire.

Lindt haussa les épaules.

— La science n'est pas une notion géographique, répliqua-t-il. Elle n'a pas de régions d'avant-garde. Ni d'ailleurs de régions qui ne le soient pas. Tout est borné par les limites de la boîte crânienne.

Il se frappa le front avec un doigt et éclata lui-même de rire tant le bruit qu'il avait ainsi provoqué était sonore. Comme s'il s'était agi d'un cancre débile.

— Tout de même, pourquoi ?

— C'est à N-sk que vit la femme que j'aime, expliqua simplement Lindt.

— Mensonges ! Beria devint cramoisi de colère et cessa aussitôt d'être affable. Mensonges ! À N-sk vous avez un tas de bonnes femmes insensées, et c'est moi personnellement qui les ai mises sur votre chemin.

— Je vous en suis infiniment reconnaissant, réagit Lindt. Vous avez un goût excellent, bien que, je dois l'avouer, je ne sois pas un consommateur des plus capricieux. Je mange ce qu'on me donne, et je ne me plains pas. Toutefois, ce n'est pas de toutes ces bonnes femmes dont je vous parle. Mais de la femme que j'aime plus que tout. Elle est à N-sk. Et je ne la quitterai pas.

— Eh bien, emmenez-la à Moscou, ce n'est pas un problème ! Beria se calma aussi vite qu'il avait explosé.

— Je ne peux pas, répondit Lindt à voix basse.

— Elle est mariée ? s'enquit Beria du ton de celui qui était prêt à agir. On peut y remédier.

— C'est irrémédiable, Lavrenti Pavlovitch, dit Lindt d'une voix encore plus éteinte. Elle est irrémédiablement mariée, vous comprenez ? Et en outre, elle est morte.

Lindt se leva et examina le bureau fébrilement.

— Où sont les chiottes ? demanda-t-il brusquement, comprenant qu'il allait éclater en sanglots dans un instant, qu'il allait hurler, vociférer en labourant le tapis de ses mains, parce que ce n'était pas juste, que le diable l'emporte, pas juste, il avait donné à ces salopards toute sa vie, pour eux il avait essoré son cerveau jusqu'à la dernière goutte, il leur avait inventé cette satanée bombe, et pas une seule, mais un million de bombes, d'obus, de fusées, il avait fait périr des quantités de gens au nom de leur malheureux communisme. Et ils ne pouvaient ressusciter Maroussia. Ils en étaient incapables, les salauds. Si c'était simplement qu'ils n'avaient pas voulu, il les aurait forcés. Mais ils en étaient incapables. Personne n'en était capable. Tous en étaient absolument incapables. Pourquoi ne suis-je pas devenu médecin ? Biologiste ? J'aurais à coup sûr inventé quelque chose. En définitive, si l'apoptose de la cellule est programmée biologiquement, il doit exister des moyens de relancer le processus, ou bien...

— Dans le couloir à droite, lui souffla rapidement Beria. Et ne vous inquiétez pas comme ça, Lazare Iossifovitch. Vous verrez, nous trouverons une solution.

Ils n'en trouvèrent aucune, bien entendu, mais en revanche on leur servit un excellent petit déjeuner, avec un café délicieux et des petits pains tout chauds auxquels Beria renonça avec une tristesse évidente après avoir tapoté son ventre imposant.

— Les médecins me l'interdisent, précisa-t-il d'un air mécontent. Ce sont eux qui, dans le pays, sont les vrais saboteurs et les bourreaux !

Lindt éclata de rire, ne soupçonnant pas qu'il ne s'agissait pas d'une plaisanterie, absolument pas.

En fin d'après-midi, le même avion retourna à N-sk où l'on n'avait pas eu le temps de s'apercevoir de son absence. Plus personne n'inquiéta Lindt, ni avec des coups de téléphone, ni avec des mises en garde, mais, au contraire, il ressentit pour la première fois dans toute son étendue la facilité et l'agrément de rouler dans un wagon confortable que tire de l'avant une machine sans doute sans âme et stupide, mais d'une puissance aussi séductrice que l'État. On lui attribua tout un institut après avoir avalé la déclaration insolente selon laquelle c'était aux idiots de s'occuper des tâches administratives, et aussitôt on lui dégota l'idiot en question, un directeur soviétique professionnel, nerveusement, pathologiquement fripon, mais capable, en revanche, d'obtenir brillamment, comme sorti de son chapeau, tout ce qui pouvait être utile à l'institut, depuis le papier toilette jusqu'à un appareil tout juste sorti à New York ou à Munich. Bien que ce fût sans commune mesure plus compliqué pour le papier toilette.

La vie s'améliorait, devenant de façon inattendue de plus en plus bourgeoise, comme si Lindt ne vivait pas en URSS, mais quelque part dans les environs de Stockholm, dans une maison au calme, et qu'il était l'ami intime du roi. Ses livres étaient édités et réédités, il y avait de nouveaux chantiers, des prix – l'un des derniers prix Staline lui fut décerné, on lui attribua presque de force un appartement de cinq pièces, bien qu'il ait demandé qu'on lui donne la maison des Tchaldonov : « À quoi bon disposer d'un tel luxe puisque de toute façon je me rends chez le vieux deux fois par jour ? » Dans les hautes sphères on claqua des talons, et aussitôt apparut auprès de Tchaldonov une infirmière qui était présente vingt-quatre heures sur vingt-quatre, une bonne femme qui ressemblait à un gorille et effectuait ses fonctions charitables avec le zèle et la chaleur d'un automate branché à une prise électrique. C'était égal pour Tchaldonov, plongé dans un chagrin tranquille qui lui avait fait perdre la tête, et Lindt reprit ouvertement du poil de la bête, car sans Maroussia, Tchaldonov, vulnérable, baveux et malpropre, lui était devenu tout à fait insupportable.

Sa nouvelle position de dignitaire du régime lui apportait aussi son lot de surprises. En même temps que son immense appartement, qui était vraiment assommant pour Lindt, apparut un certain Nikolaïtch. Oui, il était apparu comme un esprit des lieux : il n'était pas apparu d'ailleurs, mais il s'y était établi comme une souris de Leeuwenhoek dans de vieux chiffons. Tout simplement, un beau jour, Lindt découvrit en rentrant de son institut que tous les plafonds de son appartement avaient été blanchis. Au milieu de cette odeur fraîche et humide de la chaux bossait, en ramassant les journaux maculés de peinture étalés par terre, un type trapu vêtu d'un vieil uniforme de soldat en coton, pieds nus, la tête ronde et l'air très posé.

— N'allez pas croire, fit-il en guise de « bonjour », toutes les pages avec des photos du camarade Staline, je les ai mises au préalable de côté afin de ne pas les tacher, si bien qu'on n'a pas à envisager le moindre manquement.

Il prononça ce dernier mot avec la gravité appliquée d'un gamin qui vient d'apprendre par cœur un poème particulièrement long et compliqué. Lindt éclata de rire.

— Comment ça, de quels manquements parlez-vous ? l'interrogea-t-il, piqué par la curiosité.

— On a fusillé des gens pour moins que ça, camarade Lindt, reconnut franchement le type, si bien que l'on comprenait aussitôt qu'il lui était arrivé de participer directement à cette horreur, mais que peut-on y faire ? Le service c'est le service !

Il essuya ses mains sur son robuste derrière, il s'immobilisa au garde-à-vous et, après avoir fait claquer ses talons nus et grossiers, il se présenta : sergent de la garde Samokhov, Vassili Nikolaïevitch. Les yeux du gaillard avaient la même fermeté que les cornichons salés de Maroussia et la même couleur savoureuse vert bouteille. Il plut tout de suite à Lindt.

En fait, l'esprit martial n'était guère présent chez Vassili Nikolaïevitch, hormis l'insolence et l'entêtement, sans lesquels les exploits militaires même les plus crasses sont presque impensables. En outre, Nikolaïtch – comme Lindt l'appelait familièrement – n'avait jamais servi dans l'armée d'active, il n'avait même jamais sérieusement combattu, compte non tenu des années qu'il avait passées au SMERSH, celui de Beria, bien sûr, et non celui d'Abakoumov, que beaucoup de gens confondaient, et il y avait eu également le SMERSH de Kouznetsov, celui qui était placé à la Direction du contre-espionnage du ministère de la Marine de guerre, mais Nikolaïtch ne serait jamais allé dans la flotte. On n'aurait jamais pu l'attirer ni avec un pantalon de marin à pattes d'éléphant, ni avec une dague, ni même avec une ration bien fournie, tu peux toujours crever. Le sergent Samokhov avait peur de l'eau, au point de les avoir moites. Et, pis encore que l'eau, il avait peur de ne pas y faire son chemin.

Il était natif d'une bourgade appelée Bézovo, et tout ce qu'on peut imaginer en entendant ce toponyme sonore pâlit face à la réalité dans laquelle notre héros réussit à naître – sans esprit, sans talent, sans conscience, sans honte, même sans sa maman qui, après lui avoir offert une vie dont il n'avait strictement rien à faire, mourut sans même lui laisser son souvenir. Pas à cause de la maladie, non, mais d'un alcoolisme chronique. À Bézovo, tout le monde picolait, et ceux qui ne le pouvaient pas restaient planqués chez eux : ce village n'était pas si petit que ça, il était cruel, avec des bonnes femmes hargneuses, des chiens hargneux et des vents hargneux qui toute l'année balayaient les rues en hurlant, en bringuebalant les passants qui bayaient aux corneilles et en agitant dans les airs un poussier de paille. Mais la famille Samokhov était grande et stupide, tous ses membres passaient pour des poivrots et des proscrits, même dans ce trou de Bézovo, et durant les quinze premières années de sa vie Nikolaïtch picola autant qu'il en aurait suffi à Dickens et à Dostoïevski pour écrire une série de romans mettant en scène des trognes bestiales, avec des couvertures fines et bon marché.

Jadis, sans doute avant la mort de sa maman, peut-être à une époque plus lointaine encore, les Samokhov avaient connu des temps meilleurs dont il ne leur était resté qu'une izba robuste construite par on ne sait qui. Sans doute un de leurs aïeux y avait-il mis tout son zèle, mais depuis belle lurette les Samokhov ne tenaient plus la chronique familiale, ayant à peine conscience d'eux-mêmes dans les vapeurs de gnôle du temps présent. Le père de Nikolaïtch avait bu durant de nombreuses années d'affilée, sans pratiquement jamais avoir la conscience claire, et il aurait sans doute stupéfié n'importe quel médecin avec l'état de son foie, mais il n'y avait guère de gens à Bézovo qui cherchaient à être étonnés, y compris parmi les médecins. Des douze enfants procréés par Samokhov senior (tous de pure race et uniquement des fils), seuls sept parvinrent à vivre leur jeunesse, et les aînés étaient déjà de dignes concurrents de leur papa et de ses compagnons de beuverie. Nikolaïtch était le cadet. Il était né en 1926.

Il avait grandi dans la misère. Non pas dans une honnête pauvreté protestante où tout le monde va au bout de ses forces au nom du moindre sou gagné à la sueur de son front et où l'on trouve malgré tout le courage et le temps de lessiver à fond le sol de la cuisine et d'astiquer avec de la poudre de brique la cafetière en laiton, mais dans la vraie misère, une misère effroyable, crasseuse, poisseuse, une misère à la russe, sans espoir, qui n'aime rien tant que de se lamenter sur son sort et prendre Dieu à témoin en braillant et espérer en Dieu en braillant de même tout en exhibant ses coudes déchirés, comme pour en faire étalage, ainsi que de son âme pareillement déchirée et plus bonne à rien. Pour une pomme de terre cuite ou une paire de bottes en feutre il fallait se battre jusqu'au sang avec le reste de la fratrie, sur un mode darwinien et avec un résultat également darwinien. Mais Nikolaïtch, qui avait enduré toutes les saloperies que peut endurer un gosse en enfer, scrofuleux, chétif, la morve au nez en permanence et s'amoncelant au-dessus de la lèvre, s'avéra un mutant d'une force si étonnante qu'il survécut. Il est vrai que le pouvoir soviétique y mit un peu du sien, d'accord. Nikolaïtch avait du respect pour le pouvoir soviétique, et il y avait de quoi. À l'école où l'avait inscrit et envoyé une institutrice de Bézovo qui avait désappris depuis longtemps à avoir de la compassion et à être étonnée par quoi que ce soit, mais qui continuait par inertie à accomplir son devoir de citoyenne, il était au chaud et pouvait bouffer gratis. Et s'il fendait du bois ou lessivait les sols avec une serpillière roussâtre et moisie, il pouvait y passer la nuit avec le consentement du gardien qu'une bière faite maison bouffissait mais qui était calme, à la différence de son père qui, lors des rares moments de sobriété, rossait ses enfants avec la rage insensée d'une misère cataclysmique.

Il y avait aussi à l'école une photographie du camarade Staline et, en contemplant sa moustache duveteuse, son front clair et ses yeux caressants avec de joyeuses étincelles à l'intérieur, ce freluquet de Nikolaïtch ressentait la même chose que ce qu'éprouvent des pèlerins épuisés qui ont enfin atteint le sanctuaire tant espéré. Du camarade Staline émanaient la lumière, la force, l'affection, l'amour que Nikolaïtch n'avait jamais reçus dans sa vie, mais cet amour ne disparaissait pas dans le néant, et Nikolaïtch, telle l'aiguille d'une boussole qui n'a probablement jamais entendu parler du pôle magnétique, tout tremblant, tendait vers cet amour, croyait en lui, et ne vivait en fait que pour lui. Le camarade Staline savait tout, Nikolaïtch n'en doutait pas, et lui, le petit sagouin de Bézovo, il le connaissait aussi et le soutenait de tout son cœur, si bien que Nikolaïtch ressentait cette sollicitude et ce soutien à des milliers de kilomètres de distance, ayant parfois honte de se dire que Iossif Vissarionovitch Staline ne dormait pas, une fois de plus, et pensait à lui, mais il ne pouvait lui téléphoner parce qu'on ne pouvait téléphoner à personne à Bézovo, il n'y avait jamais eu le moindre câble de communication, on n'apportait même pas les télégrammes ici, et à qui aurait-on bien pu télégraphier ? Qui se souvenait d'eux ? Qui, en dehors du camarade Staline, avait besoin d'eux ?

Au nom du camarade Staline, Nikolaïtch n'avala pas la moindre goutte d'alcool. C'est en son nom que le matin, en gémissant, il se douchait avec l'eau du puits, c'est en son nom qu'il faisait turbiner à l'école sa tête déficiente et oublieuse d'un fils et petit-fils d'alcooliques de village, c'est en son nom que dès l'âge de dix ans il avait trimé dans un kolkhoze, accumulant des journées de travail pour gagner quelques kopeks en espérant qu'un jour il s'extirperait de ce maudit Bézovo pour se rendre à Moscou, afin que le camarade Staline voie que ce n'était pas en vain que son cœur bon et énorme l'avait soutenu et que tout allait merveilleusement bien pour le petit Nikolaïtch. Avec son falzar, ses galoches, son veston et son diplôme en poche.

C'était de l'amour, bien entendu, dans sa manifestation la plus sublime et la plus pure, l'amour d'un fils pour son père, non, d'un Fils pour son Père, l'amour de l'homme pour Dieu, amour qui est en soi Dieu, la lumière et l'espérance. Si Nikolaïtch était né cinq cents ans plus tôt, le monde aurait vu paraître un grand orant, voire un martyr ou un saint, mais personne ne demande à un homme quelle croix il lui convient le mieux de porter. C'est pourquoi Samokhov junior vécut dans son Bézovo natal jusqu'à l'âge de quinze ans, sans pièce d'identité, sans droits, mineur, misérable et solitaire, aimé par personne, sauf par le camarade Staline.

Et puis ses prières silencieuses et ardentes furent enfin entendues, et la guerre éclata.

On comprend que Nikolaïtch ne fut pas pris comme volontaire : on le considéra comme un rebut mineur de l'humanité, totalement inapte à mourir pour la patrie et pour Staline, et il glissa soigneusement ce refus, sans éprouver ni hargne ni vexation, dans la tirelire des humiliations qu'il subissait afin de pouvoir par la suite la briser, avec gourmandise et sans se presser, et rendre à tous, absolument à tous, la monnaie de leur pièce. Agile et accoutumé à une survie primitive, il parvint à se carrer d'abord dans un wagon chauffé pour les soldats, puis dans un wagon à bestiaux rempli de vaches bien chaudes, et après plusieurs mois d'escales sans fin, de retards et de changements (il fallait avancer à contre-courant, face au torrent de ces millions de gens qui s'écoulait en direction de l'évacuation), il descendit sur le quai de la gare de Kazan à Moscou, pouilleux, ayant mûri et appris à mendier à la perfection et à voler mieux encore, mais toujours brûlant de cette flamme inextinguible du sacrifice. Il était venu défendre le camarade Staline, ce dont il informa la première patrouille qu'il trouva sur son chemin. Les hommes échangèrent des regards et envoyèrent ce petit gars sans pièce d'identité et aux yeux sauvages directement au NKVD.

Ce fut la première chance qui se présenta dans sa vie.

Il en eut une seconde quand il trouva l'académicien Lindt.

Disons tout de go qu'à la section régionale du NKVD, on ne s'était guère réjoui de la présence du délégué de Bézovo. Le chef de section, le camarade Kovaltchouk, un bel et grand Ukrainien, rond d'épaules et rond de fesses, telle une statue d'éphèbe grec qui serait vêtue on ne sait pourquoi d'une culotte bouffante bleue du NKVD et d'une vareuse faite sur mesure, était littéralement débordé, même sans Nikolaïtch avec ses aspirations sublimes. Au NKVD régnait un bordel difficilement descriptible, absolument pas dû à la guerre, mais à une énième embrouille administrative. Le 20 juillet 1941, par un décret du praesidium du Soviet suprême de l'URSS, le NKVD et le NKGB furent réunis en un unique NKVD de l'URSS, alors qu'au même moment, le 3 février de la même année 1941, le même Praesidium du même Soviet suprême avait adopté un décret ayant la même force en béton armé concernant la division du NKVD de l'URSS en NKVD de l'URSS et NKGB de l'URSS. Beria, qui semblait avoir cédé la moitié de son empire à Merkoulov, était redevenu le chef principal et, par conséquent, du haut en bas de cette administration se déroulait une permutation que ne faisaient que renforcer les communiqués venus du front et les encycliques constamment renouvelées des dirigeants qui avaient été propulsés au sommet.

Le décret relatif à la responsabilité en temps de guerre de la diffusion de fausses rumeurs provoquant la panique parmi la population ; l'arrêté sur l'organisation de la défense antiaérienne dans les villes et les centres urbains de la Fédération de Russie ; le décret sur l'organisation de la lutte à l'arrière des armées allemandes, et ceteri, et cetera, c'était une bureaucratie paperassière infernale, d'ailleurs infernale au sens propre du terme, et le camarade Kovaltchouk n'avait le temps que de se mettre en quatre pour complaire à toutes les autorités en même temps. Ils auraient mieux fait de l'envoyer au front, ces salopards, plutôt que de procéder ainsi, autrement dit lui tirer les nerfs l'un après l'autre. Mais, cela va de soi, on ne laissa pas Kovaltchouk partir au front.

Il cuisina Nikolaïtch et au bout de quarante secondes il fut bien clair qu'il n'y avait au fond de lui rien de dangereux ni de mauvais. On avait simplement affaire à un farfelu de la campagne qui avait eu son lot de souffrances au fin fond du monde, peut-être même à une espèce de saint innocent, bien que le plus probable fût qu'il s'agissait simplement d'un type qui avait l'estomac dans les talons. Il était impossible de le recruter dans l'armée, bien que le gaillard jurât abondamment qu'il avait déjà dix-huit ans (il mentait, comme un arracheur de dents, en plus) et l'arrêté du Conseil des commissaires du peuple de l'URSS relatif à « la prise en charge des enfants restés sans parents » errait encore quelque part dans les tréfonds administratifs, attendant le 23 janvier 1942.

Le plus simple, bien entendu, était de tenir compte d'un autre décret, tout frais sorti, en date du 17 novembre 1941, conformément auquel l'autorisation de meurtre numéro un, autrement dit le droit de prononcer des mesures de châtiment dans les affaires concernant des crimes contre-révolutionnaires et des crimes particulièrement dangereux contre le mode de gouvernement de l'URSS, était confiée au Conseil d'administration spécial du NKVD de l'URSS. Jusques et y compris le peloton d'exécution, cela va de soi. Le camarade Kovaltchouk déposa ce gringalet de Nikolaïtch, qui semblait devoir tinter comme une cloche, sur un plateau de la balance de Némésis et, en gémissant, il prit sur la table quelque chose enveloppé dans du papier journal.

— Tiens, fiston, bouffe ça, dit-il d'une voix chantante et veloutée de ténor d'où ni Moscou ni son satané boulot n'avaient pu extirper la mélodieuse sensualité ukrainienne.

Nikolaïtch, après avoir gargouillé, planta ses dents dans le croûton de seigle recouvert d'une épaisse couche – comme un doigt – de lard maison.

— Il vient de Jitomir, c'est maman qui l'a salé, expliqua Kovaltchouk. Tu as ta maman, toi ?

Nikolaïtch, sans cesser de mâcher, hocha la tête : il n'avait pas de maman, seulement un pantalon déchiré et l'ombre de longs cils de fille sur des pommettes creusées par la faim. Kovaltchouk soupira comme une bonne femme, son fiston avait des cils comme ça, c'était un petit gars rigolo que la scarlatine avait dévoré en une semaine, en 1936. Après l'enterrement, sa femme était repartie chez ses parents, en Ukraine.

— Je ne peux plus vous voir, ni toi, Petro, ni ta maudite Moscou, avait-elle dit.

Comme si quelqu'un lui avait demandé s'il aimait Moscou. Comme si, en fait, il avait le choix.

Nikolaïtch avala la dernière fibre de lard, il se pourlécha les doigts et rapidement, comme un petit animal, il regarda autour de lui.

— Tenez, je vais lessiver les sols ici, proposa-t-il. Et faire les carreaux.

Nikolaïtch ne connaissait pas d'autres façons de dire merci. On ne le lui avait pas appris. Le camarade Kovaltchouk regarda le sol piétiné et éraflé, et son visage s'illumina.

— C'est bon, vas-y ! accepta-t-il joyeusement. Lessive-moi tout ça ! Moi, je vais au dépôt. Mais fais gaffe, gamin, si tu te barres, je te loge une balle dans le crâne.

Nikolaïtch ne se barra pas. Et il devint le fils de la section régionale du NKVD de la ville de Moscou. Avec ration alimentaire complète et équipement gratis. Il fêta le jour de la victoire alors qu'il était devenu un adulte, avec le grade de sergent à la Direction principale des troupes de sécurité de l'Armée rouge d'active du NKVD. Le sergent Samokhov ne brillait guère par sa formation, comme autrefois, mais il ne passait pas pour un imbécile, parce qu'il n'aspirait plus à aimer autant le camarade Staline et à le protéger. Son amour divin pour le petit père des peuples s'était réduit à néant comme son acné juvénile et sa maigreur de crève-la-faim. Nikolaïtch prit de l'embonpoint, il s'endurcit et eut droit à une solde confortable, il assimila tous les petits jeux du pouvoir, dangereux et subtils, sans lesquels il est impossible d'exister dans aucune grande structure hiérarchique. Malgré ses dix-neuf ans, il avait la réputation d'être excellent dans les opérations de terrain – rusé, tenace, absolument privé de la moindre esquisse de sentiments. Voilà trois ans à cette époque que le camarade Kovaltchouk, qui n'avait pu, malgré tout, esquiver l'un des décrets, avait été fusillé.

Nikolaïtch n'en gardait presque aucun souvenir.

Lindt comprenait, bien entendu, que Samokhov, Vassili Nikolaïevitch, dit Nikolaïtch, n'avait pas été mis à sa disposition en tant qu'ordonnance, mais, juste Ciel, pourquoi pas ? Un mouchard sensé et débrouillard valait cent fois mieux que n'importe quel compagnon d'armes manchot, mais inspiré. La vie matérielle de l'académicien, se retrouvant entre les mains roublardes de Nikolaïtch, progressa sans grincements ni à-coups, comme la télègue parfaitement réglée et amoureusement graissée d'un fermier travailleur. En outre, Nikolaïtch était amusant et même touchant, à sa façon. Lindt ressentait avec lui une étrange parenté qu'il ne pouvait s'expliquer, peut-être une similitude apparente de leurs destins, qu'ils ne s'étaient pas racontés l'un à l'autre, peut-être quelque vétille biologique, comme une combinaison particulière de phéromones ou d'un niveau similaire d'ocytocine. Car tous les sentiments que nous éprouvons les uns pour les autres, à bien y réfléchir, ne sont rien de plus que l'activation de protéines appariées de guanine-nucléotide, une espèce de sympathie chimique des molécules de transduction d'un signal. Rien de plus.

La seule chose qui chagrinait un peu Lindt était la relation que Nikolaïtch entretenait avec Galina Petrovna.

— Mais enfin, vraiment, Nikolaïtch, qu'est-ce qu'elle t'a fait ? l'exhortait-il, sans remarquer qu'il lui parlait sur le ton avec lequel il aurait sermonné un grand chien qui a fait des bêtises, et Nikolaïtch, absolument comme un chien, détournait sa gueule renfrognée, sans daigner lui répondre.

Il était jaloux.

— Allons, ne prends pas la mouche comme ça, mon coco, fais-moi plutôt ton rapport : quelles sont les nouveautés ? Tu as trouvé un lit ?

Lindt tapotait d'une main légère sa nuque de chien-loup, et Nikolaïtch hochait la tête en s'amollissant : bien sûr qu'il l'avait trouvé ! De la meilleure qualité, en mélèze, on pourrait y dorloter une dizaine de gosses, sans le moindre préjudice.

— Qu'est-ce que tu veux que je fasse d'une dizaine de gosses ? Sur ce plan, je ne sais pas moi-même ce que je vais faire. Tu crois aussi que ce sera un fils, hein, mon coco ?

— Un fils, répondait, sûr de lui, Nikolaïtch. Son ventre se tient bien haut, comme si elle avait avalé un globe, et elle a la peau qui reste pure. Il n'y a que les filles qui pompent la beauté de leur mère, avec les garçons les bonnes femmes deviennent toujours plus belles.

Lindt, qui retenait à peine un sourire de loup qui contractait son visage, se souvenait de la peau chaude, légèrement salée du gros ventre de sa femme, de la façon dont elle fermait les yeux en se soumettant à sa pression, de la chaleur vivante, puissante et humide qu'elle avait à l'intérieur d'elle-même, et, comme par contraste, le bout de ses seins toujours frais, d'un rose pâle, à la peau fine, et si tendres qu'on avait envie de les cueillir à peine les lèvres les effleuraient-elles, comme une framboise précoce, faiblarde, sur le point de tomber.

Nikolaïtch, qui comprenait tout, soupirait.

— Elle va bientôt revenir ici, soyez patient. Les médecins l'ont dit, c'est sûr, ce sera pour la fin janvier.

Et c'était exact : le 31 janvier 1959, Galina Petrovna accoucha. Contrairement à tout ce qu'elle avait subi, ce fut aussi facile que pour une chatte, depuis la première contraction jusqu'au moment où la sage-femme, tenant avec dextérité le nouveau-né violet comme une prune sous son petit derrière plat et ridé, chanta de sa grosse voix : « C'est un garçon ! », il se déroula une trentaine de minutes, dont dix durant lesquelles Galina Petrovna s'en était allée clopin-clopant du fumoir. L'enfant lui parut épouvantable, mais, grâce à Dieu, pas aussi répugnant que Lindt. Il est vrai qu'au bout de vingt-quatre heures, quand on lui amena pour la première fois son bébé afin qu'elle le nourrisse, Galina Petrovna fit une crise de nerfs en bonne et due forme devant le personnel médical : la moindre tentative du nourrisson de téter provoquait en elle de véritables spasmes. Les médecins s'agitèrent, on essaya d'exclure une épilepsie sortie d'on ne sait où, mais en réalité cela répugnait à Galina Petrovna. Elle se calma aussi soudainement qu'elle s'était énervée, mais refusa catégoriquement de nourrir l'enfant au sein et lança même sur l'infirmière un superbe pot de crème au four. Ce fut le signe avant-coureur des tempêtes fabuleuses à venir au sujet desquelles couraient à N-sk les légendes les plus effrayantes et aussi pittoresques que celles du fabuliste Bajov. Galina Petrovna accepta, aimablement d'ailleurs, qu'on recueille son lait et, après concertation, on décida de nourrir le nouveau-né au biberon. Elle avait suffisamment de lait pour satisfaire deux autres nourrissons : le petit-fils du directeur d'une immense entreprise de fabrication d'armes (sa fille s'avéra une idiote pleurnicharde qui avait la poitrine sèche) et un enfant très précieux, venu sur le tard et avec beaucoup de mal, d'une divinité du Parti qui durant de longues années avait imploré le pardon auprès de ses dieux parce que – sur leur ordre – il avait fait fusiller des malheureux dans leurs cellules, jusqu'à ce qu'il obtienne enfin le rejeton tant espéré, une fillette minuscule au visage de lune avec des yeux de Chinois et une énorme langue qui n'arrivait pas à se loger dans sa bouche. Tout le monde à la maternité prit en pitié la petite mongolienne et on essaya de persuader la mère de l'envoyer balader et de la mettre au rebut, autrement dit de la laisser à l'État, mais la mère de la fillette, qui n'était plus de première jeunesse, qui n'était pas belle et était cruellement privée non seulement d'avenir mais même de la moindre goutte de lait, berçait des heures durant son poupon attardé mental avec une tendresse si frénétique qu'il était clair qu'elle était prête à mordre cruellement s'il fallait la défendre. Mais elle ne l'abandonnerait pas.

En dehors des infirmières fringantes, personne n'allait voir le fils de Lindt. Ce fut même Nikolaïtch qui lui trouva un prénom après que Lindt, qui brûlait d'impatience (ni ruptures ni coutures, on peut le faire, on peut y aller !), ramena Galina Petrovna à la maison et ne la laissa pas sortir de sa chambre durant près de vingt-quatre heures, sauf pour boire de l'eau et tirer son lait pour la énième fois. Ce serait bien qu'il s'appelle Boris, je crois, jugea Nikolaïtch en berçant maladroitement le bébé lourd et pleurnichard alors qu'il se souvenait vaguement que chez eux, à Bézovo, on appelait Boris les boucs de race et de la meilleure qualité.

C'est ainsi que le fils de Galina Petrovna et de Lazare Lindt fut appelé Boris, Borik pour les intimes.

Il était difficile d'imaginer un enfant dont personne à ce point n'avait besoin.

Lindt fut ridiculement peu concerné par sa paternité. Sans doute, depuis Abraham qui avait engendré Isaac, qui avait engendré Jacob, qui avait engendré Judas (etc., avec les diverses pauses ennuyeuses dans les innombrables générations des treize tribus d'Israël), le gène hébraïque de l'amour des enfants s'était-il à ce point émoussé qu'il était devenu déficient dans le sang de Lindt, comme un vieux parfum éventé. Peut-être toute son ardeur, du haut de ses soixante ans, avait-elle été consacrée à Galina Petrovna, en définitive, et elle, avec ses dix-neuf ans, était restée en tout point une enfant, bien plus fragile et blessable toutefois que le marmot nouveau-né qui cent fois par jour crottait ses couches et réclamait à bouffer en hurlant de telle façon, contracté et violet, qu'il était clair qu'on ne pouvait clouer le bec à cet emmerdeur. Inutile même d'essayer.

Galina Petrovna n'aimait pas son fils, c'était parfaitement compréhensible et même excusable, mais il était vivant et vulnérable, il fallait donc prendre soin de lui, comme elle aurait même pris soin de rats dégoûtants dans un local de propagande. Simplement parce qu'elle était une Soviétique, donc un individu moral, et non on ne sait quel maudit fasciste ou une quelconque Américaine. Et Galina Petrovna soulevait consciencieusement le petit Borik, elle le changeait, lui tapotait le dos pour qu'il fasse son rot, mais en accomplissant ces gestes elle n'éprouvait rien d'autre qu'un étonnement hébété et las. Ne sachant pas bien s'y prendre, comme n'importe quelle mère avec son premier enfant, elle avait encore du mal à se débrouiller dans la vie quotidienne créée par sa situation nouvelle : il fallait faire bouillir les biberons, récupérer le lait, laver les langes et les couches de gaze qui croupissaient dans une bassine, les rincer et les repasser des deux côtés. Galina Petrovna avait maigri, elle s'était affaissée et enlaidie. La nuit, elle se précipitait dans la chambre d'enfant et restait là, assise durant des heures, tendant une oreille sur le qui-vive aux reniflements de Borik, comme n'importe quelle mère normale. Cependant elle ne rêvait pas que son gamin dorme le plus longtemps possible, mais qu'il ne se réveille pas. Lindt entrait, tel un fantôme minuscule et silencieux, bleuâtre dans l'obscurité du petit matin, trompeusement irréel.

— Tu ne peux pas continuer ainsi, tu vas t'épuiser. Si tu veux, on va engager une nourrice, finalement. Nikolaïtch l'a proposé cent fois, il a dit qu'il avait en vue une femme. Pourquoi fais-tu des caprices ?

Galina Petrovna s'obstinait à faire un non de la tête : elle n'avait pas besoin des espionnes de Nikolaïtch, elle en avait assez de le voir chez eux cent fois par jour, silencieux, effrayant comme un vampire, s'occupant de tout avec efficacité, s'agitant et ne cessant de croiser le regard de Galina Petrovna, avec un sourire narquois au coin des lèvres – tu te rappelles ma mise en garde, salope ? Elle s'en souvenait.

Bon, ça suffit, ne pleure pas, *feigele* ! Lindt s'approchait d'elle et passait ses doigts secs et ridés sur ses épaules, puis sur une joue, comme s'il avait perçu de façon incompréhensible de lourdes larmes monter à l'intérieur de sa femme.

— Ce sera bientôt un peu plus facile, tu verras. Allons plutôt faire dodo avant que ce goinfre ne s'égosille.

Elle hochait la tête docilement, mais ne bougeait pas, sentant les doigts de son mari glisser sur ses clavicules et aller toujours plus bas, jusqu'à ses seins lourds et remplis comme un bol. Il ne se limitait jamais à des consolations.

— Ou ne pas faire un petit dodo, hein ? Dès l'instant que tous les deux, on ne dort pas et qu'on a un moment pour nous ?

Lindt marmonnait d'une voix de plus en plus véhémente et confuse, ses mains se baladaient de plus en plus véhémentes et confuses ; Borik, qui était endormi, gémissait comme s'il taquinait son père, et Galina Petrovna, qui sentait la façon dont s'enfonçait avec gourmandise dans son flanc un hochet qu'elle avait apparemment elle-même laissé tomber, voyait le plafond qui s'éclairait lentement être secoué par à-coups, et elle pensait que ce n'était ni à son enfant ni à son mari qu'il fallait souhaiter la mort, ni à son enfant ni à son mari, ni à son enfant ni à son mari, ces deux êtres déplaisants qui lui étaient étrangers, ce n'étaient ni son enfant ni son mari qui devaient quitter la vie pour que tout finisse par s'arranger. Mais elle-même.

Elle fut sauvée du suicide (tout à fait envisageable en réalité, car Galina Petrovna y avait réfléchi avec le calme froid de la maîtresse de maison qui suppute la façon la plus efficace de couper le cou d'une poule destinée à un bouillon) par Zoïetchka, l'infirmière qui lui rendait visite chaque semaine, à la demande du ministère de la Santé, pour s'occuper du fruit de la passion de Lindt, et qui prenait soin par la même occasion de la maman dudit rejeton. Zoïetchka était une parfaite idiote au nez retroussé, grosse et rigolarde, mais une idiote d'une efficacité extraordinaire. Elle enroulait ses indigentes nattes blondasses autour de sa tête farcie d'hérésies superstitieuses et fourrait son nez absolument partout, particulièrement là où on ne le lui demandait pas. Pour ce qui était de sa mission, elle l'exécutait à la perfection, et même les bébés les plus gâtés ne hurlaient pas lors de ses visites d'inspection, se contentant de brimbaler leurs gambettes grassouillettes serrées dans des langes et de gazouiller d'un air attendri. Elle était satisfaite de l'état du petit Boris Lindt : il prenait du poids et grandissait conformément aux instructions édictées par le ministère, il ne s'efforçait pas de former avant terme sa fontanelle et expulsait même un méconium à l'odeur et à la consistance conformes aux normes, mais c'était Galina Petrovna Lindt qui l'inquiétait.

Celle-ci était de plus en plus murée dans son silence, ses yeux clairs fixaient le sol ; ses gestes étaient ralentis et décalés, comme si elle retardait d'une dizaine de secondes par rapport au reste du monde, comme un scaphandrier qui marche au fond d'une tourbière dans sa tenue pesante et solidement vissée. Sans doute pouvait-on invoquer une dépression post-natale, mais c'était bien moins intéressant qu'un mauvais sort ou qu'un envoûtement maléfique qui cohabitaient en parfaite entente dans la tête de Zoïetchka avec les symptômes de la jaunisse du nouveau-né ou des malformations de base. C'est pourquoi, profitant d'un moment favorable, elle emmena Galina Petrovna à la cuisine et essaya de convaincre énergiquement l'épouse de dix-neuf ans de l'académicien Lindt que quelqu'un avait jeté une malédiction et le mauvais œil sur son arbre généalogique.

— On voit que des gens ont dit du mal de vous, énonçait Zoïetchka pleine de fougue, en écarquillant ses yeux ronds, bleus comme des boules de porcelaine, et en saisissant tantôt les épaules, tantôt une main de Galina Petrovna. Il y a des gens qui sont jaloux, qui ne pardonnent rien, ni la beauté ni la richesse, ils ont probablement mis un cierge à l'envers ou récité la prière des morts. Pour une vivante !

Zoïetchka releva les sourcils d'une manière si expressive qu'ils faillirent s'envoler, mais Galina Petrovna continuait d'être prostrée, comme un grand poisson sorti de l'eau, endormi. Zoïetchka en fut même un peu chagrinée : d'ordinaire, même les communistes les plus invétérées réagissaient vivement au cierge renversé. Alors que Galina Petrovna demeurait indifférente aussi bien vis-à-vis de ses exhortations à secouer les oreillers à la recherche d'un maléfice qu'aux histoires effrayantes sur les débris de miroir qui, dissimulés dans les nippes de citoyens crédules, provoquaient dans leur fragile existence des cataclysmes énergétiques épouvantables. Elle refusa également de faire baptiser le bébé pour qu'il cesse de pleurer et qu'il dorme mieux.

Mortifiée, l'infirmière sortit alors de sa manche son atout maître, et Galina Petrovna se leva en repoussant bruyamment son tabouret. Ses lèvres tremblèrent et devinrent roses, exactement comme un cardiaque qui finit par recevoir un souffle vivifiant d'un ballon d'oxygène, marron, en caoutchouc, poudré de talc très fin et qui sent mauvais.

— Vous dites la vérité ? demanda-t-elle en s'accrochant à Zoïetchka à deux mains.

— Quel intérêt aurais-je à mentir ? répliqua-t-elle, outrée.

Il est vrai qu'elle ne recevait aucun dividende de cette activité absurde, hormis une satisfaction morale.

— Donnez-moi votre parole d'honneur léniniste ! exigea d'elle Galina Petrovna, en utilisant la formule qui était la plus terrible de toutes celles qu'elle connaissait, qui était comme une incantation enfantine, effrayante, inventée dans les cours de récréation, dans les jeux emberlificotés, comme une formule magique des camps de pionniers.

— Je vous donne ma parole d'honneur léniniste, martela Zoïetchka, et pour la valider elle se signa.

Galina Petrovna hocha la tête lentement. Dans la chambre d'enfant, Borik, qui s'ennuyait, poussa des cris déchirants, et aussitôt Nikolaïtch, le fidèle zélateur du bien de son maître, qui considérait l'enfant de Lindt comme une sorte de nouvelle possession, fragile et enquiquinante mais de toute évidence très chère pour ses patrons, bourdonna au-dessus de lui. Galina Petrovna tendit l'oreille à ce bourdonnement et pour la première fois, autant que s'en souvenait Zoïetchka, elle sourit, d'un sourire enfantin, lumineux et très confiant.

— Toutefois, il est indispensable pour moi que personne ne soit au courant. Est-ce qu'on peut organiser cela ?

Zoïetchka secoua la tête d'un air complice :

— C'est sans tralala, venez tout près que je vous le dise…

Galina Petrovna se pencha et tendit l'oreille aux chuchotis précipités et postillonnants de Zoïetchka qui la titillaient.

— Personne n'en saura rien, n'ayez aucun doute là-dessus, conclut-elle, ravie que sa réputation mystique n'en ait pas pris un coup.

Et personne n'en sut rien, en effet. Le déroulement des opérations fut accompli avec une précision qui aurait fait honneur à n'importe quel tchékiste. Une semaine plus tard, le chauffeur emmena Galina Petrovna et Borik au dispensaire pour la visite planifiée chez un neurologue, et il somnola devant l'entrée comme à son habitude, la patronne l'ayant heureusement prévenu que les démarches prendraient au moins une heure. Galina Petrovna entra rapidement dans le hall, elle transmit son fils bien lourd à Zoïetchka qui regarda autour d'elle comme une espionne et, après avoir traversé de part en part le dispensaire, elle sortit par l'entrée de service devant laquelle l'attendait un taxi qui avait été également commandé par Zoïetchka. Exactement une heure plus tard, elle revint dans le même taxi, récupéra son fils qui avait été consciencieusement examiné par le neurologue et donna des petits coups de phalanges sur la vitre de la porte avant de la Volga personnelle de Lindt. Le chauffeur, après avoir fait un petit somme, referma la bouche et frotta ses yeux engourdis de sommeil.

— À la maison, lui ordonna laconiquement Galina Petrovna d'un ton si inopinément autoritaire que le chauffeur se réveilla définitivement et ne cessa en route de jeter des coups d'œil à sa patronne dans le rétroviseur.

Une belle nana, malgré tout, quoi qu'on dise. Et elle a le cul aussi lisse que celui d'une jument. Ça a beau être un youpin, c'est pas un idiot, l'académicien. Elle, c'est une idiote. Elle gâche toute sa vie pour un vieux, et le fric fait rien à l'affaire. Galina Petrovna grimaça, comme si elle ressentait ces pensées, poisseuses comme une toile d'araignée salopée, abandonnée.

— Regardez devant vous, lui ordonna-t-elle sèchement, et le chauffeur écarta d'elle son regard en devinant vaguement qu'il transportait sur le siège arrière quelqu'un de nouveau et de tout à fait inconnu.

C'était le cas, en effet. En avril 1959, la petite Galotchka Batalova cessa définitivement d'exister. Madame Galina Petrovna Lindt la remplaça.

Des années plus tard, elle se contentait de sourire malicieusement au souvenir de l'horreur de sa première année de mariage, de sa peur, de son effroi à l'époque quand elle croyait qu'elle était suivie, de sa croyance en la toute-puissance de Nikolaïtch qu'elle se représentait comme le démon personnel de Lindt, pour ainsi dire l'incarnation terrestre de Satan. Qu'on y songe un peu : durant de longs mois, en sa présence, elle avait même peur de penser à quoi que ce soit d'important, supposant sérieusement que ce larbin dévoué et inculte était, en fait, d'une façon ou d'une autre, capable de lire ses pensées.

Et à l'époque, dans le taxi, elle avait été sur le point de perdre connaissance tant elle avait peur, persuadée que la manœuvre serait nécessairement découverte, qu'on arrêterait Zoïetchka et Borik, qu'on les démasquerait et que d'un instant à l'autre allait surgir d'un coin de rue un fourgon de police qui leur était destiné. En outre, Zoïetchka avait, semble-t-il, mal noté l'adresse, et le chauffeur de taxi, un homme d'un certain âge qui roulait lentement, avait fait tellement de tours et de détours dans la périphérie de N-sk en pestant et en disant que « putain, ça fait vingt ans que je conduis, et j'ai jamais entendu parler de cette connerie d'adresse », si bien qu'elle avait été vraiment sur le point de lui demander de revenir au dispensaire. Mais soudain, il était arrivé à une extrémité de la ville. Tout au bout. La voiture avait tangué sur un sentier, il y avait eu un tournant, puis un autre, et le chauffeur avait freiné près d'une maison.

— Je crois bien que c'est ici, avait-il dit, pas très sûr de lui. Tu la reconnais ?

C'était une vieille maison qui avait un air venu d'ailleurs : elle avait un étage, une vaste véranda, elle se cachait au fond d'un jardin transi et dépenaillé, comme si elle avait un peu honte de sa vulnérabilité. Il n'y avait ni haute palissade, ni roquet braillard au bout de sa chaîne, ni potager – seulement une allée de galets humides, de branches nues frénétiquement entremêlées et des squelettes des rudbeckias de la saison précédente qui tenaient parfaitement lieu de haie pour ceux qui habitaient ici. L'endroit était totalement isolé : N-sk s'empressait de battre en retraite vers l'est, entraînant avec lui des hameaux voisins à moitié en ruine et, depuis l'ouest, progressait implacablement une forêt de pins qui avait à l'époque, en avril, une allure particulièrement sévère et transparente, comme si elle avait été tracée à l'encre de Chine avec comme arrière-plan le ciel bleu pastel.

Le chauffeur éteignit son moteur, il sortit de sa voiture et alluma une cigarette.

— Vas-y, ma fille, n'aie pas peur, je t'attends, lui promit-il. Tu pourras pas rentrer chez toi même à dos de renne. Comme si je comprenais pas !

Elle fit croustiller la glace en marchant d'un pas vif sur le chemin qui menait à un perron humide et sombre, et, n'ayant pas remarqué le bouton en porcelaine de la sonnette, elle frappa à la porte. Son cœur battait comme avant un examen, comme si toute sa vie revenait en arrière. Et si ça ne m'aide pas... Je me pends, songea-t-elle résolument.

— Tu parles d'une idiote, fit quelqu'un d'un ton moqueur, et la porte s'ouvrit.

Sur le seuil se tenait une grande femme vêtue d'un peignoir inouï en soie épaisse, brodée de dragons ondoyants qui ressemblaient à des fleurs alambiquées. Les dragons étaient de feu, avec des reflets cuivrés, et le même cuivre brûlait dans la chevelure épaisse de la femme rassemblée en une queue de cheval lisse qui lui tombait sur la nuque.

— Quoi ? demanda Galina Petrovna, effrayée.

— Je dis que tu es une idiote, ma chérie, comme on n'en fait plus, répéta en articulant chaque mot la femme qui éclata de rire. Ses dents étaient arrondies, blanches et lisses, comme celles d'une actrice de carte postale, et son cou était aussi arrondi, blanc et lisse, une chaînette en or y était suspendue, tel un ruisselet torsadé, au bout de laquelle se balançait un lourd pendentif qui plongeait dans son long décolleté, au milieu de sa poitrine rebondie, épanouie et opulente. Elle portait des boucles d'oreilles en forme de grappes en or, lourdes elles aussi, qui étiraient légèrement ses grands lobes tendres. Il émanait d'elle un parfum savoureux, un peu sucré, presque comestible, et toute sa personne était élégante, légèrement chatoyante, imposante ; elle ressemblait à un sapin de Noël.

Ce fut soudain comme si Galina Petrovna se voyait de loin, vêtue de son petit manteau vieillot et étriqué, ouvert, avec son corsage maculé de taches traîtresses de lait desséché, sa natte défaite fixée à la va-vite avec un élastique noir de la pharmacie, et à l'instant même elle eut une envie brûlante de posséder le même peignoir magnifique, les mêmes boucles d'oreilles semblables à des grappes de raisins, et ces sourcils haut placés, à la courbe parfaite, surmontant des yeux rieurs.

— Bon, maintenant tu penses de façon correcte, la félicita la femme. Entre, sinon mes lauriers-roses vont prendre froid.

Galina Petrovna fit un pas à l'intérieur de la vaste entrée, sombre et solennelle, où se trouvaient un pouf dodu et de lourdes patères ; son regard accrocha une pelisse coquette de renard bleu, un immense col de renard argenté sur un long manteau rouge, et elle fut définitivement troublée.

— Excusez-moi, j'ai dû me tromper d'adresse, marmonna-t-elle. Je dois me rendre chez une voyante.

— C'est moi, la voyante, répondit tranquillement la femme qui éclata de nouveau d'un rire sonore, juvénile, cassant et effrayant, comme si quelqu'un frappait avec une mailloche les lames métalliques d'un vibraphone.

C'est étrange, mais Lindt fut le seul à ne pas remarquer le changement qui s'était opéré en Galina Petrovna. Ni les crises de nerfs, ni les caprices, ni la paresse incorrigible de sa jeune épouse qui progressait aussi rapidement qu'une tumeur maligne ne parvenaient à émousser son adoration, et il n'avait que faire, en réalité, de l'avis des autres. À vingt ans, Galina Petrovna était devenue une vraie dame, dans toute la splendeur distinguée de ce mot désuet, velouté, légèrement usé aux entournures. Elle se pourvut d'une domesticité de haut vol qui haïssait la maîtresse de maison autant qu'elle la vénérait, allant jusqu'à une servilité primitive, à des rêves de baisers sur son épaule opulente et à une adoration presque fétichiste de son mode de vie et de ses toilettes de grande dame. En outre, cela ne se limitait pas à une femme de ménage, comme il était d'usage dans la nomenklatura, et à un chauffeur personnel : de l'humeur de Galina Petrovna, de ses songes et de ses cycles menstruels dépendaient des dizaines de gens – fourreurs et cuisiniers, bijoutiers, couturiers, médecins et doctorants, professeurs, des adultes pourvus d'une famille et d'enfants, qui avaient mené leur propre vie avant de tomber sous la coupe de cette gamine.

En fait, Galina Petrovna n'en était plus une : tout accès au corps de l'académicien Lindt, à son téléphone, à ses archives ou à son âme passait désormais exclusivement par son intermédiaire. C'était sur ses injonctions ou son bon vouloir que les nouveaux articles étaient publiés, qu'étaient choisis les membres des comités de direction et organisées les conférences, que les audiences étaient accordées ou annulées ; elle tapait sur les nerfs de tout le monde ainsi que dans la caisse, et il s'agissait de sommes folles ! Le trésor potentiel de Lindt qui était jusque-là une charge morte s'était mis à vivre, à se mobiliser, comme un glacier qui fond, et il voguait en faisant scintiller des zéros ronds et vifs. Rien que pour la remise en état et la décoration de son immense appartement, Galina Petrovna dépensa presque toute la somme attribuée par le prix Staline à l'académicien. Mais Lindt, qui remarquait à peine toutes ces antiquités babyloniennes en chêne fumé et en bouleau de Carélie, reçut peu après le prix Lénine et le capital, comme par un enchantement diabolique, fut à nouveau doublé.

Tout se déroula exactement comme l'avait promis la voyante. Plus Galina dépensait d'argent, plus elle en gagnait, plus elle s'occupait d'elle-même, plus les souffrances de sa vie quotidienne devenaient supportables. Un arrangement d'une honnêteté idéale. Zoïetchka l'infirmière n'avait pas menti, et c'est pourquoi Galina Petrovna commença par tester sur elle justement les conditions de l'accord qu'elle avait passé. Quand, une semaine après la visite mémorable au dispensaire, l'infirmière se présenta de nouveau chez les Lindt conformément au plan des visites (et avec un million de questions inquiètes à poser), au lieu de Galina Petrovna, elle tomba sur une nounou moustachue, plus de première jeunesse, qui cocounait Borik, la première d'une longue série d'esclaves que Galina Petrovna apprit à engager et à congédier avec cette célérité instinctive grâce à laquelle les paysannes trient les pommes de terre, se débarrassant avec une parfaite indifférence de celles qui sont pourries ou trop petites. C'est dans un tas de déchets que Zoïetchka fut envoyée : il avait suffi pour cela d'un seul coup de téléphone pour que cette pauvre fille soit chassée du paradis prestigieux qu'était la quatrième direction du ministère de la Santé et soit exilée au dispensaire régional afin de faire des vaccins aux rejetons braillards du prolétariat pour prévenir les maladies mortelles. La satisfaction que cet événement, sans la moindre importance en réalité, procura à Galina Petrovna la surprit agréablement. La calomnie, comme la vengeance, est un plat qui se mange froid. Décidée dans l'instant et dans l'excitation, elle assouvit bien mieux la faim, mais elle est encore plus savoureuse quand on la répand simplement comme ça, gratuitement, voire sans méchanceté, simplement histoire de s'amuser. Comme si l'on était Dieu.

C'est aussi ce que la voyante avait dit.

Galina Petrovna installa rapidement sa maison sur un grand pied. Son train de vie était devenu merveilleux : elle se découvrit un talent inattendu pour les beaux objets, qui ressemblait plus à l'envers de son indifférence pour les êtres, mais dans les questions de décoration, on sait que l'essentiel n'est ni la cause ni même la conséquence, mais le résultat. Ce qui semblait n'être pour tout le monde que de la camelote dégotée dans un marché aux puces acquérait entre ses mains un sens et s'avérait une antiquité rare, et elle n'hésitait pas, en outre, à prendre des conseils, n'éprouvant aucune gêne à poser des questions, qualité rare et précieuse, presque inimaginable pour une jeune femme qui ne savait pas ce qu'elle pouvait désirer d'autre. Sa maison commença à être fréquentée par de vieux collectionneurs allumés aux relents dostoïevskiens, à cause desquels Nikolaïtch n'avait plus qu'à se prendre la tête entre les mains, et Galina se mit à aimer traînailler durant des heures au fond de son canapé à feuilleter de gros catalogues et des albums d'art, agitant ses pieds roses et galbés, impeccablement soignés. Lindt pleurait presque d'attendrissement en embrassant ces pieds lisses, ces jolis petits ongles recouverts d'un épais vernis écarlate – « Ils sont comme de petites baies, je vous jure. » La manucure une fois par semaine, l'esthéticienne deux fois par semaine, le coiffeur chaque matin, des pantoufles sur des talons légers, une robe de chambre en soie brodée de dragons. Sept robes de chambre en soie – une pour chaque jour de la semaine.

La femme de ménage, une gourde de la campagne, qui acceptait docilement qu'on la surnomme Nikititchna, comme une paysanne (sur ses papiers d'identité, elle était Nikolaïevna, et même plus : Natalia Nikolaïevna, telle une allusion légère, vertigineuse et passablement trompeuse à la femme de Pouchkine, comme cette branche duveteuse derrière la fenêtre des toilettes à demi-peinte), triait, les mains tremblantes, le linge de la maîtresse de maison : elle ne le triait pas vraiment d'ailleurs, car on avait l'impression qu'elle s'adonnait à la sorcellerie, qu'elle adressait peut-être une prière de louange à ses esprits shishigas mordves qui s'empressèrent de venir à sa rescousse, et désormais, elle, la petite Natalia, qui était jadis une gamine rachitique et morveuse se baladant le nombril à l'air, une idiote d'analphabète, se trouvait dans la vaste chambre de madame, les bras plongés jusqu'aux coudes dans ses chiffons, dans ses dentelles tendres et voluptueuses.

Oh ! ces combinaisons en soie glissantes, glaciales en surface, électriquement brûlantes à l'intérieur, là où la soie entre en contact avec les hanches et caresse le dos long et lisse comme traversé par une incrustation de petites pierres que sont les vertèbres ! Ces scandaleuses petites culottes translucides, même quand elles ont été portées, même avec ces taches jaunes et les mucosités blanches sur la doublure, même imprégnées à l'entrejambe du sperme sénile et académique, elles dégageaient l'odeur d'un corps juvénile et dorloté, et ce parfum floral intermittent se mêlait à l'odeur pénétrante du savon d'importation à la rose que Galina Petrovna avait ordonné de répartir dans tous les innombrables tiroirs de ses armoires contenant du linge. Et les soutiens-gorge ! Ils étaient ornés de dentelle, munis de bretelles fines, le sein y reposait comme dans un panier ouvert, plantureux et comprimé – fallait-il les froncer, les pincer, y enfoncer de toutes ses forces dans leur peau dorée et tendue une épingle avec une tête brillante et ronde comme une goutte de sang ?

La Nikititchna secouait la tête pour chasser une stupeur blâmable, elle retournait le linge et le rangeait, plié aux coutures, elle le lavait dans de la mousse qui montait bien haut en pétillant, toute la journée, du matin au soir ; dans la chambre il y avait un bas en nylon, l'autre traînait dans le bureau sur le rebord de la fenêtre ; ce petit bouton perdu en nacre, la vaisselle avec ces coulures de graisse figée, brillant comme du mica, la poussière des livres, la poussière des placards, la poussière du parquet, la poussière sous le canapé... Mais peu importe, ce n'était pas un travail, mais une célébration exaltée qui remue tout le bas-ventre, parce que de tous ces vêtements négligemment jetés par terre, de l'amas des draps froissés (« Il faut les changer tous les jours, les repasser des deux côtés, les amidonner, en aucun cas ne mettre du bleu – vous m'avez comprise ? Répétez ! »), c'était l'émanation de Galina Petrovna elle-même qu'elle ressentait, incapable d'être comprise par un entendement lourdaud et plébéien, et qui était par conséquent particulièrement désirable.

Une année passa, puis une autre – sans heurts, riche, insouciante et vide. On gratifia Lindt d'une énième décoration, Borik sortait de ses langes en s'épanouissant peu à peu et il se transformait en un gros garçon de bonne composition, dont la première dent et le premier pas ne suscitèrent la joie de personne, hormis celle de la nounou que l'on s'empressa de flanquer à la porte, d'ailleurs, après en avoir engagé une deuxième qui fut suivie par beaucoup d'autres dans la liste capricieuse de la maîtresse de maison en permanence mécontente. Les réceptions de Galina Petrovna furent très courues, elle fit la connaissance de tous les gens indispensables en ville (soit les autres étaient inutiles, soit ce n'étaient pas des gens), elle tomba d'abord amoureuse des diamants, puis des émeraudes, mais revint aux brillants – ils allaient comme on dit « avec tout », alors qu'avec les émeraudes il fallait en plus choisir l'humeur et la robe qui convenaient.

Mais en 1964, elle retomba soudain dans la mélancolie : elle avait vingt-trois ans, elle avait connu cinq années de vie conjugale, son mari avait soixante-quatre ans, rien n'avait changé, le temps faisait du surplace, elle ne devenait même pas plus vieille parce que le gouffre immense qui existait entre elle et Lindt ne s'amenuisait pas, et c'était impossible. Il aurait toujours quarante et un ans de plus qu'elle. Jusqu'à sa mort.

— Sois patiente, ton académicien, il va mourir, et tout sera alors différent, lui avait dit la voyante.

Mais il était insupportable de patienter, et on ne pouvait rien faire (et comment aurait-elle pu faire quelque chose ? L'étouffer la nuit avec un oreiller ?). Lindt n'avait pas l'intention de mourir, apparemment, il semblait même avoir cessé de vieillir, lui qui était minuscule, répugnant et qui avait sucé à satiété son sang juvénile.

C'est pourquoi, par un beau matin sombre de printemps, elle entra dans le bureau de l'académicien et, serrant fermement la ceinture de sa robe de chambre en soie autour de sa taille ronde, elle déclara qu'elle voulait faire des études.

— Formidable ! réagit Lindt en s'animant. Excellente idée. C'est très bien de vouloir étudier, *feigele*. J'approuve des deux mains. En définitive, l'égalité des sexes règne chez nous, si bien que ce serait un péché que de ne pas en profiter, ne serait-ce qu'au nom d'un intérêt bien compris.

Elle ne sourit même pas, et cette petite plaisanterie resta pitoyablement suspendue en l'air, devenant aussitôt stupide, de mauvais goût et pas drôle du tout.

— Que veux-tu donc étudier, ma chérie ?

Lindt fut assez héroïque pour ne pas accorder d'attention au silence embarrassé de sa femme : en définitive, la vie de famille était une chose compliquée, et il arrivait aussi à Maroussia d'invectiver Tchaldonov de la façon la plus sauvage qui soit. Une justification pitoyable, certes, mais il n'en avait pas d'autres.

— J'avais l'intention, en fait, d'entrer à l'institut polytechnique, dit Galina Petrovna, vexée.

— Ah ! fit Lindt en hochant la tête d'un air satisfait, donc, la physique et les mathématiques, les meilleures amies des cancres. Toi et moi, on va maintenant les néantiser.

Il sortit un cahier de nulle part, il le posa sur sa table et se jucha sur une chaise, à genoux, comme un enfant. Il écrivit rapidement quelque chose sur une page blanche et, du geste habile de celui qui fait des tours de cartes, il envoya le cahier à sa femme, rayonnant, content d'on ne sait quoi d'incompréhensible. Un monstre. Elle parcourut des yeux les lignes et se plongea dans ses réflexions : elle maîtrisait parfaitement les pattes de mouche de Lindt, mais, malheureusement, elle avait purement et simplement oublié tout ce que lui avait bourré dans le crâne le doctorant judaïque.

— Allez, vas-y ma chérie, la pressa-t-il gentiment, comme s'il poussait un enfant dans le cabinet d'un médecin. C'est un petit problème très simple.

Il est vrai que cet exercice était enfantin, et pas seulement du point de vue de Lindt qui testait les problèmes que devaient résoudre les lycéens participant aux Olympiades nationales de physique, toutes récentes et introduites au cours de cette année 1962. Si Lindt devait réfléchir plus d'une minute au problème sur lequel auraient à suer les petits génies soviétiques, on le considérait comme insoluble et on le supprimait de la liste. Mais cela lui arrivait rarement : obliger l'académicien à réfléchir à de la physique pour l'enseignement secondaire n'était pas une chose facile. Lindt regardait du coin de l'œil l'aiguille de la pendule en ébène morose accrochée au mur. Trois minutes et demie pour ce genre d'ânerie. Tout de même ! On avait l'impression que tout ne se déroulerait pas comme en 1918 quand Tchaldonov et lui, ne parvenant pas à s'arracher l'un à l'autre leur cahier, résolvaient des problèmes à toute vitesse, et c'était à la fois une façon de faire connaissance, de passer du bon temps, de prêter un serment, de croire, et de tout promettre. Lindt éclata d'un rire emprunt de tristesse : finalement, presque toutes les promesses avaient été tenues, n'est-ce pas, mais c'était une autre affaire que de savoir comment au juste. Ayant entendu son petit rire, Galina Petrovna devint très cramoisie et, soudain, elle gribouilla sur les lettres et les signes de Lindt avec une telle hargne qu'elle troua le papier.

— Ça sert à quoi, tout ça ? demanda-t-elle d'une voix étranglée par une rage bouillonnante que connaissait parfaitement bien n'importe lequel de ses larbins. J'ai dit que je veux étudier, et non m'amuser avec ces jeux stupides.

Désemparé, Lindt descendit de sa chaise et tenta de prendre le bras de sa femme. Elle s'arracha de sa main et sortit de la pièce en claquant la porte de façon violente, triviale et cinglante, comme une gifle donnée sur le visage de son mari.

Celui-ci entreprit des démarches et ce n'est qu'à l'automne qu'il parvint à obtenir un diplôme d'études supérieures (indiquant la qualification d'ingénieur de projet avec la spécialité « adduction et évacuation des eaux »). Il fallut pour cela rendre de sérieux services ; en revanche, dans l'attestation en bleu (pas de « félicitations », je vous en supplie), il était mentionné que Lindt, Galina Petrovna, née en 1941, avait étudié à l'institut polytechnique de N-sk exactement durant les cinq années de son mariage, comme en atteste l'extrait ci-dessous : suivaient une série de chiffres et de lettres authentiques sur tous les plans. Cette peau d'âne était en béton, impossible de la contester.

— Vous gâtez trop votre épouse, Lazare Iossifovitch, reprocha à Lindt le général Sedlov qui commandait le KGB de la région de N-sk, sans l'approbation duquel même Lindt ne se serait pas décidé à s'occuper de cette affaire de diplôme.

De temps en temps, on peut mordre la main qui te nourrit, on le peut et même on le doit, mais cracher dessus… Lindt était trop intelligent pour cela.

— Mais elle ne m'a rien demandé, c'est moi-même qui lui ai proposé, tenta-t-il de se justifier, mais ce n'était guère convaincant.

— C'est encore pis que ce soit vous ! gronda le général, un grand et bel homme qui ressemblait à un chanteur d'opéra, avec une moustache soignée, digne de l'Ancien Régime, qui lui conférait un air frivole et même légèrement comique, tout à fait à tort. (Sedlov n'était pas bête – pour un général, il relevait du génie – et était tout à fait sensuel.) On ne doit pas offrir la liberté aux bonnes femmes, elles ne sauront pas quoi en faire, énonça-t-il d'un ton édifiant, et, ayant décidé que ça suffisait avec Lindt, il passa à un autre sujet. On dit que votre femme est d'une beauté incroyable…

Lindt saisit finement l'occasion d'une pause microscopique et le général reçut aussitôt une aimable invitation pour une soirée dans les plus brefs délais, « non, non, pas d'excuses, ce sera une rencontre habituelle et amicale pour les proches ».

Sedlov se rendit à cette soirée avec une boîte contenant une bouteille de cognac arménien Naïri de vingt ans d'âge, et il se conduisit comme un vrai hussard, avec beaucoup de charme, autrement dit il but une monstrueuse quantité d'alcool, mais sans le moindre dommage pour son uniforme, il interpréta des romances classiques, conformes à son allure, il courtisa toutes les dames, l'une après l'autre, y compris la bonne qui, étant coincée entre la cuisine et l'enclume, ne tarda pas à envoyer valdinguer par terre un plat contenant une selle d'agneau qui poussa un cri passionné. Sedlov fut parfait et devint très vite un familier des Lindt, au point que sept ans plus tard, en 1971, Galina Petrovna ne résista plus au désir de l'interroger sur ce qu'était devenu le citoyen Machkov, Nikolaï Ivanovitch.

Il serait stupide de s'imaginer qu'elle avait oublié Nikolenka, comme si l'on pouvait oublier des choses pareilles ! Au début, effarouchée par Nikolaïtch, non seulement Galina Petrovna n'osa pas téléphoner à Machkov (ne serait-ce qu'à son institut), mais même en souffler un mot et dire qu'autrefois cet homme avait existé dans sa vie. Elle mordait son poing qui tremblait pour ne pas sangloter, elle ravalait ses larmes – combien de fois les avait-elle ravalées ? Peut-être ses parents lui avaient-ils tout raconté ? Mais non, comment oseraient-ils ? Il suffit de bien se conduire et il sera hors de question qu'on s'en prenne à lui : c'étaient des peurs d'enfant, des promesses d'enfant, des rêves d'enfant de tresser une corde avec des draps, avec ses propres cheveux, et de déguerpir d'un château ensorcelé. Tout avait pris fin avec sa grossesse : maintenant, elle ne pouvait plus s'enfuir nulle part, elle était une bancroche souillée avec une grosse bedaine, indigne de son prince charmant.

— Oublie, ne va plus fouiller dans le passé, là rien ne changera, il n'y a que des cadavres, avait dit la voyante qui était apparemment une adepte de la psychothérapie systémique.

Cependant, ce sont justement les cadavres qui sont parfois les plus difficiles à oublier.

— Nikolaï Ivanovitch Machkov, tu dis, mon lapin ?

Le général Sedlov leva les yeux vers la voûte céleste en fouillant dans ses souvenirs : comme de nombreux membres de la police secrète, il n'avait confiance ni dans les papiers, ni dans les gens, ni en lui-même. Une maladie professionnelle. Comme les varices chez les coiffeurs et les garçons de café.

— On va le trouver, bien entendu. Et nous te l'amènerons, s'il le faut. Tu le veux mort ou vivant ?

Galina Petrovna éclata de rire et donna une petite tape sur les lèvres du général en faisant tinter ses bracelets en une petite musique charmante. Elle avait trente ans, elle était au comble de son exubérance, de sa jeunesse et de sa beauté, elle avait fait un mariage dans les hautes sphères qui lui apportait des satisfactions que d'autres n'obtiendraient pas de leur vie entière, et qui lui avait appris des subterfuges tels qu'elle aurait pu être le plus bel élément de n'importe quel service d'espionnage. En tout cas, c'est ce qu'elle pensait.

— Ne m'amène personne, mon cher. C'est de la simple curiosité.

Le général prit la main qui l'avait puni pour y déposer un baiser sonore, puis il baisa chaque doigt l'un après l'autre, puis chaque phalange – janvier, février, mars, avril... Juste après qu'ils eurent fait connaissance, Galina Petrovna essaya de le séduire, sans aucun succès au demeurant, et ils devinrent de grands amis, si grands que le général regrettait parfois de jouer les purs et durs. Ah, ce satané sens du devoir !

— Vous êtes une très belle femme, Galina Petrovna, mais je vous en prie, reboutonnez-vous, avait-il dit à l'époque d'une voix si ferme qu'elle avait aussitôt recouvré ses esprits.

C'était une fin d'après-midi d'octobre glaciale, mais il faisait chaud dans la Volga du général, on y étouffait même, c'est lui qui conduisait, et seulement lui, il n'avait confiance en personne, toutes les oreilles étaient en trop – « Tais-toi, l'ennemi t'écoute ! » La vieille école. L'haleine parfumée au cognac de Galina Petrovna répandait sur les vitres une buée légère comme des larmes, dans l'obscurité de la voiture sa poitrine opulente, ronde et lourde de jeune femme qui avait mis un enfant au monde et l'avait nourri formait une tache blanche, trouble et vaine. Et elle en avait nourri plus d'un, si l'on compte les nourrissons de la maternité. Même si elle ne l'avait pas fait personnellement, elle les avait nourris. Des veinules bleuâtres s'échappaient du bout de ses seins tendres pour se cacher sous sa peau fine.

— Pourquoi ? lui demanda-t-elle sombrement avant de reboutonner lentement sa robe.

— Parce que vous êtes mariée, Galina Petrovna.

— Mais tout le monde est marié, bon sang ! Et tout le monde a des amants ! Pourquoi ce ne serait interdit qu'à moi ?

Elle se mordit la lèvre pour ne pas fondre en larmes : l'humiliation était d'une cruauté inattendue.

— Parce que tout le monde n'est pas marié à l'académicien Lindt.

Le général alluma deux cigarettes, il lui en tendit une et, malgré son savoir-faire, ses mains tressautaient perfidement, une immense excroissance, douloureusement enflée, gémissait dans son pantalon. Galina Petrovna tira si fort sur sa cigarette qu'en jaillirent des étincelles crépitantes de Noël.

— Aussi bien toi, mon lapin, dit le général en passant au tutoiement, que moi, nous sommes des nullités de merde en comparaison avec Lindt. C'est sans doute vexant, mais c'est la vérité. Ton mari résout pour le gouvernement des problèmes tels qu'ils ne trouveraient pas de place dans notre tête, et c'est pourquoi je ne te laisserai pas l'inquiéter. Ne me le demande pas. Tu n'auras pas d'amant, et je m'en porte garant personnellement, sois tranquille. D'une manière générale, prends en considération le fait que jusqu'à présent tu as été mise sous surveillance et, apparemment, par des branleurs. Maintenant on va s'en occuper sérieusement. Et je m'en occuperai moi-même.

Galina Petrovna tira une autre bouffée, puis lentement, avec délectation, elle enfonça la cigarette dans le revêtement du siège de la Volga. Le skaï se mit à puer en fondant, et il fut troué par une blessure affreuse et irrégulière. Le général éclata de rire et baissa sa vitre.

— Je vois que tu es une fille au sang chaud, mon lapin ! dit-il avec satisfaction. Laisse-moi plutôt t'apprendre à conduire, tu veux ? Ça te donne une telle liberté que c'en est grisant ! À cent vingt à l'heure, tu verras, ton stress s'en va tout seul.

Galina Petrovna ravala ses larmes et éclata de rire, elle aussi.

— D'accord, apprends-moi, dit-elle en le tutoyant et en ajoutant moqueusement : mon lapin.

Sedlov apporta les renseignements promis au bout d'une semaine, bien qu'il ait appris tout ce qui était nécessaire au bout d'une heure : ce Nikolaï Ivanovitch Machkov n'était pas un bravache de première. Galina Petrovna prit la chemise peu épaisse, elle sourit d'un air tout à fait insouciant, du moins c'est ce qu'elle crut.

— Un petit café ? lui proposa-t-elle. Je vais le faire.

— Si c'est toi qui le fais, non merci, répondit en riant le général. Et ne languis pas, lis le dossier, il n'y a rien de criminel dedans.

Elle sourit une fois encore, ayant oublié le précédent sourire, si bien qu'il ressembla plus à une mimique tourmentée. Il va falloir garder un œil sur cette andouille, décida Sedlov, en descendant rapidement, comme un jeune homme, l'une après l'autre, les marches de l'escalier, et en faisant cliqueter ses éperons mentaux. Les anciennes liaisons sont comme les vieilles blessures. Elles se taisent cent ans, et tout à coup, on est dans l'autre monde.

Le général n'avait pas encore quitté le hall d'entrée que Galina Petrovna savait que son Nikolenka n'avait pas disparu, n'avait pas été condamné ni exilé, et qu'il n'était parti nulle part. Durant toutes ces années, il avait vécu très tranquillement dans la ville de N-sk dans un petit deux pièces (au 14/1 de la 2e rue Troudovaïa, appartement 12) qu'il avait obtenu de l'État... Elle se leva, traversa la pièce, puis se rassit. C'est exact : en 1959... Quand elle s'est mariée... Non, quand on l'a donnée à Lindt. Cette même année 1959, Nikolaï Ivanovitch Machkov avait soutenu avec une rapidité et un succès extraordinaires (pas la moindre objection) sa thèse de troisième cycle, avait obtenu une augmentation de salaire en conséquence et une place d'assistant du directeur de la chaire de chimie et des combinaisons naturelles, pas à l'institut polytechnique toutefois, mais à l'université, ce qui était un nouveau bond colossal dans sa carrière, une façon, en fait, de passer dans la strate sociale supérieure. Au moment présent, à l'adresse du citoyen Machkov résidaient son épouse, la citoyenne Machkova, Natalia Ivanovna, bibliothécaire de son état, et leurs deux filles : Anna, huit ans, et Ekatérina, quatre ans.

Par conséquent, il s'était affranchi d'elle à l'époque, exactement comme elle l'avait fait avec ses parents, il s'était simplement affranchi. Elle referma la chemise et essaya de se représenter la femme de Nikolenka, sa maison, ses filles, mais elle n'imagina rien, hormis son propre reflet indistinct dans la porte vitrée du buffet. Gobelets en agate avec monture en argent, Russie, XVIIIe siècle. Argent, onyx, dorures, couverts ciselés. Elle avait commencé à collectionner la vaisselle de l'époque de Pierre le Grand très récemment et la place manquait déjà de façon catastrophique. Il fallait encore dénicher une autre vitrine, ce serait bien avec des panneaux en bois sculpté, songea-t-elle, et elle fut surprise de constater à quel point cela ne la faisait pas souffrir.

Lindt jeta un œil dans la salle à manger.

— Tu es occupée, *feigele* ? On me propose des billets pour la tournée du Bolchoï : ils donnent *Le Lac des cygnes*, ce n'est pas un chef-d'œuvre, certes, mais on dit que la Plissetskaïa elle-même va danser. Ça te dit ?

Galina Petrovna hocha la tête et sourit, de façon inopinée, presque tendre.

— Le ballet, c'est très bien, dit-elle. Mais j'ai toujours détesté le ballet. C'est d'accord, bien sûr. Mais ensuite, on ira au Central, hein ? Et on boira jusqu'à plus soif !

Lindt fut rayonnant, il déposa juste en passant un baiser, comme un crachat, sur sa femme, et aussitôt, tel un diablotin, il disparut. Galina Petrovna suivit son mari du regard et s'essuya instinctivement la joue avec son épaule pour enlever la trace humide.

Tout ce qui lui restait maintenant à faire, c'était d'attendre qu'il meure.

Il se trouve que de 1971 à 1979, Galina Petrovna connut les neuf années sinon les plus heureuses, du moins certainement les plus paisibles de toute sa vie. L'Union soviétique, en tout cas l'Union soviétique de Galina Petrovna était riche, sûre d'elle-même et encore plus merveilleuse qu'elle ne l'avait jamais été, comme un seigneur insouciant qui ne soupçonne pas que deux porches plus loin une racaille va lui arracher son superbe manteau de putois et le forcer à courir en caleçon, hululant dans le gel, pitoyable, humilié, couvert d'une écume sanguinolente coulant de son nez cassé. Mais même l'omniscient Lindt ne pouvait présumer une telle issue.

Il se rendait de moins en moins à son institut, il restait chez lui pour travailler, et cela énervait de moins en moins Galina Petrovna qui après avoir successivement éprouvé une passion pour la vaisselle ancienne, les meubles et les bijoux, en était arrivée aux livres, et dans ce domaine elle ne pouvait trouver à N-sk meilleur conseiller que Lindt. Ils avaient même organisé une espèce de rituel de la mi-journée : elle lui apportait dans son bureau un verre de thé contenu dans un lourd support en argent de Khlebnikov (pas ce poète fou de Khlebnikov qui se présentait comme le président du globe terrestre, mais du consciencieux marchand moscovite de la première guilde, Ivan Petrovitch Khlebnikov, dont l'atelier d'orfèvrerie à Moscou, rue Chivaïa Gorka, près du théâtre de la Taganka, était célèbre dans toute la Russie), et Lindt, après avoir repoussé avec grand plaisir ces papiers qui, la vie avançant, lui étaient devenus odieux, s'attaquait au *lunch* accompagné de discussions au cours desquelles Galina Petrovna, sans le remarquer, mangeait tous les gâteaux qu'elle avait apportés à son mari.

— Mange, mange, ma chérie. Je suis content que ça te plaise. Quant au Goloubinski, il faut absolument le prendre, bien entendu, son *Histoire de l'Église russe* était déjà introuvable avant la révolution, et maintenant on te propose les quatre tomes ! Il est en bon état ? Ah, il y a des rousseurs ? Ce n'est rien, on peut les faire disparaître. Tu sais, ce Goloubinski, il était professeur à l'Académie spirituelle de Moscou, c'était un vieillard magnifique avec un destin malheureux. Toute sa vie il a combattu Pobiedonostsev. Et dans son grand âge, il est devenu aveugle. C'était quelqu'un de bon, d'une bonté exceptionnelle.

Lindt se tut en se remémorant la voix de Maroussia – des clochettes chaleureuses, pas celles en argent qui n'ont pas d'âme, mais celles des forêts, sur leur tige fine comme un fil et duveteuse à l'intérieur, lilas et rosâtres. En se souvenant des récits qu'elle lui faisait de Goloubinski qui fréquentait la maison des Pitovranov à l'époque où Tchaldonov n'existait pas encore, à l'époque où elle était une jeune fille.

— Mon Dieu, tu imagines, je n'étais même pas né à l'époque !

Galina Petrovna attendait patiemment que Lindt en ait fini avec ses spasmes lyriques cérébraux, le destin de Goloubinski la laissait absolument indifférente, mais l'état de sa reliure, c'était autre chose. Lindt se reprenait, il revenait au sujet précédent, et c'est ainsi qu'ils passaient une heure, parfois plus, à bavarder, jusqu'à ce qu'elle se rappelle un rendez-vous chez le coiffeur ou chez la couturière. Parfois, c'est elle-même qui embrassait son mari pour lui dire au revoir. Ça ressemblait tellement à la vie d'une famille normale que ce n'était pas un péché de se laisser mener en bateau.

Elle était devenue bien plus sereine qu'autrefois : elle tyrannisait moins son personnel, faisait moins souvent ces crises de nerfs épouvantables, lassantes, cassantes comme le tonnerre, avec des cris et des bris de vaisselle (celle qui était précieuse, toutefois, elle ne la cassait jamais). Elle était presque heureuse, et elle avait cessé, en fait, de remarquer ce « presque ». La vie, en gros, lui convenait parfaitement, et on pouvait s'accommoder de certains détails ou se réconcilier avec eux, comme une boucle d'oreille adorée tombée dans la cuvette des W.-C. ou le mariage inopiné de Boris.

Boris, que ses parents ne remarquaient pas plus qu'un quelconque objet décoratif (« Mon Dieu, que fait ici ce vase stupide ? Ah oui, c'est encore un cadeau de Lyssik. »), en dépit de toutes les lois pédagogiques et humaines, était devenu un charmant garçon, un peu chiffe molle, mais ne présentant pas le moindre intérêt pour un psychothérapeute. Encore un exemple qu'une certaine aisance corrompt bien moins une âme d'enfant qu'une misère noire dans un milieu marginal. Borik nourrissait la même indifférence pour son père et sa mère qu'eux-mêmes vis-à-vis de lui, mais c'était une indifférence joyeuse et polie d'un jeune homme bien élevé, contraint de partager son toit avec des gens qu'il connaissait à peine et qui étaient assez ennuyeux. Rouquin, avec un gros derrière, rigolard, il n'avait hérité ni des dons de Lindt ni de la beauté de Galina Petrovna, en revanche on ne sait de qui il tenait ses mains habiles et intelligentes, et il passait la plupart du temps dans sa chambre à monter des maquettes de voiliers, aussi magnifiques et délicates que des papillons séchés.

Parfois, des camarades lui rendaient visite : ils étaient ses semblables, des garçons gentils et paresseux, riches et gâtés. Ils discutaient beaucoup et avec fougue de l'avenir du monde et de la guerre froide, ils écoutaient de la musique américaine, et ils s'échangeaient d'affreuses copies avachies de manuscrits de dissidents, si mal écrits la plupart du temps qu'« il faudrait non seulement les interdire, mais les brûler », disait Galina Petrovna. C'étaient de charmants jeux de gamins, une injection de liberté de pensée adolescente sans laquelle il aurait été trop difficile par la suite de végéter dans la situation guère enviable de conseiller commercial ou d'attaché d'ambassade soviétique.

Boris acheva ses études secondaires avec tout juste la moyenne, peut-être parce que Galina Petrovna oubliait en permanence dans quelle classe il étudiait. Cependant, son modeste diplôme suffit amplement pour qu'il entre à l'université, à la Faculté de construction mécanique : le nom de famille de Boris agissait de façon tonifiante sur n'importe quelle commission de sélection à N-sk. Lindt n'eut besoin de téléphoner à personne, et même, à dire vrai, il n'en avait pas eu l'intention.

À la fin de la deuxième année, Boris amena à la maison une fille maigrichonne toute confuse et fit savoir à ses parents qu'il avait l'intention de se marier sans tarder. Galina Petrovna soupesa la fille de son regard – un manteau bon marché, des clips en plastique, les cils baissés, une touffe de cheveux bruns sur le haut du crâne.

— Tu es enceinte ? lui demanda-t-elle tout de go.

La fille releva enfin les yeux – ils étaient roux comme ceux d'un cabot. Oui, c'était bien ça. Sans feu ni lieu.

— Non, répondit-elle. Excusez-moi, ajouta-t-elle sans raison.

— Alors pourquoi se marier ? remarqua d'un ton pondéré Galina Petrovna, sentant avec plaisir que toute sa personne, à commencer par ses sourcils relevés, dont la courbure était parfaite, jusqu'à ses bas brillants qui moulaient ses mollets élégants, était cent fois plus belle et supérieure que cette cruche qui, malgré sa jeunesse, était incapable de prendre soin d'elle-même de façon avisée. Elle se rongeait les ongles, la peau à la racine de son nez se desquamait. Une loquedue.

— J'ai l'impression, maman, que le mot « amour » ne signifie rien pour toi, lui répliqua Boris avec un regard sournois et lourd de sous-entendus.

Et Galina Petrovna eut pour la première fois conscience qu'elle avait mis au monde un homme, un vrai, devenu aujourd'hui un adulte, hérissé d'une barbe rêche le matin, avec de grosses veines sur les bras et une braguette remplie par tout ce qu'il fallait, à bien la regarder. Et bizarrement, cette idée lui était désagréable.

— Ne déraille pas comme ça ! lui lança-t-elle en le remettant à sa place. On en parlera plus tard, monsieur le fiancé.

Boris recula la tête comme s'il avait reçu une gifle, mais Galina Petrovna était déjà revenue à la fille.

— Et vous avez, bien entendu, l'intention de faire votre nid ici ? Ou bien disposez-vous déjà de votre appartement ? Parce que, comme vous pouvez le constater, nous sommes à l'étroit ici.

La fille parcourut du regard le salon et devint cramoisie.

— J'habite à la cité universitaire, répondit-elle à voix basse. Avec les filles. Mais ceux qui se marient obtiennent une chambre à part.

Elle rougit encore plus et rectifia ses propos :

— Peuvent obtenir. On nous l'a promis, Boris l'a demandé au bureau du doyen.

— Boris est un garçon efficace, reconnut Galina Petrovna d'une voix caustique. C'est un gagnant de première. Vous avez de la chance, il n'y a pas à dire.

Boris finit par craquer, il se leva et tira sa vagabonde de sa chaise, comme on ôte un manteau d'une patère.

— On y va, dit-il. On y va, parce qu'on n'a rien à fiche ici. Elle est toquée avec toutes ses pacotilles. Quant à mon père, il est dingue, tout simplement. Je t'avais prévenue.

La fille prit docilement la direction de la porte, sans rien demander, sans objection, Boris la tenait par la main, comme une gamine, et d'après la façon dont leurs doigts étaient fermement entremêlés en toute confiance, d'après la façon dont ils marchèrent de concert, il était clair que cet amour était bien entendu de l'amour, sans le moindre sous-entendu intéressé. Même Galina Petrovna le comprit.

— Et n'espère pas que je fasse enregistrer ici ta chipie ! lui cria-t-elle dans son dos, mais la porte d'entrée avait déjà claqué. Bonne chance et bon vent !

Lindt ne remarqua l'absence de son fils que le surlendemain.

— Boris est parti ? demanda-t-il alors qu'il prenait une assiette de bouillon de poule épais aux vermicelles pour le déjeuner.

— Non, il s'est marié, répondit Galina Petrovna, morose.

— Eh bien bravo, remarqua d'un ton indifférent Lindt en remuant sa soupe. C'est une horreur, c'est trop chaud ! La nourriture doit avoir la même température que le corps humain, autrement dit 37,6° Celsius précisément. Elle est alors normalement assimilée par l'organisme.

Galina Petrovna fit un sourire mondain et déconnecta aussitôt son cerveau. Elle ne supportait pas les conversations « intelligentes » de son mari.

Boris ne fit plus d'apparitions, ni une semaine plus tard ni deux, mais Galina Petrovna, à vrai dire, ne fut pas spécialement inquiète. Le fidèle général Sedlov lui faisait de temps à autre un rapport relatif à la situation sur le champ de bataille : ils s'étaient mariés, ils avaient obtenu une chambre à la cité universitaire ; pour la noce, tous les étudiants de sa classe étaient venus et chacun avait donné son écot.

— Mais enfin mon lapin, vraiment, pourquoi tu t'obstines ? C'est pas du tout une mauvaise fille, c'est pas une traînée qui fait la fête. Elle est orpheline, ses parents sont morts dans un accident, c'est une étudiante sérieuse, une militante. Fais la paix avec eux, tu seras plus tranquille.

— Je n'avais même pas l'intention de m'inquiéter d'une merde pareille, répliqua Galina Petrovna avec hargne. Point ! Je ne veux plus entendre parler de cette poufiasse.

Le général haussa les épaules – va essayer de suivre ces bonnes femmes. Avant de comprendre ce qu'elles ont dans le crâne, on a le temps de se fouler la rate.

Boris et sa jeune épouse passèrent leur lune de miel, qui dura tout l'été, dans un chantier de jeunes bénévoles. En septembre, ils revinrent, minces, bronzés et heureux ; ils avaient gagné, en construisant des étables, la somme fantastique de deux mille roubles. Pour deux. Boris alla voir son père à l'institut et revint avec cinq cents roubles de plus en poche.

— Je te les rendrai, papa, lui promit-il. Quand je les aurai gagnés, je te les rendrai. Mais ne dis rien à maman.

Lindt hocha la tête – était-ce en signe de connivence ou pour présenter une objection ? Il lui parut vraiment très vieilli et un peu amorti.

L'argent servit à un apport dans une coopérative immobilière. Deux mille cinq cents roubles suffisaient amplement pour un petit appartement, mais de trois pièces tout de même. Le bon pour emménager leur fut délivré juste avant le nouvel an, si bien que le réveillon fut bruyant, joyeux et fêté doublement. Boris Lazarevitch Lindt, heureux étudiant en troisième année, fit, comme il se doit, franchir le seuil du nouvel appartement à sa jeune épouse, morte de rire, en la portant ; il était absolument vide, mais c'était le sien. Ils vociférèrent, tirèrent des bouchons de champagne soviétique dans le plafond, et leurs invités étaient également des étudiants, des doctorants, de jeunes nigauds soviétiques, les enfants d'un grand pays qui, lentement et solennellement, entrait dans sa sublime agonie. « Bonne année 1980 ! », annonça cordialement le téléviseur qu'ils avaient loué seulement pour cette nuit du réveillon. Boris restait vigilant pour qu'il y ait suffisamment de salade russe et de poulet rôti pour ceux qui en désiraient. Ils auraient bien aimé avoir une salade mixte, mais ils n'avaient pas trouvé de petits pois. Et peu importe, ils étaient de toute façon incroyablement, magiquement, remarquablement heureux.

— Et comment allez-vous arranger la petite chambre, espèces de bourgeois ? leur demanda l'un des invités, passablement ivre, qui essayait de secouer la cendre de sa cigarette dans une tasse de thé mais la faisait à chaque fois tomber sur son pantalon.

Boris croisa le regard de sa femme, qui était troublé, joyeux et roux. Elle sourit et hocha la tête :

— Vas-y, maintenant on peut le dire.

— La petite pièce sera la chambre d'enfants, répondit Boris d'une voix résolue.

— Bonne et heureuse année ! crièrent-ils tous plus fort en se mettant à sauter.

Aussitôt, on fit tourner une chapka minable d'étudiant et le moins ivre d'entre eux fut chargé d'aller acheter une bouteille de vodka chaude à un chauffeur de taxi, si bien que la fête, telle une balle qui a reçu un coup de pied inattendu, alla rouler plus loin, jusqu'au matin, avec une force redoublée. On chanta du Makarevitch et du Vyssotski, on s'embrassa, on dansa avec la musique d'un magnétophone à cassette en secouant la tête, en gigotant, en riant, et ils ne se séparèrent qu'à 6 heures du matin, presque à l'aube.

Boris ferma la porte derrière le dernier invité et jeta un coup d'œil dans la pièce dont ils avaient décidé de faire leur chambre. Sur un lit de camp, serrant avec précaution ses mains sur son ventre encore anodin, dormait tranquillement sa femme, sa fille, son soleil, son bonheur. Boris recouvrit ses pieds du manteau qui avait glissé, il cligna des yeux une fois, et une deuxième, et il alla dans la cuisine faire la vaisselle. L'eau était froide, pleine de rouille : les plombiers étaient aussi des hommes, ils fêtaient également le nouvel an. Si c'est un garçon, on l'appellera… Non, on ne l'appellera pas. Ce ne sera pas un garçon. Boris releva la tête d'un air revendicatif vers le plafond, comme s'il sentait instinctivement que c'était là que Dieu se trouvait.

— Je veux une fille, demanda-t-il en se réjouissant pour la première fois de sa vie de savoir ce qu'il fallait demander. Je t'en prie. Une fille. Une fille ! Lidotchka.

Le robinet renâcla et cracha un ruisselet torsadé d'eau chaude. Borik sourit et secoua la tête en signe de gratitude, comme s'il avait véritablement reçu une réponse.

Et en juin 1980 naquit Lidotchka Lindt.

6

Lidotchka

Lidotchka n'avait pas de vers, bien entendu, et Galina Petrovna perdit tout intérêt pour cette gamine. En outre, elle se rendit rapidement compte qu'une enfant de cinq ans représentait une croix non seulement lourde à porter, mais étonnamment malcommode. Il était impossible de l'emmailloter dans du papier de soie pour la ranger quelque part, bien loin, au fond d'une armoire ; les tracas à propos d'un collant inopportunément déchiré, comme les questions posées encore plus inopportunément n'entraient absolument pas dans les plans de Galina Petrovna. Et ne parlons pas des guili-guili attendris et mielleux dont le premier venu gratifiait la gamine ! « Ah, votre petite-fille est une vraie poupée ! » ; « Ah, ma chère, elle a exactement les mêmes yeux que les vôtres ! »

Premièrement, Galina Petrovna n'avait nul besoin d'une quelconque petite-fille : elle venait d'avoir quarante-quatre ans et elle en paraissait à peine trente-cinq. Deuxièmement, et c'était là l'essentiel, aussi bien ses petits yeux, ses mouvements, cette façon de tourner brusquement la tête, et même – mon Dieu ! – ce geste qu'elle faisait pour rapprocher son assiette... Galina Petrovna qui, après quatre ans de veuvage, avait presque oublié la répulsion animale et vivante que provoquait en elle son mari, observait avec un regard haineux la façon dont, à travers ce petit corps potelé et joyeux d'une fillette alerte et mignonne, transparaissait, comme dans un cauchemar, Lazare Lindt. C'étaient ses regards à la dérobée, son sourire, ses mains, les phalanges de ses doigts, le petit os anguleux qui saillait au niveau du poignet, sa manière de lui effleurer rapidement, comme subrepticement, les hanches, si bien que Galina Petrovna se sentait transpercée de dégoût, comme si elle s'était cogné le coude à l'endroit le plus sensible, le plus vulnérable, le plus électrique qui soit.

— Allons, laisse-moi tranquille, tu vas froisser ma robe !

Lidotchka, qui avait maladroitement essayé de lui faire des câlins, se pelotonnait de frayeur, elle rentrait la tête dans les épaules, ses yeux devenaient sombres et pitoyables, exactement comme ceux de Lindt. Mon Dieu, cette enfant n'était en rien coupable, bien entendu, mais Galina Petrovna l'était-elle un tant soit peu ?

Élever Boris avait été incomparablement plus simple, mais tout l'est quand on a dix-neuf ans. En outre, il se contentait à merveille de lui-même, alors que Lidotchka n'avait pas encore réussi à s'affranchir de l'amour parental que Boris n'avait jamais reçu, elle se collait par instinct à Galina Petrovna comme un petit animal qu'il est plus simple de calmer non avec des paroles, mais avec ses flancs chauds, son odeur familière, une respiration qui réconforte, avec tout ce que Galina Petrovna ne possédait pas et qu'il était absolument impossible d'obtenir avec de l'argent. Les nounous, toutes aussi arrogantes, écervelées et empotées que du temps de l'enfance de Boris, étaient disposées, moyennant une certaine rétribution, à essuyer le derrière de Lidotchka et à la surveiller pour qu'elle mange la bouche fermée, mais elles n'avaient aucun désir de l'aimer. D'une manière générale, personne ne l'aimait plus et, peu à peu, jour après jour, elle en prenait clairement conscience.

Plus exactement, elle n'en prenait pas conscience, bien entendu : que pouvait-elle comprendre à cinq ans ? Simplement, elle s'habituait à cette situation, comme une fleur enlevée du rebord d'une fenêtre où elle était au soleil, avec un petit courant d'air apprivoisé et un arrosoir bleu contenant une eau douce qui a reposé, pour être reléguée dans un coin éloigné, pas obscur au point de se laisser mourir, mais douloureusement impossible par comparaison avec le paradis confortable d'autrefois. Et ce qu'il y avait de plus impitoyable, c'était que le souvenir de ce paradis ne se desséchait pas comme tout le reste, mais au contraire, il s'amplifiait, il s'imprégnait d'une telle force morbide et succulente que Lidotchka se mettait parfois à sangloter sans la moindre raison, elle poussait des cris atteignant des registres suraigus presque insupportables, dignes du bruit d'une scie circulaire. C'était parfaitement inutile. La nounou, qui avait l'habitude des crises de nerfs des enfants, se contentait de sortir de la pièce, estimant à juste titre que ses propres nerfs étaient plus précieux et que, de toute façon, personne n'avait encore hurlé au point de se provoquer une hernie. Quant à Galina Petrovna, qui avait été un jour présente lors de son paroxysme sonore, elle lui avait tout bonnement flanqué une gifle bien sentie et indifférente. Lidotchka avait claqué des dents et s'était tue. Autrefois, on ne la frappait pas. On ne l'avait jamais frappée.

Le plus pénible était que personne ne lui parlait, hormis pour les communications les plus élémentaires, bien entendu : viens, donne, pose, couche-toi. Laisse-moi tranquille. Fiche-moi la paix. Ne touche pas. Sa petite maman lui racontait toutes sortes d'histoires passionnantes. Papa aussi. Elle se rappelait comme c'était douillet d'être assise sur le canapé entre ses parents, de sentir sur sa joue le bras tendre de maman, frais comme du lait, et de tirer tout doucement un intéressant fil bariolé du pull-over de papa.

— Tu penses qu'ils vont nous donner des bons de vacances ? s'inquiétait maman.

— Mais qu'est-ce que tu veux qu'ils en fassent, répliquait joyeusement papa, et s'ils ne nous en donnent pas, je prendrai le syndicat en otage.

— Mais c'est quoi, des otages ? demandait aussitôt Lidotchka, qui s'animait en se jetant sur ce nouveau mot comme un chaton sur une pelote de laine.

— Ceux qui ne prennent pas de potage.

— Et pourquoi ils ne prennent pas de potage ? demandait Lidotchka, stupéfaite, qui restait bouche bée et en oubliait le fil qu'elle tirait.

— Ils sont pris en otage quand ils ne mangent pas de potage. Cela veut dire qu'ils font du sabotage.

— Donc, au syndicat, ils sont tous des saboteurs ? saisissait-elle, et maman était prise d'un fou rire sur le canapé.

— Tu vois, même un enfant a tout compris ! Nous n'obtiendrons pas de bons de vacances !

— Non, on les aura ! Tu verras !

Dans son élan, papa se leva, mais, comme un scarabée que Lidotchka aurait attrapé avec un fil, il revint aussitôt et, avec le vrombissement d'un scarabée, il se mit à chatouiller sa fille qui regimbait.

— Ah, espèce de petite hooligan de Pralinette ! Pourquoi as-tu détricoté mon pull-over ? Tu as décidé d'envoyer vagabonder ton père tout nu à travers le monde ?

Lidotchka se mit à glapir et à regimber en donnant des coups de ses petits pieds potelés.

— Ne l'énerve pas comme ça, elle ne va pas dormir, s'en mêlait maman, désolée aussi pour le pull-over qui avait souffert. Regarde ce que tu as fait, hein ! Mais comment tu as réussi à tirer ce fil ? Qu'est-ce que tu vas en faire ?

— Il est joli, avait-elle expliqué en essayant de reprendre son souffle, sans éprouver la moindre peur.

— C'est vrai qu'il est joli, reconnaissait maman. Tu vois ces couleurs ? On appelle ça un camaïeu.

Et c'était encore un nouveau mot, une nouvelle histoire, et ça n'en finissait jamais, jusqu'à ce que les saboteurs du syndicat finissent par délivrer à papa les bons de voyage. Et ils partirent pour la mer Noire.

Lidotchka, qui rêvassait et ne distinguait pas nettement ses souvenirs de la réalité, tressauta à cause du bruit étouffé qu'avait produit en s'étalant par terre le livre tombé de ses genoux et, aussitôt, maman s'évanouit, comme si elle n'avait jamais existé. Elle soupira, glissa au pied du canapé pour ramasser son livre et s'installa par terre, cette fois en essayant de ne pas faire craquer les pages. Il était interdit de faire du bruit chez Galina Petrovna. Et il était également interdit de courir, de sauter, de faire une maison sous la table en tirant la nappe pour former un repaire sombre et mystérieux, extraordinairement confortable, entièrement entouré de nervures ensoleillées parmi lesquelles pullulaient des grains de poussière également dorés qui ressemblaient à des moucherons. Lidotchka pliait mentalement les doigts. Jouer au ballon. Gambader. Arracher les tapisseries et les papiers peints. Tout maculer avec un feutre. Obtenir à force de le demander un gâteau avant l'heure du déjeuner. C'était impossible. Et c'était dur. Très dur.

En fait, elle vivait comme un bichon de race. Quatre fois par jour, on lui servait dans de la porcelaine fine et translucide de collection une alimentation appropriée, après le petit déjeuner (thé, flocons d'avoine avec de la confiture, petit pain chaud, beurre clarifié, fromage à pâte cuite) et avant le déjeuner (lait, biscuits croustillants, deux pommes ou deux bananes), on la menait se promener dans la cour d'un immeuble réservé aux privilégiés, calme, séparée du monde réel par une grille en fer forgé avec des volutes en fonte et des montants terminés en pointes. Lors de la promenade, il était permis de courir un petit peu et de s'amuser sur les balançoires métalliques grinçantes, sous la surveillance, bien entendu, non pas d'une mais d'une bonne dizaine de nounous, chacune veillant jalousement au rejeton qui lui avait été confié : il devait être plus gros, plus vif et plus girond que les autres. Elles se vantaient, tout en grignotant des graines de tournesol, de la richesse de leurs patrons, des extravagances et des caprices des enfants, et « le mien, le mien, la façon dont il m'envoie un seau sur la tête ! » « Le mien », un garçon rondouillard et vaniteux, était présent, là, pas loin, entièrement accoutré de vêtements d'importation, et il s'efforçait en reniflant d'arracher un buisson d'aubépine devenu marron à cause d'une pruderie automnale. Rien ne leur était interdit, en tout cas rien de mal. Ce qu'il y avait de bien en eux, on ne le remarquait pas, semblait-il, car il n'y en avait guère. Après avoir énuméré le contenu des armoires des maîtres, on passait immanquablement aux réfrigérateurs ; on dressait en exultant la liste des personnages qui avaient été invités et on faisait un compte rendu de la façon dont on les avait régalés, de ce qu'on avait pu chiper et ce qu'on avait dédaigné. On méprisait les cuisinières et les femmes de ménage – c'était du menu fretin, de la valetaille, des souillons. Jamais elles ne s'abaissaient à s'occuper des tâches ménagères. Après avoir fait de la surenchère avec leurs récits de boustifailles, elles sortaient des paquets de leurs filets à provisions, chacune vociférait pour convoquer son marmot, et elles fourraient dans leur bouche graisseuse et grande ouverte, comme des oisillons, des sandwichs au caviar, de la brioche moelleuse, des tranches de jambon parfumé. Elles avalaient à la va-vite les rogatons. Jamais elles ne s'en offraient les unes aux autres. Et elles ne permettaient pas à leurs mioches de partager. Il ne manquerait plus que ça ! Comme s'ils n'avaient rien à bouffer chez eux ! Ces rejetons gavés de la nomenklatura n'étaient d'ailleurs pas eux-mêmes pressés de faire le bien : dans l'immeuble, on élevait soit des petits messieurs insolents, gâtés et mafflus, soit des dégénérés mutiques et chétifs, progéniture pitoyable et morbide des puissantes familles, plus encore gâtée que les fils à papa, mais privée par la nature des instincts les plus élémentaires et des habitudes de survie.

Lidotchka n'aimait pas se promener.

Ni rester à la maison.

Il ne lui restait que les livres : ils n'exigeaient rien, n'interdisaient rien, et avec eux on pouvait discuter. Autant qu'on le voulait. S'étant rendu compte que Lidotchka était rapidement venue à bout de tous les jalons enfantins dérisoires pour son âge, depuis le brave Dr Aibolit jusqu'au charmant et malicieux *Rouslan et Ludmila*, Galina Petrovna décida après réflexion que, pour sa propre tranquillité, elle pouvait transiger sur l'une de ses positions. Elle la mena devant une bibliothèque solidement cadenassée et fit tourner une clef grinçante qu'elle remit aussitôt dans une poche.

— Là, tu peux fouiller, autant que tu veux, lui permit-elle charitablement, et elle lui indiqua le rayon du bas, pas question d'aller voir plus haut.

Stupéfaite par ces trésors dépenaillés qu'elle découvrait, elle hocha à peine la tête.

C'est ainsi qu'elle hérita des livres de son grand-père.

Bien entendu, ils ne faisaient pas tous partie de l'immense et précieuse bibliothèque de Lazare Lindt, ce n'était que du tout-venant de bouquiniste que Galina Petrovna ne savait comment expertiser, mais elle ne pouvait se décider à s'en débarrasser, non en mémoire de son défunt mari, certes, mais simplement parce qu'elle craignait de commettre une bévue. La mode pour les livres changeait de façon presque aussi imprévisible et fréquente que la longueur des jupes et la largeur des revers, et tout le monde tantôt pourchassait les publications naïves d'Ivan Sytine, tantôt se mettait soudain à collectionner les premières éditions des futuristes, posant sur la table pour des brochures cousues quasiment en papier d'emballage autant qu'un citoyen soviétique ordinaire était prêt à payer pour un meuble mural fabriqué en Roumanie et ardemment convoité. C'est la raison pour laquelle Galina Petrovna s'était contentée de rassembler ces collections annuelles de la revue *Niva* reliées au XIXe siècle, ces manuels d'arithmétique fatigués et ces fascicules naïfs de la *Lecture pour les dames destinée au cœur et à la raison,* les exilant sur l'une des étagères, s'étonnant que ce chicaneur de Lindt ait été atteint par ce délire bibliophilique dénué de valeur.

Lidotchka s'assit sur le parquet devant la bibliothèque, écartant ses jambes nues qui, en une année de sa vie avec Galina Petrovna, avaient perdu à jamais cet aspect vivant et potelé de l'enfance. Elle avait six ans – autant dire une adulte compte tenu des circonstances de temps et de lieu.

— C'est vrai, je peux ? redemanda-t-elle avant de tendre la main, car Galina Petrovna pouvait changer d'avis à tout moment.

Ce qui avait été permis la veille pouvait lui valoir le lendemain une raclée bien sentie. Elle le savait. Elle en savait bien plus qu'un individu de son âge se doit de savoir.

— Mais lis, mon Dieu, l'autorisa-t-elle. Seulement, tu ne déchires rien et tu ne peinturlures rien avec un feutre.

Elle hocha la tête une nouvelle fois et, d'une main infaillible, elle sortit de la rangée de livres, compacte et légèrement ébouriffée, le volume le plus défraîchi et même, semblait-il, un peu chaud. C'était le *Cadeau aux jeunes maîtresses de maison, ou Comment diminuer les dépenses du ménage* d'Eléna Molokhovetz.

Elle s'installa un peu plus confortablement et le livre s'ouvrit volontiers pour aller au devant de cette rencontre à la page qui avait été la plus aimée par quelqu'un, la plus lue et même un peu maculée de taches de graisse. « La glace à la crème se prépare de la façon suivante », lut-elle, comme s'il s'agissait d'un conte merveilleux, et elle s'empressa de suivre une voix inaudible et douillette qui dissimulait au fond d'elle-même une petite note joyeuse et anodine : « Prendre une crème de première fraîcheur, liquide, non grasse par conséquent, et si l'on n'en a pas suffisamment, ajouter du lait entier ; battre à blanc les jaunes d'œufs avec du sucre tamisé, le mélanger à la crème. La mettre dans une casserole, poser sur le feu et mélanger tant qu'elle n'épaissit pas, mais ne pas faire bouillir. »

« Mais ne pas faire bouillir », répéta Lidotchka qui jusque-là n'avait pas soupçonné qu'on préparait les glaces de façon aussi surprenante. Elle imaginait qu'elles apparaissaient au monde spontanément, dans un papier couvert de givre ou, au pire, dans un cornet dont la gaufrette se ramollissait rapidement à cause de l'humidité et était par conséquent si délicieuse.

« Tester avec une spatule », conseilla la voix, et Lidotchka retourna aussitôt en arrière. « Si l'appareil ne s'écoule pas nettement, mais s'accroche comme de la crème liquide, c'est le signe d'une cuisson suffisante. Réserver, laisser refroidir tout en mélangeant. Tamiser et verser dans un moule que l'on aura au préalable bien essuyé ; recouvrir d'un papier et d'un couvercle, et faire tourner sur la glace. » Lidotchka, qui avait tout oublié au monde, imagina comment une crème glacée tournait sur de la glace, comme s'il s'agissait de la patineuse Natalia Bestemianova, une fille robuste aux jambes galbées, avec un casque de cheveux somptueux sur des ressorts qui semblaient aussi s'être entraînés. Et la voix – douillette, incroyablement familière – expliquait tout : comment essuyer le couvercle du moule, comment fouetter l'appareil obtenu avec une spatule, avant que la glace ne se transforme en une masse épaisse et sucrée ressemblant à du beurre extra frais. Le mot « extra » lui paraissait si fabuleux qu'il ne demandait aucune explication et, pour la première fois depuis de nombreux mois, elle ne se souvint plus de sa petite maman, pour la première fois, elle fut parfaitement heureuse.

« Plus longtemps la glace sera mélangée avec une spatule, meilleure elle sera, c'est là que réside le secret d'une bonne crème glacée », précisait au bout de sa lecture Maroussia, et elle riait tout doucement. C'était son rayon, ses livres, que Lindt avait emportés quand Tchaldonov était mort, quand tout était mort d'une manière générale, sauf la mémoire, sauf la voix, sauf ce rire qui n'avait pas réussi à mourir, sauf ce bouquin. Son préféré, peut-être même parmi tous ceux qui existent au monde. Maintenant, c'était aussi le préféré de Lidotchka. Le livre d'Eléna Molokhovetz.

Durant les six mois qui suivirent, elle ne lâcha pas des mains le *Cadeau aux jeunes maîtresses de maison*, sauf lorsqu'elle prenait un bain ou dormait, et même là, le Molokhovetz était posé tout à côté d'elle, sur sa table de chevet, Galina Petrovna ne l'ayant pas autorisée à le glisser sous son oreiller. Ce furent six mois très paisibles, en tout cas pour Galina Petrovna, car elle n'entendait ni ne voyait Lidotchka qui restait des journées entières assise dans un fauteuil avec ce volume défraîchi sur les genoux. Galina Petrovna oubliait même parfois qu'un enfant vivait chez elle, mais oui, comme le vieux ficus capricieux qui évoquait nonchalamment dans un coin du salon un jardin d'hiver, mais lui demandait plus d'attention et de soins.

L'idylle prit fin, comme il se doit, le jour de la célébration du Dimanche sanglant, qui le fut au sens le plus exact du terme. C'était une journée merveilleuse, avec un air vibrant et glacial ; Galina Petrovna avait planifié une visite le soir chez des amis très chers et elle se hâtait, par conséquent, de se débarrasser de toutes les tâches quotidiennes et terrestres incontournables.

— Allez, lave-toi vite les mains et mange ! avait-elle ordonné à Lidotchka, à moitié engloutie dans un fauteuil, comme d'habitude. Lidotchka avait relevé sa frimousse pâlotte, elle avait hoché la tête, obéissante, et sur une page jaunie, carrément celle de la recette des sablés au beurre (« Les cuire au four comme des cornets, et les servir avec du thé ou du café. »), s'étala une goutte presque noire, lourde et épaisse. Effrayée, elle la frotta avec un doigt, elle descendit de son fauteuil et, après avoir effectué quelques pas vacillants, elle s'évanouit, tachant avec le sang qui coulait de son nez le tapis, son pull-over, le tricot de Galina Petrovna, tout neuf, blanc immaculé, cent pour cent cachemire, impossible maintenant de nettoyer cette tache, et il n'est plus question d'aller voir ses amis très chers, bien entendu, ni de soirée agréable, cette enfant a l'art et la manière de tout gâcher ! C'est vraiment inimaginable !

L'ambulance arriva une dizaine de minutes plus tard, et Lidotchka, qui avait alors pourtant recouvré ses esprits et s'était même lavée, fut malgré tout conduite à l'hôpital. La doctoresse, qui avait été informée de sa syncope, demeura implacable :

— On l'emmène, on ne discute pas, on ne sait pas ce dont il peut s'agir avec un enfant, que racontez-vous !

Galina Petrovna courut à travers l'appartement pour rassembler les affaires de Lidotchka et comprit avec effroi qu'elle ignorait où elles se trouvaient : cette ordure de nounou, dès demain je la vire, c'est le bordel ici à cause d'elle !

— Où sont tes collants ? demanda-t-elle à Lidotchka, et la doctoresse la regarda stupéfaite, mais Galina Petrovna n'en avait rien à fiche en définitive de cette bonne femme, qu'elle se mêle de ce qui la regarde, après tout, elle peut toujours jouer les grosses légumes, moi, je suis pas là pour me faire engueuler. Elle fit tomber un sac, elle le ramassa, elle le fit retomber. Et ce ne fut qu'à cet instant-là qu'elle comprit à quel point elle avait eu peur.

Comme on était dimanche, seul était présent au service de neurologie infantile le médecin de garde, un type maigre et bourru aux pommettes saillantes, si épuisé par ses vingt-quatre heures de service qu'il en avait abandonné toute politesse, phénomène des plus incroyables pour un employé du quatrième bureau, car faire des courbettes aux patients était ici ce qu'il y avait de plus important, plus important même que la guérison, absolument, car l'essentiel, dans le fond, n'était pas de guérir les malades, mais de complaire à tout le monde. Toutefois, le médecin en question avait sur les bras trente lits et une chambre isolée dans laquelle un gamin de dix ans se liquéfiait dans l'enfer d'une encéphalite, sans aucun espoir, absolument aucun, et il avait veillé toute la nuit auprès de lui, vérifiant de temps à autre dans son impuissance le goutte-à-goutte désormais inutile et ne rêvant qu'à une seule chose – que l'agonie commence enfin et qu'on emporte le garçon en réanimation, au paradis, où l'on veut, pourvu qu'il ne voie plus cette bouche desséchée, ces orbites creusées, ces crampes qui s'éternisent en tordant le corps de cet enfant décharné. Bienvenue en pédiatrie, fiston ! Tu sais, tu aurais pu aller en stomatologie. Maman avait raison de dire : celui qui est intelligent cherche toujours l'endroit où il fait le meilleur.

Le médecin ausculta Lidotchka, étendue sur un lit après avoir successivement éliminé la rigidité musculaire et le symptôme de l'hypermétrie du talon.

— Laisse-moi regarder tes yeux, suis le mouvement de mes doigts, c'est bien ; et maintenant tire la langue, ouvre bien grand la bouche, c'est bien ; lève-toi maintenant, écarte les bras. C'est bien, rien à dire sur le signe de Romberg. Parfait. Elle est seulement un peu pâlichonne, mais elle n'est quand même pas bleue, ce qui serait plus embêtant, et elle est aussi indolente qu'une pousse de pomme de terre : on croirait qu'elle a grandi dans une cave et non dans une maison opulente et bien nourrie.

Il jeta un regard haineux à Galina Petrovna qui avait grande allure, était belle, assise les jambes croisées ; ses bottes vernies enserraient tendrement les muscles galbés de ses jambes, elle avait des talons aiguilles, fins et hauts – on n'en porte pas de pareils en hiver, sinon pour effectuer les cinq pas qui séparent votre voiture de l'entrée de votre immeuble. Une grande dame, quoi. Et pourtant on a l'impression que cette enfant sort d'un camp de concentration. Quelle salope ! Ce sont toutes des salopes, elles ne pensent qu'à elles.

L'espace d'un instant, le médecin craignit d'avoir prononcé ces mots à haute voix, mais non, le cabinet, après avoir oscillé, avait retrouvé sa place, avec son nickel et son verre brillant dans l'indifférence. Il aimerait bien maintenant prendre un petit café, trois cuillères bien tassées par tasse. Et se fumer une cigarette.

— Bon alors, docteur, qu'est-ce qu'elle a ? demanda avec impatience Galina Petrovna, dont la frayeur hystérique et honteuse à cause de Lidotchka avait presque disparu : elle n'éprouvait plus maintenant que de l'embarras et avait une frileuse envie de rentrer chez elle, dans la chaleur et la lumière, le plus loin possible de ce gringalet aux yeux de dingue.

— Une hypotension orthostatique, répondit-il sèchement. Plus une mobilité réduite et une tension émotionnelle. La masse corporelle a été réduite : il vous arrive de la nourrir parfois ? Vous la laissez prendre l'air ?

Il avait fini par craquer et sortir de ses gonds, comme on sent dans ses oreilles son cœur énorme battre la chamade à force de fatigue et de fureur. Les joues de Galina Petrovna se couvrirent de taches vives, presque abstraites, comme un tableau de Miró.

— Comment osez-vous ? lui lança-t-elle à voix basse avant de se lever. Je vais porter plainte contre vous. Et vous serez viré de votre boulot illico.

— Allez-y, se réjouit soudain le médecin qui se leva, lui aussi. Portez plainte, je vous en prie. Et n'oubliez pas de noter également que vous avez été incapable de répondre à la moindre de mes questions. Quelles ont été les maladies de cette enfant ? Vous l'ignorez. Quels vaccins lui a-t-on fait ? « Ah, je ne suis pas au courant. » Un traumatisme crânien. « Mais comment pourrais-je le savoir ? » Il faut vous priver de vos droits parentaux, et mieux encore, vous juger. Salope !

Le mot avait fini par jaillir et il tourbillonna dans le cabinet comme une toupille hargneuse : le médecin ressentit un soulagement inattendu, comme s'il avait déchargé de son dos un sac contenant quelque chose de vivant, bougeant à peine et nauséabond.

Galina Petrovna, qui restait bouche bée face à une insolence aussi inouïe, le dévisageait, les yeux écarquillés, silencieuse.

Une infirmière jeta un œil par la porte ouverte.

— Une urgence à la chambre trois, Nikolaï Ivanovitch, dit-elle.

— C'est commencé ? demanda le médecin. L'infirmière hocha la tête. Appelez la réa, j'arrive dans une minute.

L'infirmière hocha de nouveau la tête et disparut, on n'entendit plus que le claquement précipité de ses semelles dans le couloir, signe certain qu'on était sur une pente fatale. Dans ce genre de service, on ne court que si un malade est en train de mourir. Les vivants peuvent bien attendre. Le médecin se frotta vigoureusement le visage dans les mains, il rajusta sa blouse et fit une caresse sur la tête de Lidotchka qui, durant tout ce temps, était restée debout près du lit, les bras ballants dans une espèce de torpeur, la bouche entrouverte.

— À toutes fins utiles, faites-la examiner par un ORL, recommanda-t-il tranquillement comme si de rien n'était. Et inscrivez cette fillette à un club de sport. Sinon, elle va désapprendre à marcher. Au revoir.

— Au revoir, répéta machinalement Galina Petrovna.

Et Lidotchka, la bouche distendue, se mit soudain à pleurer d'un air désespéré, en silence.

Aussi curieusement que cela puisse paraître, Galina Petrovna ne porta plainte contre personne, elle avala cette pilule amère qui s'avéra au demeurant fort salutaire. Elle était honteuse : qu'elle le veuille ou non, Lidotchka était effectivement sa petite-fille, elle avait beau être assommante, elle avait beau la connaître à peine et être désagréable, elle n'en faisait pas moins partie de sa famille. Avec des détails de sa carte chromosomique et l'ombre de son propre sang dans les petites veines de quelqu'un d'autre. Certes, on ne pouvait pas forcer son cœur, Galina Petrovna en avait conscience, mais on pouvait s'habituer, accepter, s'adapter, elle le savait, sans doute mieux que beaucoup d'autres. En tout cas, négliger de façon aussi manifeste une fillette de six ans était la marque d'une certaine lâcheté, et Galina Petrovna était fantasque, extrêmement gâtée, solitaire, cruelle et malheureuse, mais certainement pas lâche. Certainement pas. Elle conduisit Lidotchka chez un ORL, un neurologue, et même (grâce à un gros piston) chez un homéopathe privé qui exerçait dans la semi-clandestinité et était fabuleusement cher, et tous ces esculapes confirmèrent en chœur le diagnostic et les recommandations du médecin de garde enragé. Elle devait faire de l'exercice et elle retrouverait l'appétit, avoir plus de relations et la tension émotionnelle s'en irait. Et pas question de s'enivrer de lectures.

Galina Petrovna ferma à clef la bibliothèque, mais Lidotchka serra contre son cœur le Molokhovetz en un geste si désespéré, en aucune manière enfantin, que Galina Petrovna fit une concession.

— Bon d'accord, soit, mais pas plus d'une heure par jour, et prends garde, j'y veillerai moi-même.

Elle agita la tête avec un sourire de gratitude à travers des larmes énormes prêtes à jaillir, et pour la première fois Galina Petrovna vit sur sa joue une fossette qui était exactement la réplique de la sienne, comme si l'espace d'un instant elle avait jeté un coup d'œil en arrière, vers son enfance, recouverte depuis une éternité d'une toile d'araignée.

— Tu veux qu'on aille toutes les deux au cirque ? lui proposa-t-elle, se surprenant elle-même, et elle tira vers elle la fillette, pour la première fois, sans doute pas de façon affectueuse, mais en tout cas sans dégoût.

Lidotchka aspira la senteur suffocante du jasmin et de la tubéreuse, un bouquet immense, oui immense, un nez patient pouvait même déceler l'odeur du panier au fond duquel de grosses baies de cassis tout juste cueillies étaient coincées dans l'écorce humide, et, drôlement, elle éternua comme une petite souris. C'était Beautiful d'Estée Lauder, de 1986 – Galina Petrovna ne manquait jamais les nouveautés.

Elles n'allèrent pas au cirque, évidemment. Mais la douceur et la chaleur de cette promesse nourrirent encore longtemps le cœur affamé de Lidotchka.

Les clubs de sport furent éliminés sur-le-champ : Galina Petrovna était catégoriquement contre toutes ces gamines avec une rame entre les mains et autres cariatides monstrueuses. Une fille doit être une fille. C'est pourquoi, afin de s'assurer qu'elle ferait les exercices dont elle manquait, elle décida de l'inscrire à un cours de danse, le meilleur de la ville, cela va de soi, au Palais central des pionniers : le snobisme de Galina Petrovna ne supportait pas le plus petit accroc. Elle la conduisit elle-même au premier cours, dans sa Volga, ce qui n'était pas un trop grand sacrifice si l'on prend en considération que son nouveau manteau de fourrure (à peine sorti d'un atelier réservé à l'élite) réclamait instamment une promenade inaugurale. Il est vrai que la fourreuse avait été balourde et n'avait cessé de vouloir disposer sur le bas des queues vulgaires de m'as-tu-vu, mais Galina Petrovna resta ferme sur sa position, et la fourrure fut achevée : on ne peut même pas parler d'une fourrure, au demeurant, mais d'un manteau fin et léger en astrakan noir, chatoyant, avec des ramages moirés là où les agneaux qui n'ont pas vécu auraient dû par la suite former des boucles serrées et juvéniles. Pour la doublure on utilisa la soie la plus précieuse, d'une nuance de pourpre impériale.

— Ça va se déchirer, se salir, ce n'est vraiment pas pratique ! la conjurait la couturière.

Quelle idiote, une idiote de béotienne, car il suffisait à Galina Petrovna de porter la main à ses cheveux ou d'écarter les pans de ce manteau pour que la fourrure, fermée et impénétrable, d'une austérité monacale, expose soudainement au monde son envers secret, troublant et embrasé, ce qui la rendait particulièrement vulnérable, blessée, incroyable, presque vivante.

Avec son col immense en renard argenté comme moucheté d'un givre grisâtre, ses larges manches, ses amas de petits boutons sur la poitrine haute et très serrée, Galina sortit de sa voiture et fit grincer sous ses talons une mince couche de neige à peine tombée, encore immaculée. L'atmosphère sentait la nuit proche et le dégel qui ne saurait tarder, auxquels s'ajoutait un vague relent de concombre de serre qui venait d'être découpé. Lorsqu'elles virent cette grande dame époustouflante, les mamans soviétiques courtaudes qui attendaient leur rejeton devant le Palais des pionniers firent une moue de jalousie : Galina Petrovna eut l'impression d'être soit l'héroïne d'un roman de gare oublié sur un banc, soit une image floue, une décalcomanie humide et charmante, si imprécise qu'il est impossible de se souvenir à quelle halte de la mémoire elle est apparue à la fenêtre pour la première fois. Elle cacha ses lèvres derrière la fourrure qui la chatouillait, elle aspira une bouffée d'air tendre et légèrement glacé, et elle se sentit soudain très bête, très jeune et très heureuse.

— On y va ? proposa-t-elle joyeusement à Lidotchka.

Celle-ci trottinait docilement à côté d'elle, mal fagotée, vêtue d'un petit manteau de piqué à carreaux et d'un bonnet de Pinocchio avec un pompon jaune qui ressemblait à un citron ébouriffé n'ayant rien à faire là.

Je dois absolument lui commander une capeline avec des rubans et un manteau de mouton retourné, songea Galina Petrovna en passant, et Lidotchka, comme si elle avait lu ses pensées, s'arrêta net, laissa tomber une moufle, puis s'étala par terre de tout son long, comme seuls les petits enfants savent le faire. Galina Petrovna s'arrêta en soupirant.

— Allez, lève-toi toute seule, oui, toute seule !

Ce n'est qu'à cet instant-là qu'elle comprit ce qui l'avait imperceptiblement gênée durant tout ce temps : ce n'étaient ni les minuscules flocons de neige ni le trottoir verglacé dans lequel ses talons s'enfonçaient en croustillant plaisamment comme dans du sucre, mais le grand type vêtu d'un blouson en nylon soviétique tape-à-l'œil qui se tenait sur le perron du Palais des pionniers. Il y avait chez lui quelque chose de connu et donc d'inquiétant : ses grosses mains rougeaudes et gelées parce qu'il ne portait pas de gants, son corps voûté, ses cheveux blonds hirsutes, son absurde bonnet tricoté qui sortait traîtreusement de sa poche. Ça c'est un dandy ! Et c'est sûr qu'il attend sa copine, pensa-t-elle. Celle-ci apparut aussitôt et bondit sur le perron – rose et rigolarde, vêtue d'un justaucorps noir et d'une jupette courte en satin qui recouvrait à peine son petit derrière rebondi, pas du tout dans le style d'une pionnière : tout bien jugé, on ne se contentait pas d'admettre ici seulement des gamins avides de savoir. À cause du froid glacial, de la vapeur émana tout de suite de la fille, comme s'il s'était agi d'un cheval en nage excité, et, avec un rire également chevalin et solaire, elle se jeta au cou de son Roméo inepte, qui se hâta de la serrer contre lui, de lui ouvrir son blouson à quatre sous pour essayer d'envelopper entièrement son trésor.

— Tu vas prendre froid, tu sais, espèce de petite idiote, ah comme je t'aime ! Tu n'imagines pas à quel point !

La fille éclata d'un rire encore plus tonitruant, elle fit une cabriole avec ses jambes musculeuses et émergea du blouson pour entraîner lestement son petit ami chamboulé au foyer, mais le perron fut quelques instants encore éclairé par une lumière dense que tout le monde percevait, empreinte vivante d'un amour bien vivant. Ce n'est que lorsque cette lumière s'évanouit que Galina Petrovna comprit que ce type ressemblait à Nikolenka. « Il m'a fait entrer dans la maison du vin, et la bannière qu'il déploie sur moi, c'est l'amour » – des mots qui ne sont pas les siens, incroyablement lointains, songea-t-elle, et aussitôt, venue de loin, de ce passé qu'elle s'était évertuée à oublier, telle une vague puissante, déferla sur elle une fatigue si profonde, presque vertigineuse, gommant ses couleurs, dissolvant ses forces, en sorte que son manteau de fourrure, sa joie, sa fin d'après-midi, tout s'évanouit à l'instant, il ne resta plus que sa vie ordinaire, banale et sans fin, et donc à peine supportable dorénavant. Et elle comprit qu'elle était sur le point d'éclater en larmes ou qu'elle allait défaillir.

— Bon, maintenant tu y vas toute seule. Salle dix-huit, premier étage, lui ordonna-t-elle dans un grand effort après avoir poussé Lidotchka qui gravissait les marches, déjà pleine d'allant, pour se diriger vers les portes de ce sanctuaire réservé à la jeunesse dorée. La nounou viendra te chercher dans une heure. Tu attends à l'intérieur et tu ne traînes pas dans la rue.

Elle eut un regard apeuré, elle renifla, mais elle se ressaisit et fila vers les portes gigantesques qui avaient la hauteur de trois hommes. Ah, cette allure pataude, mon Dieu, comment pourrait-elle songer à danser, pensa-t-elle, en plus elle n'a certainement pas d'oreille, pourquoi suis-je ainsi punie, oh et puis il faut que je déboutonne ce fichu manteau ou – *clac !* –, un bouton rétif fut arraché et, après avoir claqué contre le pare-brise, il fut projeté sous le siège du passager.

Elle ne réussit à venir définitivement à bout de sa fourrure d'astrakan qui s'était mise à peser une tonne que dans l'ascenseur. La bonne, qui avait eu l'idée à l'occasion des débuts de danseuse de Lidotchka de préparer des *pirojki*, sortit précipitamment de la cuisine en levant au ciel ses mains enfarinées :

— On ne l'a pas prise ? demanda-t-elle en soupirant et en cherchant Lidotchka de ses yeux écarquillés.

— Là-bas, on accepte même des mongoliens culs-de-jatte, rugit Galina Petrovna, et d'un geste d'exaspération elle flanqua par terre son manteau, sens dessus dessous, refroidi, désormais définitivement et irrémédiablement mort.

Dites-moi, que Lioussia aille la chercher là-bas à 18 heures. Et ne hurlez pas comme ça, au nom du Ciel. J'ai la migraine.

La bonne aurait bien voulu lui poser une question, mais Galina Petrovna se contenta de secouer la tête.

— Fichez-moi la paix, je vous dis !

Et elle claqua bruyamment au nez de sa domestique la porte d'une pièce, une de plus, et Dieu sait combien de portes avaient été fermées dans cette histoire familiale.

Elle ne savait pas pourquoi elle était entrée dans le bureau de Lindt : il y avait toujours sa grande table de travail, des chemises remplies de papiers, le vieil étui à lunettes en cuir qu'il affectionnait, la machine à écrire recouverte de sa housse qu'il ne supportait pas, tout était resté à sa place, comme autrefois, elle avait elle-même pris des dispositions pour que personne ne s'avise de toucher à quoi que ce soit, si bien que la pièce était devenue un petit musée, d'une propreté stérile. Il ne servait à personne, car après la mort de Lazare Lindt – ici, justement, sur ce canapé d'ailleurs trop vaste même pour une agonie –, pratiquement personne n'y avait pénétré. Lui-même d'autant plus.

Galina Petrovna s'approcha de la table, elle passa un doigt sur son propre visage dans un cadre en bois : elle avait seize ans sur cette photo, une petite rigolote, niaise et mignonne, la photographie préférée de Lindt, peut-être parce qu'en sa présence elle n'avait jamais ri de cette façon ; à côté, dans un cadre identique, il y avait une vieille femme aux cheveux gris, sans doute une parente ou une amie. En vingt-trois ans de vie conjugale, Galina Petrovna n'avait pas trouvé le moyen de lui demander de qui il s'agissait. Maintenant, c'était trop tard. Dieu merci !

— Tout devait être différent, n'est-ce pas, dit-elle à voix basse. Tout, absolument tout. Est-ce que j'étais ainsi, vraiment ?

Lindt se taisait, il était couché, recroquevillé sur le canapé immense, les genoux remontés vers sa bouche ridée et vide, dans cette pose dans laquelle il était en train de mourir, celle où il se trouvait avant de naître.

— C'est toi qui as mutilé toute ma vie. Tu m'as entièrement estropiée.

Galina Petrovna sentit, comme dans un léger fracas, monter des larmes venues de très loin, presque de l'enfance, tandis que Lindt restait étendu, sans se retourner, et elle comprit soudain qu'il ne se taisait pas, mais que de façon à peine audible, à la limite de la sensibilité du nerf auditif, il marmonnait un galimatias mélodieux, abscons et incohérent, comme dans un rêve où chaque mot pris à part est tout à fait vivant, aussi rond que des perles en verre que l'on enfile l'une après l'autre, chacune est compréhensible, mais toutes prises ensemble s'entremêlent en un écheveau confus, compliqué, privé de toute signification et donc particulièrement effrayant.

— Il n'en a plus pour longtemps maintenant, Galina Petrovna, dit le médecin d'un air compatissant, et il était clair, d'après son regard, qu'il aurait voulu lui poser la main sur l'épaule, mais il n'osa pas. Allez-y, dormez au moins un petit peu. Je remplacerai l'infirmière de garde demain matin.

Galina Petrovna acquiesça, mais elle ne bougea pas, comme si elle ne pouvait s'arracher au spectacle de cette agonie lente et ensorcelante, presque solennelle. Les aiguilles à tricoter en plastique de la vieille infirmière qui ne disait mot claquetaient doucement et distinctement, comme battait doucement et distinctement une horloge de parquet ancienne de l'entreprise Lenzkirch, en chêne, avec des poids en bronze et des aiguilles dorées, et au même rythme, en s'accompagnant d'expirations brèves et effrayantes, Lindt marmonnait. « *Amol iz geven a Meise. Un du meise iz gor nisht freylekh.* » Et de nouveau : « *Amol iz geven a Meise.* »

— Qu'est-ce qu'il dit ? demanda Galina Petrovna. Qu'est-ce qu'il dit ? Vous comprenez ?

— Non, répondit le médecin. Je doute fort que cela ait un sens. C'est très vraisemblablement dû à son cerveau qui est à moitié mort. Allez-y. Vous n'avez pas besoin d'assister à tout cela.

Elle se leva, et ce ne fut qu'à ce moment-là qu'elle sentit à quel point ses jambes et son dos étaient affreusement engourdis à cause de toutes ces heures où elle était restée assise. Il fallait dormir un peu. C'est vrai. Ou au moins rester allongée un moment. À l'instant de franchir la porte, elle s'arrêta soudain et demanda avec une intonation étrange :

— C'est sûr, il ne se rétablira pas ?

Le médecin écarta les bras en un signe d'impuissance coupable. Galina Petrovna sortit, et il perçut des glapissements étouffés venant du couloir.

— La pauvre petite, dit le médecin à l'infirmière aussi indifférente que le sphinx. C'est bien en tout cas qu'elle ait commencé à pleurer, je pensais qu'on serait obligé de lui prescrire du Valium.

Galina Petrovna essuya ses yeux mouillés, elle aspira de l'air plus profondément afin de se calmer, mais elle ne put se contenir et, de façon à nouveau incoercible, se fermant la bouche des deux mains, elle éclata de rire.

Cela avait commencé en 1979. Plus exactement, Galina Petrovna l'avait remarqué pour la première fois cette année-là. Dieu sait depuis combien de temps Lindt lui-même vivait avec ça, et même Dieu ne savait probablement pas à quel point c'était effrayant pour lui. Il avait déjà près de quatre-vingts ans, pour l'administration il était classé dans la catégorie des retraités – honoré, émérite, le diable sait quoi d'autre encore –, mais en réalité il se rendait encore à son institut, pas tous les jours, certes, mais plusieurs fois par semaine, et il n'y avait jamais rien de formel dans ces visites. Aussi malicieusement ironique qu'autrefois, réfléchissant comme toujours avec une rapidité paradoxale, il dirigeait comme auparavant quantité de projets, il chaperonnait (plus exactement il tourmentait avec sadisme) une foule de thésards et de jeunes savants, et il terminait frénétiquement une énième monographie.

Ils étaient mariés depuis une vingtaine d'années, mais jusqu'à présent Galina Petrovna s'ingéniait à ne pas appeler Lindt par son prénom. C'était plus facile de marcher quelques dizaines de mètres, engoncée dans une robe de velours neuve qui enveloppe gracieusement les hanches, d'ouvrir une porte, une deuxième, une troisième, et de soulever ses sourcils d'un air de reproche. Lindt se tenait au centre de la chambre – petit, tassé –, vêtu seulement de sa chemise blanche comme neige, d'où sortaient, comme d'une chemise de nuit, ses jambes sèches et torses, d'une taille enfantine, mais avec des pelades et des veines bleuâtres qui ne l'étaient pas du tout. Devant lui, un costume parfaitement repassé d'une merveilleuse nuance prune foncé, les bras grands ouverts, avec une seule et modeste barrette de décorations sur le revers droit et une lourde plaque pour les médailles à droite, était étalé sur le lit.

— Que se passe-t-il ? Nous sommes en retard ! lui dit-elle, mécontente.

Lindt tressaillit, bouche bée, l'air de ne pas comprendre, son regard tourné vers elle, puis il fixa à nouveau le costume. Sa tête était affectée de légers tremblements à peine perceptibles, tel un mécanisme usé qui fait des efforts pour tenter de changer de position.

— Nous sommes en retard ! répéta-t-elle.

— Où allons-nous ? demanda-t-il, l'air égaré.

Pour la première fois de sa vie Galina Petrovna perçut dans sa voix une inflexion qui ressemblait à de la peur. Elle saisit soudain avec un effroi silencieux et précis que son mari ne devait plus avoir conscience de grand-chose. Ni pourquoi son costume était étalé devant lui ni pourquoi elle était mécontente. Cette mâchoire qui pendait sénilement, ces yeux injectés d'un voile jaunâtre qui semblaient ne pas voir... Il était également fort probable qu'il ne la reconnaissait pas. Mon Dieu, mais oui, il a presque quatre-vingts ans ! pensa-t-elle. Il faut téléphoner de toute urgence aux Nikitski, Lialia a dit qu'elle connaissait un neurologue. Cela étant, qu'est-ce que les nerfs ont à voir ici ? Il y avait belle lurette sans doute que le grand esprit de Lindt avait fait son temps, et elle ne l'avait même pas remarqué.

— Quoi, tu ne t'en souviens pas ? demanda-t-elle avec circonspection, comme si elle parlait à un fou furieux qui pouvait à tout instant se saisir d'un redoutable rasoir affilé en un acier aux reflets bleutés. Nous sommes invités chez Andrikov, il fête son jubilé. Voilà une demi-heure que la voiture nous attend en bas. Tu te sens mal, peut-être ? Nous pouvons rester ici, si tu veux ?

— Qu'est-ce que c'est que ces bêtises ! se reprit soudain avec alacrité Lindt, qui enfila lestement et d'un air ravi le pantalon de son costume. Qu'est-ce que c'est que cette histoire ? Rester à la maison ! Les Andrikov ont une table excellente, ce serait un péché que de ne pas y festoyer, dès l'instant qu'ils offrent un repas.

Il éclata d'un rire tout à fait anormal, qui ressemblait plus à un hurlement, et Galina Petrovna éprouva durant quelques instants une frayeur animale qui la fit chanceler et transpirer, comme une petite fille, oui, une enfant qu'aurait impitoyablement et même joyeusement abandonnée dans une forêt le seul et unique adulte qu'elle connaissait.

— Pourquoi, bonne mère, tu t'es autant maquillée ? Tu es aussi blanche qu'un bonhomme de neige, la critiqua Lindt qui essayait d'en finir avec sa braguette, et c'était également tout à fait anormal. Jamais il ne l'avait appelée ainsi – « bonne mère » – et jamais il ne la critiquait, même en pensée, de cela elle était sûre, quand bien même se serait-elle roulée dans de la suie, des plumes, et même dans de la merde. Et jamais il n'avait eu le moindre problème avec sa braguette. Sur ce plan, les choses avaient toujours parfaitement fonctionné pour lui.

Cela étant, la soirée chez les Andrikov se déroula à merveille : Lindt y brilla plus encore que de coutume, il lançait des bons mots invraisemblables et faisait danser les dames, si bien que plus d'une fois Galina Petrovna se qualifia mentalement de psychopathe et d'hystérique. Durant les longs mois qui suivirent tout fut comme d'habitude, mais pour on ne sait quelle raison, elle n'arrivait absolument pas à se rasséréner. Elle observait Lindt à la dérobée avec le sentiment, mêlé de crainte et de tension, de surveiller un insecte inconnu qui se déplace au loin selon une trajectoire pour l'instant sans danger, mais Dieu sait ce qui pourrait lui traverser la tête, et d'ailleurs y a-t-il quoi que ce soit dans cette tête – monstrueuse, énorme, parsemée de grains de kacha, comme elle appelait ses taches brunes de vieillesse.

Cependant tout demeurait en l'état, à cette seule différence qu'il s'énervait plus fréquemment et s'était mis à manger abondamment, de façon anormale, en faisant des caprices accompagnés de lubies, ce qui ne lui arrivait jamais autrefois. Ou peut-être que si. Galina suivait des yeux le morceau de dos d'esturgeon salé que Lindt plongeait d'abord dans du raifort, puis dans de la confiture de cornouille, tout en ratiocinant sur l'activation subtile des récepteurs du goût. Ou alors il a toujours mangé de cette façon ? Mon Dieu, quelle idiote ! J'ai vécu vingt ans à ses côtés et je n'ai rien, absolument rien remarqué.

Mais ses bizarreries sur le plan alimentaire, à peine perceptibles au début, continuèrent. Lindt se mit à laisser échapper des morceaux, se moquant d'ailleurs lui-même de sa maladresse sénile.

— Tu vois, *feigele*, tu vas bientôt devoir me nourrir à la cuillère.

Puis ce fut le couteau qui refusa de le servir, suivi de la fourchette qui ne lui obéissait plus, et la cuillère s'avéra un outil pas du tout superflu que Lindt, il est vrai, utilisait encore parfaitement, ratissant et mélangeant dans les profondeurs de son assiette tout en même temps : de la soupe consistante à la viande mêlée à des olives et à des tranches de citron, plus une pomme de terre nouvelle et une côte de veau coupée en petits morceaux par la bonne… Et toute cette provende peu appétissante était réchauffée à la température de 37,6 °Celsius, et se dirigeait vers sa bouche dans des bruits de clapotage et de mastication : selon la toute nouvelle théorie de Lindt, c'était le moyen le plus efficient pour assimiler les matières utiles contenues dans les aliments.

Le jour où Lindt versa dans son assiette, en plus du goulasch, du chou cuit à l'étouffée et d'une boulette de poulet cuite à la vapeur, un verre de thé sucré, ce jour-là devint pour Galina Petrovna celui où elle vit clair. Lindt remuait avec sa cuillère ce brouet répugnant, et il eut même l'idée, avec un petit sourire matois, d'y émietter un palmier. La bonne se signa discrètement et retourna à sa cuisine. Galina ravala une boule vomitive, pas de dégoût, non, mais de peur.

Il n'y avait plus de doutes. Lazare Iossifovitch Lindt, membre de l'Académie des sciences de l'URSS, lauréat du prix Lénine, membre et docteur *honoris causa* de toutes les institutions possibles et imaginables, déraillait de façon définitive et irrémédiable.

Encore fallait-il le prouver. Lindt, qui n'avait jamais supporté les médecins, était maintenant devenu complètement ingérable : il ne saurait être question du moindre examen médical, n'était-ce pas lui qui devrait faire venir les urgences psychiatriques pour Galina Petrovna ? Pour la première fois de sa vie, elle regretta amèrement d'avoir elle-même flanqué à la porte de chez elle Nikolaïtch, avec éclat, de nombreuses années auparavant, car il aurait pu non pas contraindre son patron, certes, mais en tout cas le convaincre à force de bavardage. Cependant, c'était tard, trop tard, tellement de temps avait passé qu'il était impossible de le retrouver, et le général Sedlov leur avait dit, il y avait une dizaine d'années de cela, comme en passant :

— Votre ancien majordome a été viré des services, il boit comme un trou, dit-on, mais il tient sa langue, il ne commet pas d'impairs. Voilà ce que signifie être passé par une bonne école.

Nikolaïtch, qui était parti depuis fort longtemps alors qu'il planait au sommet de sa gueule de bois pour rester tout seul dans sa chambrette, hochait la tête comme un brave, fier de n'avoir pas joué un sale tour à ses vieux camarades, d'avoir vécu une vie ignoble, mais honnête. En vrai tchékiste.

De désespoir, Galina Petrovna invita chez elle un psychiatre qu'elle parvint à dénicher grâce à des amis, un professeur de médecine en personne, un gros bonhomme tout rond qui ressemblait à un réjouissant œuf de Pâques. Le spécialiste accepta avec joie l'invitation et, durant deux heures, il partagea un thé avec l'académicien, sans cesser de lui poser habilement, en tapinois, tel un matou, des questions qui étaient des énigmes logiques dont Lindt, histoire de faire enrager tout le monde, se sortait impeccablement, il ne mélangea pas tout et n'importe quoi et renvoya facilement les passes de son interlocuteur, restant digne de lui-même. Le professeur, qui demanda cent roubles pour la visite, baisa grassement la main de Galina Petrovna, et lui assura au moment de prendre congé que Lazare Iossifovitch était parfaitement sain sur le plan psychiatrique et qu'un génie authentique avait le droit de faire preuve de certaines bizarreries, d'autant qu'il avait un âge respectable.

— Mais pour quelqu'un de son âge, croyez-en mon expérience, tout est plus qu'en bon ordre.

Galina Petrovna s'essuya démonstrativement la main sur le devant de sa jupe et donna cinquante roubles au professeur au lieu des cent promis. Pour qu'il sache à qui il a affaire, ce couillon.

Quelques mois passèrent, les moments lumineux comme celui sur lequel était tombé le psychiatre se firent plus rares. Lindt commença à mal dormir et il s'interrompait souvent au milieu d'une phrase, le regard de son visage flasque et figé restait fixé dans un espace et un temps que lui seul connaissait. Un jour, alors qu'il regardait par la fenêtre, il s'écria d'un air étonné :

— Eh bien, tu parles d'une queue, ma bonne mère !

Il ouvrit bruyamment la fenêtre et cria joyeusement :

— Hé, les gars, pas la peine de faire la queue, il n'y aura pas assez de patates pour tout le monde !

Galina Petrovna écarta le tulle fin de couleur crème : la cour était vide, seuls le concierge, qui n'était plus de première jeunesse, la fourbissait avec son balai et un long chat, au poil bouffant d'un roux enflammé, filait le long des buissons.

Ça ressemblait à une lente plongée. On avait l'impression que Lindt s'enfonçait dans une eau stagnante et noire, sans se presser, pas à pas, perdant le peu d'humanité qui lui restait, et personne ne l'arrêtait, ne pleurait, ne le suppliait de revenir. Strictement personne. C'était stupéfiant, et il continuait à travailler de façon incroyable, passant pas moins de quatre heures par jour à sa table de travail, discutant parfois d'une voix douce, parfois d'une voix enragée. Un jour, alors qu'elle entendait l'académicien polémiquer de façon particulièrement orageuse avec un certain Sergueï Alexandrovitch, l'accablant de jurons affreux, dignes des bagnards, Galina Petrovna n'y tint plus, elle jeta un œil dans son bureau : Lindt parlait à la pendule.

Chaque fois qu'elle transmettait à un énième thésard une liasse de feuilles noircies des pattes de mouche caractéristiques de l'académicien, qui étaient devenues maintenant encore plus monstrueuses et plus grosses, Galina Petrovna attendait le coup de téléphone qui devait suivre avec des interrogations angoissées, se demandant si elle avait bien entendu le galimatias de son mari, alors que les coups de téléphone étaient évidemment d'une toute autre nature.

— Ah, c'est tout simplement génial, ce sont des calculs absolument stupéfiants, transmettez à Lazare Iossifovitch qu'on a envoyé de *Physics of Plasmas* un télégramme de félicitations, ils débordent d'enthousiasme après son dernier article et, je peux vous le dire entre nous, chère Galina Petrovna, ça sent même le Nobel !

Un jour, elle reposa le combiné sur le téléphone et suivit du regard le futur lauréat du prix Nobel qui trottinait dans le couloir, sec, minuscule, emmitouflé dans une robe de chambre maculée de graisse, tachée au point d'être méconnaissable. Avant d'entrer dans son bureau, il sautilla, agita des ailes imaginaires et chanta un cocorico. Le téléphone sonna à nouveau. Galina Petrovna décrocha le combiné encore chaud et lança d'une voix lasse :

— Va te faire enculer, espèce de crétin ! Et ne téléphone plus jamais, ras le bol !

Boris piqua un fard et, comme s'il avait été échaudé, il bondit hors de la cabine téléphonique.

— Allons-y, dit-il à sa femme qui berçait le bébé endormi dans son landau, bien serré dans ses langes, autrement dit Lidotchka qui venait de naître et ressemblait à un très joli cervelas. Il n'y a personne à la maison. Je téléphonerai plus tard. Une autre fois.

Mais il n'y eut pas d'autre fois, évidemment. Quelques mois plus tard, Lazare Lindt attrapa une grippe des plus sévères. Les urgences qui arrivèrent alors qu'il avait une fièvre de 40 °C proposèrent de l'hospitaliser, mais Galina Petrovna refusa.

— D'accord, dit complaisamment la doctoresse, une femme vive et stylée. Si l'on prend en considération la situation du patient et son âge, je pense que nous pouvons facilement organiser une garde à domicile vingt-quatre heures sur vingt-quatre.

Le quatrième bureau fut mis carrément sur le pied de guerre, et une dizaine de jours plus tard Lindt commença à se rétablir. Plus exactement la grippe se mit à battre en retraite sans se presser, comme une crue exceptionnelle qui se retire, laissant après elle des tessons, des débris, des cadavres gonflés d'animaux domestiques et d'horribles relents d'humidité, de mort et de pourriture. Le thérapeute (de la catégorie supérieure, cela va de soi), qui rendait quotidiennement visite à ce patient illustre, prit Galina Petrovna à part et lui demanda délicatement si elle n'avait pas remarqué chez son époux quelques bizarreries.

— Mais c'est un génie, répondit-elle hargneusement. Il a toujours eu un grain. Qu'attendez-vous de moi ?

— En premier lieu, du courage, répondit le médecin et, une fraction de seconde, il s'admira lui-même. Je dois vous dire que, tout bien considéré, Lazare Iossifovitch est atteint de la maladie d'Alzheimer.

Lindt mourut le 25 décembre 1981, deux mois après l'énoncé du verdict, et il passa les trois dernières semaines de sa vie dans une inconscience pleine de bredouillements indistincts que personne ne comprenait. Il était encore tiède, et dans l'atelier spécial du service central des « Rituels », on achevait déjà de composer d'énormes couronnes d'épineux, on stockait dans des chambres froides spéciales des milliers de charmants œillets doubles, on étalait des coussins de velours pour ses médailles, hésitant sur le nombre nécessaire, et un cercueil avec des poignées en bronze, en bois clair, vernis, presque joyeux et trop grand pour celui auquel il était destiné, était posé dans un coin.

L'appartement de Lindt était plein de vacarme, envahi par un tas de monde, animé comme la veille d'une fête solennelle et prévue depuis longtemps. La bonne n'en pouvait plus de distribuer des canapés et des sandwiches ; Galina Petrovna, qui avait maigri et beaucoup embelli, recevait dignement les visiteurs, les uns après les autres. Le directeur de l'institut fondé par Lindt exposa délicatement, avec mille excuses, le scénario des obsèques.

— Parce que, vous savez, c'est une entreprise qui a la dimension d'une solennité au niveau de l'État, une commission spéciale a été créée par le gouvernement, vous comprenez ?

Galina Petrovna le comprenait et n'avait rien à répliquer ni aux adieux à la Maison centrale de l'armée soviétique ni au premier secrétaire du comité régional du PCUS de N-sk qui était en tenue de grand deuil. On lui faisait des baisemains sans fin, on exprimait ses condoléances, on reculait en s'essuyant les yeux avec un mouchoir. Mais Lindt ne se décidait pas à mourir et restait en position fœtale, marmonnant à voix basse ses paroles absconses, comme s'il était suspendu entre deux mondes à des fils invisibles, mais encore solides, et cela dura si longtemps que tous furent finalement las d'attendre. Tous, y compris lui-même.

Le 25 décembre, à 4 heures de l'après-midi, Galina Petrovna jeta un œil dans le bureau de Lindt, comme elle le faisait heure après heure, d'un hochement de tête elle libéra l'infirmière qui grignotait délicatement dans un coin un gâteau sec.

— Allez manger quelque chose de chaud, je vais rester ici.

L'infirmière disparut avec un roucoulement de reconnaissance, et Galina Petrovna demeura dans cette pièce bleue et ténébreuse, en tête à tête avec son mari ratatiné qui avait presque disparu. « *Amol iz geven meylekh* », marmonnait-il continuellement à voix basse. « *Der meylekh ghot gehat a malke...* » Galina Petrovna s'approcha de la fenêtre, elle tira légèrement le rideau de brocart : de gros flocons de neige tombaient silencieusement et solennellement, comme il n'en tombe qu'à Noël, et toute la cour, toute la ville étaient recouvertes de cette neige et de cette lumière, blême, vivante, véritable, comme cela n'arrive également qu'une seule fois par an, pour Noël. Ses marmonnements cessèrent soudain, et Galina Petrovna se retourna, apeurée. Il faisait presque nuit, l'air était imprégné d'une odeur de renfermé et de médicaments, de maladie et d'un vieux corps tourmenté. Tous les objets dans le bureau semblaient se renfrogner et se terrer dans les coins. Et ce n'est que sur le canapé que le Lazare d'autrefois la regardait de ses yeux vivants, fatigués et tout à fait humains.

— *Feigele*, dit-il d'une voix affectueuse. C'est toi ? J'ai toujours l'impression que c'est maman qui chante.

Et il chanta en yiddish, d'une voix basse et précise, une vieille berceuse, plus vieille que lui : « *Liulinke, mein feigele, liulinke, mein kind.* » Celle qu'il n'avait cessé de répéter avec une langue qui fourchait durant ces trois longues semaines.

Galina Petrovna ne comprit pas non plus comment elle s'était retrouvée à genoux aux pieds du canapé.

— Tu... marmonna-t-elle, stupéfaite, vraiment... tu...

— J'ai mal à la tête, se plaignit-il et il appliqua la grande main brûlante de sa femme sur son front énorme. Je suis tombé, non ? Je ne me souviens de rien.

Il parcourut du regard son bureau, il essaya de se soulever, mais il en fut incapable. Galina Petrovna, de façon inattendue pour elle-même, fut secouée par un sanglot, sonore, comme une campagnarde, et elle mordit sa lèvre qui tressaillait.

— Qu'est-ce qui m'arrive ? demanda Lindt avec insistance, et soudain ses yeux s'élargirent et se figèrent un instant, comme s'ils avaient vu ce qui ne lui était pas destiné, pas plus qu'à aucun autre être humain.

Il avait compris.

— C'est donc ça, dit-il d'une voix éraillée. Moi, je pensais que j'étais tombé.

Il serra de frayeur la main de Galina Petrovna, comme si c'était un petit garçon, comme si elle pouvait l'aider, comme si l'on pouvait faire au moins quelque chose, mais aussitôt il se reprit et relâcha sa main.

— Ce n'est rien, marmonna-t-il. Ce n'est rien, *feigele*, n'aie pas peur. Si on envisage convenablement la question, ce n'est guère plus qu'une expérience, très intéressante au demeurant.

Galina Petrovna voulut lui répondre, prononcer au moins quelques mots, mais toutes les paroles qu'elle avait préparées lui étaient sorties de la tête, et pourtant il y avait tellement d'années qu'elle attendait, qu'elle se préparait. Elle avait imaginé des milliers de fois la façon dont elle le maudirait avant sa mort, dont elle lui dirait tout ce qui était resté en une boule odieuse au fond de sa gorge durant ces longues vingt-trois années de vie conjugale cauchemardesque. Elle enfonça son front contre le bord du canapé et se mit à sangloter douloureusement, comme si elle vomissait.

Lindt leva avec difficulté sa main, il caressa les cheveux chauds et vivants de sa femme.

— Ne pleure pas, *feigele*, lui demanda-t-il doucement, n'espérant rien de plus que ce qu'il lui avait demandé toute sa vie – du pain, un regard, de l'amour, de la compassion. Pour tout... je te suis reconnaissant. (Il se tut, en se préparant à parler.) Il n'y a rien eu de meilleur que toi. Durant toute ma vie.

Galina Petrovna releva son visage trempé de larmes qui portait la trace rougeoyante du canapé sur son front, et Lindt sourit, de gratitude, de tendresse, de toutes ses forces.

— Je voudrais... me retourner, ma chérie, demanda-t-il.

Galina Petrovna se releva, elle s'agita, essaya de ses mains malhabiles d'installer son mari plus confortablement, alors que l'infirmière qui était repue entrait précipitamment dans le bureau.

— Ah mais non, voyons, Galina Petrovna, ce n'est pas nécessaire, laissez-moi faire.

Les deux femmes, côte à côte, se bousculant l'une l'autre, retournèrent le corps desséché de l'académicien avant qu'il ne fasse nuit, Galina Petrovna lui reprit sa main décharnée et parcheminée qui s'était échappée, et à l'instant tout devint d'une force et d'une simplicité bibliques.

Elle posa sur l'oreiller la tête immense de son mari, elle le regarda dans les yeux, et elle recula.

Lazare Iossifovitch Lindt n'était plus.

Après que le paquet parfaitement emballé jusqu'à la tête fut emporté sur une civière, Galina Petrovna chassa tout le monde – les médecins, venus pour le certificat de décès, les hommes du KGB qui s'étaient présentés pour lui rendre hommage, les infirmières, la bonne qui pleurnichait, et pour la première fois depuis ces derniers mois elle se retrouva absolument seule. Elle fit le tour de son immense appartement, regardant, sans but précis, dans tous les recoins, comme si elle espérait trouver quelque chose ou comprendre, mais elle ne trouva rien, et elle se mit soudain à hurler, d'une voix grave et effrayante, comme un animal en train de crever, comme un chien écrasé par une roue indifférente (tout ce qui est en dessous des reins fracassés est déjà mort, mais l'âme n'arrive pas à s'extraire de la cage thoracique brisée pour retrouver une douce tranquillité au point du jour). Elle hurlait en se balançant, sans saisir elle-même ce qu'elle faisait jusqu'à ce que le couple d'un âge plus que respectable qui habitait en dessous de chez elle se mette à provoquer des bruits sourds en frappant sur les radiateurs en fonte, elle hurlait tandis qu'une dizaine de poings défonçaient la porte d'entrée et qu'une paire de haches la mutilaient et la brisaient douloureusement. Et puis des gens plus ou moins connus gesticulèrent, les sirènes des urgences se mirent à braire sous les fenêtres, dispersant avec de brefs signaux bleus les âmes ténébreuses et craintives des défunts, venues accueillir le petit nouveau. On secoua Galina Petrovna par les épaules, on lui mit sous le nez un verre contenant de la valériane à l'odeur piquante, mais elle n'arrêta de hurler que lorsqu'un médecin lui fit une piqûre dans son bras replet avec une seringue brillante, comme si on la mordait. Aussitôt, la pièce se mit à tournoyer mollement autour du lustre de Bohême grandiose aux pendeloques à facettes, entraînant Galina Petrovna dans une inconscience solitaire où elle continuait de toute façon à hurler plaintivement, effroyablement, sur une seule note.

Simplement, plus personne ne l'entendait.

Elle se réveilla deux ou trois heures plus tard, parce que le défunt Lindt l'appelait en lui chuchotant à l'oreille d'une voix jeune et câline : « *Feigele.* » Galina Petrovna resta étendue une minute entière, les yeux clos, trempée de terreur, la bouche sèche et amère à cause du somnifère, jusqu'à ce qu'elle comprenne que ce n'était qu'un rêve, un simple rêve, pas même un cauchemar. Car tous les cauchemars de sa vie étaient terminés, ils s'en étaient allés avec Lindt qui se trouvait déjà dans le hall d'entrée de l'administration céleste : il caressait ses mèches grises et léonines, il soufflait sur son peigne de poche pour en chasser les pellicules, la bouche ouverte en un sourire dans l'avant-goût de l'achèvement d'une discussion absolument passionnante : « Et sur cette question, cher ami, je vais être dans l'obligation de vous contredire, même à l'instant présent. » Galina Petrovna se représenta précisément la table métallique de la morgue municipale, le corps minuscule, desséché de vieillesse et de passions de son défunt mari, et l'anatomopathologiste blasé, muni on ne sait pourquoi d'une paire de grands ciseaux de cuisine, identiques à ceux qu'utilise d'habitude la bonne pour découper un poulet rôti, permettant, avec leurs branches ébréchées, de démembrer avec facilité la chair exsangue et pâle.

Et ce n'est qu'à ce moment-là qu'elle se décida enfin à ouvrir les yeux.

Elle était étendue dans le salon silencieux plongé dans la pénombre, allongée sur l'immense canapé en cuir, si étonné de l'attention inouïe que lui accordait la maîtresse de maison qu'il n'osait frémir. Durant un certain temps, elle examina d'un regard vide le lustre immobile et sombre, les branches en bronze écartées, telle une gigantesque araignée qui se cache, prête à fondre sur sa proie paralysée d'effroi. Dès demain j'enlèverai cette saleté, songea-t-elle, et le mot « demain » résonna dans sa tête avec une tonalité triste et vague, comme si très loin de là, peut-être dans l'enfance, un petit pionnier infiniment las de tant d'exploits avait laissé tomber son clairon, tel un jouet torturé dont le ressort est enfin détendu, ou peut-être tel un ange devenu adulte trop tôt.

Galina Petrovna essaya maladroitement de s'asseoir : à cause du somnifère, le monde était devenu mou et embrouillé comme une écharpe inachevée qui s'échapperait des aiguilles à tricoter, et ce n'est qu'à cet instant qu'elle remarqua qu'elle n'était pas seule dans la pièce. Près de la table, dans une flaque de lumière qui provenait de l'abat-jour d'une petite lampe, la tête indocile appuyée sur ses grosses pattes, un aide-médecin somnolait, on pouvait même le qualifier de gamin : il avait dans les vingt ans et on l'avait apparemment laissé sur place pour que cette veuve de dignitaire ne fasse pas encore on ne sait quelle bêtise à l'occasion de cet heureux événement. Ses pattes étaient larges, comme celles d'un chiot de race, et à une chaussette, juste à l'endroit du gros orteil, se pavanait un trou aussi attendrissant que le nombril d'un nouveau-né. Un type bien élevé. Il s'est déchaussé. Il ne veut pas risquer de souiller avec ses chaussures sales le parquet du seigneur de ces lieux.

— Hé ! fit Galina Petrovna à voix basse.

Le gamin tressauta, il releva la tête et, à cause de sa surprise ou de sa jeunesse, il arbora un sourire, à la fois bête et joyeux, exactement comme souriait à moitié endormi Boris quand il était petit. Pourtant, il est plus jeune que Boris. Et sa mère est sans doute plus jeune que moi. L'aide-médecin se frotta énergiquement les yeux et lui demanda d'une voix troublée si tout allait bien.

— Parfaitement bien, répondit Galina Petrovna qui dénoua sa robe de chambre, et son corps nu éclaira d'une tendre lumière bleuâtre la pièce. Approche-toi.

L'aide-médecin ravala sa salive et regarda autour de lui d'un air perdu, comme si quelqu'un de plus âgé et de plus expérimenté que lui pouvait lui souffler ce qu'il devait faire.

— Allez, approche-toi, n'aie pas peur, répéta malicieusement Galina Petrovna qui sentait son visage et sa poitrine s'emplir d'une joie sauvage et stupide, tout était enfin arrivé, tout était parvenu à son terme, et elle avait enfin atteint ce qu'elle avait tellement attendu.

Tout prit fin, en fait, au bout de cinq minutes, y compris la joie, et alors qu'elle refermait la porte derrière le garçon éperdu, désespérément troublé, Galina Petrovna ne ressentit rien d'autre qu'un désir aigu de se laver – la même chose qu'avec Lindt, mais mille fois pire.

Durant les six premiers mois de son veuvage, elle ne changea pas moins d'une dizaine de fois d'amants, des jeunes et des moins jeunes, certains arrogants, d'autres sûrs d'eux-mêmes ou doux, certains étaient timorés vis-à-vis de tout dans la vie, mais avec aucun d'entre eux il ne se passa quoi que ce soit en dehors d'une agitation humide et répugnante des corps dans laquelle il n'y avait pas l'ombre de cet amour et de cette tendresse dont, en réalité, était remplie chaque minute de sa vie avec Lindt. Avec lui, tout était différent. Absolument tout.

Désormais, alors que le conte qu'elle considérait comme si effrayant était terminé, elle découvrit soudain que la fillette gâtée, jeune et aimée, comme elle avait eu l'habitude de se voir durant ces vingt-trois années, s'était transformée en une citrouille, une banale veuve de quarante ans, sans problèmes matériels, bien entendu, avec en revanche un double menton qui se profilait. Ceux qui désiraient coucher et faire une petite bouffe avec elle étaient légion, mais aucun d'eux ne disait la nuit dans son sommeil « mon petit soleil », personne ne se souvenait qu'elle aimait les pommes fermes qui craquent sous la dent, et les poires très mûres au contraire, et personne n'était attendri quand, barbouillée de jus de poire, elle suçait ses doigts poisseux comme une gamine. D'ailleurs, personne ne la considérait plus comme une gamine.

Galina Petrovna chassa tous ses amants et se fâcha même avec les rares amies qui pouvaient encore supporter ses extravagances et ses diamants.

— Mon fils, vous dites ? Ce porc s'est débrouillé pour ne pas assister aux obsèques de son propre père !

Elle changea de garde-robe, de meubles dans sa chambre, elle acheta une nouvelle voiture et comprit qu'elle n'avait aucune raison, en fait, de sortir de chez elle.

C'était monstrueux. Mais c'était aussi sa liberté.

Lidotchka parvint sans problèmes à la salle dix-huit, au premier étage. Par la porte entrebâillée, elle découvrit une pièce de dimension cyclopéenne avec un mur entièrement recouvert d'un miroir où se refléchissait un parquet ciré brillant comme une glace qui reflétait étrangement le mur avec son miroir. Dans chaque direction le flot des reflets prenait appui sur une infinité redoutable et au centre de chaque infinité se déployait un lustre de plus en plus petit. Un problème élémentaire, aurait répliqué Lazare Lindt. Si on prend en considération la vitesse de la lumière, si on suppose que la distance entre les surfaces réfléchissantes est de deux mètres et si on prolonge l'expérience durant une minute, on peut voir neuf milliards de reflets du lustre. Lidotchka, la bouche entrouverte, commença à compter. Une condition essentielle, poursuivit Lindt – et il était de nouveau impossible de comprendre s'il plaisantait ou s'il était mort depuis longtemps –, est que l'observateur doit être parfaitement transparent afin de ne pas obstruer la série de reflets.

— Une petite nouvelle ! s'exclama soudainement quelqu'un dans son dos, faisant tressauter Lidotchka qui se trompa dans son calcul. Comment tu t'appelles ?

— Lindt. Lidia Lindt, déclara-t-elle sans se retourner, en s'efforçant de parler le plus distinctement possible, comme le lui avait enseigné Galina Petrovna : « Tu as un nom dont il vaut la peine d'être fier, si bien que tu dois t'habituer à prononcer clairement chaque consonne : Li-di-a-Li-n-dt. »

— Tu es la petite-fille de Lazare Iossifovitch ? La voix dans son dos se fit manifestement plus chaleureuse. Mais pourquoi me parles-tu en me tournant le dos ?

Elle reprit haleine et se retourna. Il n'y avait rien d'effrayant, personne d'effrayant, simplement une fille d'un certain âge au corps noueux, avec des os de poulet rongés à la place des clavicules et des mollets qui avaient la forme d'une bouteille étrangement retournée.

— Anna Nikolaïevna, directrice artistique du cercle de danse Les Clochettes, se présenta d'une voix cérémonieuse la jeune femme qui lui demanda avec une inquiétude manifeste : tu aimes la danse ?

Lidotchka fut déconcertée, ne sachant que répondre. En réalité, elle n'avait jamais dansé, sinon brièvement pour faire une ronde avec maman autour d'un sapin du nouvel an jusqu'à ce que papa éclate de rire et dise :

— Arrêtez, les filles, j'ai la tête qui tourne, attaquons-nous plutôt au gâteau !

Chez Galina Petrovna, il n'était pas question de sapin, personne ne faisait la ronde, ne chantait ni ne dansait. Même parler d'une voix forte était interdit chez elle.

— Bon, d'accord, eut pitié Anna Nikolaïevna, et elle la prit fermement par la main. On va découvrir tout cela maintenant. Allons-y.

Et l'immense porte de la salle dix-huit s'ouvrit en grand.

Au bout d'un peu plus d'une année, Lidotchka, qui avait sept ans, dansait tout le répertoire des Clochettes : la mazurka, les danses russes traditionnelles, la czardas extrêmement pimentée. On découvrit qu'elle avait l'oreille absolue (« Ce n'est pas étonnant, quand j'étais petite je chantais très bien », remarqua Galina Petrovna, jalouse, en haussant les épaules) et un don corporel fort rare, cette agilité musculaire qui permet à un corps humain mortel de bouger selon les lois d'une autre dimension, peut-être même d'une autre temporalité. Anna Nikolaïevna aimait à la folie cette gamine dégourdie à qui, contrairement aux autres adolescentes empotées, il ne fallait rien montrer deux fois : jamais Lidotchka ne se trompait de rythme, elle ne confondait pas les enchaînements, et répétait n'importe quel pas, même compliqué, avec cette légèreté apparente qui suppose la présence de grandes aptitudes, voire de talent.

Sa pâleur et ses évanouissements ne furent plus qu'un lointain souvenir : il y avait en elle une telle énergie motrice qu'elle aurait pu en redonner aux autres. Son corps s'allongea, elle maigrit, mais il n'y avait cette fois rien de malsain dans sa minceur, au contraire : gracieuse et fine, avec une superbe chevelure et de grands yeux, elle promettait de devenir une véritable beauté, et cette promesse semblait devoir se réaliser point par point au bout de quelques années. Elle se mit à ressembler de plus en plus à Lindt, mais dans son hypostase féminine ; cependant, tout ce que Galina Petrovna considérait comme monstrueux chez son défunt mari était étrangement devenu charmant chez Lidotchka, et cela l'irritait plus encore, de façon presque insupportable. Elles ne se voyaient presque pas, pour autant que cela était possible en logeant sous le même toit. D'ailleurs, grand-mère Galina Petrovna remplissait ses obligations à la lettre : Lidotchka mangeait (avec appétit, enfin) la même chose qu'elle-même, autrement dit ce qu'il y avait de mieux et de plus frais, elle était habillée superbement et avec goût, uniquement avec des vêtements d'importation coûteux, elle avait sa propre chambre et, Dieu soit loué, elle était en parfaite santé. Le reste était sans importance, du moins pour Galina Petrovna. Personne ne demandait plus à Lidotchka son avis, en fait, pas plus qu'on ne lui demandait si elle aimait danser. Elle n'aimait pas danser. Mais il n'en reste pas moins que, ponctuellement, sans sécher le moindre cours, trois fois par semaine, elle allait travailler aux Clochettes.

En quelques mois seulement, elle passa du fond de la scène, où des petites nouvelles inexpérimentées sautillaient comme des chevrettes, au devant de la scène, presque sur la ligne de front de la représentation que ne quittaient des yeux ni les spectateurs sourcilleux ni les pédagogues pointilleux. Anna Nikolaïevna régla même spécialement pour elle un solo, *La Tzigane*, et dans la façon dont cette fillette mignonne et au teint basané se contorsionnait langoureusement, relevait ses épaules maigrichonnes et projetait au-dessus de sa tête un nuage de jupes bariolées et empesées, il y avait quelque chose de profondément anormal, de tragique même, mais cela, personne ne le remarquait. Absolument personne.

— Souris ! bougonnait depuis les coulisses Anna Nikolaïevna, souris, je t'en supplie !

Mais Lidotchka se contentait de froncer précipitamment ses sourcils sombres et fins, elle dévisageait d'un air morose, tout à fait à la manière tzigane, le public qui applaudissait ingénument. Même à l'école de danse, par la suite, elle s'abstint pendant longtemps de sourire quand elle dansait, mais à cause de cela, dans cette école, on la frappait, et pas seulement pour ça, bien entendu. Encore un saut, sa petite jambe repliée touche presque la nuque, les cliquetis des colliers trop lourds sont excessifs, la musique s'emballe d'ivresse. C'est terminé. C'est enfin terminé.

— Va saluer, Lida, et on fait un bis, un bis, tant qu'ils le réclament.

Anna Nikolaïevna, qui avec Lidotchka se débarrassait de ses innombrables complexes de danseuse n'ayant pas fait carrière, essaya à nouveau de pousser sur scène la fillette trempée de sueur.

— Je suis en retard, dit Lidotchka qui se braqua, mais elle se retrouva quand même dans le carré de lumière froide et artificielle, pour se remettre à sauter, à tortiller de façon provocante ses hanches et ses poignets en comptant les temps et en regardant d'un air morose la salle.

Elle était vraiment en retard, les activités du club d'arts ménagers commençaient à 18 heures, et on allait la coincer ici jusqu'à 18 h 30, il était maintenant près de 18 h 15, on lui avait d'ores et déjà volé quinze minutes !

On la laissa enfin partir, et, sans se changer, remontant les jupes de son spectacle, elle dévala l'escalier monumental, telle une Cendrillon de cinéma, mais des chaussons de danseuse solidement lacés, on ne peut pas les perdre comme ça, et ce n'est pas aussi simple de croiser son prince charmant ni son destin. Le cours d'arts ménagers avait toujours lieu dans la salle numéro cinq, la vieille poignée de la porte était cassée depuis belle lurette et, comme d'habitude, on avait fixé à la place un chiffon sale. Lidotchka s'assit carrément par terre et tira tout doucement le chiffon. « Il faut laver le sol pas moins d'une ou deux fois par semaine, sans manquer le moindre recoin », lui parvint la grosse voix douillette de tata Aletchka qui inculquait aux filles qui se morfondaient les bases de leur futur bonheur familial. « Le sol lessivé sèche plus vite quand on ouvre un vasistas. » Elle ferma les yeux et sourit en imaginant un vasistas ouvert, le soleil qui flottait dans un seau, la trace humide sur des lames de parquet sombres qui viennent d'être lessivées. Une maison. Sa maison à elle ! Enfin.

Plus que cinq minutes et il va falloir se lever, retourner au vestiaire, se changer, retrouver dehors la nounou qui, grâce à Dieu, est toujours en retard, mais ces cinq minutes appartiennent à Lidotchka, et à personne d'autre. Durant ces cinq minutes, elle est chez elle.

— Pourquoi tu es assise par terre, ma fille, tu vas prendre froid ! lui dit, offusquée, une dame qu'elle ne connaissait pas, de celles qui se mêlent résolument de tout.

Docile, elle se releva. Elle était une enfant obéissante et pleine de joie de vivre, des qualités qui vont de pair bien plus souvent qu'on ne le croit. « J'écris aussi la liste des produits alimentaires qu'il est recommandé de conserver dans une boîte fermée, et il faut avoir pour les ordures un seau spécial avec un couvercle », lui dit ensuite tata Aletchka, sans même soupçonner que son élève la plus assidue était assise trois fois par semaine derrière la porte et n'avait pas réussi à suivre un seul de ses cours jusqu'au bout. En quelque sorte, Lidotchka allait au cours de danse uniquement parce qu'il y avait les arts ménagers.

Elle avait bien tenté d'en toucher un mot à Galina Petrovna, mais elle ne l'avait pas laissé finir sa phrase.

— Et tu t'imagines que je vais faire tes devoirs à ta place ?

Lidotchka avait baissé la tête d'un air coupable : elle avait déjà huit ans, elle allait à l'école depuis un an, la meilleure de N-sk, cela va de soi, avec toutes les filières possibles et imaginables, aussi bien l'anglais que les mathématiques ou la musique, et elle n'obtenait que des « moyens » grisâtres.

— Il faut le faire, la petite-fille de Lazare Iossifovitch luimême, et tu ne peux pas résoudre un exercice aussi simple !

Lidotchka n'aimait pas non plus l'école. Depuis son premier 1er septembre, la première rentrée scolaire de sa vie, à laquelle tous les enfants étaient venus accompagnés par leurs parents, leurs grands-mères et leurs grands-pères, avec des appareils photos et même des caméras. Ce fut la nounou qui l'emmena, pâle d'émotion, pourvue d'un immense bouquet de glaïeuls roses et humides, et elle la transmit de la main à la main à l'institutrice, avant de disparaître aussitôt pour vaquer à ses occupations.

— Eh ben quoi, t'es toute seule, tu viens d'un orphelinat ? lui demanda, intrigué, un garçon joufflu aux yeux caressants et insolents de futur gredin.

Et le surnom de Petite Orpheline, froid et collant comme une boulette de papier mâché, s'imprima pour longtemps dans sa vie qui était de toute façon privée des joies nécessaires de l'enfance. Elle le supportait tant bien que mal, mais une nuit, elle s'effondra, elle se leva et, traînant ses pieds nus sur le parquet, elle partit en quête de la vérité.

Galina Petrovna se trouvait à la cuisine. Les cheveux défaits, pas maquillée, assise à la table : elle remplissait à la va-vite des quittances, tirant de temps à autre sur une cigarette avant de la reposer sur le rebord d'un cendrier qui débordait.

— Pourquoi tu ne dors pas ? Il est tard ! dit-elle d'une voix contrariée après avoir chassé de la main les strates de fumée, et Lidotchka fut surprise de découvrir sur le nez de Galina Petrovna une paire de lunettes avec une monture noire qui lui donnaient une allure très vieille et humaine. Comme une vraie grand-mère, une grand-mère authentique.

— Je suis orpheline ? demanda-t-elle.

Galina Petrovna resta silencieuse.

— Maman est morte, hein ? continua-t-elle à voix basse.

Galina Petrovna le confirma.

— Oui. Elle est morte.

— Et où est papa ? poursuivit-elle sans céder un pouce de terrain.

— Ton papa est parti. Ça fait cent fois que tu me le demandes. Ça va durer encore longtemps ?

— Il m'a abandonnée ? demanda-t-elle alors qu'elle sentait des larmes prêtes à jaillir la picoter tout au fond de son nez et la chatouiller comme des bulles d'eau pétillante.

— Approche-toi, lui dit Galina Petrovna. Tiens, regarde. Elle repoussa les quittances et sortit d'en dessous un livret avec une couverture en carton gris. C'est ton livret d'épargne. Tu vois ? C'est écrit : « Lidia Borissovna Lindt ». Chaque mois papa te fait un virement de cent roubles. Sur ce livret précisément. Et dès que tu auras dix-huit ans, tu pourras disposer de cet argent. Et toi, tu dis : « Il m'a abandonnée. »

Lidotchka examina distraitement le livret d'épargne. Cent roubles, même plus, ça ne signifiait rien pour elle. Elle voulait connaître l'essentiel.

— Mais pourquoi il ne vient pas ? demanda-t-elle. Il ne m'aime plus, c'est ça ?

Galina Petrovna ôta ses lunettes et frotta leurs traces semblables à des blessures à la racine de son nez. Ses yeux étaient soudain devenus humides et vulnérables.

— Va dormir, d'accord ? Demain, je te dirai tout-tout-tout.

Mais le lendemain, Galina Petrovna, maquillée, inaccessible, avec une coiffure toute en hauteur, était si différente de ce qu'elle avait été la veille, douce, avec des lunettes, que Lidotchka ne se risqua plus à lui poser des questions, et tout reprit son cours habituel, comme toujours – l'école, le club de danse, les arts ménagers suivis en douce, et encore la danse.

Elle termina le cours élémentaire 1re année, puis le cours élémentaire 2ème année, jalon important d'ailleurs, non seulement pour elle, mais aussi pour le pays : c'était en 1989, et l'immense État dévalait la pente, de plus en plus vite, si bien que les individus les plus intelligents et les plus sensibles commençaient à être secoués et troublés par les changements annoncés. Anna Nikolaïevna régla pour Lidotchka un nouveau solo – une chorégraphie inintelligible de sa propre composition dans laquelle Lidotchka devait longuement se figer dans des poses absurdes et malcommodes, mais Anna Nikolaïevna fut très satisfaite, au point qu'elle sollicita un rendez-vous auprès de Galina Petrovna pour lui expliquer en long et en large, en des termes embrouillés, le monde de la danse et sa haute mission.

— Qu'attendez-vous de moi ? demanda Galina Petrovna, agacée.

— Il est tout simplement indispensable de faire entrer cette fillette dans une école de danse, elle a du talent, un grand talent, dit Anna Nikolaïevna d'une voix brisée, et elle croisa sur sa poitrine plate ses mains également plates et immenses, telles les nageoires d'un animal aquatique fossilisé.

— Du talent, dites-vous ? reprit Galina Petrovna d'une voix traînante avant de ricaner de façon déplaisante. Il ne manquait plus que ça.

Anna Nikolaïevna la regarda avec des yeux implorants, comme un chien.

— Vous ne comprenez pas, dit-elle. Vous ne comprenez pas. Le ballet, c'est l'histoire de toute une vie.

— Je déteste le ballet, lança Galina Petrovna en répétant les mots qu'elle avait dits un jour, et l'histoire, soumise à Hegel, fit un énième tour, ayant surmonté le stade de la tragédie et de la farce, pour s'élever finalement au niveau de l'ironie.

Après avoir tout juste terminé le cours élémentaire 2ème année, Lidotchka vint facilement à bout de l'abominable concours d'entrée – cent cinquante candidats pour une place – à l'école de danse de N-sk, célèbre dans tout le pays. Elle avait un an de moins que l'âge minimum requis, on n'acceptait les enfants qu'à partir de dix ans, mais on fit une exception pour cette gamine qui laissait présager un avenir si incroyable, sans que Lindt intervienne pour une fois et sans piston. Anna Nikolaïevna se réjouissait tellement qu'on avait l'impression que c'était elle qui avait été reçue à cette école (joies vaines, car on l'avait virée de cet établissement, il y avait fort longtemps, il y avait toute une triste vie de cela), et pour la récompenser elle l'emmena au premier spectacle de ballet de sa vie.

On donnait *Giselle*. Lidotchka avait mal au cœur à cause de son émotion, du petit col trop serré de sa robe neuve et de l'haleine vinaigrée d'Anna Nikolaïevna qui se penchait très bas jusqu'à son oreille, avec des yeux brillant de démence dans l'obscurité, pour lui chuchoter des paroles à propos du culte sublime de la danse et du fait que tout dans sa vie allait changer. C'était la vérité pure. Une porte en carton s'ouvrit et depuis le côté jardin s'envola, toute entrelacée de tendons à ressorts, une danseuse au visage arborant le sourire forcé d'un être qui doit supporter sur ses épaules une charge dépassant les limites, au-delà de ses forces. Le public applaudit vaguement, et la danseuse, tenant son tutu de mousseline des deux mains, sauta en levant ses jambes fines et musclées, et retomba sur la scène en provoquant un bruit net et terrible. Depuis le huitième rang on distinguait parfaitement bien la contraction de ses tendons sur le cou et à l'aine, et comment ses immenses faux cils, tels ceux d'une poupée, tremblaient à force de tension.

Lidotchka poussa un sanglot et se mordit la lèvre. L'emploi du temps des cours qu'Anna Nikolaïevna lui avait soigneusement recopié ne laissait pas le moindre espoir que, dans les huit années à venir, elle trouve le temps de s'occuper des arts ménagers, même en catimini, même en écoutant assise derrière la porte fermée de la salle de classe qui, en outre, se trouvait à cette époque à l'extrémité opposée de la ville.

— Je savais, je savais que tu comprendrais tout, brama Anna Nikolaïevna, qui fondit aussi en larmes en la serrant contre sa carcasse efflanquée avec une ardeur gênante.

Toutes les deux pleurèrent ce qui pour chacune d'elle ne s'était pas réalisé, ce qui était impossible et, en rythme avec elles, pleurait en son for intérieur Giselle qui était épuisée et s'était tout de même plantée dans le ballotté, pour la trois mille vingt et unième fois, cette grosse conne, elle n'a aucun talent, c'est une nullité, une jument bonne à rien !

De l'appartement de Galina Petrovna jusqu'à l'école de danse, il fallait quarante-cinq minutes par les transports en commun. Les cours commençaient à 8 heures et se terminaient parfois en début de soirée. C'était compréhensible, car en dehors des cours généraux, la future spécialiste avec la qualification d'« artiste de ballet » devait maîtriser le piano et des disciplines spéciales : la danse classique, le pas de deux, la danse de caractère, les danses anciennes, la chorégraphie contemporaine, la comédie, la gymnastique, le maquillage. Durant deux mois, Galina Petrovna supporta ce désordre chez elle avec le lever à 6 heures du matin et les exercices obligatoires à la maison les jours fériés, puis elle demanda un rendez-vous à la directrice de l'école. De quoi, de quoi ! Pour ce qui est de créer des scandales, elle savait s'y prendre. Malgré le manque de place dans l'internat et la notification que l'élève de première année Lidia Borissovna Lindt résidait et était enregistrée à la ville de N-sk, elle fut prise en pension complète à l'internat, réservé aux élèves habitant d'autres villes, qui se trouvait à cinquante mètres de l'école. Cinq repas par jour, une surveillance vingt-quatre heures sur vingt-quatre assurée par des pédagogues et des éducateurs, un cabinet médical avec une salle de consultation et des chambres pour les malades. Galina Petrovna, qui avait récemment ouvert, à l'aide du général Sedlov, un second magasin d'antiquités, prit en charge tout l'équipement de la salle de consultation avec les appareils les plus modernes, plus la réfection du cabinet de toilette.

— Je pense que c'est une transaction honnête, conclut-elle sèchement. En outre, je projette pour les prochaines vacances de prendre ma petite-fille chez moi. Et vous pourrez profiter autant que vous le désirez de sa chambre.

Lidotchka entra dans une pièce étroite comme un cercueil : il y avait deux lits, un petit tapis élimé avec des images d'oursons, une fenêtre, tout était lézardé, recouvert de couches de peintures différentes selon les époques. Elle aspira avec mélancolie dans ses poumons l'air inhospitalier de l'internat : à nouveau, ce n'était pas sa maison. Une fois encore. Devant la fenêtre languissait une fillette fanée, pas même une fillette, mais une momignarde aux cheveux indigents tirés en arrière pour former un chignon riquiqui de danseuse, une frimousse arborant une grimace de politesse sur ses gardes. Des yeux énormes comme ceux d'une petite chouette épuisée. Buchenwald.

— Comment tu t'appelles ?

— Lida.

— Moi, c'est Lioussia.

Six mois plus tard, tout le monde à l'école les appelait ainsi : Liou-Li. Les Liou-Li sont arrivées ! Lida et Lioussia. Lindt et Joukova. La m'as-tu-vue et la sangsue. La princesse et le petit pois.

— Liou-Li, vous nous filez le devoir de russe ?

Lidotchka regarde Lioussia, Lioussia Lidotchka.

Puis toutes les deux acquiescent de leur petite tête lisse et ronde de danseuse – des fils de cheveux épars le long de la raie sur le dessus du crâne, le chignon rassemblé comme celui d'une adulte au-dessus de leur cou maigrichon d'enfant, les omoplates saillantes, leur petit tablier d'écolière, des tendons solides comme du fer, des articulations intervertébrales éreintées.

— D'accord !

Le cahier de Lioussia se met à voguer sur les autres pupitres, Lidotchka a tout copié dans sa chambre, elle n'a pas d'atomes crochus avec le russe, pas plus qu'avec les mathématiques. En revanche, elle a des atomes crochus avec Lioussia Joukova et Eléna Molokhovetz.

Le soir, quand elles sont enfin réunies toutes les trois, elles n'ont besoin de personne d'autre. Lioussia est carrément allongée par terre, ses hanches étroites posées à plat, les jambes en losange, un pied passé sous le radiateur en fonte, Lidotchka se tient en équilibre avec l'immense volume de Molokhovetz entre les mains sur le genou de l'autre jambe de sa copine. L'exercice s'intitule « la grenouille ».

— « Couper du foie de veau en fines tranches, un huitième de livre de lard, émincer un oignon, mettre dans une casserole, ajouter du poivre de la Jamaïque, une feuille de laurier, du sel, couvrir et mettre à feu vif en veillant à ce que ça ne brûle pas, lit-elle à toute vitesse, et pendant les silences on entend l'ange gardien de Lioussia qui ravale tout doucement sa salive affamée. Quand le foie est prêt, autrement dit doré, jeter le gras, disposer sur une planche, couper en petits morceaux, piler le tout dans un mortier, ajouter une cuillère de beurre clarifié, un quart de pain à la française mouillé dans du lait puis pressé, piler une seconde fois et tamiser le mélange, ajouter un verre de madère... »

— C'est encore long ? gémit Lioussia dont les cheveux sur les tempes sont collants à cause de ses larmes, les tendons étirés au niveau de l'aine geignent en silence, mais Lioussia ne remarque même pas qu'elle pleure, elle fixe le plafond du plus profond de sa douleur, son levé de jambe est mauvais, elle doit le travailler, il faut travailler, dans la danse tout fait mal, quoi que l'on touche. Absolument tout, et elle est toute douleur.

— Ne m'interromps pas ! lui lance Lidotchka, fâchée. Encore dix minutes. Je te le dirai. Donc, « ajouter un verre de madère, une cuillère de bon rhum, saupoudrer de muscade, de sel, farcir les *pirojki* préparés avec de la pâte feuilletée et auxquels on aura donné la forme de cornes d'abondance, les enfourner cinq minutes environ... »

Lioussia ferme les yeux, à bout de forces elle essaye d'imaginer des *pirojki* ayant la forme de cornes d'abondance, voire de simples *pirojki* comme chez grand-mère – frits dans de l'huile, bien gras, entièrement recouverts de cloques de brûlures marron et dorées. Fourrés au chou. Ou aux pommes. Ou encore – ce sont ses préférés – avec des champignons et des œufs durs grossièrement hachés. Mais il peut s'agir aussi de *pirojki* ordinaires, pas ceux de grand-mère, mais ceux de la cantine qui ont l'air d'être en caoutchouc et sont sortis d'une cuve en aluminium qui porte en grandes lettres la mention « Cuisine collective ». Si on mord dans le flanc bien lisse de ce genre de petit pâté, le palais affamé est envahi d'un soupir de vide : ils ont encore mégoté sur la farce, ces parasites !

Au demeurant, à la cuisine de l'école de danse, on ne mégotait pas sur la farce, en réalité, mais sur les danseuses qui, le regard vitreux, portaient des plateaux en matière plastique graisseux à moitié vides. Les bonnes femmes plantureuses qui distribuaient la nourriture plongeaient en vain leur louche dans les casseroles gigantesques contenant des protéines, des graisses et des hydrates de carbone aux vapeurs enjôleuses. Malgré les rations calculées par des diététiciens et malgré leur charge de travail, les futures danseuses avaient une peur hystérique, allant jusqu'à la syncope, de gagner ne serait-ce qu'un gramme et d'être à jamais privées de la bienveillance de leur dieu omnipotent.

La pesée obligatoire tous les six mois était le jour du jugement : alors, le soleil, la lune, les lampes s'éteignaient et chutaient du plafond qui vacillait, le plafond lui-même s'enroulait comme un rouleau de papier. Pâles, plus pâles que le plus blanc des blancs chevaux, stupéfiées comme des anges et par un son de trompette venu des entrailles, les petites danseuses s'entassaient dans le couloir devant le cabinet médical, elles serraient contre le mur leurs omoplates tremblantes et faisaient un ultime effort pour rentrer un ventre inexistant. La norme était à moins cent quinze, ce qui signifiait qu'avec une taille d'un mètre quarante, une fillette n'avait pas le droit de peser plus de vingt-sept kilogrammes. Et vingt-cinq, c'était encore mieux. Dans les grandes classes, le moins cent quinze se transformait en moins cent vingt plein pot. Une taille d'un mètre cinquante pour un poids de trente-cinq kilogrammes.

— Mais qui va pouvoir te soulever, espèce de grosse vache ? Au lieu de bouffer, va plutôt fumer !

Alors elles commençaient à fumer à treize ans, et elles tiraient sur leur cigarette avec acharnement, elles le faisaient avec engouement, avec avidité, après avoir reçu la bénédiction et l'encouragement de leurs professeurs. Elles avalaient des bouffées de fumée nourrissante et salvatrice, une pour maman, une pour papa, une pour la Oulanova, elles scrutaient de leurs yeux envieux et jaloux les hanches de leurs copines pour les comparer avec les leurs – Tanka là-bas, regarde comme elle a un cul effrayant, on l'a déjà reléguée au fond de la salle et si ça continue comme ça, elle n'aura plus qu'à se planquer sous le piano, pourvu que ce soit elle qui soit virée, mon Dieu, pourvu que ce soit elle et pas moi, je t'en supplie, mon Dieu ! Tanka, écrasée par sa féminité qui commençait à affleurer de façon irrémédiable, fixait de ses yeux délavés de désespoir la porte de l'effroyable cabinet médical. Elle comprenait elle-même qu'elle était condamnée, et s'il ne s'agissait que de son cul ! Car, à y bien songer, pouah, quelle saleté, pardonne-moi, mon Dieu, pouah, elle a même des seins qui commencent à pointer, une légère protubérance, une pitoyable tentative de la nature de gagner chez la ballerine ne serait-ce qu'une couche millimétrique de gras vivifiant.

Avant la pesée ou un examen, les filles pubères ne fonctionnaient qu'à la *kacha* et au *kéfir* : en trois mois, elles pouvaient même se débarrasser de quinze kilos et dire adieu à tout jamais au pancréas. Le meilleur ami des danseuses est le Furosémide et l'opération la plus à la mode est l'ablation de la vésicule biliaire ; si les ligaments se déchirent plus souvent, en revanche, sans vésicule biliaire, on est encore plus légère, on devient une sylphide, on n'est plus que de la dentelle éthérée. La semaine qui précède la pesée – aucune fibre, les deux derniers jours –, une faim salutaire, si on a eu la malheureuse idée de manger quelque chose, deux doigts sont aussitôt introduits dans la gorge qui résiste, les calories et les espoirs insensés sont éructés dans un rugissement rauque et avec des éclaboussures dans la cuvette des W.-C.

Oui, les filles, l'essentiel est de ne rien boire, aucun liquide, asséchons les muscles, chassons le ballast, lavement le matin, lavement le soir, syncope, de nouveau les W.-C. Le matin qui précède le Golgotha – un minuscule carré de chocolat afin de ne pas s'écrouler juste aux pieds du médecin impassible. Le poids est dans la norme, mais la taille ? Là, on n'y peut rien, « deux centimètres en plus, ma chérie, et tu es virée ». Dans les yeux d'une petite mignonne qui ne sont plus ceux d'une enfant, qui ont presque perdu leur humanité, dansent les brandons d'un bûcher sacrificiel, ou du bûcher d'un bourreau : s'il le faut, elle est prête pour la prochaine pesée à se couper la moitié de la tête, voire toute la tête, tout ce qu'on veut sauf ses pieds brutalement et complètement tordus, « on travaille son cou-de-pied, on travaille son cou-de-pied, espèce d'empotée, et on ne s'épargne pas ! » Et elles ne s'épargnent pas.

Dans le couloir, les copines, qui défaillent de soulagement, heureuses et jacassantes, consolent Tanka, virée à cause de son derrière qui n'est pas dansable :

— Ce n'est pas moi, pas moi !

Tanka ne pleure même pas, elle mourrait si elle pouvait arrêter son cœur avec seulement un effort de volonté, mais il n'y a que dans les classes de fin d'études que l'on forge le caractère à de telles hauteurs, et Tanka, on l'a éliminée plus tôt, bien plus tôt, c'est pourquoi elle se contente de mordre ses petits poings, de toutes ses forces, si bien que s'impriment dessus les traces blanches et régulières de ses dents, elles s'injectent d'abord lentement d'un feu rougeâtre, puis prune, épais, solennel. Sa vésicule biliaire est sauvée, sa vie est terminée, mais même vingt ans plus tard, après avoir regardé à la télévision des quadrilles qui entrent sur scène en hochant leurs petites têtes hâves et emplumées de cygne, elle ressentira au fond d'elle-même le hurlement et le sifflement d'un vent noir qui arrache l'affiche sur laquelle ne figure pas son nom. La télécommande claque pour interrompre l'acte blanc du *Lac* au milieu d'une mesure, Tanka sort de la pièce, vieillie, grisonnante, désespérément morte depuis ses quatorze ans.

— M'man, où est-ce que tu vas ? lui crie son cadet (grâce au ciel, elle a deux fils, si elle avait eu une fille, elle l'aurait fait entrer à l'école de danse, elle l'aurait apportée dans ses bras et l'aurait déposée sur l'autel).

Mais Tanka ne répond pas. Son dos est jusqu'à ce jour d'une raideur terrible, ses omoplates sont resserrées, nouées par des muscles d'acier incapables de se relâcher. Un dos aussi convenable, posé ainsi à jamais chez les ballerines, s'appelle l'aplomb. Elles n'en connaissent pas d'autre.

Du reste, l'école de danse de N-sk était illustre, grâce à la guerre qui avait fait venir ici le corps de ballet de Leningrad pratiquement au complet. Pour faire bonne mesure face aux ballerines frigorifiées du Kirov, on avait également évacué à N-sk le meilleur conservatoire de danse de l'URSS, l'établissement qui porte de nos jours le nom d'Agrippina Vaganova. Bien entendu, à cette époque, en 1941, Vaganova n'était pas encore une plaque commémorative, mais une femme bien vivante et despotique, déjà affublée de tous les titres éparpillés dans les encyclopédies – danseuse russe éminente, pédagogue, directrice de corps de ballet, conservatrice des traditions séculaires du ballet russe impérial, artiste du peuple de la Fédération de Russie, et patati et patata. Le plus important était ailleurs : après leur retour à Leningrad une fois la guerre terminée, tous ces danseurs laissèrent à N-sk non seulement un bon souvenir, mais la moitié du corps professoral, ainsi qu'une classe entière de gamins de la guerre, fraîchement sélectionnés, maigrichons et obsédés par la danse, qui allaient former la base du futur opéra de N-sk et de la future école de danse qui acquit rapidement une grande réputation dans toute l'Union soviétique en raison de son dressage cruel et de la tenue idéale de son corps de ballet.

— On voit immédiatement l'école de N-sk, susurraient les balletomanes, se régalant des danseuses qui volaient sur scène – préparation, glissade, glissade – ah ! quel beau ballon, mon Dieu ! Quel beau ballon !

Il y a des choses auxquelles il vaut mieux ne pas penser. Peut-être même ne pas du tout connaître.

Vous trouvant dans la rue, essayez de vous immiscer dans une caserne, dans le baraquement d'un camp de détention, dans une cave où l'on pratique la torture ou dans une réunion d'une secte totalitaire. On ne vous laissera pas entrer, un point c'est tout, comme on ne laisse pas entrer un type curieux dans une école de danse, car les simples mortels qui mènent une vie banale, facile et agitée, ne sauraient comprendre la terreur solennelle qui imprègne l'existence profonde des groupes qui vivent véritablement en vase clos. Le parallélépipède parfait d'une caserne ou d'un baraquement ; une classe de danse inondée de lumière et de sueur ; les rituels extrêmement complexes, le dressage jouissif, qui ne sont nécessaires que pour désactiver définitivement la raison – ne jamais penser, ne s'inquiéter de rien, ne jamais chercher à décider quoi que ce soit, se soumettre au mouvement général, se dissoudre, cesser d'être soi-même afin de s'incarner au plus haut niveau, dans un ensemble multiple et bienheureux ; la douleur, l'humiliation, le bizutage bestial, la faim, le bonheur d'une soumission absolue. Et de nouveau, la douleur.

Imaginez maintenant de petits soldats transformés en plomb à force de zèle, fanatiquement amoureux de leur dressage ; des prisonniers qui, bien avant leur interrogatoire quotidien, commencent à préparer leur corps aux tortures et s'étirent sur l'estrapade, se rompant méthodiquement tantôt une articulation, tantôt une autre ; écoutez, au garde-à-vous sur des pointes, une mercuriale sur votre propre nullité, où vous apprenez que vous n'avez pas le moindre don, que vous êtes un monstre bon à rien :

— On ne s'affale pas sur la barre, on ne se laisse pas aller, on ne se laisse pas aller ! On tient le pied en l'air, en l'air on te dit !

Recevez des coups de cravache sur les mollets, sur les paumes et sur les joues ; suivez le rythme, rentrez à la fois le ventre et les fesses, ayez conscience de tout ce que ressentent des gamins qui, en une cohorte charmante et bruyante, dévalent l'escalier de l'école de danse, pesez tout ce qu'ils ont volontairement extirpé de leur vie, les gâteaux, les histoires le soir avant de s'endormir, l'amitié, le premier amour, les pommes de terre frites avec des boulettes maison, la confiance envers les adultes, les enfants de leur âge et envers eux-mêmes. Posez sur l'autre plateau de la balance seulement et uniquement la possibilité d'entrer en scène en courant pour faire un profond salut, affecté et guindé, au public.

Faites votre choix.

Vous ne le regretterez jamais.

Maintenant, vous savez ce qu'est le ballet.

À l'école de danse, Lidotchka, qui avait eu l'habitude des anodines mentions « moyen » dans sa vie d'élève à l'école primaire, acquit tout de suite le statut d'une reine unanimement reconnue. Déjà, lors du concours d'entrée, dès le premier tour, elle avait étonné la commission, qui en avait vu d'autres, par ses mensurations pratiquement idéales. À vrai dire, les règles présidant au choix rappelaient surtout la description des critères de race pour les chiens ou les chevaux de concours, et le rejet était sévère, voire cruel. « Les critères négatifs sont : une grande tête mal proportionnée, une tête anguleuse, une mâchoire inférieure trop grosse, un grand menton, des angles de la mâchoire saillants, un nez et des oreilles irréguliers ou difformes, des incisives mal disposées, une malocclusion. Un cou trop court et trop large est rédhibitoire pour les enfants. Ceux qui ont un cou extrêmement long, avec une pomme d'Adam saillante, ne sont pas adaptés à la scène. » Et cetera, sur des dizaines de pages tapées à la machine, susceptibles, sans doute, de réjouir un nazi féru d'eugénisme.

Mais Lidotchka était la perfection même : le rapport entre sa taille en position debout et celle en position assise, la longueur de son cou, la finesse de ses attaches, tout en elle semblait créé pour la danse qui ne tolère pas la moindre imperfection. Elle se pliait merveilleusement dans toutes les directions, elle levait avec aisance la jambe en avant, en arrière et de côté ; en faisant la démonstration de son pas merveilleux, elle tambourinait vivement le sol, sans alourdir ni gâcher la moindre nuance gracieuse. Sa musicalité, son sens du rythme, sa santé physique, tout en elle était à la hauteur.

La seule chose qui avait un peu troublé les pédagogues était que cette fille maigrichonne et brune dans son petit slip blanc lumineux n'avait même pas essayé de leur plaire. Toutes les autres faisaient des courbettes, elles en rajoutaient dans la flagornerie, elles arboraient sur leur petite frimousse de chacal de larges sourires et se composaient des risettes attendrissantes. Elles regardaient servilement les membres du jury droit dans les yeux, préparées, au nom de la danse, à tout et même plus, à tout ce qui leur conviendrait. Lidotchka, elle, avait seulement un regard morose dirigé de côté et elle n'était pas particulièrement ravie de son incontestable réussite. Apparemment, c'est simplement une petite idiote, décidèrent les membres du jury après avoir rapproché leurs têtes couronnées de lauriers chorégraphiques et s'être concertés. Une petite idiote dans un corps de ballet, c'est parfaitement opportun. Une idiote, c'était bien.

À quatorze ans, elle avait acquis définitivement le statut de meilleure élève de l'école et avait appris à réagir mécaniquement à n'importe quelle douleur, même la plus aiguë, par un sourire. Il fallait sourire, la ballerine est tenue de faire bonne figure, d'apparaître au public dans la plénitude de sa beauté, afin que le provincial le plus miraud puisse avoir conscience depuis le troisième balcon de l'opulence voluptueuse et béate du contact avec le beau. C'est à peu près à cet âge qu'il fut clair que Lidotchka, hormis un don corporel indubitable et même effrayant, possédait un autre talent rarissime : elle était une victime idéale.

Les psychologues, les psychiatres, les criminologues ont écrit tout et n'importe quoi à propos de la nature victimaire, débitant, comme de coutume, nombre d'absurdités et de bêtises, amassant dans un même fatras les minijupes, les mœurs légères, la mauvaise éducation, la faiblesse innée du caractère. Tout cela n'était aucunement applicable à Lidotchka, aussi volontaire et disciplinée qu'un caniche de concours dont n'importe qui a le droit de tirer le moignon de queue qui lui reste après qu'elle a été coupée et de palper ses glandes anales. Elle avait des muscles d'acier et des nerfs de même nature, elle ne portait pas de nippes pitoyables, transparentes ou ultracourtes, provoquant une concupiscence pitoyable, et quand elle se trouvait dans la rue, elle ne lançait pas ici ou là des regards aguichants de jeune pubère rendue stupide par ses hormones. Elle levait à peine les yeux, préférant examiner l'asphalte couvert de crachats s'inscrivant rapidement et impeccablement sous ses petits pieds dont les en-dehors étaient déjà ceux d'une professionnelle. Il n'en reste pas moins que si, dans les environs, se trouvait ne serait-ce qu'un seul malade mental, un ivrogne, voire un être accablé par le malheur, aussitôt il était fasciné par l'attraction étrange et morose qu'elle exerçait sur lui, qui n'était surmontable ni pour lui-même ni, d'autant moins, pour elle. Mélancoliques, attendrissants ou visqueux, ils marmonnaient leurs histoires insupportables, exigeaient d'un ton agressif qu'elle soit attentive et compatissante, ils lui réclamaient l'aumône : l'argent ne restait jamais bien longtemps dans son porte-monnaie, bien qu'elle-même ne soupçonnât pas qu'elle leur en donnait non par compassion, mais à cause de sa peur.

Bien entendu, son côté victimaire provenait d'une combinaison originale de charme extérieur et de douceur intérieure, une espèce de refus non conscient de l'évolution, quand, au lieu de s'enfuir ou de tuer, un être vivant choisit volontairement la mort. Mais là n'était pas l'essentiel : en fait, la petite-fille de quatorze ans de Lazare Lindt possédait l'aptitude innée et rare de voir l'autre côté du monde, cet envers existentiel sinistre que ne perçoivent généralement que les prêtres et les médecins, et cela après de nombreuses années de pratique. Il est vrai que les prêtres et les médecins sont au moins capables, en principe, de faire quelque chose pour les malheureux auxquels leurs vies sont confrontées sans fin, alors que Lidotchka était contrainte de se contenter de les regarder. Simplement regarder. Sans repousser, sans fermer les yeux, sans résister. Elle ne pouvait aider personne, mais elle VOYAIT la douleur d'autrui, elle la discernait sans ciller, sans froncer les yeux et sans essayer de s'en éloigner. Comme se doit de le faire une victime idéale. Elle estimait qu'elle était tenue d'accomplir tout ce qui était pour elle désagréable et même répugnant, mais nécessaire pour ceux qui l'entouraient. C'est ce que la danse lui avait appris. Le ballet, c'était ça. Le ballet de Lidotchka Lindt. Sa mission personnelle.

Il était particulièrement pénible de voir des vieillards auxquels personne apparemment, en dehors d'elle, ne prêtait la moindre attention, des vieux de N-sk de l'année 1996, transformés en miséreux et presque en déments solitaires, qui avaient contribué autrefois à l'édification d'un grand pays et grouillaient maintenant sur ses débris, comme Job sur son tas de fumier. Obéissant à son don morbide, elle ne remarquait ni les vitrines resplendissantes de N-sk qui se remplissaient en abondance, ni les marques étrangères clinquantes, ni les fringues bariolées importées dont étaient affublés les citadins que le tout nouveau capitalisme russe avait soudain transformés en une horde de salopards entreprenants, trompeusement accueillants et capables de tout. Autour d'elle s'épanouissait un monde de jeunes gens, pétant de santé et d'arrogance, mais Lidotchka, qui était elle aussi resplendissante de santé et de jeunesse, auprès d'une Galina Petrovna toujours riche quel que soit le pouvoir et qui lui assurait ses besoins bien au-delà du minimum nécessaire, ne remarquait que les rides et les loques. Un manteau de demi-saison datant des années 1970 sur le dos d'une vieille femme qui fouillait dans une boîte à ordures, un vieux, la poitrine barrée d'une plaque de décorations, quémandant de sa main rêche et tremblotante de la menue monnaie afin de s'acheter quelque chose :

— Non, ça ne suffit pas, ah là là !

— Allons, grand-père, fiche le camp, qu'est-ce que tu as à traîner sur mon chemin !

Lidotchka fourrait dans la poche du vieillard un billet qui ne changeait rien et accompagnait de son regard désarmé un dos voûté, pitoyable et impuissant. Des yeux humbles et voilés d'un dépôt blanchâtre, les abîmes des bouches édentées, des lacets noués avec des doigts qui n'obéissent plus, des rapiéçages honteux cousus de travers – une misère terrible, la plus terrible qui soit au monde, la misère d'un vieux dont plus personne n'a besoin. Mon Dieu, comme elle avait peur de ces vieillards, comme elle avait peur de la vieillesse elle-même – irrémédiable, affreuse, plus affreuse que la mort qui, dans cette impuissance humiliée et décrépite, paraissait un soulagement longtemps espéré à force de souffrances. Il s'agissait d'une peur étrange et difficilement explicable : en effet, elle ne connaissait pas le moindre vieillard en dehors de ces misérables qu'elle croisait dans la rue et qui étaient pour elle totalement étrangers. Galina Petrovna, ses camarades d'école, les pédagogues, même maman et papa, oui, même maman et papa, et aussi Lazare Iossifovitch Lindt en photo dans son bureau, d'un noir de charbon et d'un blanc phosphorescent, tous autour d'elle étaient jeunes, vigoureux et immortels, tous, même les morts, étaient là, semblait-il, pour toujours. Mais sa peur ne la quittait pas pour autant, au contraire, elle devenait plus terrible, plus aiguë, c'était une peur insoutenable de la vieillesse contre laquelle, comme pour les cours de danse classique, il n'y avait point de salut.

Peut-être, essayait-elle timidement de raisonner, si elle avait sa maison... Sa maison à elle, pleine de chaleur et d'enfants... Peut-être serait-ce alors plus facile ? Se retrancher pour ne plus voir la vieillesse, rendre cette maison habitée, dorloter ses petits-enfants, sortir les ordures en soupirant, aider, jusqu'au dernier instant être utile au moins à quelqu'un. Faire au moins quelque chose. Embrasser au moins une personne. Elle se mit à aimer aller au square qui se trouvait non loin de l'école, décoré de bacs à sable et d'un toboggan en bois, lieu de résidence de la maternité insouciante. Observant les pigeons agités et les mères de famille compassées qui emmenaient à la promenade une marmaille gazouillante, Lidotchka restait là des heures entières, assise sur un banc, saturant sa vue et son ouïe, testant sur elle-même tantôt une grossesse épanouie et indolente, tantôt un gentil mioche, tantôt empruntant à une maman qui bâille sa manière d'appeler son enfant, sa façon de lui essuyer promptement et lestement son nez parfaitement sec ou de rajuster son blouson tout en continuant de bavasser avec une autre maman, à seule fin de leur montrer, à tous et à elle-même, que c'est son enfant à elle, sa propriété, sa propre chair, quand bien même serait-il mortellement embêtant. Elle aussi voulait avoir au moins quelque chose qui lui appartienne. C'était une façon de trouver le salut. Elle en était sûre. Non, elle le croyait, et c'était bien plus fort.

Même les vieux dans le square n'étaient pas si effrayants que ça : c'étaient de pacifiques grands-pères et grands-mères entourés d'un amour salvateur, mais tout prit fin, comme toujours dans la vie de Lidotchka, de façon irrémédiable, impitoyable et en un instant. Un grand-père, qu'elle n'avait jamais vu, laid et inutile, s'assit près d'elle sur le banc, en trois phases, puis il chercha si longtemps et si douloureusement quelque chose dans sa poche que Lidotchka se contracta à l'idée de l'aider, mais voilà, Dieu soit loué, il y est parvenu tout seul, oui, tout seul. Il sortit un papier, il le lissa avec ses doigts noueux, il avait des ongles fendillés, et un relent rance de chair sénile, mal soignée et mal aimée, émanait de lui. Le vieux lut le papier – apparemment un document officiel (elle aperçut un cachet violet, une signature ample et indifférente, des caractères d'ordinateur, réguliers, les lettres bien serrées les unes contre les autres) – et il resta assis longtemps, très longtemps, renfrogné comme un pigeon malade, mais de ses paupières rougies et ridées coulaient des larmes troubles et silencieuses. Puis il soupira, il essuya énergiquement son visage dans ses mains, et il se dit à lui-même d'un ton amer : « Et voilà ce que font mes propres enfants. » Le vieillard s'éloigna, mais Lidotchka continua de le suivre du regard, essayant de deviner ce que ses enfants avaient fait à ce pauvre homme. Ils avaient pris son appartement ? Ils l'avaient envoyé dans une maison de retraite ? Ils étaient partis pour toujours en Amérique ? Ils étaient peut-être morts, tout simplement, scandaleusement, prématurément, en le laissant seul, tout seul.

Elle ne se rendit plus au square, craignant de revoir le vieillard, elle avait peur de s'avouer à elle-même que les enfants et les petits-enfants, au sujet desquels elle rêvait avec un tel acharnement et de façon si détaillée, n'étaient pas en fait tenus de l'aimer en retour. Les gamins potelés et amusants qui jouaient sur l'aire de jeu n'étaient une garantie ni contre une vieillesse solitaire ni contre la mort. Ils n'étaient pas un fonds de pension, pas un complément de revenus pluriannuel agrémenté d'intérêts élevés. C'étaient simplement des enfants, en soi, pas pour autre chose. C'était la vérité, mais l'accepter signifiait, d'une manière générale, tout perdre. Lidotchka n'y était pas prête. En 1997, elle avait dû perdre trop de choses par ailleurs.

Lioussia Joukova fut exclue à la fin de l'année scolaire, on ne lui permit même pas de passer dans la classe supérieure, la terminale, afin de se sentir, au moins pour un petit moment, diplômée. Non, on la vira, sans même attendre les examens, parce que « ma petite chérie, il n'y a rien à faire, pas question de traîner un mois et demi à l'infirmerie avec une pneumonie si tu veux danser ». Les danseuses ne sont pas malades, et si elles le sont, elles ne ratent pas les cours, et si elles les ratent, elles travaillent toutes seules. « Ah bon, les médecins ont interdit tout effort ? ! C'est votre problème, ma petite. » À l'école, lorsqu'on rayait une élève de la liste des vivants, on passait toujours au vouvoiement. Lioussia, pâle comme un asticot, enlaidie de désespoir et qui tentait encore de vaincre sa faiblesse pulmonaire, n'essayait même pas de se révolter. À quoi bon ? Personne n'était ému à l'idée qu'elle avait contracté cette inflammation pulmonaire dans une salle de cours glaciale à cause des courants d'air, travaillant durant des heures le grand pas de chat qu'elle ne parvenait pas à exécuter convenablement. On lève les jambes à plus de 90 degrés, les bras s'ouvrent en troisième position, le corps se plie en arrière, et boum ! Encore la mention « insuffisant ».

Lidotchka, qui assumait consciencieusement son devoir en effectuant des petits pas de chat vers sa meilleure amie, qui lui avait consciencieusement rendu visite à l'infirmerie pour lui lire le Molokhovetz, pour rester simplement assise au pied de son lit sur la couverture administrative en laine, en balançant les jambes pour l'apaiser, courait voir tous les professeurs, elle les suppliait, leur promettait de se porter garante pour Lioussia (« Ma main, ou plutôt mon pied à couper ! »), mais toutes ces démarches furent inutiles. La directrice, auprès de laquelle, comme une adulte, Lidotchka avait sollicité un rendez-vous, fut également implacable :

— On n'a pas besoin de cancres dans l'établissement. Et toi, Lindt, pourquoi tu perds ton temps avec un boulet pareil ? Tu ferais mieux de répéter. Ou ne comprends-tu pas la responsabilité qui repose sur tes épaules ?

Elle le comprenait. Juste après être passée en terminale, elle, qui avait dix-sept ans, devait danser la première Giselle de sa vie à l'opéra de N-sk, sur une scène véritable, pour les adultes – une opportunité inouïe et rare à laquelle n'ont droit que les futures étoiles. Giselle, c'était un honneur.

— Tu ferais mieux d'aller travailler, résuma la directrice, et, aussi docile et inébranlable qu'un petit soldat de plomb, elle fit demi-tour et s'en alla.

C'est sa maman qui ramena Lioussia chez elle, une grosse campagnarde qui venait du sud de l'Oural, d'une ville-usine rouillée et effroyable où les gens, de la naissance à la mort, ne connaissent pas de plus grande joie que de bouffer à s'en faire péter la sous-ventrière.

— Et surtout, tu chiales pas. Tu vas étudier dans un lycée normal, et je te trouverai une place de comptable, s'épanchait-elle en empaquetant les petites affaires de Lioussia et en inspectant la pièce afin de ne rien oublier d'important qui puisse être utile chez elle. À quoi bon agiter ses jambes nues ! C'est pas un métier, c'est une honte !

Lioussia, aussi droite qu'un manche à balai et qui était assise sur le bord d'une chaise, ne pleurnichait pas, mais machinalement, par habitude, elle travaillait son cou-de-pied désormais inutile. Lidotchka s'était assise à côté d'elle, elle frotta son nez contre l'épaule maigrichonne de sa copine, comme elle le faisait toujours quand elle voulait faire des câlins – elles avaient tellement pleuré ensemble, elles s'étaient livrées l'une à l'autre tant de secrets drôles et enfantins, et par conséquent particulièrement effrayants, elles avaient tellement ri en sourdine après l'extinction des feux, elles avaient tellement rêvé, et combien de fois s'étaient-elles endormies ensemble, dans le même lit, maigres et transies, petites, ne trouvant qu'en l'une et en l'autre une once de sympathie et de chaleur humaine.

— Je viendrai te voir à l'occasion de toutes les vacances. Et tous les jours je t'écrirai ! promit Lidotchka avec de la passion et de l'amertume, comme si elle prêtait serment.

Lioussia tressauta, comme si on l'avait réveillée, et elle dévisagea Lidotchka avec des yeux secs et, semblait-il, brûlants.

— Va te faire foutre avec tes lettres, idiote ! hurla-t-elle brusquement d'une voix si fulminante que sa mère laissa tomber un balluchon et poussa un « oh ! » assourdi. Je te déteste, je t'ai toujours détestée ! Idiote ! Ordure ! Monstresse boiteuse ! Tu pues !

La mère se signa, cracha et réprimanda sa fille.

— Ne perds pas tes nerfs, ma fille. Ça n'en vaut pas la peine. Tu t'en bats l'œil. Nous, on rentre à la maison.

Après le départ de Lioussia, Lidotchka resta absolument seule. Comme souvenir de sa meilleure amie, elle n'obtint que l'autorisation de rester seule dans la chambre de l'internat (tribut à la reine, plus une énième tranche financière de

Galina Petrovna) et elle prit la nouvelle habitude de profiter, chaque fois que l'occasion se présentait, d'une douche brûlante, rocailleuse, interminable. Mais l'expression « tu pues », ainsi que l'odeur de sueur imperceptible, invisible, que personne ne ressentait hormis Lidotchka, persista. Dans le corps de ballet, tout le monde puait. Absolument tout le monde.

Les vacances d'été avant la rentrée en classe de terminale lui semblèrent particulièrement longues. Elle resta à l'internat, avec l'approbation silencieuse de Galina Petrovna, qu'elle voyait de plus en plus rarement et, chose étrange, grâce à cela, elles s'étaient presque totalement réconciliées. Elle lui rendait régulièrement visite les jours fériés dans l'appartement de Lindt et, chaque fois, elle découvrait dans sa chambre une babiole agréable – un nouveau corsage moelleux dans un paquet recouvert de papier glacé craquant, un lecteur de CD qui ressemblait à un pavé portatif caressé par la mer ou bien des pointes Grishko, venues de New York, absolument introuvables ici – les rapports de Galina Petrovna avec l'argent et les objets lui réussissaient toujours à merveille. Une fois par mois, elle pourvoyait Lidotchka en argent de poche (jamais elle ne lui demandait des comptes) et elle lui montrait le relevé précis de son livret d'épargne, lui indiquant l'état impeccable de sa fortune. Depuis peu, la banque était la propriété de Galina Petrovna et les cent roubles mensuels de papa étaient convertis en « unités formelles », autrement dit en dollars, aussi formels que les télégrammes de félicitation de son père qui étaient devenus rarissimes, aussi rares que les questions à son sujet.

À dix-sept ans, Lidotchka accepta d'être véritablement une orpheline.

Au demeurant, elle savait exprimer sa reconnaissance : Galina Petrovna n'avait aucun souci avec elle et, quand elle le désirait, elle pouvait même en être fière. Mais, semble-t-il, elle n'en avait aucun désir. Plongée dans le business de façon aussi maladive et passionnée qu'autrefois dans les livres anciens et les antiquités, Galina Petrovna ne venait même pas aux spectacles donnés par les élèves de l'école où Lidotchka dansait toujours les rôles de soliste avec cet éclat égal, impassible et merveilleux qui distingue un diamant véritable d'un banal cristal à facettes.

Elle passait les interminables semaines d'été en d'interminables répétitions et en flâneries également interminables à travers la ville : durant ces vacances, elle apprit à connaître N-sk dans ses moindres détails – derrière ce coin, il y a un banc sur lequel on peut se reposer, et là-bas, parmi des physocarpus imprégnés de pisse, avait été exilé un petit buste de Lénine en plâtre, peinturluré et estropié par des jeunes au point d'être totalement méconnaissable, devenu par conséquent tout à fait humain et vivant. Au début, Lidotchka errait dans les rues sans aucun but, puis elle dénicha une jolie palissade assez ancienne, peinte avec impertinence en jaune citron, absolument pas dans la tradition du Nord, elle y adjoignit mentalement une allée pavée dans le style d'une toute autre région et un immense érable rouge parfaitement digne de figurer en photo dans un magazine.

Le jeu s'avéra d'un intérêt étonnant, et elle se mit à se promener dans un but précis. Désormais, elle inventait sa maison idéale et en rassemblait les éléments.

Absolument tout était important – aussi bien la couleur, la lumière, la taille de la pierre, la forme du toit, que les odeurs. Particulièrement les odeurs ! À la recherche d'une senteur nécessaire pour l'entrée (du mastic de Grèce, du bois et une pointe de vanille), elle se retrouva un jour dans un ensemble d'immeubles modernes de la fin de l'époque soviétique, qui ressemblaient à des macaronis brisés, et soudain elle s'arrêta au milieu d'une cour. Une balançoire déglinguée pour les enfants grinçait plaintivement à cause de la rouille, des bouleaux, qui avaient beau avoir bien poussé, n'en étaient pas moins tarabiscotés – « Virage à gauche toute », disait maman. Lidotchka s'assit sur un banc, elle chercha une clef imaginaire accrochée à un cordon enlevé depuis longtemps, et elle marmonna ces mots qu'elle savait par cœur et à jamais : « 14 rue Oussievitch, appartement 128 ». C'était son ancienne adresse. L'immeuble où se trouvait l'appartement de papa et maman. Cela étant, il était impossible de croire qu'elle n'avait pas eu l'idée d'y aller jusqu'à présent.

Elle pénétra dans l'immeuble dont ses souvenirs remontaient à l'époque où elle avait cinq ans : *tap-tap-tap*, faisaient ses petits pieds, l'ascenseur qui était souvent en panne, les marches qui semblaient sans fin et très hautes, les couches épaisses de peinture sur la rampe, l'odeur et la lumière qu'elle n'avait pas oubliées, et qui étaient inoubliables. Aller au cinquième étage, vous savez, c'est fatigant. « Tu veux monter sur mes épaules ? » Papa s'était accroupi complaisamment, il avait tendu son cou, mais Lidotchka, qui n'avait pas cédé à la tentation de lui tirer les oreilles (« Barre à bâbord ! Et maintenant barre à tribord ! »), s'obstina à grimper les marches à toute vitesse, seule. Maman disait toujours : « Tu dois tout faire toi-même. » C'était clair comme de l'eau de roche, pour elle. Comme l'eau de la mer Noire.

Elle s'arrêta devant une porte – autrefois elle parvenait à peine à toucher la poignée, et maintenant, elle était juste là ; le bouton de la sonnette, à la hauteur de laquelle papa la soulevait, elle, qui n'arrêtait pas de rigoler en agitant ses petites jambes, était en réalité juste là, lui aussi. Elle leva la main, prête à appuyer dessus, mais à côté d'elle la carcasse mécanique de l'ascenseur se mit à gronder, et elle dévala l'escalier quatre à quatre.

Elle revint le lendemain, ne sachant pas vraiment pourquoi, puis le surlendemain, ainsi que le jour d'après. Elle resta un certain temps dans la cage d'escalier, assise sur le rebord d'une fenêtre, les jambes ramassées sous elle et ne pensant à rien, mais ressentant simplement que, même si ses parents ne se trouvaient pas là, au moins il y avait leur appartement juste à côté. C'était un sentiment agréable, confortable, que les gens qui se sont résignés depuis longtemps à une perte, quelque immense qu'elle ait été, éprouvent fréquemment dans un cimetière, exactement comme on se résout sans doute à une amputation ou à une infertilité irrémédiable, se mettant à trouver dans une absence de jambe ou d'enfant un plaisir empreint de douceur que peu de gens conçoivent. Mais Galina Petrovna n'allait jamais au cimetière et elle n'y emmenait pas Lidotchka, c'est pourquoi cette sensation était pour elle nouvelle et si étrange qu'elle ne fut même pas surprise quand, un beau jour, la porte de l'appartement de ses parents s'entrouvrit soudain tout doucement, et, après avoir distinctement grincé, elle se referma aussitôt. C'est une hallucination, se rassura-t-elle, mais, au bout de quelques minutes d'une attente réciproque empreinte de tension, la porte s'entrouvrit à nouveau, et dans l'ouverture, au lieu de fantômes du passé, apparurent deux frimousses enfantines dubitatives – de garçons ou de filles, elle ne savait pas.

— Vous êtes qui, madame ? demanda un garçon, à en juger par sa voix et son nez, d'une dizaine d'années, pas plus.

Lidotchka bondit du rebord de la fenêtre, ne sachant que dire.

— Je... je... bredouilla-t-elle, décontenancée. J'habite ici. Enfin... j'habitais ici. Il y a très longtemps.

Le garçon et la fille échangèrent un regard et la fille prononça un verdict plein d'assurance.

— C'est nous qui habitons ici, tata. Tu dois t'en aller. Sinon on va appeler la police.

— Tu parles d'une idiote ! regretta le garçon, et d'après l'agitation qu'elle perçut derrière la porte, elle devina qu'il avait flanqué une taloche à la fille. Et d'abord, on doit dire « vous » à ceux qui sont plus âgés. Et puis, qu'est-ce tu racontes avec ton « tata ». On en a une seule de tata, tata Alia, et elle habite à Biïsk. On est allés chez elle cet été.

La dernière phrase était une invite évidente au dialogue, et Lidotchka dut avouer qu'elle n'était jamais allée à Biïsk et qu'elle n'avait pas de tante (pas plus une prénommée Alia qu'une autre). Le garçon, comme il se doit pour un homme, après avoir éprouvé sa supériorité, se mit en avant et devint condescendant. Il entrouvrit un peu plus la porte et, après avoir fait cliqueter la chaîne de sécurité, il se vanta.

— Et votre papa est docteur ès sciences, peut-être ! Et maman aussi va le devenir ! Voilà !

— Ma maman est morte, avoua-t-elle de manière inattendue en guise de réponse, et, chose étrange, pour la première fois de sa vie, elle ne ressentit presque aucune douleur.

C'était simplement un fait. Un élément de sa biographie. Les enfants échangèrent à nouveau un regard.

— Et ton papa ? demanda d'un ton grave la fillette.

— Papa...

Lidotchka fut songeuse un instant, mais elle comprit qu'elle ne saurait expliquer cette histoire en s'aidant de cartes postales et de télégrammes, même à elle-même.

— Je n'ai pas mon père, non plus, dit-elle. Depuis très longtemps. Et je me souviens à peine d'eux.

Le garçon claqua la porte brutalement, comme un coup qu'il lui assénait au visage, et c'était normal, bien entendu. Elle n'avait pas trouvé mieux que de discuter de cela avec des gosses, quelle idiote ! Comme à son habitude et pour la millième fois, Lidotchka endossa toute la culpabilité de ce qui s'était passé et, après avoir lissé son jean, elle descendit l'escalier. Elle avait rendu visite au passé, et ça suffisait. Il était temps d'aller répéter, de travailler, d'assouplir ses muscles, de refaire pour la centième fois le même mouvement. Le paradoxe était le suivant : on peut devenir un grand savant, un compositeur extraordinaire, un grand écrivain, mais devenir une grande danseuse, c'est impossible. On ne peut que l'être en s'épuisant jour après jour, en pratiquant les mêmes exercices que ceux qu'effectuent les novices les plus maladroits et les plus ridicules. Le problème était que Lidotchka ne voulait absolument pas devenir ni être une danseuse. Ni grande ni extraordinaire. Elle voulait avoir une maison. Une maison et des enfants. Rien de plus.

Le garçon ne la rattrapa qu'au deuxième étage. Il avait les cheveux bruns, il était maigrichon avec les épaules très droites d'un futur officier.

— Tenez, dit-il, essoufflé, et il lui tendit la moitié d'un pain. Prenez ! Vous devez avoir faim dès l'instant que votre maman... Il voulut dire « est morte », mais il en fut incapable.

— On a aussi des pommes de terre, mais elles sont crues, ajouta-t-il d'un air coupable.

Elle accepta le pain, et elle huma le parfum de la mie tendre.

— Merci, dit-elle, vraiment, merci. Et les pommes de terre, elles sont roses ou blanches ?

— Je ne sais pas. Quelle différence ça fait ?

— Très grande, répondit Lidotchka. Si elles sont roses, on peut les préparer avec de la crème fraîche de deux façons. Si elles sont blanches, c'est bien d'en faire des gnocchis. Tu as déjà mangé des gnocchis de pommes de terre ?

Les pommes de terre n'étaient ni roses ni blanches, mais simplement de piètre qualité, pleines d'yeux et de germes blanchâtres, et de plus il n'y avait dans la maison ni crème, ni farine, ni même des œufs, en revanche on découvrit quelques carottes et autant d'épices éventées que l'on voulait dans de petits paquets en papier à l'ancienne.

— Ça ne marchera pas, hein ? s'enquit la fillette, désolée, qui s'avéra très vive et très disgracieuse.

Mais avec eux, tout fut couronné de succès.

Les Tsariov, qui étaient revenus de leur institut de recherches à 18 heures, découvrirent chez eux des bruschettas à l'italienne presque authentiques, parfumées au romarin, un thé délicieux, des pommes de terre bouillies d'une étonnante couleur orangée qui rappelaient au goût un véritable gâteau, et Lidotchka qui, en l'espace de deux heures, était irrémédiablement tombée amoureuse du petit Romka, qui avait dix ans, et de Veronitchka, qui en avait six.

— C'est quelque chose d'inimaginable ! mâchonna Tsariov en se fourrant dans la bouche une pomme de terre entière et en agitant les bras d'enthousiasme. Comment vous avez fait ça, Lida ?

— C'est très simple, répondit-elle troublée, il faut les cuire en robe des champs et surtout ajouter à l'eau de cuisson une carotte, un oignon, deux grains de poivre parfumé, et...

La femme de Tsariov se précipita sur un stylo.

— Combien de poivre ? Et à quel moment il faut saler ? C'est nécessaire ? En général ? Voyons, Volodia, on a l'impression que tu es un gosse. Laisses-en un peu aux enfants.

Le lendemain, Lidotchka se présenta chez les Tsariov avec deux immenses sacs bourrés de provisions que Molokhovetz elle-même eût enviées. Avant la fin des vacances, il ne resta presque plus de recettes, parmi celles du livre qu'elle avait apprises par cœur, qui n'aient pas été expérimentées. Ses mains s'avérèrent aussi talentueuses que ses pieds, et la cuisinière qui était en elle éclipsait avec de plus en plus d'assurance la danseuse. Les Tsariov, inorganisés et impécunieux, comme il se doit pour des martyrs de la science, grossirent, rosirent et se tachèrent même d'un peu de graisse, comme des blinis au levain. Mais Lidotchka, qui rêvait en secret à une exclusion salvatrice de son école, ne prenait pas un gramme. Elle avait hérité du métabolisme ardent de Lindt qui brûlait dans le foyer de chacune de ses cellules gloutonnes au moins un centième de ravioli. Dans les intermèdes entre les recherches culinaires, Lidotchka, Veronitchka et Romka étudiaient avec zèle le macramé et la broderie en utilisant les conseils naïfs et emberlificotés venus de vieux numéros de *La Travailleuse*. Les parents Tsariov ne cessaient de se réjouir : d'ailleurs, forgés par l'éducation soviétique et par un optimisme naturel, ils étaient ravis de tout ce qui ne les tuait pas. Et il n'aurait pas été facile de les tuer, eux qui étaient chaleureux, pleins de joie de vivre, sans prétention, comme il n'est pas facile de tuer de vrais croyants qui croient réellement, véritablement, de tout cœur.

Toute leur vie, les Tsariov avaient cru au pouvoir soviétique. Non pas dans le pouvoir réel, bien entendu, mais dans un pouvoir soviétique idéal, théorique, normal qui, après avoir au préalable pompé tous les talents, devait, en principe, redistribuer à chacun selon son travail. Les Tsariov exécutaient honnêtement leur part du contrat sans épargner ni leurs bras ni leur cerveau, c'est pourquoi les attentes humiliantes et sans fin devant les magasins, le manque de tout, depuis les collants pour les enfants jusqu'aux souscriptions pour les œuvres de Dostoïevski, les plongeaient dans une irritation acrimonieuse. Ils méprisaient le pouvoir soviétique réel, celui de tous les jours, palpable, comme on méprise une maman qui a un sévère penchant pour la bouteille et joue les jeunettes, impossible, pitoyable, mais qui fait tout de même partie de la famille. Il va de soi que c'était l'une des variantes de l'amour.

Les Tsariov avaient l'impression que le peuple soviétique accomplirait certains efforts supplémentaires, qu'il enlèverait Lénine de son mausolée pour l'enterrer, qu'il oublierait Staline et ferait revenir Soljenitsyne, que tout changerait comme par enchantement, que les rayons cristallins du bonheur général resplendiraient. Ils voulaient améliorer, mais non ruiner, garder ce qu'il y avait de bon dans ce qui était vieilli, et y apporter des nouveautés qui étaient meilleures. Ils croyaient que le pouvoir soviétique était tout à fait compatible avec la démocratie, comme la pléthore de chars d'assaut avec la pénurie de papier toilette. « Quant à la liberté de parole, excusez-nous, c'est même écrit dans la Constitution ! » Les Tsariov avalaient tout le samizdat et les livres interdits qu'ils pouvaient se procurer, et ils s'étonnaient encore plus sincèrement en se demandant pourquoi ces livres étaient prohibés ; ils écoutaient les voix toussotantes et éraillées de l'Amérique, de Stockholm ou de Londres ; en chuchotant et en se soutenant avec des verres de vodka, ils critiquaient le Parti et le gouvernement, mais en outre, et en réalité, ils demeuraient des individus parfaitement soviétiques.

C'étaient des gens merveilleux, ces Tsariov, honnêtes, travailleurs, braves et parfaitement ordinaires. Il y avait des millions de Tsariov de ce genre, ils étaient ce que le pouvoir soviétique avait le mieux réussi durant son existence ; le reste, y compris les fusées, les machines-outils et le ballet, s'était cassé, était devenu moralement obsolète, était tombé en ruine, morceau après morceau, il n'avait pas justifié les espérances qu'on y avait placées, et les gens restaient tous les mêmes – des gens. Quand déboula enfin la perestroïka, les Tsariov se réjouirent, comme tout le monde, comme des enfants qui sautent devant une porte derrière laquelle se déroule une fête avec un sapin de Noël, et tels des junkies, ils étaient accrocs à la revue libérale *Ogoniok* dirigée par Korotitch, ils allaient de meetings en barricades, ils votaient, ils priaient pour Eltsine, ils applaudissaient Sakharov et même en se couchant le soir et en se serrant l'un contre l'autre, ils se disputaient à n'en plus finir en des chuchotis passionnés sur le fait que demain, oui, déjà demain...

Le lendemain, il se trouva que le pouvoir soviétique que les Tsariov voulaient si frénétiquement changer était la seule chose véritablement heureuse et stable de leur vie. Une enfance paisible, un enseignement gratuit, une lampe à quartz bleue dans la toute nouvelle polyclinique et une séance de cinéma sur Tchapaïev en matinée. Des chansons de travailleurs, des gâteaux à vingt-deux kopeks et du porto à deux roubles vingt (la bouteille consignée à dix-sept kopeks), une avance le 5 et la paye à la fin du mois, un treizième mois, la croyance en l'égalité et en la fraternité, une vie heureuse qui progresse vers l'avenir comme un tapis de soie se déroulant, pleine de jalons remarquables et de rituels auxquels on est habitué et sans lesquels aucun bonheur humain n'est concevable. Les manifestations du 1er mai où on allait à reculons, mais après lesquelles on buvait et on bâfrait si merveilleusement chez l'un ou chez l'autre en une compagnie bruyante ; le défilé pour ranimer la flamme du soldat inconnu, le 9 mai, la parade de la victoire ; le soir à la télévision le célèbre Kobzon qui chantait et un concert en plus, tous les deux se combinant parfaitement avec les Beatles ou les Rolling Stones qui vivaient en douce dans un magnétophone, *Le Pavillon des cancéreux* lu clandestinement comme les romans de gare à la Druon obtenus avec les mêmes difficultés et lus avec le même plaisir. Une armée puissante, une police bien brave, les mains froides, un cœur brûlant, une tête sensée. Dommage que tout cela se soit écroulé. Dommage que jamais, plus jamais nous ne serons jeunes.

En définitive, le pouvoir soviétique s'était débrouillé pour que les Tsariov se rencontrent : ils firent connaissance dans un institut universitaire et, dès la fin de la première année, ils se marièrent. C'étaient de jeunes ingénieurs, avec des discussions de jeunes, du sexe maladroit de jeunes, la cité universitaire, la noce, la thèse, chaque été des balades délicieuses en kayak, des nuées de moustiques, au milieu des pins et des galets au chatoiement doré, du thé bu dans des boîtes de viande en conserve, deux enfants. Ils étaient parfaitement heureux ensemble, ces Tsariov – Elenotchka Romanovna, une rigolarde rondouillette et appétissante, et Vladimir Serguéïevitch, un type maigre et joyeux, poilu comme un yeti, avec une calvitie précoce et bien avancée qui dégageait son front plissé et mobile. Il n'y a que les mamans négligentes et débauchées qui ont des enfants aussi réussis. Le pouvoir soviétique était négligent. Même quand celui-ci abandonna honteusement les Tsariov, sans se retourner, pour toujours, ils ne cessèrent d'être de braves gens. Et ils ne cessèrent de croire en ce qui était juste.

Ils accueillirent Lidotchka avec cette cordialité enjouée avec laquelle ils accueillaient tout ce que la vie leur envoyait ou ce que leur rapportait leurs enfants – de la famille de province, des invités qui s'attardent, la varicelle ou un pigeon avec une patte cassée. Au début, elle décida de garder secrètes ses visites aux Tsariov, non par cachotterie, mais simplement parce que la majeure partie de sa vie ne présentait, à l'évidence, aucun intérêt pour Galina Petrovna. Cependant, elle faisait trop de découvertes et trop de questions émergeaient : du coup, elle avait délibérément annulé une promenade avec Romka et Veronitchka pour aller rendre une visite non planifiée à l'impératrice douairière.

— Tu es enceinte ? Tu es malade ? demanda à brûle-pourpoint Galina Petrovna en se passant du rouge à lèvres devant un miroir.

En ce moment, elle ne cessait d'être pressée, elle n'avait pas assez de temps pour vivre, la vie était intéressante, le business exigeait des décisions rapides, les décisions rapides exigeaient beaucoup d'argent, l'un entraînait l'autre, comme pour ce jouet en bois traditionnel où un moujik et un ours tapent alternativement l'un après l'autre avec de petits marteaux sur une enclume.

Lidotchka était en parfaite santé et elle n'était pas enceinte.

— Toujours ça de pris, comme on dit, Dieu soit loué. Qu'est-ce que tu veux d'autre ? Tu as besoin d'argent ? Vas-y, il y en a sur la table.

— Je voulais vous poser des questions à propos de l'appartement, dit-elle tout doucement – elle avait l'habitude de ne pas élever la voix chez Galina Petrovna.

— Au sujet de quel appartement ?

— À propos de celui où j'habitais avec papa et maman. Pendant qu'on... pendant que je...

Elle hésita, comme un estropié qui ne sait comment nommer correctement sa propre mutilation. Honnêtement, sans ambages, en sorte que ce soit insupportable à entendre pour les autres.

— Il est en bon état, il est toujours au même endroit, répondit Galina Petrovna, enfilant dans le lobe rond, absolument pas vieilli, de son oreille une boucle avec un diamant pointu et redoutable de couleur cognac très rare. Mais pourquoi tu me demandes ça ?

Lidotchka fut de nouveau hésitante. Face à Galina Petrovna, elle se sentait toujours particulièrement stupide et maladroite. C'était précisément l'endroit où l'amour et la peur se frôlent de si près qu'il n'est pas possible de les distinguer.

— J'y suis allée, enfin j'y ai jeté un coup d'œil, comme une invitée, et...

— Et tu as fait connaissance des locataires. Comment ils s'appellent, déjà ? Je ne m'en souviens plus. Des gens parfaitement stupides. Mais jusqu'à présent ils paient rubis sur l'ongle. Ils se sont mal conduits avec toi ? Dis-moi ! On en trouvera d'autres.

Elle secoua la tête.

— Non. Pas du tout. Mais cet appartement, à qui il appartient ?

Galina Petrovna éclata de rire.

— Serais-tu devenue plus intelligente, par hasard ? Voilà qui est digne d'éloge. C'est ton appartement, il est à toi. Ne t'inquiète pas. Il a été privatisé, et il est inscrit à ton nom : l'argent de la location va entièrement sur ton compte et, dès que tu auras dix-huit ans, tu pourras en profiter. Et tu t'y installeras. À moins que tu aies l'intention de rester accrochée à mon cou toute ta vie ?

Lidotchka hocha la tête : le cou de Galina Petrovna, qui était toujours aussi beau et orné d'un rang de perles exceptionnelles de Tahiti, ne lui semblait pas non plus un lieu d'habitation très commode. L'audience était terminée, demander une baisse de loyer pour les Tsariov n'avait pas de sens. Pour se venger, elle cessa de fréquenter sa grand-mère, y compris les jours fériés – effort inutile que personne ne remarqua. Galina Petrovna savait parfaitement que les mauvaises nouvelles parviennent rapidement, en sorte que si quelque chose de véritablement désagréable survenait, on l'informerait aussitôt, et si tout était en ordre, il n'y avait aucune raison de se faire du souci. Si elle ne veut pas venir, qu'elle ne vienne pas. Lidotchka n'en avait pas envie. Elle se sentait bien chez les Tsariov, et, quel que soit le paradoxe de cette situation, c'était précisément parce qu'ils étaient négligents et joyeux, et qu'ils avaient chassé de l'appartement tous les fantômes. Plus personne et plus rien ne lui rappelait ses parents. C'était surprenant, et léger.

Mais l'essentiel était ailleurs : c'étaient les enfants. Romka et Veronitchka. Ils salissaient tout et se chamaillaient en permanence, ils posaient des questions impossibles et étaient dissipés, ils répandaient de la farine, tachaient leurs vêtements, s'égratignaient les genoux, écoutaient bouche bée et interrompaient leur interlocutrice à tout bout de champ. Ce n'était pas facile avec eux, mais sans eux il se trouve que c'était absolument impossible. Chaque fois que Lidotchka apparaissait dans l'embrasure de la porte, la binette disgracieuse de Veronitchka et la jolie frimousse de Romka, d'une incroyable régularité, comme s'il avait voulu faire la nique à sa sœur, s'enflammaient d'une joie si désintéressée et exubérante que Lidotchka ne pouvait croire que c'est elle qui la provoquait.

Avec le début de la nouvelle année scolaire, tout, y compris le temps, se gâta et se compliqua. Elle était à nouveau occupée du matin jusqu'à l'épuisement, plus les répétitions de *Giselle*, la chambre vide à l'internat et l'automne à N-sk, glacial, détrempé, plein de sinusites persistantes et de passants hargneux. Romka et Veronitchka furent aussi cloîtrés dans leur école, et la vie du lundi au vendredi aurait perdu tout sens si elle n'avait rêvé de cette maison qui occupait toutes ses forces mentales et morales. Comme auparavant, elle passait les jours fériés chez les Tsariov. Et elle ne se rendit pas compte qu'elle n'avait pas vu Galina Petrovna depuis au moins deux mois.

Avant le cours de danse classique, Lidotchka traînassait dans l'enfer que représentait un couloir de l'école. Si on fermait les yeux, on entendait le vacarme habituel d'un établissement scolaire, infiniment enfantin, braillard et joyeux, mais pas question de leurrer Lidotchka, figée devant le rebord d'une fenêtre (derrière la vitre, il y avait un ciel acidulé et un érable estropié, dépenaillé et mouillé comme un mendiant, le mois de septembre à N-sk est aussi désespérant qu'un mois de novembre sous une latitude plus modérée), avec un cache-cœur chaud de répétition passé sur ses épaules. Elle le sait, il suffit qu'elle se retourne, et le bruit cessera, il se dissoudra dans le silence cruel du ballet ; là, devant un mur, une élève de deuxième année aux grandes oreilles est assise directement par terre et effectue un grand écart facial, elle étire l'un après l'autre ses petits tendons, elle tient entre ses mains son manuel de géométrie et remue silencieusement les lèvres : on ne met pas les élèves à la porte seulement à cause d'un pas raté.

Là-bas, Ksioucha – elle est mal fichue avec ses longues jambes et son corps étique – est à la torture avec son battement, elle sera virée avant qu'il soit clair que, malgré toutes les tortures qu'on lui fait subir, il ne sera pas possible de réformer sa cavité articulaire du bassin, on la flanquera simplement dehors parce qu'elle va grandir et aura une taille telle qu'on ne pourra pas la soulever, car aucun danseur ne travaillera le moindre porté avec une perche pareille. La cavité articulaire de Lidotchka est impeccable, son articulation iliaque se retourne comme si sous sa peau ne se trouvaient pas des tendons humains, mais la carcasse en gutta-percha d'un elfe de la forêt. Il n'en reste pas moins qu'elle a mal, elle aussi, comme tous les mortels qui font de la danse classique, mais sa douleur, toutefois, débouche sur un résultat visible. Elle a des caractéristiques physiques phénoménales – les enseignants hochent la tête, c'est une perle rare, une future étoile, ça ne fait aucun doute ! Jamais on ne l'exclura. Jamais on ne la remettra en liberté.

Elle a un don divin.

Mais elle n'a pas demandé à Dieu de lui offrir quoi que ce soit.

Elle observe le vent qui tantôt tire grossièrement par la main l'érable derrière la vitre, tantôt lui flanque une taloche, comme s'il faisait la morale à un adolescent indiscipliné en le serrant entre ses genoux inflexibles. Réponds comme il faut à ma question ! L'érable esquive une énième baffe, jette un regard persécuté de côté à la recherche d'un porche sous lequel il pourrait se réfugier.

— Tu ne fileras nulle part, lui chuchote Lidotchka, pleine de sympathie, tandis qu'elle tend machinalement sous ses jambières en laine un mollet puis l'autre : elle doit les chauffer avant le cours de danse classique, combien de cours de ce genre lui reste-t-il encore à faire ?

Elle essaya consciencieusement de les compter, mais arrivée à la centaine, elle s'embrouilla, elle accéléra son pas mental, et courut finalement tout en tirant d'une main son cache-cœur de répétition sur sa poitrine et en écartant de l'autre les branches raides des buissons qu'elle n'avait pas encore inventés, pas encore pensés, avec des feuilles vert pâle.

La maison n'avait disparu nulle part, elle était bâtie sur une colline et, cette fois, elle était construite avec des briques d'un rouge foncé, comme cuites à point. Lidotchka se concentra en se mordillant la lèvre, telle une personne très affairée, et les briques s'éclaircirent docilement, puis elles se transformèrent toutes en calcaire, en pierres taillées grossièrement, poreuses et joyeuses comme du sucre en poudre. Elle arriva à la porte – claire ? sombre ? claire ? –, bon d'accord, noyer foncé, et deux lampadaires recourbés en fonte avec des abat-jour et une sonnette à l'entrée, présentant aux hôtes de la maison un bouton en nacre en signe de bienvenue un peu stupide.

L'entrée – pour l'instant elle ne savait pas si elle serait grande ou petite –, Lidotchka la passa après avoir fermé les yeux (plus tard, plus tard, je dois absolument y réfléchir la prochaine fois !) et elle ne les rouvrit qu'une fois dans la cuisine, lieu adoré, immense, presque entièrement équipée, amoureusement pourléchée jusqu'aux moindres détails comme les tuyaux en cuivre rutilants. Elle s'empressa de compter les tasses de faïence – la dernière fois, elle avait tout laissé en plan sur la table ! Trois, quatre, six ; à côté était posé un broc en terre cuite brute, presque monstrueux, absolument magnifique, conservant sur ses parois irrégulières les traces des doigts du potier anonyme. Le lait dans ce genre de récipient reste toujours frais, même quand la chaleur est caniculaire.

Tout dans la cuisine, grâce à Dieu, est resté en l'état : les rideaux ensoleillés qui respirent ; l'immense plaque de cuisson ; le parquet en bois brut sous les pieds, campagnard, aux senteurs estivales – et là-bas, par cette fente sous la plinthe, un souriceau, léger et transparent comme le génie du foyer, se faufilera la nuit, et Lidotchka n'oubliera jamais de lui laisser près d'un pied de la table un dîner, tout petit, mais correctement servi : deux petites tranches de fromage et une croûte de pain, posées sur une serviette en papier doux. Des souris doivent absolument vivre dans la maison, sans leur façon de croustiller discrètement comme du sucre, les enfants comme les chats dormiront mal – il y aura une horde de chats de toutes les couleurs, indépendants et silencieux, qui auront depuis longtemps entremêlé en une pelote bâtarde tous les liens d'une parenté génétique oubliée.

Il y aura aussi nécessairement un chien, un corniaud énorme, et au cours du dîner, quand il pleuvra ou qu'il neigera, chacun essaiera de convaincre les autres que ce cabot est au chaud et à l'aise dans sa vaste niche bourrée de paille. Puis, quand toutes les chambres auront éteint l'une après l'autre les veilleuses et les lampes, Lidotchka rangera dans le buffet la dernière assiette impeccablement lavée et ira ouvrir la porte pour faire entrer en douce le chien dans la maison. Et elle sourira en entendant dans le noir le battement de trouble et de joie de sa queue : quelqu'un s'en est déjà soucié avant elle. Quand il y a beaucoup d'animaux dans une maison, le cœur des enfants grandit plus vite qu'eux-mêmes, mais : « Ah ! les enfants, voyons les enfants, où courez-vous comme ça ! » Il faudra encore acheter de nouvelles chaussures à tout le monde au printemps, il y aura encore des disputes joyeuses avec les boîtes en carton, les hurlements d'indignation des plus jeunes et le bruissement du papier de soie qu'on froisse et qui se mêle à l'odeur prégnante du cuir neuf et du talon en caoutchouc. Elle distinguait chaque motif alambiqué sous la chaussure, elle ressentait la chaleur de chaque semelle en feutre à l'intérieur, mais les visages des enfants s'estompaient, se dissolvaient, les enfants étaient comme des chants d'oiseaux, une jacasserie proche et caressante ; quant à son mari, il demeurait invisible, et elle avait beau traverser en courant toutes les pièces, elle ne parvenait qu'à rattraper le mouvement de l'air chaud et effarouché. Comme si quelqu'un avait déployé une tenture invisible et projetait sur le visage de Lidotchka un onguent lourd et ruisselant composé d'une odeur, d'une odeur… Elle perdait le cours de ses pensées, elle ignorait quelle était l'odeur de son mari et ne comprenait pas comment elle pouvait l'appeler. « Mon chéri ? » demandait-elle en se tenant, décontenancée, sur le seuil d'une pièce vide, flottante et mouvante, et devant elle s'écoulait encore une enfilade d'espaces également flous, comme si quelqu'un avait laissé tomber dans une rivière un cordon de perles qui zigzague au fond. La maison, qui avait semblé si solide et si réelle, commençait à disparaître, elle perdait ses contours matériels, et Lidotchka, qui se renfrognait d'un air coupable, retournait à la cuisine, l'objet de ses rêves les plus fréquents, comme s'il s'agissait du sens et de la lumière de sa vie future.

Là, elle reprenait son souffle et, dressant la table pour le thé (les petites cuillères dans le tiroir en haut à droite, les coupelles pour la confiture dans le buffet à gauche), elle se promettait à voix basse de ne plus se hâter, de ne pas courir après des fantômes, de ne pas les presser de se manifester charnellement. D'ailleurs, il était impossible de se dépêcher, sa force résidait dans son art de se vouer aux détails ; quant à la vie… La vie est faite de petites choses. Et ce n'est qu'après les avoir réunies en une broderie ininterrompue, après avoir fixé chaque détail l'un à côté de l'autre qu'il était possible d'espérer que la maison, un jour, à partir d'une invention infiniment longue, se transformerait en une réalité parfaitement tangible.

C'est précisément la raison pour laquelle il était si important de ne pas se tromper dans les détails. Lidotchka, par exemple, savait à coup sûr qu'avec le thé elle servirait des gâteaux qu'elle aurait préparés elle-même – des choux à la crème, des tuiles aux amandes ou, au pire, un *mazurek* que Molokhovetz qualifie simplement de « très bon ». Lidotchka, qui avait depuis longtemps appris par cœur ce précieux volume, se récita rapidement, en marmonnant comme une prière, la recette : « Travailler à blanc une demi-livre de beurre et, sans cesser de le battre, y ajouter une demi-livre de sucre, six jaunes d'œuf, un quart de tasse d'amandes amères et un quart de tasse d'amandes douces pilées, six blancs d'œuf battus en neige et une demi-livre de farine, verser dans un moule plat recouvert de papier beurré et mettre au four. »

« Ne pas démouler le *mazurek* tant qu'il n'est pas refroidi », la mettait sévèrement en garde Maroussia, et aussitôt, adoucissant le ton, elle ajoutait : « On peut couvrir le dessus de glaçage ou le décorer comme l'on veut, ou encore y parsemer des raisins de Corinthe, du sucre ou des amandes. » Lidotchka acquiesça de la tête, bien qu'elle n'eût aucune notion de la différence entre une amande amère et une amande douce, mais cela n'avait guère d'importance, la seule chose qui en avait était le parfum chaud de la pâte qui imprégnait l'air de la cuisine, et l'agitation des enfants autour de la table – furieuse et joyeuse – pour avoir le droit d'être le premier à sortir le *mazurek* de sous le torchon. Mais les enfants étaient de nouveau obscurcis, ressemblant tantôt à Romka, tantôt à Veronitchka, tantôt à d'autres enfants, tout à fait magnifiques, mais malgré tout des enfants qui n'étaient pas les siens, et Lidotchka, après avoir soupiré, comprit que quelque chose ne collait pas aujourd'hui et il était donc temps, par conséquent, de se préparer à faire machine arrière, à retourner dans la vie réelle qui, jour après jour, par comparaison avec cette maison, lui semblait vraiment de plus en plus irréelle.

— Toi, tu es réel, dit-elle au chien, tu comprends, hein, Naïda ?

Et Naïda une fois de plus faisait claquer son épaisse queue laineuse contre le parquet en signe de connivence et arborait un sourire troublé. Elle se pencha afin de lui gratter ses oreilles molles et chaudes, et elle reçut une sérieuse bourrade sous les côtes, si bien qu'elle émergea de son rêve sans avoir eu finalement le temps ni de boire du thé, ni de parcourir les pièces, ni de vérifier s'il serait judicieux de mettre dans la véranda le grand abat-jour en soie démodé avec une passementerie impossible, attendrissante et étonnamment petite-bourgeoise.

L'école n'avait pas disparu. Et avant la sonnerie il restait encore deux minutes tremblantes de tension pour lui permettre de le comprendre : comme n'importe quelle esclave de la routine, depuis longtemps elle n'avait plus besoin de montre. Autrement dit, courir et se bousculer ne servait à rien. Il n'en reste pas moins qu'une petite de première année, toute maigre et mal fichue, l'avait percutée et, en plus, elle lui avait marché de tout son poids sur un pied – sur son pied ! –, sur le pied précieux de la meilleure élève de l'école, un petit pied ferme et mutilé, comme celui d'une Roussalka qu'un méchant conteur impotent contraindrait durant des années à marcher sur des pointes de couteaux. Sans le moindre amour, simplement au nom de son propre plaisir stérile.

Les ballerines pouvaient se bousculer durant les récréations, gambader comme des chèvres, jouer aux quatre coins et même se battre, mais les pieds ! Les pieds, c'était sacré. C'était un instrument de travail auquel ne pouvait attenter qu'une concurrente folle de jalousie, et là il était d'usage de recouvrir le sol d'un produit glissant (pour que tu te tordes le cou, espèce de sorcière !) et d'utiliser des débris de verre, pas du tout anecdotiques, mais des ampoules électriques tout à fait réelles que l'on pilait pour les transformer en une poussière que l'on versait dans les pointes. Un seul passage en diagonale sur la scène et les orteils vivants et humains se transforment en des coussinets ensanglantés dans lesquels on enfile des épingles invisibles. Il avait suffi à Lidotchka d'une seule occasion pour prendre l'habitude une fois pour toutes de palper l'intérieur de ses chaussons, en un geste rapide, quasiment médical. De façon aussi machinale et prudente, elle s'était mise à vérifier toutes ses chaussures, aussi bien ses pantoufles, ses souliers aux talons rudimentaires (afin de ne pas fatiguer ses pieds endoloris), que ses bottes fourrées qui ressemblaient à des chiots patauds.

Lidotchka saisit fermement l'oreille chaude et translucide de la novice délictueuse, et elle ne la lui tira pas fort, mais en sorte qu'elle le sente. C'était d'ailleurs tout à fait inutile, car la gamine n'avait rien remarqué, pas plus le pied écrasé de la princesse que le geste de punition de celle-ci. Elle était comme un petit zombie – ramollie et sans volonté, entièrement concentrée sur un seul point sauvagement douloureux et invisible pour les autres. Les yeux de Lidotchka suivirent machinalement la direction qu'indiquait le regard de la petite, et l'aiguille glacée, qui autrefois avait transpercé de part en part le destin de Galina Petrovna, traversa avec un doux effort rugueux la toile de l'existence de Lidotchka, réunissant solidement deux broderies de destins que personne ne pouvait admirer.

Dans le couloir, balançant son sac de sport, c'est un dieu qui marchait. Il était entièrement fait de miel, d'or et de lait. De miel sombre, d'or chaud et de lait concentré. Comme une tarte d'Ulm, songea Lidotchka, troublée, et la petite de première année, qui serrait contre son flanc sa joue embrasée, marmonna d'une voix pleurnicharde :

— Regardez, regardez, c'est lui...

— Qui ça, lui ? demanda-t-elle en percevant avec une grande acuité la façon dont le monde habituel se retournait en un mouvement incroyablement souple et tout en rondeur : elle avait beau considérer le réel comme haïssable, il n'en était pas moins indestructible et, durant tout ce temps, il avait été mis de façon douloureuse et absurde sens dessus dessous.

— Vitkovski, répondit la première année. Alexeï Vitkovski, il vient de Moscou.

Lidotchka hocha la tête, comme si elle avait compris, et après avoir congédié la fillette encore sous le charme du jeune homme, elle suivit celui qui avait reçu le nom de dieu sans remarquer qu'autour d'elle tombaient silencieusement et lentement des débris, se rompaient des attaches et des coutures invisibles. Elle effectua quelques pas, qui ne furent pas mémorables, mais très importants, car, pour la première fois au cours de ces longues années dans cette école, elle faisait entre ces murs quelque chose – simplement se déplacer – selon son propre gré, et non selon la volonté d'autrui. Mais alors le fil de la bobine qui s'était dévidée jusqu'au bout se tendit, et elle s'arrêta. Aucun effondrement du monde – y compris l'apocalypse et le premier amour – ne pouvait justifier de prendre le risque d'arriver en retard à un cours de danse classique.

Elle agita la tête comme une jument et revint en arrière.

Elle ne supportait pas les retards, Ninel Danilovna, la Grande Ninel, l'étoile légendaire de N-sk il y a un million d'années de cela, la divine Odette, la diabolique Odile, et aujourd'hui une vieille femme, grosse et méchante, avec des doigts d'acier et un gosier de même acabit. Il fallait voir avec quel geste incroyable de jeunesse et de beauté elle rectifiait la position d'une mèche de ses cheveux teints au henné sur sa nuque grasse et mamelonnée, avec quel coup précis et ardent elle remettait en place les omoplates négligentes et les genoux de ses élèves à jamais terrorisées – kyrielles régulières de cous tendus au point d'avoir une crampe, doigts blêmes qui agrippent la barre, yeux écarquillés papillotant de tension. Les cache-cœurs en laine déchirés, les jambières épaisses aux nœuds défaits qui traînent en tas dans un coin – c'était le chic minable, la mode de l'école : un vêtement de répétition doit être déchiré, c'était un zeste de liberté qu'on remarquait à peine et qui n'intéressait personne, un droit minuscule de disposer de soi. Dans le même but, les prisonniers s'ouvrent les veines avec des cuillères affûtées. Ils feraient mieux de s'essayer à l'échauffement à la barre ou aux exercices au sol.

— Grand battement jeté ! rugit Ninel, et les marionnettes levèrent leurs membres docilement. Cinquième position, la droite en avant, deux jetés en avant, piqué, fermer. Deux jetés de côté, piqué, fermer en arrière. Deux jetés en arrière, piqué, fermer. Deux balancés lents et deux rapides, fermer en arrière, et en dedans. Lindt ! hurla-t-elle brusquement, si bien que toutes les élèves de septième année, qui étaient rompues à tout, tressaillirent. Rentre ton cul, où est-ce que tu le laisses aller comme ça ? ! Et qu'est-ce que c'est que ce dos ? C'est pas un dos, mais une cuve !

La pianiste, une petite vieille qui ressemblait à une poupée ridée que tous prétendaient être mécanique, s'arrêta en gardant ses mains au-dessus du clavier, le regard vide et indifférent fixé devant elle. Lidotchka sursauta comme si elle avait reçu un coup violent et, tout en souriant, elle redressa docilement son dos, qui était de toute façon tendu à l'extrême. Entre ses omoplates sur sa peau nue s'imprima la trace nette et flamboyante de la main professorale. Les filles échangèrent des regards volés et enjoués : depuis la quatrième année, Ninel n'avait jamais étrillé la meilleure élève de l'école, et le retour honteux de Lidotchka dans la troupe des égales présageait beaucoup de changements merveilleux.

— Encore une fois ! Grand battement jeté ! Et hop ! On lance la jambe avec son pied, espèces d'idiotes, avec le pied, pas la hanche ! Mon Dieu, à quoi bon s'user les nerfs avec des filles pareilles ? On aurait dû vous étouffer toutes autant que vous êtes quand vous étiez dans vos langes !

Cette fois, la jambe de Lidotchka s'éleva comme il fallait, plus haut que celle de toutes les autres. Mais c'était sans importance. Après le cours, Ninel l'appela.

— Tu vas bien ? demanda-t-elle, et d'un geste maladroit, elle posa sa main guère habituée aux caresses sur son front verni de sueur.

Lidotchka hocha la tête.

— Oui ça va, dit-elle.

Mais ce n'était pas vrai, le monde devant ses yeux ne cessait de flotter et de tanguer, prenant des nuances d'or et de miel, de miel et de lait.

La pauvre Lidotchka, qui avait grandi dans un univers où régnait une absence immense et absolue d'amour, avait d'abord véritablement décidé qu'elle était malade. Cette angoisse fébrile, cet émoi féroce logé en bas de son ventre où il tourbillonnait, cette loquacité outrancière, cette mobilité étrange qui fait qu'on ne sait quoi faire de ses bras inquiets, n'était-ce pas une maladie ? Et ses mains humides et glacées, ses joues brûlantes, ses insomnies, son petit rire neurasthénique au fond duquel bat nettement la clochette des larmes prêtes à jaillir : le médecin de l'école, aussi rougeaud et ventru que le critique de Pouchkine, examina chacune de ses articulations avec ses doigts pleins de savoir-faire et insensibles, comme un Tzigane qui évalue une haridelle à sa convenance. Il lui prescrivit de la valériane.

— Lidia Borissovna, vous êtes en parfaite santé. Enfin, dans la mesure où l'on peut qualifier de saines vos douleurs de danseuse. Mais avoir un tel trac à cause d'une représentation ! Vous dansez Giselle, m'a-t-on dit ? Mes félicitations, c'est un grand honneur pour une diplômée de l'école. Cela étant, ça ne vaut pas la peine de se gâcher la santé et de s'angoisser à cause – pardonnez-moi – d'une merde pareille, en fait. Buvez quelques gouttes de ce breuvage pour la nuit, et tout se résorbera.

Lidotchka les but, mais rien ne se résorba.

Bien entendu, le soir, la teinture de racine de valériane ajoutée à la fatigue musculaire de tant d'années l'abattaient sur son lit d'internat, administratif et sans âme au point que même les fées de la nuit, qui ne sont pas des pimbêches, l'évitaient, supposant à juste titre que, pour des rêves normaux, il faut au moins une goutte microscopique de la chaleur d'une maison. Mais après plusieurs heures passées sur le ventre au fond de ténèbres impénétrables, elle tressaillait avant l'aube comme si une main adulte et inquiète la secouait par l'épaule. Le réveille-matin à quatre sous avec une frimousse chinoise carrée indiquait chaque fois 3 heures plus quelques minutes dérisoires, le temps du repos complet de ce monde, l'heure où les amoureux repus relâchent leur étreinte et où les assassins des rues et même les malades les plus désespérés reportent leur agonie au matin.

Lidotchka s'asseyait sur son lit et remontait sur ses épaules sa couverture de laine dûment couverte de cachets de l'administration et, jusqu'au matin, elle regardait droit devant elle, ne voyant rien, ne sentant pas le froid, avec un sourire à peine lumineux dans l'obscurité.

Alexeï Vitkovski.

Elle restait sidérée en constatant que le prénom Alexeï, fragile et glacial, digne des tsars, qu'un doux mouvement des lèvres desséchées par le trac transformait en un petit nom tendre et légendaire, Aliocha. Aliochenka. Comme un baiser déposé sur les rondeurs d'une brioche aux raisins, chaude et dorée.

A-lio-chen-ka.

Il était si beau qu'elle ne pouvait le regarder plus de quelques secondes, comme le soleil. Aussitôt, elle était prise de tournis, le monde se transformait en taches sombres et incandescentes qui mettaient longtemps à se refroidir. Il fallait se contenter de peu, des boucles de cheveux bruns sur son cou juvénile à la peau mate, d'un grain de beauté sur une pommette, de sa façon de soulever à peine un sourcil comme s'il était surpris. Ses sourcils étaient en soie, avec des éclairs comme la fourrure d'un vison, et ses yeux ! Étaient-ils bleu foncé ou noirs ? Elle l'ignorait. Elle n'avait pas osé vérifier. Un jour, Vitkovski passa dans un couloir si près d'elle qu'elle ressentit sa chaleur, aussi impossible et désirable que l'existence de Dieu. Lidotchka resta interdite, s'apprêtant enfin a dire un mot, mais pour la énième fois, sans soulever les cils, elle poursuivit son chemin – un dos hautain, un menton relevé, un maintien de reine capable de ne tromper que celui qui n'a jamais travaillé dans une école de danse.

En réalité, Lidotchka qui, de toute façon, manquait infiniment d'assurance, fut complètement bouleversée quand elle tomba amoureuse. Elle n'avait personne auprès de qui solliciter un conseil, voire simplement parler : chassée du paradis, Lioussia Joukova laissait toutes les lettres de Lidotchka sans réponse ; elle avait des scrupules à détourner les parents Tsariov de leurs soucis quotidiens, et leurs enfants n'étaient que des enfants. Ils lui donnaient un peu d'énergie, mais en échange ils lui prenaient beaucoup de temps. Restait Galina Petrovna, mais comment parler d'amour avec elle ? Autant chercher de la sympathie dans la boîte de colophane où avant d'entrer en scène les ballerines plongent la pointe de leurs chaussons pour être sûres de ne pas glisser dans une autre dimension et de ne pas se tordre le cou.

Le boucan exalté qui n'en finissait pas dans les classes et les vestiaires lui était difficilement supportable. Comme il se doit, toutes les filles étaient immédiatement tombées amoureuses du nouveau qui était en terminale, depuis les débutantes jusqu'aux filles de dernière année. C'était encore cet engouement avide, stupide et hystérique qui s'enflamme toujours dans les communautés fermées – les lycées, les casernes, et même les baraquements dans les camps. Les jugements sur les chemises du beau prince (« Ah ! aujourd'hui il est en rose ! ») et sur ses origines (« Je vous le dis, les filles, son papa est diplomate ! ») semblaient à Lidotchka une parodie humiliante de ses propres sentiments. Le droit de rêver à Vitkovski et d'interpréter ses regards, ses sourires et même ses gestes lui appartenait, à elle, et à personne d'autre. Mais, malgré toutes ses tentatives de garder ne serait-ce qu'un semblant d'indépendance, elle ne cessait de se surprendre à se nourrir des miettes pitoyables de la table commune, comme les autres – en cousant des rubans à ses chaussons, en épinglant ses cheveux, en restant sous la douche au milieu de ses semblables, squelettes nus et détrempés, Lidotchka ingérait avidement chaque parole, chaque anecdote stupide, dès l'instant qu'il s'agissait d'Alexeï Vitkovski.

Seuls les grands naïfs s'imaginent que dans le milieu du ballet n'existent que des sentiments exclusivement platoniques et des émotions sublimes. La liberté de mœurs qui règne dans les écoles de danse ne peut être justifiée que dans la mesure où la plupart des élèves ignorent qu'il existe autre chose au monde. Les justaucorps moulants, l'habitude de se changer devant tout le monde, les jambes et les bras dénudés, la toilette effectuée en commun, les soins infinis apportés aux corps et non aux âmes, autant d'éléments qui ne laissent place ni à l'imagination ni aux rêves romantiques. La chair, pour n'importe quel danseur, est simplement de la chair, un instrument de travail que l'on peut utiliser quelquefois pour une amicale fornication, mais pas plus. Pour faire plus, on manquait de force. Dans les grandes classes, les filles cancanaient beaucoup sur les amants que se dégotaient les danseuses adultes, mais elles soulignaient l'aspect matériel de l'affaire. Par exemple, un soupirant avait tout de suite offert à une chanceuse deux paires de bottines en cuir – noires et saumon –, et c'était le triomphe suprême dans les relations entre un homme et une femme. Personne ne connaissait un autre genre de relations. Lidotchka non plus.

Bien entendu, il y avait aussi des pistils et des étamines, des chiennes et des chattes, des petits couples qui se serraient sur les bancs, Ritka Komova, qui avait quitté l'école à cause d'une grossesse non désirée et complètement dingue, une feuille arrachée d'un livre de médecine voguant sous les pupitres, avec une image en noir et blanc portant le titre effroyable de « Pénis vu en coupe »... Regarde et transmets-la à ta voisine. Lidotchka regardait et transmettait. C'est ainsi que son éducation sexuelle fut achevée.

Il est vrai que lorsque commencèrent les pas de deux, on comprit qu'il était également possible d'avoir des relations avec son partenaire. À deux, c'était plus simple de se battre pour obtenir sa place dans le répertoire ; à deux, il était plus pratique de répéter et, en définitive, le partenaire était un proche, on n'avait pas besoin de perdre du temps en explications sur la raison pour laquelle il n'était pas possible de faire des enfants et sur la façon d'assouplir un muscle contracté. Celles qui, à cause de leur appréhension, ne se pavanaient pas avec des bottes saumon et les fanatiques les plus têtues se choisissaient des partenaires. Mais il n'y avait rien ou presque rien non plus d'humain dans ces couples. C'étaient des mariages arrangés en fonction de la nécessité de la production. Après qu'un duo d'adolescents maigres et ruisselant de sueur avait travaillé des heures d'affilée la technique pour porter une partenaire dans ses bras ou la lancer en l'air dans la pose du poisson avec une volte-face, les sentiments romantiques passaient au second plan. Avec les traumatismes, les chutes, les mauvaises odeurs, la sueur, la salive, la respiration qui vient à manquer, les mains du partenaire qui glissent et palpent ton corps avec indifférence, se retrouver dans le même lit n'était possible qu'après une bonne beuverie. Ou à cause d'une grande angoisse.

Lidotchka le comprit dès qu'elle fut pourvue d'un partenaire attitré, Lionia Beliaev, un garçon pâle et opiniâtre, fou de danse et de son propre derrière. Des heures durant il s'éreintait en effectuant des exercices qui avaient pour but d'obtenir une courbe particulière de son fessier, et même lorsqu'il la portait au bout de ses bras tendus et pris de légers tremblements à cause de la tension, il se débrouillait pour jeter un œil de côté, vers le miroir, pour regarder ses fesses. Ses effleurements, froids et assez visqueux, comme de la bouillie, ne produisaient aucun effet en elle, pas même de la répulsion. « Il me laisse rarement tomber, et ça me suffit. »

Avec Vitkovski, tout était différent. Elle le ressentait de tout son corps, même à distance, et c'était une sensation merveilleuse, lumineuse et nerveuse, qui ressemblait surtout à la douleur d'une brûlure.

C'était la réalité. C'était de l'amour.

À la fin de l'automne, elle maigrit tellement que même à l'école on le remarqua, mais personne ne songea à s'inquiéter : tout le monde avait réservé pour *Giselle*, dont la première avait été enfin fixée à la fin janvier, si bien qu'en dehors des cours et des répétitions de base on lui avait assigné des cours supplémentaires dans la classe des garçons.

— Oulanova, n'est-ce pas, n'était pas une idiote quand elle répétait avec les mecs, parce que saute, Lindt, lui ordonnait la Grande Ninel, saute. Sans un grand ballon, il n'y a pas de grande danseuse.

Lidotchka sautait docilement, remarquant à peine la gravité et époustouflant les meilleurs sauteurs parmi les garçons qui avaient les jambes les plus longues. Encore une heure après les cours. Encore ! La salle est vide, un jeté entrelacé, entrelacé, entrelacé ! Hop ! Hop ! Hop ! Frappant terriblement ses pointes, elle sautait une dernière fois et restait appuyée sans force à la barre, décontractant ses muscles qui geignaient d'épuisement alors qu'un filet de sueur fraîche coulait entre ses omoplates.

— Super ! s'exclama quelqu'un derrière elle avec une admiration qui n'était pas feinte. De ma vie, je n'ai jamais vu des gonzesses qui sautent comme ça !

Elle se retourna.

Vitkovski se tenait dans l'embrasure de la porte, les cheveux bruns, léger, portant une chemise entrouverte sur sa poitrine, « une chemise blanche, les filles. Aujourd'hui, il était en blanc ».

— Tu t'appelles Lida, n'est-ce pas ?

Elle hocha la tête.

— Dis-moi, ça vous arrive de boire du café chez vous ? Dans votre N-sk ?

Elle hocha de nouveau la tête, et Vitkovski éclata de rire.

— On m'a dit que tu étais muette ! s'exclama-t-il joyeusement. Mais je pensais que c'étaient des blagues. Dis-moi, tu pourrais m'emmener au moins dans un café correct, hein ? Depuis que j'ai quitté Moscou, je n'ai pas bu un seul cappuccino, c'est incroyable, c'est vraiment incroyable, et je commence à être en manque. Tu es d'accord ?

Elle hocha encore la tête, mais cette fois ils éclatèrent de rire tous les deux, comme des enfants, en se poussant l'un l'autre du regard, sans retenue, goulûment.

Une semaine plus tard, tout le monde était au courant que Vitkovski sortait avec Lindt.

On n'enviait même pas Lidotchka, on s'était simplement résigné, une fois de plus, au fait qu'il faut rendre à César ce qui appartient à César. Comme si elle n'avait pas énormément travaillé elle aussi avec tous les autres, à l'égal de tous les autres, plus que tous les autres. Comme si n'existait pas cet automne qui n'en finissait pas, qui avait failli la dévorer sans laisser de restes, avec son amour, que personne n'avait remarqué, qui n'était pas payé en retour, qui était resté muet. À la différence des autres, Lidotchka ne pouvait se résoudre à croire en son propre bonheur, comme lorsqu'on vole dans un rêve – mais oui, on vole ! – et que l'on sait sans le moindre doute que ce n'est pas vrai. Ça ne peut pas être la vérité, tout simplement. Ça ne peut pas être possible.

Ils se promenaient souvent ensemble, traversant les rues et les carrefours que la jeune Galotchka Batalova avait autrefois empruntés en tenant par la main son beau prince charmant, si bien que si l'on était attentif on pouvait encore déceler çà et là des marques à peine visibles de leurs traces balourdes, mais Lidotchka, qui était totalement absorbée par Vitkovski, ne remarquait rien, absolument rien. Les yeux de ce dernier étaient bleu azur. Bleus, d'un bleu incroyable, d'une nuance presque artificielle, ressemblant à celle qui apparaît dans un verre d'eau dans laquelle on vient tout juste de rincer un pinceau en poils de putois qui a été trempé dans de l'outremer. Le froid pénétrant de N-sk les chassait continuellement d'un café à l'autre, et dans la pénombre artificielle, éclairés par le bout incandescent d'une cigarette partagée, ils discutaient durant de longs moments, plus précisément Vitkovski parlait seul, et de lui, seulement de lui, à la douce joie de Lidotchka.

Elle se nourrissait de ces récits, comme des enfants se nourrissent d'une légende écoutée pour la première fois, encore toute neuve, qui est véritablement enchantée, dans laquelle il y a un nouveau thème après chaque revirement, après chaque silence que se ménage le conteur afin de reprendre son souffle, un monde merveilleux et inconnu se dressait devant elle qui s'imprimait tout de suite, semblait-il, dans son cœur. Il se trouve que les racontars à propos de son papa diplomate, comme il convient lorsqu'il s'agit de légendes, avaient autant enjolivé que déformé la merveilleuse réalité.

Vitkovski était en effet passé de Moscou à N-sk, cas qui n'était pas vraiment inouï à l'école, pas unique non plus. Les trois écoles de danse les plus réputées du pays – l'école Vaganova de Pétersbourg, l'académie de danse de Moscou et N-sk – suivaient les résultats des unes et des autres, et échangeaient de temps à autre tantôt des scandales, tantôt des professeurs ou des élèves. Mais les élèves de dernière année, comme Vitkovski, aspiraient généralement à aller à Moscou, non à en partir, afin d'être le plus près possible du prestigieux Bolchoï, ce temple de la danse dans le monde, célèbre pour ses cachets de misère, ses rites bestiaux et son répertoire classique dans lequel rien à l'époque n'avait changé depuis des décennies, ni les étoiles, ni les pas, ni les applaudissements, ni les têtes de cochon des responsables de l'État dans la loge impériale.

Toutefois, Alexeï Vitkovski avait abandonné ces ors et ces perspectives pour se rendre à N-sk afin d'achever sa formation de danseur. À l'école, on racontait qu'il avait suivi son père, un haut fonctionnaire que le parti au pouvoir à l'époque sous le nom de Notre maison Russie avait envoyé pour défendre la patrie dans les marges lointaines de l'État, afin de renforcer la foi de l'électorat de province dans les « réformes de marché et un conservatisme de bon aloi ». En réalité, le père de Vitkovski, ivrogne colérique et ancien secrétaire d'un comité de district de Moscou, avait tellement assommé le monde entier avec ses beuveries et ses lubies qu'on l'avait simplement envoyé le plus loin possible.

Aucunement gêné, Vitkovski en parla avec la franchise candide d'un enfant gâté, certain qu'on lui pardonnerait n'importe quelle bévue fâcheuse, quand bien même serait-elle le fait de ses parents et par conséquent particulièrement irrémédiable.

— Et ta maman ? demanda Lidotchka qui releva ses yeux immenses emplis de sympathie.

Vitkovski haussa nonchalamment ses puissantes épaules : il ne se souvenait plus de sa mère. Il ignorait si elle les avait abandonnés ou si elle était morte : les récits de son ivrogne de père changeaient d'une fois à l'autre, ne demeuraient que les sanglots rauques et peu crédibles, ainsi que des mares de vomi à la puanteur intense qui marquaient le chemin parcouru par un permanent du parti vers sa chambre à coucher. Ce n'était pas un mauvais père, cela étant, et malgré sa détestation de tout ce qui concernait la danse, il avait volontairement préféré ne pas être envoyé dans la ville ensoleillée de Krasnodar, mais là où son fils pouvait poursuivre sa formation débile.

— Tu dois t'ennuyer ferme ? lui demanda Lidotchka à voix basse, en pensant à la mère de son bien-aimé qui avait mystérieusement disparu, et elle souffrait pour la perte de la mère de ce dernier mille fois plus douloureusement que pour sa propre perte, qui était lointaine et à laquelle elle s'était accoutumée, comme à une luxation, et Vitkovski reconnut mal à propos que « oui, ne plus vivre à Moscou c'est affreux, chez vous, pardonne-moi, c'est le trou du cul du monde, on n'a plus qu'à se tirer une balle ». Il finit de boire en une lampée la lavasse qui stagnait au fond de sa tasse et, d'un claquement de doigt de gandin, il héla le garçon qui se morfondait.

— Tu t'es réchauffée, lui demanda-t-il. Tu veux encore quelque chose ? Bon, alors je vais aux chiottes, et on se tire ailleurs.

Le serveur finit par s'approcher de leur table en traînant des pieds, et il observa avec un sourire malicieux et moqueur Lidotchka dévorant de son regard tendre et adorateur le dos de Vitkovski qui s'éloignait, et sa main aveugle et maladroite plongea dans son sac pour y prendre son porte-monnaie. C'est toujours elle qui payait pour eux deux dans les cafés, et pas une fois elle ne le remarqua, comme pas une seule fois elle ne fit attention au ton passablement insolent et désinvolte avec lequel il lui parlait, ni le fait qu'en réalité pas une seule fois il ne lui avait posé la moindre question la concernant, ni sur ce qui était lié à elle personnellement ou à leur avenir commun, et il ne l'avait pas effleurée une seule fois, bien que Lidotchka, avec son cœur mis à nu et défaillant, attendît à chaque instant un baiser de sa part.

Ils se retrouvèrent dans la rue noire et glaciale, à peine éclairée par un réverbère également glacé et fragile, presque transformé en glaçon.

— C'est bon, ma vieille, lui dit Vitkovski, relevant comme dans un film le col de son manteau en piqué avec une doublure en tissu à carreaux de couleur vive, comme au cinéma également. Il est temps de rentrer. Allez, salut !

— À demain, fit-elle à voix basse en admirant la neige argentée qui poudrait à peine ses cheveux sombres et sans songer qu'elle devait retourner toute seule à l'internat en passant par des rues sinueuses et glaciales plongées dans l'obscurité. Elle ne remarquait rien en effet, ni les additions qu'elle payait, ni le fait que chaque jour elle le raccompagnait chez lui, ni le fait qu'il ne l'appelait pas par son nom, mais « ma vieille », ni mille autres détails affreux, impitoyables, qui lui auraient tout bonnement déchiré le cœur si celui-ci n'avait été provisoirement doué d'un aveuglement sublime et divin qu'il est convenu d'appeler « amour ».

La nouvelle année 1990 fut marquée à N-sk par d'incroyables anomalies climatiques. À la fin du mois de décembre survint soudain un dégel en bonne et due forme qui créa de véritables ruisselets bavards, la neige fondait au soleil et des moineaux fous de joie chantaient en un vacarme polyphonique. Mais, dès les premiers jours de janvier, ces mêmes moineaux gisaient sur les trottoirs couverts de glace, gelés, cassants, pétrifiés par une mort lente, nocturne et musicale. Les concierges enveloppés dans des touloupes cyclopéennes ramassaient ces petites charognes impondérables et les jetaient dans des bennes à ordures ; Lidotchka avait l'impression que si l'on secouait tout doucement ces petits cadavres emplumés près de l'oreille, on entendrait à coup sûr tinter à l'intérieur des restes de roulades de gazouillements gelés.

Il ne restait guère que quelques jours avant *Giselle*, plus précisément deux semaines et demie, la première initialement prévue le 25 janvier avait été reportée au 1er février. Quand elle apprit cette date qu'elle attendait depuis si longtemps, elle se contenta de pousser un « ah » et, serrant dans ses mains ses joues embrasées, elle sortit précipitamment de la salle, interrompant la répétition au milieu d'une mesure.

— Les nerfs, grommela la Grande Ninel pour l'excuser, et elle ramassa une épingle que Lidotchka avait laissé tomber.

Le duc Albrecht, un grand escogriffe, danseur adulte de l'opéra de N-sk, après avoir tendu comme des ressorts ses jambes qui tremblaient à cause des efforts excessifs qu'il avait accomplis, s'approcha d'une fenêtre, mécontent.

— Tout le monde a ses nerfs ici, fit-il d'une voix chantante et capricieuse, tout le monde. Je suis le seul à devoir bosser comme Gepetto. Et pourtant, je n'ai pas reçu mon salaire depuis le mois d'octobre !

— Si t'as pas assez de fric, va jouer les OS, le coupa Ninel qui se souvenait du duc quand il n'était qu'un élève aux grandes oreilles, au front boutonneux et avec un battement médiocre. Tu sais, mon couillon, on ne se souviendra peut-être de toi que parce que tu auras dansé avec Lidotchka pour cette première... Elle agita sa main, grosse et parsemée de taches brunes, puis elle se dirigea vers la porte derrière laquelle s'éloignaient les claquements de pas rapides de Giselle qui s'enfuyait. Et ne reste pas comme une souche, travaille un peu ! Espèce de Barychnikov de mes deux.

Lidotchka se retrouva dans les toilettes pour filles au rez-de-chaussée, une oasis appréciée pour répandre les larmes, les chagrins et les cancans, fréquentée par de nombreuses générations d'apprenties danseuses. Lorsqu'elle vit entrer la Grande Ninel, elle redressa la tête, essuya ses yeux à la va-vite, et elle illumina ces chiottes malodorantes aux murs pelés d'un sourire timide et resplendissant, si incroyable que Ninel, étonnée, lui répondit par un sourire.

— Quelle émotive tu fais, bougonna-t-elle en sortant de sa poche un paquet de cigarettes bon marché. Vas-y, fumes-en une et calme-toi.

Lidotchka creusa ses joues tendres et se pencha au-dessus de la flamme pâle de l'allumette, elle toussa de reconnaissance avec la conscience de l'immense honneur qui lui était fait – fumer en compagnie de Ninel ses impossibles Vatra, d'égale à égale, comme une adulte avec une autre adulte, comme une danseuse avec une autre danseuse.

— Pourquoi tu es partie, tu as peur ? demanda Ninel en émettant par ses narines d'immenses défenses d'éléphant nauséabondes.

Lidotchka fit un autre sourire, cette fois d'un air coupable, sans même tenter d'expliquer quoi que ce soit. Le 1er février n'était pas seulement le jour de la première, c'était l'anniversaire de Vitkovski. Son jour à lui. Elle avait pris depuis longtemps la décision de lui déclarer son amour, mais maintenant... Maintenant cette déclaration était investie d'un sens particulier. Ce ne pouvait être une coïncidence. C'était le destin. Le destin qui lui montrait pour la première fois son côté solaire, festif et joyeux.

— Je suis prête, Ninel Danilovna, dit-elle d'une voix ferme, et, après avoir tiré une longue bouffée, elle jeta le mégot crépitant dans la cuvette des W.-C.

— Bravo ! grommela Ninel, dans ce cas retourne dans la classe, je te rejoins.

Elle suivit du regard Lidotchka, elle jeta sa cigarette dans la même cuvette et, après être restée pensive un instant, elle releva sa vaste jupe, de vieille femme déjà. Le jet d'urine alla frapper la vieille faïence soviétique en produisant une puissante mousse jaune.

— Je ne serai pas moi si je n'arrive pas à envoyer cette fille à Moscou, marmonna-t-elle. Au moins comme ça, j'aurai mon nom dans les encyclopédies.

Ninel se redressa, elle lissa le devant de sa jupe et saisit d'un geste résolu la chaîne de la chasse, effaçant derrière elle ses chagrins et ses péchés innombrables accumulés au cours de sa longue vie privée d'affection et, en réalité, tout à fait malheureuse.

Après s'être rhabillée à la va-vite dans le vestiaire complètement désert et sonore (à l'occasion des vacances, l'établissement avait donné congé aux élèves en leur enjoignant strictement de ne pas manquer de faire les exercices quotidiens, comme si qui que ce soit pouvait l'oublier), Lidotchka sortit précipitamment sur le perron et chercha des yeux la longue silhouette familière vêtue de son imperméable, sa taille fine sanglée par une ceinture, mais elle fut aussitôt consternée : elle comprit que Vitkovski était parti pour Moscou à l'occasion des vacances (sans lui dire au revoir ! Oui, sans lui dire au revoir !). Donc, ils ne se verraient pas. Oh, peu importe, il ne restait guère de temps avant le 1er février. Elle serra fermement son petit manteau de fourrure et sentit avec plaisir le craquement sonore de la neige durcie, comme empesée, sous ses pieds, et elle se dépêcha de rejoindre l'internat. Là, elle s'enveloppa dans une couverture et se promit de dormir, dormir, dormir – et Aliocha est déjà arrivé ! Elle tira par une branche couverte de neige le gros sapin qu'elle connaissait et éclata de rire en exposant ses moufles à la petite tempête de neige pleine de tendresse qu'elle avait elle-même suscitée.

— Lidia Borissovna ! la héla quelqu'un derrière elle. Lida ! Attendez un instant !

Elle se retourna, toujours souriante, faisant resplendir la fossette ronde sur sa joue mate et pâle, avec ses cils mouillés et emmêlés, comme l'autre fois, mon Dieu, exactement comme l'autre fois, songea Loujbine qui avait compris, d'après la surprise qui nuançait le sourire de Lidotchka, qu'elle ne l'avait pas reconnu, et soudain, perdant l'équilibre, il s'étala honteusement sur la glace lisse du trottoir qui avait jailli.

Lidotchka fêta le nouvel an chez les Tsariov, après en avoir poliment informé Galina Petrovna qui n'en fut aucunement chagrinée.

— Est-ce qu'ils auront au moins de quoi bouffer ? se contenta-t-elle de lui demander.

Elle, qui avait projeté d'incarner plus d'une dizaine de pages de son Molokhovetz adoré, lui répondit sincèrement qu'il y aurait ce qu'il faudrait.

— Eh bien, bonnes fêtes ! lui souhaita, parfaitement indifférente, Galina Petrovna.

— Vous aussi, lui dit Lidotchka comme un téléphone qui sonne occupé.

Ce fut la première fête de nouvel an heureuse de sa vie, la première depuis le dernier réveillon qu'elle avait passé avec ses parents. Après avoir goûté à tous les mets et chanté tout le répertoire des clubs de jeunes, les Tsariov et Lidotchka dormirent quelques heures brèves, agitées et enjouées comme se doit de l'être une nuit de nouvel an, et quand ils se réveillèrent, ils découvrirent en regardant dehors que la matinée était typiquement pouchkinienne – ensoleillée, aveuglante, à peine effleurée par un gel léger et joyeux.

— Vous savez ce qu'on va faire ? proposa Tsariov qui s'était pourvu au cours de la nuit d'une incroyable barbe bleuâtre et hérissée, presque de brigand. On va aller à la datcha !

Il faut dire que la datcha en question, ce n'était qu'un mot. En réalité, les Tsariov possédaient une parcelle minuscule et absurde d'un champ qui avait appartenu à un kolkhoze, dont la terre était définitivement épuisée par les méthodes socialistes d'exploitation agricole encore en vigueur durant le quinquennat qui avait précédé la naissance de Lidotchka. D'un côté, le lopin de six ares des Tsariov était limité par une pinède qui gravissait peu à peu une petite colline, de l'autre – d'ailleurs, il n'y avait pas d'autre côté, dans la mesure où le champ était entièrement loti au profit de la piétaille empotée des instituts de recherche qui n'avait jamais eu suffisamment d'argent pour construire des palissades ni d'esprit prolétarien impertinent pour provoquer des scandales. C'est pourquoi les Tsariov, par exemple, repéraient leur propriété grâce au cabanon qu'ils avaient bricolé de leurs propres mains avec de vieilles caisses de munitions et qu'ils avaient fermé avec un gigantesque cadenas destiné aux entrepôts, presque une antiquité.

Le cabanon servait à ranger le matériel de jardinage, mais en cas de besoin on pouvait y déplier un lit de camp, ravi de recevoir un marcheur fatigué sur sa toile souple et défoncée. En fait, les Tsariov ne passaient jamais la nuit sur place, c'est pourquoi, le plus souvent, on étalait sur ce lit les champignons récoltés dans les environs, dans la forêt, d'abord des bolets jaunes, baveux, puis des lactaires délicieux, et les Tsariov, suivant les habitudes de leurs parents de la campagne, cherchaient à ne cueillir que des petits champignons dont le chapeau n'était pas plus grand qu'un petit ongle, mais Romka et Veronitchka, saisis par une frénésie primitive, récoltaient même les gigantesques russules poreuses entièrement dévorées par des vers translucides qui grouillaient et étaient recouvertes d'épines de pin desséchées. C'est à cause de ces russules qu'éclataient d'éphémères querelles : naturellement, ce sont l'expérience et l'autorité qui triomphaient, et on n'utilisait pour faire du caviar de champignons et des conserves que les échantillons visiblement convenables pour la table.

En hiver, en l'absence de champignons, il n'y avait strictement rien à faire à la datcha, sinon décorer un sapin et faire des batailles de boules de neige. Les Tsariov, comprenant que pour atteindre le premier pin il fallait parcourir un demi-kilomètre et s'enfoncer dans la terre en jachère, s'engagèrent dans une bataille de boules de neige. Ils se répartirent d'abord en équipes, mais, y prenant goût, chacun se battit pour son propre compte, et Lidotchka, habillée à la mode campagnarde d'une vieille veste tricotée de Romka avec des boutons dépareillés et dont la poche était arrachée, criait et sautait plus énergiquement que les autres. Pour la première fois de sa vie, son corps léger et entraîné lui procurait non de la douleur, mais de la joie, et après avoir envoyé sur l'ennemi une boule de neige scintillante et bien ajustée, elle réussit non seulement à éviter un projectile qui lui était destiné, mais à pousser le cri d'Indien triomphant que lui avait appris Veronitchka. Face à un tel danger, les Tsariov commencèrent par tressaillir, puis il se liguèrent perfidement en une cohorte familiale et refoulèrent Lidotchka qui hurlait et se débattait jusque dans une immense congère. Ah, c'est comme ça ! se dit-elle, révoltée, pouffant de rire et essayant de s'en sortir – ah bon, tous contre un ! Eh bien, vous allez voir de quel bois je me chauffe ! Et, après avoir tassé une grosse boule de neige, elle la décocha de toutes ses forces à Tsariov senior qui effectuait une danse du scalpe.

C'est ainsi que Loujbine la vit pour la première fois : une fille agenouillée dans une congère, toute fine, presque irréelle, vêtue d'un petit chandail de garçon étriqué, les cheveux en bataille, rigolarde, au visage lumineux, mouillé par la neige. Elle tassa la neige qui remplissait entièrement ses moufles, et soudain elle leva les yeux – incroyables, d'un or sombre, très sombre, saturés de soleil, avec des étincelles marron, vivantes, tout au fond d'un regard enjoué qui gardait quelque chose d'enfantin, et Loujbine sentit soudain que son visage s'était violemment heurté à un mur invisible, mais indestructible, et dans le cadre immobile et muet qui l'entourait, une fille avait levé un bras et une boule de neige, conservant encore la forme de ses petites mains, avait été projetée devant elle, et pendant qu'elle volait, qu'elle volait durant un temps infiniment long vers la terre, brillante et ronde, Loujbine comprit immédiatement à quel point il serait heureux avec cette fille, irréversiblement, incroyablement, extraordinairement heureux, il ressentit le goût de ses lèvres, le poids de son gros ventre quand elle serait enceinte, il vécut avec elle une vie entière, longue et pleine de joie, comme les premières vacances d'été que l'on passe dans sa vie, et il mourrait exactement une semaine après elle, parce qu'elle ne devait pas être chagrinée, elle ne devait pas rester seule, et quand la boule de neige s'enfonça dans l'épaule de Tsariov senior écroulé de rire, tout se décida de façon irrévocable.

Romka poussa un cri joyeux :

— Bonjour, tonton Vania !

Ivan Loujbine était né à N-sk, en 1961. Il venait d'une famille soviétique toute simple, fameuse pour son honnêteté et ses borchtchs. Il avait fait ses études secondaires, toujours dans le groupe des élèves moyens, dans un lycée de la périphérie qui n'avait rien de remarquable. Il avait tranquillement effectué son service militaire et réussi le concours d'entrée à l'institut polytechnique de N-sk sans aucun effort notoire et l'avait achevé sans briller spectaculairement, mais avec cinq peaux d'âne dans des machins fort utiles pour la patrie, si bien que, après avoir soutenu son projet de fin d'études, deux chaires de l'université et la moitié des bureaux d'études de N-sk faillirent en venir aux mains pour l'engager.

Une telle surenchère se comprend, au demeurant : on était en 1986, la notion même d'« ingénieur » était devenue depuis belle lurette synonyme d'idiot malchanceux qui use ses pantalons élimés à quatre sous dans un institut minable où, depuis on ne sait combien de plans quinquennaux, on essaye d'inventer une nouvelle chaîne pour le réservoir de la légendaire chasse d'eau des W.-C. soviétiques qui fuit en permanence. Les établissements supérieurs dans tout le pays diplômaient des hordes de filles écervelées rêvant d'un mariage le plus vite possible, de garçons indolents qui acceptaient d'avance un sort médiocre. Mais Loujbine, jeune homme tranquille, pas pressé, qui donnait même l'impression d'être légèrement endormi, avait rendu au mot « ingénieur » sa gloire révolue et méritée par le seul fait de son existence.

Il avait une tête bien faite et cynique, un caractère opiniâtre, une curiosité de chat et des mains absolument extraordinaires. Il n'existait pas d'appareil qu'il n'était pas capable de ranimer après un moment de réflexion, mais – et c'était infiniment plus important – il n'existait pas de loi physique pour la démonstration de laquelle il n'aurait pu inventer et monter un bidule bourdonnant, grinçant ou émettant des étincelles. Ce n'était pas simplement un être rare, mais un talent manifeste, même s'il ne s'en targuait pas le moins du monde. On prédisait à Loujbine un bel avenir scientifique, mais, après réflexion, il choisit un bureau d'études, et pas celui qui offrait les meilleures perspectives de carrière, mais celui qui était le plus généreux au vu de la situation actuelle. Il pourrait s'acheter un appartement au plus tard dans six mois et dans l'immédiat il recevait un salaire plus que convenable. C'était très important, oui, très important. Pas pour lui, il est vrai, mais pour Olga, et dès l'instant qu'il s'agissait d'elle, ça l'était pour lui aussi, donc. Olga avait été ce qu'il y avait de plus important et de meilleur dans la vie de Loujbine. Même plus : elle était une femme unique et la meilleure qui soit au monde. Les autres femmes n'existaient pas. Pour lui, en tout cas.

Loujbine était tombé amoureux d'Olga en première année de fac, mais sans aucunement manifester ses sentiments et en observant avec un calme étonnant ses caprices sans fin, ses aventures, même si elles ne duraient guère ; il attendait patiemment la fin de ses études à l'institut polytechnique, non par manque d'assurance, mais parce qu'il voulait lui proposer ce qu'il y avait véritablement de mieux. Et dès que son livret de travail fut placé dans l'armoire aux secrets du bureau d'études qu'il avait choisi, Loujbine se rendit tranquillement d'abord chez le coiffeur, puis chez un fleuriste et enfin chez Olga à la cité universitaire où il lui fit une demande en mariage de sa voix douce et inexpressive, certain qu'elle ne pourrait refuser. Et elle ne refusa pas.

Leur noce fut tapageuse et coûteuse, conforme aux mensurations et aux exigences d'Olga, et, en soulevant le voile de mariée, piqueté de minuscules pointes de diamants en strass, devant le beau visage ému de sa fiancée, pas un instant Loujbine ne regretta d'avoir contracté des dettes pour lui offrir cette fête à la salle centrale des banquets avec cent cinquante invités, ivrognes et bâfreurs, des gens qu'il ne connaissait pas pour la plupart. Et cette robe en dentelle blanche comme neige, avec une traîne que soutenait un garçon de cinq ans, que Loujbine ne connaissait pas non plus, vêtu d'un petit costume de velours fait sur mesure pour l'occasion, plus préoccupé par la morve verdâtre et très épaisse qu'il laissait couler de son nez ou qu'il aspirait habilement à l'intérieur de celui-ci que par ses devoirs de page, le groupe de musiciens qui jouaient comme des manches et lui avaient demandé deux cents roubles pour la soirée, le saumon en gelée, tout cela ne représentait que des dépenses dérisoires eu égard au bonheur qui l'attendait avec Olga.

Six mois plus tard, ils obtinrent l'appartement promis et, trois mois après, Loujbine avait réglé toutes ses dettes jusqu'au dernier kopek. Jamais Olga ne sut que pour y parvenir il avait obtenu une avance égale à une fois et demie son salaire, plus un demi-salaire de femme de ménage, car chaque soir, de façon efficace et rapide, comme tout ce qu'il faisait, il nettoyait le sol dans son bureau d'études, vidait les corbeilles à papier, essuyait le bord des fenêtres sans cesser de sourire de la commissure de ses lèvres fermes et fortement recourbées. À quoi cela aurait-il servi qu'elle le sache ? Vous vous rendez compte ? Passer la serpillière ! Au nom de sa femme, Loujbine aurait pu faire tout et n'importe quoi. Il aurait tué, trahi la patrie. Au nom de son dieu. Elle était sa patrie. Olga. Seulement elle. Et elle, il ne l'aurait trahie sous aucun prétexte.

En 1991, elle le quitta, comme on laisse tomber dans une poubelle le papier poisseux qui enveloppe une glace qu'on n'a pas terminée, et elle ficha le camp avec un uhlan de passage, soit pour suivre le destin volage de son nom littéraire, soit parce qu'elle avait effectivement cédé au charme d'un Varègue venu d'ailleurs, un bel homme généreux pourvu de somptueuses moustaches d'officier, saupoudrées en permanence du piment fort d'une petite histoire racontée opportunément et toujours salace.

Pendant que sa femme bouclait ses valises (par délicatesse, le uhlan en question attendait devant l'entrée de l'immeuble dans un taxi qui gargouillait imperceptiblement), passant lestement avec ses jolis pieds agiles par-dessus des objets qui tentaient de se sauver, Loujbine restait silencieux dans son coin, assis sur un tabouret surgi d'on ne sait où, et il examinait avec étonnement ses mains trembler. Le coup qu'il avait reçu s'était avéré d'une telle force anesthésiante qu'il ne ressentait même pas de douleur et se trouvait dans un état de stupeur muette qui frôlait la folie. Il avait l'impression de suivre d'un pas assuré un couloir afin de recevoir une décoration méritée déposée sur un coussin écarlate, le vacarme général d'approbation joyeuse qui l'accompagnait s'interrompait soudain sur une place silencieuse au centre de laquelle se dressait un gibet noir, comme carbonisé, près duquel languissait d'ennui un bourreau qui n'avait pas dormi depuis la veille, vêtu d'une houppelande crasseuse, enveloppé de cet ennui d'avant l'aube.

Quand la dernière fermeture Éclair du dernier sac glapit, Loujbine était toujours en train d'essayer de comprendre en quoi il n'avait pas agi convenablement, en quoi il avait fauté, quelle était l'erreur épouvantable qui avait conduit sa femme à arracher comme ça, en passant, cinq années de leur vie de couple absolument heureuse – oui, heureuse ! Olga essaya d'extirper son propre passé de cet endroit où elle avait fait sa place, un passé qui avait du mal à se tasser dans trois sacs de sport de dimensions diverses et une valise enflée de façon obscène, mais elle n'en fut pas capable et lança à Loujbine un regard foudroyant et courroucé, d'un vert grisé :

— Mais aide-moi donc, espèce d'empoté !

Il se leva docilement, sortit les bagages de l'appartement, il les disposa bien comme il faut sur le palier. Et il se retourna.

— Maintenant, je me débrouille, consentit charitablement Olga qui s'enveloppa dans son manteau, le boutonna et enroula autour de son cou une très longue écharpe rouge vif – il fait toujours froid en avril à N-sk, elle avait une faiblesse de gorge, au printemps et en automne elle souffrait d'angines interminables, et la nuit, Loujbine, ensommeillé, lui apportait à boire du jus de canneberge épais, puis elle se rendormait, serrée de tout son corps contre lui, brûlante de fièvre, en sueur, impossiblement désirée. Impossiblement.

— Olga, dit-il, comme effarouché d'entendre sa propre voix. Olga, pourquoi ?

Elle resta véritablement songeuse un instant – des yeux verdâtres enfumés, une frange impitoyablement décolorée, des taches de lumière roses sur les joues à cause de son écharpe, à cause de sa joie, de la vie, de la joie de la vie.

— Parce que j'en aime un autre, répondit-elle tout simplement.

Loujbine hocha la tête comme s'il avait compris quelque chose, comme s'il s'agissait effectivement d'un argument irréfutable auquel on n'a rien à opposer – bon, un autre homme, d'accord, et lui, Loujbine, n'est même pas quelqu'un, donc. À cet instant, l'anesthésie cessa d'agir, et une douleur physique s'abattit sur lui, d'une force si brutale et si insurmontable que, sans se retourner, il claqua derrière lui la porte qui poussa un « ah » de désespoir, il partit à l'aveuglette à travers son appartement orphelin, il trébucha violemment sur la chatte qui rouscailla (et qui, durant tout le temps où Olga avait fait ses valises, s'était planquée et n'avait même pas condescendu à venir lui dire adieu), et ce n'est qu'après avoir heurté le tabouret sur lequel il était assis quelques minutes plus tôt qu'il fondit enfin en larmes. Non pas parce qu'on lui avait soigneusement arraché les côtes l'une après l'autre, en les faisant craquer avec un bruit sec, en prenant son temps pour atteindre le cœur. Mais parce qu'il s'était cogné le genou qui lui faisait mal et qui avait été bandé deux semaines plus tôt quand Olga et lui étaient allés à la campagne faire du ski de fond sur la neige épaisse qui venait de tomber ; ils s'étaient égarés, puis ils avaient retrouvé leur chemin et s'étaient embrassés à en perdre la raison dans un petit bois derrière lequel grondaient et vociféraient des trains de banlieue à moitié vides, et lui, serrant Olga qui était appuyée contre le tronc d'un pin, tandis que ses mains fouillaient sous son blouson et son chandail, il recueillait, entre ses lèvres tendres et fraîches, des flocons de neige fondue qui avaient un avant-goût du printemps, déjà tout à fait vivant, et il était si maladroit, il se pressait tellement – on aurait dit un gamin – qu'il s'était fait une entorse et, durant tout le chemin de retour, Olga avait mêlé les rires, les exclamations et les plaintes adressés à ses voisines de train, des petites vieilles amènes et bavardes, parce que son mari était désormais un invalide, et puisqu'il était ainsi elle devait le quitter. Mais ce n'était pas possible. Les gens ne comprendraient pas.

Quand, un an plus tard, la chatte, avec sa patte de velours, chassa de sous le canapé une petite barrette à cheveux cliquetante, ornée d'une fausse pierre bleue, Loujbine s'était tellement remis qu'il fit presque tranquillement tourner dans sa main cette drôle de petite chose qui avait appartenu à sa femme et qui s'était attachée, on ne sait pourquoi, à l'appartement (ou à Loujbine lui-même) et qui avait une telle envie de rester qu'elle s'était réfugiée durant douze mois dans le recoin le plus lointain et le plus poussiéreux, ne craignant pas tant d'avoir le souffle coupé, mais de scintiller. Loujbine intercepta avec cette barrette un rayon de soleil et projeta sur le mur son reflet irisé, déluré et minuscule. Il avait essayé au cours de ces douze mois d'oublier sa femme avec une rage d'une telle férocité qu'en même temps il avait démantelé sa propre vie jusqu'à ce qu'elle ne soit plus que cendres dispersées, poussières à partir desquelles rien ne pouvait être reconstitué. Il n'avait plus mal. Plus rien d'une manière générale ne lui faisait mal. Rien.

— Tu vas jouer avec ça, Matriona ? demanda-t-il à la chatte qui se contenta de hérisser son poil gris bleuté avant de s'éloigner d'un air impérial. Tu as bien raison, marmonna Loujbine, tu as raison sinon tu risques de te blesser une patte.

Et, prenant son élan, il lança dehors la barrette par le vasistas ouvert qui laissait pénétrer dans la pièce le printemps et le pépiement des oiseaux.

Ce fut sa chatte, en fait, qui l'empêcha de se mettre à boire, de devenir cinglé ou de plonger dans cette stupeur mélancolique qui brise la volonté des gaillards russes les plus robustes, pour peu qu'une femme vienne s'en mêler. Il fallait nourrir la chatte avec un poisson qu'il devait aller acheter et cuire, lui changer son eau, dans une tasse en porcelaine dont l'anse était cassée, et déchirer en petits morceaux le papier journal déposé au fond d'une vieille poêle qui lui servait ingénument de caisse pour ses besoins. Il fallait aussi discuter avec elle, et c'était nécessaire, car, après le départ d'Olga, elle s'était mise à lacérer impitoyablement les papiers peints, à étriper les canapés, bref à manifester les meilleurs côtés de son caractère, et tous ces petits tracas dérisoires, les soucis concernant une créature insensée, sans éducation et déraisonnable, en réalité, s'étalaient en couches comme un baume sur le malheur humain et rugueux de Loujbine, enduisant et nourrissant imperceptiblement des croûtes douloureuses. Le temps passant, celles-ci tombèrent d'elles-mêmes et dévoilèrent une peau pâle, délicate, mais tout à fait lisse et vivante.

Il fallut toutefois une année supplémentaire pour qu'il comprenne qu'il avait survécu. Il s'en était plus ou moins bien tiré. Le pire pour sa chatte et lui était derrière eux. Et dès que Loujbine le comprit, il quitta son bureau d'études sans prêter attention aux mugissements et aux miaulements de son directeur qui pleurait la perte de son meilleur collaborateur. Tout le monde dans son entourage faisait du business, pour certains ça tournait rond, et Loujbine décida de se lancer, lui aussi : en définitive, tout ce qu'il chérissait, il l'avait déjà perdu, si bien qu'il n'y avait rien à craindre. Après réflexion, il décida de s'occuper d'ordinateurs, d'abord dans le domaine de la vente (il dut à nouveau s'endetter), puis dans le montage. La perte de sa femme n'eut aucune influence sur les habitudes professionnelles de Loujbine, si bien que ses produits s'avérèrent non seulement moins chers que ceux d'Asie, mais de meilleure qualité. Il y eut au commencement beaucoup d'argent, puis énormément, et deux ans plus tard Loujbine découvrit avec étonnement qu'il était riche, selon les normes de tout un chacun et même selon celles des capitalistes. Il se demanda s'il ne valait pas la peine de se débarrasser de son business, mais le petit ver qui le rongeait de l'intérieur, affamé, pitoyable et méchant, ne se calmait pas, et Loujbine décida qu'abandonner une affaire qu'il venait de mettre sur pied était le signe d'un manque de perspicacité. En réalité, il avait toujours le désir de prouver à Olga, qui s'était dissoute dans on ne sait quelle dimension spatiale et temporelle, qu'il valait mieux que ce qu'elle croyait. Parce qu'il avait compris depuis longtemps pourquoi elle l'avait quitté. Il l'avait compris, mais il restait sans pouvoir se l'avouer. Le problème venait seulement d'une question d'argent. Qu'il n'avait pas, qu'avait le uhlan, mais peut-être le uhlan n'en avait-il pas non plus, en tout cas dans la quantité nécessaire pour Olga, et l'argent, c'était la puissance. La puissance dont tenaient compte les femmes comme les hommes. Maintenant Loujbine détenait une parcelle de cette puissance.

Il est vrai que cela ne fut pas plus facile pour autant. Quand sa chatte mourut, il resta complètement seul. Ni son business qui se développait à bride abattue, ni l'argent qui affluait continûment, ni les fréquentations étonnantes qu'il entretenait avec des mafieux, ni les premiers crédits accordés par les banques, rien ne lui apportait un apaisement et ne pouvait remplir ce vide affreux au fond de lui-même. Il changea de bureau et fit même des travaux dans son appartement vieillot pour le transformer selon la dernière mode, dans le style high-tech ; après quoi il lui fut insupportable non seulement d'y rester pour la nuit, mais même d'y passer. Loujbine fut tourmenté une ou deux semaines et, après avoir vendu son appartement, il s'installa sur son lieu de travail, dans la pièce de repos de cinq mètres carrés attenante au bureau directorial. Un canapé, un fauteuil, un combi TV-DVD, des toilettes microscopiques combinées à une douche, une douzaine de chemises suspendues à un portemanteau, il n'avait rien d'autre. Et il s'aperçut qu'il n'avait besoin de rien d'autre. Sa secrétaire, une femme empotée, ni belle ni jeune, apportait ses chemises chez le teinturier, et Loujbine avait appris à se commander tout seul une pizza.

Il souffrait beaucoup de la solitude, sur un plan purement physique, comme d'autres souffrent de douleurs articulaires qui les rongent pendant des années, et bien entendu, cette douleur n'était évitable qu'avec de la chaleur, aussi bien celle d'une femme que celle d'une chatte, mais Loujbine, qui avait finalement fait une croix sur lui-même, ne croyait plus ni aux femmes ni aux chattes. Dès l'instant que toutes les deux – des êtres uniques, qu'il avait le plus aimées – l'avaient quitté, valait-il la peine d'attendre de la sympathie de la part des autres en général ?

Ses amis, qui avaient perdu tout espoir de lui faire connaître leurs sœurs, les sœurs de leurs copines et de leurs femmes (« Mais qu'est-ce que ça te coûte, Vania, viens en toute simplicité, c'est une fille formidable. »), tentèrent de faire en sorte qu'il s'intéresse au moins à la pornographie (« Sinon tu vas devenir cinglé, mon vieux, Dieu est témoin, tu vas tout simplement devenir cinglé ! »). À N-sk, quantité d'échoppes, voire de simples étals avaient fait leur apparition où, au premier clin d'œil enjoué, le vendeur dégotait la boîte nécessaire contenant des trésors de films policiers (avec un net accent chinois à l'époque) et de mélos dans lesquels la gaucherie du sujet mal ficelé était largement compensée par la grandiloquence du projet et la quantité de falbalas sur la robe de la vedette. Les films pornos coûtaient deux fois plus cher que les ressources cinématographiques ordinaires, mais ils dataient également des années 1990 : ils étaient absurdes, naïfs, avec des tapis bigarrés en arrière-plan et l'ombre permanente du cameraman imperturbable qui s'étalait au moment le plus inopportun sur la compagnie qui suait à force d'ardeur sexuelle, détournant pour un instant le spectateur excité et également en sueur, du final imminent et prévisible.

Loujbine – que ne fait-on pas au nom des amis ! – regarda consciencieusement une dizaine de ces joyeuses cassettes avec des corps nus vulgaires sur les pochettes, mais il n'obtint pas le soulagement physiologique tout à fait attendu. Hélas ! Il se trouve qu'il possédait le don inné et rare de voir l'humain même dans les choses les moins humaines. Au lieu de suivre le développement réciproque d'un sujet pas très malin, Loujbine observait le geste émouvant, tout à fait machinal et très féminin, de l'actrice porno qui remettait en place ses cheveux, que l'on distinguait à peine derrière la palissade de membres érigés, ou bien la façon dont un bellâtre sexuel, dont le dos était trempé de sueur à cause de sa frénésie, suivant une habitude qu'apparemment même ce boulot dégueulasse n'avait pas évacué, tendait ses lèvres vers celles de sa partenaire, d'un air confiant, presque tendre, mais alors elle s'écartait brusquement, et durant une seconde entière, ils se regardaient avec des yeux épouvantés et tout à fait humains, sans interrompre pour autant les mouvements bestiaux et absurdes, presque mécaniques, de leurs corps.

Deux fois, après s'être bien beurré, Loujbine, sans reprendre conscience, coucha avec on ne sait quelles filles errantes, sans doute pas mal, et l'une d'elle n'arrêta pas de lui téléphoner deux semaines d'affilée, essayant de le séduire avec des gâteaux maison, du sexe sans bourse déliée et le confort de son chez-soi. Mais Loujbine se représenta tout ce qui se passerait quand le sexe et les gâteaux seraient terminés : il faudrait se lever, parler de rien, passer le temps, divertir une personne quasi inconnue, en réalité, tenir compte de son opinion qui n'intéresse personne (y compris elle-même).

Non, pitié !

Et à toutes fins utiles, il cessa de boire.

En 1997, six ans après le départ d'Olga, il était encore seul et assumait totalement cette situation. Il est vrai que, sous la pression de ses amis et de ses partenaires, il avait dû abandonner sa pièce de repos, mais il effectua une transaction avantageuse : par pur hasard, Loujbine acheta une grande maison à la périphérie de N-sk, abandonnée, vieille, et il était si évident qu'elle avait besoin qu'on se soucie d'elle, comme d'un être humain, que Loujbine ne put résister et se consacra à sa restauration, à son aménagement, aux réparations, tel un oiseau qui a entrepris de faire un nid bien avant qu'il ne se soit trouvé sa conjointe. La maison s'avéra particulièrement sensible et, en s'occupant d'elle, Loujbine, sans le remarquer, commença tout doucement, petit à petit, millimètre après millimètre, à faire émerger son cœur.

Il fêta la nouvelle année 1998 en n'étant plus tout seul, mais avec sa maison, et ce fut un sentiment magnifique, chaleureux, qu'il avait oublié depuis longtemps. À minuit, il fit le tour de toutes les pièces, son verre à la main où de l'eau gazeuse sortait bruyamment de ses gonds, trinquant avec les meubles, les linteaux des portes et les rebords des fenêtres, puis il se coucha en se sentant, pour la première fois depuis très longtemps, puissant, en forme et étonnamment jeune.

Et le lendemain matin, il vit Lidotchka pour la première fois.

C'était le début d'une nouvelle ère. Il en était certain. D'une nouvelle ère heureuse qui durerait longtemps, très longtemps, toute sa vie. Et Loujbine était sûr que cette fois il ne se trompait pas.

Sa deuxième rencontre avec Lidotchka, il la prépara de manière réfléchie, comme il n'avait jamais mis au point un rendez-vous d'affaires. Il était allé voir les Tsariov avec un énorme gâteau. Il les connaissait depuis une éternité, depuis qu'ils passaient ensemble leurs vacances dans des chantiers lors de leurs congés universitaires, et il les interrogea si longuement sur Lidotchka qu'ils commencèrent à échanger des regards circonspects.

— Cette fille a dix-sept ans, Ivan, dit la femme de Tsariov avec une ombre à peine perceptible dans sa voix. Est-ce que tu ne t'es pas trompé d'heure ou de porte ?

Loujbine se tut, soupesant quelque chose au fond de lui-même, puis, d'une voix ferme, comme s'il ne parlait pas aux Tsariov, mais avec les parents de Lidotchka, il dit :

— Non, je ne me suis pas trompé. Je veux qu'elle... Non, ce n'est pas comme ça. Elle sera ma femme. Et si pour cela je dois attendre une année, dix ans, vingt-cinq ans, ce n'est pas un problème.

Les Tsariov échangèrent à nouveau des coups d'œil.

— Eh bien, dès l'instant qu'il est question de ta femme... proféra Tsariov. Dès l'instant qu'il s'agit de ta femme, il faut boire un coup ! T'en penses quoi, Ivan ?

Loujbine sourit d'un visage lumineux, troublé et joyeux, comme il n'avait pas souri depuis bien des années.

— Boire un coup, c'est une bonne idée que vous avez là, dit-il. Une excellente idée. Je vote pour, des deux mains !

Elle n'avait effectivement pas reconnu Loujbine qui la guettait depuis plusieurs heures devant son internat. Il est vrai qu'elle se souvenait à peine de leur première rencontre : un ami des Tsariov était venu, il les avait empêchés de faire une bataille de boules de neige, un type rasoir et gris au visage inexpressif. Comme une pomme de terre en robe des champs. À Lidotchka, qui avait dix-sept ans, il n'avait pas du tout paru jeune, d'ailleurs tous les individus qui avaient plus de vingt-cinq ans lui semblaient à plaindre et très âgés. Il parla d'on ne sait quoi avec les Tsariov à voix basse, regardant constamment Lidotchka avec une expression des yeux et de la bouche si étrange qu'elle fut troublée comme elle l'était toujours face à des étrangers. Quand il partit en faisant grincer la neige, les mains enfoncées dans les poches de son luxueux manteau jaune paille en peau de mouton retournée, elle fut ravie et expulsa aussitôt Loujbine de son cerveau, de façon si radicale qu'elle était à cet instant incapable de se rappeler ni son patronyme ni même son prénom.

— Heu-eu, mugit-elle en aidant Loujbine à se relever du trottoir. Vous ne vous êtes pas fait mal ?

— Ivan Vassilievitch, ou simplement Ivan, se présenta Loujbine qui avait tout de suite compris l'état de Lidotchka. Il prit soudain conscience qu'il la ressentait totalement à distance, mais pas comme un homme, non, comme sans doute une mère ressent son enfant nouveau-né.

— Mais je m'en souviens, voyons, affirma Lidotchka en s'excusant de ce mensonge avec son regard. Vraiment, vous ne vous êtes pas fait mal ?

— Non, dit Loujbine. Absolument pas. Belle rencontre, n'est-ce pas ? Vous habitez ici ?

Elle hocha la tête. Sur ses sourcils et ses cils luisaient de minuscules perles de neige fondue. Loujbine sentit que la respiration lui manquait.

— Sérioga, heu... je veux dire Sergueï Vladimirovitch m'a dit que vous étiez danseuse. C'est exact ?

Elle éclata de rire.

— Mais non, voyons ! C'est très compliqué de devenir danseuse, tout le monde n'y arrive pas. C'est une sorte de titre. Il y a beaucoup de filles qui font de la danse, mais les ballerines ne sont que quelques-unes. J'étudie simplement à l'école de danse.

— Vous aimez la danse ? demanda Loujbine, et une ombre noire passa sur le visage de Lidotchka qui effaça aussitôt l'éclat de ses yeux et son sourire.

— Oui, beaucoup, mentit-elle une fois de plus, pas par politesse pour le coup, mais afin de se débarrasser de lui.

Dans un instant elle va s'en aller, comprit Loujbine qui se raccrochait fébrilement tantôt à un lambeau de la conversation qui se disloquait rapidement, tantôt à un autre.

— Vous avez bientôt une première, n'est-ce pas ? Je n'y connais pas grand-chose, pour être franc, mais j'aimerais, si possible...

Il écarta pitoyablement les bras, ne sachant que dire. Il y eut un peu plus de chaleur dans les yeux de Lidotchka.

— Bien entendu, c'est possible, dit-elle. Le spectacle a lieu le 1er février, et je crois qu'il y a encore des places. Mais si vous le voulez, je peux vous obtenir une invitation.

— J'achèterai un billet, lui assura Loujbine. Je veux en acheter un.

Mais Lidotchka ne sourit pas pour autant.

— Au revoir, dit-elle, et elle se dirigea vers la porte de l'internat en essayant de ne pas remarquer Loujbine qui la suivait du regard.

Dormir, dormir ! S'envelopper dans une couverture, et dormir. Et je me réveillerai – et voilà Aliochenka qui est déjà arrivé !

La nuit qui précéda la première, elle ne dormit pas et, toute la journée jusqu'au soir, elle ne put calmer un méchant tremblement nerveux sous la paupière de son œil gauche, premier signe annonciateur d'un sérieux tic, mais ce n'est rien Lidka, ce n'est rien, l'essentiel c'est de ne pas t'embrouiller, geignit la Grande Ninel qui arrangeait de ses propres mains les cheveux de Lidotchka dans sa loge. Celle-ci avait les traits tirés et était blafarde, comme après une grave maladie, elle hochait la tête sans comprendre un traître mot de ce qu'on lui disait. Une effrayante poupée de cire la regardait dans le miroir, soulevant difficilement ses faux cils immenses comme des ailes de papillon. Cette première ne provoquait en elle pas le moindre trac : ce qu'elle craignait le plus, c'était de ne pas apercevoir Vitkovski. Je t'aime, je t'aime, je-t'aime-t'aime-t'aime, marmonnait-elle intérieurement tout en s'échauffant.

La lampe clignota : « En scène ! »

Ninel lui ajusta son corsage.

— C'est bon, vas-y, ma fille. Et merde !

Elle se leva.

— Surtout ne t'embrouille pas, entendu ? gémit encore une fois d'une voix suppliante la Grande Ninel en fouillant dans son sac immense à la recherche d'un tube de Validol.

— Je ne m'embrouillerai pas, lui promit Lidotchka, et elle se dirigea vers le côté jardin en faisant claquer sèchement ses pointes.

Elle dansa à merveille le premier acte, si bien que les spectateurs venus de Moscou, invités par la Grande Ninel et qui étaient assis aux meilleures places du meilleur rang, ne faisaient que remuer les lèvres béatement comme s'ils trituraient dans le ciel des grains de caviar qui crevaient. La salle était pleine, ce qui, fâcheusement, n'était pas arrivé depuis longtemps, et Lidotchka était extraordinairement expressive et extraordinairement technique, et il est vrai qu'après la scène de la folie, après avoir bondi dans les coulisses, elle gémit pour demander : « La cuvette ! » Mais la Grande Ninel était à la hauteur et, ce qui était bien plus important, toujours disponible, si bien que deux fois Lidotchka vomit de la bile dans un récipient qui lui fut tendu à temps, et le public eut droit au retour de sa charmante danseuse qui fondait, et heureusement les odeurs de sueur mêlées à celles du vomi n'atteignent jamais même les premiers rangs du parterre.

Avant le second acte, il fallait changer de costume : un tutu romantique blanc comme neige, une coiffure lisse, l'idiote du village devait se transformer en sorcière, mais elle songeait à autre chose. Vitkovski était invisible !

— Ninel Danilovna, vous n'avez pas vu... commença-t-elle, et la Grande Ninel fut secouée de tremblements, comme de la pâte au levain enragée.

— Je l'ai vu, je l'ai vu, Lidka, tous ceux du Bolchoï sont là, tous ceux dont la voix pèse dans une décision. Ne te fais pas désirer et ne te rabaisse pas non plus. Tu n'as pas de prix, ça ils l'ont déjà compris, et il faut que toi aussi, tu le comprennes. Ninel soupira convulsivement. Et quand tu t'en iras, souviens-toi de moi, la vieille ! Tu me le promets ?

De façon inattendue, la Grande Ninel serra la tête ronde et lisse de Lidotchka contre sa poitrine flasque, et elle versa de petites larmes qui n'étaient même pas celle d'un enfant, mais celles d'un chiot. Lidotchka se dépêtra de cet enlacement gigantesque et étouffant, et elle sortit précipitamment de sa loge.

Elle ne courait même pas, elle était emportée, comme une feuille de papier à cigarette par le vent – les couches translucides de son tutu frémissaient, des lampes voguaient à sa rencontre dans l'obscurité, les ombres des spectres des ballerines la poursuivaient, et n'eût été l'effroyable battement de son cœur et de ses pointes, Lidotchka aurait carrément cru qu'elle était en effet morte, qu'elle était devenue une wilis. À en juger par le brouhaha venant de la salle, il ne restait que très peu de temps avant la reprise du spectacle. Elle tourna dans un couloir, puis dans un autre et enfin, sous un escalier poussiéreux, elle aperçut l'extrémité rouge d'une cigarette clandestine et entendit des voix qui chuchotaient, et elle aurait pu reconnaître même en dormant, même en étant morte, l'une d'elle. Elle s'arrêta, calmant sa respiration et examinant l'obscurité incertaine.

— File, mon vieux, tu entres bientôt sur scène, dit la voix de Vitkovski, et le bout rouge de la cigarette s'éteignit.

Elle fit encore un pas, espérant que le danseur qu'elle ne voyait pas la remarquerait et s'en irait, et aussitôt elle se renfrogna d'effroi, un effroi impossible, insupportable. Je-t'aime-je-t'aime-je-t'aime-je-t'aime, battait dans sa tête. Je-t'aime-je-t'aime, je... Ce n'est pas vrai, rassure-toi. Ce n'est pas vrai !

Lidotchka ouvrit les yeux. Le duc Albrecht et Vitkoski s'embrassaient. Elle les voyait parfaitement distinctement, tout particulièrement les yeux fermés de Vitkovski, ses cils sombres, légèrement recourbés comme ceux d'un bon élève, et la belle main d'adolescent avec un petit os saillant sur son poignet large qui caressait le derrière proéminent du partenaire de Lidotchka.

— Je t'aime ! s'écria-t-elle soudain si fort qu'elle en fut elle-même effrayée.

Vitkovski tressauta et ouvrit ses yeux qui semblaient embrumés, comme inondés de lait frais.

— Qu'est-ce que tu fais ici, ma vieille ? lui demanda-t-il, troublé, en repoussant le duc.

Celui-ci se retourna et la toisa d'un regard indigné.

— Qu'est-ce que c'est que ces manières, maugréa-t-il d'une voix contrariée. Pourquoi tu n'es pas sur scène ? On recrute des petites morveuses de l'école, et moi je dois me traîner avec elles.

Il tapota le cou de Vitkovski et passa devant elle en gonflant en même temps ses narines et ses longues babines, tel un cheval en furie.

Elle resta interdite sous l'escalier, les bras ballants, noyés dans son tutu aérien. Elle resta bouche bée, comme hébétée, comme une idiote.

— Bon alors, ma vieille, qu'est-ce qui t'arrive ? Tu es une môme ou quoi ? marmonna Vitkovski en se frottant les coudes et en grimaçant, comme s'il avait une douleur insupportable aux articulations.

Elle se tut et répéta la seule phrase qui résonnait encore dans sa tête.

— Je t'aime.

Sur le beau visage de Vitkovski apparut l'espace d'un instant de la pitié au nom de laquelle, sans doute, Dieu pardonne beaucoup d'iniquités. Beaucoup, mais pas toutes.

— Lidka, dit-il, l'appelant pour la première fois par son prénom. Lidka, c'est vrai ? Tu ne le savais pas ? Je suis gay, tu comprends ? Les femmes ne m'ont jamais attiré, en fait, pas une seule fois, tu me crois ?

— Mais alors... Pourquoi tu... pourquoi tu étais avec moi ?

— Tu es super, tu danses bien, dit-il avec son sourire coupable, presque enfantin, un sourire sincère. Et ensuite tu es la seule des filles qui ne me fasse pas du gringue. J'en ai ras le bol des filles, comment ne comprends-tu pas ça !

Lidotchka, comme si elle était mécanique, se retourna et alla rejoindre la scène.

— Tu ne le dis à personne, hein ! cria Vitkovski derrière elle et, après avoir soupiré, il sortit une cigarette de son paquet. De toute façon, elle va bavarder et le dire à tout le monde. Rien de bon à attendre de ces bonnes femmes.

Ce n'est pas pour rien qu'on prétend que les habitudes professionnelles s'évanouissent en dernier. Lidotchka dansa le second acte aussi brillamment que le premier, et tous les critiques remarquèrent son visage de mort figé, le visage d'une morte et d'une wilis transformée en sorcière, et ils estimèrent qu'il s'agissait d'une grande trouvaille artistique inattendue dans l'arsenal d'une danseuse si jeune et si prometteuse. Dommage que personne n'ait remarqué qu'elle salua le public sur scène en arborant le même visage de mort, si bien que le duc Albrecht, qui serrait sa main moite et glacée, lui donna de façon discrète mais perceptible un coup de coude dans les côtes.

— Souris, idiote ! bougonna-t-il, étirant en un sourire de gratitude sa bouche maquillée. Sou-ris !

Lidotchka ne l'entendait même pas, pas plus qu'elle n'entendait les ovations et les bravos. Elle était saisie d'une surdité et d'un mutisme étranges qui l'empêchaient de distinguer dans la salle les Tsariov transportés de joie (la petite Veronitchka essaya même de grimper sur son fauteuil, mais on la houspilla), Galina Petrovna, Loujbine qui s'était faufilé jusqu'à la scène avec un immense panier rempli de roses blanches, dont le poison faillit étouffer les balletomanes (« Quel rustre, vous vous rendez compte ! Quel rustre ! »). Loujbine déposa le panier juste aux pieds de Lidotchka, il essaya d'intercepter son regard, mais il n'y parvint pas et aussitôt il retourna en arrière, se faufilant à travers le public qui exultait.

Tout le monde voulait lui parler, l'interviewer, lui baiser la main, lui exprimer son admiration, mais, dès que le rideau tomba, elle disparut comme si elle n'avait pas existé, si bien que tous ceux qui désiraient la voir durent se contenter de la Grande Ninel qui, à cause de l'émotion qu'elle avait ressentie et du cognac qu'elle avait bu en douce, finit par croire que c'était elle, quand elle avait dix-sept ans, qui avait dansé avec une telle magie, d'une façon si ardente et si envoûtante la première Giselle de sa vie.

Loujbine se posta avec sa voiture devant l'entrée des artistes et il sortit du véhicule, laissant tourner son moteur. Il faisait un froid si pénétrant et si sonore qu'on avait l'impression que cette vibration du gel provenait des étoiles, immenses et piquantes, suspendues très bas au-dessus de N-sk plongé dans la nuit. Loujbine attendait, car il savait que Lidotchka allait sortir, comme si on l'avait prévenu, mais il manqua malgré tout le moment où elle apparut, comme si elle n'était pas passée par cette porte. Elle avait surgi dans les tourbillons de vapeur de sa propre respiration, toute fine, les mains et la tête nues, vêtue d'une robe blanche aérienne qui, eut-il l'impression, s'était instantanément figée dans ce froid terrible, et qu'elle aussi s'était mise à résonner de façon subtile et plaintive, comme les étoiles, comme l'air, comme son propre cœur.

Loujbine la regarda durant quelques instants, comme s'il ne croyait pas qu'elle était véritable, et puis, ôtant sa pelisse de mouton tout en marchant, il se précipita jusqu'à l'entrée des artistes.

Ils circulèrent longuement en voiture à travers la ville plongée dans la nuit, ils semblaient glisser sur la neige, et pour la première fois de sa vie Loujbine se réjouit sincèrement d'avoir gagné beaucoup d'argent, car dans sa toute nouvelle Volvo il faisait chaud et l'air sentait bon, les sièges confortables et moelleux caressaient le dos, une musique légère et aimable emplissait opportunément le silence. Lidotchka ne dit mot de ce qui s'était passé, en fait elle ne dit rien, mais elle ne pleura pas non plus, puis elle cessa d'être prise de petits tremblements, et quand l'aube pointa elle remua à peine pour s'installer plus confortablement. Loujbine comprit que sa crise, quelle qu'elle eût été, était passée, qu'il était possible de dire quelque chose, l'essentiel étant de trouver quoi. Avec la perspicacité d'un individu adulte et amoureux, il lui dit les paroles nécessaires.

— Voulez-vous aller en dehors de la ville, Lidia Borissovna ? J'ai une maison merveilleuse, ancienne. Elle est perdue au milieu des pins, l'air y est frais. Vous pourrez dormir à votre guise, vous y retrouverez votre calme, et puis je vous reconduirai où vous le souhaitez.

Elle lui adressa un regard plein de gratitude et elle hocha plusieurs fois la tête, toujours ornée de la couronne blanche comme neige et effrayante d'une wilis.

Les pins étaient tels qu'elle les avait vus sans ouvrir les yeux – merveilleux, arrogants, plantant leurs corps baignés de lumière rose dans le ciel bas et moutonnant de N-sk. Il flottait dans l'air un parfum de résine, de gros flocons de neige sur le point de tomber et de ténèbres qui approchent, vagues et douces, pleines de résonances d'aboiements solennels et presque tintinnabulants.

Enveloppée jusqu'au cou dans un plaid à carreaux, Lidotchka était assise sur la terrasse. Elle avait dormi presque toute la journée. Quand elle s'était réveillée, elle avait découvert que son tutu romantique était suspendu à un cintre et, au pied du lit, étaient posés, soigneusement pliés, un jean d'homme et un pull-over.

— Bien entendu, il va falloir retrousser les manches, avait marmonné Loujbine en se levant quand elle était entrée dans le salon avec le jean qui ne tenait pas sur ses hanches, quant au pantalon, on va arranger ça en un instant...

Il dégota une ceinture, une alêne, d'immenses ciseaux de couturière et il perça rapidement dans le cuir les trous nécessaires. Puis il se mit à genoux devant elle, et il découpa avec soin et précaution, en produisant un bruit croustillant, le bas du pantalon afin qu'il ne traîne pas par terre. Ses mains tremblaient à peine, mais de façon visible.

Il abreuva Lidotchka de bouillon fort et épicé, il se répandit en excuses de l'avoir fait avec des cubes, mais il était bien chaud.

— Je ne suis pas très doué pour la cuisine, pardonnez-moi, Lidia Borissovna, je suis désolé, en revanche je me débrouille très bien, n'ayez aucune crainte. Vous voulez que je vous montre la maison ? Beaucoup de choses ne sont pas finies, bien entendu, mais dans l'ensemble...

Elle posa sa tasse sur une immense table et examina la vaste cuisine.

— Oui, d'accord.

Cette maison correspondait presque à celle de ses rêves, peut-être même était-elle plus belle, mais surtout on était ici au calme, un calme tel qu'elle crut soudain que tout – ce qui s'était passé la veille au soir et toute sa vie passée, en général – n'était qu'un cauchemar, une stupeur d'où elle commençait à émerger lentement. Loujbine la menait de pièce en pièce, en agitant les bras et en s'enflammant, puis il avait sorti un fauteuil à bascule sur la terrasse, il lui avait donné de petites bottes de feutre, presque des bottes d'enfant (« Elles se trouvaient dans un placard, je n'ai pas voulu les jeter, c'est dommage. ») et il l'avait enveloppée lui-même dans un plaid.

— Restez là quelque temps, prenez l'air, je vais vous apporter du thé. Je sais le faire comme il faut, soyez rassurée !

Lidotchka appuya l'une de ses bottes contre les planches de la terrasse et fit balancer doucement le fauteuil. La dernière fois qu'on l'avait aimée, c'était quand elle avait cinq ans, c'étaient ses parents, et elle avait complètement oublié cette sensation. Les Tsariov ne pouvaient être pris en considération : ils étaient gavés jusque-là d'une morale soviétique bienséante, de samizdat à moitié digéré et d'une bonté naturelle qui les faisait aimer tout et n'importe quoi – la patrie, les mésanges, N-sk, Soljenitsyne, l'un et l'autre. Elle se perdait dans ce tourbillon sirupeux d'adoration généralisée et indifférenciée, cela revenait à se réchauffer dans un amas de corps mouvants à peu près inconnus. C'était très chaleureux, certes, mais un peu dégoûtant et complètement dans le vague. C'est elle, cette fois, qui plaisait à Loujbine, c'était clair ne serait-ce que d'après la façon dont il lui apporta une tasse de thé, dont il la regardait boire, tendant involontairement les lèvres comme s'il essayait de l'aider ou comme s'il avait peur qu'elle ne se brûle. Il s'occupait d'elle. Et cela s'avéra une sensation incroyable – quelqu'un qui s'occupe de toi. Une sensation pleine de chaleur.

Loujbine, comme attiré par ces pensées, jeta un œil à la terrasse.

— Vous n'avez besoin de rien ? demanda-t-il. Vous avez sans doute une faim de loup ! Nous pouvons aller dîner quelque part.

Il rentra même légèrement la tête dans les épaules, comme s'il craignait un refus.

— Ivan Vassilievitch, portez-moi à l'intérieur, s'il vous plaît, lui demanda Lidotchka.

Loujbine la regarda avec un effroi presque animal, comme un chien errant (maigre, tout cerclé de ses côtes d'animal affamé) qui, depuis qu'il est petit, n'est habitué qu'à recevoir des rebuffades et de douloureux coups de pied, et n'est plus capable de reconnaître une main qui veut le caresser.

— Dans la maison ? demanda-t-il d'une voix éraillée.

— Oui, s'il vous plaît, répéta Lidotchka qui lui tendit ses mains sorties de sous le plaid.

Il la souleva maladroitement, et elle, de façon instinctive, comme lorsqu'elle effectuait un porté dans un pas de deux, tendit ses muscles afin d'alléger pour son partenaire une destinée opératique difficilement jouable. Elle était une danseuse « pratique » qui n'était jamais suspendue aux bras d'un danseur comme une charge indifférente, un méli-mélo sans volonté de tendons, d'os, de nylon piquant et électrisé qu'il fallait soulever sur ses bras tenus à une hauteur triomphale, le plus près possible du plafond poussiéreux de l'opéra, des étoiles artificielles et des trognes endormies des éclairagistes, définitivement abrutis par les flots ininterrompus de beauté. Mais Loujbine, frappé par sa légèreté d'elfe, ne remarqua pas les efforts musculaires de Lidotchka. Même chaussée de grosses bottes de feutre, même enveloppée comme une poupée de ce plaid épais, elle pesait à peine quarante-cinq kilos.

— Comme vous êtes légère ! On dirait une fleur, marmonna-t-il en la serrant contre lui, comme on serre contre soi un enfant malade, affaibli et fiévreux, à moitié évanoui à cause d'une température abracadabrante, comme on emmène sa fille de dix ans à l'hôpital.

Plus que trois pas avant d'atteindre la porte d'entrée. Quatre volées d'escalier cahotantes et invisibles ; devant elle, il y a le dos morose d'un médecin fatigué ; ne pas la laisser tomber, ne pas la laisser tomber, ne pas... « Chut... calme-toi, mon trésor, tout va passer dans un instant. » La chiquenaude impuissante de la porte d'entrée de l'immeuble – la retenir avec l'épaule pour qu'elle ne claque pas, qu'elle ne la heurte pas. Le derrière ouvert d'une vieille ambulance, son intérieur glacial, tremblotant. « Ne pleure pas, mon lapin, papa est là. Il ne t'abandonnera jamais. Je ne t'abandonnerai jamais. Tu entends ? Jamais. »

Comme si elle avait ressenti à nouveau cette peur, elle entoura soudain le cou de Loujbine de ses bras, elle enfonça le nez entre sa clavicule et son épaule, si bien qu'il sentit tout près, presque sur sa peau, ses lèvres tendres et fraîches.

— Lidia Bor... Lidotchka... fit-il d'une voix étranglée en la serrant contre lui.

Une petite botte de feutre glissa alors qu'ils étaient encore sur la terrasse, la seconde tomba dans le salon, mais ni l'un ni l'autre ne le remarquèrent, stupéfaits qu'ils étaient de se retrouver si proches, alors que quelques heures plus tôt ils étaient totalement étrangers l'un pour l'autre, ils se connaissaient à peine.

Et puis Loujbine parut avoir cent mains, toutes étaient partout en même temps, s'emmêlant dans les boutons, les manches, les bretelles inattendues.

— Ma fille, ma petite fille, ma fille, marmonna-t-il de ses lèvres caressantes, chaudes et humides, et ces lèvres étaient également partout, si bien que Lidotchka, qui gardait les yeux clos, eut l'impression un instant que Loujbine allait l'engloutir, l'absorber avec un léger bruit de succion, comme un macaroni enduit d'une sauce grasse au fromage.

Elle aurait bien essayé de l'aider, mais franchement elle ignorait ce qu'elle devait faire et c'est pourquoi, simplement, comme une enfant, elle levait les bras et pliait les genoux afin de l'aider à lui retirer plus commodément ses vêtements qui ne voulaient pas du tout se défaire, alors que Loujbine ne cessait de marmonner : « Ma fille, ma fille », et quand il n'y eut plus rien ni sur l'un ni sur l'autre, Lidotchka sentit alors de toute sa peau le corps nu de quelqu'un d'autre – chaud, lourd, désagréablement piquant à certains endroits, comme laineux.

La peur et la surprise lui firent ouvrir les yeux : à un millimètre d'elle, elle découvrit le visage de Loujbine presque fou à cause d'une tension qu'elle ne comprenait pas, avec ses lèvres gonflées, comme rongées, bouffies. Son regard distingua une ride immense sur son front humide, des poils de barbe roussâtres, des yeux qui ne voyaient rien, des cils courts et décolorés, de la salive moussant à la commissure de ses lèvres qui remuaient. Elle referma les yeux, et elle eut aussitôt sur tout son corps la chair de poule, sa peau devint granuleuse et bleuâtre.

— Tu as froid ? lui chuchota Loujbine, apeuré, qui sentait sous ses mains sa peau se durcir et devenir rugueuse, et aussitôt il cessa de la presser et de la malaxer comme de la pâte sortie d'une glacière.

Sans ouvrir les yeux, Lidotchka hocha la tête négativement : son chignon de danseuse, qui avait perdu ses dernières épingles, se répandit, les lèvres de Loujbine plongèrent dans ses cheveux chauds, vivants et lisses, qui embaumaient le léger parfum de l'air imprégné de la senteur des pins, des concombres frais et d'une drôle d'odeur de brins de tabac qui chatouillait les narines. Loujbine poussa un éternuement silencieux, comme si ces effluves l'étouffaient, et il s'affaira avec plus d'ardeur encore. Cette fois Lidotchka perçut enfin le vecteur de ses intentions empressées, et aussitôt elle se sentit plus à l'aise, comme si dans ce fatras de mouvements désordonnés et maladroits était apparu un dessin qui faisait sens – monstrueux, chaotique, mais malgré tout compréhensible. Presque dansant.

Cela étant, j'aurai une maison, songea-t-elle de façon tout à fait inopportune, et docilement, comme en cours, elle fit un plié avec ses jambes exercées.

Crispé, effrayant, Loujbine se souleva au-dessus d'elle, appuyé sur ses bras tendus convulsivement, et Lidotchka, éprouvant une sensation de répulsion farouche et intime à cause de quelque chose d'étranger à l'intérieur d'elle-même, vit tout à coup très distinctement le visage de Vitkovski – joyeux, familier, beau, avec un petit grain de beauté sur sa pommette ferme et brûlante, et elle ne résista plus et éclata en larmes malgré tout. Loujbine sembla alors complètement tétanisé, il se contracta au point qu'elle craignit qu'il ne meure et qu'il lui faudrait revenir en ville Dieu sait comment, par un soir d'hiver, à travers des collines et des vallées chimériques et enneigées, bleues et violacées, totalement silencieuses. Elle essaya de se dégager, mais Loujbine, d'une voix enfantine, presque larmoyante, gémit :

— Je n'en peux plus !

Il se convulsionna, une fois, puis une autre. Et elle comprit que c'était terminé.

Dans la chambre plongée dans l'obscurité régnaient une odeur de sueur et une autre, figée, inconnue et étrange. Loujbine était assis au bord du lit, les jambes pendantes, roussâtres, comme s'il portait des chaussettes de laine tricotées, broussailleuses et, à en juger seulement par son dos nu et voûté, il était clair qu'il lui était arrivé quelque chose d'affreux. Lidotchka qui, là encore, ne savait pas ce qu'elle devait faire, resta allongée sur le dos à toutes fins utiles, sans bouger, elle se contenta d'essuyer ses larmes et de serrer ses genoux, comme un papillon qui réunit ses ailes fines et bistrées.

— Tu as mal ? demanda Loujbine sans se retourner.

Il la tutoyait pour la première fois, comme si la sueur et les autres fluides mélangés lui donnaient le droit d'avoir une particulière intimité. Sa voix était chiffonnée, comme un mouchoir usagé.

Elle porta consciencieusement son attention sur elle-même : son ménisque traumatisé geignait légèrement (il s'est certainement mis à neiger ou la neige va tomber d'un instant à l'autre), elle avait une étrange sensation entre les jambes, comme si elle avait reçu un coup de poing à toute volée ou qu'elle avait dû longuement, durant une éternité, aller à cheval. Danser lors de spectacles avec des orteils mortifiés jusqu'au sang parce que tes copines ont versé de la poudre de verre dans tes chaussons, ça c'était de la douleur. Lidotchka se souvint d'une vague d'électricité, d'eau bouillante dans laquelle elle s'enfonçait à chaque saut, et elle dit :

— Non, je n'ai pas mal.

— Pardonne-moi, je t'en prie, lui demanda Loujbine comme s'il avait véritablement commis un acte épouvantable. Les choses n'auraient pas dû se passer ainsi ! Tu comprends, pas de cette façon.

Elle se tut.

Il se retourna tout à coup de tout son corps vers elle, si bien qu'elle vit entre ses jambes ce qu'elle n'avait pas réussi à voir ni voulu regarder ou comprendre, et aussitôt elle se détourna, comme effarouchée. Il comprit tout de suite et, après avoir fortement rougi, il tira sur lui l'extrémité de la couverture froissée.

— Marie-toi avec moi, dit-il à voix basse. Je t'en supplie. Marie-toi avec moi, s'il te plaît.

On célébra le mariage en juin, dès que Lidotchka eut dix-huit ans (c'était la condition posée par Galina Petrovna) et juste après les examens de fin d'études à l'école (condition posée par Loujbine qui la pria de ne pas abandonner ses études, de les mener jusqu'à leur terme, ensuite « ce sera comme tu veux, ma chérie, je te le promets »). Elle n'avait aucune condition à présenter, réalisable du moins. Elle aurait, bien entendu, préféré une simple démarche administrative discrète au bureau des mariages, mais le business de Galina Petrovna comme celui de Loujbine imposaient que l'on respecte les usages en vigueur dans le milieu des affaires, si bien que Lidotchka dut supporter la robe commandée à Paris, les limousines avec des poupées, le recueillement devant la flamme du soldat inconnu, un banquet. Loujbine éprouvait un certain écœurement au souvenir de son premier mariage, même s'il n'avait pas été aussi somptueux, mais il était d'une égale absurdité. Ce qui le tourmentait le plus, toutefois, c'était qu'elle ne l'aimait pas. Elle ne l'aimait pas, il le sentait. Il comprenait qu'il était allé trop vite, et il comprenait mieux encore qu'il n'avait pas été possible de ne pas se presser.

— Tout vient à point à qui sait attendre, avait dit une bonne femme délurée au bureau des mariages en notant la façon dont elle avait prononcé un « oui » du bout de ses lèvres pâles.

— Mensonges ! avait éructé Galina Petrovna en l'interrompant avec une telle hargne que la femme avait eu un mouvement de recul, se retrouvant bouche bée, avec ses lèvres maquillées n'importe comment et avec mauvais goût, comme terrorisée.

Galina Petrovna, qui avait eu du mal à attendre la fin de la cérémonie, s'approcha de Lidotchka, elle la tira par la main, comme si elle voulait lui arracher le bras, et elle chuchota tout près de son visage, d'une voix furibonde, comme si elle bougonnait :

— Eh bien voilà, ma fille, je suis coupable vis-à-vis de toi, ne discute pas, je suis coupable, et tu ne t'imagines même pas à quel point.

Elle reprit son souffle un instant, et se souvint de la belle voyante à laquelle elle avait rendu visite juste après la naissance de Boris, oh, quelle idiote j'étais, mais je ne pouvais dire à personne que j'étais une idiote ! La voyante lui avait dit franchement : « Pourquoi tu ne me demandes pas, ma chérie, qui va payer ? Et surtout : comment ? Tout reposera, tu sais, sur tes enfants et sur tes petits-enfants. » Galina Petrovna ferma les yeux et entendit sa propre voix qui lui répondait : « Eh bien, qu'ils payent, j'en ai rien à foutre ! » Elle entendit dans sa tête la voyante éclater à nouveau de rire en dévoilant ses dents régulières et effrayantes, et dire : « Bravo ! Ça, ça me plaît ! »

Lidotchka la regardait, très perplexe, pâle, plus pâle que sa robe, il n'y avait que les diamants à son cou et aux lobes de ses oreilles qui brûlaient d'un feu vivant, carnassier et fabuleux. Galina Petrovna n'avait pas mégoté, elle n'avait pas lésiné : pour ses noces, elle avait offert à sa petite-fille ses plus belles pierres. Mais ça ne l'avait pas soulagée.

— Si tu en as marre ou si tu veux un homme jeune, n'attends pas, tu m'entends ? Ne prends pas ton mari en grippe. Quitte-le, et vis comme tu l'entends.

— Je ne comprends pas, avoua sincèrement Lidotchka.

— Peu importe, tu comprendras vite, lui promit Galina Petrovna qui éclata soudain d'un petit rire étrange, comme s'il s'agissait de sanglots.

On aurait cru qu'elle avait avalé de travers à cause du mariage de sa petite-fille et que maintenant elle ne pouvait plus s'éclaircir la voix.

— Et je te ferai un autre cadeau, attends un petit peu, dit-elle pour finir, et elle sortit de la salle après s'être détournée brusquement.

Quand cette noce interminable prit fin malgré tout, les Loujbine rentrèrent chez eux, en dehors de la ville, et ils se sentirent tout de suite plus légers. C'était un été extrêmement agréable et doux, tous les deux, s'occupant inlassablement de la maison et du jardin, se rapprochaient prudemment, se touchant à peine, si bien qu'au mois d'août, quand il entendit sa femme chanter à voix basse dans la cuisine alors qu'elle préparait le dîner, il n'en crut pas ses oreilles : il se dit qu'elle serait amoureuse de lui non pas un jour lointain, mais bientôt, très bientôt.

Le jour où Galina Petrovna appela Loujbine pour le convoquer à sa banque, il fut décontenancé. Il n'était pas en affaire avec la veuve Lindt et il n'en avait pas l'intention, par principe ; quant aux questions personnelles, on pouvait les régler par téléphone. Mais il n'était pas judicieux de se brouiller avec la seule parente de sa femme, et Loujbine abandonna son travail pour se rendre là où on lui avait donné l'ordre d'aller et à l'heure dite. Galina Petrovna le reçut dans un bureau immense, et Loujbine fut une fois de plus frappé par sa beauté, une beauté anormale, elle paraissait bien plus jeune que son âge. C'était déplaisant. À côté d'elle s'empressait un type roué qui ressemblait à un tampon hygiénique mâchouillé par un chien et couvert de salive.

— Bon, dit-elle sans le saluer. Voici l'acheteur de votre maison. Il fait une bonne proposition, il veut y emménager cet automne, autrement dit très vite.

— Quoi ! s'exclama Loujbine, perplexe. Quel acheteur ? Quelle maison ?

— La vôtre, répéta Galina Petrovna. Où est le problème ?

— Et nous ? demanda-t-il toujours interloqué.

— Vous, vous allez à Moscou.

— Mais pourquoi à Moscou ? demanda Loujbine qui ne pouvait même pas se mettre en fureur, tant ce qui se passait était absurde.

— À Moscou, il y a le Bolchoï, espèce d'idiot !

Elle prit un tas de papiers sur son bureau et les agita.

— Tiens, regarde, tout ça, ce sont des gens en vue, des agents, et je ne sais quels connards et autres responsables dans le domaine artistique. Ils envoient tous des pétitions : Lida doit danser. Au Bolchoï, ils se rongent les couilles à l'idée qu'elle pourrait ne pas venir chez eux. Elle a du talent, dit-on, un énorme talent, c'est une seconde Pavlova, et patati et patata.

Elle agita une nouvelle fois le tas de papiers et fit une moue de dégoût.

— Je déteste le ballet. C'est dégueulasse. Mais je n'y peux rien.

Elle se tut, tous les trois se turent, il n'y eut que l'homme-tampon qui fit craquer ses doigts nerveusement.

— Ça devrait vous suffire pour un appartement, il sera petit, mais j'ajouterai ce qu'il faut. Je vous aiderai également pour le business. Ce sera mon dernier cadeau pour Lida, conclut-elle. J'espère que maintenant j'aurai réglé mes comptes avec elle. C'est bon, tu es libre, fous le camp !

Loujbine se redressa et sortit. Lui non plus n'aimait pas le ballet. Mais il n'avait pas l'intention de bâillonner le talent de sa femme. Il aurait bien voulu retourner à son bureau, mais il changea d'avis et se rendit aussitôt chez lui, en dehors de la ville. Comme toujours, Lidotchka était à la cuisine d'où provenaient de longs effluves affriolants qui s'entremêlaient.

— Lidouchka ! cria-t-il depuis l'entrée. C'est moi !

Elle regarda à l'extérieur, vêtue d'une robe courte, les joues roses à cause des plaques de cuisson ; elle avait vraiment l'allure d'une fillette. Certainement pas de dix-huit ans, tout au plus de quatorze.

— Pourquoi tu reviens si tôt ? demanda-t-elle, effrayée. Il s'est passé quelque chose ?

— Non, lui répondit-il. Enfin si, il s'est passé quelque chose, mais quelque chose de bien. Comme elle l'a promis, Galina Petrovna te fait un cadeau.

Le visage de Lidotchka se modifia encore plus, et Loujbine sentit soudain qu'il commettait un acte épouvantable, irrémédiable, peut-être la plus grande erreur de sa vie.

— Qu'est-ce qui embaume comme ça ? demanda-t-il. Ça sent si bon que j'ai la tête qui tourne.

— Soupe de poissons royale et saucisses viennoises, répondit-elle à contrecœur. Bon, et Galina Petrovna ? Qu'est-ce que c'est que ce cadeau ?

Loujbine remplit complètement ses poumons et passa aux aveux.

— Nous partons pour Moscou. Tu vas danser au Bolchoï, on t'y attend, ils préparent même ton répertoire.

Elle se taisait, son visage s'engourdissait peu à peu, il se figeait comme de la cire fondue prenant l'aspect d'une grimace de wilis, de la frimousse de la gamine en tutu pétrifiée sur le seuil gelé de l'opéra, la nuit. Loujbine eut même l'impression qu'un vent glacial soufflait d'elle, le même, affreux, qui remuait au fond de lui-même.

— Et la maison ? demanda Lidotchka.

— On la vendra, en fait, et considère qu'elle est déjà vendue. Demain on signe, et on peut faire nos bagages.

Elle se tut encore une minute, puis elle dit d'une voix indifférente :

— D'accord. Mets-toi à l'aise, lave-toi les mains, et on déjeune.

Elle se réveilla au milieu de la nuit, comme si on l'avait secouée, et elle mit un certain temps à prendre conscience de qui était couché à côté d'elle, avec des cheveux blond clair coupés court sur la nuque et un sillon profond sur le cou, la couverture aspirait et expirait en mesure. Mais la maison, elle la reconnut tout de suite, avant même d'ouvrir les yeux.

Elle était absolument conforme à ses rêves, et même mieux, tout à fait familière. Et elle voulait lui faire ses adieux.

Elle s'assit avec précaution, chercha avec ses pieds ses chaussons – ils étaient trop neufs, elle n'y était pas habituée, comme son pyjama avec sa drôle d'applique, comme son alliance, comme toute sa vie actuelle à propos de laquelle elle avait nourri tant d'espoirs que pas un seul ne pouvait se réaliser, bien sûr. Elle parcourut en silence les pièces plongées dans l'obscurité, sans se tromper, sans s'égarer – elle connaissait d'avance et par cœur cette maison sans qu'elle ait besoin de lumière, comme cette boule de résine, par exemple, que sa main caressait, cette lame de parquet qui piaulait en signe de bienvenue, cette odeur –, la respiration pure et somnolente de son avenir, et l'escalier qui mène à l'étage, qui chante tout doucement, d'une voix presque inaudible mais pure, telle une vieille institutrice qui a usé sa vie durant ses cordes vocales faiblardes, mais qui ressent toujours un amour sans partage de la musique et chante timidement, juste pour elle-même, une chanson.

Loujbine avait fait beaucoup de transformations ici, bien entendu, mais de façon étonnamment subtile et élégante, sans attenter à l'existence et à l'essence des lieux, et Lidotchka, après avoir fait le tour des trois pièces toutes neuves qui venaient d'être construites, se réjouit secrètement d'avoir un mari aussi génial qui avait tout aménagé avec tant de justesse, en particulier la seconde terrasse, celle de derrière qui donnait directement sur la forêt, si bien qu'on pouvait le matin dévaler les marches afin de cueillir pour le petit déjeuner des fleurs sauvages, pas celles du jardin, et le temps passant, des champignons aussi, sans doute, afin de préparer une poêlée – parce qu'ils avaient l'intention d'acclimater près de la terrasse des lactaires délicieux et des girolles ; mais voyons, c'est très simple, l'essentiel c'est d'être patient et de ne pas être obsédé par les cèpes capricieux qui meurent dans cette liberté conditionnelle. On projetait aussi d'apprivoiser des écureuils, Loujbine a dit qu'il y en a plein dans la forêt, mais Lidotchka s'inquiétait d'avance du conflit qui éclaterait entre eux et les chats, et fort probablement un conflit armé, mais en revanche les enfants seront aux anges avec les écureuils. Loujbine se contentait de rire :

— Pour le moment, tu sais, Lidouchka, il n'est question ni d'enfants ni de chats, pas plus que d'écureuils. Pour l'instant, ils ne brûlent pas d'envie de nous retrouver, tu le vois bien. Mais ne t'inquiète pas, dès que nous aurons terminé de nous organiser, ils accourront. Et il y en aura des tas. Et tu vois, ils gonfleront leurs manteaux de fourrure en voyant tes chats !

Cela fit éclater Lidotchka d'un rire balourd, toujours embarrassé, et Loujbine, la serrant contre lui maladroitement, marmonnait comme une sorte d'incantation :

— Commejet'aimemondieucommejet'aimemaiscommeje t'aime.

Il l'appelait plaisamment Lidouchka, c'était presque aussi tendre et joyeux que le Pralinette de ses parents. Elle se serait habituée, bien sûr. C'est certain, elle se serait habituée. Loujbine était un brave garçon, et elle savait distinguer le bien du mal. Toutefois, elle s'était mariée non pas avec Loujbine, mais avec cette maison.

Sur la terrasse, elle caressa une balustre lisse qui venait d'être rabotée ; elle était tiède, tout à fait humaine au toucher, et la maison soupira en recevant cette caresse, en se confrontant à cette séparation à venir, tout en s'y résignant. Il ne faisait pas sombre, mais l'atmosphère était comme ténébreuse ; Lidotchka, qui se tenait dans la gelée de fruit chaude et translucide de la nuit terne du Nord, fondit soudain en larmes, en toute conscience, comme elle n'avait pas pleuré depuis longtemps, très longtemps. Dans le monde effroyable de la danse classique où elle avait grandi, les larmes étaient la chose la plus simple, la plus quotidienne et la plus banale qui soit, elles n'avaient par conséquent presque aucune valeur. À l'école de danse, tout le monde pleurait – à cause d'une douleur à laquelle on ne parvenait décidément pas à s'habituer, à cause d'une humiliation, parce que sans humiliation le ballet n'existe pas, à cause de la peur d'être renvoyée, d'une vexation, de la fureur et de nouveau de la douleur, et la quotidienneté de ces larmes leur ôtait toute importance et tout sens, pour les transformer en une fonction physiologique banale qui excluait automatiquement à la fois la souffrance et la compassion. Les larmes qu'elle versait maintenant n'avaient rien à voir : elles étaient lourdes et lentes, elles étaient si véritables qu'elle eut même l'impression qu'une légère buée s'en échappait.

Elle pleura longuement, jusqu'à ce qu'elle comprenne que c'était absolument sans espoir : tout avait été décidé, c'est pourquoi il fallait se laver, se moucher, retourner au lit, patienter jusqu'à l'aube et ranger de ses propres mains ses affaires dans une valise, se préparer à partir pour Moscou dont tout le monde rêvait et qui n'était pour Lidotchka qu'un dessin imprimé à plat dans un livre pour enfants, sans la moindre signification, sans âme et de mauvais goût. Il fallait continuer de vivre et de danser. Mon Dieu – danser à nouveau !

Elle retourna dans la maison, elle entra, sans inquiéter la moindre lame de parquet, dans la salle de bains, également restaurée et aménagée par Loujbine : elle était vaste, avec des étagères en bois, un panier en osier pour le linge et une robinetterie ultramoderne qui feignait subtilement d'être ancienne. Tout coûtait une fortune, ne serait-ce que la baignoire aux flancs bombés et aux pied arrondis. Et là, il y avait aussi une fenêtre, une grande et véritable fenêtre qu'elle ouvrit tout de suite en grand, laissant pénétrer en elle plusieurs vieux pommiers redevenus complètement sauvages et le spectre de son ancien futur jardin dont elle avait eu le projet de s'occuper dès le printemps prochain, avec des pommiers, des poiriers, certainement deux pruniers et même des cerisiers – le cerisier des sables et le ragouminier résistent bien au froid, on en fait des confitures et des tartes exquises, et quand il y aura des petits-enfants... Lidotchka s'arrêta, interdite, et elle parcourut la salle de bains de son regard perdu.

Quels petits-enfants ?

Dans une semaine à peine, ce sont des gens qu'elle ne connaît pas du tout qui vont vivre ici.

Pour on ne sait quelle raison, elle ouvrit une petite armoire de toilette, elle dénombra du regard les fioles et les flacons, ceux de Loujbine pour la plupart, et ses yeux s'arrêtèrent sur un rasoir, un vieux modèle soviétique avec un lourd manche en os et des lames interchangeables. Papa en utilisait un semblable pour se raser autrefois. Elle sourit en pensant au faible de Loujbine pour les vieux objets qu'il préservait comme s'ils étaient vivants, c'était un point de contact supplémentaire, un bourgeon dormant d'où avec le temps pouvait pousser une belle branche solide. Peut-être même l'amour. Mais pour cela, il fallait une maison. Cette maison. Sa maison à elle.

Elle referma l'armoire et ouvrit le robinet d'eau chaude qui, avec un bruit éraillé, vint frapper puissamment le fond de la baignoire. Il faut prendre un bain. Il faut partir. Il faut danser. Il le faut. Il le faut. Il le faut. L'idée qu'elle pouvait refuser ne lui traversa même pas l'esprit. Dire simplement : non, nous n'irons nulle part ailleurs. Je n'irai pas à Moscou. Je ne le veux pas, tout simplement. Mais depuis son enfance, elle était tombée dans la danse classique, où le « non » n'était employé que sur le mode impératif. Non, tu ne feras pas cela ! Non, tu le feras, ce saut ! Non, tu le peux ! Ce n'était pas un « non » de même nature, mais elle n'en connaissait pas d'autres, tout bonnement.

Elle ôta son pyjama et jeta un coup d'œil à son reflet dans le miroir immense, qui montait presque jusqu'au plafond, d'un regard froid qui l'évaluait, comme si elle examinait une étrangère, un individu déplaisant – avec des pieds tournés en dehors, des bras décharnés, des os qui saillaient sur ses hanches rongées par la faim et les exercices, des muscles secs et puissants d'une sportive qui pratique l'athlétisme, sous une peau laide et cireuse. Un agrégat destiné à produire des mouvements absurdes avec son corps. Un monstre. Une idiote pitoyable et monstrueuse.

En réalité, elle ne voyait rien de ce qui rendait fou Loujbine et faisait que les autres hommes la suivaient avec des yeux presque terrassés d'admiration, ni ses seins à peine visibles mais si charmants, ni les grains de beauté sur son cou long et délicat, ni ses cheveux bouclés rassemblés en hauteur, ni la ligne des épaules, pure et expressive, comme les derniers poèmes de Georges Ivanov quand il était désespéré, mourant et amer. « Envoie-moi des cornichons salés et, si tu en trouves, des harengs russes. Georges insiste beaucoup. Il va de plus en plus mal. »

Lidotchka s'appuya machinalement sur le rebord de l'évier, comme s'il s'agissait d'une barre de danse, et son corps qui avait subi un dressage, ce corps qui était pour elle si totalement étranger et haïssable, prit aussitôt une position familière, si bien qu'elle ne comprit pas comment elle s'était encore plus redressée ni comment soudain, avec la dextérité d'un être possédé par les démons, avec une élégance et une rapidité extraordinaires, elle avait effectué un battement tendu depuis la première et la cinquième position et dans toutes les directions, puis effectué de côté un merveilleux grand battement avant de se figer à nouveau devant le miroir avec un visage blafard et avenant, comme si elle attendait les applaudissements de la salle. Elle effectua tous ces mouvements avec une telle vélocité qu'elle en fut elle-même effrayée, comme si vraiment – et pour la première fois de sa vie – elle avait senti un pouvoir affreux, extérieur et démoniaque, s'exercer sur elle, capable en permanence de la faire ployer dans tous les sens. Même son corps, qui avait subi un apprentissage dans la haine et l'esclavage, se cabrait contre elle. C'était épouvantable. Véritablement épouvantable.

Elle rouvrit la petite armoire, de ses mains tremblantes elle dévissa le rasoir de Loujbine qu'elle secoua pour que tombe dans la paume de sa main la lame violacée portant la marque Leningrad, ainsi que de minuscules taches de rouille sur le fil aiguisé, presque invisible, le plus dangereux. Les coussinets de ses phalanges devinrent aussitôt humides et froids. « C'est ce qu'il faut faire, dit Lidotchka précipitamment, craignant de changer d'avis. Il y a longtemps que j'aurais dû le faire. Nous n'irons ni à Moscou ni je ne sais où. Nous irons plutôt à Leningrad. Leningrad, Leningrad, trouve une parade. Rouge ! Azur ! Bleue ! Choisis celle que tu veux ! » Elle grimaça et gémit même tout doucement, mais ça ne faisait absolument pas mal. Et voilà, se dit-elle pour se rassurer, parce qu'il n'y avait plus personne pour la rassurer. Et voilà. Et sans ouvrir les yeux elle se dépêcha de plonger dans la baignoire qui était presque pleine.

L'eau chaude clapotait doucement autour de son cou, comme si des mains lisses voulaient grignoter sa peau. Elle sentait des chatouillements aux poignets et aux chevilles, presque agréables ; par la fenêtre ouverte pénétrait par petites vagues une brise à peine perceptible, caressante, tout à fait estivale, et ce petit vent apportait avec lui des bouffées d'une douce fatigue, comme après une longue promenade enchanteresse qui a duré une journée entière dans une forêt, alors que les cheveux sont imprégnés de la lumière du soleil et d'aiguilles de pin sèches, que le bras est tiré par un panier, légèrement grinçant, rempli de champignons qu'il va falloir laver et débarrasser des saletés avant que la nuit ne tombe pour en préparer le lendemain une pleine poêlée avec de la noix de muscade, du persil et de la crème fraîche, et les paupières tombent, les cils sont lourds, si lourds, comme ces arômes qui virevoltent dans sa tête, de sous-bois humide, de fougère, d'écorce réchauffée par le soleil, non, ne dors pas, ne dors pas, ne dors pas, est-ce qu'une bonne maîtresse de maison se retire dans sa chambre avant d'avoir rempli toutes ses tâches à la cuisine ?

La lame, qui s'était échappée de ses doigts tremblants, avait cliqueté contre le fond de l'évier, et Lidotchka se réveilla après avoir tressailli de peur.

Il faisait tout à fait jour et curieusement froid. Elle s'empressa d'enfiler son pyjama directement sur son corps mouillé et indocile, elle dénicha à tâtons la poignée de la porte et se retrouva non pas dans le couloir auquel elle s'attendait, où flottait une subtile odeur de frisette dorée, mais dans l'embrasure d'une porte donnant dans une pièce qui lui était totalement inconnue : elle était vide, blanche et inhabitée, semblait-il, comme si elle venait d'être refaite. Il y avait devant elle une autre porte, et, plutôt surprise qu'effrayée, elle s'en approcha rapidement, laissant sur le sol légèrement empoussiéré les traces nettes de ses pieds nus et mouillés. C'était exact : comme après des travaux. Tu parles d'ouvriers ! Ils n'ont même pas balayé !

La porte s'écarta facilement, comme la première, et après avoir effectué un pas, elle comprit que la pièce suivante ne se distinguait en rien de la précédente : c'était le même échafaudage maculé de plâtre dans un coin, les mêmes murs lisses sans la moindre fenêtre, et même la porte devant elle était identique. Une porte neuve, belle, d'importation. Avec un placage de chêne. Une poignée et des garnitures dorées. Et derrière cette porte, il y avait une autre pièce et ainsi de suite. Une enfilade.

Elle accéléra le pas, mais les pièces n'étaient pas différentes, elles voguaient en s'ouvrant l'une après l'autre, lumineuses, vides et identiques. Pas effrayantes, non. Simplement étranges et donc désagréables. Elle essaya de les compter, mais elle s'embrouilla rapidement et c'est pourquoi elle se contentait d'avancer sans s'arrêter, agitant l'air avec ses épaules, aussi lumineux et inhabité que tout le reste.

En ouvrant une énième porte, elle sentit soudain qu'elle commençait à être fatiguée, et aussitôt, comme si cette fatigue pouvait s'incarner, elle remarqua qu'il y avait plus de poussière dans cette pièce, l'échafaudage s'était assombri et semblait posé de travers. Elle fit une pause et regarda autour d'elle comme si elle voulait demander à quelqu'un s'il était possible de changer de parcours. Mais derrière elle il n'y avait personne, et, pour autant que son regard pouvait les appréhender, elle voyait une succession de portes grandes ouvertes qui étaient de plus en plus petites au fur et à mesure qu'elles s'éloignaient. Elle s'approcha prudemment de l'échafaudage, elle toucha les planches grinçantes et desséchées, et ce n'est qu'à cet instant-là qu'elle s'aperçut que les murs, qui jusqu'alors étaient blanchis et lisses, étaient recouverts d'une toile d'araignée de lézardes à peine visibles.

Lidotchka regarda autour d'elle encore une fois, et sentit qu'une douce patte de la terreur qui montait en elle lui agitait les cheveux. Elle voulait crier, appeler quelqu'un, mais elle prit conscience que sa voix s'évanouissait en se propageant à travers la suite infinie de pièces sonores, et elle se tut, essayant de toutes ses forces de se convaincre de se calmer. Ce sont simplement des pièces. Beaucoup de pièces. Simplement, je dors. C'est absolument sûr : je dors. Mais, bien entendu, elle ne dormait pas.

Elle effleura une fois encore l'échafaudage des maçons, et un clou pitoyablement recourbé, la tête rouillée, tomba en produisant un tintement mou. Elle se pencha, afin de le ramasser, et elle avala de travers en voyant sa main tendue vers le clou – décharnée, enveloppée d'une peau sèche et ridée sur ses phalanges, une main de vieille femme.

Sa propre main.

Elle traversa en courant plusieurs pièces, les yeux clos, à tâtons, n'entendant rien hormis un sifflement dans ses bronches. Les portes claquaient bruyamment et en faisant un bruit effrayant, son cœur battait dans ses tempes et dans sa gorge de façon bruyante et effrayante, et elle avait l'impression qu'à chaque pas il devenait de plus en plus gros, que son corps, au contraire, se desséchait, se rétrécissait, se transformait en momie, en une poupée rêche et compacte, en cendres.

Enfin, il n'y eut plus moyen de respirer : elle s'arrêta et ouvrit les yeux. La pièce était toujours la même, toutefois elle était encore plus délabrée. De gros moutons de poussière silencieuse s'accumulaient dans les coins, un pied de l'échafaudage se cassa dans un craquement silencieux, avec un soupir muet, tout à fait humain, l'échafaudage s'agenouilla. Lidotchka palpa fébrilement un visage, des cheveux, mais elle ne comprit rien et porta à nouveau ses mains sur ses yeux : oui. Ce n'était pas une impression. Elle vieillissait. Après chaque pièce. Après chaque pas. Elle devenait plus vieille. Non, elle ne vieillissait même pas. Elle mourait.

Elle en prit soudainement conscience avec une parfaite lucidité, et cette peur qui l'avait hantée depuis si longtemps et avec une telle insistance, cette peur de vieillir disparut aussitôt, comme si la seule chose qui pouvait engloutir ce cauchemar était la vieillesse elle-même, et puisqu'elle était là, il n'y avait simplement plus lieu d'avoir peur. Elle resta un moment immobile, ne sachant que faire, puis elle reprit soudain courage et poursuivit son chemin, toujours plus en avant, posant l'un après l'autre, lentement, ses pieds lourds et monstrueux, ses pieds de danseuse professionnelle qui, à chaque pas, ne cessaient d'enfler et de se transformer en des pieds laids de femme âgée. Elle ne se retournait plus parce que derrière elle il y avait quelque chose, elle le ressentait de façon certaine, et ce quelque chose, invisible mais palpable, pesait sur elle lourdement et nonchalamment, la poussant en avant. Il lui était pénible de marcher, elle voyait de plus en plus mal, des taches de son de vieillesse parsemaient ses mains toutes ridées, pitoyables et tremblotantes, la lumière faiblissait, il y avait de plus en plus de poussière et, quand l'échafaudage dans un coin se transforma définitivement en un tas d'ordures presque pourries, Lidotchka comprit que la porte devant elle était la dernière.

Je vais mourir dans un instant, songea-t-elle avec un calme parfait, et ses dernières forces lui permirent de tourner la poignée vétuste, assombrie de vieillesse.

La rue brillait – humide et noire, comme un bonbon de réglisse sucé.

Une bruine luisante poudroyait dans la grosse colonne de lumière d'un réverbère, il y avait dans l'air une odeur d'après la pluie, de pets-de-nonne chauds et de café fort venant d'une cafetière turque en laiton surchauffé. Une voiture déboucha lentement d'un coin, ses pneus bruissèrent sur le pavé liquide et brillant, reflétant sur ses côtés proéminents les flashes brefs d'un néon, les vitrines flottantes et les tubes roses recourbés du mot « Café ». Une bande d'adolescents couraient sur le trottoir, vêtus d'imperméables courts et grinçants, une gonzesse qui était à l'extrémité du groupe bouscula Lidotchka de son épaule mouillée et, au lieu de s'excuser, elle arbora un large sourire. Ses dents étincelèrent – elles étaient également humides, arrondies et lisses, comme les galets de la plage de son enfance. De la mer Noire.

Elle lui répondit machinalement avec un sourire, mais les filles, marchant n'importe comment avec leurs collants brillants, avaient déjà tourné au coin de la rue, emportant avec elles un nuage de brouhaha empressé et à moitié enfantin d'un bonheur presque palpable physiquement. Juste après les avoir suivies du regard, Lidotchka prit conscience de se trouver dans une rue totalement inconnue : elle était vivante, elle avait dix-huit ans, elle portait un pyjama jaune avec un matou ventru appliqué légèrement au-dessus du cœur, et le soir posait avec précaution sur son dos tantôt une main, tantôt une autre, frigorifiée et mouillée. C'est l'automne, songea-t-elle, ne s'étonnant de rien. Un automne précoce. Ou un printemps tardif. Mais chez nous, c'est l'été.

Un autre passant la dépassa, un grand homme grisonnant tenant en laisse un immense berger allemand. Au passage, le chien lui donna un coup de sa truffe en marque de bienvenue.

— Comment n'as-tu pas honte ? reprocha au chien l'homme à voix basse, et il rassura Lidotchka : N'ayez pas peur. Il ne mord pas.

— Je n'ai pas peur, répondit-elle, et elle tendit la main pour lui caresser sa grande tête chaude comme celle d'un enfant, mais le chien s'écarta avec dignité, et sa main resta suspendue en l'air – jeune, fine, remplie d'un sang robuste, vivant et chaud.

— Pralinette !

La voix, sonore, légèrement brisée par l'émotion, presque oubliée, mais malgré tout incroyablement, physiquement familière, tournoya dans la rue détrempée, rebondissant comme une balle sur le pavé, les poteaux des réverbères, les murs humides, comme recouverts de fourmis.

— Pralinette !

Lidotchka tourna la tête fébrilement et, en effet, sur le trottoir courait dans sa direction, les bras largement et joyeusement ouverts en croix, pas grande, bouclée, vêtue d'un imperméable bleu-gris très fin, grinçant, presque en cellophane, exactement comme celui qui... Elle fit un pas dans sa direction, ses poings incrédules serrés devant elle, comme si elle essayait de fermer les yeux du matou plaqué sur sa poitrine.

— M'man... répondit-elle d'une voix éraillée et silencieuse. M'man...

Ses chaussons, imbibés de l'humidité noire de la nuit, faisaient, doucement mais distinctement, des bruits de ventouses.

— Ma petite maman !

— Pralinette !

Elles s'enlacèrent si fort qu'elles faillirent tomber, Lidotchka se fit très mal à l'épaule et elle ne s'en rendit même pas compte en se blottissant comme une aveugle, comme une gamine, dans cette chaleur tendre et familière, la seule qu'elle connaissait, contre les joues de maman, contre le lobe de son oreille, flamboyant, translucide, avec une boucle en or toute simple qui essayait constamment de s'échapper, le rire de maman, ce parfum, celui de maman, inhabituel, familier, qui n'avait pas souhaité mourir, qui s'était même échappé de sa mémoire, mais qui avait encore longuement, très longuement vécu dans une armoire occupée depuis longtemps par les Tsariov, dont elle entrouvrait en secret les portes et, les yeux clos, elle aspirait tout – la douleur, la nostalgie, les traces qui s'effacent, les dernières molécules de sa propre enfance, mais elle l'avait fait rarement, très, très rarement. Elle craignait d'exhaler toute l'odeur de maman et de rester absolument seule cette fois, définitivement seule.

— Maman, ma petite maman, comment ai-je pu faire sans toi, durant toutes ces années !

Maman l'embrassait avec ses lèvres brûlantes et joyeuses là où elle le pouvait, ou bien elle se mettait soudain à la tirailler et à la palper, comme si Lidotchka était tombée d'une hauteur épouvantable et qu'il fallait maintenant s'assurer que tout était en place, les os, les muscles, les tendons, et que même son collant ne s'était pas déchiré. Bravo, seulement, oh là là ! ne grimpe plus dans le grenier ! Tu me le promets ?

— Comme tu es devenue toute maigrichonne, chuchota maman dans la clavicule de Lidotchka, d'une voix rocailleuse à cause de ses larmes prêtes à jaillir. Tu es toute maigrichonne. Tu n'as plus que la peau et les os.

Lidotchka voulait dire quelque chose, mais elle en fut incapable, et toutes les deux éclatèrent en larmes et de rire à la fois, comme seules les femmes savent le faire, elles s'enlacèrent et se palpèrent à nouveau, oubliant complètement qu'elles se tenaient au beau milieu de la rue.

— Comment vas-tu ? Hein, comment vas-tu ?

— Mon Dieu ! Maman !

— Pralinette ! Comment as-tu fait sans moi ?

— Et toi ?

— Et toi ? Comment ?

Elles se calmèrent en même temps, comme si elles s'étaient déconnectées l'une de l'autre, et Lidotchka sentit aussitôt qu'elle était frigorifiée. Ses épaules frissonnèrent, et aussitôt maman l'enlaça, elle la tira vers elle, sous son aile, sous le pan de son imperméable, doublé à l'intérieur d'une chaleur qui n'était pas oubliée non plus, en fait familière, tendre et assez étouffante. Pani Walewska. Un flacon en verre bleu enivrant, une tête blanche bouclée d'une belle Polonaise frivole sur le flanc. Lidotchka inspira la senteur simplette – deux notes seulement, elle garda les yeux fermés béatement, et se serra contre maman de tout son corps, si fort qu'elle ne pouvait plus distinguer les battements de son cœur de ceux de maman. Ma petite fille, dit-elle joyeusement, et elle frotta sa joue contre ses cheveux. Dépêchons-nous. Papa est très nostalgique, lui aussi.

— Papa ? fit Lidotchka qui se dégagea de l'imperméable. Elle s'écarta, la regarda d'un air soupçonneux, comme si elle était petite, comme si elle la regardait de bas en haut bien que maman et elle fussent maintenant de la même taille. (Lidotchka était même sans doute plus grande.) Papa ? Comment ça ? Est-ce que lui aussi...

Elle voulait dire « est mort », mais elle en fut incapable. C'était impossible à croire. Même à l'instant présent. Même là.

— Ah oui, papa. Maman releva les sourcils d'un air surpris, puis elle comprit soudain et poussa un cri amer, en se fermant la bouche avec les mains, sa bague de mariage brilla à ses doigts, grosse, arrondie, avec un petit diamant jaune serti dans la pâte dorée. Comment se fait-il ? Grand-mère ne t'a rien dit ?

Lidotchka hocha la tête.

— Non, rien. Enfin, elle m'a dit, bien sûr, qu'il était parti. Pour gagner sa vie. Mais pourquoi pas ? Il m'a envoyé des cartes à l'occasion de toutes les fêtes.

Elle se souvint de la petite boîte dans laquelle elle les rangeait, illustrées de fleurs, d'ours et de ballons. Avec des timbres très colorés. Avec son écriture large et rapide. « Ma chère petite fille ! Bonne fête ! Étudie sérieusement et obéis à grand-mère. Ton papa. » L'encre était tantôt bleue, tantôt noire. Le tampon de la poste était indéchiffrable. Aucune adresse de l'expéditeur. Jamais.

Maman poussa à nouveau un cri.

— Mais non, de quelles cartes parles-tu ? Il est vraiment parti, seulement... Mais oui, presque aussitôt après mon enterrement. Tu imagines, il est retourné à Adler, là où nous étions au bord de la mer, tu t'en souviens ? Il est vrai que notre chambre était déjà occupée, mais il s'est débrouillé... En fait, on lui a permis de passer la nuit dans une chambre voisine, et lui, l'imbécile... Oh, je l'ai tellement injurié, tu ne peux pas t'imaginer ! Te laisser complètement seule ! Mais qu'est-ce que je pouvais faire ? On l'a retrouvé le lendemain matin. Enfin tu comprends. C'était trop tard.

— Mais l'argent ? demanda Lidotchka qui ne parvenait toujours pas à le croire. L'argent. Tu sais que papa me transférait de l'argent tous les mois. Galina Petrovna me l'a montré. Sur mon livret d'épargne. Elle a tout mis par la suite dans sa banque, si bien que rien n'a été perdu, pas un kopek, même après la banqueroute des caisses d'épargne.

— Rien n'a été perdu parce que c'était son argent à elle, expliqua maman, c'est elle qui te le transférait. C'est étrange, bien sûr, qu'elle ne t'ait rien dit, quoi que… (Maman resta songeuse un instant, puis elle secoua sa tête bouclée avec joie.) Mais c'était peut-être plus convenable ainsi. Qui sait ? Bon, on y va, sinon, mon Dieu, tu vas être trempée. Tu vas tout, tout, tout nous raconter, à papa et à moi.

— Comme quand j'étais petite ? demanda Lidotchka. Avec les moindres détails ?

— Oui, avec tous les détails, confirma maman en éclatant de rire. Nous ne savons rien de toi ! Ici c'est comme chez vous. Les journaux mentent, il n'y a que des séries américaines à la télévision. On n'obtient de nouvelles que des gens que l'on connaît. En plus, il faut les attendre, ces gens que l'on connaît ! Et ensuite, tout le monde ne dit pas la vérité, tu le comprends bien, certains se contentent de répandre des ragots ! Tiens, par exemple, quand… Mais ce n'est pas le moment. Allons plutôt à la maison.

— À la maison, répéta Lidotchka, incrédule.

À la maison. Enfin, à la maison.

Maman lui enlaça de nouveau les épaules, elle l'attira à elle, et la rue nocturne, après avoir tremblé, s'écarta aussitôt, puis elle se boursoufla, elle se dilata, sur le point de déborder et de lui ramper sur la joue comme un escargot. Le visage de maman se décomposa instantanément lui aussi, il se décomposa selon des coutures invisibles, il devint monstrueux, étranger, même inhumain l'espace d'un instant.

Lidotchka tressaillit et s'écarta.

— Qu'est-ce qui t'arrive, Pralinette ? demanda-t-elle affectueusement, et Lidotchka, séchant rapidement une larme, essaya de sourire.

Elle fut soudain secouée de l'intérieur par un léger tremblement qui ne cessait pas. Elle ne portait qu'un pyjama. Le soir. Dans un endroit inconnu. Sous la pluie.

— Qu'est-ce qui se passe, en fait ? Où suis-je ? Quoi ? Comment me suis-je retrouvée ici ?

Elle ne regardait plus sa mère. Elle avait peur.

— Pralinette !

Elle se taisait, les yeux fixés devant elle. Une porte claqua dans le café en face. Sur la chaussée vogua un autobus éclairé de l'intérieur, plein de gens qui gesticulaient silencieusement, comme dans un film muet.

— Pralinette !

Dans la voix de maman, tout au fond de sa gorge, transparut à peine un mécontentement bleuâtre comme de l'acier, comme toujours quand Lidotchka désobéissait.

— Et n'imagine pas aller où que ce soit, dit calmement Lazare Lindt en secouant et en refermant son parapluie recouvert de gouttes de mercure vivantes.

Il ressemblait tellement à sa propre photographie que Lidotchka ne fut pas surprise. Maman. Papa. Et le voici, lui, maintenant. Elle hésita sans savoir si elle pouvait l'appeler grand-père ou bien si elle devait, comme avec Galina Petrovna, observer une étiquette.

Lindt éclata de rire, comme s'il avait lu ses pensées, et, se mettant sur la pointe des pieds, il l'embrassa sur la joue. Il avait une bonne odeur de café, de vrai café, fort, mousseux et parfumé avec un bâton de cannelle.

— Quelle étiquette ? dit-il. Tu as eu tort de te lancer là-dedans. Allez, file plutôt à la maison !

— À la maison, reprit comme en écho maman, et Lidotchka fit machinalement un pas vers elle, craignant toujours de la regarder, mais elle alla tout de même dans la direction de maman.

Lindt se renfrogna et, d'un geste d'une jeunesse et d'une alacrité étonnantes, il lui barra la route.

— Je t'ai dit de rentrer. Oust ! Et que je ne te revoie plus ici !

Du bleu apparut derrière son dos en bruissant, Lindt fronça son visage, il écarta les bras pour empêcher maman de passer.

— Allez, dépêche-toi ! houspilla-t-il Lidotchka. Quoi, tu ne sais pas où est ta maison ?

— Non, répondit-elle franchement. Je ne sais pas.

— Retourne en arrière, lui ordonna Lindt.

Et elle se retourna.

Elle vit alors devant elle une fenêtre. Une banale fenêtre du rez-de-chaussée d'une maison qui n'était plus de première jeunesse ; il devait bien y avoir une porte, la dernière porte qu'elle avait franchie en vieillissant et en parcourant l'enfilade de son rêve. Derrière la vitre, du côté où il n'y avait rien hormis une succession de pièces vides et délabrées – Lidotchka s'en souvenait nettement –, des enfants étaient assis sur le rebord de la fenêtre, illuminés comme pour un jour de fête, comme sur la scène d'un théâtre. Un garçon et une fille. Ils avaient un an de différence. La fillette avait dans les sept ans, elle avait un nez retroussé et des bouclettes mignonnes sur lesquelles, comme une libellule sur une fleur, un grand ruban à pois avait été noué par une main très frivole, de toute évidence adulte et féminine, qui l'aimait et la cajolait. La fillette disait on ne sait quoi d'un air fâché au garçon, un grand lourdaud à la figure sombre, engoncé dans une chemise bariolée, et d'après la mine qu'il faisait en l'écoutant distraitement et avec une expression vexée, il était clair que, malgré ses grosses joues et la prééminence de sa taille, il était désespérément plus jeune, peut-être d'une bonne année au moins, mais il ne pouvait l'accepter, non, il n'en était pas question ! La fillette mécontente lui enfonça son petit poing dans son épaule ronde, et, comme si elle avait senti le regard de Lidotchka, elle scruta l'obscurité derrière la fenêtre, avec un regard concentré et sérieux, pareil à celui d'une adulte.

— Qui est-ce ? demanda-t-elle, apeurée.

Lindt eut un petit rire sec dans son dos.

— Voyons, dit-il, réfléchis. Essaye de comprendre.

Les yeux de Lidotchka s'accoutumèrent et ce fut comme si quelqu'un tournait le tube en carton d'un kaléidoscope, les visages des enfants se désagrégèrent en certains traits familiers : les boucles noires comme du jais de Lindt, le sourire de maman, le front carré de Loujbine, sa propre fossette sur la joue du garçon, qui avait également appartenu autrefois à Galina Petrovna, et avant cela à quelqu'un d'autre, quelqu'un dont le nom est inconnu, oublié depuis longtemps, mais qui est de toute façon familier. Le sang, en se mélangeant, cognait dans ses tempes, dans ses poignets, résonnait dans la poitrine du garçon, emplissait les lèvres et les paupières de la fillette d'une vive lumière rose, et pulsait en même temps dans un million de veines – passées, futures et présentes.

Ce sont mes petits-enfants, comprit-elle soudain. Tout n'est pas fini. Pas du tout. Tout continue. Mais alors, comment faire ? Mais alors pourquoi ? Elle fit un pas en direction de la fenêtre, comme si elle s'apprêtait à frapper au carreau, et aussitôt dans son dos maman poussa un cri effrayant.

— Je ne te laisserai pas passer ! Non, je ne te laisserai pas passer ! Pralinette !

Lidotchka se retourna.

— Dépêche-toi, dit Lindt, allez, file !

Quelque chose palpitait de toutes ses forces dans les mains de celui-ci, essayant de s'échapper, quelque chose d'effrayant, pas maman, non, mais Lindt tenait cette chose fermement, très fermement, la bouche ouverte, si bien qu'elle sentit ses muscles se tendre sous sa peau sèche, ses mains d'homme puissantes se serrer, et tout autour d'elle s'emplissait de lumière, de sens et d'un clapotement solennel. L'eau, lourde et chaude, coulait non pas à travers elle, mais elle venait d'elle.

— Allez, allez, plus vite, cria Lindt, je la tiens, rentre, allez, rentre !

Et Lidotchka, d'un seul élan, de ses deux mains, frappa contre la vitre de la fenêtre, si bien que tout autour d'elle sembla se figer une seconde, puis éclata et s'éparpilla en un million de débris croustillants, et elle courut derrière les enfants qui riaient, à travers les pièces qui étaient maintenant tout à fait vivantes, pleines de gens qui étaient beaux, de chiens affectueux et de vieux meubles adorables. Il y avait une odeur de plus en plus forte de mastic, de gâteau aux pommes, de branches de genévrier, et la lumière se rapprochait de plus en plus vite – aveuglante, dense, laiteuse, remplie d'une telle joie que Lidotchka éclata de rire, elle aussi, et la lumière n'arrêtait pas de se rapprocher, jusqu'à ce qu'elle lui frappe le visage comme une main puissante et chaude, puis une autre fois. Et encore une fois. Et une autre.

— Allons ! cria Loujbine, tout près d'elle, contre son oreille. Allons, ma fille, vas-y !

Et elle se réveilla.

Loujbine se tenait à genoux au-dessus d'elle, et son visage n'était pas blême, mais bleuâtre : il sautillait, il tremblotait. Ses lèvres tordues frémissaient, comme son menton, sa joue défigurée était déformée par un tic.

— C'est toi... fit-il, comme s'il ne la reconnaissait pas, comme s'il ne pouvait croire que Lidotchka était revenue, qu'elle avait pu tenter de s'en aller. C'est toi...

Elle voulait répondre, mais ses lèvres ne lui obéissaient pas, elles murmuraient, comme murmurait l'eau pleine de son sang qui s'écoulait par la bonde ; étrangement, elle avait très mal au dos, ses poignets et ses chevilles geignaient aussi, pas très douloureusement pour le moment, mais de façon lancinante, des bandes de tissu taillées dans un drap étaient serrées autour, comme il est malin, bravo, Ivan. Il a deviné. Il m'a sauvée... Sauvée... Merci.

Loujbine se pencha en essayant d'entendre ce qu'elle lui disait et elle forçait sa voix autant qu'elle le pouvait, et elle chuchota :

— Je... je... je veux...

— Qu'est-ce que tu veux, Lidouchka ? demanda-t-il en la soulevant par ses épaules. Boire ? Tu veux un peu d'eau, peut-être ? Les urgences arrivent tout de suite, sois patiente, ma chérie. Ils arrivent. Dans un instant.

Lidotchka secoua la tête avec obstination et put enfin achever sa phrase.

— Je veux rester ici, articula-t-elle d'une voix ferme, et elle fut elle-même surprise, car jamais de sa vie elle n'avait parlé ainsi, jamais dans sa vie elle n'avait désiré, elle n'avait osé désirer quoi que ce soit pour elle-même, alors qu'il se trouve que c'est si simple, il suffit de remplir à fond ses poumons et de le dire. Simplement de le dire.

— Je veux rester ici, répéta-t-elle.

Et Loujbine comprit immédiatement de quoi elle parlait, de la maison, de lui, de toute la vie qui, dès cet instant, devint enfin et pour toujours leur vie commune, une seule pour deux, comme lui le voulait, et comme maintenant Lidotchka le voulait, elle aussi. Elle avait fait son choix, pour la première fois quelqu'un l'avait choisie en pleine conscience, véritablement, et Loujbine, étouffant de gratitude, se mit à pleurer, le visage blotti contre le ventre de Lidotchka, creux, presque enfantin, mais qui dissimulait déjà dans ses tréfonds dorés le chapitre suivant que personne pour le moment n'avait lu ni reconnu.

Derrière le portail, l'ambulance, mécontente de cet appel matinal, hurla, et un médecin livide à cause de sa fatigue de cette fin de nuit essaya d'écraser dans un cendrier débordant son mégot baveux, fumé jusqu'au filtre, mais il manqua son but.

— Mon Dieu, t'as vu un peu ce palace, Vassia, et ils n'ont pas envie de vivre ces bourges ! Je hais les suicidaires, c'est la quatrième fois cette semaine, et il n'y a que des hystériques qu'on ferait mieux de coffrer dans un HP, je te jure, sans droit de correspondance, et si au moins une de ces salopes se coupait les veines bien comme il faut, pas en travers mais en long, en long, en long, mais non, et après il faut les sauver, ces salopes, pour un salaire minable, allez, c'est bon, freine, ouais, comme ça, l'arrière comme ça, mais oui, sinon on pourra pas faire entrer la civière.

Le médecin descendit de l'ambulance, après avoir écrasé avec une roue les rudbeckias qui avaient été semés par Maroussia, il emprunta le même chemin pour se diriger vers la maison qu'avait suivi autrefois la toute jeune Galina

Petrovna pour rencontrer sa sorcière, et tout était vrai, tout s'était enfin dénoué, résolu et à nouveau réuni, cette fois pour toujours : l'amour, qui avait erré si longtemps dans cette histoire, qui longtemps n'avait pas trouvé le bon rythme, cette maison, l'air frais et savoureux, le soleil rose qui émergeait lentement derrière les pins également roses, si immense que loin d'ici, très loin, Lazare Lindt éclata d'un rire joyeux.

Il rit et déposa un baiser sur la petite main toute chaude de l'immortelle Maroussia.

LES ESCALES

Jami Attenberg
La Famille Middlestein

Jeffrey Archer
Seul l'avenir le dira
Les Fautes de nos pères
Des secrets bien gardés

Fatima Bhutto
Les Lunes de Mir Ali

Jenna Blum
Les Chasseurs de tornades

Chris Carter
Le Prix de la peur

Olga Grjasnowa
Le Russe aime les bouleaux

Titania Hardie
La Maison du vent

Cécile Harel
En attendant que les beaux jours reviennent

Casey Hill
Tabou

Victoria Hislop
L'Île des oubliés
Le Fil des souvenirs
Une dernière danse

Yves Hughes
Éclats de voix

Peter de Jonge
Meurtre sur l'Avenue B

Gregorio León
L'Ultime Secret de Frida K.

Amanda Lind
Le Testament de Francy

Owen Matthews
Moscou Babylone

Sarah McCoy
Un goût de cannelle et d'espoir

David Messager
Article 122-1

Derek B. Miller
Dans la peau de Sheldon Horowitz

Fernando Monacelli
Naufragés

Juan Jacinto Muñoz Rengel
Le Tueur hypocondriaque

Ismet Prcić
California Dream

Paola Predicatori
Mon hiver à Zéroland

Paolo Roversi
La Ville rouge

Eugen Ruge
Quand la lumière décline

Amy Sackville
Là est la danse

William Shaw
Du sang sur Abbey Road

Anna Shevchenko
L'Ultime Partie

Liad Shoham
Tel-Aviv Suspects
Terminus Tel-Aviv

Priscille Sibley
Poussières d'étoiles

A.J. Waines
Les Noyées de la Tamise

RÉALISATION : NORD COMPO À VILLENEUVE-D'ASCQ
CET OUVRAGE A ÉTÉ ACHEVÉ D'IMPRIMER SUR ROTO-PAGE
PAR L'IMPRIMERIE FLOCH À MAYENNE EN AOÛT 2014
DÉPÔT LÉGAL : AOÛT 2014
N° D'IMPRESSION : 87208
Imprimé en France